魏亚平 著

大蘭亭

卷二

陕西师范大学出版总社

《大兰亭》第二卷主要人物

按照主次顺序排序（司马家族成员已用树形图呈现，此处不再列举）

王羲之——字逸少，乳名阿菟，东晋时期担任过临川太守、右军将军、会稽内史

王　导——字茂弘，乳名阿龙，琅琊王氏族长，东晋重臣

王　敦——字处仲，乳名阿黑，琅琊王氏族人，东晋重臣

庾文君——晋明帝皇后，庾亮妹妹，晋成帝司马衍生母

庾　亮——字元规，庾文君之兄，晋成帝司马衍的舅舅，东晋权臣

庾　怿——字叔豫，庾文君之兄，庾亮的弟弟，晋成帝司马衍的舅舅

庾　冰——字季坚，东晋大臣，庾亮弟弟

庾　条——字幼序，庾亮弟弟

庾　翼——字稚恭，庾亮幼弟

王籍之——王旷长子，王羲之兄长

王允之——字深猷，琅琊王氏族人，王舒的儿子，王羲之的从弟

王胡之——字修龄，琅琊王氏族人，王羲之的堂哥

王彪之——字叔武，乳名虎犊，琅琊王氏族人，王羲之的堂弟

郗　鉴——字道徽，东晋大将军，晋成帝的辅政大臣，王羲之岳父

郗　璿——字子房，大将军郗鉴之女，王羲之的夫人

郗　昙——字重熙，郗鉴二儿子

殷　浩——字渊源，尚书郎，王羲之好友

虞　胤——东晋元敬皇后虞孟母的弟弟，大宗正

卞　壸（kǔn）——字望之，尚书令，东晋重臣

苏　峻——字子高，历阳太守，叛军首领

刁协和刘隗（wěi）——东晋初重臣，"刻碎之政"制定者，王敦发动清君侧之缘由

启　程

一

建兴五年（公元317年）的建康城被淮水环绕着。这条由句容河和东庐山溧水河两条河流汇合而成的淮水在盛唐乃至后世被称作秦淮河。位于城南的乌衣巷和建康城垣隔淮水相望。

乌衣巷其实并不是一条巷子，而是一片位于淮水河畔的开阔地，占地大约二三百亩，距离建康城最南面的城垣有一里多路。这里原来是东吴京城卫戍部队驻扎的营地，因卫戍部队的军人全部身着黑色军服，此地便称乌衣巷。那时候是称作乌衣营的，什么时候改叫的乌衣巷已经无据可考。八年前，琅琊王氏族群从琅琊王国沂水河畔迁徙至此，当时这里还有一大片被废弃的旧式军营，初来乍到的琅琊王氏族群便将一部分军营改作住宅使用，经过这些年的更新升级，旧营房早已经被住宅群的新屋舍所替代。紧随着琅琊王氏进驻乌衣巷的，是从陈留郡迁徙而来的谢氏族群。谢氏族群在前朝和当朝虽也赫赫有名，可是比起琅琊王氏族群，名气还是小了很多。再后来，又有颍川庾氏和江南纪氏这些名贯几朝的望族举家迁住这里，使得这片寂静了许多年的前东吴国卫戍部队的营地变得热闹起来。

当年，琅琊王氏中出自太保王祥同父异母弟弟王览这一支族群的数百口人在乌衣巷驻扎下来后，干的第一件大事就是在朝向琅琊故乡的地方盖起了一座很有规模的宗庙祠堂。祠堂建筑一色木石结构，由王羲之的三叔父王彬设计监造。门楼端庄肃穆，门楼上沿悬挂着一块黑色牌匾，牌匾上镌刻有"族祠"两个大字，据说是出自先祖前朝太保王祥之手。走过正堂便进入祠堂大院，大院正面是一片水池，水是从流经乌衣巷的运渎水引进来的，一道青石堆垒的通道将水池一分为二。通道尽头便是供奉祖先牌位的正殿。只有在举行族群祭祀活动的时候，前来祭祀的族人才可以经过这条通道鱼贯而入。平日，就连族长和家族的宗正以及主持祭祀活动的尸祝（负责祭祀的人）都不能走这条通道，只能从水池两侧的围廊绕行。

正殿里供奉着自秦朝王翦、王贲二位先祖以来，直到晋太保王祥乃至自家祖上王览和已经相继去世的祖父辈的牌位。在祠堂最显眼的地方依然供奉着晋太保王祥传给弟弟王览的佩刀和一把晋武帝赐予的长刀。

宗庙祠堂和琅琊王氏族群村落的距离大约百十丈远，中间是一片较为平坦的草地，草地上有一些自然天成的树丛。大人们在草地中央开辟了一块儿十余丈见方的硬土地面，用来训练琅琊王氏尚未过总角年龄的男孩子习武。

这日，十四岁的王羲之如往常一样，吃过早饭，等司职太子文学（宫内职务）的兄长王籍之离开宅院前往宫城值守后，便从书房溜出来，蹑手蹑脚地进了堂屋，取下挂在墙上的长刀，慌忙出了小院。没想到还是惊动了睡在母亲大人外屋的老仆人，老仆跟在王羲之身后出了院子，这才轻声叫住羲之，提醒说："夫人不准你用真刀操演，还是放回去吧。"说着，将手里的木刀递给了羲之。

羲之没有接木刀，而是撇了撇嘴抱怨说："我不过是想去操演片刻，并非去招惹是非，因何不可？况，木刀早已不称手焉。咱家王氏刀法若非钢刀操演，岂不废矣？"

老仆无意让步，说道："老夫人最为担忧便是公子为刀所伤。你不过总角之龄，这把长刀实在太过沉重也哉。"

晨风将一缕头发吹到羲之脸前，他顺手将这缕头发甩到脑后，极为不满地瞪着面前这位跟随他们十多年的老仆人。

老仆一笑，说道："公子发髻尚未束好，衣衫亦是随意，此等装束出到外面，若被长辈看去定会责备于你，不如让我将发髻扎起，也不至于妨碍你操演刀术。"说着，走上前就要为羲之绑扎头上的发髻。按照传统，少年在总角年龄，必须将长发在头顶捆扎成两个状似羊角的发髻。

羲之不从，不无恼怒地说道："母亲大人昨日便说过，不出三个月，咱家就到了束发之龄，不过是将两只发髻变作一只发髻罢了。本公子并不在意。"

老仆不好继续坚持，便说道："公子且须留心为好，免得被你那些从兄弟撞见，围殴于你，让老夫人暗自啜泣欤。"

王羲之哪里还听得下去，三步并作两步就跑远了。

刚刚在族祠前的场坪站定，从叔父王处明（王舒字）的儿子从弟王允之尖叫着跑了来，见羲之手中的长刀竟然是把真刀，气得将自己手里的木刀扔在地上，嘴里嘟囔着说："母亲大人不准我用父亲大人特意留下的长刀，着意要让我丢尽人耳。"

羲之笑着走过去把长刀塞给王允之，说道："阿弟，你年纪尚幼，婶婶大人怕钢刀伤及于你，何至于如此气恼。"

王允之做了几个甩手蹬腿的动作，说道："阿菟哥（王羲之乳名），你我同庚，岁差月余，岂可倚老卖老焉。吁吁，阿菟哥你怎敢出家门不束发髻？"说着，抬起手抚弄着头上的两个发髻。

羲之没有理会允之的话，说道："若不是被你纠缠不休，我怎敢将真刀偷偷取出。"

王允之接过长刀，沉甸甸的钢刀让他不禁咧咧嘴巴，平日练惯了木刀，已经舞得有模有样，真刀在手只舞了几下就把持不住刀柄。走了几个招式王允之的手腕就脱了力气，顺手将长刀插在地上直喘粗气："阿菟哥，处仲（王敦字）伯父偏袒于你。嘱你习武，却嘱我熟读兵书。唉，我不过总角孩童，读兵书何用之有乎？这般手无缚鸡之力，未来因何可期欤？"

羲之咯咯笑了两声，拿过长刀，真刀果然很沉，好在他经常在家里偷着练习，懂得在习练刀术时如何借着刀势产生的力量完成动作。

王羲之将长刀缓缓舞了几下，以此暖了手腕，问道："阿弟，处明阿叔怎说？"

"家君崇仰处仲阿伯，视阿伯所言为圭臬。"

王羲之用刀背拍了拍王允之的屁股，嘴里啧啧两声说："琅琊王氏以文治国，以武张道，此族规矣。阿伯用心深远欤。"

王允之缩了缩头，捡起地上的木刀，说道："你武我文，何来此理焉？"

羲之不再言语，冷下面孔，足足吸了口气，单手持刀起式，将双臂缓缓升起，突然向前用力刺去，便借着前冲的惯性猛地转身，与此同时左手扬起似猴子望月，长臂刚到头顶，身体却跃了起来，再转过身来，长刀已经从身前沉下，随着双脚落地，双腿顺势向下一蹲，借着长刀向下的力道，在长刀从空中落下掠过胸前的刹那间，羲之让长刀来了个鱼翔浅底从地面飞速扫过，紧接着一翻腕，一撩手，第六个动作便是刀刃朝上，砍中了假想中对手的下颚。在一

003

旁观看的王允之被羲之一气呵成的刀法惊住了，不由得拍手喝彩。忽然喝彩声戛然而止，王允之手向王羲之身后一指，惊得面庞走了样，"嗷"的一声撒腿就跑。

王羲之被这怪叫吓了一跳，一走神儿，脚下就乱了，一个趔趄扑了出去。倒地的瞬间，瞥见族长王导正朝这边匆匆走来。

王羲之浑身一机灵，却没敢逃跑，一转身先跪起身来，匍匐在地，向王导连连磕头。

王导呵斥王羲之道："阿菟，嘱你不得习武，何以屡屡成耳旁之风乎？"呵斥声未落，王导上前揪住王羲之的耳朵，却不料被王羲之用力一甩头，挣脱了。

王羲之梗着脖子说道："叔父大人，宗正大人屡屡教诲小子，习武为琅琊王氏子嗣当仁不让之责，小子谨记也哉。"

这话让王导大为光火，却又不好发作，于是说道："京畿之地，一派祥和，舞刀弄枪，成何体统耳。阿菟小子，你刀法杀气重，招招置人于死地，哪里可见琅琊刀法之真谛。小子，你庭训（家教也）缺失，冥顽难除，故而只需潜心诵读，方为正道焉。"

王羲之不服，说道："处仲伯父嘱小子继承家君衣钵，苦练刀术，终有一日可杀敌建功也。小子怎敢违逆。"

王导一听这话，顿时怒了，斥道："阿菟小子，你父亲不过刀术出众，除此之外哪里还有衣钵可继承欤。"

王羲之见王导又在贬低父亲，心中甚是气恼，脱口辩道："小子不敢造次。若非处仲伯父与家尊大人追随武皇帝，降羌氏，收匈奴，灭鲜卑，威震敌胆，四方六合岂能归顺乎？"

王导没想到王羲之会顶撞，呵斥道："阿菟小子，你……你这小子……，若不是你处仲伯父今晚回京，必定罚你在族祠前跪两个时辰。"说完，转身走了。

直到王导走远，王羲之才站起身来，耷拉着脑袋往回走去。

二

一个时辰之后，乌衣巷正北，建康城城垣内的王宫里，后宫的黄门开始在大殿外吆喝起来，提醒晋王司马睿出行的时辰越来越近了。黄门的声音很响亮，还有些尖利。

前几日，大鸿胪（朝廷高官，主管礼仪、外交等诸事）通报说奉旨在玄武湖修建的几座歇脚的凉亭已经完工，请晋王司马睿前往体察一番。司马睿让人卜了一卦，卦象表明今日是出行的好日子，于是便决定到那里去看看，顺便消散一下胸中蓄积多日的烦闷。

已是建兴五年，司马睿甫一做晋王紧接着便立了新的年号——建武。按照古法，司马睿还没有当皇帝呢，并无另立年号的资格，可是，他却在几位重臣的撺掇下，挺胸昂首地干了这件大事儿。结果，没想到立刻就获得多数在京大臣、贵族以及戍边征镇大将军的一致拥护，而这几位重臣中排在前两位的便是琅琊王氏的王导和王敦。

立了新的年号，司马睿便将三国时期东吴国都建业城里的皇宫改造成晋王府邸。晋王府邸位于建康城北区玄武湖畔南面。宫城已经破败不堪，现在看来，当年司马睿的祖父，司马懿的第五子、琅琊武王司马伷围攻这座城市时下手太重了，将一座藏有五千娇娘的皇宫毁了个七零八落，惨不忍睹。当然，他并不怪祖父，司马睿时常会这样原谅祖父。那时候，琅琊武王无论如何也无法预测到，时隔五十年后，这座宫城居然成了他亲孙子的王府，而亲孙子距离成为皇上也仅是一步之遥了。若是祖父有何不满，那就是孙子司马睿没敢将祖父的牌位立在皇族庙宇里，也没敢给他封一个帝的头衔，而是祭奉曾祖父司马懿，是为名正言顺也。

住进王宫不久，司马睿曾将姨表亲弟弟，琅琊王氏第四支，也就是王正家的老三王彬传进宫里，带着王彬在王宫转了一圈。他要让这位对殿堂楼宇建筑有着极高天赋的表弟出任大匠，改造这座宫城。那天，司马睿在心里暗自说若是有必要的话，即使把这座宫城推倒重建也在所不惜。当然，这一切必须等到他做了皇上才能实现。

司马睿记得表弟王彬当时听后瞪大了眼睛，表情吃惊而又喜悦。司马睿当然清楚王彬何以吃惊，因为司马睿刚刚下了诏书，颁布了一系列勤俭节约的规矩，连他和后宫的王妃、婕妤、才人居住的寝宫都不得使用绫罗绸缎来装扮。出行的卤簿（皇帝出行的阵仗规模）也被大大压缩了，甚至不如王朝鼎盛时期一个刺史部刺史出行的规模。司马睿没有理睬王彬那张涨红的脸，而是自言自语地说了句："以后再说吧。"最后还没忘了叮咛王彬说晋王的坐床一定不要照着洛阳太极殿那张椅子来做。

门外的黄门索性进了大殿，跪在司马睿面前提醒说再不出发的话，出行的吉时就过去了，要再等上三十天，才是下一个出行的吉日。司马睿这才离开晋王的坐床站起身来。

司马睿此次出行如平日一样，用的是肩辇。这符合在他授意下重新制定的出行卤簿标准，既不铺张浪费，也不会惊动太多的人。几天前，司马睿收到驻守长江上游武昌江州一线的王敦派人送来的信函，信上说他将于五日内到建康城觐见晋王，这让司马睿一点儿都不开心。他为此事问过右将军王导，问王敦此行有何用意。王导不置可否。他本想再问问尚书令刁协或者御史中丞刘隗，却又打消了这个念头。

满朝文武都知道自从他开始重用刁协和刘隗二人以来，朝会上只有一个声音的廊庙（朝廷）变得闹哄哄的了。朝会上很快就分成了两个阵营。刁协资历深厚，而刘隗耿直冷酷。但是，这二位既无高贵身世、又无沙场建功的大臣却让那些功勋彪炳、门第高贵的大臣和将军难以容忍。司马睿倒是对自己的决定坚信不疑，烦恼不少，但局面喜人。一次，正宫虞妃（虞孟母，死后被封为元敬皇后）就对此表示过担忧，甚至搬出了民谣"王与马，共天下"来提醒司马睿不可因此疏远了居住在乌衣巷的琅琊王氏。司马睿能有今日之辉煌，琅琊王氏功不可没。司马睿每次都会同往常一样点头认同，但心里却不以为然。

已经过了午后，气温在回暖。宫城距离玄武湖不远，一行人马即使缓缓行走，最多一个时辰也就到了。坐在肩辇里，辇夫们行走时颠出来的节奏令司马睿有些昏昏欲睡。恍惚之中，那些逝去了的岁月不断在脑海里浮现。其实，很长时间以来，他就一直被一些令人有切肤之痛、切齿之恨的往事纠缠着。

永嘉五年（公元311年），是五胡乱华最为残酷的一年，大晋王朝的京都洛阳被刘曜的匈奴大军攻陷。晋武帝第二十五子晋怀帝司马炽在逃往长安途中被俘，并被押送到汉赵大本营平阳（今运城）。

又过了一年，在京都洛阳被匈奴大军焚毁之前逃出京畿地区的前吴王司马晏的儿子秦王司马邺，辗转经湖北和陕西交界的武关进入陕西，并在大晋王朝征西府军队的接应护卫下，终于进入征西府所在地长安，不久便在长安城设立行台，组成了临时朝廷，主理朝政。

永嘉七年春正月，皇帝司马炽在正月的朝会上被自命为皇上的匈奴人刘聪羞辱，扮作为匈奴占领军斟酒的仆人，随司马炽一道被俘的一干大晋王朝旧臣对此等奇耻大辱难以忍受，当堂号哭，令刘聪反感。不久，刘聪用毒酒将司马炽毒杀。至此，统一了中国的晋武帝司马炎再无还活着的直系儿子，而其第二十五子司马炽的亲儿子也在接下来的战乱中相继被杀。也就是说，有资格继任皇帝之位的就只有身在长安城的司马炎的第十五子吴王司马晏的亲儿子司马邺了。

大晋王朝这三年就没有过国泰民安的时候，接二连三发生的不幸，使朝野上下一片哀鸣。

这年四月壬申，司马邺顺理成章地成为大晋王朝的皇上。五月壬辰，皇帝司马邺便颁布圣旨，任镇东大将军、琅邪王司马睿为侍中、左丞相、大都督陕东诸军事，任大司马、南阳王司马保为右丞相、大都督陕西诸军事。

然而，镇东大将军司马睿却拒绝前往长安城就任，并找出许多理由表明斯时若是离开镇东府建邺城，大晋的半壁江山必定危在旦夕。最后，只是为避皇上名讳，将这座原东吴都城建邺改为建康，算是对远在几千里外的大晋皇上表了个忠心不二的态度。

可是，做了皇上的司马邺自知长安城的卫戍部队和征西府所剩不多的几支军队没有实力与不断侵扰的匈奴大军抗衡，而大晋朝那些个兵员充足、实力雄厚的征镇都远在千里之外。于是，为求自保，当然也为求大晋王朝生生不息，连连发出圣旨，敦促司马睿早日抵达长安城勤王。最后一道圣旨更是声情并茂，言之切切，令人唏嘘："朕以冲昧，纂承洪绪，未能枭夷凶逆，奉迎梓宫，枕戈烦冤，肝心抽裂。前得魏浚表，知公帅先三军，已据寿春，传檄诸侯，协齐威势，想今渐进，已达洛阳。……公宜思弘谋猷，勖济远略，使山陵旋反，四海有赖。……公茂德昵属，宣隆东夏，恢融六合，非公而谁！但洛都陵庙，不可空旷，公宜镇抚，以绥山东。右丞相当入辅弼，追踪周、邵，以隆中兴也。"圣旨里频频说及的"公"便是司马睿。

遗憾的是，司马睿并没有如圣旨中所说，向南方诸侯发出速速前往长安勤王的号令，更没有派一支所向披靡的前卫军队抵达旧都洛阳。尽管皇上司马邺在圣旨中对司马睿说了许多赞美之词，却很难打动已经打定主意镇守江南以求一逞的司马睿。平心而论，当年号令天下、铁骑九州的晋武帝司马炎的余威在这座江南之都早已经烟消云散。在司马睿看来，振兴大晋王朝的历史重任已经跟文皇帝司马昭一系没什么关系了。在他心中，如果说那个至今依然辉煌的司马家族中还有哪位祖宗可以顶礼膜拜，与天地共享殊荣的话，那就是宣皇帝司马懿了。接下来他要做的一切，都是为了光宣皇帝之宗，耀司马懿之祖。司马睿心中的晋武帝司马炎那傲然的形象在老人家驾崩后就渐渐淡漠下去。尤其对那位幸运地继承了皇位却任由后宫的贾南风败坏皇族门风、玩弄权术、挑起"八王之乱"、极大地削弱了司马氏皇室家族实力的文皇帝的直系孙子晋惠帝司马衷，他更是嗤之以鼻，并视之为司马皇室最大的耻辱。"八王之乱"直接导致了五胡乱华的"永嘉之乱"。在"永嘉之乱"中，大晋王朝的壮丽河山被北方五胡禽兽大军折腾得千疮百孔，饿殍遍野，惨不忍睹。这些血的事实，令司马睿更加坚定了复兴曾祖父司马懿的伟大事业、让大晋山河重新回到司马皇室的掌控中的决心。在这短短的十几年间，他除了在公众场合仍然会摇晃着武帝的旗帜外，说得最多的做得最多的就是不遗余力地宣示曾祖父司马懿对一统河山做出的无与伦比的伟业，并发誓循迹而行，让大晋王朝重新振兴。这在他被拥戴做了晋王时发布的诏书上写得清清楚楚。

  司马睿很清楚，被几百万汉家黎民百姓裹挟而行的那些个出自司马家庭的诸王，包括那些个在京都洛阳名满宇寰的名门望族，逃到了江东地区早已经失魂落魄，丢盔卸甲。在王导的建议下，司马睿给这些可怜的人儿划出了几个郡县，将他们安置停当，让他们得以修养生息，从惊恐不安中渐渐恢复过来。在这些人心目中，他这个在过往几十年里相当不被待见的司马家族旁系的一员，从此也就名正言顺地承袭了先祖司马懿的一切名望。如果说，是宣皇帝司马懿开创了司马氏一族一统天下的历史先河的话，曾经的琅琊小国的藩王司马睿则使得这条历史长河源远流长。这话可不是他自己说的，而是一百多位大臣、将军、封疆大吏和望族之后联名上书，在恳请他登基称帝的奏折里写的。

  可是，远在西边天际的长安城的安危始终是司马睿的头一桩心事。当朝辅政相国南阳王司马保在长安城里一直就没有闲过。司马保不断派信使送来相国书信，书信的内容差不多都是一个意思：皇上频频降旨，恳请司马睿率大军勤王，司马睿居然胆大包天，不予理会，此乃企图将大晋王朝一分做二、分陕而治的重大阴谋。并言称若司马睿执迷不悟，将敦请皇上颁发圣旨，褫夺司马睿的假黄钺、都督陕东诸军事的大权。这个肥头大耳的司马保，居然能够猜中司马睿分陕而治的英明决策，倒也不失为司马皇室对这位藩王的器重。司马保的话当然吓不住司马睿。

过了没多久，也就是建兴三年（公元315年）二月丙子，皇帝诏令司马保做了辅政相国，同时诏令司马睿为大都督，且总督中外诸军事，似乎将大晋王朝的军权一股脑交给了司马睿。但司马睿心里十分明白，皇上的一举一动都只会受到辅政相国司马保的操纵。自从被任命为督中外诸军事后，殿下的幕僚里就开始有人鼓噪着出兵勤王了，再不出兵勤王怕是于道统之理于君臣之义都说不过去了。这让司马睿好生烦恼。

建兴五年（公元317年）春二月，长安城的皇上司马邺在几个月前派出的信使历经艰辛到达建康城，将皇上司马邺的最后一道圣旨交到了司马睿手中，圣旨诏曰："遭运迍否，皇纲不振，朕以寡德，奉承洪绪。不能祈天永命，绍隆中兴，致使凶胡敢帅犬羊，逼迫京辇。朕今幽塞穷城，忧虑万端，恐一旦崩溃。卿指诣丞相，具宣朕意，使摄万机，时据旧都，修复陵庙，以雪大耻。"

然而就在信使离开不久的公元316年冬月，长安城内粮尽，无法拒守。愍帝只得赤露肩背，口含玉璧，乘坐羊车，出城往刘渊之子刘曜的军营求降，群臣围住羊车号哭，有的爬上车拉住他手臂，不让他出城。愍帝悲不自胜，又无可奈何，只好推开臣下，驱车出城投降。刘曜将他押到平阳，废封为光禄大夫。

盛唐宰相房玄龄根据皇帝李世民的圣旨而监修的《晋书》中这样记载当时的凄惨境况："冬十月，京师饥甚，米斗金二两，人相食，死者太半。太仓有曲数饼，麹允屑为粥以供帝，至是复尽。帝泣谓允曰：'今窘厄如此，外无救援，死于社稷，是朕事也。然念将士暴离斯酷，今欲因城未陷为羞死之事，庶令黎元免屠烂之苦。行矣遣书，朕意决矣。'十一月乙未，使侍中宋敞送笺于曜，帝乘羊车，肉袒衔璧，舆榇出降。群臣号泣攀车，执帝之手，帝亦悲不自胜。御史中丞吉朗自杀。曜焚榇受璧，使宋敞奉帝还宫。……辛丑，帝蒙尘于平阳，麹允及群官并从。呜呼哀哉！"

那日，司马睿率领众幕僚跪接圣旨，山呼万岁，潸然泪下。他没有告诉信使这道圣旨到达建康城之前，建康城就已经接到噩耗，远在长安城的皇上已经于去年十一月，放弃抵抗，出城投降了。与当年东吴皇上孙皓不同的是，愍帝没有拱手缴出大晋王国版图和子民名册。这其中的含义很是清楚，大晋王朝的

009

军队尽管战败了，但江山仍在，子民依然。司马睿便是为此流下了泪水。

　　一个月后，司马睿否决了一众大臣拥戴他当皇帝的恳求。但是大臣们以死固请，矢志不渝。司马睿坚辞不就，只能在廊庙上当着众臣面慨然落泪，表示皇上正在匈奴魔爪之下遭受磨难，若众臣见逼不已，执意为之，他只好返回琅琊国重做藩王了。众臣这才退了一步，提出仿照曹魏时期文皇帝为晋王的仪式，自立为晋王。司马睿情知众意难违，也就从了。一俟称王，司马睿立刻改年号为建武，并将宗庙社稷确定在了建康城。在大赦天下的敕令中除了规定弑杀祖父母和父母的罪犯不得赦免外，匈奴首领刘聪等刘渊子嗣和羯族叛军首领石勒也不受赦免，足见其对这两个家伙的切齿之恨。与此同时，司马睿发出诏书，任命最受信赖的王敦为大将军。这可并非虚衔，依照大晋律制，征镇大将军在京城之外戍边作战，可自行委任中外各府的长官。司马睿让王导做了骠骑大将军，官阶一品，同时授予其都督中外诸军事的使持节的权柄，这应该就是丞相了。原本是要授予王导假黄钺的，可王导执意不受。只是，司马睿多了个心眼：将自己的心腹长史刁协擢升为尚书左仆射，统管廊庙修订律制、朝会召集人、任命京都官员等一切事务；又将来自下邳郡的刘隗任命为御史中丞，这是个可以随时监督太子以下的丞相和一品大臣的官职。这个时候，司马睿并没有意识到他的这个未经王导和王敦认可的人事任命，导致了几年之后的建康之乱，几乎使其丢了性命。这是后话。

　　这就有了第二桩心事儿。司马睿被众幕僚拥立为晋王后，接下来就要在众多的儿子里面选一个做晋王的世子。这个时候，司马睿的膝下已经有了四个儿子。大儿子司马绍已经快二十岁，一直伴随在司马睿左右。二儿子司马裒也已经十七岁，现时正跟随祖逖大军在建康城北面阻击企图南下的羯族匪徒首领石勒的禽兽之军呢。这两个儿子都是鲜卑族宫女所生，他们的生母早几年就被赶出京城。之后，他们被正宫虞孟母收为养子。三儿子司马冲倒是汉家妃子所生，却只有六七岁。四儿子司马晞刚出生不久。若是论年龄和资历学识，世子当为长子司马绍；若是论战功，二儿子司马裒当仁不让；而论血统，三儿子司马冲则似乎更符合司马皇族的道统和汉家的礼法。何以有此论断呢？一年前当长安城的愍帝出城投降后，自家在众臣的固请下做了晋王。几天之后的一个晚上，征东大将军王敦和骠骑将军王导照例前来宫城拜见，这二位是司马睿的左膀右臂，靠着这二人，司马睿才在建康城站住了脚。仰仗这二人的才华和威武，长江以南的大部地区才不至于被五胡攻陷。再往远追溯，当年若不是听了骠骑将军王导的话，举家离开洛阳城在封国驻扎下来，哪里能有今天这样中兴司马皇室伟业的机会和资格。那日晚上，大将军王敦坚持要册立司马睿三儿子司马冲为世子，而且态度蛮横，出言不逊。王导说了一番家国情怀的话语，却听不出意欲何为。朝廷内外都知道司马绍和司马裒的母亲是宫人鲜卑女荀氏，这种有失体统的传续方式令人不齿，也曾遭到司马睿最敬仰的叔父、东安王司马繇的反对。司马繇就多次对司马睿在传续祖宗血脉一事上太过遂性表示过强烈不满，也曾提醒过司马睿，当朝皇上包括皇上身边的重臣是不会允许司马睿的两个鲜卑血统的儿子继承琅琊王国王位的。那时候，司马睿对此不以为然，可是，当司马睿成为光复大晋伟业的唯一责任人的时候，关乎他身后事的世子确立就变得尤为突出了。

簇拥着司马睿的皇家礼仪阵仗走了一个多时辰，终于到达玄武湖畔。玄武湖水面辽阔，远眺，可见群山环绕；近览，眼前波光粼粼。

司马睿没有登上皇家游船，只是选择了一座稍大的亭子下了肩舆。亭子里的土漆气味尚未消散，淡淡的气味环绕在司马睿身前脑后，令他不由得将这座木亭仔细打量了一番。

自从皇上司马邺被刘曜掳去了平阳（今山西运城），关于皇上的消息也越来越少。前些日子，并州被皇上司马邺赐予大晋朝司空的刘琨大人有奏文报来，奏文中只有一次提及皇上近况，文中声称汉主刘聪废除了司马邺皇帝衣钵，仅仅赐予其光禄大夫的职衔，而且，没有官秩。也就是说既没有一文银子，也不给一两粟米。这个遭天杀的屠各（匈奴旧称）崽子。

眼前的状况是：那边，皇上司马邺受尽羞辱，生死不明。换句话说，司马邺只要活着，哪怕是苟且偷安呢，司马睿就只能坐在晋王简陋的坐床上，每次朝会耐着性子听高台下众臣无休止地呈上奏折，或者冷不丁放出一纸关于收复河洛的谏文。而这些纷纷报来的状况，有些他以晋王之尊可以下达敕令，有些只有皇上才能够定夺。这边，大将军王敦在今天就会闯进建康城的王宫，这自然是一次来者不善的京都之行。司马睿已经可以想见王敦会说些什么。这都是一些无穷无尽的烦恼。但是，司马睿还是决心挺过去。毕竟，镇东大将军和晋王这两个头衔也不是吃素的。

司马睿刚坐下来，黄门便端上一盘卤制好并切成薄片的牛肉，盘子里还放着一把清洗干净的芫荽（香菜）。司马睿知道盘子里的牛肉是冷的，却依然先用手背试了试牛肉的温度。果然是冷的。司马睿不能吃热食，只能喝热酒，这跟他近几年开始服食五石散有关。

负责为晋王起草日常敕书的黄门侍郎这时急匆匆地跑了来，向司马睿禀报说，镇守江宁的卫戍部队派人急报，大将军王敦已经进入江宁。司马睿问了声："还有多久可以入城？"治书侍御史回答说大将军的马队走得并不快，若是中途不再停留的话，估摸着天黑前就能入城了。司马睿摆摆手表示知晓了，但并没有立即启程回宫的意思。他面无表情地朝着乌衣巷的方向看过去。乌衣巷在王宫的南面，还有很远一段路呢。司马睿将嘴里嚼得稀碎的牛肉咽下去，又捏了几根芫荽放在嘴里，仔细地咀嚼着。司马睿心绪更乱了。

三

当夜，大将军王敦在一队彪悍军士的簇拥下进了建康城。他没有急着前往晋王司马睿居住的王宫，而是径直去了乌衣巷。在乌衣巷，他挨家挨户看望了琅琊王氏的十几位叔伯兄弟和几十位子侄，把从豫章郡（今南昌）带来的好吃的好喝的挨着门户送了一遍。最后，他把随行的侍卫队留在王羲之家的院子外面，只身进了院子，来到正堂一侧的厢房。

王羲之正和王允之端坐在矮桌前的油灯下读书，见王敦进来，两位侄子顺势跪在地上行了大礼。王敦给每人面前丢了一包吃的，说道："阿菟侄儿，阿伯一会儿见过你家母亲大人后有话对你说呢。"又朝着王允之问道："前次伯父嘱你抄写《孙子兵法》，何如乎？"王允之指着桌几上摊开的纸张说抄写容易，熟记着实难矣。王敦在王允之脑门上弹了一指，说："下次伯父回京你若依然不能全书背诵，定惩不饶。"说罢便在仆人的引领下，穿过不大的庭院，来到正堂。羲之的母亲和长兄籍之已经听到仆人传话说王敦大人先去看孩子了，两人便在正堂等候。

羲之的母亲叫了声"阿黑哥"，声音就哽咽了。籍之在一旁立刻跪了下来，被王敦唤起。

王旷的长子王籍之这时已经做了世子文学，这也算是不小的官职了。王敦与王旷的关系之好是世人皆知的，王籍之见到王敦就好像见到父亲一样。因此，跪拜伯父王敦，在籍之以及羲之兄弟二人心中就如同跪拜父亲大人一样。

王敦问过羲之母亲安好，便对籍之说："若是在廊庙上感到不快，可先到镇西府做几年掾属，等有了机会，再给你找个条件好一些的郡去做太守。"见籍之点头应了，便说："你外父（岳丈，周嵩）大人矜傲过甚，晋王上位得天下众臣拥戴，此可视为天时人和，他却不识时务。你若有机会还须劝告周大人，让他好自为之。建康有今日之安定祥和，可别因其出言不慎坏了复兴大晋王朝之伟业耳。"

籍之频频点头，并不回话。

王敦接着对羲之母亲说道："夫人，我有一事要说于你，世将（王廙字，王羲之的二叔）近日在我那里休养，他在当年大迁徙中受了风寒，这几年主持郡守之事，甚是操劳。世将不在这里，定有诸事会不遂人意。我这次回来会跟茂弘（王导字）多说几句。若不是世宏（王旷字，王羲之的父亲）当年坚持上言族群随平东府南迁，琅琊王氏族群怎能有今日之安稳生活。"

羲之母亲又要落泪，被儿子籍之抚慰了几句，说"听处仲伯父的话就是了"，接着又说道："阿伯大人，阿菟日日念叨阿伯有应他之事，再不回来，恐到弱冠之龄欤。"

王敦一听这话，不觉笑起来，说道："为兄此次从豫章带来一把长刀，是请当地铁匠精心打造而得。三年前，我许诺阿菟为他锻造精刀一把。小子即将总角，精进刀术实乃本责。况，咱琅琊王氏便是以此为立身之本耳。"

羲之母亲看了一眼挂在正堂墙上的长刀，说道："阿哥所言极是。阿菟极喜刀术，我曾多次偷窥他习练，果真可见世宏当年之风范，甚是惊喜耶。这把刀是世宏在寿春时专为他打造，现在已是镇家之宝也。"

王敦告辞前说近些日子会派几艘大船载了青砖灰瓦和大量盖房子用的木材运往京城。"乌衣巷里就你家的屋舍最破，"说着他用力摇撼了一下屋子中间的支柱，"弟妹，我每次踏进这里便甚感愧疚。只是忙于征战，忽略也哉。我还要去见茂弘，与他交代清楚，这批运来的盖房材料是专为你们三家起新屋舍而用，不得擅自挪作他用。否则，我定不轻饶。"他最怕看到羲之母亲掉眼泪，因此话一说完抬脚就出了正堂。

出了正堂，王敦转身重又来到王羲之居住的厢房。这时王允之已经回家了，王羲之正在习练书法。王敦认真地把羲之临写索靖和张芝法帖的习作看了一遍，夸了几句，便让王羲之在身边坐下，很是慈爱地摸摸王羲之的头。

王敦还没开口，就见羲之泪水盈了眼眶，却故意不去理会，而是说道："阿菟，你这书学算是入了门，比我前次见到时大有长进。刚才见你和阿猷灯下读书，着实令伯父感慨万千欤。咱琅琊王氏族群乃大晋朝栋梁之族，你和允之皆不得有半点懈怠。"

羲之点点头，双手却抓住王敦的手，瞪大眼睛说道："伯父大人，阿菟终身牢记大人教诲。每次得见大人尊荣，父亲大人音容笑貌便油然现于眼前欤。"

王敦不觉一惊，想了想说道："你与家尊离别那年不过六岁耳。"

王羲之说道："阿菟自离开父亲大人，每日入睡之前都要将父亲大人音容在心里想过一遍，故而铭刻在心欤。"

王敦被这话弄得鼻子酸酸的，他想告诉眼前只有十四岁的王羲之，他派出去的探子已经证实了王旷尚在人世间。但是一转念又觉着还是再等等吧，等他真的见到王旷，到时候再说不迟。想到这里，王敦顺着羲之的话，问道："阿菟，想念你家父亲大人乎？"这话一出口，王敦就后悔了。

羲之没想到伯父王敦会问这个，不禁愣住了。那年离开寿春城之后，他听母亲大人说父亲奉命率军队去了千里之外的壶关驰援。之后，父亲的生死便成为乌衣巷琅琊王氏家族里犯忌的话题。在羲之的记忆中，在寿春居住的日子最为清晰，终生难忘。尽管与慈父在一起的时间不到一年，但他总能想起父亲每日教他和阿哥习练刀术时的情景，想起父亲每晚在灯下传授书法技艺时所讲的关于刀术和书写之间融会贯通的内在关系，以及用深入浅出的话语讲习刀术与做人之间看似风马牛不相及、实则息息相关的道理。还有，阿爹几乎无一日不说及祖训，他记得最为清楚的是阿爹嘱咐他终身铭记的琅琊王氏先祖王祥的遗训"夫言行可覆，信之至也；推美引过，德之至也；扬名显亲，孝之至也；兄弟怡怡，宗族欣欣，悌之至也。临财莫过乎让：此五者，立身之本"。两年前的一天，羲之从太学散学归来，向母亲大人询问琅琊王氏一众同辈族人何以对他疏远隔离，甚至太学师傅也对他颇为冷淡时，便引用了遗训中"兄弟怡怡，宗族欣欣，悌之至也"的至理名言。母亲听罢，搂住羲之，一言不发，任由泪水流淌不止。

所以，王敦一问，王羲之的眼泪立刻就流下来。回过神来，羲之抹去眼泪，说道："侄儿不知伯父大人因何有此一问，故而诚惶诚恐，一时语塞。"

王敦伸出双手，轻轻攀住羲之消瘦的肩膀，继续问道："阿菟侄儿，你懂得阿伯何以有此一问乎？"

羲之迷惘地摇摇头，嘴上却说道："侄儿朝思暮想父亲大人，然，族中长辈不许小子询问父亲大人之过往。侄儿想得甚苦也哉。"

王敦听着这话，心中也不好受，用力抹了把脸，说道："你家大人为大晋出生入死，对皇室忠心耿耿，对朋友两肋插刀，琅琊王氏中无人能出其右，就连伯父亦远不及他耳。"

伯父的话令王羲之很受鼓舞，便又问道："大人，既然父亲大人品德如伯父大人所说，何以侄儿前几日却在宗族祠堂祭拜先祖仪式上，受到茂弘从叔父大人斥责。"

王敦眉头一皱，问道："茂弘从叔父何以当众斥责于你？"

王羲之回答道："小子看到祠堂里竟然没有家君大人牌位，不禁想起家君，便号啕不止。叔父大人喝令族人将小子拖出祠堂，大加训斥，言称小子扰乱宗祠祭拜秩序。小子不服，当众顶撞叔父大人，被罚在宗祠前跪了半日之久也。"

王敦听了这话，脸上肌肉抽动了几下，什么话也没说，"腾"地站起身来，快步出了屋子，不一会儿却又回转来，这时，王羲之看到王敦手中多了一把带刀鞘的长刀。羲之以为刚才一番话语闯了大祸，慌忙跪在地上，双手伏地，不敢抬头。

只听王敦轻声叫道："阿菟小子，抬起头来。"

王羲之胆怯地抬起头来，就见伯父缓缓抽出长刀。昏暗的烛火下，长刀闪烁着铮亮的寒光。

王敦问道："阿菟，离开寿春那日，你父亲大人对你可有嘱咐？"

羲之想了想说道："父亲大人嘱小子为家门多生子嗣。"

王敦一愣，不知该怎么说下去。

羲之继续说道："小子对阿爹发誓，定要生八个儿子。阿爹听罢仰天大笑。"

王敦也忍不住大笑起来，笑罢，郑重其事说道："阿菟小子，此长刀乃伯父请辖地有名铁匠用上等钢料精心打造而成，可谓削铁如泥也。当年，你阿爹以护佑皇上为天职，凭着手中长刀，所向披靡，无人能敌，令一众企图弑君杀手闻风丧胆。你家尊曾对我说过，希冀子嗣能如他一样，为朝廷而生，为皇室而死。小子，你可有此志向？"

王羲之坚定地回答道："阿菟将牢记阿爹嘱托，不负伯父大人厚爱，毕生矢志不渝耳。"

王敦点头说道："小子，接刀吧。伯父知你小子终日练刀不辍，现在就在院子里给伯父走上一趟刀术，让我看看你小子有多大本事。"

王羲之在地上重重地磕了个响头，接过长刀，出了屋子。

在院子里，王羲之刚走了几个招式便气喘吁吁，只好收住脚步，说道："阿菟让伯父大人见笑耶。这刀沉重，小子难以驾驭。然，假以时日，小子定将此宝刀耍得游刃有余耳。"

王敦没说什么，用力摸了一把王羲之的头，转身出了王羲之家的小院子。

四

离开乌衣巷，王敦疾步走了一段，直到过了朱雀门外那条名为朱雀桁的浮桥，这才翻身上马。上得马后，王敦却没有像往常那样在直通王宫的"御街"上驱马奔跑，而是放松缰绳，让坐骑随意前行。时辰已经过了日夕（晚九点），城中这条最为宽阔的大道上早就没了行人。刚刚遇见了一支巡夜的城防军士，为首的领队一眼认出了名震京城的大将军王敦，急忙闪到一旁。远远地可以看见王宫外的宣阳门了，王敦这才双腿夹了夹坐骑，缥色战马一纵身飞奔起来。过了宣阳门就可以看见王宫的正门大司马门了。

王敦在大司马门前刚下了坐骑，就见一辆官车从大司马门出来。为牛车开道的有四名家仆，四名家仆手中举着烛火，一路高声吆喝着。

王敦喝了一声："何人在夤夜还敢进出宫城？"四周很静，王敦虽然喊得声音并不大，却还是把走在牛车前面的仆人吓得不轻。

王敦的卫队冲了上去，把牛车团团围住。四名仆人见状匍匐在地上，为首的战战兢兢告诉王敦说尚书令刁协刚刚应诏见过晋王，正要返回官邸呢。

这时，从牛车后厢的侧窗探出一个脑袋来。借着摇晃的烛火，可以看清坐在牛车上的人当真是当朝尚书令刁协。

刁协见是王敦，先是一惊，慌忙从牛车上下来，问："何事让大将军突然从江州府回到京城？"王敦听出刁协话里的不满，冷哼两声，并没搭理刁协，也没有下马。王敦本与这位当朝尚书令并不熟悉，只是刁协突然被晋王司马睿高调迁入廊庙并成为重臣后，这才引起了王敦的关注。司马睿在江东建邺城构筑事业基础时，在别人举荐下让刁协做了镇东府长史。此人似乎对大晋朝律制有过研究，因而被司马睿所器重。王敦也听说了刁协在朝会上的那些所作所为，无非是呈奏一些被装腔作势装扮了的谏书，摆出一副正人君子的模样和义正词严的神气来吓唬人罢了。王敦已经很久没有参加过朝会了。他厌恶朝会过于装腔作势的氛围，尤其大臣们在朝会上宣讲的奏本，要么一派胡言乱语，要么一通危言耸听，几乎无有可令晋王司马睿，或者有司参考的奏本。

王敦当然不会理睬刁协的询问，吆喝了一声让护卫散开，自己驱马进了大司马门。进到门里，王敦这才翻身下马，把坐骑交给护卫，自己快步向王宫深处走去。

王敦在黄门的引导下，不一会儿就进了王宫里用来单独与重臣会面的西堂议事厅。

右将军王导已经坐在殿堂里的侧床上等待了。王导没有站起身迎接王敦，王敦也只是朝王导点点头算是打了招呼。两人在王敦来建康城前通过一封信，已经把今日要向司马睿表明的态度说得很透彻了，所以，两人都是为公而来，那就公事公办。

司马睿紧跟着王敦进了议事厅。王敦和王导都没有起身行君臣之礼，二人的身躯都比司马睿高大强壮，因此，通常情况下，这二人都避免让司马睿感到不适。二人朝着司马睿欠了欠身，算是行礼了。

王敦看到神色紧张的司马睿，心里并没多少同情，但是他见司马睿能紧随其后进入议事厅，还是觉着这是一位能与之坦诚相待而不会虚与委蛇的君主。从江州一路赶来时的怒气顿时消下去不少。

司马睿在议事厅正中的坐床上坐定后，轻轻捻着长髯似乎在思考着如何开口。过了一会儿，才看着王导说道："茂弘大人，今次你和处仲将军突然而至，一定有要事与本王商榷。二位在本王心里非一般重臣，本王与你们有管鲍之交，尤其茂弘，荡阴之战后你救本王出险，躲过一劫，本王此生难以报答耳。"

王敦重重地咳了一声，打断了司马睿这番颇有些套近乎的开场白。司马睿只好看着王敦说道："处仲大将军此次返京，难道真如你在信中所说，要与本王论及朝臣之事？"

王敦朝门口看去，治书侍御史和黄门不知什么时候已经退出去了，于是说道："正是如此。但这并非我此次来见殿下之头等大事。"他看了王导一眼，然后直接叫了司马睿的字："景文，我今日前来宫中参见你，理应被视为本朝最重要、最秘密之会面。若仅是为几个不足挂齿之佞臣，臣大可不必赶几千里路前来参拜晋王钦。"王敦的语气颇含轻蔑之味道，司马睿只是看了一眼，并不搭话。

王导见此，便插话说道："处仲，既然你对景文感情与忠心依然如故，说话便不得声色俱厉。如何？"

王敦点点头算是接受了。

司马睿也跟着说道："处仲，你在信中对刁协和刘隗升迁高位颇为不满，本王不以为然。茂弘可证明，建康城如今拥塞着数不清之名门望族，秩序混乱，视听不正。升迁此二臣，本王并非一时兴起。"

王敦说道："朝中事宜，处仲从不过问，有茂弘帮你打理上下，有士族大家为你撑腰打气，何患乎。至于刁刘二人，不足挂齿也。然，既然言至于此，臣接下来所言绝非危言耸听。你可愿听？"

司马睿撇撇嘴，放下捻长髯的手，说道："处仲将军何时于我这里不曾畅所欲言？说吧，即使逆耳，本王又怎能奈何与你？"

王敦没有理会司马睿话里的不满情绪，说道："刚才进宫居然撞见刁协，便先说此人。臣以为，在这定昏已过之时，他恐不会是来给景文请安钦？"

司马睿支吾了两声，没说出什么来，也不想告诉眼前二位刁协何以夜入王宫。他只是抬抬手，示意王敦继续往下说。

王敦继续说道："景文，朝廷近来不断颁发各种法令，据称均出自刁协之手。臣虽不曾亲眼看过，但你心里须清楚，朝野上下何人会为武皇帝时期制定之法规被篡改得面目全非而欢呼雀跃。"他看了王导一眼，王导正在无奈地晃着头。"景文，这些规矩若是为了管束名门望族，使之难以参与治国理政，便大错而特错也。大晋王朝兴盛至今，若无名门望族参与恐难以为继也。当年淮南忠壮王（淮南王司马允，在八王之乱中被篡位的赵王司马伦斩杀）对臣说过一句知己之言，你可想听？"

司马睿没有点头也没有摇头，此刻他知道说什么也是徒劳，故而索性不说。

王敦并不在乎司马睿的态度。在他眼里，这个比自己小了十岁的藩王既没有接受过征战的锤炼，因而缺乏决断能力；又没有辅佐过前朝皇上治国理政，因而不具治国能力。所以他从来没把司马睿的态度作为他行事的准则。见司马睿不说话，王敦就说道："淮南忠壮王不止一次对臣和你表兄世宏坦言，大晋若是没有琅琊王氏和诸贵族的话，连为国捐躯之人亦无处可寻也。这座王宫，你将之视为晋王府，也许不久这里还将为皇宫。然，在琅琊王氏眼里，这里是王朝象征，是大晋之延续，是文武（司马昭和司马炎父子）二位先皇拼打下来之江山，是大晋王朝名门望族子弟拼死征战而得之城池也哉欤！"顿了一下，王敦说道："那个名为乌衣巷之地，王宫视之为陋巷，如今却成了琅琊王氏、陈留谢氏、丹阳纪氏等望族聚集之处所。乌衣巷里望族之后将那里视为大晋王朝重振雄威之地。这些族群无论前辈抑或后嗣皆胸怀相同之心愿，终有一日，剪灭匈奴氐羯鲜卑贼寇，收复中原，重建洛阳都城。景文，刁协与刘隗这等佞臣心怀此情志乎？会以此为荣乎？"

司马睿被王敦一通数落，心里窝火，说道："处仲将军，你不可以己度人。当初，你与茂弘极尽所能游说本王坐上高台，后来又鞍前马后听命于本王，欲要为何？处仲，建康城内皇室族人并非仅有我。"司马睿扳着指头说出几个皇室族人来，说到西阳王司马羕和南顿王司马宗（此二人皆为司马昭第六子汝南王司马亮的亲儿子。司马亮是在八王之乱中第一个被杀的藩王）的时候，他还特别强调说："这二位祖宗比之于本王，可谓皇室正宗。而且，你早在旧京就与他二人十分熟识。你怎么不去追随于他们？"

司马睿这一段说辞，出乎王敦意料，让他一时竟不知如何回答了。愣了好一会儿，王敦才回过神来，说道："景文，你依然没明白我话中之意耳。那淮南忠壮王所言之意乃是在名门望族心里，大晋王朝之重超过自家性命。而在先帝武皇麾下正是聚集有一众曹魏时期最伟大之贵族。若非如此，曹奂（曹魏最后一任皇帝）怎甘于将江山拱手交出？"

这个时候，司马睿才终于点点头说道："哦，咱家淮南忠壮王此言圣明焉。"他故意在司马允前加了"咱家"二字。"本王任用廊庙大臣从未独断专行，与茂弘商量，他并无异议也。"

王导点点头证实了司马睿的说法。

王敦正说到兴头上，当然不愿被打断，而且此次返京便是为此而来。于是接着说道："我王敦以江左开国功勋之臣奉此箴言，刁协、刘隗之流，除了想方设法让你相信乌衣巷和满京城的士族都是坐享其成的庸碌之辈之外，就是绞尽脑汁让你相信只有他们俩才可以拯救大晋王朝。每每夜深人静之时，臣在千里之外的将军府中想起这些来，都会怒从胆边生。"

王导这时不失时机地插话道："殿下，毋庸隐瞒，臣亦如此耳。"

王敦说道："景文，朝廷中兴须广揽群贤，集思广益。然，若错用居心叵测之徒，任用奸佞小人，中兴便会毁于旦夕！诸葛孔明在出师之前进奏表文中言称'亲小人，远贤臣，此后汉所以倾颓也'。我朝在江左立国，来之不易也。那刁协虽说腹有经纶，却是见风使舵、心怀鬼胎之小人。景文，你十五岁离开京都去了琅琊封国，弱冠之后并未在洛阳久居。那就容我告诉你，刁协何许人也。"

王敦从武帝驾崩后说起。当惠帝的前皇后贾南风肆虐京都、恣意诛杀皇亲国戚的时候，在朝廷担任太常博士官的刁协担心殃及自身，不辞而别，投奔了成都王司马颖。不久，赵王司马伦以诛杀太子司马遹之罪而矫诏废黜了贾南风，篡逆得逞后做了皇上。刁协又如法炮制，溜出邺城（今河北省临漳县，曾经是曹魏国都）的平北府说是弃暗投明又回到京城洛阳，做了司马伦的相国参军，助纣为虐。一年后，司马伦被长沙王司马乂兄弟诛杀，刁协转而投到骠骑将军司马乂麾下做了司马。司马乂没过多久就遭到亲弟弟成都王司马颖和宗亲王司马颙的围攻，又被东海王司马越出卖丧生，刁协再次悄然离京，投靠了司马越的亲弟弟东瀛公司马腾做了长史。不久，东海王司马越檄邀天下诸王共同征讨河间王司马颙，迎回被司马颙劫持到长安的惠帝，并处决了成都王司马颖。做了太傅的东海王司马越将自己的亲弟弟司马腾从东瀛公晋升为新蔡王，并封他做了车骑大将军坐镇平北府。而投靠了司马腾的刁协更摇身一变做了颍川太守。然而，好景不长，司马颖旧部为司马颖报仇，攻下邺城，斩杀了新蔡王司马腾。刁协见大事不好又故伎重演，跑到下邳平东府。"刁协第一次在建康城与我不期而遇，吓得瞠目结舌不能言语，你可知因何？"王敦说道。

司马睿机械地晃了晃头。

王敦嗤了一声，说道："那日，我对刁协说，'你若是在镇东府依然不改见风使舵之恶习，本将军即使追到天边也要取你首级。'如此朝秦暮楚下贱之人，你却让他做了镇东府的军谘祭酒，跟顾荣等江南大家士族平起平坐耳。景文，你自诩明主，容我再将贱人刘隗之来龙去脉仔细说与你听。否则，你怎会清醒自己处在怎样之境地邪。"

司马睿心想本王自以为比你更清楚刘隗何许人也，便脱口而出："本王比你了解刘隗。"

王敦把原本打算呸出去的一口痰咽了回去，说道："未见得也。刘隗起家不过彭城太守麾下贼曹。一个抓盗贼之小吏，不曾出入沙场，不曾杀敌立功。我和你表兄王世宏跟随武皇帝奔突于疆场，斩敌于马下之时，他在做甚？我问过茂弘，此人何德何能，甫一入镇东府便做了从事中郎，茂弘言称是你钦点。"王敦才不管王导有多尴尬呢。

司马睿低声嘟囔了几句，也不知说些什么。王敦并不理睬，继续说道："景文，本朝何时开始不再论功行赏？刘隗这等既无战功、又无家世、专事巧言令色之徒，做到从事中郎已足矣。咱家琅琊王氏有多少子弟早就到了出仕做官的年龄，你却视而不见，竟然又迁升刘隗做了丞相司直。这在本朝可谓高官显贵之位，他凭甚荣膺如此高位乎？"

"本王赏识他耿直，不畏权贵耳。"司马睿早已经怒火中烧，却只能愤愤说道。

"呸！"王敦终于还是没能忍住吐了一口唾沫，"景文，自平东府南迁，五胡禽兽侵扰中原越发丧心病狂耳。羯人石勒纠众暴乱，在叛将张宾辅佐和怂恿下，奔袭我朝兖州、青州、彭州一带，杀我官员，掳我黎民，毁我城池。彭城乃护卫镇东府北部安全重镇，责任重大。然而，刘隗却置朝廷安危于不顾，频频与石勒接触，暗通款曲，以求自保。"

司马睿辩解道："刘隗并未将此段历史隐瞒于本王。本王赏识他甘冒杀身之祸，亲自游说石勒，告诫石勒不可侵扰彭城。"

王敦猛地大笑起来，笑罢竟然一时无语。

王导担心王敦暴怒做出意想不到的举动来，急忙说道："景文此言差矣。刘隗在京城廊庙散布此话，并无人信服，那石勒禽兽掠我郡县，杀我太守，连信使皆砍头戮尸，怎会放过刘隗。你怎可信之？"

这时，王敦做出了令二人意想不到的举动，他起身走到司马睿龙床前，突然就跪下了。这个举动把司马睿吓了一大跳，忙起身走向前去要扶起王敦。

"景文，你不该起身，你乃晋王，与宣皇帝齐名也。殿下，"王敦连称呼都

021

改了,"臣不得不说,殿下若当真执迷不悟,执意倚重此二人,终有一日,臣会亲手将贱人赶出建康城。勿谓言之不预也。"

司马睿已经重新坐回去,王敦的这番话令他一脸痛苦,只好说道:"本王体谅你二人护主之心殷切,容本王再做思量耳。"

王敦这才站起身来坐了回去。一阵令人窒息的沉默后,还是王敦开口说话了。

"景文,"王敦这次说话的语气平和了许多,"琅琊王氏一族视你为君主,亦认你为亲人。两年前,石婕妤(司马睿的妃子)不幸故去,你痛苦万分,我和茂弘将六叔小女、我二人之从妹送进宫内做了你之才人(后宫嫔妃的一种,司马睿四子司马晞的生母王才人),以此表明你之不幸即乃我等之不幸,既为股肱之臣,又为管鲍之交,自当同甘共苦也哉。"

司马睿面无表情地点点头,管鲍之交是他感激王敦和王导与他生死与共、辅佐他坐上高位的真心之语,但是,从王敦嘴里说出来,司马睿颇感意外亦甚觉惶惑不安。

王敦接着说道:"既然如此,臣便将心中忧虑如实说与你。你册立道畿(司马睿长子司马绍字)为世子,令一众为司马皇室死而后已之望族子嗣深感惶恐。"

司马睿嘟囔着说道:"虞妃(司马睿的正宫妃子,司马睿做了皇帝后被追为元敬皇后)喜欢二子,道畿亦十分听话。故而,那年我与虞妃说起册封世子一事,她并未反对。"

王敦压住恼火,但语气变得生硬起来。"虞孟母(虞妃的姓名)已经亡故四五年。虞孟母生前如何看待那后宫鲜卑贱女,所有知情者皆心照不宣耳,唯你故作昏聩。虞孟母憎恶那鲜卑贱女,怎会喜欢贱女所生之子。你却一心想着让贱女所生之子坐上晋王宝座。你居然昏聩如斯,令人扼腕。虞孟母心中明知此天下永为汉家正宗司马皇室天下,怎会心甘情愿接纳异族之后耳。你可知司马冲(司马睿的三儿子,母亲是汉人)之母石婕妤因何追随虞孟母而去乎?"

司马睿摇摇头,他一直以为石婕妤是病死的,这在宫里是很正常的事情。他绝对不会探究一个后宫嫔妃故去的原因。

王敦长出一口气,吐出了胸腔里的愤懑,然后说道:"石婕妤尚在病中,你便将司马冲过继给已故东海王司马越遗世之裴妃做了嗣子。我和茂弘尽管坚决反对，但见你主意已定，也想着你也许另有想法，并未反对。石婕妤为此悲痛欲绝，寻死觅活。我二人虽百般劝解，动之情理，石婕妤依然于虞孟母亡故几日后随她而去耳。之后不久，王才人给你诞下老四道叔（司马晞），你大喜过望，大宴宾客，向所有前来祝贺的重臣和望族掌门炫耀说这孩子是上天赐予你的宝物。茂弘也让人算了道叔的生辰八字，这小子当真是咱大晋王朝的福分，道士说这小子能让大晋王朝再次威震寰宇。咱家乌衣巷也为此奔走相告。"

司马睿听了这话也很受感染，频频叹气说道："处仲所言令本王汗颜。"

王敦嗤了一声，说道："你也知道汗颜。你居然在道叔还不到一岁之龄时，将这孩子过继给你之从弟武陵王司马喆为嗣。景文，你心里究竟如何盘算大晋未来？还是你当真如茂弘所说中了风邪？"

王导一听说到自己，在一旁哈哈了两声，说道："处仲正在气头上，我怎敢如此轻佻评判晋王所为。只是，殿下当真应该听出处仲一片良苦用心。只是，臣还是应该说上一句，子曰'名不正则言不顺，言不顺则事不成'，殿下在下决心时，应该以此为法门。"

司马睿点点头没说什么。

王敦说道："我王敦壮大我朝之心日月可鉴。景文，你先是任用奸佞小人弄出'刻碎之政'（刁协和刘隗制定的苛政）监控大臣理政，苛责大臣生活，满朝文武无不怨声载道。继而将两个本该最有资格继承太子之位之司马皇室正宗嗣子出继他人。你难道真不明白，此举将触动朝廷立国之根基。大晋自立国以来，历朝历代之帝无人敢如你这般轻率行事。茂弘为此请方士卜过一卦，若是让那个黄须鲜卑奴（司马睿长子司马绍）坐大晋天下，大晋王朝不会超过百年。景文，我王敦今日视你为兄弟才如此出言。若是拿你当晋王，便会用另外方式让你明白，不能由着你之喜好而毁损大晋王朝之脉。当初你与我、茂弘，还有你表兄王世宏为重振大晋国威，彻夜不眠，谈古论今，遍寻经典，才寻找出一条振兴朝廷之路径。对此，我们依然记忆犹新，难道你却忘得一干二净乎？"

司马睿摇摇头说："景文岂敢忘怀。景文自知肩负重振司马皇室与大晋王朝之重任，每日里睡觉只敢闭着一只眼睛欤。"

二人被司马睿突然冒出来的这句诙谐的话弄得一时间没再说话。

司马睿却板起面孔说道："处仲将军，本王感激乌衣巷对本王之鼎力相助，故而本王一直对你等逆来顺受，言听计从。然，本王现在开始不喜欢你们耳。"

王敦没料到司马睿会说出这样的话，气得去摸腰上的长刀，却意识到长刀已经在进殿之前被卸在了殿外，只好气呼呼说道："景文，你以为做了晋王继而坐上皇帝龙床就足以高枕无忧欤？呸！……"

"处仲，不得无礼，不得逾矩！"王导及时打断了王敦的话。

王敦正在气头上，用力一挥胳膊，说道："景文如此固执，无礼如何，逾矩又如何？也罢也罢，不说无用之话，只说册封世子一事。景文，当年我与你世宏表哥跟着武皇帝征讨北方鲜卑乱贼，哪一场战斗不杀得昏天黑地，不杀个七进八出。我亲眼看见鲜卑乱贼围着篝火，将我朝军士俘虏就地宰杀，大啖其肉。气煞我也，恨煞我也。我们从战场上抓回一众鲜卑女子，是让这些女人侍奉大晋王朝封国藩王。可是你却不守道统，乱了纲常，让鲜卑贱女生了两个黄须鲜卑奴。当初将那荀宫女（司马绍生母）驱赶出宫时，众臣纷纷上谏让你将那两个黄须鲜卑奴一并赶出，你却将两个小子偷偷藏匿于中宫虞孟母羽翼之下。也罢也罢，毕竟是你之骨血。然，你现在居然册封黄须鲜卑奴为世子。若是你将来当真做了皇上，难道还让那小子做皇太子不成？景文，你糊涂邪！"

司马睿低着头嘟囔道："我为此征询过茂弘意见，茂弘以为，依照周天子延续至今之规，皇室册立世子立长不立幼耳。武皇帝力排众议，坚持册封惠皇帝为太子，也绝不册立其他子嗣。"他抬起头意味深长地看了一眼王敦。"武皇帝有二十五个儿子，个个乃人中之翘楚，除了惠皇帝司马衷（暗示司马衷是弱智）。我不过宣皇帝庶出之后，怎敢违逆规矩也。"

议事厅外，司马睿的长子也就是晋王册立的世子司马绍已经站立了许久。当太子侍读庾亮气喘吁吁跑来通报说王敦突然出现在建康城，并夜访王宫，司马绍就知道来者不善。

三个人在议事厅里的对话，司马绍几乎从头听到尾。司马绍从小就知道王敦对他是怎样的态度，每次，只要听说王敦大驾光临，司马绍都会躲出去。他打心底里害怕这个武皇帝的驸马爷，不仅因他言词歹毒，而且，每次只要被他撞见，要么会挨一通奚落挖苦，要么会被他坚硬的双手抓得生疼。他只是害怕王敦，但他从来没有憎恨过王敦。直到今天，司马绍亲耳听见这个让人望而生畏的老家伙居然对他如此羞辱，对他的母亲如此不恭，对他的父亲如此轻蔑。司马绍想过冲进去，抽出长刀，以决斗的方式让这老头闭嘴。可是，这念头刚一冒头，就将他自己吓得浑身颤抖，站立不住。

他唯一能做到的，还是像以往一样跑回东宫，取出五石散服食下去，再让太子侍读庾亮和温峤把烫好的酒端上来。这次，司马绍连着喝了三大碗。酒很快就在体内沸腾起来，滚烫的滋味令他犹如万箭穿心。司马绍脱去长衫，身着亵衣，跑出寝房，冲进世子文学的屋舍里，一把将沉睡的表兄世子文学王籍之拖到地下，对着睡眼惺忪的王籍之大声吼道："本太子与乌衣巷琅琊王氏势不两立。"

五

王敦第二天就离开了建康城。一年后，在长安城向匈奴禽兽大军投降的皇上司马邺被自立为汉国皇帝的匈奴首领刘聪残杀在平阳的噩耗传到了建康城，司马睿当仁不让登基做了皇帝，并将年号建武改为太兴（公元318年）。

接下来，司马睿当然也没有兑现废掉世子司马绍的承诺。登基的第十天，在完成了一系列的观天测象占卜打卦之后，司马睿让刁协依照皇家章程起草诏书，正式册立世子司马绍为晋王朝在江左重新立国后的第一位皇太子。做完这些，司马睿最担心的王敦会因此事向他兴师问罪并没有发生，这让他大大松了一口气。

一切似乎都走上了正道，建康城成为举国上下黎元烝民向往朝拜的都城，朝廷上下为重现王朝威望而朝会连连，法规迭出，皇榜频频。更令司马睿有了底气的是：廊庙上开始有大臣团结在刁协和刘隗周围，形成了一股子不可小觑的势力；大将军王敦统帅着大军为扩展大晋疆域而调兵遣将，四处征战，攻城略地。王朝天下一派重整山河待后生的激动人心的局面。

四年很快就过去了，时间已经进入太兴五年（公元322年）。王敦对司马睿如愿坐上皇帝的龙床还是乐见其成的，毕竟，这一切正是他和琅琊王氏一代人共同努力的结果。王敦对皇上司马睿的感情是复杂的，既充满怜悯，又颇多不满，还抱有幻想。王敦一直以为，司马睿会在来自各方的压力下渐次疏远冷落刁协、刘隗之流，因此也没有继续对司马睿在京都的作为表现出过于关注和干涉的态度。当然，这期间王导的规劝起了不小的作用。王导时不时就会发一封信函派快马送到王敦的将军府，几乎在每一封信函里王导都要提醒王敦，大晋朝在江左之地站稳脚跟，扩大地盘，获得百姓拥戴，证明二人具有无与伦比的战略规划天分和战术行动能力，举国上下无人能够企及。所以大可不必对刁协、刘隗之流企图诋毁名门望族的雕虫小技太过上心，更不必四面树敌，莽撞行事，大兴问罪之师，从而使刚刚崛起的大晋朝陷入腹背受敌、内外交困的忧患。王导在信中还宽慰王敦，司马绍做了皇太子也并非一无是处，至少盘踞长城一带的鲜卑人会对大晋王朝册立鲜卑人后代做皇太子心生感恩，不再继续侵扰北部地区并州、兖州、青州一线，转而攻击羯族人石勒的后赵，从而减轻大晋王朝在中原一带的防守压力，甚至可能与大晋联手也未可知呢。

这些年，正是由于王导不断有信函发给王敦，确实平息了王敦心中不断滋生的疑窦，也就使王敦向司马睿采取行动的决策变得犹豫不决了。王导没有说错，毕竟，王朝能有今日之中兴，也是来之不易的。这期间，西阳王司马羕曾几次派人向王敦通报，说皇太子司马绍喜食五石散，身体看上去孔武有力，内里却已经朽掉。这个通报表面看上去是希望王敦利用他巨大的影响力，在密切关注事态发展的同时，提醒皇上司马睿以引起高度重视，实际上却是在暗示并表明他这位宣皇帝司马懿的亲孙子、武帝的从兄弟对大晋王朝确立的接班人的极其不满。然而，王敦一向对这位外父（岳父）的从弟不感兴趣，回了封含糊其词的信函后便不再搭理他了。

去年，王导曾经悄然出城来到江州，召来在征西府辖内各郡府做太守的王廙、王彬、王棱和王舒，以及驻扎在京畿之地的南中郎将王含。这几个琅琊王氏同辈的从兄弟在一起密谈了几日，大都赞同族长王导提出的方案，不与刁协、刘隗之流发生正面冲突，只要不触动朝廷的核心利益，便可以静观其发展，静观其变化，以不变应万变。但有一条准则是必须坚守的，这就是琅琊王氏族群捍卫大晋王朝的亘古不变的决心。王导坦言从战国时期十九世祖王翦大将军开始，琅琊王氏就成为捍卫历朝皇帝最勇敢、最凶猛也是最忠诚的族群。那时如此，如今亦如此，将来依然如此。

对于已经做了四年皇帝的司马睿来说，四年时间，并没有抹去心底的屈辱感。在这种屈辱感的刺激下，他一直在做的最重要的事情就是清除琅琊王氏在廊庙上的影响力，并培植颍川庾氏和一干从北方或者旧都逃亡而来的官宦形成一种力量，以便与琅琊王氏在廊庙上的代表人物王导相抗衡。四年前的那个晚上，与曾经的股肱之臣王导、王敦的那场君臣谈话，并没能让司马睿改变酝酿已久的想法。司马睿真的已经很不喜欢王敦和王导了，四年后，这种不喜欢的情绪上升为厌恶和仇恨。司马睿当着一干大臣的面冷落王导的所有奏本，或者束之高阁，或者不予理睬，甚至还训斥王导。司马睿的做法，就连一干朝臣都看不下去了，有人忍不住上谏阻止司马睿这样做。可是，王导对这一切似乎并不在乎，依然一副诚惶诚恐的模样。

既然一切如斯，司马睿便无所顾忌了。

那年王敦离开建康城不久，司马睿登基做了皇帝，新纳的妃子郑阿春诞下一个儿子，司马睿亲自给他的第五个儿子起了个独一无二的字号——耀祖。万万没想到的是，一年后，这个叫耀祖的五儿子不幸夭折，这令司马睿悲痛万分。好在郑夫人生下的第二个儿子司马昱身体很是健康。夏历新年刚过，司马睿给已经两岁的司马昱，赐予皇室大号——道万，祈愿司马皇族能延续万万年。可是，能让司马睿一想起来心里面就隐隐作痛的还是郑夫人为他生下的第一个儿子司马焕，这是个天资多么聪慧的儿子哟！这些年，只要一到儿子耀祖的忌日，司马睿便连续几日拒绝临朝。这不，儿子耀祖的忌日又到了，司马睿诏令下去："本王身体有恙，除非京城遭到攻击，否则，任何人不见，任何事不办，更不要说朝会了。"这样的圣旨，让一干大臣顿觉心绪不宁，但是也都能体恤皇上的丧子之痛。

一日，尚书令刁协和丞相司直刘隗在宫外不期而遇，便来了个联袂求见，依然被黄门拦在宫外。二人无奈只得回府。在大司马门外分手的时候，刁协这才想起问刘隗因何事求见，刘隗见左右无人，便说庐江（今合肥）太守梁龛居丧期间大宴宾客，不仅如此，还广邀京城朝官周顗等三十多人赴宴。刘隗说："这些人公然违背王朝法规，是可忍孰不可忍。"刘隗说他昨日写了奏本，要在今日朝会上奏请罢免梁龛太守官职，削侯爵，以明丧服之礼；周顗等人则明知梁龛居丧而仍然赴宴，宜各给予剥夺一个月俸禄的处分，以肃其违。

刁协劝说刘隗像这等官员违礼的事情，不如放过罢了。刘隗不以为然说："你我受皇上器重信任，你为朝廷中兴订立法规，我则被皇上委以督察各级官员的大权，若是明哲保身，岂不辜负了皇上信赖。"

刁协见刘隗面无惧色，很是钦佩，但也少不了担心地说道："近来四方八面传言甚多，言称你昔日与羯人石勒暗通款曲，可有此事？"

刘隗撇撇嘴，没有正面回答，而是说道："如今廊庙之上谁能奈我何邪？"

刁协忧心忡忡地说道："司直大人，这话切不得让乌衣巷的人听了去。我在旧都洛阳是见识过琅琊王氏的厉害的。那赵王司马伦何其威风，相国司马孙秀何其得宠，惠皇帝的次直侍中王旷居然跃马扬刀，当街砍了司马伦的坐骑。那刀可是冲着辅政相国司马伦去的哟。这个王旷正是王敦和王导大人的兄弟哟。"说到这里，刁协不由得缩了缩脖子。

刘隗一声冷笑，说道："司马伦是篡位，该杀。我刘隗心正气直，一心为了大晋中兴，何惧之有乎？"

刁协见刘隗要走，问道："丞相司直大人欲要去往何处？"

刘隗已经走出好远："尚书令大人，此行乌衣巷也。"

刘隗此言并非狂语，他的确是要到乌衣巷去，但却不是去见琅琊王氏的什么人，而是去同样住在乌衣巷的庾氏家族拜访从东海国返京的庾怿。庾怿是太子妃庾文君的二哥。二人的大哥是太子侍讲庾亮。庾怿几日前从东海国回京述职，他昨天去探视，却不料扑了个空。听说今天庾怿要大摆筵席，他必须亲自走一趟，一来前往探望以示亲近，二来，也好蹭上一顿酒肉大席。算起来清汤寡水的日子过了好一阵子了。另外看看都有些怎样身份的人被邀请出席，弄不好还能抓到几个倒霉的家伙，顺便敲打一下这些不知天高地厚的家伙，让他们老老实实听命于本丞相司直的吩咐。

刘隗待的时间很短，在外人看来几乎是转瞬之间就离开了。很显然，刘隗并没有如他盘算的那样蹭上一顿酒肉，似乎也没有时间表达对庾怿大人回京述职的关切。是什么原因令他转身就离开了庾家大院，他在那里究竟看到了什么？

三日后，司马睿终于同意早朝，他听到的第一个奏本是丞相司直刘隗上谏的，谏文中只字未提庾怿兄弟召集友人在家中聚餐一事，反而以琅琊王氏王籍之等三人，在其叔母丧期聚众狂欢，扰乱礼法规矩为由，当庭斥责王导疏于管束乌衣巷子弟，强烈要求皇上罢免骠骑大将军王导，并外放太子文学王籍之。

当日朝会上一干大臣受此震惊，无人再敢呈报奏折。朝会上，司马睿竟然同意启动罢免程序，致使京城御街各监省几乎陷入瘫痪。尽管三天后司马睿又收回成命，但这次罢免程序启动转而撤销的过程，对乌衣巷来说不啻晴天霹雳。当消息传到镇西府后，王敦知道琅琊王氏族群已经面临有史以来最为严峻的生存危机。不仅如此，好不容易树立起来的氏族大厦势必被这些宵小之流毁于一旦。到了那时候再行干涉的话，将为时晚矣。

没过十天，王敦以都督长江上中游所有征镇军大统帅身份向全国各征镇发出挥师京都以清君侧的檄文。在檄文上半部分，王敦罗列出刘隗、刁协之流的数桩罪状，揭露刁协、刘隗之流企图衰亡处于中兴时期的大晋王朝。在完成了篡改老祖宗早就制定出来的朝纲后，开始用所谓"刻碎之政"来混淆朝廷律制一以贯之的是非曲直标准，扰乱人们甄别良莠的判断能力，动摇朝廷赖以生存和赖以中兴的基础，企图彻底毁坏支撑王朝的中流砥柱。檄文中甚至直接提到了刁协、刘隗之流对乌衣巷琅琊王氏进行的诽谤和迫害，实乃是可忍孰不可忍也。在檄文的下半部分，王敦向各征镇再一次阐述了晋王朝江左中兴的起始缘由，深入阐述了大晋王朝在广大名门望族和百位忠诚之臣的辅佐支持之下，必定会迎来辉煌未来之前景。檄文广邀各征镇的将军一齐响应清君侧的召唤，同仇敌忾，万众一心，一举粉碎刁协、刘隗之流亡毁大晋王朝之图谋。

在发出檄文后，王敦开始将大军缓缓向京城方向移动。他并没有指望其他征镇响应他的号召，因为从一开始他只是想做出一番姿态。这个姿态若是轻了，会遭到刘隗、刁协等人无视，仍然会变本加厉在京城兴风作浪，无所不用其极。若是重了，担心造成京城混乱，导致民怨鼎沸，坏了琅琊王氏的名誉。所以，王敦把声势造得很大，满以为这样做的结果会震慑廊庙上那些迎合刘隗之流的大臣，迫使这些人向司马睿施加压力，罢免刁协、刘隗之流的官爵，最好将他们逐出京城，任其自生自灭。

果然被王敦算计到了，当清君侧的大军距离京城还很远的时候，刘隗就已经逃出京城，带着妻息大小和二百多亲信投了羯人禽兽石勒。而刁协率领军队与王敦的大军对峙不久，就被杀掉了。

王敦大军在成功地完成了"清君侧"的战术行动后，迅速将军队撤出京畿之地，班师回营。他只身留在京城。在王敦离开京城前一天，王敦和王导再一次跟皇帝司马睿在皇宫里做了长时间的君臣交流。当时并没有史官在场，也就没有留下可兹考证的任何文字记载。后世之人对王敦多有怨毒之词，自然也就演绎出诸多版本的王敦心存邪恶、企图篡逆的故事来。但有一点应该可以断定，王敦包括琅琊王氏其他任何人，直到琅琊王氏中的所有明星一一陨落，也从无一人试图坐上皇上的龙床。尽管这个族群有大把的机会。

谁都没有料到，当清君侧的征镇大军已经开始北上收复被五胡占领的失地的当儿，皇上司马睿竟然撒手人寰，驾崩了。驾崩之前，司马睿将太子司马绍唤到床榻之旁，留下的最后一句遗嘱便是践祚之后必须倚重琅琊王氏之力，然，唯琅琊王氏王羲之一支子嗣不得跻身九卿之列，此遗嘱须世代相传，却不得见诸文字耳。太子司马绍听罢瞠目结舌，大脑里一片空白，欲要询问缘由，却见父皇音断气绝，驾鹤而去矣。

新晋皇帝司马绍在当年夏历三月，方才改元为太宁。紧接着，司马绍征召王敦进京面君。王敦自然不会愚蠢到只身前往京城，而是率军队一路顺水而下，并将大军屯于于湖（今安徽当涂境内）。诡异的是，一场因册封违道统、佞臣胡乱作为而引起的躁动，令史官遗留下来一派混乱的文字。更加诡异的是，大将军王敦还没抵达京城就薨殂了。这场大规模的军事调动被后世称作叛乱，而叛乱转瞬间就被平定了。大晋朝的劫数从拥有二分之一鲜卑血统的司马绍坐上龙床后就一发而不可收拾。

六

荆州，位于长江中游冲积平原南侧，自古以来都被视作兵家必争之地。三国时期，刘备大意丢失了这块宝地，从此只能栖身益都一隅，再无收复中原之可能。荆州城的北面是一马平川的长江冲积平原，广袤无垠，这是大晋王朝不可多得的米粮仓。荆州城的西面，即使是在乌云压城的天气里，也能清晰地看到非常远的南岭山脉黢黑巍峨的山体。而在荆州南面，滚滚长江擦城而过，直达云梦大湖（现名洞庭湖）。

风刮得正紧，已故大将军王敦的亲兄长王含和王敦的继子、王含的亲儿子王应分别被羁押在两辆囚车上。囚车是由太守出行的官车改造而成的。车轮足有半人高，车厢已经被拆卸掉，原来安装车厢的地方被半人高的囚笼代替了。与往常不一样的是，被羁押的犯人可以不用将头颅套在囚笼上方的窟窿里。这是荆州刺史王舒下达的命令。囚笼里的空间很是逼仄，勉强能够让犯人坐下来。

前车羁押的是前镇西府征东大将军王含，王含已经快六十岁。这位琅琊王氏王览一系第二门王基的长子颓然坐在囚车里，按照大晋朝行刑的规矩，入狱的时候就被卸去了三品大员的冠帽，解开了束在头顶的发髻。此刻，王含灰白的长发几乎垂到腰间，遮盖住了那张死灰色布满皱褶的面孔。

后车羁押的是前武卫将军王应（王羲之的从兄），这位年界三十、风华正茂的青年将军已经没有了往常的威风。在琅琊王氏王览一系的这一辈人中，王应的官职最高，四品大员，享官秩一千石。王应此时虽然也是破衣烂衫，长发垂落，灰头土脸，但却丝毫遮掩不住他双眼中的英武之气。

坐在车上的囚笼里，父子二人隔着囚笼粗壮的栅栏对视良久。只见有老泪从王含的眼睛里流出来。

父子二人在于湖军营溃败后，一路奔逃，晓行夜宿，惊慌失措，踉踉跄跄。途径江州（现江西九江）的时候，自家的族弟，江州太守王世儒（王彬字）派了信使请王含父子在江州避避风头。王含当然想去，王世儒可是王世宏的亲弟弟，而琅琊王氏系出的这两支关系是最亲密的。在乌衣巷里，琅琊王氏也只有这两支的子弟自大晋王朝建立以来追随大晋武帝司马炎成了气候。然而，王含最担心的是王彬曾经因为诛杀周顗的事情痛斥王敦，令王敦下不了台。这次不快发生后，尽管王彬还是听从了王敦的召唤，前往豫章做了太守，转而又到江州做了太守，可是人心隔肚皮，当年二人之间的芥蒂是否解开，王彬是不是依然怀恨在心，作为王敦的亲哥哥，王含一点儿把握都没有。儿子王应提议到江州避难，并说出了足够多的理由，却没能打动王含。王含坚持要投奔王舒。王舒乃琅琊王氏王览一系第三门王会的长子，与王含同为各支的掌门人，血缘极近。二人在乌衣巷的院落也是比邻而居。王含告诉儿子说，坐镇荆州官至刺史的王舒自王敦大将军几十年前在惠帝时期出任青州刺史时，就追随在大将军身后，两人的感情好得很。这种不可多得的耳提面命足以影响一个人一生。王舒后来被外放做官后，其举手投足、处事断案无不如当年的王敦一样果敢决断。最重要的是，王舒的荆州刺史一职正是王敦大将军依照大晋律制亲授的。另外，王舒的儿子王允之自小就受到王敦的宠爱。一直以来，乌衣巷的族人都知道，大将军王敦最为疼爱的是王羲之，却总是将总角之龄的王允之带到身边，并亲自传授兵法。那时候，所有族人包括他这位王敦大将军的亲哥哥都以为，王敦会将王允之收纳为嗣子，却不曾想，王敦最终选择了亲侄儿王应做了嗣子。

所以，王含最后说，荆州才应该是避难的首选之地。

于是父子二人再无二心，不顾一切地投奔荆州来了。

结果，王舒父子竟然大义灭亲，将二人关进牢房，最终判决将二人处以沉江致死的刑罚。

这对无心坏了琅琊王氏族规、不忍与率领京都之师杀将过来的王导兵刃相见的父子，却不得不面对与自己有手足之情的从兄弟和从侄儿的死亡判决。而这条死亡之路竟是王含自己选择的，是他亲手将儿子置于了死地。这正是老年王含落泪的缘由。

另外一辆囚车里的王应看到了父亲流出的眼泪，忍不住隔着囚车安慰了父亲几句。

半个月前，王应随父亲王含指挥五万人马从当涂向建康城进发，却在秣陵城外遭到王导率领的京城精锐部队阻击。两军接火，晋军同仇敌忾，杀声震天。王应的部队几乎不战而溃。无论后世怎样论及这次京都之战，在王应心里，他都是在执行养父王敦大将军的遗愿，逼迫已经践祚当了皇帝的司马绍让出帝位，将元帝的三儿子司马冲，这位承继了正宗司马氏血统的后裔扶正。所以，王应并没有想到他指挥的军队会与京城卫戍部队兵戎相见，他只是来逼宫的，并不是来征战的。当然，他更没有料到，迎面撞见的是自家氏族的族长，他最为敬仰的当朝骠骑大将军王导亲率的大军。溃败是必然的，因为无心恋战，更重要的原因是叔父王敦大将军在出师之前不幸去世。这支原本被义愤填膺的气场鼓动得杀气腾腾的军队失掉了主心骨，变得群龙无首，前行起来畏首畏尾，与敌方兵刃相见时又没有了必胜的信念。王敦叔父去世后的那些日子，王应的父亲大人悲痛不已，将自己关在督军大帐中拒绝指挥作战，当然也就不愿意亲率大军展开厮杀。战事第二天，父亲大人就给王导写了一封停战书，告诉王导说如果这场征战演变成了琅琊王氏自相残杀，那是要让后人耻笑的。他正处于丧弟之痛中，精神濒临崩溃。王含提出双方休战，让他率领这支曾经平定江南之乱的功勋军队体面撤回到出发地去。他要为死去的开国元勋——自己的亲弟弟王敦办一个像模像样的葬礼，让这位为了大晋王朝戎马倥偬一生、立下无数战功的大将军得以安息。王含在信函最后恳请王导奏报已经登基做了皇上的司马绍，万望皇上不忘功勋之臣，尽弃前嫌。王含保证会从此隐退山林，不问世事，为亡弟终身守墓。可以想见，这个请求被皇上司马绍断然拒绝。然后，失去了统帅的常胜之师兵败如山倒，溃退如洪流。

逃亡期间，王应曾几次提及父子二人进入京城负荆请罪，被父亲严词拒绝。当他在逃亡途中提出让父亲前往从叔父王彬那里避难，并晓以利害时，父亲狂怒不已。王应便只好跟随这位生身父亲到了荆州。

王应把脸扭过去，不再看父亲那张老脸，而是越过囚车眺望远处浑浊的江水。

这时，王含撩起遮盖住脸面的长发，对守卫在囚车一旁的军士提出要见刺史大人王舒一面。

军士甚至没有看王含一眼，更不理会他的请求。后车囚禁的王应见此情景却是恼了，大声骂道："你个猪狗不如的家伙，你怎敢怠慢于我家大人，信不信我叫刺史大人先杀了你？"

军士还是不理不睬，只是朝一旁横着走了几步，离囚车远了点儿。

刺史府里，王舒坐在官椅里面无表情，看不出他将自己的手足兄长处以极刑前心里是怎样想的。王舒的长子王允之这时从外面进来，见状很是担忧。父亲从三天前将逃到这里的从伯父王含和从兄长王应羁押起来之后，便就是这副样子了，不言不语，不吃不睡，不喜不怒。

那天，当王含和王应突然出现在荆州刺史王舒的官邸时，王舒并不知道二人何以如此狼狈，如此失魂落魄。听罢从兄王含将如何挥师皇宫，大军又如何与王导的卫戍部队接战，战事如何因王敦突然去世而发生逆转，二人又如何仓皇逃亡的详细经过后，王舒是乱了方寸的。那年，王敦以清理君侧奸佞，铲除刁协、刘隗死党为起兵事由，兵发建康城。将刁协、刘隗之流驱赶出廊庙后，王敦便撤出建康城。这在朝野上下早已尽人皆知。但这件事情的内幕却要复杂得多。于是，人们心照不宣，都在静观事态的发展趋势。敢与王敦大将军平起平坐论及此事的就只有族长王导了。

那次逼宫，王敦与司马睿之间似乎达成过协议，王敦撤出京城，皇帝司马睿重新考虑册立皇太子。岂料，司马睿没过多久就突然驾崩。皇室秩序大乱，司马绍继任皇帝成了难以更改的事实。知情者都以为此事已成定论，也都准备趋势而行。对琅琊王氏族群中大多数人来说，除掉了刁协和刘隗，便除掉了心头大患。皇室秩序维持现状并无大的不妥。至于道统，自从永嘉之乱后，对奔逃中终于找到避风港湾的人们来说，都已经无关宏旨了。再说，大晋王朝在这片江左之地刚刚迎来了中兴复苏的大好形势，

却不曾想大将军王敦却一门心思要护佑司马一族道统，执意要将司马绍赶下皇位。

王舒迫于形势，只能先将王含父子羁押起来。直到京城的圣旨快马送达。圣旨历数了王含父子一连串罪行，使用了最为严厉的词语，王舒甚至感觉到圣上对王敦的切齿仇恨呢。圣旨敕令荆州刺史部即刻处死王含父子，不得有误，不得延宕。

王舒自己都已经记不起来这几天是怎样度过的，只记得他就不曾离开过这把太守的座椅。

"大人，"儿子王允之轻声说道，"一切准备妥当，大人不必太过焦虑。"

王舒突然盯着儿子，问道："小子，若你面对亲情难舍、王法难违，二者又必取其一时，你会如何决断？"

王允之坦然说道："小子必当效法阿爹大人，绝不后悔。"

这时，负责行刑的刺史府贼曹进来通报说，尚有不到一个时辰就是午时三刻了。若是再不出发，行刑队就无法赶到江边，一旦过了午时三刻，按律制，今日恐不能行刑了。

王舒深深地吸了一口气，伸手从案几上的签筒里拔出一支令箭重重地拍在桌几上，并没有说话，甚至没有看身旁站着的儿子王允之一眼。

王允之朝着行刑队的领队点了点头，自己跟了出去。

江面上，行刑用的大船已经准备就绪。两只竹笼高高地悬挂在船头的升降架上。岸边，闻讯赶来观看行刑的百姓早已经挤满了河滩。人头攒动，熙熙攘攘，热闹非凡。

两条小船载着两名犯人向大船缓缓划过去，人群中不断掀起欢呼的声浪，一浪高过一浪。当看到将犯人装进竹笼里，人群中欢呼声顿时响彻云霄。第三条船上坐着监刑的王允之。

这时，一条商船从上游驶了过来。

三条小船的人都上到行刑的大船上，在众目睽睽之下，两名犯人被装进竹笼里。一切准备停当后，王舒发出了行刑的命令，站在王舒身旁的司职传令的小吏点燃了爆竹。在爆竹爆炸声中，行刑大船上的两只装了犯人的竹笼向水中落去。

　　从上游驶来的商船顺水而下，也恰时赶到，遮住了行刑的大船。岸上，人群中沸腾的喧闹声戛然而止。人们等待着商船快快过去，渴望看到装着犯人的竹笼落进江水时溅起的水花，而人们只是听到了犯人被江水淹没时发出的悲惨嘶叫声。声音瞬间就被江水的涛声掩盖了。

　　商船很快就行驶过去了。竹笼还浸泡在江水里。

　　岸上的百姓们屏住呼吸，每个人心里都盘算着犯人要多长时间才能窒息而死。

　　就在一片沉寂中，半个时辰总算过去了。

　　岸上司职发令的小吏，再一次释放了爆竹，随着此起彼伏的爆炸声，行刑大船上的行刑手将浸在江水里的竹笼缓缓拉了上来。竹笼里的犯人确认已经死亡。这时，荆州刺史部刺史王舒站起身来，舒了口气。

途 中

一

　　直到走出大司马门,中书令王导的耳畔依然回响着治书侍御史和黄门齐声吆喝"散朝喽"的声音。这声音自然早已经散去,今日却如影相随地跟在王导身后,弄得他很不自在。出了皇宫,王导让车夫先驾了牛车回去,说想独自走走。王导的情绪非常低落,说此刻心情沮丧则更为准确。朝会结束的时候,皇上司马绍让太宰司马羕,尚书令卞壶(kǔn)和车骑大将军郗鉴留下,却独没有留下王导。而先皇司马睿驾崩的时候,留下的遗嘱里,王导是被列在辅政大臣备选名单里的。也就是说,司马睿没有因王敦对皇室的不义之举而疏远琅琊王氏在王权体系中的代表人物王导。这不仅让乌衣巷乱哄哄的族群顿时安静下来,也对一些在廊庙上诋毁琅琊王氏对皇朝存亡已经无足轻重的大臣闭上了嘴巴,停止了无休无止的聒噪。

　　在新皇帝即位后的这两年里,皇上司马绍似乎也没有冷落过王导,甚至将抵御来自王敦再次逼宫的军事行动的最高指挥权依然授予了王导。王导也不负皇上重托,一举击溃逼宫之敌,使得岌岌可危的新皇朝转危为安。可是今日的朝会却从一开始就让王导感觉不对头。首先,朝会从来没有在黄昏举行过。而参加今日之朝会的众臣却是在黄昏将至时才被紧急召进宫里,就如站在大殿门外的治书侍御史朗声高喊的那样:此次召集众臣于大殿并非例行朝会,乃皇上陛下心系朝政要务,特下旨召见众臣商议这些国之要务。王导一下子就听出侍御史话里藏着的意思,要有大事发生了。其次,这次会议虽然程序上还是先由一干大臣将自家负责的国务奏请皇上定夺,但怎么都让王导感觉这次突发的召见,像极了是事先就安排好的。一干大臣所呈奏文无一项是必须在这样的场合里上奏的紧急要务。奏报中既无边陲告急的鸡毛信,亦无天灾人祸的黄纸书。王导看着一干大臣在他眼前小跑着过来过去争着呈报贴在笏板上的奏折,越发觉着刚才的判断是对的。

当负责司理宫廷大臣刑罚的廷尉突然带剑出现在大殿上，并破天荒地手持笏板向皇上宣读奏折的时候，所有在场的大臣都被这从未见到过的场景惊到了。

廷尉的奏文首先言称，已经奉旨将前大将军王敦的墓穴找到并挖掘出来，之后依据大晋的法律尽毁王敦的墓地和棺椁。正当众臣为此瞠目结舌之际，缓过神来的王导伏地趋前疾呼："大晋自建国立朝后从未有过此等法律。虽然那王敦犯有重罪，并且罪该万死，可是，毁墓开棺却是万万做不得的。那王敦乃前朝武皇帝之婿，又是我朝中兴的功臣。环伺我朝的五胡禽兽大军之所以不敢越雷池一步，盖因忌惮王处仲统帅的威武之师。再者，死者为大，此乃国之习俗。"王导差点说出此乃大汉民族之约定俗成的规矩。猛然想起，当朝皇帝司马绍有一半为鲜卑人血统。多亏打住及时，也多亏众人还在惊呆之中，似乎没人觉察到王导的失态。王导接着高举笏板，高声奏请皇上开恩，让死鬼王敦入土为安。

岂料王导话音刚落，稳坐在高台龙床上的皇上司马绍却紧跟着说道："王茂弘不得造次，快快退下。"然后，司马绍环视众臣："诸爱卿，廷尉执行了朕之诏令，无有不妥之处。至于律制，难道诸爱卿现在还在怀疑朕之所言所行并非我朝之最高律制乎？"

众臣终于回过神来，大殿上顿时响起杂乱的欢庆声。有人甚至高喊逆贼王敦罪该万死，死有余辜，开棺戮尸实乃大快人心云云。

皇上司马绍没有制止大臣们在大殿上爆发出来的有失体统的欢呼雀跃，耐心地等着众臣的喧闹声渐渐平息下来，这才说道："诸爱卿，朕一想起父皇驾崩时心有不甘之神情便心如刀割，肤若斧斫。朕以宽宥之心给予追随逆贼王敦之逆臣重新做人之生路。然，对逆贼王敦，即使开棺戮尸也无法平息朕心头之愤怒。准奏！"司马绍对着站在大殿中央的廷尉大声吼起来。

令众臣再一次瞠目结舌的是，带剑廷尉并没有退出大殿，而是再次高举笏板朗声奏道："臣惶恐。臣接到皇上圣旨，诏令臣等鞭挞贼臣王敦尸骸，臣等已经将刑具备妥，圣旨一到，即刻鞭挞。"

廷尉的这次奏请真的将大殿上的一干大臣吓住了，大殿上鸦雀无声。有人因紧张屁声连连，却没人敢在这个时候笑出声。只有王导依然跪在地上，这个时候，惊得张口结舌，说不出话来。只是又向前匍匐着爬了几步，脑袋在大殿的地面上撞得嗵嗵作响。王导嘴里念念有词，大意是乞求皇上收回鞭挞王敦尸身的圣旨，若如此，小臣愿放弃仕途，终身甘为庶民云云。

司马绍从龙床上站起身来，想了想又重新坐下去，然后大声喝道："众爱卿，朕思忖良久，不得不再次下旨。廷尉听旨，朕诏令尔等将篡逆之贼王处仲之头颅砍下，并即刻将逆贼之头颅悬挂于朱雀桁上，不得移除，以儆效尤。"

听到这道圣旨，王导几乎昏厥过去，耳边只能听见太宰西阳王司马羕嘶哑的欢呼声，却听不出司马羕在喊些什么。

紧接着，司马绍让尚书令卞壶宣布了另一项关于重臣任免的诏令。诏令首先宣布保留先皇赐予西阳王司马羕的太宰职位。一干大臣这才从惊恐中回过神来，大殿上顿时响起迎合声。接下来宣布的大臣职务任免并没有变化，只不过是加了个累迁侍中罢了。王导的名字出现在一长串名字的最后面，职务变成了司空，一个名头响亮却无实权的虚职。几个月前王导率领大军迎战王敦逼宫的军队时，皇上授予他的军事大都督、假节、领扬州部刺史的职衔统统被免去了。当治书侍御史宣读完诏书后，表面上，王导跟着一干大臣山呼万岁，叩谢皇恩，心里却明白皇上已经将他边缘化了。这个念头如电光火石一般在脑海里露了个头，立刻就被从兄王敦悬挂在朱雀桁的头颅压下去了。

王导让牛车先返回乌衣巷还有一个心思，就是想到那座返回乌衣巷必然经过的朱雀桁上看看，看看从兄王敦的头颅是不是当真被悬挂起来。

果真，王敦被割下来的头颅已经挂在朱雀桁南面桥头的一根横木上。

王导不知道是怎样走过朱雀桁的，脑子里一片猩红色。他记得似乎有眼泪流过面颊，但是他没敢抬手抹去，只是斜着眼睛看了一眼黄昏中的那颗头颅。他担心让跟在身后巡逻的卫戍部队的军士们看了去，把他落泪的事情当作笑料流传出去。

回到乌衣巷，天已经黑严。王导让在巷口等候良久的族群各支的掌门人即刻将族人召集到祠堂外的广场上，然后独自进了祠堂，不允许任何人跟进去。王导关闭了祠堂大门，走上通往祠堂正殿的长廊时，他一把抓下头上的官帽扔进长廊旁的水塘里，呆呆地看着官帽在水面上打着转。良久，才疾步走过长廊，一进到供奉着先祖牌位的正殿，王导扑通一下跪在祖父王览的牌位前，像是打开了一道闸门，呜呜地哭起来。他为自己不能保全从兄王敦的尸骸感到羞耻，为无力阻止皇上司马绍的决绝感到丧气，为琅琊王氏遭受如此大的羞辱感到愤怒。如果那个关于羯族禽兽石勒处死琅琊王氏族兄王夷甫（王衍）时，尊其是大晋望族琅琊王氏族人，不忍斫其头颅，而留下全尸的传说是真的话，司马绍此举该如何看待乎？如果王敦真的图谋篡位的话，司马绍怎会有活着坐上龙床的机会？可是，王敦一再逼宫的真实原因又怎能公之于世？这个只有王导、王敦和司马睿三人知道，再就是密室之议，随着司马睿驾崩，王敦死去，也只能被王导自己带进坟墓去也。

那年，王敦率领大军离开京畿之地不久，先皇司马睿便驾崩了。司马睿驾崩前并没有履行在石头城中对王敦和王导的承诺，既没有召回过继给东海王司马越做了嗣子的三儿子司马冲，也没有召回做了武陵王后嗣的四儿子司马晞，当然也就没有废黜册立为皇太子的司马绍。王敦在这期间曾多次传信给王导，让极力阻止司马绍登基，同时表示若司马绍做了皇帝，他必将代表琅琊王氏率大军进逼京都，迫司马绍逊位，让拥有纯正司马血统的皇族后裔坐上龙床。王导自知建康城里的乌衣巷已经没有了左右政局的实力，他每日只能托病在家，不赴朝会，不呈奏折，不见司马绍。不久，王敦真的要履行自己的誓言了，率领大军顺江而下，屯兵当涂。

十天后，司马绍突然亲临乌衣巷面见王导。这时候，王导知道不仅自己已经没有了退路，整个琅琊王氏族群都必须由自己来面对残酷的抉择了。几天前，王导还派亲信给王敦送了信，力劝他消消气，偃旗息鼓，不要再继续对皇宫施加压力，很是苦口婆心了。王导言称司马睿已经去世，皇宫对此放出的风是王敦必须为司马睿之死负责。尽管所有的人都知道，司马睿在最后时刻对册立司马绍为皇太子多有悔意，但是，木已成舟，悔之晚矣。因此，司马绍登基可以不用记在司马睿的账上了。刘隗和刁协之流的余毒已经彻底肃清，司马睿将辅政大权交给了西阳王司马羕和王导，而京城也响起一片祈求安逸祥和的呼声。王导劝王敦，就把这些皇亲国戚们的呼声当作台阶吧。王导再劝道，是到了该下台阶的时候了。乌衣巷的琅琊王氏本不该背这个不忠的骂名，毕竟，中兴王朝是乌衣巷琅琊王氏一手推动的，中兴的大好局面也是乌衣巷殚精竭虑开拓的。王导最后说，众人皆知，这个乌衣巷就是你我二人哟。最后，王导竟然央求说："阿黑哥（王敦乳名），咱家若是再逼迫下去，那就会过犹不及，最后很可能适得其反耳。"

王敦没有回信。那日，王导只好选择了归顺。皇帝司马绍着即恢复了王导的大将军、都督军事、假节等所有官职，还派送了一个扬州刺史的官职。紧接着，司马绍诏令王导率大军南出京都迎战王敦的逼宫大军。

王导也只能硬着头皮指挥作战了。

战斗还没打响，王敦突然病故。王敦死了，那颗从来没有向任何人屈服过的头颅被挂在建康城最显眼的朱雀桁桥头上。那是一颗高贵的头颅欤。

王导仰起脸来凝视着祖宗的牌位，眼睛落在了名震战国时期的十九世祖王翦和十八世祖王贲的牌位上。这二位先祖跃马扬鞭，驰骋疆场，杀敌无数，剪灭六国，为大秦一统天下立下不朽功勋，被琅琊王氏族人代代相传。十七世祖王离受命攻打巨鹿城，却败在草寇项羽手下，居然从此生死不明。再往后，受命驰援壶关守军的王旷从兄的命运与十七世祖何其相似尔。

想到这里，王导再也控制不住悲愤的感情，禁不住朝着祖先的牌位磕起头来，直磕得额头上鲜血直流。

两名宗正闯了进来，将王导强行拽起，赶忙为他止血。血止住后，二人护佑在两侧跟着王导出了祠堂。

琅琊王氏宗族祠堂外的场坪上，黑压压地坐着上百位琅琊王氏王览一族的男性族人。王导的悲愤情绪这时已经平静了一些，他坐在早已经为他准备好的蒲团上，环视了一下这些年来惶惶难以终日的族人，问道："有谁能将先祖太保王祥大人之遗训复述出来？"

族人们齐刷刷地稽颡于地，几乎同声做了回答。

族群第四支王廙的儿子王胡之（字修龄）率先站起来，对王导说道："小子愿意背诵遗训。"说罢，一字不落地将王祥遗训背了出来。

王导再一次环视族人，面前百十人匍匐在地，这是琅琊王氏族群王览一支从琅琊封国迁徙到这里来的全部传人。当这个念头油然而生时，王导的泪水险些夺眶而出。他再次让情绪平复下来，才又问道："你等都能背诵吗？"

上百人异口同声又做了回答。听到这由百十人发出的声音，王导心里一阵释然，于是说道："若是有谁将本族长接下来说的话传出乌衣巷，必将以家法惩处，逐出族群。"

王导的声音低沉而又清晰，每说出一句话，都显出一种不容置疑之强硬来。他先是讲述了琅琊王氏先祖王翦和王贲在大秦建立之初无人可以匹敌的崇高地位，接着再一次重述了三世祖王祥太保历经三朝所享受的各种荣誉，然后讲述了王敦二十岁就随武皇帝奔赴东北部平息鲜卑人叛乱的战斗经历。他第一次向族人披露，正是在那次征战返回京都后，武皇帝亲下诏书，将公主许配给了骁勇无敌的爱将王敦。说到王敦最后一次离开琅琊国前往京都洛阳，向辅政太傅东海王司马越历陈在建康城设立镇东府的战略前景的时候，甚至说到了王羲之的父亲王旷。王导回忆说，当时的辅政太傅对这个具有远见卓识的战略构想极为赞赏。这之后才有了晋王朝今日之中兴。最后，王导说道："处仲大人乃咱家琅琊王氏杰出代表，穷极一生对武帝尽忠尽责，至死不渝。仅此便足以令我琅琊王氏族人引以为傲。其品德之高尚、信念之坚定亦是值得我族人效法欤。我辈中唯处仲大人一生追随武帝，即使我朝在江左中兴，他对武帝之忠心也从未泯灭。此乃武帝之功德，亦是我族群对饱受武帝恩泽之回报。

"你等大多数人是晚辈，有些人甚至没有见过处仲大人。我已让宗正在王敦大人名下记录了大人戎马倥偬一生之功德。将来，你等皆可见王敦大人可歌可泣之事迹。你等定要牢记，琅琊王氏对大晋王朝至死不渝之忠心，苍天可鉴，不是可以任由他人诋毁的。

"当年，处仲大人在洛阳时就享有与我族前朝司徒王濬冲（王戎字）大人齐名识鉴之才，被我族前朝太尉王夷甫（王衍字）大人誉为京都四俊之一。处仲大人美誉之下，名副其实也。我朝之所以能立足江左，处仲大人功不可没也。自我族拥戴元皇帝迁往建康城后，镇东府广招贤才，一时间才俊麇集。处仲大人转而亲率大军四处平叛征战，使我朝疆域终得保全，其所作所为，何罪之有乎？"

人群中响起一片呼应声。

停了一会儿，王导继续说道："有件事我不能不告诉你们，处仲大人之遗体已经被人奉旨从坟墓里挖出来，并且砍下头颅。从皇宫返回乌衣巷路上，我看到了处仲大人头颅，悬挂在朱雀桁桥头之上欤。"

人群中，有人哭起来。不用看大家就知道，哭者一定是王羲之。王导等了一会儿，听见哭声弱下来，才继续说道："我知道你们里面有人对王处仲感情甚深，我何尝不是如此？然，我们皆为琅琊王氏传人，我们一生除了效忠朝廷，别无选择。"

"何以见得别无选择？"哭泣的人喊起来，声音中饱含着悲愤。

王导不得不等了一会儿才说："王逸少（王羲之字），本族规矩，族长说话，不得插言。也罢也罢，你倒是说说，我们可以有何选择？"

王羲之站起身来，语气坚定地说道："处仲大伯既然是我族之骄傲，我族选择祭奠大伯，便无不可也！"

人群中响起一片热烈的应和声。

王导火了，喝道："王逸少不得胡闹。处罚处仲大人乃皇上最高意志，无有谁可以违背。"

王羲之梗着脖子说道："先祖王祥太保遗训中并无所指。"

王导怒道："放肆！你给我住嘴，再敢口出狂言，即刻家法处置。"

王羲之看来是豁出去了，不但丝毫没有收敛之意，反而说道："琅琊王氏族人中自有人最应受家法处置，并应被永远赶出族群。"他没有说出是谁应该受到被赶出族群的家法处置，但所有人都知道此话指的是王舒和王允之父子二人。

王导一阵眩晕。这位为大晋王朝戎马倥偬一生、已经五十高龄的琅琊王氏族长兀然感到一阵战栗传遍全身。他真的老了，竟然问道："王逸少，你能说出是谁吗？"

既然王导已经发话，王羲之便不再犹豫，说道："应将从叔父王处明大人与其长子王深猷二人驱赶出族群焉。逸少方才跟族人一同聆听了修龄阿哥复诵太保遗训，遗训中告诫我等后人'兄弟怡怡，宗族欣欣，悌之至也'，王处明从叔父与王深猷对王处弘大伯和王应阿哥私刑处置，沉江杀死，实乃违背遗训，大逆不道。此等悖逆之劣行，京城谁人不知，哪个不晓。若不将二人逐出族群，琅琊王氏众兄弟们还有何脸面为官于廊庙之上。族长大人，逸少甚至无颜走出乌衣巷。"

王导又是一阵眩晕，他稳住身体，慢慢站起身来。王导环视着眼前群情激愤的族人，他没能看见人群中的王羲之。于是，竟然问道："还有哪个敢随王逸少前往祭拜？"

所有人都站起身来。

面对这样的情况，他不知是该喜还是该忧。一瞬间，他甚至觉着只有自己像是懦夫，但他很快就稳住情绪，说道："待我朝会上呈报皇上，若皇上恩准再行祭拜也。"

二

第二天，天正暗下去，太阳仍然不遗余力地将滚烫的残晖投向大地，投向这座长江边上的大晋国都。西边天际上有浓黑的云团升起，被残晖烧得通红。

朱雀桁上已经没有了过往的行人。正值酷暑，即使天色已晚，炎热依然笼罩着整座京城。没有一丝风，空气像是静止了，热得人喘不上气来。

暴雨将至。

朱雀桁处在建康城的中轴线上，也是从城南进入都城的一座软体浮桥。在朱雀桁南面居住了大晋王朝大大小小几乎所有官员。这些官员大多数居住在各自服务的官衙里。而在朱雀桁北和皇宫南是一条直通皇宫的大道，被称作御街。御街两侧分布着廊庙的各大监省，譬如中书省、尚书省、秘书监等等职能官衙。在这些官衙后面便住着那些被皇帝下旨享有开府、仪同三司待遇的重臣，而这样的重臣本来就不多，加之有些够资格享有开府待遇的大官由于种种原因放弃了这个最高荣誉，宁可厕身自己负责的官衙里。何以在东吴立国后依然不在这条中轴线上修建一座结实牢固的石桥，尽管说法不一，但共识是，朱雀桁下流淌着的这条被称作淮水的河流北面是晋王朝的核心区域，一旦遭遇战事，尤其被强军包围后，烧毁朱雀桁就可以将敌方军队阻于河水之外。如果试图强行闯过淮水，面对隔水固守的守城军队，进攻一方是要付出极大代价的，甚至会有功亏一篑之虞。

过了朱雀桁其实就进入晋王朝官场的腹地了，也因此，这座京城的酒肆客栈市井就只能围绕着这条河流的外面建。

朱雀桁南面更远的地方，是一道东西走向的大山。这座绵延数十里的名为聚宝山的山峦，像卫士一样屏障着繁荣的建康城。

在平日里几乎没什么人会留意这座浮桥的存在，但这几日就不同了，走过朱雀桁的行人都会感到紧张和恐惧，毕竟，在朱雀桁桥头那根横木上，悬挂着一颗头颅。头颅上的脸面被垂落着的灰白色的长发掩盖起来。如果有风儿吹来，那张面孔会时不时地露出来，那是一张令人恐怖的面孔。头颅已经腐烂，而面孔上的肌肉和皮肤大部分都已经腐败脱落，密密麻麻的蝇虫堆积在上面，掩盖住了只剩下几个窟窿的眼眶、鼻子和嘴巴。这是武帝司马炎的女婿，是在朝廷行将覆灭时，统领晋王朝大半军队在长江中下游地区纵横捭阖、跃马扬鞭、杀敌无数、为大晋在江东中兴立下汗马功劳的大将军王敦的头颅。

二十二岁的王羲之在朱雀桁前已经跪了一个时辰。王羲之一身素衣，身上的衣服在跪下来那一刻就已经湿透了。他时不时会抬起头来，仰望这颗头颅。除了父亲大人，王敦是他在这个世界上最仰慕敬重的人了。

离开乌衣巷前，他去见过母亲大人，把欲往朱雀桁瞻仰伯父大人遗容的想法告诉了母亲大人。二叔父王廙大人已经因病于一年前死了，三叔父王彬大人斯时尚外放在江州郡府太守位上，只是听人说已经奉旨在往京城赶。新晋皇帝让三叔父王彬担任大匠一职，主理修葺在战争中毁坏的皇宫。母亲大人问："咱琅琊王氏还有哪个跟你一道前往瞻仰？"羲之诚实地告诉母亲大人，昨天的族群集会上，所有人都表示了要去祭奠的心意。母亲又问："你去见过从叔父王茂弘大人吗？"羲之说见过了，王茂弘大人只是说不允许羲之身着麻衣，佩戴长刀。母亲听罢不再说话，强忍着夺眶欲出的眼泪，无力地挥挥手，让羲之去了。

过了弱冠年龄的王羲之已经成长为身材高大、气宇轩昂的汉子。狭长的双眼里只能看到痛苦而又冰冷的目光。面容上虽没有岁月刻下的痕迹，但是，面颊上的胡须却为主人增加了不少威严。

王羲之听到的关于这场从几年前就开始的大战的讯息是混乱的。只有一点羲之确信，伯父大人不会毫无缘由地发兵建康城，也绝对不会为了篡逆而大举兴兵。王羲之并不了解一年前发生在建康城的所谓动乱究竟是因何而起的。族群里没人跟他说过，母亲大人对此也讳莫如深。由于长期遭到族人的冷落和疏远，王羲之从来不关心朝政世事。一天晚上，族群的宗正大人突然召集各支男性族人到祠堂前集合。族长王导悲哀地告诉族人，王敦大人正亲率大军朝京城而来。在朝会上，急匆匆赶回京都勤王的镇北将军刘隗和尚书令刁协一同奏请皇上司马睿，要将留在建康城乌衣巷的琅邪王氏族人悉数问斩，以根除后患。理由是琅琊王氏族人必将伙同那些不满朝政的望族之后，与王敦大军里应外合，改朝换代。

当时，王导眼含泪水说即使有罪也是他这个族长的罪行，与琅琊王氏族群无关。从第二天开始，被褫夺一切官职的王导以琅琊王氏族长的身份带着子辈的二十多人前往皇宫，被允许从西掖门鱼贯而入，然后一字排开，跪在议政大殿西侧的石板地上，跪求皇上司马睿免去琅琊王氏族人死罪，声称只要获得赦免，他将带领琅琊王氏族群离开建康城，远走他乡，从此不再参与大晋任何国政要务。随着王导一声高过一声的请罪声，二十几人一次次稽首，王羲之就在其中。就这么来来回回跪了十几天。皇帝自始至终没有从议政大殿里出来，倒是不时见到有官员奉旨进进出出。

王羲之再一次稽首，让脑袋重重地撞在地面上。与此同时，父亲大人的眼睛再次出现在脑海里，清晰而又明亮。两年了，自从弱冠之后，父亲大人的眼睛就时常出现在王羲之脑海里。突然，耳畔响起了"阿菟吾儿"的呼唤声，把他惊了一跳，这可是父亲大人的声音。王羲之急忙直起身子，四下张望，见朱雀桁前并无其他人。

此刻，朱雀桁正北方向，皇宫大司马门的城楼上，皇上司马绍站在城墙的箭垛前，身后是几个月前辅助他粉碎王位之争的高官和将军们。只有重新坐上了司空高位的王导没有在场。

司马绍神色凝重，看得出来此刻他的心情糟透了。四名宫女在司马绍左右用力扇动着手中的长柄蒲扇，却无法让司马绍面颊上流淌而下的汗水停下来。司马绍面色晦暗，人们都以为他还在为发生在朱雀桁前的事情恼火，只有他自己心里清楚，自从平息了王敦叛军的逼宫政变后，他的身体大不如前了，被几天前那股子掘出王敦尸体鞭尸砍头的快感激发起来的豪情倏忽间荡然无存。上城楼前，司马绍服食了一小撮五石散。半个时辰后，一股子精气神从丹田涌动而上，充满全身，然后，他走出宫，在几位重臣的簇拥下上到城楼。

表弟王羲之一出现在朱雀桁上，就有人来向他通报了。一天前，这颗奉旨被砍下来的头颅就挂在朱雀桁上。即便如此，司马绍依然觉着无法缓解心头之恨。他需要向那些过往朱雀桁的朝廷大小官员昭示，皇上对摇撼朝廷根基的一切行为都会采取这样的决绝惩罚，绝对不会再容忍。尽人皆知，琅琊王氏中这个头颅的主人享有的地位和掌握的权杖在整个王朝里是无人可比的。

在司马绍身后，太宰西阳王司马羕、尚书令卞壸，车骑将军郗鉴、护军将军庾亮、领军将军陆晔、丹阳尹温峤等几位奉诏辅佐司马绍治国理政的重臣都恭恭敬敬地伫立左右。几个人都被压抑的气氛、炎热的天气和身上穿着的官服弄得大汗淋漓，好不烦躁。

一定是终于熬不住了，太宰西阳王司马羕低声嘟哝了一句："圣上身体欠

045

安，已经站了许久，该回寝宫歇息去了。"尚书令卞壶和司马绍的大舅哥、护军将军庾亮也随声附和着。只有京都车骑将军郗鉴一声不吭。

司马绍没有理会太宰一干人的好意，但还是唔了一声，表示知晓了。司马羕乃司马懿第四子司马亮的三儿子。元帝司马睿登基时，因为司马亮和自家祖父司马伷是同父同母的亲兄弟，又是最先来到江左帮衬司马睿打理镇东府事务的司马皇室最高辈分的成员之一，便任命司马羕录尚书事、领大宗师，还额外加羽葆、斧钺、班剑六十人的待遇。而司马绍登基后也是事无大小每每征询司马羕的建议。卞壶是前朝父皇最为信赖的大臣之一，至于护军将军庾亮那就更不用说了，是皇后的亲哥哥，对皇上百般呵护是他的责任。只是，几人之中，司马绍最不喜欢的当属司马羕了。这位祖宗自恃受到父皇司马睿的敬重，平日里并不把司马绍放在眼里，对于皇帝诏令总是敷衍塞责，得过且过。司马绍尽管气恼，却也无可奈何。

司马绍这时感到有些气短，便伸出手来。身后站立的黄门急忙打开抱着的一个用棉套裹着的坛子。坛子里是酒，酒是热的。黄门倒了一碗，递到司马绍手里时轻声说："皇上喝了酒后，必得尽快到宫内华林园将药性散掉。"司马绍点点头没说什么，仰起脖子，将一碗热腾腾的酒一饮而尽。

热酒下肚，司马绍觉着整个人的状况好了许多，便问道："王茂弘大人因何不在这里？他是先皇遗诏钦定的辅政大臣之一哟。"

尚书令卞壶急忙回答说："臣惶恐，臣以为那乌衣巷后生居然敢在朱雀桁跪拜篡逆，王茂弘大人必定穷于应付。若是招来这里，臣担心皇上怒火攻心，伤了龙体。"

司马绍瞥了卞壶一眼，又依次把身后的几位重臣看过，问道："朕那祖宗左卫将军司马延祚（司马宗字）为何不在这里？"

没人回答。

司马绍大概知道自己这话问得多余，身后站着的都是父皇遗诏中钦定的辅政大臣，而司马宗却不是。于是转而看着太宰司马羕问道："朕问你，荆州刺史王含将他那逆贼从兄和从侄子一并沉入江底，真实无假乎？"

司马羕答道："臣惶恐。皇上诏令一下，臣即刻派人前往巡察，处刑之时，上千百姓围观，可谓热闹非凡……"

司马绍没让司马羕说下去，而是突转话题，说道："众爱卿，尔等都知道跪在朱雀桁那个家伙是朕之表亲弟弟,那就告诉朕,该如何处罚王逸少。"

没有人说话,冷场了一会儿,卞壶说道:"臣惶恐。臣以为,皇上不用理睬王羲之义气之举,他虽是乌衣巷琅琊王氏族人,却无官无爵。皇上处罚他,得不偿失也。"

司马绍咦了一声,显然有些吃惊:"王逸少至今尚未出仕为官?"

卞壶答道:"臣惶恐。正是如此。乌衣巷至今未举荐王逸少。"

司马绍说道:"王逸少出自名门,依照规矩可直接任用。"

卞壶说道:"臣接旨。"

司马绍的情绪变得坏起来,厉声问道:"此事王茂弘难道不知?"

"臣惶恐。臣两年前就为此拜访过茂弘大人,依照规矩,名门之后一旦到了弱冠之龄即可出仕为官。"

司马绍火气更大了,说话的声音也高起来:"朕问的是,王逸少跪拜篡逆之臣,王茂弘在做甚?"

司马羕插话道:"臣惶恐。臣记得曾有人上谏,将乌衣巷琅琊王氏满门抄斩。臣以为,琅琊王氏并未接受教训。"

司马绍拧着眉头问道:"卿以为此举可行?"

司马羕一看司马绍变了脸,把准备说的话硬生生吞咽了回去,随后匆匆离开了。

依元帝遗嘱辅佐司马绍的车骑大将军郗鉴这时说话了:"臣惶恐,依臣之意,皇上既然已下旨昭示无意株连琅琊王氏族人,而王处仲也被鞭尸枭首,罪有应得。臣以为,皇上刚才对臣等之询问表明对王羲之心存关切。以臣看来,不如允其族人前往收尸,以彰显皇上胸襟博大,宅心仁厚。至于灭族之言,"郗鉴看了一眼司马羕的背影,鼻子里哼了一声,"实在荒谬不堪。那个每日围绕着先皇转悠的刘隗在王处仲尚未兵临城下时,怎未见其舍生取义欤?却转身投到羯人匪徒石勒麾下与禽兽为伍。如今看来,刘隗乱我朝之狼子野心早已有之。臣恭请皇上明鉴。"

司马绍频频点头,说道:"朕正有此意。卞卿,你这就去办焉。明白朕让你办何事乎?"

卞壶说道:"臣惶恐。臣即刻就去尚书省为王逸少起草入朝为官公文。还是从秘书郎做起?"

司马绍点点头，紧绷着的面孔松弛下来，说道："照规矩来。"

见皇上心情好了些，郗鉴说道："臣惶恐。皇上，那乌衣巷至今不在尚书省提举王羲之，臣以为一定有难言之隐，不如皇上亲下圣旨，也免得节外生枝。"

这话倒是说到了司马绍的心坎上，他立刻说道："道徽（郗鉴字）卿，你可传话有司，诏乌衣巷王羲之三日后入宫，朕要见他。"

这时，就见刚刚离开不久的太保司马羕又折返回来，手里捧着个锦缎包裹着的木匣。司马羕快步来到司马绍面前，双手捧起木匣，说道："臣惶恐。皇上半年前嘱臣寻找五色粉，臣派出家臣，四处寻找，终于不负苦心人。"

司马绍脸上显出复杂的神情，挥了挥手，让身旁的黄门收下了，却不再理睬司马羕，而是看着郗鉴继续说道："道徽爱卿，如你所说，乌衣巷王逸少让朕很是牵挂。朕少年时世宏表叔对朕欢喜呵护有加，至今想起仍然心生暖意。唉！我那表叔母如今身边就只有王逸少陪伴，朕自然要对这母子二人施以关怀。再说，那王逸少算是皇亲了，朕不关心还有谁会理会他母子冷暖乎？"

郗鉴听了这番话很受感动，说道："皇恩浩荡，寰宇生辉。臣定将皇上这番恩惠之心传达于乌衣巷。"

司马绍点头称是，又说道："朕突然想起，道徽爱卿，你当年在洛阳宫中任太子舍人，定是认识王世宏焉。"

郗鉴并不想实话实说，而是说道："臣惶恐。臣当年在洛阳任过太子中舍人又转为太孙舍人，终日在东宫守护，并无机会结识王世宏大人，却是远远地见过几面。王世宏大人乃先皇护驾侍中，刀术盖世，名震京城，是家喻户晓之大人物。"

司马绍连连点头，说道："爱卿所言极是。我常听父皇说起世宏表叔，也是赞不绝口。只是，只是可惜了王逸少。以朕所知，乌衣巷琅琊王氏族人但凡弱冠之龄，均出仕为官耳。朕以为，王逸少若是至今不曾被举荐出仕为官，他之婚姻大事一定从不被人关心耳。"

郗鉴说道："臣惶恐，臣愚钝，望皇上明示。"

司马绍突然一笑，说道："那小子早就该娶媳妇欤，只怕不会有谁家女儿能配得上朕这个聪明绝顶之表弟欤。"

已经是定昏（晚上九点）时分了，大雨突然从天而降，王羲之依然跪在那里，像是一尊雕塑。不知什么时候起，大雨中有三人也在朱雀桁前驻足肃立，这是一对夫妻牵着一个六岁模样的男童，夫者尽管双目已失，却不失威武之气势，妇者虽衣裳简陋，却透着大家闺秀之端庄。三人远远站着，既不躲雨也不向前。暴雨很快就住了，那三人也消失在黑暗中。悲痛中的王羲之并没有发现这三人。在跪着的一个多时辰里，王羲之不知多少次抬头仰望伯父大人那颗面容尽毁的头颅。一开始充满胸膛的仇恨这个时候已经渐渐褪去，变作了对失踪多年的父亲王世宏的思念，他清楚地记得举家迁徙到乌衣巷那天，因为是最后一批到达建邺城的，乌衣巷没有足够的破旧军营安置这么多人，羲之一家就借住在家族第三支从叔父王舒家。两家就只有七间匆忙搭建起来的庐舍，两家的大人和祖辈各住一间，晚辈们只能挤着住在三间屋子内，那可是十几口人哟。大概过了一个月，伯父王敦从京都洛阳到建邺城出任刺史，见此窘况，立刻下令随从找来工匠。不出一个月，几家人便搬入各自的院落里。记忆中，伯父王敦还特别让王彬叔父为在淮南郡做太守的父亲监制了一张建邺城最流行的带挡板的大床，而羲之家长辈居住的卧房甚至比伯父自己家的还要大呢。在羲之心目中，伯父大人永远是顶天立地的大丈夫。

羲之浑身都已经僵硬了，却一点不想站起身来。在桥上逡巡的卫士走过来劝过他几回，让他起身活动一下肢体，或者索性回转家去。羲之根本不予理睬。卫士只好端了水来让羲之饮用，被羲之断然拒绝。

身后有人轻轻推了羲之一把，随后在羲之身旁跪下。

羲之一看来人，竟然是二叔父王廙的儿子王胡之和三叔父的儿子王彪之，急忙说道："修龄阿哥，叔武（王彪之字）阿弟，你们不可如此。速速离开为好。"

王胡之和王彪之拜过朱雀桁上的头颅，胡之低声说道："皇上诏书传到乌衣巷，因琅琊王氏第二支已无后嗣，恩准咱家族人收敛伯父大人遗体。片刻后，王氏祠堂尸祝（负责祭祖仪式的专职人士）一干人就会前来收拾伯父大人遗骸。茂弘族长派我二人唤你即刻回转乌衣巷，到宗庙接受讯问。"

三人走到乌衣巷入口时，见一八岁模样孩童端坐在街巷旁的石阶上，在这个孩童身旁坐着一位更小的孩童。雨过天晴，星光虽然很亮，却无法辨认这是哪家的孩儿。修龄唤了一声，那孩童即刻起身，拉着身旁的小儿跑了过来。大一点儿的孩童仰着脸询问哪位是王逸少大人。三人并不认识这问话的孩童,彪之拉着羲之说还是快走吧,茂弘阿叔和其他族人都还在祠堂前等候呢。

王羲之突然来了兴致,挣脱掉彪之的手,低下身子问道:"可否让我知道你尊姓大名,是何字号?另,可否告知我们你手牵之小儿又是何人?"

孩童说道:"本人谢奕是也,家翁大人乃当朝吏部尚书谢裒是也。本人刚满八岁,尚不及束发年龄(十五岁以上为束发),家翁大人并未赐予字号。"说罢,谢奕将身旁的小儿揽进怀里,用手指头点了点这孩子的脑袋说:"这小子谢安是也,乃吾三弟是也,刚满四岁,见我出来非要尾随不可。带他到这里实属无奈,还望大人海涵。"

王胡之和王彪之被谢奕的话逗得呼哈哈大笑起来。

王羲之却没有笑,而是更觉奇怪,又问:"你乃孩童,又带着弟弟独坐巷口,难道不觉胆怯?"

四岁的谢安突然插话道:"大人,有我陪着阿哥,怎是独坐巷口?"

谢奕拍了拍弟弟谢安的后脑勺,示意他住嘴,然后说道:"乌衣巷乃名门望族麇集之地,京城谁人不知?小儿谢奕怎会胆怯?"

这一问一答令王羲之心情好了许多,便说道:"在下便是王逸少,你二位有何要事相告,可速速讲来。"

谢奕说道:"家翁大人让小子在这里等候,若是能见到大人你便让询问可还安好。"

谢安又插话道:"还有小弟也,家翁大人难道不是让我陪着你一道等候欤?"

谢奕这次没有拍打弟弟的脑袋,而是拉他站在石阶上,说道:"只是小子有一事困惑,大人你去领兵打仗去了?却怎不见一身戎装?"

王羲之直起身子,长叹一声说道:"在下并非沙场归来,何用身着戎装?只是,在令尊大人看来,去到那里倒也像是身临沙场。你可去回复你家大人,羲之一切安好。"

谢奕并无离开之意,而是问道:"小子还有一事相问,逸少兄在廊庙之上所任何职?为何不见大人身着官府,顶戴官帽?"

王羲之长叹一声,刚要开口回答,被王胡之一把拽住。王胡之对谢奕和谢安说道:"二位谢家老弟,已经是定昏时分,你二人坐在巷口,若是被夜巡军士撞见，想必会惹不小麻烦。快快回转家去，回你家大人话也。"

三

琅琊王氏族祠里，王导坐在祠堂里的黑暗处已经等了很久，见王羲之进来，厉声说道："阿菟，你此刻身处宗庙祠堂，还不跪下。修龄、叔武，你二人进来做甚，退出去。"

王胡之和王彪之跟着王羲之跪下，三人拜过祖宗牌位后，王胡之说道："族长大人，小子与虎犊（王彪之乳名）阿弟也去朱雀桁拜过处仲伯父，阿菟的阿哥外放做官，这一支我便为大矣，该由我来接受惩罚也哉。"

王导冷笑一声，斥道："自作聪明，何以见得留下阿菟就是要惩罚他？小子，你二人即刻离开，否则，家法伺候。"

王胡之和王彪之吓得急忙退出了祠堂。

见两位堂兄弟出了祠堂，跪在地上的王羲之主动说道："叔父大人息怒，阿菟前往拜祭处仲伯父于情于理并无不妥之处。若是连累了族人，阿菟领罪便是。"

其实，今天王羲之前往朱雀桁之前来拜见过王导，把昨天晚上当着族人说过的理由重述了一遍，而且态度决绝。王导颇为惊愕地看着这位已经年过弱冠的从侄儿。说心里话，除了惊愕，他还有些愧疚。自从琅琊王氏举族迁徙到建邺城以来，王导从来没有认真对待过王羲之。原因也许很多，但他冷落面前这个小子和他的家人的主要原因却是因为内心深处的轻蔑和惶惑。何以如此呢？直到近来王导也没想明白。死去的从兄王敦曾经尖刻地斥责过他，说王导对于王世宏的嫉妒影响了他这个族长应该持有的公平态度。这也许是对的。尤其，他敬重的从兄王敦已经故去，而且正在被暴尸街头，王导越发觉着这些年来出于复杂的心理，他的确对不起从兄王世宏的后人，包括跪在面前的王羲之。

所以，那日晚上他召集族群训导时，当弄明白王羲之当真是要到朱雀桁祭拜那颗悬挂在桥头的头颅，而不是赌气之言时，心底对元帝司马睿的怨恨和对当朝皇帝司马绍的不满一齐涌上心头。他甚至没有一丝半点的犹豫就允许王羲之去了朱雀桁。按理，最应该前往祭拜的是他这位族长。

过了好一阵子，王导才说道："阿菟，你将族人生死置于度外，怎见得你此举在情理之中？我昨晚当众所说虽皆为事实，但你却不可认为处仲阿伯非戴

051

罪之身。"

王羲之并不畏惧，仍然坚决地说道："阿菟虽不知处仲伯父大人身戴何罪，但阿菟却知道伯父大人对我已故先皇表叔之真挚情谊。阿菟从小在家慈大人口中所闻，皆为处仲伯父和茂弘叔父如何殚精竭虑辅佐皇帝、振兴我朝大业之丰功伟绩。至于罪行，却从未听到过只言片语。这又是为何？请叔父大人明示。"

王导沉吟片刻，并没有回答王羲之的疑问，而是说道："有人说你敢有此行为，盖因缺少教养，不知轻重，无视国法家规。你可认乎？"

王羲之低声说道："小子记忆中，处仲阿伯当年在江州武昌荆州驱杀敌寇，每有捷报传来，乌衣巷总是欢天喜地矣。族长大人亦挨家挨户奔走相告，喜不自禁。阿菟无法相信，先皇如此器重之臣又忽而成了罪人，而且遭鞭尸枭首之辱。国法尚在，怎就倏忽而变？至于教养如何，自有公论，小子不怕遭人诋毁也哉。"

王导又是一阵沉默，然后说道："琅琊王氏自王朝建立以来，从未曾面对过灭族之灾。弗说远祖，从先祖王祥入朝以后，琅琊王氏为王朝输送了多少才俊，数不胜数。然而，你鲁莽之举极有可能将琅琊王氏陷入困境。阿菟，你难道忘了那年随我每日前往王宫长跪不起之凄惨境况焉？乌衣巷早已经今非昔比欤。"

"小子怎会遗忘。然，如兄长籍之所说，先皇乃天赐智慧之君，怎会听信奸佞之谗言乎？"

王导说道："你兄长难道没有告诉你琅琊王氏之难是因何而起？"

王羲之老老实实说道："兄长并未说起。但在小子心中，处仲伯父为朝廷出生入死，大晋半壁江山皆为伯父开创，何以皇上却对伯父有如此深仇大恨耳，非要处以这等令人发指之刑罚？"

王导犹豫了一下，并没有回答王羲之的疑惑，而是说道："我不能告诉你皇上何以对处仲大人处以凌尸之刑，但在局外人看来，这一切都是你伯父罪有应得。"

"小子仍有一事不得不问。"

"问吧，但若是事关你处仲伯父，多问无益。"

"小子父亲大人十五年前奉辅政相国东海王司马越之命奔赴河东并州驰

援，至今生死不明……"

王导打断王羲之的话，说话的声音也变得生硬了："今日传你到祠堂里来训导，只是让你今后不得行事鲁莽，其他事情无须多问。你可以出去也。"

王羲之无意离开，而是追问道："族长大人，何以小子向族人打听父亲情况，长辈们皆王顾左右而言他？"

王导被追问得恼火起来，声音也变得高了，说道："你父亲是惠皇帝（司马衷）最为欣赏与倚重之人，亦是武皇帝最忠实之战将。他穷其一生皆以维护武帝之大晋王朝为使命，甚至不惜以死相佑。你已然不小，应该耳闻先帝司马睿自践祚之后，便以宣皇帝司马懿为大晋王朝开创者，宗庙里以宣皇帝为尊祖，文景武惠四帝只能据昭穆之位（祭祀礼仪，昭穆之位在尊祖左右排定）。朝会上不允许大臣动辄举武皇帝制定之律制法规为佐证。你若试图解开疑窦，自然不会有人情愿答疑。"

"难道叔父大人不能为小子解开疑窦？母亲大人时常提及当年家君大人与叔父大人还有处仲伯父在建康城为元皇帝鸣锣开道壮大声势之过往欤。"

王导被这句话给噎住了，鼓了鼓腮帮子，斥道："阿菟，你以为这些年就你受到冷落，心中很是委屈，却对乌衣巷族人这些年遭受的来自朝廷的排挤打压熟视无睹。我是族长，所承受之压力你又怎能想象。所以，不要沉浸在委屈之中不能自拔。"

羲之说道："阿菟感到委屈，并非因遭受冷落。乌衣巷族人怎会对我家孤儿寡母冷眼相待欤。小子只是不想依靠族人施舍度日，每当看到家慈大人为此落泪，小子心如刀绞。小子两年前就已受过弱冠之礼，至今困顿家中，无所事事。见乌衣巷各家子嗣多在弱冠之前就纷纷出仕为官，或外放做了镇守，阿菟怎能不急，怎能不感到委屈耶？"

这话出乎王导意料，却正戳到王导心中阴暗之处。王导膝下六个儿子，除了最小的尚在束发年龄，其他的都在朝廷谋得一官半职。他蓦然发现，王羲之竟并非如表面上看到的那样木讷寡言。

祠堂的宗正这时进来通报说，东海国司马庾怿大人前来拜访。王羲之想借机离开，被王导叫住。王导让宗正将庾怿领到祠堂前面的礼宾殿，等了一会儿后，才领着王羲之去了礼宾殿。

庾怿此次回京是为藩国求取粮秣和兵员的。东海国濒临大海，出产鱼虾，却不是盛产粮食的地方。尤其北面驻扎着匈奴和鲜卑禽兽大军，虽有镇东府的大军与之对峙，两军也不过是处于势均力敌的僵持状态。鲜卑和匈奴禽兽军队时不时就要侵扰边境，这令藩国始终不得安宁。庾怿几番前往镇东府请求派一支五百人左右的兵马作为东海国王府的卫队，却被假节的镇东府将军推三阻四。无奈之下，庾怿只能到京城求助。无论粮秣或者兵马，能有一项得到应允，已是万幸。

前日回到京城，住在乌衣巷里，今天一大早就听说了王羲之在朱雀桁拜祭王处仲的事情，心中很是不忍。几年前那次在自家设酒宴款待友人，被刘隗当场捉住，好生尴尬。而最后的处理结果是，只有出自琅琊王氏的那几人受到惩处。至今想起，庾怿依然愧疚不已。

庾怿没想到王导居然将王羲之也带了来，一时便有些不知所措。

王导说道："叔豫（庾怿字），本族正处于万般艰辛之际，叔豫远道而来，能看望老臣，实在令老臣感激万分。老臣有礼耶。"说完，长长地行了个稽首礼。

慌得庾怿急忙起身回礼，说道："小臣怎敢接受司空大人如此之重礼，折煞小臣也。小臣此次前来，无有半点企图责难逸少阿弟之意，而是跟逸少阿弟一般怀有悲伤之心。大人，小臣无有隐瞒之心，王含大人在平北将军任上小臣就有追随之心，甘愿纵横疆场，死而后已。十几年来，小臣受到王含大人分外呵护，视同己出。小臣前往东海国做司马冲辅臣，亦是受了王含大人举荐与教诲。没能追随王含大人征战南北，实乃小臣终生遗憾。"

庾怿的话说到这里，已大大出乎王导的意料，接下来的话，让王导不知是感动还是惊愕了。

庾怿继续说道："司空大人，乌衣巷里琅琊王氏与颍川庾氏是最早入住之族群。琅琊王氏对我朝中兴立下之不朽功勋早已深入人心。处仲大将军与大人皆为小臣为官尽责之楷模。因此，当小臣获知王处弘大人与王应阿兄竟然被沉江处死，心如刀绞，痛不欲生邪！"

庾怿的话让王导感到心脏受到了重重击打，呼吸都变得急促起来，欲要说点什么，却始终张不开口。

王羲之也被庾怿的话所震撼。在乌衣巷自家的族群里，王羲之甚至不敢对堂兄王胡之和堂弟王彪之（三叔王彬之子）说这些埋藏在心底的话。他转向庾怪，眼睛都不眨地说道："叔豫阿哥，小弟对皇上并无仇恨。然，小弟却不能忘记处仲伯父对小弟厚爱之情。小弟不蒙过庭之训，家尊至今生死不明。若非处仲伯父悉心关照，小弟怎会有今日之衣食无忧，怎会居住在乌衣巷里最结实屋宇之下。若非处仲大人悉心指教，小弟哪里会有心思耕读兵书，习练书艺，哪里会有今日之精湛刀术也。处仲伯父之恩情，小弟此生已无机会回报。朱雀桁并非刀山火海，即便是刀山火海，小弟也会赴汤蹈火在所不辞。"

庾怿听了这话，大为感慨，上前拉住王羲之的手，说道："逸少阿弟，你此番话语彰显坦荡之心地，为兄自愧不如。在你面前，为兄自惭形秽是也。今日前来，亦是拜见司空大人，想为阿弟求个人情。可是见逸少阿弟安然无恙，而且能够当着大人之面袒露胸怀，无丝毫惧色，足见大人平日之高风亮节是如何影响琅琊王氏之一代小辈也哉。对此，小臣心里一片光明，也着实为此折服。"

这时，礼宾殿的大门被推开了，宗正一脸惶恐地撞了进来。

宗正对王导说皇宫的治书侍御史突然造访，要见族长呢。王导急忙跟了出去。

等王导重新回到祠堂里，却是一副若无其事的样子，问道："叔豫，你与逸少可还有话欲说？"

庾怿说道："我与逸少阿弟后会有期，彼时自然会言无不尽也。"

王导于是对王羲之冷冷地说道："皇宫值守治书侍御史传皇上诏令，召你三日后进宫。"

王羲之和庾怿出了祠堂后，王羲之坚持要送庾怿回家，两人边说边走，竟然不知道在乌衣巷两个族群居住地之间往来了多少趟。当最后不得不分手的时候，庾怿做了个拔刀的动作，说道："逸少阿弟，为兄我今日无甚礼物可送于你，但有一个承诺，我定为王含大人与王应阿哥报仇。我定要亲手杀了王舒与王允之父子俩，或许，我也会如法炮制，将这父子二人沉入江中欤。"

王羲之也做了个抽刀的动作说道："叔豫阿兄，此乃琅琊王氏自家之事，何劳兄长出手。逸少断不会放过王允之。不信，走着瞧也。"

四

前日晚上回来，王羲之没敢惊动母亲，悄悄进屋睡了。昨天一大早，王

055

羲之没吃早饭就去了堂兄王修龄家，在那里待了一整天，三叔家的叔武阿弟也闻讯赶了来。修龄好老庄，羲之却似乎对二者都很有心得，叔武却最喜律法礼仪。于是三人坐在堂屋的胡床（类似于今天的马夹）上，为了说服对方，从而在三人之间确立自家喜好为圭臬，好一阵子搜索枯肠。最终，兄弟三人只能以和解宣布辩论结束。入夜后，羲之才又悄悄潜回家中。

今天是第三天，是要接受皇上司马绍召见的日子，王羲之便起得比平日早。从卧房出来，他打算先到院子外面走一趟刀术。出院门的时候，无意间回头朝堂屋看了一眼，却见母亲大人端坐在正房里正看着他呢。王羲之急忙折身回到卧室，将长刀挂回到墙上，匆匆来到堂屋跪拜了母亲大人。

母亲让儿子起身，指了指旁边的椅子让他坐下说话。

羲之没敢坐下，说道："母亲大人，皇上今日召见小子，小子不敢怠慢，只是担心母亲大人心生不安，没敢向母亲大人禀报也哉。"

母亲点点头表示知道了，却说道："阿菟儿，昨天你躲在二叔家，你修龄阿哥已经让人告诉于我。儿呀，你知晓皇上因何召见你？"

王羲之在心里斥了修龄阿哥一声，嘴上却说："那日后宫黄门并无言明，小子不知因何召见。"

母亲突然剧烈地咳嗽起来，吓得王羲之几步跨到母亲身后，在母亲脊背上不轻不重地拍打起来。母亲近些年患了气喘病，稍不注意便会咳嗽不止。

待母亲不再咳嗽后，王羲之说道："母亲大人不必为小子担心，皇上若想惩处小子，不会召进宫去。小子以为，皇上要么为了叙旧——想他在宫里未必快乐，要么便是说前天的事情。"

"前日那事儿并非小事，换了别人必定死罪难免，就算是高官重臣也难逃牢狱之灾哟。"母亲依然忧心忡忡，说道："你此次进宫可不许忤逆皇上意志，顺着他就行了。"

"小子谨遵母亲大人旨意就是了。只是，母亲为何那日没有阻拦小子？"

母亲迟疑了一下，说道："琅琊王氏这一系在旧京洛阳为官者便只有你处仲伯父和你父亲。二人曾经一同随皇室出战鲜卑叛众，杀敌建功，是为刎颈之交。想起你处仲伯父头颅悬挂在那里遭受暴殄，为娘怎能心安。那份心痛他人难以揣度。咱家不去，谁又敢去？"

"小子明白。"

母亲继续说道："吾儿，处仲伯父与咱家虽血脉相连，却并非一支。可是，不仅你阿爹与他共赴国难，就连你二叔父世将和三叔父世儒也紧紧相随，不惧生死。个中缘由，当是不讲自明耳。你可明白？"

"小子明白。若非母亲大人心如明镜，孩儿怎会冒死前往祭拜。"

母子二人说话间不知不觉就过了很长时间，仆人进来提醒说该吃早饭了。母亲吩咐把饭食端到正堂来吃。

仆人即刻出去将饭厅里的桌椅搬了过来。一张矮桌，两把木质座椅。座椅不高，带着半环形的扶手，样式也与在北方家乡的椅子很不一样。这种在建康城大户人家颇为流行的椅子更像是木质的圈椅。

早饭如往常一样，每人面前的碟子里有两条腌制的咸鱼，一碗糙米饭。母亲面前还会多一盘腌渍有味的水葱。母亲最喜欢吃胡饼。在家乡时，羲之的父亲王旷经常会托人捎回一些胡饼。只有母亲吃的时候，小儿子羲之才能跟着吃上一块儿。后晌午吃的晚餐桌几上会丰富一些，那也不过是多了一碟干烧的湖鱼和一碗下了莼和小虾的热汤。肉是很少能吃到的。

羲之很快就吃完了，见母亲还没吃完，也没好意思起身，只是等着。

母亲吃了半碗米饭，见羲之精神不错，就放下筷子对他说："吾儿，这几日为娘不仅为你受召入宫之事心有不安，因入宫而起，娘还想了许多其他事情。"

王羲之说："母亲大人还是先吃饭，等小子从宫里回来，若平安无事，母亲大人再说不迟。"

母亲急忙摆手："为娘以为，还是说在前面才好。对我们这样出自乌衣巷的人来说出仕做官不算是大事，可婚姻嫁娶绝非小事一桩。吾儿，你听娘说完。"

羲之不容母亲再说，跪在地上说道："母亲大人在上，小子深知父母之命，媒妁之言，此乃礼教之术，不得有违，然，小子自弱冠至今尚未出仕为官。没有官秩，无以炊米，无以炊米，则上不能孝敬母亲大人，下无力抚养子嗣，怎敢贸然娶妻生子，传续后代。"

母亲听了这话，脸就阴沉下来，说道："阿菟，为娘并无催逼你娶妻之意，可此事对娘却是比天还大。还记得十几年前我们在淮南与你父亲大人分别时，父亲大人对你所言？"

羲之说道："父亲大人每句话皆铭刻于小子心头。然，小子不想委曲求全了结终身大事，否则父亲大人在天之灵也会不安。"

母亲也只好认可了儿子的说法。"这些年来，也有些人家托媒人上门来求亲，但为娘都没应承下来。你处仲伯父一心想让你与颍川庾家结亲。"她看见儿子不屑地撇了撇嘴，无奈地叹了口气，"为娘知道你不肯与颍川庾氏结亲其实是不想与皇上表兄做连襟，也罢也罢。只是，若有一日做了朝官，娶妻一事就需即刻为之焉。"

羲之点点头，算是答应了。

母亲脸上重又浮现出慈祥的神情来，问道："阿菟，你还记得在先皇朝中担任中书令的贺循大人乎？"

王羲之说道："怎会不记得，小子现在所读典籍正是贺循大人赠予小子也哉。母亲大人早年曾经给小子说过，贺循大人祖上是吴国开国元勋，贺循大人之父却被昏君孙皓砍了头颅。"一说到这里，羲之不禁紧咬牙关，发出一声低沉的怒声。

母亲听出了儿子的愤怒，便说："阿菟你要记住，你处仲伯父蒙冤之事终有一日会大白于天下，孰对孰错后人自会评说。既然皇上已经允许乌衣巷为你伯父收敛遗骸，你就不可再为此事让家族遭受牵连。"

王羲之顺从地说道："小子牢记母亲大人教诲，从此不会再做让母亲大人焦虑不安之事。小子祭拜伯父大人也是顾念伯父与父亲大人乃刎颈之交，并非恣意妄为。"

"这样就好。阿菟，你已长大成人，在为娘眼里，你是乌衣巷一众子弟中之翘楚也。每每看到你在娘身旁，娘心里就很是踏实。"

羲之说道："小子惭愧，小子没能为家门挣得荣耀，惶惶难以终日。小子时常会因此甚感屈辱。父亲大人当年奉敕令千里驰援，深陷匈奴禽兽军队重围之中，孤军奋战。多年过去，小子已然成人，才知朝廷竟然没有赐予父亲大人谥号，当然要为此愤愤不平。"

母亲听了这话，感到很是欣慰，说道："儿啊，为娘至今坚信你阿爹还活着。儿啊，你先听为娘把话说完。永嘉四年（公元310年）冬季，一天夜晚，你和阿哥早已睡下，你世将阿叔带来一个人，此人正是你阿爹手下将军施融大人。当时把娘吓得不轻，因为所有从前线回来之人都说施融大人和曹超大人随你父亲一块儿为国捐躯。施融大人行迹神秘，不敢在建邺城久留，他把那次征战经过从头到尾地说了一遍。为娘才知从一开始你父亲大人就遭到周馥陷害，致使驰援大军只有不到三千老弱军士。施融大人说待驰援军队到达壶关的时候，能够打仗军士就只有从淮南随你父亲大人而去的一千来人。那次征战打得十分残酷。你阿爹面对的是禽兽不如的匈奴军队与王弥叛军，足有好几万人。"

"小子理解，我父亲大人一定还在世上。"羲之有些急不可耐地打断母亲的话。

"这正是娘要告诉你的。施融大人说你阿爹受了箭伤，被王弥叛军生擒，再后来被匈奴将军刘曜押解去了平阳。施融大人和曹超大人都身负重伤，无法实施营救。但二人尾随着押解你阿爹的军队走了很长一段路程。一天，二人找药农给伤口换药，仅只歇息了一天。等二人再追上队伍时却未见到里面有你阿爹。施融大人知道那位匈奴将军刘曜在洛阳时最敬仰你父亲大人，他说刘曜顾念旧情偷偷放了你阿爹也未可知欤。"

羲之腾地站起身来，说道："母亲大人，小子想知晓施融大人后来去了何处。"

母亲不禁问道："儿啊，你问这作甚？"

羲之拍了拍胸脯说道："小子有心找到施融大人，若是能找到，小子定前往父亲大人失踪之地再去找寻。"

母亲用力摇摇头，情绪异常激动："吾儿少安毋躁。屈指算来已经过去十五年，施融大人那晚并没有告诉为娘他离开建邺城后会去往那里。再说，那壶关远在千里之外，如今又在五胡禽兽占领之下。你阿爹即使还在人世怎会在那里滞留？"

王羲之瘪了瘪嘴，还是心有不甘，说道："母亲大人，小子相信父亲大人肯定还在人世，可是可是……"

母子二人之间的交谈出现了片刻冷场。少顷，羲之来到母亲身前，蹲下身来看着母亲，固执地问道："母亲大人，小子尚有一困惑，压于心中多年不敢向母亲大人倾吐。今日，母亲大人就允小子说出困惑，一吐为快欤。"见母亲点了头，便接着问道："小子不解，阿爹为何苦求淮南太守，若是留在建邺城，与伯父大人一道辅佐先皇中兴王朝大业，不仅可得高官厚禄，也不会千里驰援，至今下落不明。小子又怎会遭受冷落，至今不能出仕为官？"

母亲说道："吾儿问得好，但这件事情说来话长，娘只能说及皮毛，你知道即可。八十年前，你曾外祖父夏侯庄曾为曹魏帝出任淮南郡太守，你祖母就在淮南郡出生。"

羲之插话问道："小子冒昧，如此而言皇上祖母也在那里出生？"

母亲说道："正是。你祖母与司马绍祖母本是同胞姐妹，姐妹二人先后嫁入琅琊王国，你祖母嫁给你祖父，其妹妹做了琅琊国封王司马瑾妃子。"

"小子有些明白父亲大人之苦心也。若有那一天，小子也会向皇帝恳请外放淮南做官。"羲之坚定地说。

母亲摇摇头说道："今日之淮南，已非昔日之淮南。"

"母亲大人，此话怎讲？"

"淮南如今已是重镇，身后左右被侨县环伺，前方八公山又是御敌要塞。琅琊王氏虽非落魄之望族，但是皇上却不再会让琅琊王氏族人镇守那里。"

"小子明白矣。"

母亲安静了片刻，说道："吾儿，如今琅琊王氏咱家这一门贵为皇亲，身份之高在乌衣巷里无人能比。然，却从未因此得到皇室荫庇，也从不曾以此为傲。为娘曾对你外放阿哥说起过家训，忍辱负重，砥砺前行。阿菟吾儿亦须牢记。"

王羲之答道："小子定将家训铭刻在心。"

母亲起身进了正堂侧面的卧房，不一会儿出来时，手中捧一木匣。母亲先从匣子里取出一封手札，是姨母卫夫人写来的家书，让羲之看过后说："阿菟哟，你明日就给姨母回封家书，也免得姨母惦记。"说罢，又将一张官府文书交到羲之手上。

羲之说道："小子至今不忘姨母大人传授书写文字之教诲，只是，姨母大人对小子太过严厉，每每忆起，依旧不免心生畏惧。"

母亲笑起来，说道："你姨母确是严厉，为娘看在眼里也多有不忍。然，严师出高徒焉。否则，你的书写技艺怎会在乌衣巷名列前茅。你世将叔父倒是对你宽松慈爱，结果，他一转身，你就溜出屋找你深猷（王允之字）阿弟玩竹马去也。无论你世将阿叔怎么呼唤，你硬是装作充耳不闻耶。"

说着，母亲做了个手势，让羲之接着看官府文书。

王羲之打开文书，其中一张是由会稽郡府认可，并盖有官印的地契。地契文书上清清楚楚写着购买土地人的姓氏，所购土地的面积、位置，土地上计划建筑的屋舍院落以及为这次购买支付的银两数等等。土地购买人是丹阳太守王旷（王旷在任淮南太守之前曾担任丹阳太守）。购买土地时的见证人是贺循，并附有交易时在场人员的姓名。王羲之看到有顾荣、纪瞻等人。

母亲继续说道："贺循大人说当年你父亲应邀到会稽探访，买下一片良田，因为离开仓促，未曾来得及拿到地契，只有当事人和见证人交易时手书之约定。贺循大人后来做了会稽内史，便为咱家补办了这份契约。贺循大人还说，他亲自派人监督修建了一座很大的院落，就算咱家增丁添口，住起来也绰绰有余耳。"

王羲之不知母亲为何突然拿出这份地契，便问道："小子不知母亲大人给小子看这张地契所为何意。"

母亲一笑，说道："吾儿仔细听来。你从未到过会稽郡，但那里却有你阿爹留下之足迹与气场。即使没有这份房产地契，为娘也想迁徙于会稽终老。而今有了这份私产，吾儿与娘便不用再接受族人接济。时至今日，吾儿终得进宫面晤皇上，若是皇上不为封官一事召见吾儿，吾儿也断不可错过这个机会。"

王羲之点头称是，说道："若不是母亲大人说出这番话，小子到底还是不情愿向道畿（司马绍字）阿哥央求官职。"

"吾儿不可自恃清高，想大汉朝韩信大将军何其伟岸，成就大业之前忍得屠夫胯下之辱。吾儿向皇上自荐求官，并非遭受屈辱，怎就开不了口。"

羲之见母亲不高兴了，忙说道："小子遵从母亲大人之命也哉欤。"

母亲接着说道："你表叔元皇帝驾崩之前，封其少子司马昱琅琊藩王，可是食邑却在会稽和宣城二郡。"见儿子羲之听到这里仰脸看着自己，现出不解神色，于是说道："琅琊是乌衣巷族人故乡，也是元皇帝起家的封国。但是，如今的琅琊国却是战事不断之地，依照旧制，食邑之地大多被做了藩王最终的落脚之地。为娘算过，你道万（司马昱字）阿弟如今已经五岁，出镇封国的日子不会太远。那他就一定会选在会稽郡落脚。"

"小子明白母亲大人的心思了。可是可是……"王羲之支支吾吾没说下去。

"吾儿为何吞吞吐吐，若有心事，但说无妨。"

王羲之本想说现如今从叔父王舒就在会稽做内史，他根本不想到那里去落脚，嘴上却说："母亲大人，小子知道会稽山高地远，并不是甚好去处。小子有意在建康城南面的秣陵挣下一份家业，母亲大人也就不必远走他乡了。"

母亲以为儿子当真是为了自己好，还是坚持说道："阿菟吾儿，道畿(司马绍字)表兄自小与你情同手足，而且血脉相连。你父亲早年护送元皇帝返回封国，硬生生在琅琊国打出一片天地来。先皇每每提及此事，感激之情溢于言表。为娘想，道畿表兄虽然做了皇上，既不可能因前日之事惩处于你，更不会如你所说邀你进宫戏耍。你修龄阿哥揣摩说皇上恐怕要给你个官做呢。虽说此话并无根据，但修龄说过皇上前几日曾召见他只为询问咱家状况，所以修龄所言未必虚妄。阿菟吾儿，若果真如此，你不可拒绝。若是皇上诏你进宫并非封官一事，你可伺机向皇上求会稽王友一职，你与司马昱（司马绍的同父异母弟弟，后来的简文帝）是表兄弟，想司马绍不会如此决绝。"

王羲之显得很为难，说道："小子只要每日能陪在母亲大人身边，已足矣。"

母亲有些着急，生怕王羲之固执起来，便说道："为娘深知吾儿一片孝心，你走出乌衣巷，一直以来都是为娘心中愿望，你不可让娘失望。阿菟，你要听仔细，咱家能有今日，盖因乌衣巷族人慷慨接济。可是，咱家不能如此长久接受族人恩惠。如今你已长大成人，必须与其他族人一样，谋取官职。"

王羲之说道："小子明白母亲大人心思欤。"

母亲又说道："阿菟，从今往后你不可抱怨乌衣巷族人，将来若有出人头地之日，定要报答族人不弃之恩。再有，吾儿必须时刻牢记，时下关于咱家乌衣巷琅琊王氏流言蜚语真假难辨。为娘一直觉着这是奸人所为，目的正是要败坏琅琊王氏崇高声誉。吾儿，你之刀术在乌衣巷已无人能敌，即使在这建康城中恐也难觅对手。今后有一点你需记住，面对五胡禽兽，你可刀刀见血，不得留情。除此之外，出手之前必须三思而行。"

王羲之双手伏地，向母亲深深一拜，说道："孩儿定将牢记母亲大人谆谆教导。"

五

离开乌衣巷，王羲之走上朱雀桁。前日那颗悬挂在横木上的头颅已经不见了。进入皇宫的大司马门，恍惚间，似乎有声音在宫城上空响起，那是族长王导从叔父凄厉的告饶声。这声音刺激着王羲之的感官，让他浑身燥热，脚下宫殿里的石板地也唤起了藏在内心的恐惧和屈辱。

那些个非同寻常的日子里，每天清晨，十九岁的王羲之都会随着乌衣巷的一众族人来到皇宫，然后跪在议政大殿前的石板地上。早朝很早，但是王羲之他们来得更早，看着一众大臣先后抵达议政大殿，鱼贯而入。只要有大臣进入大司马门，无论官阶高低，王导都会跑上前去，大行卑膝之礼，朗声拜托此人"恳请皇上宽恕乌衣巷琅琊王氏族人哟"，然后就让族人们齐声重复一遍。那告饶声充满乞怜，充满屈服，充满卑贱。王羲之也会跟着一声声呼喊，心里面却无论如何不相信皇上会对乌衣巷大开杀戒。更加让王羲之不能忍受的是，那些被王导央求的大臣都是经王导一手提拔起来的官员，大难当头，这些人居然避之唯恐不及，全然忘却了王导的提拔之恩。

朝会结束后，等一干大臣散去，就会有治书侍御史走出来朝着他们高声吆喝着："乌衣巷听宣，皇上有重要奏文批阅，你等快快离开，不得喧嚣。"于是，众人在黑衣卫士的押送下，出皇宫跟着王导返回乌衣巷，一路无语。就这样日复一日过了十多天，一天朝会散去，直等到日头高照，也未见治书侍御史从议政大殿出来。午时三刻，皇上突然走出大殿，向这边走来，众人慌忙匍匐在地，无人敢抬起头来。

皇上司马睿走近前来，说道："茂弘大人，你可起身耳。"待王导站起身来，司马睿继续说道："朕非草木，岂能无情。"司马睿慢慢地将仍然跪在地上的一众琅琊王氏子嗣扫视了一遍，看到王羲之时，竟然撇下王导，径自走到王羲之面前："阿菟，你亦可起身也哉。"

王羲之左右看了一下，见众人都没有起身，小声嘟哝道："阿菟惶恐，几位叔父大人都还跪着，小子不敢造次。还是跪着耶。"他听见司马睿嗤地笑了一声，抬头再看，司马睿脸上并无任何表情。

"朕允琅琊王氏来人皆可起身。"司马睿大声说道。等众人全都起身后，司马睿挨着把与王导同辈的王侃、王邃和王彬的乳名叫过一遍，说："朕十五岁离开京都洛阳出镇琅琊封国，初到琅琊，你几个将朕视为家人，朝夕相伴。也多亏有了你几位陪伴，朕才能在封国安心住下去。今日想来，你们对朕有功。儒将阿弟，这些人中，只有你与朕血脉相连。你和世将二人随朕自琅琊国一同长途迁徙，披荆斩棘，逢山开路，遇水架桥。现在忆起那一路好生不易，也是多亏了你兄弟二人，还有琅琊王氏全体族人，朕才能有今日之辉煌。茂弘大人，朕所言可有疏漏欤。哟，朕怎没见到世将阿弟？"

王导听见司马睿叫了自己的名字，垂首敛目说道："臣惶恐，臣不敢贪天之功为己有。臣每日教导族人吾等乃深受皇恩之臣民，能为皇上效犬马之劳已是大幸，又受皇上厚爱，此乃天高海深之恩德。世将尚在荆州，臣以为定是遭那王处仲拘押，无法报答皇上恩德。"

"算啦算啦，你也不用替世将说情。朕心中有数。"然后又对王羲之说，"阿菟，朕听人说，你们已在这里跪了十多天，个中滋味，很是苦焉？"

王羲之不知司马睿此话何意，实话实说道："小子惶恐，这些年，小子与族人每日在乌衣巷研读朝廷法规，记得最为清楚的就是中兴之初，皇上御批奏折，强调一人犯法，不得株连族人。所谓一人犯罪，一人担责。御批后面有司留下赞文特别申明，此乃王导大人呈奏。法规一经公布，举国欢腾，奔走相告云云。"

司马睿愣了一下，呵呵了一声，却没笑出来，说道："阿菟小子，此话虽然没错，但朕依然可以定你指桑骂槐之罪。"

王羲之并没有退让，而是梗着脖子说道："小子惶恐，小子不过照本宣科，何罪之有？"

司马睿这时已经旁若无人，像是在与这个平日最喜欢的表侄子讨论朝纲，说道："朕当然记得这一律制条文广受黎民百姓交口称赞，可是，关于免除连坐，朕追加了一道诏书，逃服兵役者、临阵脱逃者除外。你怎不一齐说出来？"

王羲之连连点头，说道："小子惶恐，小子不敢强词夺理，小子当真是要为世将叔父开脱罪责。家严至今生死未卜，小子不蒙过庭之训，自小将世将和世儒二位叔父视同家严一般。"

一听王羲之说到父亲王旷，司马睿沉下脸来，不再说话。少顷，司马睿环视众人，说道："王茂弘，乌衣巷众人明日不得再到皇宫叨扰朕。朕在今日朝会上已经下了诏书，赦免乌衣巷琅琊王氏族人。速速离去焉！"说罢，转身走了。

黄门的吆喝声将王羲之从回忆中拉了回来；就见后宫专司服侍东宫太子的舍人快步走来责备说："皇上已经在东宫等待了，你怎还在这里站着？"王羲之说:"并不知道皇上在宫内哪里召见,不在这里等还能做甚?"

舍人不敢多说,只叫王羲之紧随其后,然后一路引导着羲之向东宫走去。东宫是前不久册封的太子司马衍居住的地方。何以司马绍至今没有搬出东宫,旁人很难知晓原因。羲之进宫前就听从叔父王导说起过这件事情,并告诫羲之不得在皇上面前询问这件事情。羲之当时听罢心里还冷笑不止。

太子舍人一进东宫,便转而向右手旁的一条石径走去。石径两旁是葱茏的蔷薇属灌木,浓密的蔷薇下是一条木制长廊。蔷薇将长廊包裹得严严实实,走在其中可以嗅到扑鼻而来的芬芳,行走起来却又不受灌木丛的影响。踩着石径走了大约三十丈的距离,前面豁然现出一片开阔的天地,一座貌似寝宫的建筑跃入眼帘。羲之正想着,走在前面的舍人低声说:"皇上觉着这里被氤氲之气笼罩,是个绝好的栖息之地呢。"羲之对这句话没有任何反应,而是透过茂密的灌木丛看着不远处那座已经破颓的殿堂。

殿堂里,皇帝司马绍和皇后庾文君坐在各自的坐床上,凤床比龙床矮了一个台阶。见羲之进了殿堂,两人不约而同直起了身子。

王羲之走到皇帝龙床的高台前跪了下来,一面行大礼,一面嘴里念念有词。但他心里却感到很是怪异,一种说不上来的滋味涌了上来。

"阿菟,朕允你起身耶。"司马绍叫了羲之的乳名,"以后召见你可以不必行此大礼。"坐在皇帝身旁的皇后庾文君舒了一口气,司马绍回脸看了皇后一眼,想乐,却又忍住了。"皇后也不用如此紧张。朕传羲之进宫并非想惩罚他。若是为了惩罚,何用召进宫来?直接交予廷尉可也?"司马绍问的是王羲之。

王羲之只是点点头,没回答。

司马绍语气友好而又和缓地说道:"朕并非要与琅琊王氏过不去。然,王处仲一再逼宫,令朝野不得安宁,朕若是忍下这口气,日后何以立威?朕得有今日是遵从元皇帝遗诏,所谓子承父志,是为天意矣。王处仲却不识时务,逆天意而行。朕之所作所为也是顺应朝野呼声,并非为宣泄一己之恨耳。"

王羲之这时开口说道:"逸少与皇上所见并无不同。然,我家处仲伯父绝无篡逆之图谋。皇上对此理应心知肚明。"

司马绍听出王羲之话外之音,并不恼火,说道:"阿菟,你知晓王处仲因何一再逼宫乎?想王茂弘也不会对乌衣巷族人说个透彻。朕现在就给你说出实情。那王处仲前次逼宫是企图威逼先皇将朕赶出东宫，重新册立太子。这次卷土重来亦是要威逼朕让出皇位。此乃动摇司马王朝之基础，仅此一罪，灭他三族也不为过。"

王羲之显然第一次听到这话，着实吓得不轻，慌忙又跪了下来。

司马绍冷笑一声，继续说道："朕知晓你被蒙在鼓里，乌衣巷里仅王茂弘知晓此事内情。此事说来话长，也会坏了朕之情绪。可是，朕最终依然对乌衣巷高抬贵手软。朕并未对王处仲处以灭族之罪，但鞭尸枭首之刑却不能赦免。"

王羲之这时双手伏地，深深一稽，说道："逸少确实不知实情。可是可是，皇上乃先皇依照皇室规矩册立之太子，乃举国同庆之大事，无人不知，无人不晓。我处仲阿伯身为武皇帝之婿，难道竟敢冒天下之大不韪，恣意毁坏皇家道统？"

司马绍抬起手来，做了一个不屑的动作，说道："罢了罢了，你不必再问下去。不知者不为罪，你亦无须心存战栗。朕将你始终视为兄弟。想当年朕与你共同受教于世将表叔，世将表叔授朕于画技，授你于书艺。朕与你终日同案临习，恰似当年前朝武皇帝和南蛮校尉刘弘大人同窗读书一般耳。"司马绍情不自禁地啧啧了几声："朕至今想起那些时日，仍无法忘怀。你起身说话。"

羲之站起身，不亢不卑地说道："在阿菟心里，陛下所说那些日子最是快乐。只是，世将叔父对陛下十分耐心，对阿菟却声色俱厉，稍有懈怠，一定竹板伺候。"

司马绍呼哈哈笑起来，笑罢，颇为动情地说道："阿菟，朕这些年一直念及你家与皇室之血脉相连，但有好事，一定想起乌衣巷叔母与你。"

王羲之听出司马绍说的是真心话，低声嘟哝道："我只当是你做了皇上，就将我们弃如敝屣软。"

司马绍又要发笑，却立刻绷住面孔，问道："阿菟，那年茂弘大人率领乌衣巷琅琊王氏族人在皇宫叩请先皇赦免族人罪孽，那都是佞臣企图借先皇之手，铲除异己。先皇是何等奇人，立时觑破奸佞之人阴谋。但是，朕听人说，你每当返回乌衣巷都要习练刀术，此事当真乎？"

"确有其事。"王羲之坦承道。

"难道你在宣泄心中不满？"

王羲之脑海里顿时浮现出三年前，跪于皇宫前求赦免的情景，不觉心中黯然。才过去了三年，王羲之又怎会如此健忘？记得第一天并没有得到先皇赦免他们的诏书，又被皇宫军士驱赶出宫城。回到祠堂前，王导对族人训斥说："我族人不可妄自菲薄，更不可气馁。皇上一日不予赦免，咱家便日日跪叩皇宫。"说到最后更是厉声呵斥王籍之和王羲之兄弟二人，说从此不得在乌衣巷舞刀弄枪。还责怨说："你家叔父王世将本是被陛下派去劝阻王敦，让他放弃逼宫造反的。却不料世将是个不争气的家伙，反而助纣为虐，帮着王敦进军建康城。"

羲之不服："大伯父起兵已经昭告天下，只是为了清君侧，除掉在陛下身边兴妖作怪的奸佞小人刘隗和刁协之流，大伯父乃武皇帝之婿，怎会冒犯皇帝？"话未说完，被王导厉声喝住。回到家中，母亲询问王籍之，陛下可恩准赦免乌衣巷王家，籍之阿哥泪如雨下说不出话来，只说，这下子刘隗一干人等遂了心愿。王羲之却说："刘隗此人着实可恶，我琅琊王氏再不济，也是东晋开国功勋之族，怎就能满门抄斩？"说着从墙上摘下大刀，跑到院子里执意要走一套刀法。阿哥几番阻止没能拦住，只好吹了油灯。自那日起，王羲之每从皇宫回来，都坚持走一趟刀术，从未间断。但这种事情怎会传到皇宫里，居然连司马绍也能知晓？

想到这里，羲之坦然回答道："阿菟那时确有不满，更有困惑。但自家君大人失踪后，我兄弟二人遭乌衣巷族人疏远，即使心有不快，却无处宣泄排遣，只好以习练刀术平复不快。皇上明鉴，长刀乃前朝太保王祥大人遗赠之物，亦是琅琊王氏镇祠之宝。刀术是家君大人悉心传授于阿菟家学技艺，一直以来，被阿菟视为家君倾注于小子心血之技，不敢遗忘。时至今日，阿菟依然每日习练不敢懈怠。每每习练，阿爹音容笑貌跃然眼前，令阿菟唏嘘不已。伏望皇上恕罪。"

司马绍听了这话，自是不断点头，然后话锋一转，说道："阿菟，你刚才讲到日日习练刀术，想来刀术精进不少。朕却不相信你这番说辞，若是想让朕相信，不妨与朕斗上二十回合，如何？"说着就要站起来。

王羲之慌得跪了下来，说道："阿菟惶恐，阿菟不敢与皇上交手。"

司马绍这次笑出声来，很是得意地说道："你是怕伤了朕？"

却没想王羲之说道："阿菟惶恐，阿菟并非怕伤了皇上，而是分明知道皇

067

上日理万机，无暇习练刀术。若果真交手，皇上必败无疑。阿菟以为，皇上怎能服气阿菟，必然不肯罢休，纠缠下去，担心误伤皇上龙体。"

司马绍哈哈大笑起来，面颊也泛起红晕，指着王羲之说道："你这家伙，朕与你多年不曾见面，你却依然不改骨鲠性情。然也然也，朕自你幼时便知你必成大器。"

这时，黄门在殿外高声吆喝说尚书令卞壶奉召已经到达大殿外。

司马绍没有理睬殿外黄门的吆喝，继续说道："朕感念你家琅琊王氏世代对大晋王朝做出之贡献，记得先皇曾经不止一次说过琅琊王氏乃是我朝中流砥柱，嘱朕善待琅琊王氏族人。所以，尽管王处仲遭千刀万剐，朕却从未曾株连于你们。这些年来依旧重用琅琊王氏族人，你那世将表叔对皇室犯下令人不齿之罪行，在他故去后，先皇依然恩准世将表叔灵柩运回建康，还诏令朕亲至拜谒灵柩，以家人之礼相待。除此之外，先皇还排除众议追赠他享有侍中、骠骑将军称号，并允其谥（贵族高官死后享有的名号）为康侯。"

王羲之犹豫片刻还是跪下了，说道："阿菟明白皇上良苦用心，谢皇上恩典。"

司马绍像是又想起了什么，说道："阿菟，朕每想起世宏表叔，心中就泛起温暖之情，那年我与世宏表叔在平东府相遇应是最后一次。而如今想起世宏表叔，心中便又多了一份扼腕之情。罢了罢了。"说完，司马绍长叹一声。

王羲之却一点儿不想就此罢休，扑通一声跪了下去，问道："阿菟惶恐，斗胆问一句，皇上何以说及咱家父亲大人便王顾左右而言他乎？"

司马绍被问得一愣，一时间不知如何回答。坐在他身旁的皇后庾文君见场面尴尬，立时插话道："阿菟不可造次。皇上，尚书令已经在殿外等候多时焉。"

司马绍摆摆手，让王羲之起身，然后说道："朕所言扼腕之情，是因我世宏表叔至今生死未卜，想想哟，已然十几年光阴也哉。世宏叔父乃名满京城之人物，怎会在这世上突然就没了踪影，没了声息？"

王羲之并不知司马绍为何突然说起父亲，但觉着这也许是个不可多得的机会，便说道："阿菟惶恐，既然皇上有此疑惑，不如允阿菟前往河内（山西、河北）一带找寻父亲。"

司马绍又是一阵大笑，问道："朕知道你现如今刀术厉害，可是你真以为凭着一把长刀就能独闯天下？想你父亲刀法何等了得，怎就会音讯全无欤？"

王羲之嗫嚅道："阿菟惶恐。阿菟可以持通关文牒行走于中原陇西江北，谁能对一个满天下找寻父亲之人生出兴趣欤？"

司马绍不再理睬王羲之，挥挥手示意殿堂门口的军士让尚书令卞壶进来。

卞壶身后跟着专为皇上梳理朝政文书的治书侍御史，二人行完大礼后，卞壶说道："臣惶恐，诏书已经写好，只待皇上御批也。"

皇上说道："把文书交予王羲之。"

等王羲之仔细看过文书，皇上说道："朕那日见过修龄阿弟，询问你家状况。修龄说他多次前往御街有司游说，恳求能让你出仕为官，可是屡遭拒绝。朕自然好奇便询问因何屡遭拒绝。修龄抱怨说不知为何，乌衣巷从未向有司提名举荐，而他本人又位卑言轻，无人予以理会。朕这才知道，你那乌衣巷尽是无情之人。阿菟，你看上去并不高兴？"

羲之说道："怎会不喜，但未到欣喜若狂之程度。"

这话把皇上逗笑了，说道："朕见你欲言又止，趁着朕心情愉悦，你就如实说来。"

羲之说道："入宫觐见皇上前，家慈大人叮嘱阿菟，若是皇上恩赐官职，不妨讨要一个道万阿弟王友官职。"

司马绍脸上掠过一丝不快，但还是说道："道万还小，尚不知戏耍。朕已为他安排了太师教授四书五经，至于王友，放后再议。"这番话，算是把王羲之的请求拒绝了，"朕亲自提名让你到秘书省去做秘书郎，你当不会负朕对你之恩情。"

羲之再次叩谢了皇上。

皇上示意卞壶可以离开大殿了，等卞壶出去后，皇上回头看了一眼身旁的皇后庾文君。庾文君随即起身走到大殿一侧墙边的木柜前，从里面取出一个木匣，重新回到高台坐下来后，并没有将木匣交给皇上，而是对王羲之说道："皇上念及与你血脉之情并不打算惩罚你，你该感恩是也。"

王羲之朝着高台上的皇上行了一个长揖，这次他没有跪下。

皇后接着说道："这匣子里是皇上视为珍宝之五石散，想来你也听说过五石散是何等珍贵之物。"

皇上打断了庾文君的话，说道："你去朱雀桁跪拜，除了胆大包天，不知天高地厚，还依仗着朕与你有血脉之连。可是，你却忘了，朕与你之关系已非十多年前那般手足情深。朕要杀你还是易如反掌。"说到这里，皇上猛然剧烈地咳嗽起来，直咳得上气不接下气，蜡黄色的脸涨得通红。身后摇扇的宫女急忙将芭蕉扇丢在一旁，在皇上的脊背上捶将起来。皇后接过另一个宫女捧上的水碗，扶着皇上的肩膀，把水一点点喂下去。

此情此景令王羲之很是惊讶，几年不见，皇上显然身体有恙，而且病得不轻。

等喘过气来，皇上靠在龙床的靠背上，精神委顿下去，但他似乎言之未尽，想说的话还很多呢。甫一开口，司马绍就不得不顿住了。他抬起手来，指着王羲之，少顷，才终于说："朕嘱你两件事情，你要听仔细了。第一，朕要看古今中外贤良轶事，你要快快整理出来，交给朕；第二，你此次从这里出去，不要再回来了。"

王羲之尽管不知其真实意图，仍然行礼道："阿菟惶恐，阿菟谨记皇上旨意就是了。只是，若不允许我进宫，皇上所要古今中外贤良轶事如何送到皇上案头？"

司马绍没理会王羲之的话，而是说道："朕与你从今往后便是君臣关系，你不可以再自称阿菟。"

王羲之说道："臣惶恐，臣谨记皇上教诲。"

这时，司马绍才示意一旁伺候的宫女将庾文君拿出来的木匣子交到王羲之手里。见王羲之并没有打开木匣子看，司马绍不耐烦地说道："朕允你打开。"

王羲之这才打开木匣子。匣子里装着六个不同颜色的小木盒。每只盒子都选用了一种名贵木料，色泽都是木料的本色。木盒非常精致，表面雕刻有不同的鸟兽。司马绍送给王羲之如此贵重的东西，令他有些不知所措。

司马绍得意地问道："朕问你，知道五石散为何物乎？"

王羲之答道："臣惶恐，臣孤陋寡闻，不知此乃何物。"

司马绍惊疑问道："居然没有听说过？朕以为五石散在乌衣巷里一定家喻户晓焉。也罢，朕来告诉你此乃何物。此物在曹魏时代乃朝廷重臣独享之物，即使名望之门，若想得到此物也是十分不易。"

王羲之说道："臣惶恐，臣不解皇上将如此贵重之物赐予臣所为何意？"

司马绍呵呵一乐，说道："你该叩谢朕之隆恩才是，竟然问朕有何意！还是你来告诉他。"司马绍对身旁的庾文君说。

庾文君说道:"阿菟,皇上赐你珍贵之物只有一个意思,念你是乌衣巷里与皇上最为亲近之人,也是念你曾经深得先皇宠爱。其实今日皇上赐予你的是两件宝物:一件宝物是让你可以安身立命之官职,有了官职,从此你可为皇上鞍前马后效忠,一展宏图大愿;而这件宝物则是皇上让你用来除祛愁闷安神之物。"

司马绍在皇后说话的时候不断地点头,这时插话道:"朕还要说,朕赐予你五石散并非让你回到乌衣巷就当下享用。既然是安神之宝物,不到神迷乱本之时,不可取而食之。即使真到了享用之际,你亦当小心服食。"

等王羲之告辞出了东宫,皇帝司马绍立刻服食下五石散,又将一坛冒着热气的老酒一饮而尽,然后,在两名黄门的搀扶下,在东宫里撒开双腿,急速快走起来。直走得上气不接下气,眼冒金星,大汗淋漓,瘫倒在地。众人一拥而上将司马绍抬上了肩辇,一路往皇上的寝宫跑去。

六

一晃就过去快一年了,昨日出霉,算是狠狠地热了一天,建康城像一座不透风的蒸笼。生活其间的人要在阴湿闷热的天气里熬上一个多月,真是太难受了。对于从北方迁徙于此的人来说,这种日子一点儿也不快活。乌衣巷里每年到了入霉季节后,人们都会议论纷纷,长辈们就会向后辈们缅怀在故乡沂水河畔的祖居里度过的那些平静凉爽安逸的夏季。可是,后辈们却并没有觉着闷湿潮热的天气有什么不好。每日到了晌午,乌衣巷的后辈们会成群结队来到秦淮水旁,和这里的平民百姓的孩子们一样,跃入水中,玩个人仰马翻,不累个半死绝不上岸。说来也着实怪得很,每年只要一出霉,立刻就有了风。今日也是一样,风从大江上生成,裹挟着江水的腥气顺着河道就窜进城来,掠过城垣,顺着御街刮过,顺便就钻进了街两旁一座座古板陈旧的官府。

秘书省府衙是一座庭院式建筑,庭院中间有一块大约二十几丈见方的空地,有几条石板铺就的小径通向庭院四周的屋舍,这些屋舍是秘书郎们打理公务的场所。空地中央辟有一处山水景致,景致不大却把这座庭院装点得有了些许斯文。挨着办公屋舍还种有几十棵阔叶乔木,这些树至少也有百十年树龄了,主干粗壮挺拔高大,枝丫繁茂,若是遇到晴天,无论冬夏都会在地面上投下大片大片的阴影。

府衙的庭院不算小，只是太过安静，在这里供职的秘书郎们大都不会高声喧哗，平日说话都是轻声低语。即便有了必须即刻处理的紧急事务，也都只是穿过庭院进到屋里面小声交代而已。所以，秘书省这座大院子，安静是它独特的氛围。

秘书省掌管公府文书图册典籍，校阅脱误，兼管宫禁中的藏书，秘书郎亦是最为清贵、最容易升迁的官职。但是，能担纲秘书郎职务的绝非平常人家的后裔。

秘书省书库中书籍的存量比起在洛阳京都时差得太远。这主要是因为在永嘉之乱中，京都洛阳那边的秘书省中的图书、文书、奏本资料等几乎都被匈奴侵略大军烧毁殆尽。多亏当年苟晞大将军打算迁都仓垣时，用大船运走了大部分秘书监藏书和各种公文、典籍，这些被保存下来的图书典籍文本最终都汇集到了建康城。

当朝初期，皇上曾下过一道圣旨，要求所有官员将藏在家中的书籍文本，甚至包括竹简统统上交秘书省。这道圣旨最终将范围扩大到全国。圣旨一出，举国响应，大约用了不到两年时间，秘书省书库里各类书籍文本就堆积如山了。有老辈的官员曾私底下打趣说，四十几年前大晋立国建朝时，首任皇帝司马炎曾下过一道诏书，要求廊庙上下，朝野内外，但凡县令以上官员必须无理由将自家十六岁上下的闺女敬奉给后宫，每家一名，违者严惩不贷。现如今皇帝的第一道诏令却是捐献书籍了，可见时代进步了不小呢。

令王羲之感到诧异的是，从安东府到如今已经过去了快二十年，秘书省的秘书郎起码也更换了数十人，而这座存储了大量书籍文本的库房似乎从来没有人认真整理过。

一年前，王羲之到任后，始终没人告诉他怎样分类整理这些书籍文本。一直干到冬天来临，王羲之在整理和阅览书籍时发现了一个簿子，上面记录了一些经过整理的书籍图册和官方文书的登记名录，尽管簿子没几页纸，羲之却从中发现了整理登记书册的方法。最让王羲之感到惊讶的是，这个登记名录簿上的签字居然是皇后庾文君的二哥庾怿的手书。王羲之这才知道这位当朝皇帝的妻兄竟然也当过秘书郎。这个发现让羲之心中有了不小的满足感。于是，羲之便照着这个名录的顺序开始逐册登记整理出来的书籍文本。这段日子，对王羲之来说很是惬意呢。这期间，他还多有斩获，发现了不少曹魏时期的奏本。羲之将这些奏本都读过一遍。这些奏本大多是朝廷大臣在朝会上向皇上诉说民情、表达己见、抒发感慨的文章，甚至还看到几个指责魏帝的言辞激烈的奏疏呢。

一年时间不算长，也不能算短了。这期间，皇上司马绍驾崩，司马绍的长子司马衍继位。

这日，羲之像往常一样翻阅堆积如山的各类卷宗，居然看到一张曹魏时代太傅钟繇手书的敦请汉献帝离开长安，前往中原的奏折。奏文不长，言简意赅。历数了偏居西都一隅，耳目闭塞，难以统领全国挥洒天下的弊端，指出只有出东山，阔眼界，才是与天下豪杰共谋大业的正道云云。羲之细数了一下，这个文本距今已逾百年，顿觉岁月荏苒，时光如梭。王羲之对钟繇的字迹并不陌生，幼年跟姨母学习书写技艺时，每日抄写临摹的范本里就有钟繇的手迹。姨母收藏着一份钟繇手书的文章，那是从庄周《南华经》中《逍遥游》里抄录的一段文字，这段文字描述了尧试图让渡天下治理权与许由，许由婉言谢绝的对话。羲之至今还能从头到尾背诵下来，而印象最深的是最后一句话"庖人虽不治庖，尸祝不越樽俎而代之矣"。

眼前的这个奏本是怎样保存下来的不得而知，但上面的画押签名和印鉴都证明的确出自钟繇之手。王羲之觉着这是个难得的机会，一时兴起，立刻研了一窝墨汁儿。他没有使用案几上书写公文的毛笔，而是从随身的布袋里取出一杆鼠须硬豪，将鼠须笔在水中浸泡过后，又将笔毫轻轻在自己携带来的一块棉布上吸干水分，这才蘸足了墨汁儿临写起来。

可是，乍一上手临写，羲之立刻就发现书写起来很是生涩。不知是鼠须笔用水浸的时间不够长，还是墨研得有些稠，再或者老是觉着心中有不安涌上来，抄了一遍，仔细端详竟觉着差之千里。羲之打算再临写一遍的时候，就听见院子对面的另一间书库里传出爽朗的笑声。声音熟识，但此君却非秘书省的官员，怎又像是与秘书省的人非常熟悉？王羲之侧耳聆听了片刻，那人突然用一种陌生却似乎熟悉的语音念诵了一段文字。羲之没听懂那是一段怎样的文字，却被念诵人具有磁性的声音吸引了。他极力想弄清楚那人用的是哪里的语调，却怎么也听不清楚那人在吟诵什么。王羲之也就不去想了，而是将砚台里的墨汁调得稀了些，还将鼠须在手心里来回划了几下，感觉笔毫并不坚硬，于是，重新开始临写钟繇的奏文。

　　这一遍还算满意，但是，心浮气躁的感觉还是存留在情绪里。羲之索性放弃继续写下去的打算。他洗净了毛笔，将砚台浸泡在屋角的一个木制的水桶里。木桶里的水已经不知洗过多少次砚台了，差不多能当墨汁用了。羲之心想，再用几次，这水就可以书写了，多好。

　　对面书库的说话声突然停下来，使处于焦躁状态的王羲之顿时平静下来。这时再看桌上写的字，羲之蓦然产生了错觉，以为刚才写下的正书是钟繇写的呢。羲之很快就发现这是自己刚刚写下的，心里不禁一阵讪笑，笑自己有些不知天高地厚呢。乐过之后，羲之已经无心再临写下去，起身取下挂在墙上的长刀出了屋子，来到庭院里的空地上。

　　凉爽的江风吹在脸上十分惬意，王羲之持刀在手，深深地吸了口凉爽的空气，然后起式，出刀，劈砍，进入套路。就在王羲之沉浸在腾跃翻转、旋身飞腿的招式中时，却没注意到刚才的喧哗戛然而止。有两个人从对面的屋舍大门探出头来，很显然，这二人被王羲之娴熟的刀术、刚劲的力道和虎虎生风的刀势惊住了。

　　一套刀法走下来，王羲之的衣裳已经湿透。返回书房，王羲之换了衣裳，在案几前坐下来继续抄录册籍的名字。刚才观看王羲之习练刀术的两人中的一位这时进了书房。

　　王羲之听到有人进来，并没有停下来，而是专心编写目录。来人咳了一声，王羲之不得不抬起头来，居然是老相识殷浩。王羲之哟了一声，放下毛笔，伸了个懒腰这才站起身来。

　　殷浩一直站在门口，见王羲之起身，也就笑容可掬地迎上前来。

　　两人行过礼后，王羲之不禁问道："渊源（殷浩字）兄怎会得闲在这个时间探访秘书省？"

　　殷浩笑道："早就来耶，却被前面书房你那几位同僚拦住非要让用洛阳京腔吟诵一段陆机大人的《五等论》章句。拗不过他们，只好遵从是也。"

　　王羲之也跟着笑起来，说："听着说话的声音很熟悉，却想不起是哪位正人君子了。你那一口河洛口音在秘书省里无人会说耶。"殷浩就说："并非炫耀，你家乌衣巷里也没几个人会说河洛京腔。"

　　王羲之撇撇嘴，没接这句话。

殷浩便说道:"逸少兄,你与我该有两年光景未曾相见过?"

王羲之想了想说:"总有一年多。渊源兄,你在庾元规(庾亮字)大人麾下做掾属,可好乎?"然后抬起脸来看殷浩:"你是新门生,挨板子恐难躲过焉。"(两晋时期,若上面怪罪下来,做掾属的要替主家挨板子。)

殷浩嗤了一声说:"都说琅琊王氏绝对不会去做旁人掾属,那是因为没人敢打你家子弟。早就不在庾元规那里干了,现在在尚书省做了郎官。不然,怎会有机会在秘书省里见到你呢。早就想来看望逸少兄,机缘总不凑巧。"

王羲之点点头,表示理解。秘书省距离尚书省并不算远,尚书省在御街的北段,秘书省在御街南端。但是若要打个照面,却很是不易。尚书省的尚书郎因协助皇帝处理政务,所以多是由从地方推举的孝廉中选拔的有才能者担任,也被称作大臣之副,是个清贵要职。而据王羲之所知,尚书郎最重要的一项职责就是为前朝重臣名将撰写传记。所以,秘书省也算是尚书郎必入之门。

王羲之呵呵一笑,问道:"渊源兄这次要为哪位名臣做传?"

殷浩摆了摆手说道:"不是一位,是两位。逸少兄,刚才见你习练刀术,那一招一式当真有气吞山河之势,我在那么远观之,也有不寒而栗之感欤。"

王羲之说道:"渊源兄言重了。你在那里没找到?"王羲之指的是写传记所需要的史料。

殷浩无奈地摇摇头,说道:"关于东海王司马越典藏史料倒有不少,前几日就弄了一些回去。然,关于虞元敬皇后生平却无从下手。刚才听那几位讲,秘书省并无虞元敬皇后任何典藏书录。"

王羲之知道殷浩接下来要说什么,却故意不去接话。突然想起什么来,问道:"因何不在庾元规大人那里做掾属欤?"

殷浩没想到王羲之会问这个,愣了一下,说道:"尚书省卞壶大人找到庾元规大人,言称求贤若渴。嗣后,我便跻身尚书省也。"

王羲之嘻嘻一笑,打趣道:"一别经年,渊源兄自我欣赏之技很是见涨焉。"

两人呼哈哈大笑起来。

停住笑后,殷浩抹了把脸,正色道:"逸少兄,记得你与我同庚,可是有错?"

"没错,我比你年长一月。"

"虞元敬皇后族出琅琊王氏，你须助我一臂之力。"殷浩此话指的是虞元敬皇后的母亲是琅琊王氏族人，在族祠里一定记载有一些与虞元敬皇后相关的事情。

王羲之面露难色，说道："我家茂弘族长那一关甚是难过焉。我不敢应承太多，不过试试无妨。"王羲之从案卷中抽出一份文书，做了个鬼脸，说："渊源兄，逸少不才，当真不会说河洛京腔，却极是想听。此乃典藏前朝张茂先（张华字）司空大人一份奏折，读来听听？"（张华，西晋政治家，官至司空，被赵王司马伦篡位后斩杀。著有《女士箴》《博物志》等。）说着，抽出那份奏折递给殷浩。

殷浩也跟着做了个鬼脸，说道："为兄并不擅长河洛京腔，只不过祖上为河内人士，自小跟着大人学说，但与京腔还是差了不少。"说罢，再不推辞，而是正了正脸上神容，恭恭敬敬读完张华的奏折，嘿嘿一笑，"不瞒逸少兄，咱家还收有茂司空大人一册诗集，孩提时经常被家严大人唤出当众吟诵。那时以为，茂先大人存世诗集已是罕见之物，不曾想秘书省居然还有茂先大人手书奏折，奇事奇事哉！"

放下张华的奏折，话题就转到了老庄上。王羲之却没有什么兴致，听到殷浩邀请他参加清谈之议，便说道："吾辈人中，渊源兄善《老》《易》闻名遐迩。愚弟对此学说望而却步，至于清谈更是避之唯恐不及。罢了罢了。若是只为豪饮，我还能陪你几坛，若是清谈老庄学说，愚弟先是逊了。不去不去。"

殷浩怎会放弃，便说："可是你那刀法，却尽显道家之风。显然，逸少兄于此颇有心得。若是执意推辞反而会有矫情之感，想你我此等才俊，又无妻小羁绊，再不热闹几年，将来怕是要悔之莫及也。"

王羲之见对方情真意切，知道继续拒绝下去，恐要失礼了，便只好答应下来。

"那就一言为定，时间和地点我择日知会与你。"

说罢，殷浩一抬脚出了书房，走远了。

七

小皇帝已经近三十天不临朝了，这令已经养成每十天（西晋时为五天一朝）入宫早朝一次习惯的太宰司马羕倍感愤怒。小皇帝不知道做皇上应该遵应的规矩,但中书监庾亮怎会不知呢?

这天又是规定的早朝日。太宰司马羕照例在一众大小朝廷官员的簇拥下走进了阊阖门。司马羕与其祖父宣皇帝司马懿长得极为相似,无论是高挑的身段还是低调的眉眼,都如一个模子倒出。这座阊阖门位于皇宫正南,为宫殿诸门之首,如龙头一般在建康城中拔地而起。城楼的气势规模虽比之洛阳城内的大皇宫差了不止一点半点儿,但是依然高大巍峨。从门下穿过时,司马羕不禁仰起脸来看了一眼这座城楼。此刻,老人家心中豪情万丈,意气风发。

从元帝司马睿驾崩算起已经过了四年。四年光阴,白驹过隙。一年前,明帝司马绍仅仅坐了三年龙床就归天了,一干重臣里只有他最清楚司马绍这位年仅二十七岁、身材魁伟如青松的鲜卑血统皇上怎就突然间一命呜呼了。但是,他不能将这个秘密大白于天下。在司马羕看来,一朝大臣都不甘叩首于有鲜卑血统的人的足下这就预示了人心所归。但是,最让司马羕忧心忡忡的已经不是年仅五岁的小皇帝,这个血脉里流淌着四分之一鲜卑人血液的孩子不足为惧,最让他感到一把利剑悬于颈项之上的正是辅政大臣之一中书监庾亮。而庾亮是个心胸狭隘的小人。

大司马门就在眼前了,比起伟岸嵯峨的阊阖门,司马门的气势略微收敛了一些,但却更庄重更威严。这才是通往皇权的正门,透过司马门的大门就可以看到坐落在宫墙内的议政殿门。进入议政殿门,开阔的场坪尽头便是议政殿了。

司马羕在司马门前稍作停顿,等身后的一众大臣跟近了,这才昂首阔步地穿过大司马门。

自从明皇帝司马绍驾崩,司马羕就不打算闲着了。这些日子他频频与亲弟弟南顿王司马宗在官邸里密商朝廷大事。在这个江左朝廷的廊庙上,司马羕没有心腹。可是,他却在周边征镇的诸多将军那里颇有人缘儿和声望呢。这是他的本钱。

他对元皇帝司马睿无甚可抱怨的,毕竟司马睿对他有知遇之恩。可是,即使司马绍坐上了龙床,他也坚决不喜欢那个鲜卑宫女生的崽子。他意外获知司马绍喜欢服食五石散,这是一个机会。值得庆幸的是,他没有放过这个机会。

穿过最后一道威严的殿门——议政殿门,司马羕站住了,紧跟在身后的大宗正（掌管皇室宗族序列的高官，只有皇亲才能担任。虞胤是先虞元敬皇后的亲弟弟）虞胤停不住脚撞上了司马羕。司马羕正要发火，就听见虞胤在耳边小声说道："大殿内并无人影，皇上依然没有临朝。"

大殿外，禁卫军兵士肃然站立，荷枪实刀，目不斜视。往常，这个时候会有专司营造临朝气氛的宦官守在大殿门口拖着长腔喊一嗓子："一众大臣觐见皇上！"

喊声一过，大臣们迅疾垂首含胸，文官掏出奏板，武官卸去刀剑，小步快跑向议政大殿快速移动。踏上最后一级台阶后，所有大臣脱下鞋子，依次鱼贯进入议政大殿。

跟在身后的一众大臣开始议论纷纷，片刻之后，司马羕坚毅地登上议政殿的台阶，虞胤被司马羕突发的举动弄糊涂了，惊慌中一把没有拉住。司马羕已经带领着大臣们大步走过议政大殿前的场坪，踏上了议政大殿的台阶。司马羕主意已定，皇上若还是不临朝的话，他将擅入大殿。身后响起喝叫声，是射声校尉刘超。刘超厉声喝住司马羕，言称皇上不在殿中，他人不得擅入。擅入大殿者，如私闯后宫，视同蔑视皇上，罪当斩首。司马羕只好呆立在大殿前进退两难。

正在这时，负责皇上起居的黄门从众人身后跑了过来，司马羕居然敢在皇上未进入议政殿之前率先闯入的情景可把这个太监吓坏了。依照法规，皇上若不在大殿上，任何人都不得踏上议政大殿的台阶。踏上台阶被视为闯殿，护卫议政大殿的军士可以不经皇上诏令，当场诛杀此人。可是，眼前闯殿的不是别人，而是位于辅政大臣序列首位的太宰司马羕，守卫在议政大殿门外的禁军军士已经将手中的长戟端在手上，随时准备刺将出去。黄门喊出来的声音都变了调："太宰大人止步！"

这声尖利的叫喊把司马羕惊出一身冷汗，抬头再看大殿门外手持长戟的卫士正虎视眈眈地盯着他呢，司马羕急忙倒退着下了台阶。

黄门也没敢踏上台阶，而是站在台阶下对众大臣说道："皇上今日外出，无暇朝会众臣，诏令众位三日后再行觐见。"

司马羕不满地问道："可否告知皇上巡视何处？"

黄门说道："皇上行藏不便透露，请诸位退出皇宫也。"

跟在身后的大宗正虞胤，嘟了一声喝道："阉竖怎敢如此轻慢打发一众老臣，朝会是何等重要之事。皇上若是贪睡，卿等可以等待，却不可用此等谎话搪塞我等。否则，老臣这就去中宫面见庾文君皇太后，让皇太后给我等一个交代。"

黄门见是虞胤，当然知道虞胤何许人也，于是急忙欠身说道："大宗正大人息怒，皇上近日龙体欠安，或是受了惊吓，由茂弘大人亲自陪着去了蒋山（现名钟山）行宫占卜去也。"

小皇上司马衍当然没有到蒋山（现钟山）去占卜，真的是还没有睡醒。幼皇的寝宫外，辅政的中书监庾亮已经等候了很长时间。他身后站着的除了小弟庾翼外，庾怿、庾冰和庾条都是接到他的传唤后，相继而来的。

在司徒府给王导做左长史的庾冰最先赶了来，尾随而至的是正准备离京返回东海国的庾怿，而黄门侍郎庾条本该最早到来，却是最后一位到场，免不了被做中书监的大哥庾亮责备了几句。庾冰报告庾亮说太宰司马羕又一次带着重臣赶早朝了，这已经是第三次了，脾气大得很呢。庾亮听罢，只是点点头，脸上看不出有什么不快。

不一会儿，皇太后庾文君从寝宫出来，一脸愁容。见庾氏的兄长和弟弟都在场便说："已经三十天了，皇上坚决不起床，昨晚上还溺在了床上。你们快想办法，我是累了，先回中宫歇息少顷。你们商量好后，再到中宫来见我。"说罢，走了。

庾亮这时听见庾条咳了一声，转脸看着庾条："有话就说，与皇上临朝无关之事便免开尊口也哉。"

庾条正要开口，听到庾亮后面的话，支吾了两声，没敢往下讲。

庾怿见场面非常尴尬，就说："元规阿哥，宫里之事你们几位多操点儿心，我还要赶回东海国。"

庾亮摇摇头，说道："今天再留一宿，司马冲掾属无数，怎就缺你不可？"庾亮说的司马冲是元皇帝司马睿的三儿子，被过继给了十多年前就在许昌薨殂了的东海国封王司马越做了继子。元皇帝驾崩后，庾亮授意明皇帝司马绍让庾怿前往东海国做了司马冲的长史。用意很明确，密切监视长大成人的司马冲，不让他在远离京城的封国闹事。

"三弟，你有话即刻说来。"庾亮知道大弟平时就很袒护三弟庾条，便对庾条说。

庾条用力咽下一口吐沫，小声说道："会稽王司马昱终日哭闹不止，令人焦头烂额。长此以往，小弟恐无法忍受也。依小弟之意，不如……"见庾亮始终板着面孔，以为又说错了什么，没敢继续往下说。

"你意何为乎？"

庾怿和庾冰都催促庾条快快说出来。

庾条只好说道："小弟以为，不如将司马昱送往会稽，做藩王去也。"

庾亮心里一亮，这话让他顿生透心凉的快感，不禁点头赞道："好主意，三弟，这是你此生出的最好的主意了。"

庾怿急忙说道："元规阿哥，送司马昱出京城，又须从咱家兄弟分出一人作陪，若是武陵王再分出去一个做王友（两晋时专门陪同封王的官职），那就只有让小弟稚恭（庾翼字）跟去了。然，稚恭尚且年幼，不谙世事焉。"

庾亮说道："武陵王王友不用你我操心，几天前司徒王导就跟太后打了招呼，让乌衣巷王彪之前去做王友兼任长史。我并不赞同即刻将司马昱送出京城，总要找个合适理由，不然会闹出动静也未可知欤。"庾亮见庾怿似有话要说，点点头让庾怿说。

这时，从大殿方向跑过来一个人，庾亮迎了过去。只见那人气喘吁吁地低声跟庾亮说了些什么，庾亮只是点头，并不说话。那人说完后，庾亮在那人肩膀上重重拍了一下，这是一个表示非常赏识的举动。那人转身又跑走了。往回走的路上，庾亮突然变得非常小心，他不时钻进小路两旁的灌木丛里，看是否有人在偷听兄弟四人的对话。最后，似乎放下心来，大步走到等候他的三个弟弟面前，这才说道："叔豫，你刚才想说什么？"

庾怿便说在东海国的这些日子里，他做过很多反省，认为司马绍去世之前，皇室重臣司马宗之所以敢谋反，盖因廊庙上下都认为司马绍死后，应该由先皇司马睿的汉族后裔继位登基，而不是继续让有鲜卑血统且年纪如此之小的司马衍继位。尤其连元敬皇后的弟弟虞胤也敢于参与进去，说明乌衣巷琅琊王氏不可能不知，说不定也在暗中支持呢。与其惶惶不可终日，不如重新册立司马冲登基，就可以避免招来一众封疆大吏的不满和侧视。最重要的是可以避免生出内乱。"司马冲的生母已经薨殂，咱家妹妹可以继续做皇太后。"庾亮一听这话，就想打断大弟继续说下去，但一转念决定听下去。庾怿接着说至少他已经听说镇守京城上游的冠军将军、历阳内史苏峻，镇守淮南寿春的祖约都对鲜卑之后做皇上表示了极大不满，也很是不服。这些封疆大吏稍一动作，就会毁了晋王朝在粉碎了王敦势力后出现的稳定局面。像现在这样由皇太后垂帘听政，满朝文武的心情想想得出来是怎样愤愤不平呢。

庾亮耐着性子听完大弟庾怿的话，呵斥说此种论调愚不可及，必须休矣。"若说琅琊王氏会拥戴司马冲上位，此谬传也。当年正是得王茂弘大人首肯与支持，元皇帝方能顺利册立明皇帝做了太子。小皇帝若不得王茂弘赞同，照样坐不到龙床上。叔豫，拥立司马冲坐上龙床，司马冲也许会对你格外器重，然，以你之才能恐无法支撑起庾氏庞大势力。你以为琅琊王氏会乐见其成？司马冲与琅琊王氏王世宏那一支有血脉之亲，你也曾说就连司马冲所学刀术也是由王羲之传授与他。王羲之也许不会撺掇司马冲扼杀我族，然，世事难料欤。若稍有差池，咱家颍川庾氏从此在官中很难夺回往日之辉煌。"说到这里，庾亮又警惕地朝四下看了一圈，才告诉三个弟弟："那年明皇帝临终时，我苦求赐见，趁着明皇帝神志已经不清的时机，奏了司马宗一本，才得以将南顿王司马宗伙同虞胤企图拥立司马冲为皇太弟，废黜外甥司马衍的皇太子之位的阴谋禀报与皇上，并得到皇上的支持。你们给我听好了，叔豫，我知道你对王含父子的死痛心不已。那王含自你小时就很是宠爱你，王应也总是像大哥一样爱护你。我理解你对这二人的感情。可是面对家国大局，你不可眷恋小人之情，会误大事的。古人如何说？古人如何说？……"庾亮真的急了，他一下子没找到可以明鉴于今的典故。气恼地拍了一掌前额，说道："大弟，你试想一下，司马冲若是登基，庾氏家族会是如何局面？文君做太上皇后？做梦耳！当下最令我惴惴不安、辗转难眠之事，便是太宰司马羕与其弟司马宗。这兄弟二人自恃为皇族正宗血统，元皇帝也要让他们三分。明皇帝更是对他们敬而远之。司马冲坐上龙床，这二人一定会卷土重来。我们兄弟当务之急是牢牢守住皇上龙床。皇上乃天之骄子，谁若不从就按律法制裁。大弟，咱家外甥司马衍践祚，此乃天意，天意不可违也。不仅如此，庾氏控制晋王朝须要世世相传耳。"说到这里，庾亮指着庾冰说："季坚（庾冰字）你需牢记，京城秩序一旦稳定，我会请求外放征西府，上游才是京城命脉。我将带领大弟与稚恭一块入住征西府。你与三弟留在京城，坚守司马衍旁侧，须用尽浑身解数，经年灌输，让咱

081

家外甥终有信念，有朝一日册立司马岳为太弟才是道义也哉。"

"大哥，世同（司马岳字）也才只有三岁大呀。"庾冰低声嘟哝了一句。

"闭嘴，世同迟早要长大成人。多年之后，咱家还要扶持世同继位登基，而不是让世根（司马衍字）的儿子登基，如此一来，庾氏控制大晋至少还可延续三十年之久。"

见几位弟弟神情木然，庾亮缓和了口气，语重心长地说："当年，阿爹大人何以将咱家文君嫁入皇宫，你以为阿爹大人是为了讨司马睿欢喜乎？错矣，阿爹大人正是希望我们庾氏家族得此天下也哉欤。"

庾冰和庾条连连点头，庾怿却仍不以为然。

四个弟兄就这么站在皇上寝宫外面说了许久。遭到大哥驳斥之后，庾怿就不再表达自己的看法，但这并不说明他就没有想法。司马衍当上皇帝，这是明皇帝司马绍的遗愿。可是，作为当朝之臣，维系王朝千年万载唯此为大。何况，朝廷大臣中早就有一股子势力对有鲜卑人血统的司马衍做汉朝皇帝表示不满，无论从天相还是传统，这都不利于王朝的长治久安。他当然知道太宰西阳王司马羕的作为，他甚至不反对司马羕的做法呢。庾怿不敢把这些想法说出来，于是，便退出议论朝政的圈子，站到一边去了。随口说了一句："我们弟兄几个围聚在皇上寝宫外面议论不休，难道不担心被司徒大人王茂弘撞见吗？"

庾亮看了庾怿一眼，没有理睬，却说道："我正要说及此事，我们兄弟竭尽全力维护皇太后至高无上之地位，并不意味着便要打压琅琊王氏。如今廊庙之上，琅琊王氏与颍川庾氏势均力敌。所以，我们还必须笼络琅琊王氏。季坚，你有何要说？"

庾冰其实一直想说话，但是，他知道在这件事情上，家族必须绝对服从大哥的谋划，所以，刚才二哥庾怿表明意见的时候，他并没有插话。在家族控制后宫这件事情上，他坚决站在大哥一方。可是，他与二哥也有过类似的担忧。见庾亮问到自己，便立刻说道："四弟稚恭（庾翼字）正在按照大哥计划接近琅琊王氏族人。"

庾亮愣了一下，记不起什么时候让小弟加入进来的，但还是点点头，示意庾冰继续说下去。庾冰继续说道："殷浩跟琅琊王氏王逸少同庚，也很是投缘。殷浩和稚恭关系也非常友好，我昨天与稚恭说起过殷浩不过是清谈贤士，稚恭竟与我争论不休也。"

庾怿插话说:"我反对将小弟卷入其中,他刚过弱冠之龄,秉性欠稳重,做事心浮气躁。"

庾亮抬手制止庾怿说话,问庾冰道:"稚恭怎讲?"

"稚恭说起王逸少则是闪烁其词,不敢深入,颇有惧怕之色。王逸少孤傲矜持,又离群索居,难以接近欤。"

庾亮听了这话,沉吟片刻,说道:"我很喜欢王逸少兄弟二人。我做明皇帝侍讲陪读,籍之做太子文学。我二人来往甚多,虽难言投缘却相处无忌。至于王逸少,元皇帝对他颇多疼爱,毕竟是元皇帝亲表侄儿。而且,明皇帝也很关照他。"

庾冰说道:"大哥言之有理,据我派人了解,王逸少一家自世宏大人遁去后在家族备受歧视,不被看好。若不是明皇帝亲自提携,出仕恐无时日欤。"

庾亮哟了一声,像是想起什么,但却又不想说出来:"这几日我会前往王茂弘大人府邸小叙,探询他有何念想。大弟,我对你颇为担心。你多愁善感,故而有失决断之能,致使好坏难辨。此缺憾恐会坏了家族大事。若真如此,大哥我绝对不会饶过你。皇上幼小,须我们兄弟勠力同心辅佐,不仅可稳定朝中局面,亦可巩固颍川庾氏既得之利。罢了,你们可去矣。大弟,你随我到中宫去见文君。然后我们去东宫陪着世同(司马岳)玩耍。刚才与我耳语之人,是我派去监视司马羕居所之黄门,他报告说司马宗和虞胤相继进了司马羕府邸。"

"老朽聚首,无非悲叹光阴已逝耳!"庾怿不以为然说道。

庾亮冷笑了两声,没说什么,转身走了。

八

自从几天前在议政殿又没见到皇上,没能与众大臣商议国事,司马羕的气一直就不顺。小皇上自打登基就露过一次面,然后就以各种理由拒绝临朝。后宫在干些什么没人知道,他曾经派人去见过司徒王导,去的人回来说王导拒绝接见。究竟发生了何事?这位老亲王甚感恼火之余更是惴惴不安。所以司马羕认为有必要将弟弟南顿王司马宗和大宗正虞胤请到府上来。后晌派人去请的,而骠骑将军南顿王司马宗来到兄长府邸时,天色已晚。司马宗前脚到,大宗正虞胤紧跟着就叩响了司马羕府邸大门上的虎头铜环。

站在门内守候已久的从事中郎卞阐对二人说太宰大人在后院等候已久，刚才还发怒呢。司马宗和虞胤都低着头没有任何表示，脚步匆匆地进了司马羕府邸的第五进院子里。

太宰西阳王司马羕的宅邸在城内东区。晋王朝定都建康后，这个区域就被特别辟出做了皇上授予开府仪同三司资格的皇亲国戚的居住区，与旧京洛阳的戚里区一般无二。西阳王应该算是第一个在此开府的皇亲了。因为开府早，地片充裕，司马羕的官邸在贵族区是最大的。司马羕当时请来为他打造府邸的正是乌衣巷琅琊王氏第四门支的老三王彬（王羲之的三叔父）。司马羕当时给出的设计原则是，不得违背镇东大将军司马睿一切从简的敕令，但要按照旧都洛阳皇室藩王相同之标准，建一座有五进深院的府邸。司马羕对一点有非常清楚的认识，无论怎样，既不能逾矩，也不能太过低调。

司马羕府邸的第五进院子相当宽敞，前庭是一座偌大的景观园，将前院与后院分割开来。府邸中还有一大片水面，水面上方是一条弯弯曲曲的木质长廊。长廊尽头有一座用青石垒起来的高台，高台上建着一座木亭子，亭子不小，可以同时容纳十个人饮酒作乐。春华秋实的季节里，天气温暖，司马羕还会在亭子里摆上酒宴，与贵宾对酒当歌。只是，贵宾范围被严格限制在皇亲国戚里。司马羕绝对不会在府邸里款待廊庙上的大臣。即便尊贵如王导、郗鉴、庾亮这样的大人物，他也绝对不会让进到这座宅邸里。

天黑下来后，司马羕让仆人在正堂只点了一盏烛火。粗大的蜡炬燃烧起的火苗呼呼地向上蹿。

此刻，屋子里，太宰司马羕围着蜡炬转了很长时间了，一直在听弟弟司马宗和大宗正虞胤二人的对话。烛火将司马羕的身形映在墙上，像游动的鬼魅一般。这些年来，太宰司马羕从来没有像现在这样魂不守舍，似乎有种大祸将临的危机感。十几年来，司马羕一直生活在已故皇上司马睿的关照之下，稳稳地坐在太宰的高位上，享受着皇帝直系亲属所能享受到的一切优渥待遇。当年，为躲避惠帝的那位变态皇后贾南风的灭族追杀，司马羕在重臣裴楷大人庇护下东躲西藏的那些日子，给他的心灵留下了巨大的阴影。这一大片阴影形成的恐惧感，让他几十年来都不敢生发出任何一点儿逾越规矩的念想。可是，在先皇司马睿驾崩后，新晋皇帝司马绍的妻哥、中军将军庾亮越来越显示出来的专权欲望，开始令司马羕每日如坐针毡，难以安宁。本能要求他必须尽快采取措施，要么打压庾亮，要么让当朝这个鲜卑小子逊位，换上元皇帝那几位汉家儿子中的一个。事不宜迟呢。

司马宗看着在偌大的正堂里不停踱步的兄长司马羕，知道若是自己不先开口，面前这位像热锅上的蚂蚁转来转去的太宰阿哥一定不会先说话的。

于是，司马宗深吸了一口气说道："阿哥，你如磨盘般转个不休，难道心中依然恐慌不安欤？或者，大哥依然对筹划多日之计划无有取胜把握？"

司马羕下意识地点点头，还是没有说话。

司马宗又说："延年阿哥，你若不便开口，不如由我来说。"

司马羕点点头。

司马宗于是说道："宗开宗明义也。无须讳言，自元皇帝崩殂后，庾亮从中军将军改任中书监，直接为皇帝处理所有交由皇上亲阅之密奏，权力极大。就连共同辅政之开国老臣王导亦忌惮其威权，不敢赘言其意。庾亮在司马绍生前将我和虞胤大人官职一举削减，足见其早已对老臣防范有加。这之后，庾亮特别擢升司马睿生前最为信任之钟雅与刘超为御史中丞，让这二人对京城皇族后嗣展开监视。庾亮此举意图十分明确，便是要固守庾氏家族对皇室的绝对控制。阿哥，你不要围着炬火转圈，小弟已被你转晕欤。"

司马羕不再围着蜡炬转悠了，站住脚看着这位同胞阿弟。司马宗见阿哥目光炯炯，慌忙站起身来。司马宗的身材比司马羕高出半个头，体魄强健，孔武有力，满朝文武皆不入其法眼，可是对阿哥却信服得很。司马宗喃喃说道："阿哥有何旨意？"

司马羕嗤了一声，说道："不必在庾亮操纵小皇帝这件事情上过多纠缠，庾亮不足为惧。本太宰对我朝现状早已忍无可忍，小皇上非正宗汉家血统，逊位亦是众心所归。然，谁来继位？本太宰以为，武陵王司马晞最为合适矣。"

司马宗连连摇头，反对道："武陵王两岁时便被元皇帝过继给武陵哀王做后嗣，武陵国在哪里？大哥你一定不知道。对京都而言，那里是地之尽头，与流放地无异。可见，元皇帝从一开始就极力将司马晞排除在接班人之外，想来决意不允琅琊王氏（司马晞的母亲是王才人）势力占据龙床。阿哥，你身为辅政太宰位列首辅，在此事上恍惚不得欤。"

司马羕乜斜着眼睛横了司马宗一眼："事关我朝远途，本太宰怎会恍惚。我

085

曾多次试探郗鉴将军，他虽然每每不置可否，却足见其并无意持反对立场。"

　　虞胤表示赞同，说道："我亦曾经多次启奏皇上，让武陵王司马晞返回京城，并且配置上好掾属，以帮助这位八岁皇子尽快成人。皇上想念这位久未谋面，又是幼时玩伴之叔父，欣然准奏。然再上朝时，庾亮却逼迫皇上当殿废掉前次准奏。可见庾亮防范十分严密。至于郗鉴大将军持何立场，却是可以预见。廊庙上早有议论，郗鉴大将军决定在乌衣巷琅琊王氏族群为他女儿物色如意郎君也哉欤。"

　　司马羕哦了一声，他还是头一回听说这事儿，不觉感到讶异。"确有其事？郗鉴大将军一向置身于纷争之外，洁身自好，若果真无误，难道连他也在暗中布局焉？"他皱起了眉头，"他在琅琊王氏中物色乘龙快婿，难言为良兆也哉。"

　　司马宗不满地嗤了一声，说道："大哥，关于郗鉴大将军洁身自好，你只知其一，并不知其二。琅琊王氏左右皇室之能力已今非昔比，只要武陵王无法返京，琅琊王氏几乎无有可能重回昔日辉煌。"

　　三个人围绕着拥立元皇帝的哪位汉家皇子做皇帝说了一大圈，利害优劣、近忧远虑无不涉及，却始终不得结论。司马羕兄弟二人都不赞成与琅琊王氏家族、庾氏家族有过近血缘关系以及过从甚密的人替代小皇帝，这就排除了司马冲和司马晞，最后就剩下和小皇帝同庚，却是小皇帝又一位叔父的司马昱了。

　　"二位之见如何？司马昱，元皇帝第六子也，咱家从孙子也。"司马羕呵呵一笑，问道。

　　司马宗这时从正堂山墙旁的木架上抓起两根粗壮的蜡炬，就着火点着。正堂顿时变得明亮。司马宗盯着两个熊熊燃烧的火焰看了好一会儿，嘴里自言自语说，比之当年竹林七贤中眼烂烂如岩下电的王戎前辈，他觉着自己一点不比人家差呢。说完，转身对司马羕说道："阿兄，当年被贾南风那女人追杀之悲惨情景刻骨铭心，至今难以忘怀。这也是咱家想要延续下去必须汲取之教训。即使身为皇族，在皇帝身边没有心腹，不能左右皇帝言行，终有一日，依然会覆辙重现。故而，与其被外戚搞得惶惶不可终日，不如索性咱自家坐上龙床。以咱家正宗宣皇帝之血脉，当朝无人能比。以大哥开国兴朝之功勋，以大哥于普天之下侨民百姓心中之崇高地位、在当朝之名望，朝廷内外可谓首屈一指，再无二人欤。"司马宗说到这里想起了什么，走到低头思考的虞胤面前。司马宗看出虞胤有心事，却并不想对他的那些心事表示出一点儿关切来。虞胤是先皇司马睿原配元敬皇后的亲弟弟，此人既受元皇帝司马睿的器重，亦受到明皇帝司马绍的信任。毕竟，虞胤的姐姐当年收下司马绍为养子，才促成了司马绍成为皇太子，继而做了皇帝。司马绍对这一系族人是感恩的。"大宗正大人，你一直低头不语难道又生疑窦焉？"

虞胤自始至终都认为皇帝的废立兹事体大，关乎王朝未来，需谨慎而为之。一直以来他都对司马绍坐上皇帝龙床深感不满。他不满的缘由与当年王敦是一致的。他也认为，让有鲜卑血统的人做大晋皇帝是向外界传递出一个错误讯号：汉人已无精英可以治国。这个信号必定招致环伺江左的众多胡人的觊觎，或者轻视。但是，虞胤因被司马宗事件所牵连而解除了军权，改任掌管皇室家族卷宗事务的大宗正。鉴于这个经历，虞胤平日行事相当低调。他非常清楚庾亮的为人，自然也不想在这件事情上再受株连。但是，换帝是必须的，这是姐姐虞元敬皇后去世前的愿望。尽管这个愿望只有他一人知道。

虞胤连连摇头说道："骠骑将军大人，你对我持有何意一清二楚。"虞胤称司马宗为骠骑将军，这让司马宗很不开心。"朝廷不可无君，大晋不可让外族人坐拥天下，此乃我一以贯之信条。你对此大可不必心生疑窦。只是，我不赞同你刚才所言，让太宰大人取而代之。若是如此，必将遭到名门望族抵制，以致功亏一篑。况且前朝就有教训，不可覆辙重蹈。前车之鉴，你我不可轻妄也！太宰大人可有同感乎？"

司马羕没想到虞胤会问自己，因为心里面一直在想这件事情，所以，并没有半点犹豫，一面点头，一面说道："延祚阿弟，本太宰还是认为右卫将军所言极是。"他依然沿用了虞胤旧日的称谓。

司马宗哪里听得进去，对虞胤说道："大宗正大人何不问我？我即刻便可回答于你。"于是，司马宗先是掰着手指头将前朝惠帝的十几个阿弟数了一遍，说这些阿弟都是拥有封国的藩王，各个都是出类拔萃的将军。即使没有名门贵族支持，仅凭那十几位藩王兄弟，夺回皇位易如反掌。而且，赵王司马伦的母亲柏夫人名义上位居夫人，其实就是小妾。小妾之子司马伦就是庶出，名不正则言不顺也。再看眼前，则大大不同了。小皇帝有这样的兄弟吗？再者，明皇帝继位已然乱了道统，小皇帝亦有鲜卑血统，同样为道统不容之辈也。说到小皇帝，司马宗不由停顿了一下。这才又说每次应小皇帝之圣旨入宫与这黄须小儿戏耍，心中既有愤懑又颇有不忍。然，一旦想到宣皇帝之大业将在这鲜卑小儿手中崩塌，依然还是有义愤填膺之感充塞于胸。

司马宗还在说着，一副不说不休说了也不休的架势。这让司马羕很是担心。他这个弟弟在当年那场皇族自相残杀中，是被赦免的，当时才不到六岁，根本不记得四处躲藏逃命是怎样的滋味。而且，一路走来，这小子从没遭遇过挫折，所谓顺风顺水也。因此，除了哥哥其他人他概不放在眼里，更别说放在心上了。

司马宗突然说出赵王司马伦的名字，把司马羕着实吓得不轻。而刚才弟弟的一番长篇大论，是横下心来要推举他做皇帝，这让他不禁心生战栗。他才不愿做这样的皇帝呢。

司马羕觉着那颗老心脏被狠狠地咬了一下，疼得他哎哟了一声。司马羕这一声把正在侃侃而谈的司马宗的话给打断了。司马宗转过身来，看着神色有些惊慌的阿哥，问道："延年（司马羕字）阿哥，你何以脸色突变？难道身体有恙？"

司马羕连忙摆手，掩饰住内心的慌乱，说道："本太宰突然想起父亲大人被冤死后，裴楷大人带着阿哥与你东躲西藏时之境况。"说完，司马羕显出伤感的样子连声叹气。

司马宗大惑不解，说道："父亲大人（司马亮）已故去三十余载，阿哥突然说起令人困惑也。阿弟适才所说之事与天地共大，阿哥岂能心不在焉？我三人在此商讨此事，亦关乎大晋王朝天长地久。"见哥哥神情沮丧，便宽慰说："父亲大人何以凭着皇祖四子高不可攀之身份仍然惨遭杀戮？正是因为错失登基之良机，才任由十恶不赦之贾南风任意杀戮。父亲大人血之教训，我辈岂能忘却乎？"

这话说得很在理，司马羕若有所思地点点头，振作起来说道："我以为司马昱是可以得到各方认可之不二人选。这话本太宰不愿一再重复。但是，我依然担心王茂弘会出面掣肘。"说到这里下意识地看了虞胤一眼。

"阿弟明白阿哥心思也。"司马宗顿了一下后又说，"如此看来也只好选司马昱。可是得不到琅琊王氏支持或者默认，这件事情几乎没有成功之可能。"

司马羕指着虞胤说："大宗正大人反对由本太宰坐上龙床，是为前朝之鉴。本太宰亦是如此认为。所以，要么更换皇帝，要么维持现状。延祚，你我二人虽说都是皇室正宗，但是在廊庙之上并无太多追随者。废帝一招太过凶险，一旦失错，你我身家性命难保矣。"

司马宗重重地哼了一声，说道："阿哥差矣，小弟早有准备，若是文废不成，以武废之有何不可？阿哥在流民帅中声望极高，怎可说追随者鲜寡耳。"他扳着指头数出几个据守方镇的将军名字。他甚至说到了王敦之后被明皇帝诏令都督荆、湘、雍、梁四州军事的大将军陶侃。"这些大将军都对现状极为不满。"

虞胤说道："骠骑将军不可忘记，陶侃大人正是明皇帝所器重之人。"看见司马宗一时无言以对，又说："本人对让司马昱替换掉鲜卑血统小皇帝不持异议，但是，亦反对以军事手段威慑廊庙众臣。二位大人，我不断记起古往今来那些以兵变手段夺取政权失败之范例，明日后会前往秘书省查找典籍史册。太宰大人，无须论及太远，几年前王处仲大人兵发京城，他也许有很多理由，结果头颅却被悬挂于朱雀桁上尽受羞辱也哉。此教训当时刻铭记焉。"说完，虞胤起身告辞。

虞胤一走，司马宗反倒责怪起司马羕来，说关键时刻，不可临阵退缩。司马羕没有正面反驳弟弟的责怨，仅仅说："那年处决赵王司马伦时，你才十五岁，刚出总角。当年洛阳城被皇帝司马衷亲弟弟和皇家藩王三军围困历历在目。我们兄弟二人的目的是换帝，而非废帝。只要将皇帝牢牢控制在手里，万事大吉也。而你刚才对虞胤的傲慢态度有失大体，虞胤是唯一能与琅琊王氏交流之人，也是唯一可以说服王导站在我们这边的人选。"司马羕见司马宗心不在焉，知道此刻说的这些话对方一定是听不进去的，便说道："我倒是赞同虞胤所说，不妨仿照当年齐王司马冏独坐辅政权位，执掌生杀予夺大权。齐王当政那年，阿哥我正好弱冠。我记得相当清楚，齐王在京都可谓一人之下，万人之上，权倾朝野。可是，齐王是靠着麾下诸多将领和十万雄兵，才顺理成章地坐上了大司马的宝座。再往后，你大概也知道了，河间王司马颙敢于独坐辅政高位，也是因为拥有无可匹敌的二十万大军和那个杀人魔头张方耳。最后就是那位你我趋之若鹜之东海王司马越，他不也是因为在官邸之内豢养了天下几乎半数以上名门望族之才俊，才有可能高举征讨河间王司马颙大旗，将普天下几乎所有藩国藩王拢到旗下？阿弟，扪心自问，你我可有此乎？"

司马宗早就听不下去了，不断摇晃着脑袋，说道："阿哥差矣。子曰，名不正则言不顺，言不顺则事不成也。阿弟以为，你我虽无雄兵十万，却拥有正本清源之话语权，阿哥不要小看这正本清源。名正，此乃司马皇室之所以能取天下坐天下之不二法门，你我便为皇室正名之人。只要拥有了正名之大旗，岂无人拥戴于你我？"见阿哥沉默不语，便又说道："阿哥，当年与今日大不相同，那时我朝藩国有六十余座，而今这些藩国要么无后嗣而国除，要么早已经遭五胡禽兽斩尽杀绝，国虽未除，也不过为字面上之藩国耳。江左之地，还剩下几个藩国？不过三五个罢了，其他不过是些郡县藩王。司马睿那小子胆子太小，魄力不够，弄成如今这个不堪入目之小小格局。然，正是此等格局，才使得废帝之事得以成功。无须十万雄兵，只需一帮视死如归之壮士，足以改朝换代也。"

"阿弟不可如此狂妄。"

"阿哥，小弟就算狂妄，也无有错言耳。"

司马羕不再评价司马宗的言语，而是语重心长地说道："延祚阿弟，我兄弟二人能有今日之奢华生活，盖因那司马睿顾念我们是与他血脉最为接近之皇室前辈。在京都城内开府，这在前朝并无先例。当年齐王司马冏辅政时，齐王阿哥要求在京都开府，被断然拒绝，最后，还落得身首异处欤。"

司马宗说道："阿哥不可灭自己威风，小弟心里始终以为，如孔丘所言，凡事预则立，不预则废。你我先是因当朝名不正而生焦虑，后则因我朝似有云台欲倾之危而生力挽狂澜之壮志，然后才有了你我兄弟仔细谋划国之大事之所为。故而，阿弟以为此事已蓄势待发，断无回头之路也。走下去，天广地阔，不然就只有眼睁睁看着先祖开创之伟业毁于一旦也。"

司马羕说道："阿哥我并非要走回头路，为了大晋万万年之伟业，我是决心死而后已耳。只是，小心无有大错，毕竟事关你我生死，事关朝廷兴衰，不可因鲁莽而功败垂成焉。"

"阿哥所言极是，小弟定格外小心也哉欤。"

见司马宗冷静下来，司马羕说道："好欤，成大事者，不仅须胸怀大志，亦须缜密而谨慎。乌衣巷那边，阿哥我自会前往拜访。王导虽然轻易不会改变格局，以我对他之了解，那是个表面上惛惛断事、内心里辨事清晰之人。他不会眼看着庾亮独断专行而无所作为。"司马羕最后严厉地告诫司马宗，不要以为别人不知道他在豢养训练私兵，若被庾亮发现，凶多吉少。

司马宗虽然点头称是，心里却不以为然。

从司马羕家出来，司马宗径直快马前往蒋山，却不知身后远远地有人尾随。司马宗在蒋山深处建有一处营地。他在流民中招揽了近五百人，组成敢死队。一旦举事，他确定要动用军队时，这近五百人的流民壮士将是一支可怕的军队。

提前告辞回到家里的虞胤，心中越发不安。这时他突然想到表侄子王羲之正在秘书省做秘书郎，不如改天亲自走一趟，让王羲之尽快查找出当年皇帝处置赵王司马伦的诏书，以及处置司马伦死党时廷尉呈报的奏折。他以为也许这些东西能帮助司马宗清醒一些，使其不再轻举妄动。

九

庾亮派出去负责监视司马羕官邸的人尾随司马宗到了蒋山上的营地，返回京城已是半夜。那人哪里敢怠惰，慌忙前往庾亮官邸通报情况。

庾亮听完小吏将亲眼所看司马宗营地的事情详细说了一遍，却难以相信小吏所说之事的真实性，于是带领官邸护卫队一干军士立即出发，悄然无声地来到营地附近的一处高地。

此刻营地一片静悄悄，很显然，营地里的人都已经睡了。营地四周依然燃着一圈篝火，篝火把营地照得雪亮。可以看到有壮士在营地里面巡逻走动。营地很大，占了整片山谷。庾亮大概数了一下，光帐篷就已逾四十顶。营地中央盖有三排木制屋舍。庾亮在心里估算了一下，这片营地大约可以豢养四五百军士。司马宗不大可能住在这里，但是能将四五百壮士囤聚在这里，可以想见司马宗的胆子也真是够大的。而让庾亮感到心悸的是每顶帐篷外都竖立着几个兵器架，每一个兵器架上都插满长兵器。在营地中央的场坪上，一圈兵器架上全部插着大刀和长矛，这些兵器在火光中闪闪发光，杀气逼人。

庾亮几次想要抵近营地，都被扈从死死拽住，不得前往。

往回走的路上，庾亮测算了一下时间。蒋山距离皇宫并不远，距离京城也不过十几里路。若是从蒋山往京城方向行进，一路下坡，用不了一个时辰就能抵达。这也就是说，一旦司马宗举事，后援军队可以在最短的时间里抵达京城，对皇宫形成里应外合之势。若是司马羕或者虞胤分别都有这样一支军队，加上朝廷里原本就对庾亮甚为不满的一部分大臣的兴风作浪，司马宗举事就具备了成功的可能。而且，他在其他征镇布下的眼线已经传来讯息，历阳郡的苏峻、豫州刺史部的祖约都对当年负责安置流民的司马羕和司马宗二人怀有感恩之情。而荆州刺史陶侃自从元皇帝驾崩之后，竟然拒绝前来京城朝拜明皇帝司马绍和继位的小皇帝。作为防范手段，庾亮一年前就让元皇帝非常赏识的桓彝（东晋后期权臣桓温的父亲）去镇守姑孰。而桓彝又是历阳内史苏峻的好友。如此安排颇有心计呢。在罢免了司马宗和虞胤的左右卫将军后，庾亮又将右卫将军的职位派给了元皇帝司马睿最信任的刘超。让庾亮感到欣慰的是，中书侍郎刘超从义兴带来的几百壮士组成的君子营还留守在京都。这是一支誓死护佑皇官的铁血军队。

一回到官邸，庾亮即刻派人去叫醒住在御街官府里的中书侍郎刘超和御史中丞钟雅。此二人是元皇帝司马睿最信任的近臣，也是为数不多庾亮敢于委以重任的大臣。

二人先后赶到庾亮官邸，见庾亮一脸焦急不安的神色，知道事情重大，又不便多问，只好分别坐在庾亮两侧。这种坐法曾经受到庾亮的高度评价，庾亮曾对二人说过，有二人分坐左右，他甚至可以放心地打盹了。

庾亮大概是还没有想好怎么对二人说，三个人就这么守着呼呼燃烧的蜡炬坐了良久。

仆人这时将几坛老酒搬了进来，庾亮让将桌几上精致的酒樽换成大碗，当着面露惊讶之色的钟雅和刘超，给每人斟满一碗老酒，递到手里，这才端起一碗，说道："亮冒昧搅扰二位大人，然，事出紧急，难以周全。"说完，仰脸将碗里的老酒一饮而尽。

待钟雅和刘超也干了碗里的酒，庾亮便将在蒋山亲眼所见的情景和这些日子派出去的掾属在历阳和寿春打探到的情报一股脑地说给了二人。

最后，庾亮说道："即使世瑜（刘超字）大人统领之君子营也难见如此之多长兵器焉。二位大人，司马宗篡逆之罪已然坐实。臣本想独自处理司马宗篡逆之罪行，却又忧虑势单力薄难以奏效。故而，请二位大人一道商议对策，以保全王朝之安定也。"

钟雅对司马宗不满当朝皇上的血统，并恣意寻衅早有耳闻，也曾经找过司马宗对质此传闻。可是，当时司马宗并未对质询做任何正面回答，只是不断向前往质询的钟雅反问："难道你等大汉子嗣就只会眼睁睁地看着大晋王朝在这几个黄须鲜卑奴手中土崩瓦解乎？"钟雅无言以对，也不想对这样的质询发表看法。在钟雅心中，无论是谁，只要坐上皇帝的龙床，为护佑皇上至高无上的声誉和地位，他这个御史中丞都会赴汤蹈火在所不惜。

刘超瞪大了眼睛，似乎不大相信庾亮的话，问道："司马宗和司马羕两位皇族至亲，最早追随元皇帝在建康城建立方镇，怎会生出如此之大是非欤？"

钟雅和刘超都知道在明帝司马绍去世之前发生的那场对皇上司马绍公开挑战的太极殿大辩论。那日，司马绍仍然没有临朝，但是所有在殿下台阶等候的大臣都知道，皇上性命垂危了。几乎所有大臣似乎也都难以相信，几个月前还生龙活虎的皇上倏忽间一病不起，以至于连临朝听奏的力气都丧失了。如往日一样大臣们再一次被拒之于大殿的台阶之下了。已经很长时间了，皇上深居后官足不出户，而且拒不临朝。后宫究竟发生了什么事情，没人知道。只能听黄门一次次宣布皇上有要务需要紧急处理，要求大臣们原路返回。这一次，太宰司马羕带头踏上台阶，进入大殿。待庾亮从后官匆匆赶来试图阻止时，大臣们已经全部进了议政殿。依照朝廷律法，皇上卧病不起，廊庙又久未朝会，征镇奏本堆案如山的时候，辅政大臣们可以代行议政权力。正是在这次皇上缺席的朝会上，司马宗和中书监庾亮爆发了不可调解的冲突。身为右将军的司马宗和身为左将军的虞胤在朝会上当殿挑战皇上司马绍当年坐上龙床的合法性，并联合呈报奏折，要求废黜册立太子司马衍的诏令，改册立元皇帝汉人妃子所生第三子司马冲为皇太弟，从此恢复大晋王朝乃汉家王朝的正统性。当时的情景着实给二人留下了深刻印象。司马宗这位四十多岁的老人，像是一头被点燃尾巴的公牛在大殿中央咆哮如雷。

最后，庾亮突然亮出皇上在病榻上签发的诏书。庾亮当众宣读了皇帝司马绍御笔亲签的诏书，诏书罢免了司马宗和元敬皇后的亲弟弟虞胤左右卫将军的官职。

钟雅和刘超都记得，当时司马宗斥责庾亮外戚干政，祸国殃民，而虞胤则以虞元皇后亲弟弟的身份宣读了一道前朝惠帝在处决了皇后贾南风后颁发的诏书，并声称这道诏书是惠皇帝留存于宗正寺的唯一手书圣旨。诏书明确申明，外戚从此不得以任何理由干涉朝政，甚至不得在廊庙上担任重要官职。很显然，虞胤手中的惠帝诏令绝无伪造嫌疑，这让在场所有大臣面临着两难境地。

绝大多数大臣早已经对有鲜卑血统的人坐在龙床上感到名不正，继而极为不齿。可是大臣们又无法面对这样的选择缄口不言。钟雅和刘超都直言这是元帝做出的决定，相信元帝对此已深思熟虑，自有先帝不可辩驳之道理。二人都选择了站在元帝司马睿一边。

就在两方几乎到了剑拔弩张之紧要时刻，后宫负责服侍皇上司马绍的黄门跌跌撞撞闯进大殿，长啸一声："皇上驾崩了！"

争论戛然而止。

但是，皇上司马绍的遗诏却必须执行。遗诏上仍然保留了太宰司马羕、中书监庾亮、司徒王导和大将军郗鉴辅政大臣的职位。遗诏中，皇后庾文君被指定参政，并指定皇太子司马衍为皇位继承人。丹阳尹温峤竟然也名列辅政大臣中。

那之后，被降职为骠骑将军的司马宗已经很难进入皇宫，但因小皇帝非常喜欢这位从曾祖父，故而，一旦小皇帝哭闹起来，庾文君也不得不下旨让司马宗入宫陪君。但是，虞胤自改任了大宗正离开了禁卫军营后，便失去了入宫参与国事要务的所有机会。可是，事情显然并没有完结。

这时，庾亮开始说话了："二位大人，明皇帝驾崩不过一年，幼帝还在守丧期间。当年二位大人明确声称继承元皇帝遗愿，恪守遗诏规矩。可还记得？"

刘超和钟雅连连点头，表示刻骨铭记。

庾亮说道："明皇帝明察秋毫，识破司马宗企图废帝阴谋，驾崩前召臣入殿，耳提面命，尤其对司马宗恐要闹事做了决断，令臣褫夺司马宗右卫将军要职。左右卫将军皆乃宿卫，掌管皇宫一切重要事务，护佑皇上、皇后以及太子之安全。那之后，司马宗和司马羕二位大人对臣怀恨在心，必欲除之而后快。故此，请二位大人来商议对策焉。"

刘超说道："幼帝已在位一年有余，众臣对几位宰辅之辅政能力心悦诚服，然，司马宗毕竟既为老臣，又为皇室正统血脉，臣以为慎思慎行为上策也。"

钟雅紧接着问道："中书监大人意欲如何？"

庾亮手上并没有确凿的证据，即使查到那座军营也无法证明就是为篡逆所用。但事到如今，只能强加罪名了。于是说道："司马宗所作所为皆表明，这位拥有司马皇族最为正宗血统的将军企图拥戴太宰司马羕坐上皇帝之龙床。"

钟雅惊道："难道这二位皇室至亲大人要重演前朝'八王之乱'乎？他们怎会忘了他们的父亲汝南王司马亮正是八王之乱第一位死于非命之辅政藩王也哉欤。况，若要重蹈赵王司马伦之覆辙，必定落得个身败名裂，为后世所不齿。二位亲王殿下怎会不知欤？"钟雅看着刘超，焦虑之情溢于言表。"中书侍郎大人，若二位殿下阴谋坐实，无异于篡逆也哉。世瑜大人，依朝廷法规，你既为中书省大员，又兼任右将军，即使无诏令也可与两位殿下直接质询，你需设法制止也。"

刘超摇摇头说道："臣不敢逾矩。司马宗与司马羕乃皇室正宗血脉，其正统身世在建康城中无人能出其右。臣自中宗皇帝（晋元帝司马睿庙号）驾崩后便远离皇室家事。何况，仅凭道听途说便给二位殿下定罪，着实过于鲁莽。一旦不能坐实，而二位殿下闹腾起来，必然导致朝政混乱。所以，臣不赞成捕风捉影，即使元规大人亲眼所见，怎就能证实那些帐篷里真的就住有四五百壮士？即使果真住有壮士，又以何佐证这些壮士乃动乱之师？"

庾亮这时说话已经带了哭腔，说道："二位大人，皇上年幼，未谙世事。然国事要务每日纷至沓来，令臣惶惶难以终日，难以应付。世瑜大人是元皇帝（庾亮之妻为司马睿女儿）最为器重之重臣，一生追随先皇不离左右尔。肃宗皇帝（司马绍庙号）离世前嘱臣但凡遇事关我朝安危之事，必须与二位大人磋商。二位大人，臣今日已经不能再瞒着你们。历阳郡方面近日传来讯息，冠军将军苏峻不满明帝遗诏未委任他为宰辅，于是放言此皆因臣从中作梗。廊庙也有大臣传话让我下次朝会做个交代也哉。"

刘超说道："此事断无可能，中书监大人不必急于上朝申辩。肃宗之遗诏是我亲自宣读，我可在朝会上澄清此事。至于历阳太守苏峻，中书监大人倒是应该考虑一下如何安抚为好。"

最后，三人决定继续观察一段日子，一旦确认司马宗私立军营豢养义士是为了篡逆，就坚决铲除之，绝不留后患。

十

自从那日在秘书监和尚书郎殷浩相约痛饮畅聊后，转眼过去十天。小雨淅淅沥沥下了好几天，昨天总算放晴了。天还亮着呢，王羲之就迫不及待地和堂兄弟王胡之、王彪之从乌衣巷溜出来。饮酒的地点是尚书郎殷浩指定的竹格港旁水蓝街上的一家酒肆。

竹格港位于西阳门外,是京城最大的港口码头,一条自北向南的街巷直通运渎水旁。竹格港这个码头既可以将从南面丹阳、当涂、宣城等地由陆地运往京城的物资卸下来后,经过运渎水发散至京都城外东西南北的交易场所,又可以接收从长江水运至京的商品货物。

出了竹格港,踏上京都地片的第一条街巷就是这条名为水蓝街的巷子。巷子如同京城所有的大街小巷一般,并不很宽,两辆牛车若是在这条街上交汇,很难擦肩而过。但是,由于优越的地理位置,竹格港前的这条街巷依然成为商贾云集之场所。街巷两旁除了兜售来自各地商品的货栈商行,酒肆也是京城中最为密集的。这里很快变成了在京城任职却不能带家眷的官员们最喜欢徜徉的街巷。而对居住在京城附近的名门望族子弟们当然更具有强大的吸引力。

此时,四个人已经鱼贯进入这家酒肆里。四人中,王胡之岁数最大,殷浩和王羲之同庚,王彪之则小二人两岁。伴着第一坛老酒的话题,一直就是京城最为时髦的,也是探索永无尽头的老庄玄学。殷浩多次试图用易经来证实老聃的学说无论深度还是涉及面之广,都比庄周的学说要高出一层楼宇。王羲之却坚持认为二者各有千秋,不宜以高低论及学说之深浅奥涩。殷浩的雄辩是王羲之无法企及的,那个范儿比之当年京都洛阳的前辈来似乎一点儿也不逊色。王羲之的言语谈吐似显得迟缓很多,但只要话语一出,则掷地有声,击中要害。殷浩时常被击打得张口结舌,不知所云。

这时,殷浩又一次被王羲之的话语击中要害。他连着干了两碗老酒,然后看着王羲之,那眼神是专注的、友善的,也是无奈的、困惑的。旋即,殷浩又转而将王胡之、王彪之都仔细看过,才似乎鼓足了勇气说道:"我无法驳倒逸少兄所述论点,可我并不觉着难堪耳。喏,此第二坛酒最后一碗也,喝干它。"

四个人仰起脖子,喝个干净。

王羲之刚要说话,见殷浩举起手来,便打住了。殷浩说道:"逸少兄,容我冒昧。逸少兄接下来一定是想说庄周《大宗师》中最为人称道之经典名句。"

王羲之眼睛一亮:"渊源不妨说出来听听,若是对了,小弟甘拜下风。"

殷浩自饮一碗,说道:"逸少崇仰庄周众所周知,如刚才所闻,论及庄周，浩自认难以与逸少兄抗衡。其实，我对庄周亦是十分欣赏。从逸少兄眼神里看出老兄是想用《南华经》里最为人称道'子祀、子舆、子犁、子来四人相与语曰："孰能以无为首，以生为脊，以死为尻，孰知生死存亡之一体者，吾与之友矣。"'来表示我们四人之关系耳。"

王羲之见被觑破，激动得起身抱起一个酒坛，撬开泥封，给每人又倒了一大碗。自己先喝干，又看着其他三人喝干后，才说道："我见你三人都因渊源所言相视而笑，便以为'莫逆于心，遂相与为友'也哉。"

殷浩抢话说道："正是如此。今日，浩还邀请颍川庾氏之庾稚恭前来聚首，不知为何，他却没来。来呀，四人正好，一饮而尽也！"

四人又连干三碗。

这时才见中书监庾亮的幼弟庾翼进了酒肆。因为到得迟了，其他四人又正说到兴头上，还一起喝了被名士中人称为生死之酒的第五坛老酒，所以，没人理会庾翼。

王羲之继续说道："羲之年少时便信奉了处仲伯父所言，非庄周而不成君子也。那时尚小，不过十三四岁耳。如今仔细想来，当真如此也哉欤。"

庾翼立刻插话道："逸少兄差矣，如此一来，老聃何尔？"

王羲之马上回了一句道："今日只说庄周，何来老聃耳。"

殷浩连连晃头道："正是此话。稚恭老弟，你姗姗来迟，本该自罚三碗，你还是听听再说不迟。"然后，环视几人说，"死生，命也，其有夜旦之常，天也。人之有所不得与，皆物之情也。老聃虽为圣人，庄周此言却是出类拔萃耳，非老聃所能言之也。"

王羲之兄弟三人拍着桌几开始嘶吼起来。

庾翼被殷浩一通抢白十分难堪，但也无应对之策，只好连喝了三碗老酒。

见此情景，王羲之也有些过意不去，便说道："稚恭不必隐忍，也不必自责。今日我五人虽非兄弟，但能相约坐在一起饮酒畅叙，也算是情深意长之友耳。外面天气可好？"

庾翼说道："苍穹如墨，星光灿烂。美也。"

"既然苍穹如墨，星光怎会灿烂乎？刚饮下三碗，就胡话连篇了。"王胡之打趣道。

五个人呼哈哈笑起来。

其实，京城的傍晚并非漆黑如墨。距离正昏时分还有一段时间呢，若是在征镇治所，这个时间通常确实已阒无声息了，可见京城与之不同。

中书监庾亮和身后的一行人从皇宫西掖门鱼贯而出，走过横跨运渎水的青石桥，来到环绕京城的官道。远远地就可见竹格港依然灯火通明。这个重要的港口码头依然忙忙碌碌。看到竹格港的灯火，庾亮深深吸了口入夜后变得清凉的空气，心情好了许多。

中书监庾亮这些日子就是着急。先皇司马绍去世不到一年，外甥司马衍也才坐在龙床上不久。这个只有六岁的孩子尚需母后伴随身旁，而他这个做大舅的就必须担负起治国理政的几乎全部要务。表面上看，是由皇太后临朝，实际上哪一件事情不都是由他来操心费力呢。大臣们不用说了，当勠力勤政，各司其职。司徒王导看上去日复一日，出入皇宫，但是内心里藏有何种心思谁又能知晓呢。"这个老奸巨猾的家伙！"庾亮经常会在心里头咒上王导几句，却真的不敢当着面流露出半点不满来。

还有就是在朝廷内外扇风造势的司马羕哥俩：一个身为太宰，位高权重；一个虽然在明皇帝驾崩前被褫夺了左将军权杖，却仗着出身正统，又是当朝皇帝的从太祖父，气焰依然嚣张，甚至可以自由出入后宫，成为小皇帝的玩伴。这些日子皇上不愿临朝，老是赖在床上不起。一干大臣的案几上堆满了各自管理的省台报上的要事奏折和由外省报上来的有关天文气象灾情的报告，这都是要在朝会上向皇上禀报的。所以，大臣们急得要死。垂帘听政的皇太后怎能不着急，他这个做大舅的更是心急如焚。皇上是真命天子，若是不临朝，在众臣看来就是违背天意的，是要遭受上天惩罚的。况且，司马羕兄弟二人早就将肚子里的怒气发泄得淋漓尽致了，甚至在大殿上说出了让皇上逊位的疯话。

庾亮自然不敢掉以轻心，尤其元帝的小儿子司马昱还留在后宫，也在一日一日长大。接连几日，太宰司马羕都带着一众大臣前往皇城的太极大殿，明摆着是向皇上示威呢。可皇上哪里懂这些？

跟在庾亮身后的是他的二弟庾冰和四弟庾条。庾冰很快就要外放去做吴国内史，走之前几乎就待在皇宫里帮着庾亮料理政务。庾条本就在皇城内任黄门侍郎，这个职务不算很高，却让皇上和皇太后之间有了一个亲上加亲而又名正言顺的桥梁。

庾冰这时问道:"元规阿哥,出来走走,透透气就速速回宫去吧。"

庾亮唔了一声,向前走出很远才说道:"我要去水蓝街走走,那里热闹,宫里太过冷清,胸襟里面就会变得落寞。难成大事耳。"说着脚下越发走得快了。

这番不着边际的话弄得跟在后面的庾冰和庾条不知所以然,便也就不再劝了,跟在后面一步不敢落下。

水蓝街的酒肆里话题重新回到老聃和庄周之孰重孰轻上来,用殷浩的话说,重新进入老话题是对庾翼的尊重。他见琅琊王氏的其他三人都不以为然,便自己先说了一些对于老聃学说极为崇拜的话语,又将《道德经》中的几个经典段子唠叨了一遍。刚要说不可再行比较老庄之高低的话,却被庾翼打断了。

庾翼像是在自说自话,仗着自家大姐是皇后庾文君,大哥庾亮是中书监,其他几位兄长都是朝廷要员,说起话来便咋咋呼呼,一股子暴发户的张狂劲儿,缺少贵族雍容大度的气质。庾翼言称庄周所言的道并不如老聃所言的那样具象,而是似是而非,令人有坠入五里云雾之中的感觉。比如庄周所言的道既然有情有信,何以又无为无形乎。既然成天地之色,怎又可传而不可受,可得而不可见乎。庾翼朝着王羲之伸出手,转而向上指指天,又将双手触地,不无讥讽地说:"何来可得不可见,这就是天哟,这就是地呢。秘书郎大人你意下何如?"庾翼使用了官场称呼,这令殷浩不由得皱起眉头来。

王羲之却并不在乎,而且庾翼的话不是没有道理。但是跟这个从不按规矩说话的家伙理论起来甚是费劲儿。王羲之呵呵笑个不停,却不与其对话。

王胡之立刻反对道:"稚恭差矣,所为可传,重在可得。实乃领悟也。你伸手指上,低头摸土,并非天与地也。不过是这屋舍酒肆中弥漫酒香之气,与沉降之酒糟之气也。"

庾翼当然不会就此服膺。"修龄兄硬是将天地与这满屋浊气混为一谈,可见已是理屈词穷也。天者,屋宇之外之苍穹也,地者,市井之外之蛮荒也。此处此处……"庾翼的双手在自己头顶上胡乱抓了几把,"非天也,非地也!"

王羲之看出庾翼词穷,笑着说道:"稚恭老弟,你平日里十分傲娇,今日见不能遂了心愿,便开始强词夺理起来,此非清谈也,实为无稽之谈也。庄周所言,非一朝一夕能够领悟其精华。我等那些年在学堂苦思焦虑,终日神魂颠倒，并无人敢说顿悟之类话语。你竟敢声称早就经过高人点化，我王羲之硬是不信软。"

庾翼被王羲之这通奚落，也并不恼怒，转而指着殷浩说道："'孰能相与于无相与，相为于无相为？孰能登天游雾，桡桃无极，相忘以生，无所终穷？'"

殷浩并没有在乎这个比自己小三岁的外戚子弟颐指气使的态度，今日是他做东，人又是他请来的，不如遂了对方的酒兴和恣意。而且，说实在话，殷浩很喜欢这家伙说话张狂的神气。殷浩自然知道这段话语出自庄周的《南华经》，直接回答便坏了庄子的本意。

殷浩仰天大笑说："我以为昨日你我在尚书省那场小议已经分出胜负，你回到屋舍后睡一觉，便可以顿悟。却不知你今日依然故我，像个断难开窍之凡夫俗子也。"

这话让庾翼非常恼火，却又不好发作，于是恶狠狠地问道："若是你家有人亡故，你难道无悲伤乎？"

王羲之急忙制止说："稚恭老弟不可胡言乱语，我等出来时就设定了话题，不可逾越，更不可涉及家人族群。"

殷浩让王羲之大可不必阻止这番疯话，然后对庾翼说道："孔夫子如何论及，稚恭老弟一定记忆犹新，'孟孙才，其母死，哭泣无涕，中心不戚，居丧不哀'。孔子却称之'夫孟孙氏尽之矣，进于知矣'。修龄兄，不妨你来告诉这位稚恭老弟，孔丘其人接下来又言及何物，也免得我与他伤了和气。"

王胡之连连摆手说："已经喝得太多，思绪很是理不清楚了。你让我这个时候出场，分明是要将擂台让给稚恭兄弟。这做法很是不厚道呢。我是不说了，不说了。然而此时退缩又不是自家风格，稚恭老弟一定是还未来得及读完庄子《大宗师》之经典，故而故而……"王胡之真的喝多了，竟然不清楚接下来自己该说些什么。

这时，庾亮一行人也走到了水蓝街这家酒肆外面了，酒肆里传出来的争辩声吸引了庾亮，他站住脚，侧耳聆听。先是听出来自家小弟的大嗓门，接着又听出了里面还有曾经在府上做事的殷浩，最后才听出来秘书郎王羲之的声音。他从嘈杂的声音中听出大概有五个人，也听出来这些年轻人争辩的话题，都是老生常谈了，但也都是当年他与谢裒等中兴四杰争论过的问题。老聃和庄周从王朝中兴时起，就成为建康城里所有贵族子弟议论甚至争论的话题。人们从这些话题中得到了怎样的激励，或者受到了怎样的澄清、怎样的沉淀、怎样的顿悟，各自都不同。庾亮自己就非常偏爱庄周的《南华经》，尤其喜爱《南华经》中的《大宗师》和《逍遥游》两个篇章。一段时间里，他甚至可以倒背如流呢。记得有一日元帝将前秦时代的一本书给了他和温峤，将其中的道理讲给太子司马绍，也就是他未来的妹夫。他甚至瞒着先皇将这本法家著作放在一边置之不理，而和温峤一左一右地向司马绍灌输庄周《南华经》中的关于齐家治国的论述。譬如他就最喜欢深入讲述意而子见许由的那段对话，简直妙极了。

酒肆内，殷浩在这片刻间又灌下了半坛老酒。

庾翼乜斜着眼睛看着殷浩，将酒坛剩下的酒倒在五个大碗里，然后冷笑一声，抄起一碗喝下去，竟然不间断地将五碗老酒一饮而尽。放下碗后，指着殷浩说道："修龄兄无须取笑于我，渊源每日做何事，皆于我目珠之中。想来也不过是贪慕虚名、自以为是之人。问问渊源老兄，可将《南华经》读得透彻乎？"

殷浩于是挺起胸来，一只手拍着自己的前额，诵道："孟孙氏不知所以生，不知所以死；不知就先，不知就后。若化为物，以待其所不知之化已乎！且方将化，恶知不化哉？方将不化，恶知已化哉？吾特与汝，其梦未始觉者邪！……孟孙氏特觉，人哭亦哭，是自其所以乃。且也相与吾之耳矣，庸讵知吾所谓吾之乎？且汝梦为鸟而厉乎天，梦为鱼而没于渊。不识今之言者，其觉者乎，其梦者乎？造适不及笑，献笑不及排，安排而去化，乃入于寥天一。"借着酒劲儿，殷浩走到庾翼桌几前，指着庾翼的鼻子说道："不仅如此，在下即刻便将大宗师一字不落地向几位吟诵下来，何如，各位想听否？"

庾翼见孤立于众人之外，并不气馁也无退缩之意，而是突然说道："君子以家国为重，诸位可有高见？"

其他四人不知庾翼葫芦里卖的什么药，都只顾对饮，并不接这个话题。见无人理睬，庾翼自己先干了一碗酒："我家中书监元规阿哥是当朝九卿中之君子也，诸位可有异议？"

王羲之放下正要喝的酒，抬起头说道："稚恭老弟，有何好话题直接说出，咱家几个饮酒谈天论地，与你家庾元规大人有何相干？哟，被渊源兄驳斥得很是没有面子，搬出你家中书监装点脸面，不以为幼稚乎？"

庾翼嘟了一声，说道："无论天地，与我等何干。无论老聃、庄周又与王朝兴盛何干。我家中书监阿哥，为明皇帝伴读时就励志不已，定要荡平胡寇，收复中原河洛故都耳。如此胸襟，天下何人有之？庄周、老聃无非游荡四方，不过是浪迹天涯游手好闲之徒，哪里会有家国情怀？"

屋外，庾亮和庾冰都听到了庾翼的话，庾冰要进去制止，被庾亮拦住。

王羲之不喜欢这种自我吹嘘的腔调，却也感到好奇，说道："稚恭老弟，既然说及此，不如将你家阿哥有何家国情怀倾诉而来，也让我等领略一番元规大人之豪情壮志也哉。"

庾翼听出王羲之并无揶揄之意，顿时得意地说道："我家元规阿哥无一日不思想北伐征西，收复被五胡抢去之领土，回到洛阳，祭扫皇陵，重展昔日之辉煌。"

王羲之嘿嘿两声，说道："纸上谈兵之事怎可当真？想当年祖逖大人雄心壮志，却因缺兵少将，又无辎重补给，到头来不也壮志未酬也哉欤。"

庾翼反唇相讥道："王朝如今比之初期已大有不同，土断律法严峻，黎民百姓土豪乡绅踊跃纳税，从此安居乐业，税赋与日俱增，国力自是蒸蒸日上。"

王羲之问庾翼："土断律法所为何物，你知晓多少？"问得庾翼哑口无言。王羲之呸了一声，说道："稚恭老弟，你大谈土断却不知所为何法，不如让咱家虎犊阿弟教授与你，在王朝律制上面你最好给我闭嘴。"

王胡之见状便劝二人不可因争辩伤了和气。庾翼嘟囔了几句知趣地坐下了。

王彪之并不希望成为这次聚会的焦点，但是，庾翼说话时那副居高临下的德性，着实气人。说起振兴王朝，这小子除了炫耀他的亲哥如何如何了得，似也说不出个所以然来。说起北伐征西的事情，王彪之跟堂兄王羲之的看法是一致的。自认为尽管朝廷继承了前朝土断之法，但是因实施不得力，反而弄巧成拙，搞得民怨纷纷。国力增强自不待说，但若是以为凭此就足以北伐西征，那是妄言。

但是王羲之既然已经点了名字，他只好当仁不让了。王彪之一开口就诘问庾翼何为土断，把对方问得不知怎样回答。

接下来，王彪之就简明扼要地叙述了何为"土断"。中原沦陷后，北方难民大量涌入南方，这些人被称为侨人。起初这些难民大多数居无定所，亦无产业。为了安抚他们，将他们作为北伐的资本，朝廷不得不给予优抚特权。几十年过去了，这些人通过开荒或其他手段取得少量土地，成为自耕农民。这些人与土著百姓生活无异而负担不同，不纳税，这就势必大大加重土著居民的税赋负担，引起原住民极大的不满。这迫使朝廷实行土断，除了划定州、郡和县的领域，百姓必须按照实际居住地，按人头编订户籍，这样就使国家可掌握人口的真实数量，确保占田制得以广泛实施，保证了赋税的来源，从而大幅增加了国家可控制的财富。说到这里，王彪之停顿了许久，才又说他喜欢研究朝廷律法，早就发现前朝的刁协大人在修改关于土断的律法时，有着意篡改前朝土断律法精髓之嫌疑。彪之说得很慢，被庾翼不时打断让说得快点儿。这下子就惹恼了王彪之，拒绝继续说下去。

　　王羲之只好接着往下说，历数了郡县实施土断之后显露出的各种弊端。这些弊端使得朝廷赋税收入大打折扣。王羲之断言土断律法本意是好的，可是执行起来却很难。朝廷如果无足够的财富和粮秣储备，西征北伐就会失败。

　　酒肆外，庾亮听了频频点头。他万万没想到，屋子里这些平日看上去闷头不语的青年人心中还装有如此之大的乾坤，王羲之在论及土断之策时还有颇多经纬国事之论断，这让他非常兴奋。庾亮决定多听一会儿。实行"土断"是司徒王导提出来的，却并没有引起庾亮的重视。以他对王导的感情，他宁可相信太宰司马羕的话，也很难接受这位历经几朝的元老提出来的国家大政方针，也就很难投入热情将这些大法付诸实施。

　　沉思中，庾亮没有听到酒肆里发生了怎样的争辩，却被王羲之评议朝廷推行的"土断"政策的看法吸引住了。这些说法既直率又大胆，很有见地。王羲之说，历经几十年的土断政策为大晋中兴发挥了巨大作用，可是却掩盖了那些实行土断的侨民和土著居民围绕土断而起的冲突。庾亮在每日浏览大量郡县奏折时发现，绝大多数呈报的文书在论及土断的时候，都提请朝廷有司在制定律法的时候，不可偏颇，不能只照顾侨民的利益而忽视了土著的利益，这不仅有失公允，还导致冲突不断，有动摇王朝基础之虞。王羲之随口举出几个郡县呈报的奏文，说侨民依仗土断条文，拒绝缴纳税赋，以至于跟超量缴纳赋税的土著百姓发生小规模冲突。王羲之突然说起历阳郡的事情来，这引起了庾亮的更大兴趣。跟在身后的庾冰和庾条提醒他该返回官城了，庾亮摆摆手示意很想再听下去。历阳郡这一年一直是庾亮倍加关注的郡县，历阳太守正是最为司马羡赏识的流民帅苏峻。二人过从甚密。早有大臣上奏称土断在历阳遭到苏峻阻挠，难以进行下去。在历阳郡，苏峻庇护的上万流民都不用向朝廷纳税。这种为笼络人心不惜与朝廷对抗的做法受到当地土著的激烈抗议，却因为苏峻麾下拥有超过两万兵马而无人敢在那里强行实施"土断"。王羲之把这种做法的弊端说得很精辟，对朝廷接下来的作为很有借鉴之意。庾亮早就想对这个苏峻下手了。

又是庾翼这小子打断了王羲之的话。庾翼说王羲之是凭借琅琊王氏的望族身份肆意攻击朝廷律制，王羲之不甘示弱反诘说："你知晓何为律制？律制若是不具有普世作用，若是对所有蒸民不能一视同仁，便不过白纸一张，废掉有何不可？"

争辩声突然变得像是在争吵了，庾亮急忙将思绪拉了回来，再听下去，竟然是小弟庾翼借着酒劲儿突然开始攻击王羲之。像是突然说到了婚姻的事情，小弟声调很高，说大哥刚为他定了一门亲事，他居然说出了亲家的名字。酒肆里的喧闹声戛然而止，这个亲家正是当朝一品高官。可是，琅琊王氏的这帮小子怎会被一个尚书令的名讳吓住呢。这个不知轻重的家伙哟。不过这小子没说错，一旬日前，庾亮亲自拜访了尚书令，请尚书令同意这门亲事。尚书令当下答应了。三天前，两家互通了定亲的书函，正打算择日让小弟带着大雁上门定亲呢。可是这小子接下来说的话就有些过分了，说王羲之虽说门第很高，可是怎奈父亲下落不明，哪家大家闺秀会上门相亲。

庾亮一时间没有回过神来，他还在想王羲之方才那一番关于土断律制疏漏的话语，这实在是个大问题，应该引起朝廷的高度重视。庾翼怎么敢攻讦王羲之的父亲王世宏大人？这小子实在是胆大妄为。要设法制止他胡来，让王羲之说下去，说下去呀。他还是第一次听人对土断实施过程中暴露出来的诸多弊端说得如此直白，并且还有如此令人思索的空间。庾亮本人是中书监，是掌管王朝所有大法的制定和实施的最高长官。这时，庾亮听见王羲之大怒，似乎摔碎了酒碗或者还是酒坛子呢，不然声音怎会那么大，一声巨响。庾亮心里着急，却无法从深沉的思绪中挣脱出来。庾亮觉着没有看错王羲之，他早就知道王羲之不简单，知道乌衣巷不待见这位从小没了父亲的青年人。庾亮见过王世宏，那大概是他十几岁的时候，王世宏几乎是他那时候见过的人里最为崇拜的，那简直就是佩服得五体投地呢。王羲之仅仅是秘书郎，竟然对国事要务有如此理性的认识，而且可以以史为鉴，举一反三，这真的不简单呢。这小子不仅刀术了得，脑子也好用得很。可是这二人怎会吵得如此之火爆，为了个婚姻小事，至于吗？不过，小弟庾翼嘲讽的话倒是提醒了庾亮，他应该为这件事情做点儿什么了。琅琊王氏门第太高，即使王羲之这支似乎家境中落，但也是瘦死的骆驼比马大。他还来不及细想呢，中书省的事情又冒出来，这个省台经过他的重新设计，中书监除了掌管朝廷机要，还一并将尚书省的权力揽了过来。这样，中书监其实位于所有一品大员之上。也就是说，中书监成为事实上的宰相了。猛然，一个念头冒出来，既然要将会稽王司马昱送出京城，何不派王逸少去做会稽王友呢，一来可以向司徒王茂弘表明他赏识和重用琅琊王氏子弟，二来，让司马昱的表哥王羲之（王羲之的父亲和元皇帝是姨表兄弟）做司马昱的王友，也不会遭到任何人怀疑。这真是一石二鸟的好事。

又一个酒坛子飞起来，在酒肆的门外摔得粉碎。

庾亮知道事情不妙，快步进了酒肆。

酒肆内，王羲之已经脱掉了上衣，露出肌肉结实的胸膛来，他一只脚踏在桌几上，一只手指着庾翼高声呵斥道："庾翼，你若再敢羞辱我父亲大人，我定让你后悔终生。"

庾翼也已经赤裸着上身，也不示弱，但回应的声音却似乎没有底气了："我不想再说，你又能奈何于我？"

王羲之冲了上去，被站在两旁的王胡之和王彪之死死拉住。庾翼被王羲之的举动吓得连连后退，若不是身后的殷浩扶了一把，就会重重地摔在地上。

庾亮大喝一声，把五个喝得疯疯癫癫的青年人惊得呆住了。

十一

自几天前在水蓝街酒肆闹翻脸后，王羲之再没有见到过庾翼，听修龄阿哥说，庾亮大人一怒之下把庾翼打发到东海国他二哥那里去住了。说心里话，庾翼离开京城让王羲之心里窃喜。他当真一点儿不想再见到这个飞扬跋扈的家伙，他无法保证再见到庾翼会不会暴揍这家伙一顿。不过，庾翼关于定亲和婚姻的事情倒是往王羲之内心里向来平静的这块儿水面上丢了一块大石头，实在是砸出了一个不小的漩涡呢。没有做官时他不敢着急，现在做秘书郎已经一年多，他自然也就着急起来。那天晚上，王羲之回到家里借着酒劲儿问母亲说：

"乌衣巷庾氏最小的小子庾翼比孩儿我小两岁都已经定亲，我已经快二十五岁了，何以不见有谁家派来的说媒之人找上门来，母亲大人难道不着急吗？"

母亲说怎能不急呢，儿子你一天天长大，为娘我也一日日见老；可这件事情着急没有用哟。总要找个好人家才是。

王羲之问是否如庾翼所说，大家闺秀不会上门求婚。母亲说："才不是呢，就连庾亮都捎话来说他正在满朝文武大臣那里给咱家物色最佳人选呢。"

王羲之坚决不信。母亲说："我也不信，可当真如此耶。"

没想到，第二天中书监庾亮大人就进了秘书省，让王羲之将最近几年各征镇关于土断执行情况的奏折尽快整理出来交给他，却根本没提说亲的事情。

过了几天，王羲之将整理出来的关于土断的奏折抄写出来，就送去中书省。中书监庾亮正好就在，见到王羲之非常高兴。王羲之放下东西就要离开，被庾亮叫住。中书监理政的屋舍也不大，但清扫得很干净，整理得也是井井有条。正堂两侧各有一间更小的屋舍。一间是中书监大人休息的卧房，另一间竟然摆有酒具呢。庾亮拉着王羲之进到摆有酒具的侧间里，手下人很快就将一坛子好酒摆上了桌几。庾亮也不问王羲之想不想饮酒，就将两只可装半升酒的酒樽倒满。庾亮让仆从在院子里拔了一些新鲜的芫荽，权当是下酒菜了。两人就这么一边饮酒说话，一边嚼着鲜嫩的芫荽。庾亮只字未提关于土断的事情，反而对王羲之的婚姻大事表示出很大的关切："逸少，那日咱家稚恭很是失礼，那小子性子耿直，心中所想张嘴就说，一向不顾后果。逸少，你可不得与他一般见识耶。"

王羲之自然也要礼尚往来几句，抱愧地说多亏中书监大人及时出现，不然，两人撕扯起来，轻重难以把握，后果更是难以预料。那晚上他当真没睡好觉，可是这几日回想起来，稚恭也没有说错。谁让他这些年家境中落，才会遭到他人讥笑。

庾亮盯着王羲之把酒樽里的酒喝下去，这才说道："逸少，此话差矣。妄自菲薄非琅琊王氏后嗣之气度。本中书监就从不对你另眼看待。你知道自家祖母大人是谁？"王羲之点点头。"不仅如此，中宗皇帝（司马睿庙号）母后大人也是你姨祖母，你可知晓？"王羲之照例点点头说他也是才听母亲大人说的，过去并不知道。庾亮接连说出蔡邕蔡中郎、羊祜大将军、卫瓘卫司空都与琅琊王氏王羲之这一支沾亲带故呢。"逸少，乌衣巷琅琊王氏里，细数起来，唯你家门第最高，可谓高不可攀耳。"说完，庾亮接连喝了两樽酒，然后又问道，"逸少，可想过到本监麾下做事？"

王羲之老老实实回答说从不曾想过："下官对做秘书郎已十分满意，对秘书郎司职之事更觉兴致盎然。母亲大人也嘱小子脚踏实地做事，以回报先皇恩德。"

庾亮连连点头，说："正是如此，正是如此。逸少，你平日对兵法书籍可喜好？"

庾亮问得唐突，王羲之也是一愣，想了想便敷衍说道："在下曾经粗读孙子兵法，但是并无几多心得，只是近来在秘书省觅得琅琊人士诸葛孔明的几册兵法书籍，读得很是入迷，但不敢自以为有心得也。"

庾亮听了王羲之的话，禁不住轻轻拍起桌子来，说道："甚好甚好，本监鼓励你继续读下去，若能将心得诉诸文字那才更好。逸少，本监未曾想到你不仅相貌出众，亦是博览群书之才俊。不不，绝无夸张之意。如此不算才俊，那何人可谓才俊乎？逸少，今日本监就与你说定，将来若是本监去了征镇，彼时邀你来做掾属，你可不能推诿。"

王羲之点头应承下来。

接着，庾亮推心置腹地说道："逸少，我家叔豫与你家琅琊王氏感情甚好，尤其与王处仲那一支更是走得很近，此尽人皆知欤。而本监一直对你婚姻之事颇为关切，只因国事繁忙，无暇关顾也。从今日起我要开始过问你之婚事，满朝文武大臣若是找出一家能与你家门第般配的倒是不难。"

这话让王羲之听在心里很是温暖，喝下肚的老酒这时也泛起热来，搞得他浑身燥热不已。庾亮接下来又说了些体己的话，无非是："像你这样门第高贵的子弟，既知书达理又有高人一筹的刀术武艺，做秘书郎不过是在朝廷历练一下，用不了多久本监定会举荐你做更重要的事情的。"

回到秘书省，王羲之刚坐定，宗正寺的大宗正虞胤突然现身，而且言明是来找王羲之的，这令羲之倍感惊讶。这位跟琅琊王氏颇有渊源的大宗正，从来没有进过乌衣巷，更别说到秘书省了。而王羲之对虞胤的了解也仅限于从母亲那里听说过的，此人是虞元敬皇后的亲弟弟，是已故皇上表叔司马睿倚重的重臣之一。

虞胤见到羲之的第一句话居然是先叫他的乳名："阿菟，若是在乌衣巷

107

族祠里论辈分，我该是你姑表叔焉。"虞胤所说的姑表叔指的是虞元敬皇后和虞胤的母亲与王羲之的祖父王正是亲兄妹呢。尽管这位姑祖母远嫁济阳国的虞氏，但是姑祖母的女儿居然又嫁回琅琊国做了藩王司马睿的王妃，也算是肥水不流外人田了。

于是，王羲之叫了声姑表叔，然后问道："大宗正大人因何事莅临秘书省？"

虞胤见王羲之显得很生分，而自己的确与乌衣巷这一辈人没几个熟识的，便用公事公办的口吻说道："早就听茂弘大人说及你在秘书省做郎一事，就想前来这里查找与皇室族系有关典籍文册，从而整理出一册文本来。我虽身为大宗正，其实与乌衣巷琅琊王氏祠堂里掌管族群渊源之宗正司职相同。不同的是，我所执掌管理之族系皆与皇室家族有血脉联系之家世，并务必将这些联系记录在册，并传续下去耳。今日来秘书省便是为此。"

说完，虞胤向王羲之仔细交代，需整理出从永平年间到光熙年间（290年—306年）皇室家族在旧都洛阳发生的重大事件。虞胤特别叮嘱王羲之重点可以集中在永康元年（300年）后发生的事情，他还特意举例说永康年间赵王司马伦曾经篡逆做了一年皇帝，要把这个事件前后发生的事情整理得越详细越好。

说到这里，虞胤将王羲之上下打量一番，说道："我听说关于那几年发生的事情记载得十分详尽，而且大都被带过江来。若果真如此，你也许还会看到关于你父亲王世宏的记载呢。你父亲大人曾经是惠皇帝次直侍中，最得惠皇帝信任。"

虞胤一走，王羲之愣愣地坐了好一阵子，琢磨着虞胤留下的话。

虞胤有一点没有说错，秘书省里收藏最多的就是关于皇室的资料了。这些皇室资料自宣皇帝已降就有大量存留，越往后存留得越多。从武皇帝建立大晋朝之后的太康年间到太熙年间，仅武皇帝的二十几位皇子以及子嗣连同家族文字就堆满了一间馆舍。这一年多时间里，王羲之和十几位同仁日夜努力，算是先将这些资料分出大类来，而且将这些分成大类的资料分门别类地规整到了十几间馆舍中。在查看了绝大多数奏本后，王羲之这才对这些要当着皇上的面宣读的，或者征镇郡县呈报上来让皇上过目的奏本有了清晰的认识。奏本中大多数跟治国理政关系不大，有几天，王羲之浏览过的奏本竟然都是些关于天气的，关于在民间流行起来的传说的，甚至还有很多是关于选址打井，疏浚运渎水，在运渎水两岸盖房子、增加酒肆客栈的事。看到这些实在无聊的奏本，王羲之经常会想，皇上若是将这些奏本全部读完，恐怕就没睡觉的时间了。在王羲之的建议下，从去年开始，十几位秘书郎从皇室资料中将藩王的资料分理出来。这样分类的好处是，经常会有治书侍御史要求提供某个藩王原本食邑的户数和食邑的区位，这是为了在论功行赏的时候不至于大功受小禄，小功受了重禄。经过这样一分类，查找起来就容易多了。想想都令人咋舌，武皇帝先后分封了六十几个藩国。皇族后裔几乎一个不落，都做了藩王。若是按照之前那种皇室资料混杂在一起的状况，那可就苦坏了这些个官职只有六百石的秘书郎了。而在整理过程中，最令王羲之感到不可思议的还是，永嘉之乱期间，那么混乱的局面，那么惨烈的屠杀，那么悲壮的大逃亡，所有人不论贵族还是百姓，性命悬于一线。前面是陌生的逃路，所有的逃难之人竟然没人知晓生路在何方；左右是拖儿带女扶老携幼的潮水般仓皇奔逃的人群，一旦错跟了队伍，你就再也无法找到家人；而身后有嗜杀成性的五胡禽兽大军追杀，若是被抓住了，要么就叫这些食人生番宰杀吃掉，要么成千上万的人被残忍地推进黄河里淹死。可是，当年那些司职秘书监的前辈们竟然将这些资料带出了洛阳城，并且安全地带进了建康城。即使现在想起来，都令人充满敬佩之情。

接下来几天，王羲之只好放下正在整理的文案，按照大宗正虞胤的要求集中精力查找从永平年间到光熙年间发生过的大事件。虞胤特别强调要将永康年间发生的那场大晋王朝立国以来唯一的一次皇室祖宗篡逆事件的资料整理出来。

确实如虞胤大宗正所说，在整理过程中父亲王旷的名字多次出现，继续查找下去，居然看到不少关于父亲的记载。这些记载里父亲的名字都是一闪而过，而且大多是父亲在担任次直侍中后的几年间，一次次粉碎刺杀皇上的阴谋的记录。那些刺客几乎没有活口，全都死在父亲的长刀下，有几次还出现了当时担任黄门侍郎的处仲伯父大人协助父亲追杀刺客的文字。看到这里，王羲之常常要闭上眼睛，追思一番当时的情景，自豪之情便油然而生。

找到记录赵王司马伦篡逆的文字是在第三天。关于这次篡逆的文字非常详尽，数量也就最多。看得出来，史官在记录这些事件时不带任何感情色彩。只是记录，不会渲染。所以，王羲之所看到的就是当时发生的每一件事情的真实状况。而父亲名字出现最多的地方是他和淮南王司马允密谋抢在司马伦之前阻止其属下孙秀在宣皇帝陵墓周围修建祭天祠堂，甚至还出现了当朝骠骑大将军郗鉴的名字。那时候，郗鉴是在东宫担任太子中舍人。王羲之很快就翻过了这一页，他却忽略了郗鉴以太子中舍人的身份跟着次直侍中前往邙山阻止孙秀修建宣皇帝殿堂的细节，而这位次直侍中正是王羲之的父亲。这些记录的后续部分很显然是在元帝担任镇东大将军后，由后来的史官续写的。正巧看到有一折当时的尚书令纪瞻大人上奏元皇帝的关于郗鉴的奏折，心中好奇，便认真读了一遍："臣闻皇代之兴，必有爪牙之佐，捍城之用，帝王之利器也。故虞舜举十六相而南面垂拱。伏见前辅国将军郗鉴，少立高操，体清望峻，文武之略，时之良干。……然能绥集残余，据险历载，遂使凶寇不敢南侵。但士众单寡，无以立功，既统名州，又为常伯。若使鉴从容台阁，出内王命，必能尽抗直之规，补衮职之阙。自先朝以来，诸所授用，已有成比。……以鉴年时，则与若思同；以资，则俱八坐。况鉴雅望清重，一代名器。圣朝以至公临天下，惟平是与，是以臣寝顿陋巷，思尽闻见，惟开圣怀，垂问臣导，冀有毫厘万分之一。"

读完奏折，不仅印象深刻，也觉着当年元皇帝最终提拔郗鉴做了辅政大臣，的确是颇具慧眼和见地的。王羲之对形象已经很模糊的元皇帝也顿时心生好感。

王羲之将大宗正索要的重点事件的内容，按照时间顺序从赵王司马伦篡逆谋划，到篡逆成功，再到被惠帝司马衷的几位弟弟攻杀的过程简明扼要地抄录下来。这大概又用去了三天时间。

在等待大宗正虞胤取走抄录的文本期间，王羲之继续顺着这之后发生的事件翻找下去。他有意识地跳过王朝在建康城重新建立后的续写部分。这些续写部分，大都是后来在尚书省任职的尚书郎撰写的名人传记。很多人他不仅见过，甚至还非常熟悉呢。

这一天，王羲之看到了长沙王司马乂和成都王司马颖交恶以至于兵戎相见的整个过程。长沙王司马乂在写给成都王司马颖的信函里，言语恳切，由衷而生，里面有一段文字令王羲之印象尤其深刻，司马乂声情并茂写到"今卿复与太尉共起大众，阻兵百万，重围宫城。群臣同忿，聊即命将，示宣国威，未拟摧殄。自投沟涧，荡平山谷，死者日万，酷痛无罪。岂国恩之不慈，则用刑之有常。卿所遣陆机不乐受卿节钺，将其所领，私通国家。想来逆者，当前行一尺，却行一丈，卿宜还镇，以宁四海，令宗族无羞，子孙之福也。如其不然，念骨肉分裂之痛，故复遣书"。这段文字令王羲之不禁对长沙王司马乂肃然起敬。接着，王羲之还看到当时替司马乂行太尉职的王衍大人受司马乂委托前往邺城游说成都王司马颖，随队官员名录里出现了父亲王世宏的名字。

司马乂这封声情并茂又义正词严的信函里，出现了陆机大人的名字，王羲之刻意看了好多遍，他隐约觉着在淮南时好像听到父亲大人和母亲大人说过这件事情，这时候也就想了起来。作为深受成都王重用的进攻大晋王朝京都战役的总指挥，陆机大人何以突然放弃指挥权，一直以来众说纷纭。而司马乂的这封信则给出了清晰的答案。看到这里，王羲之又一次闭上眼睛，心中想道，原来陆机大人并没有如后人讹传的那般损兵折将几十万，大败而溃几百里。实际上，陆机大人在与司马乂的对峙中，不忍皇家军队受损，更不忍兄弟相残，将统领之大军悉数交给了司马乂。这需要多大的勇气和魄力呀。

王羲之耐着性子继续看下去，翻到长沙王司马乂被东海王司马越出卖，绑缚交予河间王司马颙的前卫将军张方时的记载：乂前后破颖军，斩获六七万人。战久粮乏，城中大饥，虽曰疲弊，将士同心，皆愿效死。而乂奉上之礼未有亏失，张方以为未可克，欲还长安。而东海王越虑事不济，潜于殿中将收乂送金墉城。乂表曰："陛下笃睦，委臣朝事。臣小心忠孝，神祇所鉴。诸王承谬，率众见责，朝臣无正，各虑私困，收臣别省，送臣幽宫。臣不惜躯命，但念大晋衰微，枝党欲尽，陛下孤危。若臣死国宁，亦家之利，但恐快凶人之志，无益于陛下耳。"殿中左右恨乂功垂成而败，谋劫出之，更以距颖。越惧难作，欲诛乂。黄门郎潘滔劝越密告张方，方遣部将郅辅勒兵三千，就金墉收乂，至营，炙而杀之。乂冤痛之声达于左右，三军莫不为之垂涕。时年二十八。

看到这里，王羲之的心境被悲愤笼罩起来。长沙王司马乂之就义何其悲壮也！东海王司马越之苟且何其卑鄙也。这些记载了历史事件的文字和王羲之平日听说的传闻大相径庭，足见口口相传的历史有多么混乱与虚假。那么，那些关于父亲大人遁迹的传说有多少是真实的呢？如此一想，王羲之的心情便顺畅了许多。

晚上回到家中，王羲之打算在母亲大人泡脚之时，跟老人家说说这些事情，兴许能让母亲大人的心境从此明亮起来，也未可知呢。可是，刚刚在院子里走了一趟刀术，堂弟虎犊偷偷溜了进来，说堂哥王胡之让二人过去呢。

王胡之带着两个堂弟来到乌衣巷外的运渎水畔坐下，这才告诉王羲之说那日庾翼张狂所言刺痛了他这个当兄长的心，令他几日难以成寐。思来想去，觉着他这个做阿哥的确实没尽到责任，为此愧疚不已。于是前日，他斗胆潜入同在乌衣巷居住的尚书令纪瞻大人官邸，因为他听说纪瞻大人的两个儿子虽然早逝，可是还遗有两个女儿在身边。只是，两个女儿早就嫁人。

　　王彪之打断堂哥的话，讶异地问道："既然如此，又何必要潜入纪大人故宅？修龄阿哥，若是被纪家人抓到，咱家祖父王正大人的脸便从此丢尽也哉欤。"

　　王胡之推了彪之一掌，说："容为兄说完，你再狂呼乱叫不迟。为了咱家阿菟，即使丢人也在所不辞也。相比之下，非如此，为兄才觅回兄长之颜面耳。"王胡之接着说纪瞻大人小女儿的夫君去年故去，至今尚未再嫁。此女虽说比王羲之大四岁，但无论相貌和品位皆为上等。最关键的是此女并未生养子嗣。

　　听了这番话，王羲之的心不住乱跳。堂兄的好心令王羲之不知所措，可是娶个比自己大四岁的寡妇，不知母亲大人那里是否能过关。

　　这时，就听堂弟王彪之大叫起来："修龄阿哥你着实将咱家阿菟哥看得低了。咱家阿菟从未婚娶，童男之身也。而那女子已是寡居，即使门第相同，也是低人一等欤。"

　　王胡之辩解说纪瞻大人门第虽说不如咱家，却也是京城名门贵族，早就名贯江南耳。至于寡居，已被今朝习俗所看轻。想表叔元皇帝（司马睿）身份何其之贵，门第何其之高，皇族耶，然，虞元敬皇后也是丧夫之身，元皇帝并没有嫌弃虞元敬皇后。结果如何？表叔元皇帝自从娶了虞元敬皇后得以荣登皇位，最终成就了王朝中兴耳。

　　二人吵得不可开交，把个王羲之吵得心烦意乱，六神无主。王羲之心中也是大为疑惑，想白天刚刚看到过纪瞻大人奏请皇上招安郗鉴大人的奏折，这是天意否？

　　心中所想，嘴里便喃喃道："若是天意，阿菟我倒是不知怎样才好了。"

　　王胡之坚持说可行，王彪之坚持说京城之大，咱家一定要娶个黄花闺女。王羲之无法回应弟兄们的关切，被逼无奈，最后问道："父母之命，媒妁之言，敢问二位兄弟，你二位哪个敢出面请媒人上门求亲呢？"

王羲之冷不丁这么一问，把王胡之和王彪之问得连连打嗝，却说不上话来。

兄弟三人正为王羲之的婚姻大事争论不休，却没注意到有三个人早就在不远处看着这三兄弟争执了。大概是见三兄弟突然不说话了，这三人便走向前来，其中一个开口说道："三位大人，在下向大人施礼也。在下兄弟三人结伴而来，本意前来观望逸少大人舞弄刀术，却不想撞见三位大人争执不休，只好上前搅扰也哉。"

王羲之认出说话的孩童是陈留谢氏谢裒家的谢安，便没有理会，王胡之也认出其中两个孩子就是两年前的谢奕和谢安，三个人也不好当着三个孩童的面继续争论大人间的事情，便都住了嘴，不吭声了。

谢安见三人不搭理他，便又说道："逸少大人，适才听到三位大人争论与纪瞻大人之女喜结良缘之事。在下以为，两情相悦乃婚姻之要诀耳。"

王彪之是第一次见到这三个孩子，听了谢安的话不禁连声惊呼奇哉奇哉！转而带着戏谑的口吻问道："敢问阿弟贵庚？"

谢安并不隐瞒，说道："在下春秋六年也。"

王彪之便问谢安身边矮了半个脑袋的孩童道："阿弟贵庚几何？"

这孩子也不认生，将自家门第从祖父说起，说到父亲时连同伯父谢鲲、叔父谢广一并报了出来，最后说道："小子乃谢安之弟，谢万是也，与我家哥哥同庚，亦是春秋六年也。"

王彪之在黑暗中做了个鬼脸。乌衣巷里虽居住着四大家族，平日并无来往。但是住得久了，哪里还有秘密可言。谢裒大人陆续娶六房夫人，早就在乌衣巷尽人皆知了。六房夫人生下六子，似谢安谢万兄弟同庚的事情也属正常。

场面有些尴尬，王羲之急忙说道："谢奕谢安、谢万三兄弟，逸少今日与两位兄弟有要事商议，舞弄刀术之事只好延于明日。若是几位仍有兴趣，明日逸少一定不会爽约耳。"

十二

这一日，殷浩一进到秘书省的院落里，王羲之就听见他大呼小叫，急忙将手中正在阅读的诸葛孔明的兵书和顺便写出来的观后感掩了起来。孔明大人论述兵法军令的书册何以从遥远的蜀国被运送到建康城已经无从考究，但是，孔明大人这些兵书中所言着实令人茅塞顿开，读之犹如醍醐灌顶。这几天刚好读到孔明大人的《兵法秘诀》，秘诀称："镇星所在之宿，其国不可伐。又彗星见大明，臣下纵横，民流亡无所食，父子坐离，夫妇不相得。四维有流星，前如瓮，后如火，光竟天，如雷声，名曰天狗。其下饥荒，民疾疫，群臣死。"秘诀还有很长，都与星相有关联。王羲之觉着需要先一点一点参透，然后再读下去，于是便静思这几段如谶言般的文字，还写了不短的心得。

刚将书册掩了起来，殷浩便推门而入。

殷浩见案几上铺着的都是前朝文卷，随手拿起一册来看了一会儿，便说："这些关于前朝兵变的史料都过去几十年了，整理出来就行了，还用得着抄录下来吗？"

王羲之说这都是大宗正虞胤找上门来索要的资料，只能提纲挈领地摘下重要段落交给大宗正。然后又把从母亲那里打听来的关于虞元敬皇后的传说，写成文字交给殷浩。殷浩又提起那晚王羲之关于土断的争辩，却被王羲之岔了过去。

殷浩紧接着就说起了婚姻的事情："不如这几日找个晚上咱哥儿几个再到水蓝街酒肆喝酒说事。"王羲之有些顾虑，殷浩说不会再叫庾翼，王羲之便没有拒绝。

殷浩没有急着离开，而是把王羲之抄写的文字看过一遍，说："逸少兄，你这字迹写得已至极端，却依然未能跳出前人之窠臼。若是一味仿照陆机大人、贺循大人、纪瞻大人等江南才子的书写技艺，虽然看上去精巧了许多，笔画亦细致不少，却失掉了河内书法技艺传统的凝重稳当，看起来就缺失落落大方之筋骨。"

王羲之哟了一声，拿过文稿看了一遍，嘿嘿一乐说道："所谓不破不立是也。逸少一直奉钟繇大人和索靖大人字迹为圭臬，平心而论，见到陆机大人和纪瞻大人的手书眼前一亮，所以姑妄习练之。然，不将自家以往书写习惯尽而抛掷，又怎能与陆机大人和纪瞻大人深入交流乎？且，我平日对索靖和钟繇二位大人手书依然多有习练，只是以现在手中所持之笔书写如此厚重之笔画着实力不能及。"王羲之扬了扬手中的鼠须笔。

殷浩这才注意到王羲之那只毛笔，拿到手中，试着写了几下，不觉连声说："还是头一回用鼠须笔，第一感觉就是这种软硬程度的毛笔实在难以驾驭，尤其起承转合更是让人不知所措。怪不得听人家说起来，你们琅琊王氏有独门绝学。"王羲之连连摇头说琅琊王氏各家子弟习写所用的毛笔皆为中山兔毫，与前朝蔡邕蔡中郎所用毛笔无异。在乌衣巷里，使用鼠须笔书写文字的仅有他这一家。而家中所用毛笔皆为父亲遗留下来的。

殷浩还要书写，被王羲之将笔抢了过来说："似你这般着力，不出几下，笔豪非要折损不可。鼠须笔及笔法为家传秘诀，绝非着力下笔便可领悟也。"

殷浩一走，王羲之突然又想起昨晚上两位兄弟说起的那门亲事来。不想倒也罢了，一经想起，顿感心气燥乱，难以安生，于是丢下毛笔，重新开始为虞胤大人收集整理资料。

王羲之念念不忘大宗正虞胤那天离开时说的话，当然非常渴望能在这堆积如山的资料中看到关于父亲大人的记载。所以，也就特别留意。

一个时辰下来，王羲之总算找到了永康年间旧都洛阳发生篡逆大事件的记载，他没有将关注点放在篡逆发生的过程上，只是按照时间顺序把事件发生的前前后后抄录下来，这是大宗正虞胤着重要求的。兀然，他就看到了父亲的名字。这段记录对父亲大人的所作所为记录得很简单，不长的文字，记载下父亲监斩被篡逆做了皇上的司马伦废了的皇后贾南风的经过，以及与其一同监斩的齐王司马冏和廷尉的名氏，还有皇上专为赐死贾南风颁发的诏书。看到这些文字记录，王羲之闭上眼睛试着回想彼时彼地父亲大人所在的情形，却无论如何无法重现父亲大人在那种场合下的状态。可是，如往常一样，只要闭上眼睛回忆，父亲大人那双眼睛就会从黑暗中兀然冒出来，那眼神分明是对他有话要说。王羲之急忙睁开眼睛，父亲大人便倏忽消失了。王羲之只好叹了口气接着往下看。很快又看到父亲大人受领皇上亲下诏书，监斩篡逆皇室成员赵王司马伦的记载。诏书先是将赵王司马伦废为庶人，称作赵庶人司马伦，然后依然是赐死。由父亲大人和长沙王司马乂共同监斩。这段关于司马伦篡逆始末的记录非常详细，文字里不断出现孙秀、司马威这些人的名字。还在司马威后面加了一段文字，着重说明此人在篡逆时，从惠帝手中硬生生夺下了皇帝玉玺。在处死司马威的诏令里，先是废除了司马威的义阳王藩号，又特别废除了皇室成员处刑不得斩首的规矩，将司马威斩首示众。王羲之用了三天时间，把赵王司马伦篡逆的整个经过原封不动地抄写了下来，顺便把出现父亲大人名字的地方给自己抄了一份，打算带回家去让母亲看看当年父亲大人在旧都洛阳时的地位和

115

风范。谁都知道，能被皇帝诏令担任处决皇室成员的监斩人，其在皇室眼里该具有多么高尚的人品，受到皇室怎样的信赖。

整理到大概第五天，王羲之找到了潘岳大人的几册辞赋，这些辞赋有《藉田赋》《秋兴赋》《闲居赋》，都写在一种材质很差的纸张上。从字体上可以看出来自同一个人的手笔，王羲之比照着潘岳在担任黄门侍郎期间为皇上写的几册诏书，可以肯定这些辞赋全都由潘岳手书。纸张不大，每首辞赋都有十几张，而且被装订成册。想来这位有心的秘书郎非常喜爱潘岳的辞赋。王羲之如饥似渴地将这些辞赋读过好几遍，读到兴头，还会染翰操纸将这些辞赋中令人拍案叫绝的章句抄写一遍。读过几遍后，王羲之越发喜爱这些辞赋了，打算闲下来将这些辞赋统统抄写下来。

继续翻找下去，王羲之有了更大的发现。大概是第八天吧，在翻看平北府大将军司马颖从邺城发给当时的辅政大司马齐王司马冏的一堆文书时，看到作为平原国内史的陆机大人写给司马颖的关于平原国遭受旱灾，请求开仓赈灾的文书。突然，就从这堆文本里看到一份发自济阳国的奏折。一定是书写奏折的笔体似曾相识，或者是上天让他父子二人以这样的方式终于心心相印了，王羲之不由得多看了一眼。这一眼令他心跳加快，呼吸都变得急促起来。王羲之急忙丢下其他文本，抽出这份奏折，果然，奏折的签署官员是济阳国内史王旷，这是他日夜想念的父亲大人写的奏折。奏折不长，大约二百余字，奏文向皇上而不是向辅政大司马齐王司马冏呈报了在济阳国发生的掠夺民脂民膏的丑恶事件。王羲之反复看了不下十遍，结合着这些日子看过的对那段时日的其他记载，他确信这份奏折千真万确出自父亲大人之手。

王羲之将父亲手书的奏折小心翼翼地捧在手里。他记得刚出总角那年，世将叔父给他讲父亲当年不事权贵的事情时说过这件往事，济阳国是齐王司马冏儿子的藩国，父亲在济阳国做内史期间发现了最受齐王司马冏倚重的安乡公刘真违法乱纪的事情，并亲笔写了奏折让当时的侍中嵇绍大人转呈皇上。皇上最终是否接到这份奏折不得而知，但是奏折居然被保存下来，而且更令人称奇的是居然被王羲之发现了。王羲之立刻放下手中一切书册典籍，把案几上的卷宗统统撤去，然后将父亲大人手书的奏折恭恭敬敬地摆放在桌几上，又将随身佩戴的长刀摆放在奏折前，接着把蜡烛立在桌几前的矮椅上，点着了蜡烛。

王羲之在桌几前伫立良久，呆呆地看着燃烧着的蜡烛。二十年了，他虽然未曾像其他贵族孩子那样接受过庭之训,可是,却从未减轻过对父亲大人的敬仰和崇拜。以至于只要醒着就能听见父亲大人严厉而又不失慈爱的声音,只要睡着就能看见父亲大人那张威严里透着慈祥的面容和那双明亮的眼睛。

王羲之扑通一下跪了下去。这个在两年前不惜冒着砍头危险祭拜处仲伯父的倔强的年轻人,在跪下那一刹那,眼泪夺眶而出。

从秘书省回到家里,王羲之并没有立刻说起这件事情。晚饭过后,王羲之让母亲坐在正堂的椅子里。母亲的贴身女仆很有眼色,一看王羲之一脸严肃,就知道他有重要的话要对母说,便特意将灯芯挑长,这样屋子里就会亮一些。女仆没有离开,王羲之也没有让这位最受母亲信任的女仆离开。

王羲之先是在母亲面前跪下来,说道:"母亲大人在上,小子今日有家事禀报于母亲大人。"

母亲被王羲之搞得一头雾水,说道:"何等家事如此重大,需要吾儿行此大礼后才敢说出?"

王羲之小心翼翼地从怀里掏出从秘书监带出来的父亲亲笔写下的奏折,双手捧在头顶,声音哽咽地说道:"母亲大人,小子今日在堆积如山文案里翻找出父亲大人当年写给皇上之奏折,请母亲大人甄别。"说罢,跪着向前挪动,将父亲手书的奏折捧给了母亲。

羲之的母亲浑身轻轻一颤,拿过奏折,只看了一眼就闭上了眼睛,泪水从眼角流了下来。

良久,母亲才睁开眼睛,抹去泪水,再将奏折仔细看了一遍,说道:"吾儿,这奏折当真出自你父亲大人之手焉。"

王羲之说道:"母亲大人,小子想将此奏折交给茂弘叔父,请他将这奏折放置于父亲牌位之下。"

母亲连忙说道:"吾儿,万万不可。"

王羲之问道:"小子见所有先祖牌位下都有类似东西,何以我们不可?"

母亲一时语塞,片刻后说道:"吾儿,现在为娘只能告诉你,若非你处仲伯父大人和其他支系族人坚持,那座祠堂里本没有你父亲大人牌位。"

王羲之腾地站了起来,惊愕之情溢于言表,大声问道:"父亲大人下落不明,怎就不能立牌位?再说,前往壶关驰援是奉了太傅司马越之命,也当视作奉皇上之命欤。处仲伯父受了毁尸枭首之刑罚，尚且可在祠堂里摆放他老人家牌位，父亲大人因何不如伯父欤？"

母亲的眼泪又流了下来，哽咽着说："吾儿，为娘当真不知晓为何你父亲会遭如此不公之待遇。为娘不赞同你将这份奏折放在你父亲大人牌位前，还因为，为娘一直收藏着你父亲大人那些年写给家里之手书信函。为娘舍不得与这些家书分开，更不想让这些家书冷清清守在祠堂里。吾儿，你能明白为娘心思乎？"

王羲之用力点点头，说道："小子明白，小子遵照母亲大人心意而行也。"

母亲又说道："吾儿，我知道你心里还是对茂弘叔父有积怨，可是，他身为族长，一些事情恐身不由己。你千万不可往坏里猜测。"

王羲之这次没有点头，却把话岔开来，说道："母亲大人，小子看到父亲大人手稿，对父亲大人书写技法实在感到惊为天人也。这几年，小子饱临前朝诸位大人书写之文本手迹，这些大人之笔法技艺多有雷同，而如父亲大人这般书体从未见过。母亲大人，小子还有发现……"于是便把觉察到父亲书写的笔触运行与众不同，从而在父亲大人手书的字里行间隐约可见刀术的痕迹的心得说出来。"母亲大人，小子恳求母亲大人将父亲大人家书交予小子。小子必将终生临习，写出惊世骇俗之作。"

听了王羲之的话，母亲突然神情恍惚起来，人也坐不稳了。王羲之慌忙搀扶着母亲进了卧室。

十三

朝会一散，庾亮在王导出宫前就将他拦住了。庾亮说明日无会，请他赏光到府上饮酒叙谈。王导心里虽然很不情愿，可是见对方很有诚意，转念一想："何不去听听这个朝政上的对手打算干什么？"便答应下来。

庾亮是在明皇帝驾崩后才有了开府仪同三司的待遇，因为一直盘算着离开京城，外放征西府，将在那里打拼了几十年的陶侃（东晋名家陶渊明的祖父）替换下来，也免得日后陶侃坐大生出是非来，所以，并没有将官邸建得很大。一座三进屋舍的院子，屋舍两侧有一些空地。仆人们在空地上种了芫荽蔓菁之类的菜蔬，可以随时采摘用来做菜肴。庾亮平日酒量虽惊人，但并不嗜酒。

第二天，是个阴沉沉的日子，好在没有下雨。庾亮起个大早，先是到皇宫转了一圈，小皇帝前日临朝，这两天没有朝会，因此一觉就能睡到晌午城门开启时分。到了寝宫，皇上还睡着呢，庾亮便陪着妹妹庾文君说了一会儿话，然后起身去了东宫。皇上践祚后，皇太后庾文君按照规矩搬进了弘训宫。中宫就是皇上居住、理政的场所了。皇上还是孩童，别说婚娶，就连定亲都还没提到议事日程上来呢。没有结婚，就没有后嗣，东宫就空下来。皇上的弟弟和妹妹就住进东宫。小皇上的祖父元皇帝尚在宫中遗有一子，也就是皇上的叔父也跟着一块儿搬进了东宫。皇上的这个叔父正是中书监庾亮大人挖空心思想要赶出京城的司马昱，而司马昱原本是不应该搬出弘训宫的。司马昱的母亲，也就是元皇帝的遗孀郑夫人郑阿春自元皇帝驾崩后，就自然而然升级为太妃娘娘，和儿子司马昱住在弘训宫里。没想到，元皇帝刚死了三年，后嗣的丁忧期还没到呢，长子明皇帝就驾崩了。升级为皇太后的庾文君，只能腾出中宫，搬进弘训宫居住。对小皇帝而言，就出现了祖母辈的太妃娘娘和母亲辈的太后娘娘同住一宫的情景。令两位娘娘尴尬的是，元帝的第六个儿子司马昱见到皇太后并不行跪拜大礼，只欠欠身，问一声太后嫂娘安好而已。这让身为皇太后的庾文君很是不满，也令后宫中侍奉两位先皇遗孀的黄门惊恐不安，度日如年。后宫总管情急生智，豁出性命，分别在两位皇帝遗孀的殿前跪了三天三夜，最后，还是王导出面斡旋，元皇帝的妃子郑阿春大大地让了一步，带着小儿子司马昱搬出弘训宫，住进东宫。可是，小皇帝最喜欢的玩伴就是司马昱了。二人同庚，除了长相大相径庭，身高臂长并无二致，玩性也是一样疯野。小皇上还经常让司马昱这位亲叔父和他一道用膳，甚至到中宫的寝宫陪着睡觉呢。去年开始，在司徒王导的倡议下，小皇帝和叔父司马昱两人共用一个太傅，学相同的典籍，写相同的书法。两个人的感情好得不得了呢。

　　皇上不起床，司马昱就闲得慌，见庾亮来了，自然缠着庾亮索要玩物。庾亮这次来带了两根竹马，是让人到集市上买回来的。竹马有小孩的胳膊粗细，用土漆涂抹，呈深古铜色，仔细看来还有纹理，像是骏马强健的肌肉呢。司马昱对竹马爱不释手，当下就骑在上面满院子奔跑起来，一边叫喊着让身后的中书监庾亮大人跟得紧些，免得被后赵的羯人暴徒给掳了去。庾亮嘴上也跟着嘎嘎地喊着，心想这个六岁的小子居然知道跟大晋对峙的是后赵的羯人，想必将来一定是个将帅之才呢。

　　司马昱很快就玩累了，被宫人背着回去歇息去了。庾亮看看天近晌午，便从东掖门出了皇宫，走不多久就进了自家府邸。家仆们已经在第三进院子中央的木亭里摆下了一桌酒菜。庾亮特别嘱咐仆人荤素菜肴一律是冷盘，酒必须要烫热了。

午时三刻刚到，王导叩响了庾亮官邸的门环。

三尊热酒落肚，两人各自吃下一斤牛肉和一大盘冷肉酱，又各自抓起一把青嫩的芫荽慢慢嚼碎咽下，接着又将第二巡热酒也灌下肚子，王导这才对庾亮款待的酒菜连声称道，指着满桌子冷盘说："元规大人用心良苦也，怎知咱家喜食胡饼？还有这冷盘和热酒，难道元规大人平日服食五石散？"

庾亮连连摇头，说道："臣并非有禁忌之人，只是早知前朝名士对服食五石散情有独钟，茂弘大人若亦有此喜好，岂不让大人失望了。"庾亮原本想将前几日深夜潜入蒋山窥见司马宗私设军营，有篡逆造反之嫌的事情说给王导，如果获得王导的支持，庾亮还打算将刘超大人和钟雅大人已经赞同，一经查对属实，立即剪除司马宗的决定透露给对方。可是看出来王导一直虚与委蛇，并无意政务国事，于是，放弃了这个念头，而是将话题一转，从小皇帝践祚说了起来。说到小皇帝登基，当然就少不了夸赞王导在整个过程中起到的定海神针作用。"没有茂弘大人首肯，殿下登基怎会如此顺遂。"

王导点点头。庾亮这话不假，但未必是真心的。所以，王导嘿嘿一笑，说："皇室继位自有规矩，我不过是提供支持罢了。"然后便又不说话了。

庾亮只好接着往下说，除了称赞王导在朝廷上下至高无上的威望之外，还说到了两年前在全国上下重新开始施行的"土断"律法，说这几日正在深入研读王导大人当年制定的一系列大政方针，才深深感到这些律法令国家和百姓受益不浅，而他本人也受益匪浅。

王导在叩响门环时就打定主意，此次赴宴只吃不说，昏昏庸庸，这是他应付这种场合的法宝。不过他还是没想到庾亮将这次二人私下聚首的便宴准备得如此周到，居然想到服食五石散的人是不能吃热食、饮凉酒的。心思很是缜密也。

看着这个比自己小了近十五岁的首席外戚，王导心里头的厌恶多少减轻了一些。王导安静地听着庾亮的述说。庾亮说小皇上能得到王导的宠爱和拥戴，这令皇太后感激不尽。甚至说到皇太后在难以入眠的那些个夜晚，都是在祈愿得到琅琊王氏的祝福和护佑呢。这话说得也没错，只是有些太过渲染。王导一时间走了一下神儿，心想，若是王敦从兄能够活到今天，元皇帝的汉家后裔也许会掌控天下，这其实才是当下朝廷众臣的呼声。王导当然听出了庾亮话里的深意，他在心里悲叹了一声。从内心讲，不管是司马衍还是只有五六岁的司马昱都很难说能真正掌控朝廷，也许司马衍可以，但是司马衍显而易见是受到了庾怿的控制。只有武陵王司马晞是他最为心仪的皇室接班人，当然，王导是不会直接说出来的。

这时庾亮说到了西阳王司马羕，说太宰官邸发生异常，那位被惩戒的南顿王司马宗和虞元敬皇后的弟弟虞胤似乎没有接受教训，依然频繁进出西阳王宅邸，怕是又要生事了。

王导一听这话，便说西阳王司马羕和南顿王司马宗都是前朝汝南王司马亮之子，论辈分可比小皇上大得多，算得上小皇上的玄祖父了，话中有话地挖苦说：“你作为中书监，早就将南顿王司马宗和大宗正虞胤排除在廊庙之外，这二人又怎敢贸然再掀波澜，又靠什么再掀波澜乎？”

庾亮说道：“听闻这二人策划于密室，挑唆于征镇，无所不用其极。我身为中书监，又是小皇上亲舅舅，绝不能任由二人胡作非为。”

王导便明知故问道：“这二人因何而如此起劲煽风点火？”

庾亮说道：“这二人企图逼迫小皇上逊位，拥戴先皇其他几位儿子继位。我理应使用一切手段剪灭这二人篡逆之企图。”

王导仍然没有表明态度，而是劝着庾亮将第三巡酒喝过。

庾亮却不想停下来，继续说道：“元规敬重二人是皇族血脉，故而一味谦让姑息，却……”

只有这一次，王导打断了庾亮的话，问道：“元规大人，你如此作为，无非是想巩固庾氏在朝中之地位，而我琅琊王氏自大晋立国以来从未钻营在朝中获得家族利益，不也巍然屹立于大晋王朝数十年乎？”

庾亮并不理会王导的挖苦，而是力劝王导与自己联合起来，并许诺说，待皇权巩固之后，琅琊王氏族人将被大量迁官于京城廊庙之中。庾亮又说多次接到下人报告，西阳王司马羕集结朝廷不满官员，商议换帝。

王导硬是不接招，却突然说道：“中书监大人突然邀老臣饮酒叙谈之目的，老臣知晓了。但尚存不少疑窦，不知大人是否有兴趣一听？”

庾亮早就被王导嘴里这些不断冒出来的问题搞得很狼狈了，他知道若论

121

治国理政的能力，自己远不如对方，更谈不上运筹帷幄。所以，他在王导面前从来不会转弯抹角说话，他甚至感觉到从两人面对面入座之时，王导就已经把此次会面的缘由看得很明白了。庾亮不得已点点头，但说出的话也清楚表达了情绪："司徒大人，元规已然把话说得透彻，不过为稳定大局，使大晋基业永固。皇上毕竟年纪尚小，你我皆为顾命之臣，也许你对司徒这个官职早有不满，一旦京城局面稳固下来，重新掌管尚书省应不会是难事。"

王导看出庾亮忍了又忍，也不想继续僵持下去，便说道："其实，司马冲也好，司马昱也罢，包括被肃宗皇帝指定坐上龙床之皇上，恐皆难获得廊庙上所有人拥戴。那么，为何不让武陵王司马晞坐上皇帝龙床欤？据老臣所知，只有司马晞在诸位重臣那里不会遭到反对。中书监大人，你对此人选受到拥戴之程度应该不会一点儿不知，可是你却始终回避提及司马晞，难道其中还有缘由？"

庾亮沉默不语。

王导呵呵一笑，说道："司马晞刚满一岁时，先皇司马睿就将他过继给武陵王，此举遭到廊庙所有大臣一致反对。当然，刁协和刘隗不在其中。那时元规大人还在后宫做太子侍讲，怕是不知晓此事。"这话说得有些故意，庾亮脸上现出尴尬的神情来。"司马睿此举违反了皇室多年规矩，可是，他执意为之，甚至不惜以放弃皇上龙床威胁众臣。你可知晓因何？"

庾亮摇摇头。

王导说道："中书监大人，老臣并无恶意。司马睿彼时所念与你斯时所想如出一辙。容老臣说完。司马昱已经在中宗在世时被封了琅琊国藩王，众臣对改作会稽藩王也许不会有何异议，再说，如今的廊庙与当年大不一样，敢于直言上谏大臣少之又少。可是，中书监大人却忘了，京城里还有皇室族人，任谁也难一手遮天。至于琅琊王氏族群对此持何态度，中书监大人，以我多年辅政之经验，若是不出面反对，那会坏了朝纲也哉欤。"

庾亮急了，反问道："依着司徒大人所想，难道我颍川庾氏家族与你琅琊王氏家族乃冰炭不同器乎？非要斗个你死我活？或者，司徒大人当真以为，我颍川庾氏怯了你们，不敢与你们正面交锋？也罢，那就依了你之意思，不妨试试会否两败俱伤也。"说着起身就要离开。

王导见状，提高声音说道："中书监大人，此处乃你之寓所，你若离开恐大大失礼耳。老臣对大人所说并非不为所动，朝廷稳定，众望所归。琅琊王氏族群自然当全力为之。但我却有一不情之请，司马衍皇位稳定理当该由你我两大家族携手竭力维护，但是司马衍之后，必须恢复汉家天下，不然难以服众耳。"

庾亮无可奈何地点点头，说道："小皇帝才五岁，你与我今日之约定，怕是难以兑现耳。"

王导却不这样认为，说道："我琅琊王氏族群始终维护大晋王朝最大利益，从不会觊觎司马皇族龙床。今日你我之约定，我会在琅琊王氏族群传续下去，并在祖祠上立下文字，定不更变。元规大人，你在家族可有如此威权？"

庾亮没有正面回答，而是说道："既然我与司徒大人当面约定，元规当竭力维护。但我与你不同，不可能立下字据让族人传续。罢了罢了，今日之后，能与琅琊王氏砥砺共济，维持朝政，已然令元规大喜过望，其他实在勉为其难也。"

王导这时问道："郑太妃身体究竟如何，我要听到真话，而非搪塞之语。一直以来，皇宫外流言四起，说太妃玉体沉疴难愈。琅琊王氏对此分外牵挂。"

庾亮摇摇头，说道："司徒大人所闻并非流言蜚语。三日前见过御医，御医告知照此下去，时日已经不多。司马昱每日都会拜见郑太妃，十分孝顺。"

王导哦了一声，并没有接话。

庾亮又说："前几日，司马昱突然求见皇上，跪求皇上改封他为会稽王。元规代问缘由，司马昱坚称此乃郑太妃一直以来心愿。可是，郑太妃已处弥留之际，再无询问之可能。司徒大人，以你之意，接下来又该如何？"

王导想了想说道："既然此乃郑太妃心愿，遂了太妃心愿便是。然，元规大人，太宰那里会做何猜想，你不得不考虑周全。"

庾亮说道："元规早有准备，若是太宰疑窦满腹，可让太宰司马羕面见司马昱，自己去问个明白。"

王导咳了一声，像是提醒道："司马羕不会善罢甘休。"

庾亮说道："只要司徒大人态度明确，太宰能奈我何？"

王导见对方逼得如此之紧，只好说道："你是中书监，主理朝廷重大机要。你若一定要试，老臣断不会阻拦也哉。"

庾亮听出王导话里的意思，又向前逼了一步道："依照皇室规矩，司马昱若去了会稽郡，再无返回京城之可能。"

王导点点头说："皇室规矩，老臣心知肚明。中书监大人邀老臣在府上叙谈饮酒不正是为了此事乎？"

见又一次被王导说破，庾亮索性不再周旋，说道："元规以为，出任司马昱王友者必须从琅琊王氏里遴选，大人可有异议？"

王导摇摇头。

庾亮便开门见山道："司徒大人可有合适人选提出？"

王导想了想说道："琅琊王氏中只有王世宏那一支与司马昱最为亲近，可是，王世将的儿子王修龄刚被任命去做太守，世儒家的老二王叔武也刚得到任命去做武陵王友。世宏家王逸少做秘书郎已有三年，按制也就只有逸少可以升迁。"

这话正中庾亮下怀，庾亮立即表示赞同，然后说道："臣刚好听说王逸少尚未婚娶，他独自跟老母亲住在一起已是不易，不如让他先行婚娶，之后再随司马昱出行会稽，司徒大人意下如何？"

王导点点头，似乎对此并无兴趣，而是说道："咱家逸少虽然武艺高强，可是，我却听说南顿王司马宗自从被褫夺兵权后，一直没有闲着，恐怕真的到了兵戎相见之时，咱家逸少仅凭单刀，要吃大亏焉。"

庾亮用力点点头，说道："司徒大人不必为此操心，南顿王一举一动尽在掌握之中。"

王导返回乌衣巷后，照例进了族祠的殿堂，很长时间没有起身。庾亮能把他对时政的态度开诚布公地讲给王导，这让王导感到吃惊。现在静静想来，庾亮也是被逼无奈，甚至到了走投无路的地步。几位辅政大臣中，太宰司马羕多次公开宣称中宗司马睿当年与鲜卑宫人私通是遭到司马睿的亲叔叔强烈谴责的，虽然没有明说换帝，但是却也明确表示让有着鲜卑血统的司马衍继续做皇帝是行不通的。郗鉴从来不表明态度，但谁人不知郗鉴和琅琊王氏世代交好。只有江州刺史温峤和庾亮曾经同为明皇帝侍讲，又多蒙中宗皇帝和肃宗皇帝关照，才以并不显赫的功勋和尚浅的资历成为辅政大臣。至于其他征镇的大将军，几乎没有一个和庾亮同心同德的。

就这么一动不动坐了一个时辰，天黑严了，王导也想得差不多了。他还是相信庾亮和他的约定。在明帝突然离世、五岁的司马衍登基做皇上时，王导曾请高人卜了一卦。卦象明确显示，大晋江山若是不能回归汉人手中，终究不会长久。

离开祠堂后，王导本想直接去王羲之家，转念放弃了，反正这件事还不着急。谁知道这段时间里会发生什么事情呢，走着瞧着吧。

十四

秋天不知不觉就来到了，浓浓的秋意使得京城内外变得活跃起来。各地开始的征收赋税也进入尾声，十几天里，从各地征调的官粮、丝绸和充当赋税的珍木、奇石，经大小水路源源不断运进京城，将京城几座庞大的官仓装填得满满当当。

议政大殿又迎来一次正式的朝会。这次朝会上，皇太后庾文君应前次朝会上一干大臣的敦请，也来到朝会大殿上，只是按照规矩，皇太后只能在龙床后竖立的屏障后面参与朝政。小皇上照例坐在高台的龙床上，饶有兴趣地看着高台下一干大臣手持笏板，走马灯一般轮流呈报奏折。直到听闻来自扬州刺史部刺史的奏文，才陡生好奇。奏折里就是一道呈文，说的是扬州刺史部管辖的会稽郡有人见到一口深井里在深夜丑时跃出一条五彩长龙，蹿入空中，呼啸而去。刺史大人话音未落，小皇上便高声叫道："速速派人将五彩长龙缚来见朕，朕要与长龙玩耍。"帐子后面，皇太后庾文君低声提醒皇上，此乃朝会，不可嬉戏。"太后惶恐，皇上可以散朝了。"皇后的话只有治书侍御史能听得到，于是，治书侍御史高声吆喝起来："时辰已到，散朝！"

走过大司马门，郗鉴便有意走向踽踽而行的王导。郗鉴说此次赴京有私事要办，所以不会马上返回京口，希望明天能去乌衣巷拜访司徒大人。两人平日走动并不多，郗鉴每次朝会都会从京口匆匆赶来，朝会过后也会悄然离京，从不与其他辅政大臣过从甚密。郗鉴突然提出拜访乌衣巷，这让王导猝不及防。一直以来，王导对郗鉴的定位就是流民帅。十几年前，在镇东府一次重要的军事会议后，就是王导将一枚龙骧将军铜印和徐州刺史的官印专程送了过去。那是王导第一次见到令羯族禽兽军队闻风丧胆的人物，给他留下了非常深刻的印象。所以当司马睿身体日渐衰弱，与王导商讨身后事的时候，司马睿提出让郗鉴进入辅政大臣系列，王导立刻就同意了。而现在郗鉴的身价和对王朝稳定的重要性，就连王导都望尘莫及。

　　王导早早地回到乌衣巷，让人把琅琊王氏族群祠堂前的场坪打扫干净，又将祠堂前面专门用作接待王室成员或者士族大家的礼宾殿堂重新做了布置，并让后厨备下酒菜，等着郗鉴的到来。

　　郗鉴突然提出要到乌衣巷拜访王导，还要为祠堂献香，并非没有缘由，只是这个缘由他却不想让王导知道。郗鉴膝下有三个子女。老大是女儿，如今已经及笄。作为身居高位的重臣，郗鉴自然希望女儿嫁入名门。而在郗鉴心中，只有琅琊王氏称得上名门望族——这是至今王朝里唯一一个以族群形式居住在一起的大家族，从琅琊国迁徙至今，几乎没有任何人可以打破这个族群的团结。琅琊王氏真的是大晋王朝永恒的中流砥柱。对司徒王导，他当然不会忘记十几年前这位开国元勋从京城衔印而来的知遇之恩。但是，郗鉴对王导始终抱持敬而远之的态度，并不试图与之走得太近。这种认定，其实来自郗鉴内心深处对惠帝的次直侍中王世宏大人的敬仰，而非其他。

　　当郗鉴独自一人走向乌衣巷时，他不断想起永嘉之乱那年与王世宏在京都城外相遇的情景，历历在目，恍若昨日。那年，他在仓皇逃亡中撞见驰援京城的王世宏大人。王世宏给郗鉴指出了一条逃生的近路，而自己却带着一哨人马冲向死亡。王世宏留给郗鉴的最后一句话是，若是能见到他的家人，一定要照顾好他们。家人，王世宏指的是他的妻儿吗？难道不包括他的族人？

　　当郗鉴终于有一天站稳了脚跟，开辟了一片天地，他利用亲自到建康城朝拜镇东大将军司马睿的机会，打探到了王世宏的夫人和两个儿子的下落。那时候，郗鉴还没有能力保护王世宏的家人，但这并不妨碍他时刻关注着这一家。郗鉴一直在外埠做将军，没有机会进入廊庙参政议政，自然也就谈不上为王世宏的家人提供怎样的保护，他甚至不能公开接济母子三人。

　　但是，如今已经大不一样。他已经有了能力，有了地位和资格，能去关心王世宏大人的妻息大小。

　　走进乌衣巷，看守人拉开琅琊王氏居住地外围的栅栏大门时，郗鉴居然很有些激动。

　　王导见郗鉴竟然只身来到乌衣巷，非常吃惊。在王导的印象里，征镇大将军到京城参加朝会或者会见某位高官，身后总是跟着一支持械的扈从队伍。郗鉴也没穿着象征身份的将军大氅，而是身着便装，看上去像从商之人。见此，王导不好意思地扯了扯身上的官服。

酒过三巡，除了随便说几句无关痛痒的闲话，王导竟不知再说些什么能将这种多少有些冷的场面焐热。于是先是说及在洛阳的事情，并且无意间说到出自琅琊王氏族群的前太尉王衍，还说到做了太孙太妃的王惠风。郗鉴并没有接这个话题，只是客气而又含蓄地应承着，任由王导自说自话。

无奈之下，王导只好说起几年前王敦被砍头示众的那件旧事。王导感谢郗鉴在司马绍面前替乌衣巷说情，让王敦的遗骸能入土为安。这时，郗鉴就接过话题说了几句。在郗鉴的话里，肃宗皇帝司马绍这种做法是受了人蛊惑的，因而是不冷静的。这件事情无关罪责，却事关伦理。郗鉴对王导说，现今再看那时候发生的事情，很显然，廊庙上有一股势力在鼓动着削弱琅琊王氏的影响力。但是，平心而论，无论是刁协、刘隗之流，还是后来煽动皇上的那几个大臣，无非还是要诋毁琅琊王氏对朝廷做出的巨大贡献，要搞垮王朝得以屹立在江左之地的中流砥柱。只要是聪明人对此都会看得非常清楚。"跟现在廊庙上的那些所谓的重臣相比，前朝的贺循大人、纪瞻大人还有顾荣大人，这些大人是何其聪慧，何其持重，拥有的威望更是令我们这些人望其项背呢。而这些我最为敬重的前朝重臣，哪个会蔑视琅琊王氏，又有谁会刻意诋毁琅琊王氏为王朝的兴盛发达而做出的功绩呢？"郗鉴最后深情地说，"这几十年证明，只要琅琊王氏对王朝的重要性遭到恶意毁坏，我朝的实力就会遭到削弱。那年在司马门的城楼上，我就是这样对肃宗皇帝司马绍说的。我说若是继续将处仲大人的头颅悬挂在朱雀桁上，是会出大事的。难道不是这样吗？"郗鉴用这句反问结束了这段话。

郗鉴的这番说辞令王导受到了极大震动，感动得王导想要给这位曾经被自己瞧不起的大将军深深地鞠上一躬。他万万没有想到，这位大将军那个时候就心生这样的想法，并且没有对司马绍有任何隐瞒，还是当着一直对琅琊王氏心怀叵测的中书监庾亮的面说的。够正派也够大胆，这样的人格实在让王导钦佩不已。

王导连连点头，连连感叹。

郗鉴也看出王导受到了震动，便将话题一转，说此次到京城来，朝会后逗留京城，一来是巡察官邸工程的进度，见到官邸已近完工很是欣悦，二来是要感谢王导在开府仪同三司这个待遇上力排众议，让他这个一生都献给大晋王朝的老臣在京城从此有个落脚栖身之地。郗鉴说道:"京口虽是军事重地,却不妨碍那里出产许多好吃好用之物。我这次拜访,特别为茂弘大人带来了不少。明日,一条满载礼物的大船会沿着运渎水停靠在乌衣巷外。不知会否太过张扬,给司徒大人徒增不便?"

王导忙说道:"哪里会,哪里会,即使一支船队停靠在乌衣巷,也不会对我家琅琊王氏带来任何不便。更何况这条大船来自京口重镇,上面皆为大将军馈赠之物。感激不尽,感激不尽也。大将军如此为老臣费心,令老臣横生无限之感叹欤。"

郗鉴说道:"司徒大人,鉴此次造访乌衣巷是有一桩家事想与大人商量。"

王导一笑,似是开玩笑地说道:"道徽兄,乌衣巷虽为陋巷,也居住着王朝三大望族,而道徽兄竟然对琅琊王氏情有独钟,幸甚也。"

郗鉴也是一笑,说道:"茂弘大人,我此次拜访大人完全因私事而来,希冀大人能助我一臂之力。"

王导以为郗鉴指的私事又是与开府有关,不觉苦笑,说道:"道徽大人有所不知,自司马绍驾崩后,国事要务皆为中书监庾元规定夺,老臣甚至无有置喙之资格。大将军所言私事,想来不外乎与京都官邸有关,这,这,老臣除了当初为大将军在京城开府据理力争外,恐无法再助一臂之力。"

郗鉴一听就知道对方误解了他此次前来拜访的意图,便说道:"都怪我没有言明前来拜访大人意图。大人应该早有所闻,我膝下有一爱女。"

王导摇摇头说道:"导孤陋寡闻,当真不知。只知道大将军的两个儿子好生了得。小儿子才六岁就继承了大将军初赐之爵位,真有其事?"

郗鉴点点头说道:"感谢司徒大人谬赞犬子。正如茂弘大人所说,我的确生有二子,长子尚在总角之龄,幼子不过六岁。"

王导便问道:"道徽兄,此次前来乌衣巷难道是为令媛提亲?"

郗鉴见王导猜出他此行的目的,便呵呵笑了,说道:"都说司徒大人料事如神,果然名不虚传。道徽为此专程拜访乌衣巷甚觉冒昧,却又不得不为之。"

"儿女婚嫁乃父母最为牵挂之事。老臣膝下有六子,哪个不让老臣操心费神?尤其……哟,"王导像是猛醒过来,一拍大腿,"大将军刚才已经言称是来相亲,老臣正好有两个儿子过了弱冠之龄,虽说不敢称是人中翘楚,但个个都是出类拔萃之人。不如老臣这就让二人过来拜见大将军,你也正好可以抵近将他二人仔细打量一番。"

郗鉴连忙谢过，嘴上却说道："茂弘大人有所不知，家中小女乃老夫中年之后所得，视为掌上明珠，所以……"

王导不容郗鉴解释，觥筹交错间两人就喝光了一坛上等酒。

趁着仆人上酒的当儿，王导也顾不上待人接物的礼数，请郗鉴在迎宾殿堂里小坐片刻，说立刻亲自将两个儿子带来让郗鉴过目。

王导一出礼宾堂没走多远就被宗正从后面赶上，宗正拦住王导说道："茂弘，不可如此轻率，你如此唐突将自家儿子带到郗鉴面前，颇有低人一等之嫌，而且也甚是轻率。虽说郗鉴如今已是朝廷重臣，威震一方，令人仰视，可是，咱家琅琊王氏门第之高绝非郗鉴可比肩。"

王导推开宗正，甩开大步继续前行。宗正又一次死死拽住他，说道："茂弘，老夫乃族群宗正，为上一任族长你家令尊大人所指认，亦为六支族系一致拥戴。我独掌族系子嗣婚配嫁娶之大事已十数年也，你不会竟然忘得精光吧？"

王导一听这话，放慢了脚步，却没有停下之意，说道："你要对我说什就快说，我不能让郗鉴独坐殿堂，遭到冷落。"

宗正紧赶了几步，说道："族群各支系谁家女儿该嫁，谁家小子到了婚娶之龄，老夫可比你清楚。"

"那又怎样？我那老二敬豫（王恬字）已经过了弱冠之龄，老三今年年初就行了弱冠之礼。这两个小子的婚事，我比你急。"王导争辩道。

"嘿嘿，茂弘，咱家族群现如今最为年长之子便是世宏家阿菟，排在你家老二之前的也有七八个孩儿。凡事总要按照规矩来，否则要规矩何用？"

"我是一族之长，又是朝廷司徒。无论为朝廷还是为族群，都是劳苦功高之人，而且……"王导没再往下说，他看见眼前这位平日里慈眉善目的宗正此刻一脸怒气瞪着他呢，于是，扬了扬手示意宗正先说。

宗正怒气冲冲地说道："茂弘，我不与你争辩你立有何等功勋。你族长与爵位皆为世袭而来，可我这个宗正却是族群推举而来。依照规矩，族群里所有支系婚丧嫁娶之事皆由我定夺。所以，我今日就与你直说，阿菟家如今是孤儿寡母，平日你我并没有给予这娘儿俩多少照顾。阿菟二十好几岁还没有出仕，为此事我跟你没少闹过。此次郗鉴大将军前来提亲，并无具体所指。我这就去

129

将阿菟找来，让他去见郗鉴大将军。若是被看中，算是你为这娘儿俩做了一件大好事情。若是不被看上，就算咱家阿菟时运不济，那时再将你家敬豫唤来如何？"

王导想了想，还是心有不甘，说道："也罢也罢。只是，既然郗鉴并无所指，那就索性让咱家一众适龄小子一齐让郗鉴过目，看中哪个算哪个，如何？"

宗正只好说道："你我说了都不作数，还是先回去听听郗鉴将军如何说吧。只是这次，我必须在场。"

王导甩掉宗正紧紧抓着自己胳膊的手，转身回了礼宾殿。

十五

王羲之对前些日子在中书监官邸里和乌衣巷礼宾殿发生的跟他息息相关的事情浑然不知。早晨起来，窜进城垣的江风里裹挟着的浓重凉意，呛得人呼吸都变得急促了。江风猛烈，秋意盎然，秘书省这座寂静的大院子犹如江边的燕子矶，大多时间都显得死气沉沉，只有商船停靠后才会热闹起来，可惜这样的热闹十分短暂。此时，秘书省大院便是如此，时不时会有雄辩声从某一间秘书郎誊写整理古籍和文书的屋舍里响起来，声音一开始会非常大，像吵架似的，渐渐地声音会小下去，变成喃喃细语，转瞬间便阒无声息。每到这个时候，王羲之都会心领神会地小声笑上几下，以示自己的判断是多么准确。

风依然很大，庭院大树上，秋蝉在产卵之后早已经不再聒噪。这反而让王羲之感到心头有了些许留恋。

近些日子，只要钻进这间屋舍，屋舍里古籍的气息总会令王羲之沉浸在不断涌上来的回忆之中。所以，他也就习惯了这样的情景：在矮椅上坐定，解开宽大的长衫上束缚自己的各种绳带，露出年轻而又结实的胸膛。这时候，一阵凉意便会在露出来的肌肤上产生，继而一点点传遍周身。接着，他会脱掉脚上的木屐。今天离开家的时候，母亲让他把那次从秘书省带回家的父亲手写的奏折送回馆舍，说既然这些都是与朝政有关的文书，留在馆舍里比放在家里要合适得多。并且一再叮嘱他，那天交给他的家书一定要妥善保管，不可遗失。这些家书都是父亲大人的手书，怎可能遗失呢？在王羲之心中，这些家书比性命还重要呢。

坐定之后，王羲之便将母亲交给他的那些家书一封一封铺开来。总有三十几封，每封家书都不长，多则三十几个字，少则十几个字。书信用的纸张大都是一尺长短，半尺宽窄。第一天铺开这些家书的时候，王羲之还举行了个仪式，焚香、洗手、稽颡，仪式做完后，才端端正正坐在案几前，仔细阅读家书。今天，王羲之没有举行仪式，但依然端坐在案几前，将铺开的家书一封一封捧在手中，读完，放回桌几上。然后闭上眼睛，将看过的家书在脑子里过上一遍，将每一字的书写笔画镌刻在脑海里。一遍过后，这才将家书收起来，小心翼翼地放进随身携带的布袋里。这几十封家书第一天就背下了，现在可是说滚瓜烂熟。不仅内容，就连笔画也烂熟在心。王羲之对父亲的记忆仍然停留在六岁时，但是，快二十年了，这些记忆无数次地浮现在脑海里，便成为脑海里永不磨灭的纹理。

此刻，王羲之的脑海里浮现出刚在建邺城落脚没多久时父亲写来的家书。这封家书只有二十几个字，告诉母亲尽快安顿停当，屋舍只要能遮风挡雨就行，他很快会从京城洛阳赶过来。王羲之立时想起六岁时随着家族，经过三个多月的长途跋涉，进入建邺城的那段日子。那时候，一个大家族有六个分支，老老少少加上各家必不可少的随从仆人，差不多有三百多号人。乌衣巷杂草丛生，树木成林，军营完全破颓了。当时全族的人都只有一个信念，只要住下来，还愁扎不下根吗？

族群各家盖起的屋舍都是能挡风御寒的：干打垒的山墙，外面涂抹上一层厚厚的黄泥，这是为了抵挡从江河上吹过来的潮湿又冰冷的寒风。屋顶是在椽子上铺就三层一色的长叶茅草。茅草是族群各家的仆人们从非常远的蒋山和覆舟山，甚至更远的幕府山上割来的。屋舍很矮，身材高大的世将阿叔和世儒阿叔进到屋里，头是快要碰到屋顶的椽子的。三叔父王世儒负责为族群临时安置地设计屋舍。这些屋舍都是世儒阿叔设计的。世儒阿叔说都是为了节省材料，加快进度，不得已而为之。入冬前，最后一批屋舍盖起来。记得分配屋舍那一天，母亲和阿哥一左一右牵着王羲之的手，挤在祠堂前的人群里。王羲之记得很清楚，宗正大人是最后一个叫到他家的，结果，他家就被分配到紧挨着运渎水的一套三间的茅草房里。

记忆中，父亲很快就回来了，好像没住几天就带着一家人前往淮南郡。离开建邺城前一晚上，父亲大人带着一家人来到世将二叔家。因为父亲大人要带着一家人前往淮南郡治所寿春城，祖母大人被世将阿叔接过去了。王羲之记得父亲大人带领一家人进到二叔家正堂就跪下来，一直到离开才站起来。他当时就跪在父亲身边，大哥跪在母亲身边。父亲很少说话，始终是祖母大人在说什么。世将阿叔和世儒阿叔时不时会插上一两句话，也都是些放心离开、报国为重之类的话语。正要起身时，只有六岁的王羲之偏过脸去看了父亲大人一眼，昏暗中，他居然看见父亲大人眼里的泪水滚落出来，像是断了线的珠子。这些泪水意味着什么，王羲之自然不知道。可是，父亲大人的眼泪像扎进王羲之幼小心灵的尖刀，令他恐慌不安，犹如天将塌下。那一刻，羲之也有想哭的感觉。但刹那间，能跟着父亲大人远行的喜悦盖过了想跟着父亲大人哭泣的悲哀。那晚上，六岁的王羲之快乐得像一只将要跟父亲母亲远游的小白鹅，在自家的茅草屋舍里窜过来窜过去，不断发出哦哈哈的欢笑声。想到这里，王羲之不安地动了动坐得有些僵硬的身体。以他现在二十几岁的年龄，已经能够理解父亲大人离开祖母时的心情了，他甚至设想，自己告别母亲大人时会不会也像父亲大人那样，偷偷落泪呢？也许会，也许不会。只是他绝对不会离开母亲大人，无论走到天涯海角，他都要带着母亲大人一道出行。他不是个会轻易改变心思的人。

突然，父亲大人的眼睛又出现在眼前，眼神依然明亮且坚毅。何以会是眼睛呢？何以总是会见到父亲的眼睛呢？哦，王羲之长长出了一口气，将目光移到了面前的案几上。

家书已经收起来，案几上重新堆满了书卷文稿。王羲之嘴里嘟哝道："危坐一时，痹不得摇，性复多虱，把搔无已，而当裹以章服，揖拜上官，三不堪也。素不便书，又不喜作书，而人间多事，堆案盈机，不相酬答，则犯教伤义，欲自勉强，则不能久，四不堪也。"这是竹林七贤之一嵇康的《与山巨源绝交书》中的一段抱怨，王羲之觉着与自己当下的情景最为贴切。虽两人心情绝对不同，可是，羲之每每诵完，总还是要嘿嘿一乐，之后便将脑袋埋进堆积如山的典籍里。

他对这种在许多人看来枯燥无味的事务越来越有兴趣，兴致也就很高了。他甚至不想在家里久待，无事时就会来到这馆舍里，整理堆积如山的文书典籍。遇到他喜欢的奏折表章，他会猜测这些文字出自谁的手笔。当然，最初在有些文本上会看到书写者的姓氏。比如他看到过钟繇书写的奏文，看到过李密奏报的陈情表，看到过许多皇室藩王报到朝廷的文书以及这些藩国的内史呈报的黍米收成和灾情报告。书写这些文字的人书体笔法都有独到之处，每每让他产生效法的冲动。

他经常会临摹一些令他眼前一亮的书体，然后试着用同样的书体编制典籍的目录和文摘。这个过程中，他发现这些书体无论出自哪位大臣之手，这些人的书体大都不会跳出旧有书体的窠臼。正书工整如起建房屋的橡梁，有板有眼，几无创新；章草如他幼年时在乌衣巷的书屋里每日临写的《急就章》一样，撇捺横竖，循规蹈矩。偶见有几种书体初现新意，很快就又回到老路上。他甚至能够听到这些书写者在一条坑坑洼洼的老路上留下的敦实厚重的脚步声。看到这些书体，有了这些感受，王羲之也就经常想到茂漪（卫铄字，后世称卫夫人）姨母和世将阿叔曾经教授给他的书写程式，一笔一画中颇见功力，起承转合时又重落旧巢。

父亲的手笔则很是不同，既非正书，亦非章草。王羲之不知道该怎样表述对这种书体的感受，以他此时的阅历，更无从为父亲大人的书体下个怎样的定义。反正这个时候，他会完全忘却临写过的那些大师的手迹，全身心地沉浸在追随父亲足迹的书写中。父亲写家书使用的书体与他写奏折时的书体又有不同，家书的书体遂性而不失规矩，每一笔都似乎有章可循，却又不落窠臼。

他为此而着迷，会回忆起许多平日想不起来的往事。这些往事尽管都是零七碎八的，但依然清晰可辨，历历在目。尤其在淮南郡治所寿春度过的那一年，留给他的不仅仅是父亲的音容笑貌，甚至一经回忆起来，父亲大人身上的气息都会飘忽在他身处的这间馆舍里。这时，他会循着这飘忽的熟悉气息，摘下墙上的长刀，走进当院，让手中的长刀按照回响在耳畔的父亲的声音演练起来，直到汗流浃背。然后王羲之会再回到屋里，伏在案几上尝试照着父亲大人说过的话将刀法的精髓跟毛笔的行走相融合。可是，他完全无从下手，找不到融合的契机。这个时候，他便感到很是茫然，有些沮丧。

有一日，他从堆积如山的文书中翻出来陆机大人书写的文书，他发现，陆机大人的书体里竟然有父亲大人书体的影子。很显然，陆机大人和父亲大人都受对方影响，无意之间改变着各自颇具特点的书体。十三岁那年，他曾经在贺循大人那里看到过陆机大人的信札，而且被要求当场临写那些书札。贺循大人对他说过，陆机大人最著名的《文赋》就是用与书札类似的章草写就的。当时他就思忖过，怎么会用章草呢，那么重要的文章应该使用正书书写才对呀。最让他感到惊讶的是，贺循大人不止一次说过陆机大人曾经为父亲大人亲手写过一本《文赋》，并言之凿凿地说他亲眼见过羲之的父亲将陆机大人亲笔书写的《文赋》收藏在一支木匣子里。

直到乌衣巷琅琊王氏的族群宗正进来找王羲之，才把王羲之从整个上午的恍惚中拽了回来。

看着宗正气喘吁吁的样子，王羲之不知发生了什么事情，也不打算立刻就发问。宗正大人跟父亲年龄相仿，平日对王羲之照顾颇多，王羲之能真切感受到这种血脉之情的温暖。只是，这老汉太过絮叨，所以，王羲之只是欠了欠身，又重新拿起毛笔，在墨盒里慢慢地蘸饱了墨汁，开始在目录上登记奏折的出处和呈报奏折的人名。

没想到宗正见状，竟然扑哧一声笑起来，说道："逸少儿，若不是奉了司徒大人旨意，我怕是此生难有进到秘书省的机会。我一直以为这里如前朝潘岳大人《秋兴赋》中所言'高阁连云。阳景罕曜。珥蝉冕而袭纨绮之士。此焉游处'欤。"

王羲之听着宗正吟出这一段，不觉一喜，心中对这位在乌衣巷琅琊王氏主理家族琐事的宗正大人又增添了一份敬重，便也说道："那是在旧都洛阳才有如此豪伟之屋宇，逸少不曾有幸瞻仰，大人你一定得饱眼福。"

宗正嘿嘿一笑，很是得意地说："那是当然，不仅得饱眼福，还时常出入呢。"

王羲之也跟着嘿嘿一笑说道："既然如此，怎能将散骑官署跟秘书省相提并论乎？散骑官署都是何人出入，宗正阿伯难道不知？"

"谁说不知？"宗正一愣，没料到王羲之居然也这么熟知《秋兴赋》，眼见着要被戳穿，依然嘴硬说道，"那年，我跟着你三叔父世将大人送先皇司马睿入京参加惠帝迎娶新皇后大典，当真进了皇宫，散骑官署算甚！"

王羲之又是一笑，岔开话题，问道："宗正阿伯，此来何事？又因何事跑得如此上气不接下气？"

宗正一拍脑门，抓住王羲之的手就往起拽："小子，三天前就知你家大人，说今日有贵宾前来咱家乌衣巷相亲。你竟然忘却？"

王羲之哟了一声，他当真忘了，嘴上却说："宗正阿伯，小子冒昧，这种好事怎会轮到小子头上。这几日，官里治书侍御史让小子整理前朝案例，急着要呈皇上，小子岂敢懈怠也。"

宗正见王羲之不紧不慢，有些急了，说道："皇上年纪尚小，哪看得懂前朝案例？可是眼前这件事情在咱家乌衣巷可是比天还要大耶，家家户户都争先恐后，你却如此怠慢。若是让茂弘族长知晓，又要罚你跪宗祠。"

王羲之问道："敢问阿伯，是谁人相亲能震撼到咱家琅琊王氏如此之望族？小子一直以为，京城士族唯我琅琊王氏最高。"

宗正在王羲之头上拍了一掌，说道："小子，这话阿伯爱听，也是实话。只是，此次专门到咱家相亲之人是当朝太尉郗鉴大将军是也。"

王羲之一听是郗鉴，心里也是一动，哟，那日看到纪瞻大人的奏折正是为郗鉴大人晋升京官而写的，这又是怎么一回事儿呢？难道上天有意要让他王羲之跟纪瞻大人和郗鉴大人纠缠到一起？

王羲之让宗正先走一步，说收拾好桌几上的文案便即刻赶过去。收拾好后，王羲之犹豫了片刻，最终还是决定走一遭，也好对宗正大人这番好意有个交代。

王羲之将官服和官帽索性脱在馆舍里，换上平日放在馆舍的一套宽松的便服，然后朝家而去。

回到乌衣巷，王羲之原本想先回家将郗鉴相亲的事情向母亲大人禀报，转念又一想，这种集体相亲的事情闻所未闻，即便郗鉴贵为辅政大臣，琅琊王氏也没必要如此兴师动众。想来一定是族长大人为自家儿子早就设定好的，其他人等无非是摆个样子罢了，于是，掉转头直奔宗祠礼宾殿堂而去。

一进礼宾堂，王羲之就见琅琊王氏的适龄小伙子悉数到场，总也有十几位了。王羲之搭眼扫了一下，都是些今年刚行过弱冠之礼的从弟。这些小子一个个身着华彩礼服，头戴笼帽，个个神采奕奕、精神抖擞，相比之下，王羲之这身打扮也太过随意了。

礼宾堂中央的位置已经被这十几位先来的从弟坐满，王羲之便在东墙那扇窗户下的一张胡床（类似于现在的马扎）坐下来。这时，原本坐在殿堂中央的堂弟王彪之悄悄溜过来，让王羲之到他那里坐，王羲之给了王彪之一巴掌，嘲笑说："你这小子去年才过了弱冠，怎就这么急着娶妻。"王彪之尴尬地说道："父亲大人让我看你来了没有，若是没来，让我急忙到秘书省去将你拽来。他老人家知道你清高孤傲，怕你对相亲不屑一顾。吁唔，阿菟哥，你做什

135

打我脑袋？嘻嘻，不曾想阿菟哥也不过凡夫俗子，你若再打我脑袋，我可就喊出声来。"

王羲之也乐了，说道："虎犊阿弟，废话少说，你给阿哥带了甚好吃？"

王彪之嘿嘿笑着说："我叔母大人难道从不让你吃饱肚子？"说着，从怀里取出两块炊饼。

王羲之一把夺过炊饼，第一口便是个月牙，第二口就咬出个山字来。一边嚼着，一边赞道："我家三叔母炊饼做得可谓天下第一，尤其饼里夹着的这豆豉，比炙牛舌味道不知好到哪里去。"

王彪之不禁好奇，问道："阿菟哥，以你家里境况，怎会吃过炙牛舌？"

王羲之把话岔开，说道："这件事情完了后我跟到你家去，再朝我叔母讨要一碗下了盐的豆豉。我家母亲大人做的炊饼与叔母能有一比，只是盐渍豆豉却不如叔母做得好吃。"

王彪之用肩膀撞了王羲之一下，说道："正说着炙牛舌，你当真吃过？"

王羲之轻轻敲了一下王彪之的脑袋，说道："你这脑袋当真记不下东西，十年前，阿哥就对你说过，那年在周顗大人家筵席上我就曾独享过一整条炙牛舌。"

"当然记得，只是我那时太小，你说什都会相信。现在就不再相信。你那时不过十三四岁，周顗大人这等人中豪杰怎会让你独享炙牛舌？"

王羲之在王彪之脑门上弹了一指，说道："周顗大人是咱家籍之阿哥大嫂亲叔父，满殿堂上数我最小。若是给了籍之阿哥岂不冷落了咱家。若是给了别人，又岂不冷落了咱家兄弟二人欤？你自称喜好律法条规，礼仪法度，还言称日日苦读不辍，却是白费了时日欤。以你这般愚钝，竟然也敢来此接受大将军选婿？"

王彪之被这顿奚落弄得撇了撇嘴，看着王羲之身上的便服说道："阿菟哥，你是个知事理的人，如此重要之场合也该换身漂亮的衣服才是。虽说这些弟兄里，没人能比得上你这般挺拔俊朗，可是人家衣着靓丽，就能把你给比下去。"

王羲之又要弹堂弟的脑袋瓜，想了想放下手，把最后一点儿炊饼塞进嘴里，用下巴朝着坐在最前面的两个从弟指了指。好不容易咽下炊饼，他却说道："虎犊阿弟，不瞒你说，你与我就不该来这里坐着，不过是来为那几个小子装点门面呢。"

没想到王彪之说道："阿菟哥，不知你怎想，反正阿弟我做梦都想娶妻呢。我是非常羡慕修龄阿哥，有嫂子宠着，过有滋味的小日子。难道你不羡慕吗？"

王羲之说道："当然羡慕，怎奈我如此家境，又怎敢奢望娶妻。你不是不知晓，当真要娶妻，咱家连聘礼都拿不出来。你家有我世儒叔父二千石的官秩，过几日你再做了武陵王友和司马，多少也有八百石呢。你难道忘了，仓廪足方思淫欲呢。"

两兄弟就这么你一嘴我一句说得很是投入，谁都没注意到宗正大人陪着一个人出现在门口，自然也就错过了当着来人的面挺直胸脯，打起精神，神情端庄，举止斯文好好表现一番的机会。

离开礼仪堂的时候，王羲之被宗正叫住大加斥责。末了，宗正说："阿伯好不容易为你争取到如此难得的机会，你却随意浪费掉了。"然后又照着王彪之的屁股踢了一脚说："都是你这小子，多么好的机会，你纠缠着你这堂兄难道没安好心？"

十六

一开始，王羲之并没有把这次相亲的事情放在心上，还一直惦记着纪瞻大人家那位寡居的姐姐呢。若非母亲大人每日催促，让他去祠堂宗正那里打探消息，他甚至不想再提起这件事情。

大概是在七八天前吧，王羲之正从秘书监前往朝廷宗正寺去见大宗正虞胤大人。走到御街上，远远就看见负责族群祠堂事务的宗正大人匆匆走来。还没等王羲之行礼，宗正便迎着王羲之走过来，一脸喜兴地告诉王羲之，前些日子相亲，女方总算传回来话了。宗正这么一说，王羲之也没当回事儿，跟着笑容可掬地回了几句客套话。正要告辞呢，宗正大人拉住王羲之说："你难道一点儿不关心这事儿吗？"王羲之苦笑一声说："难道我关心了就会有妻前来归巢？"宗正大人先是一愣，旋即当街哈哈大笑起来。王羲之这才知道，郗太尉竟然点中了他王羲之做快婿。于是，王羲之跟着宗正大人当街哈哈大笑起来。笑罢，王羲之面孔一板说："宗正叔父，小子硬是不相信呢。"说完转身就走，又被宗正大人拉住说："这种事情是宗族之大事，比天还大呢，即使别人敢拿此说笑，我是祖祠宗正，岂敢儿戏。"王羲之这才相信是真的，便问：

"郗鉴大人怎会看上我这样位卑言轻的六品秘书郎？"宗正便说，人家是嫁女儿，又不是嫁寡妇。谁家的小子会一出仕就能做到一品中书令哟。宗正大人朝着王羲之晃了晃手中的文书，说他都等不及了，这就要去找正在宫里跟中书监大人议事的族长茂弘大人呢。

尽管宗正说得绘声绘色，王羲之似乎还是没有被打动。进了宗正寺，王羲之拜见了大宗正虞胤，把整理出来的文书交给他。虞胤大人看来也已经听说了关于郗鉴大将军派大管家到乌衣巷选婿的事情，甚至知道的还要更多呢。虞胤随便浏览了一下王羲之送来的文书表示非常满意。接着也说了类似族群宗正说过的话，一边还对王羲之说了些关切的话语。王羲之听罢心里头还真的有些暖洋洋的呢。

回到秘书监，王羲之把刚才那二人说的那些话慢慢梳理一番，觉着一定不会是街头巷尾的闲话，心里自说自话道："羲之，这种好事情轮也该轮到你小子了。"想罢，嘿嘿一乐，又接着埋头整理抄写文案。

王羲之没想到族群的宗正大人竟然很快就追到秘书省的馆舍里，接下来的那些话语着实令王羲之不仅相信了，而且心里乐开了花。

弱冠之后，乌衣巷里这些长成大人的男孩子就开始涉猎娶妻结婚这件人生大事了。议论很多，焦点大都是听说的有关相亲规矩的程式序列。王羲之也不例外，只是觉着娶个妻子，是男人必经之事，亦是传续后嗣的必由之路。既然人人过关，自然也会人人有份，概莫能外，只是竟然需要如此之多烦琐仪节，令人感到甚为惶恐。听宗正大人一本正经地说定亲的第一道礼仪就让王羲之觉着跟听天书一般。纳采，这是相亲之后，若双方无异议必须历经的一道门槛。郗鉴大人的大管家从京口再一次来到京城拜访乌衣巷的时候，就确定了大将军指认的未来女婿人选王羲之。按照礼仪，男方家已经知晓被选中，若无异议，王羲之这一方必须派遣媒人前往通报男方状况，并献上带去的活大雁一只。王羲之听到这里感到非常困惑不解，便问宗正说："难道要我羲之应允这桩婚事？"宗正一乐说："你可以不允，也可以乐不可支。只是这一切并不需要你来点头，而是由你家母亲大人说了算。"王羲之又问："我家母亲大人应允乎？"宗正大人哈哈笑着说："怎能不允，多好的一门亲事。咱家茂弘大人多么企望与郗鉴大人结下这门亲事，极力向郗鉴大人举荐自家那些儿郎欤。"大概是觉着说漏了嘴，宗正大人说："这事儿你知道即可。"王羲之嘿嘿一笑说："小子实在有幸。"宗正大人说："三天前我便带着京城最有名的媒人前往京口，送上大雁，也一并送去了咱家的允诺。"王羲之还要问，被宗正大人制止了，说这纳采是不用他出面的。王羲之内心里突然冒出一阵冲动问道："宗正大人，小子何时娶亲？"

宗正大人笑得前俯后仰道："阿菟哟，平日里见你不苟言笑，却不曾想你竟如此有趣呢。先别急，听本宗正仔细说来。"

接下来，这位宗正大人便从相亲说起，将"纳采""问名""纳吉""纳徵""请期""亲迎"等一系列仪礼程式讲给了王羲之，直听得王羲之瞪大了眼睛，张大了嘴巴，一脸惊恐，内心却翻腾着喜悦的浪花。

离开的时候，宗正大人说道："小子，三天前本宗正与媒人去京口时，送去了大雁，奉上你生辰八字。郗鉴大将军亲手接下来，算是接受了你这个女婿。'纳采'这一道门槛便算是顺利通过。小子，接下来就轮到你耳。"

宗正告诉王羲之，第二道门槛是"问名"，他和媒人近日会再去京口，详细询问郗鉴大人女儿及笄（古代汉族女子十五岁时成年礼）时父亲所赐名字，同时要带去王羲之亲笔写的婚约文书。几日之后，想必郗鉴大人会派人送来一封女子亲笔写的答婚书，至此，才算与郗鉴大人的女儿有了婚约。"小子，"宗正大人捉起文案上的毛笔，给王羲之写下了相亲的六道仪礼，"你以为过了弱冠便自然而然长成大人乎？啧啧，为时尚早焉。娶了妻子仅为踏进成人门槛，直到诞下子嗣方能算作成人也。往后漫长岁月或许欢乐无比，或许命运多舛，只有天知晓。只是，被你娶进门的妻子就只能与你一道，共克时艰，共享荣华。别以为不过是个女人罢了，一旦做了妻子，其地位乃你家兄弟姐妹无法比拟。小子，我为了你之婚事，来来往往，就要去京口三次。'纳吉'之后，我才不必再为你奔忙。第四次就到了'纳徵'。你要与媒人一道送去聘礼，然后面见那女子，并且亲手为那女子系上红缨。从此，若非发生天塌地陷之事，那女子就是你门中之人，此生不得遗弃。小子，天在上，地在下，你可能担当否？"

王羲之慌忙跪了下去，朝着宗正大人连磕几个响头，嘴里喏喏道："大人恩德小子没齿难忘！"

宗正一走，王羲之坐不住了，立刻回到家里把宗正说的事情又从头到尾给母亲学了一遍。末了，王羲之对母亲坚定地说道："母亲大人，小子希望将那女子尽快娶进门来，给你和父亲大人生上八个孙子，让你老人家儿孙绕膝，安度晚年。"

母亲一听这话笑得合不拢嘴，说道："吾儿六岁时就对你父亲大人说过要给他生八个孙子，至今未忘，足见吾儿孝心之重。为娘心中欢喜，心中欢喜。"

王羲之又说："母亲大人，依宗正大人所言，若将那女子娶进家来，还要通过如此之多仪礼，若是每过一道都需要三五个月，将那女子娶进门来岂不还要经年？小子等不及。"

母亲笑道："吾儿，此事非人力所能为之，只能水到渠成。仪礼可快可慢，慢则三年，快则几月。以地位而言，或快或慢，全在郗鉴大人持掌。只是，郗鉴大人仅凭大管家一人之言就能指认你做女婿，当是心中有数。为娘盘算，郗鉴大人绝非心血来潮焉。所以，吾儿只需耐心等待，不敢急于求成。为娘有你在身边陪伴已足矣，并不敢有甚奢望。八个孙儿，八个孙儿哟！"母亲一边喃喃絮叨，一边笑声连连。笑罢，母亲叮嘱王羲之："这几日你要到集市上买几只鲜活的大雁回来，往后的事儿不要再麻烦宗正大人了，秘书省的事情不妨暂且搁一下。"

十七

站在没过下半身的江水中差不多又过了一个时辰，王羲之实在耐不住性子，从淤泥里拔出脚来就要向前走去，被同样在水里站了这么长时间的堂兄王修龄一把拽住，说："你又想做甚？"王羲之说："还是去看看在那面下设的机关是不是早就被江水冲跑了，不然的话，已经等了如此之久，眼看那几十只大雁游来游去怎就没见着被套住一个？"身后埋伏着的堂弟王叔武赞同说："兴许真的被冲走了呢。咱三个守在这里已有三日，要么大雁比咱们还精，要么咱们比大雁还傻。去看看也对。"

三天来，王羲之每天都要把京城里外大小集市转个遍，结果都没能买到活大雁。商贩告诉说，这几年猎雁人都很少有耐心抓活大雁了，猎雁的家伙经过改造，一次能打到二十几只大雁呢，只可惜很少能打到活的了。死了的大雁虽说卖价上不去，可出货快呀，照样能赚到钱呢。商贩还劝着王羲之买了一套捕猎活大雁的工具。

天气正在转凉，每天都可以看到成群结队的大雁落在湿地里，还有更多的大雁从这里起飞，向南方更远的地方飞去。有经验的渔夫告诉三个一门心思想要抓活大雁的小伙子，再有个把月，大雁就不会再光顾这片湿地了，而是飞往长江上游的西阳郡（现湖北黄冈）一带，或者更远的云梦大湖那里去寻找食物繁殖后代了。三个人就着急起来。

　　站在渐渐变得冰凉的江水里，王羲之心里自然很是不安。修龄和叔武虽说都是生死不辞的血亲兄弟，可是，就这么毫无指望又毫无怨言地跟着自己泡在水里，一站就是三天，接下来还不知道要泡多少天呢。想到这些，他心里还是非常过意不去。

　　果然跟渔夫讲得差不多，湿地水面上落下来的大雁没有几天前那么多了。关键是，这些大雁根本不像是从天上落下来捕食的，反而像是来歇脚的。捕捉大雁的器具就在距离大雁不远的地方，王羲之甚至能看见捕具里不断浮上水面的小鱼儿吐出来的水泡呢。捕具并不大，一次最多只能捕捉到两只活大雁。过去捕捉的活大雁都是卖给京城士族官宦人家，或者有钱的商贾人家相亲用的。这些年，大量北方人拥进京城，大雁就成了餐桌上的一道美味佳肴。吃进肚子里的东西，买家就不在乎死活了，而是在乎数量。于是，靠着长江水养家糊口的渔夫猎户就大开杀戒，捕获大雁的数量成倍增加，活的大雁就非常少见了。随着这些变化，黎庶百姓相亲也就不再使用活大雁，而改用死大雁。大雁渐渐变成了相亲的象征物。可是，王羲之却无论如何接受不了用死大雁作为纳采之物，更别说定亲的程序已经走到纳徵这一步了。

　　依照贵族习俗，相亲起码要过六道门槛。而每一道门槛都需要用大雁来充当表达心意的物品，这在王羲之眼里是必不可少的，当然也是非常神圣的。也因此，他坚决反对使用死大雁来充数。

　　藏身的芦苇丛很高，又十分稠密，大雁的眼睛即使再好，也很难发现三个人藏身的地方。

　　王羲之刚要出声，被堂兄修龄制止住。水面上，那一群被王羲之恨不得叫作恩人的大雁悠闲地朝着捕具这边游过来。十几只大雁围着捕具转了好几圈，然后扬长而去。气得王羲之将手高高扬起，却没敢重重落下，而是轻轻拍了一下水面。低声嘟囔了一句。

　　身后站着的堂弟叔武推了王羲之一把："阿菟哥，你看上去并无心急如焚之态耶。"

141

王羲之嘟哝了一句，连自己都不知道嘟哝的是啥，心里却说不急才怪。

　　站在前面的修龄阿哥小声逗了一句："阿菟，我听伯母大人说你急得坐卧不宁，茶饭无心，可是当真？"

　　王羲之把右手埋在水里照着修龄就是一拳，说道："修龄阿哥，你乃饱汉不知饿汉饥，当真不厚道。当年你若是遇到我现在之境况，敢言称不急欤？"

　　修龄咕咕轻笑几声，老实说道："那年结婚是因父亲大人身体每况愈下，过程一个没少，心里却是稀里糊涂也。你嫂子至今还怪责我敷衍其事，心存异己之人欤。"

　　"敷衍其事？修龄阿哥，小弟记得你那日中规中矩，礼拜井然。嫂子因何责怨你敷衍其事欤？"王彪之好奇，便追问道。

　　"嘻嘻，你嫂子怪责我忘了跟她合卺而酳，就将她拽进洞房。"

　　王羲之想忍住笑，却怎么也忍不住，只好把脸埋进江水里咕咕地大笑了好一阵子。

　　叔武这时跟着抱怨道："我家母亲大人放出话来，言称阿菟哥一日不婚，小弟我连定亲之事想都别想耶。"

　　王羲之逗趣道："阿弟，难道你这一头二毛竟然是因娶亲一事焦虑而成？"

　　王叔武往王羲之脸上撩了一捧江水，说道："是又如何？"

　　羲之笑道："虎犊阿弟，你刚过弱冠，何必着急。若非我家母亲大人催促，我才不急着把这事办了呢。"

　　"此话乃弥天大谎。"修龄揉了王羲之一把，揭发道，"我昨天就该到吴国内史官府走马上任，庾叔豫（庾怿字）催得紧嘞，你却执意阻挠于我，言称除非帮你抓到大雁，否则，让我弃官。此话可是出自你口？"

　　"小弟这几日也要到武陵国去做表弟司马晞掾属，也被你决意阻拦，小弟只得将行期拖后。"王叔武话语里也颇多抱怨。

　　王羲之一听两兄弟居然这样说，也觉着做得过分了，于是说道："今日若还是无收获，明日你二人都走吧，去做官吧。我若因此而不能娶妻生子便是天意也。罢了罢了，不结便是也。"

　　二人知道王羲之不过说说罢了，并不当真气恼。叔武说道："小弟记得，乌衣巷纪瞻大人二子那年订婚，所用便是死雁，咱家也不必太过讲究。纳采也罢，纳徵也罢，皆仪式也。阿菟哥，你如此较真，将来阿弟我订婚如何是好。"

王羲之拧了他一把，说道："咱琅琊王氏何时允许不守规矩？你敢逾矩，天理不容耳。"

王修龄突然捂住王羲之的嘴巴，三个人立刻住了声。那一群大雁又朝捕具游过来，为首的那只大雁一看便知是领头雁。这只领头雁游得很是谨慎，游到距离捕具还有几尺远时停下来，歪着脑袋绕行了几圈，大概确认了水里的鱼儿并无危险，于是一头扎进水里，再次冒出来的位置，正是安放捕具的地方。只见头雁嘴里衔着一条鱼儿，扑扇着翅膀就向雁群游过去，一边用力吞咽那条不小的鱼儿。可是，头雁的翅膀却像是被挂住了，扑扇了几下没能游起来。说时迟那时快，三个在江水里泡了大半天的小伙子，涉过芦苇荡，扑进江中，奋力朝着被困住的大雁游过去。

三人怎么都没有料到，跟在被困头雁身后的十几只大雁突然全都扎进水，再露出头来时，头雁居然在这些大雁的帮助下挣脱了樊笼。有几只大雁嘴里竟然还叼着鱼儿。这群大雁就这样在三个捕雁心切的小伙子面前救出了头雁，而且，还将捕具中做诱饵的几条鱼儿一并席卷而去。大雁们并没有飞走，而是扑扇着翅膀在江面上飞翔，连双脚都没有离开水面。

弟兄三人浑身上下湿漉漉的，狼狈不堪，又是空手而归。三人不敢在大白天回乌衣巷，只好在街市上的一家酒馆里等到天黑，才返回乌衣巷家中。

王羲之的母亲一直没有吃晚饭，等着儿子回来。见儿子一副沮丧的模样，反而安慰儿子说婚姻乃人生大事，总不会如吃饭睡觉一般信手拈来。郗鉴大人应该对咱家的情况了如指掌，并不会因你迟迟不去纳徵，而产生误解。母亲又说："郗鉴大人早先已经为此事亲自来过乌衣巷，还提出要到咱家一坐。可是受到阻拦，未能遂愿。想来也是欲要亲眼看看我们孤儿寡母。听说之后，为娘就想事情不会这么巧合。现在看来，郗鉴大人也是有心要将女儿许配于你。所以，那日纳采之前，宗正来家中告别就说过此乃天赐良缘。既然是天赐良缘，你就不必心存焦虑。"

话虽如此，王羲之依然惴惴不安地对母亲说，平日里常听母亲大人说郗鉴大人与父亲大人在旧都洛阳过从甚密，心中更是觉着若能将郗鉴大人爱女娶回家，这一生不仅将有所寄托，而且还会有所依赖。母亲大人不仅会受到尊重与孝敬，还能尽享含饴弄孙之乐欤。凡此种种，他怎能不急。也是听宗正大人说过，若不尽早纳徵，双方就缺少订婚之信物，也就无法尽早确认这门婚事。更是心急如焚。便又说道："母亲大人，以我等拙劣之身手，下到水里捕具即使抓住，待赶到跟前，大雁依然会挣脱捕具从容而去也。啧啧。"说到这里，王羲之又将白天在江边眼睁睁地看着几乎到手的大雁飞走了的事情说给母亲听。

母亲听罢，长叹一声，不无心疼地说道："吾儿，你虽刀术出众，怎奈不是捕猎之人。水火无情，你和那几个兄弟水性仅够保住性命。长江水流湍急，若是出了差错，怎生是好。加之你还要拽着修龄与虎犊两位兄弟，弄得那两个小子不能走马上任。你那世儒叔父嘴上不说，心里难道不急？"

王羲之一听也急了，说道："母亲大人，小子非无理之人，自知如此十分不妥。然，小子在江边狩猎三日，每日空手而归，担心此乃天意，让小子不得圆满。母亲大人，实在无法，不如让小子带一只死雁前往京口。小子会当面向郗鉴大人说明原委，想郗太尉大人大量，断不会计较于斯也。"

母亲听了儿子的话，心里虽然也着急，表面上却还持重，于是不轻不重地斥责了儿子，说："吾儿当要持重，不可胡来。你怎可轻慢对待如此重大之事？你世儒阿叔已经亲口告诉为娘，说宗正大人和祠堂尸祝（主管祭祀）大人亲往卜问了算命道人，卜卦人声称你与郗鉴大人爱女生辰八字相合相融，实乃天作之合。你与那女子结为夫妻，既为天作之合，怎可不恪守规矩？吾儿态度如此消极，为娘只有一句话能说与你，你不能忘记你乃王世宏之子。"

王羲之听出母亲话中有气，慌得跪在母亲面前，尽管心里多有委屈，却不敢再说什么。

母亲继续说道："吾儿，咱家不管如何落魄，既是望族之门，亦有皇族血脉，怎可妄自菲薄。为娘无意贬低郗鉴大人身世，可是他家世的确远不如咱家显赫。一只大雁，生死之差，不可小觑哟。若是因此横遭非议，为娘那是丢了你父亲大人颜面软。"说着，眼泪流下来。

王羲之见状，只好磕头不已，心里头暗自叫苦，也不知怎样才好了。

十八

屈指算来，已经过去了快一个月。母亲大人几次催促王羲之到祠堂宗正大人那里打听订婚仪礼已经进行到了哪一项。王羲之今天倒也没白走一趟，起码他知道了并没有发生母亲大人担心的订婚仪礼无缘无故被拖延的事情。可是，订婚仪式继续进行下去还需要自己动手,这实在是为难他了。所以,宗正一说出可以去找茂弘族长讨要一只活大雁、顺便提及聘礼之事的主意,也算是帮了王羲之一把。

接连十几天,大雨下个不停。建康城被大雨浇得水汽蒸腾,每天都笼罩在雨雾之中,人都被这大雨浇得振作不起来。这天晚上,瓢泼大雨转为毛毛细雨。王羲之白天在秘书省就打定主意要亲往茂弘叔父家走一遭,所以见雨小了,草草地往嘴里扒拉了几口饭食,便要出门。母亲见儿子脸色阴沉,也就没说什么,只是叮嘱儿子,定昏时分(晚上九点)一定要返回家中。

王羲之往头上戴了一顶斗笠就出了家门,直奔王导家而去。

王导正在自家宅院的堂屋里打坐养神,堂屋里只点了一根很小的蜡烛。蜡烛已经快燃尽,火苗在跳动,忽明忽暗。王导听见有动静,撩起眼皮看了一眼,见是王羲之,便自顾自地继续打坐养神了。紧张而又焦急的王羲之站也不是,坐也不行,走也不可,不走也不妥。

王羲之小声朝着王导说:"我是王世宏家的二小子,前来拜见族长大人。"

王导等了一会儿才伸出手来做了个就站在那里的手势。又等了一会儿,大概是念诵了一遍五斗米道的教文,他睁开眼睛,看着面前站在昏暗的烛火中的王羲之,说:"阿菟,是你母亲让你前来的?"

王羲之摇摇头说道:"茂弘大人,母亲大人并不知晓我来拜见叔父大人。"

王导哼了一声,说道:"阿菟,你怎能不懂规矩?"

王羲之急忙说道:"叔父大人,是宗正大人让小子来见大人的。"

王导还是哼了一声。

王羲之以为是允许他说话了,便说道:"叔父大人,宗正大人告诉小子说小子定亲已经过完三次仪礼。小子也在三十天前接到了郗太尉家请送答婚之书。宗正大人言称,第四次必由小子出场去见女子双亲大人。可是,可是……宗正大人说必须叔父大人发话,否则……"

"小子,仅为此事而来乎?"王导打断王羲之的话,冒了一句又不说话了。

王羲之心想既然都已经来了,这件事情只能搞清楚再走,便说道:"也非如此,只是小子想知道还要多久才能去往郗太尉家,听宗正大人说,只有送了聘礼,婚事才算确定下来。小子不急,但小子需要确定。"

王导把盘着的双腿舒展开来,从床上站起来,又坐了回去,说道:"时间过得真快，我以为纳采还是前几日发生之事。阿菟，这些日子官中发生了几桩国事要务，哪一件都比你之婚事重要得多。却原来已经过去三十天……真的有三十天？"

"小子不敢妄言。"

王导嗓子眼里挤出一声叹息，说道："阿菟，你还是太着急。"

王羲之说道："叔父大人，我家母亲大人说我家阿哥还有修龄阿哥的婚事都不曾拖延如此长之时日。"

"阿菟，你说此话，表明心里有埋怨之气。"

王羲之没有说话。

王导说道："说吧，难道是拿不出聘礼，找我来讨要聘礼？"

王羲之朝着王导深深地行了个大礼，说道："阿菟官秩不过六百石，此乃阿菟一家老小与仆人们一年生活费用。实在没有多余粮食到集市上兑换锦缎和俪皮，宗正大人说，若是拿不出足量锦缎和俪皮，可以用粮食代替。可是，可是……"

王导嗓子眼里咕噜了一声，说道："我虽为族长，此事也是爱莫能助。阿菟，别指望我能为你慷慨解囊。我还有四个儿子尚未婚娶。"

王羲之说道："叔父大人误会小子欤，小子此来并非讨要粟米和聘礼。可是，可是……"

王导本就心中不是很爽快，听王羲之说话吞吞吐吐，厌恶之情溢于言表，便说道："既非此又非彼，你来这里难道是来责备于我？族群各门小子婚事皆由祠堂宗正全权操持，你来找我，岂不是怪罪于我？"

王羲之急忙说道："小子不敢。小子只是觉着难开其口，所以，才如此吞吐支吾。"

"时辰已经不早，有话就快说。"

王羲之只好鼓足勇气，将宗正说的关于聘礼和活大雁的话复述了一遍。然后灵机一动说记得父亲当年返回京城，与叔父大人和处仲伯父一齐陪伴元帝在修禊日走马秦水，显示荣耀，安抚人心。离开的时候曾对母亲大人说过，他常年戍边在外，若是家中遇有难解之事，可找处仲伯父和茂弘叔父二位大人。即便是天大的困难，定会迎刃而解。"宗正大人说叔父大人家中养着不少大雁，让小子前来讨要一只，顺便请叔父大人早日发话，也免得京口郗鉴大人等得着急。毕竟，几十天转瞬而过焉。"

王导一听这话，心想这小子记性还好，那时你才六岁居然能记下这样的嘱托，也是不易。可是转念一想，这小子突然提及父亲王旷，想来也是听到他母亲说过些什么，一定都是些诋毁他族长声誉的恶毒之言。这么一想，也就来了气，说道："阿菟，凡事皆需循规蹈矩也，即便是贵为郗鉴大将军也不可恣意逾矩耳。我刚才说过，叔父我在官里每日国之要务缠身，一刻难得分身，你小子一桩婚事成与不成与国事怎可相比。"见王羲之又要辩解，王导扬了扬手："我这里的确养有几只大雁，却也有四个儿子等着派上用场。故而，你婚姻需用大雁一事我爱莫能助也。乌衣巷族群各系各支各门都会遇到订婚之事，却从未见哪家来找我讨要大雁。阿菟，你虽自小没了父亲，却并不意味着可失却骨气。去罢去罢，我这里即使有一群大雁，也不会给你一只。"

王羲之从王导家出来，愤怒之情可想而知。他径直来到乌衣巷前的运渎水旁，发泄情绪。转念一想，差点笑出声来。凭自己这一身好水性，面前的运渎水怎能奈何与他。若是被人看到，岂不会笑掉大牙？

好在有淅淅沥沥的小雨的声音掩盖住了王羲之悄然回家时开门关门的声音。不过，王羲之还是看到了老女仆在第一进院子的堂屋里露了一下脸，然后就飞快地消失在黑暗中。王羲之知道老女仆一定是回到后面母亲房里去通报他回来的消息。

进到屋里，王羲之点亮蜡烛，不假思索地从墙角的一个柜子里取出父亲的家书。每日晚上睡觉前，他都会拿出家书来，要么一遍一遍浏览，要么在纸上或者在用来临写的那块儿大石板上，一遍一遍地临写。临写几遍后，他会来到院子里，试着在已经相当娴熟的刀法中融入所学的笔法，准确地说，是试着在刀法和父亲书体里寻找二者融会贯通的地方。其实，王羲之早就发现这二者之间一定有着不可分割的联系，而他这么做是受到驱使，情不自禁，他以为自己正一点点接近书写艺术的神秘之处，那是父亲从来没有明确告诉过他的。

很快，一张标准的书写纸张被王羲之写满了正反两面。他又在烛光下，把书写过程中渐次清晰的思路再现一遍。当大石板上又被写满后，王羲之取下挂在墙上的长刀来到院子里。

小雨不知什么时候停住了，院子里青石板铺就的地面依然湿漉漉的，王羲之深深地吸了口气，出腿，转身，旋子，落地时右手转腕，长刀随着右臂的前伸，劈下，划过眼前，刀术的起式发生了变化。王羲之发现了这个变化，也意识到这全然不是自己能控制住的变化，而造成这个变化的是胸膛里不断迸发的怒火和这怒火锻打出来的刀法。

这一夜，王羲之在黑暗中瞪大双眼，硬是睡不着。

十九

第二天，天意外放晴了。

尽管一夜未合眼，王羲之却并没有觉着困乏。一大早他先去了宗正寺，大宗正虞胤正好没有出去。王羲之将整理出来的文书后续部分交给虞胤，虞胤就问到订婚的事情。

王羲之并不想说，却觉着心里十分委屈，索性就说了出来。

虞胤拧着眉头听完，说："你就不用发愁了，这件事情让我这个姑表叔看看能为你母子做些什么。"

王羲之扑通一声跪了下去，说声："表姑父大人，母亲大人让小子拜谢大人的救济之恩。"说着泪如雨下。说到最后，王羲之才说在集市上买不到活大雁，带着堂兄弟在江水里泡了三日，结果，由于身手不济，连一只大雁也没逮住。

虞胤想笑，却生生忍住了，心中油然而生怜悯之情："这下不用着急了，至于你说的每过一个程序都需要你家族长发话，这不假。我明日就去见王茂弘，一定让他不要拖延。"还说他正好要去京口，还会拜见郗鉴大将军，那时一定将王羲之所遇到的困难说给大将军。"兴许，大将军那边比你还着急呢。"王羲之一听这话，觉着也是一条路子，于是又跪下感谢一番。

晚饭刚吃过，母亲就问王羲之是不是未经允许擅自去了王导家。王羲之见隐瞒不住，只好将昨晚上与王导的那番对话说给了母亲。母亲听到王导竟然说出如此绝情的话，气得半天说不出话来。走上前去，朝着跪在地上的儿子举手就要打，被撞进屋来的老仆阻止了。老仆通报说，大宗正虞胤大人前来拜访。老仆拉起跪在地上的王羲之，悄声告诉王羲之："不必着急了，虞胤大人帮你把这些全都解决了。"

王羲之的母亲也不好再发脾气，急忙起身出去将虞胤迎了进来。

两人坐定后，虞胤见王羲之的母亲一脸愁容，便低声打听所为何事。羲之母亲也不隐瞒家中糗事，一五一十讲了出来。虞胤听罢径自说道："早就听说乌衣巷咱家正与京口郗鉴大将军欲结秦晋之好，很为嫂夫人高兴。嫂夫人也许并不知道，阿菟年前为我做了件非常重要之事。此次带来婚聘急需之物品，一来为了看望阿嫂，道个平安，二来担心阿嫂家中缺少帮手，耽误阿菟婚姻大事，便奉上一份礼物，算是我做表姑父的一番心意。"

虞胤边说边让随从将带来的物品拿出来摆在正堂的地上。王羲之心中狂喜不已，闷着脸扑通一声跪在虞胤面前，将脑袋在地面上磕的咚咚作响。

虞胤急忙上前拉起王羲之说道："阿菟不可行如此大礼，阿叔早该前来看望你娘，这些年政务缠身，身不由己。你被郗鉴大人相中一事，在京城早已传开。阿叔倒是应该早点儿前来贺喜才是。这些物什都是做长辈的应该携带之物，没想到听你母亲大人一说，才知道你正为这些物什着急上火，难以成寐。"说着，哈哈笑起来。"阿叔这些物什能救你家眼下之急，着实喜不自禁焉。"

母子二人将虞胤送出乌衣巷，出闸门的时候，虞胤对王羲之说他的宗正寺里人手缺乏，秘书省却是人满为患。劝他到宗正寺里来做事，先做宗正寺丞，明年直接升到少卿。然后虞胤对王羲之的母亲说："大嫂，宗正寺的少卿官秩是从四品，逸少结婚后，少卿的官秩足够养活一家老小了。"

送走了大宗正虞胤，母子二人回到殿堂上围着虞胤送来的礼品不知转了多少圈。母亲大人嘴里一直嘟囔着说上天恩赐上天恩赐。王羲之没说啥，可心里面万分感激这位体贴的姑表叔。凭着王羲之家的状况，若想备齐与大户人家身份相匹配的聘礼简直不可能。那晚上王羲之才觉着婚期总算是有了盼头。也就是从那日开始，王羲之这颗冰凉了许多年的心被灌进了一股子温暖的满是春意的溪水，心房里积蓄的愁苦一日一日地消散而去，心中那些随着男儿渐长成人而迸发的渴求，也被那从未谋面的女子和即将伴随着那女子而来的温润的气氛打湿了，不禁浮想联翩。这些遐想有些还只是嫩芽，有些一冒出来就已经是青苗了。而让王羲之切身感受到的青苗其实就只有一棵，那就是对拥有属于自己的小家庭的热切企盼。这种企盼说得准确一些，似梦寐以求般贪婪，如朝思暮想般迷恋。这样的心境和情绪让王羲之时常会感到按捺不住的急切和烦躁。天晓得会是怎样一双小手将王羲之胸膛里那片从来没有被触动过的襟怀撕扯开来。总之，王羲之平生第一次领教了焦灼苦涩和温馨甜蜜交织在一起那般度日如年的煎熬。

第二天，王羲之便到宗庙祠堂找了族群宗正大人。也不管宗正怎样拿他揶揄，或者逗趣，王羲之都以极其虔诚的态度一遍遍询问已经过去的和将要发生的漫长订婚过程会在何时走到完结。

宗正说了一大堆让王羲之头晕耳鸣的婚姻礼仪，又在王羲之不厌其烦的追问下，不厌其烦地重复从相亲到亲迎王羲之必须一丝不苟做的事情，比如说，第四项仪礼也就是"纳徵"（男方到女方家送聘礼），王羲之跟着媒人前往女方家，将聘礼亲自送到未来的岳丈大人手里。同时，将自家母亲为女主亲自做成的红缨交给岳母大人，然后看着岳母大人亲手将这束红缨系在女儿头上。"当然，你只能远远看着这个仪礼进行，不能让女主看到你的面孔。像郗鉴大将军这样显赫的人家，会准备一道竹帘拦在你和女子之间。"宗正嘿嘿一乐，说道："你与女子皆不允许看对方之面孔。阿菟，我晓得你想说甚。你的确如你父亲长得器宇轩昂，长眼浓眉。在咱家乌衣巷里，你之容貌几无可比，完全不用担心被对方小觑。本大人也要告诉你，你未来之妻乃郗鉴大人中年而得，被视若掌上明珠。据媒人言称，那女子貌美如花，一点儿不输你。"

王羲之也跟着嘿嘿一乐，说道："宗正大人能看出小子想什么，果真厉害。小子还有话要问，小子保证这是最后一个问题。难道我随媒人前往郗鉴大将军家只需要带一根红缨？"

"呸！你这小子，我说得口干舌燥，你只听见这一句软？"

王羲之作揖说道："大人息怒，小子对婚娶乃门外汉。只是想问个清楚，记个仔细，以免丢了咱家宗庙祠堂颜面，让京口人家耻笑。"

宗正抬手打了王羲之一掌，说道："小子，你听仔细记牢靠，我不会再说第二遍。"接着，宗正强调说，"纳徵"的聘礼必须符合身份，琅琊王氏为名门望族，普天之下无人不知。所以，聘礼的品级虽然不可逾越天子和诸侯，却也要高于其他士族的品级。一匹玄纁（黑色或者暗红色的布匹），五匹锦缎，两条上等鹿皮，在一般士族人家，三选一便足矣，可是乌衣巷却必须三样齐全，缺一不可。"小子，你也不用啧啧，这还不是最重要的。前三次本大人带了三次鲜活的大雁，这一次你也必须带去一只鲜活的大雁。"

宗正见王羲之一脸愁容，于心不忍，便宽慰道："阿菟你也不用急成这样，大雁集市上可以买到。至于聘礼，我晓得你的家境，可是，我也是爱莫能助,你只能自己想法子了。"

王羲之其实并不是为聘礼发愁,昨日虞胤大人送来的物品已经足够,样式也齐全。王羲之愁的是这只鲜活的大雁从何而来。这些日子他不知到集市上去了多少次,却根本见不到活大雁。

王羲之把这话讲了出来,又说:"小子知道,宗族祠堂里也养有大雁,万望宗正大人高抬贵手,给小子一只,何如?小子将来买到,即刻奉还。"

宗正连连摇头说:"乌衣巷并不只有你一个待娶之小子,茂弘族长家还有四个儿子尚未婚娶呢。族群祠堂的规矩是只提供各支每个小子相亲所用的前三只活大雁,之后就只能靠自己了。"宗正像是想起了什么,又说:"茂弘族长家养了一群大雁呢,小子,你不妨前去讨要一只,以后再想别的法子,怎样?"

王羲之还能怎样,再去王导家讨要大雁完全没了可能。只好皱着眉头离开祠堂,没走多远,又被宗正叫了回来。宗正朝着垂头丧气的王羲之脑袋上抹了一把说眼下相亲已经连过了"纳采""问名"和"纳吉"三道门槛,距离将女子娶进家门非常近了。只是,之后每过一道门槛,都需要茂弘族长亲自发话,不然,宗正摇了摇头说:"这件事情或许就会拖得不见日子。"末了,宗正还是不忍心看着王羲之那副绝望的表情,说了句:"族长那里,你小子只需去得勤一些,毕竟是你要婚娶,其他事情就不必忧心忡忡的了。"说罢,还特意朝着王羲之眨了眨眼睛。

王羲之独自一人在运渎水前坐了许久,就是不想归家。刚才的喜悦被宗正的一番话劈头盖脸地浇了盆冷水,将刚刚重新燃烧起来的热情就给浇灭了。只是,临走时宗正大人那意味深长的眨眼让王羲之百思不得其解。

他从草地上拢了一大堆枯草,躺在上面,看着黑洞洞的天空,竟然睡着了。

二十

满天繁星,却不见明月。日月相合,是为朔日,一个没有月亮的夜晚。即使夜空中繁星点点,依然伸手不见五指。也就是在这天晚上,子时刚过,一支由左卫将军刘超亲率、黄昏时分就在山麓潜伏的军队在听到一阵猫头鹰的啸叫后,从草丛中突然冒出来。这支军队大约五百人,全部短打扮,头系黑巾走在前面的二百余军士手持长刀和藤盾,后面紧跟着的三百多名军士则双手持短戟。这正是左卫将军刘超从义兴带来护卫后宫的君子营，是一支训练有素、专干围剿式杀戮的敢死队。就在这支敢死队开始上山的时候，京城延熹门打开了，又一支军队从京城里悄然而出，这也是一支超过五百人的军队。从行走的速度和姿态看得出，这也是一支训练有素的军队。仅从这支军队从延熹门出来就可以知道这支军队是皇官里豢养的，专门用来解救危困之中的皇室成员的。与方才不同的是，这支队伍的军士们每人手持的是平时非常难以见到的长弓，这些长弓射程最少都有五百米之长，可谓长距离杀伤性武器。在这支队伍的后面，是一支只有二十几匹战马的马队。两支队伍一出城，延熹门便悄然关闭。不一会儿，除了可以听到城墙里面此起彼伏的打更声，京城又恢复了死一般的寂静。

从建康城延熹门到京城东北方向的蒋山大约十五里路，这支队伍仅用了不到一个时辰就已经赶上了前卫部队。

从山麓出发的敢死队这时候已经接近山顶，一阵凄厉的猫头鹰啸叫声响起，只见五百多名士兵不约而同从腰间拔下一根手指粗细的短竹，又齐刷刷地将短竹衔在嘴里咬住。山里骤然而起的大风掩盖了一千多只大脚的脚步声。

紧跟在敢死队后面的是两位身着官服的朝廷官员，为首的是御史中丞钟雅，紧跟在钟雅身后的是禁卫军总领卫将军赵胤。二人仅在腰间挂有体现职务和威权的长剑，并没有持剑在手。山路难行，两人走得颇为费劲，但依然紧随在敢死队后面，没有落下一步。

敢死队在山下留下五十余人看守山路，以防不测，其余军士很快就上到山顶，脚下是一片漆黑如墨的深渊。因为早已经熟悉了地形，钟雅和赵胤都知道，脚下这片黑洞洞似深渊的地方其实是一片山坳。山坳中的谷地被山坡上浓密的森林和灌木掩盖住了，什么也看不到。

敢死队在卫将军赵胤亲率下又向山坳突进了一段路后，便停了下来，然后悄无声息地隐藏在寂静的森林中。钟雅没有跟进，而是在山顶的平坦处等待后续部队到达。

不一会儿，上山的方向响起了蟋蟀的鸣叫声。等候着的人也发出相同的叫声，一阵响动后，中书监庾亮出现在山顶上，紧跟在庾亮身后的是庾亮的亲弟弟庾冰。庾冰已经接到出任吴国内史的诏令，不日将启程前往，但是听说兄长庾亮有一次重大的军事行动，便提出跟随一道前往。庾亮立刻就答应了弟弟的请战，认为这样的杀戮行动，对这位从秘书郎晋升上来的藩国内史未来执掌政权大有裨益。

在庾亮的谋划中，必须除掉掣肘京城的一干重臣，领头的正是司马皇室这两位最为重要的成员，其他成员是换帝的拥趸。除掉这些人物后，庾亮自知必须请求外放，在他的布局中，是要扼守长江上游的武昌一带。大弟庾怿已经在彭城一线培植势力，司马冲对庾怿几近言听计从了。待条件成熟时，他要给郗鉴一个更大的头衔，比如太尉，换得郗鉴交出镇守京口的大将军之印。京城这里就只能让二弟庾冰和三弟庾条看守。庾亮清楚，妹妹庾文君没有治国理政的能力，即使有，也不可能让司马羕、郗鉴、王导这样的老臣诚服。他必须拼尽全力保住司马衍的皇位，才能让庾氏永远屹立在朝廷最高位置。

一行人刚露出头来，等候多时的御史中丞钟雅便迎上前去。两人并没有说一句话，庾亮坐定之后，从怀里掏出一个东西来交到钟雅手里。钟雅一摸就知道这是圣旨。钟雅举起一只手来，跟在身后的从事用火镰点着了一支蜡烛，钟雅借着火光仔细将圣旨看过一遍，然后又将圣旨交回给庾亮。这个过程都是在一个张开的黑帐子里完成的，即使站在跟前，也几乎看不到火光。

钟雅从帐子里钻出来，拔出腰间的长剑即刻消失在黑暗中。

战斗在一个时辰后打响。先是几声沉闷的哀号声，旋即，喊杀声突然炸响，把站在山顶的庾亮和庾冰吓了一跳。

听到山下的厮杀声，庾亮指挥着山头五百名弓箭手开始向山腰移动。按照事先的布置，敢死队冲击对方的营地，尽全力杀伤对方的有生力量，一旦遇阻，不能在短时间攻克对方营盘，敢死队迅速撤离，然后，弓箭队会在几百米开外用密集的箭矢将对手的大部分士兵杀伤在坡地上。紧接着，敢死队再进行第二波掩杀，直至对方缴械投降。若是对方殊死顽抗，那就只能全部杀死，不留一个活口。唯一享有暂时不死权利的只有一个人，那就是南顿王司马宗。

这场厮杀比预想的要持久，也正如事先计划的那样，敢死队不得不先退出战场，待弓箭手们使用长弓射出三个波次上千枚箭矢后，实施第二次攻击。然后又在顽强的抵抗中退出谷地。弓箭手们再一次发动了三个波次的箭矢射击，对方的抵抗明显减弱了。弓箭手射出最后一波带有燃烧箭头的箭矢，点燃了对方营地的房屋和帐篷。庾亮这才带着百名弓箭手冲下谷地，来到被熊熊大火笼罩着的训练营地。

喊杀声里可以清晰地辨出一阵阵呼号，"恢复大晋王朝道统""汉人绝对不容黄须鲜卑奴统治"云云。

庾亮脸色冷峻，快步走在前面，跟在身后的钟雅不得不提醒庾亮，越往前走就越危险。

营地里火光冲天，帐篷已经被烧成灰烬，只有屋舍还在燃烧且越烧越旺。

司马宗被几十人围在中央，在这些人的外围，是庾亮掌管的敢死队，五百人的敢死队已经剩下百十人。

遍地尸体，一片狼藉。

火光中，司马宗一副大义凛然、气壮山河之神态，包围着他们的上百军士竟然不敢上前格杀。

司马宗和庾亮面对面喊话。

庾亮说："你已无退路，皇上已下圣旨，杀无赦。"

司马宗大笑："一个乳臭未干黄须鲜卑奴居然会亲自写下诏令，庾元规，本王在旧京洛阳出入皇宫如履平地，彼时，你尚未成胎。若想蒙骗本王，你尚稚嫩也。即使当真有诏书，上面文字亦是你这贼人篡改而已。"

庾亮这时觉着已经没有必要隐瞒什么，便说道："是又如何？"

司马宗转而盯着站在庾亮身后的钟雅骂道："钟雅，你与庾元规同为颍川人士，与其沆瀣一气也是必然，却大大辜负了中宗皇帝之愿望。你听仔细着，大晋王朝何以立于天下，你这等凡夫俗子怎会知晓。自本王亲祖父宣皇帝开创王朝以降，司马皇室历朝历代皆将五胡视为禽兽贼寇。当年曹魏将匈奴五部联盟收入吕梁山，不啻让其有休养生息、繁衍后代温暖之地，亦是意图阻这些异族禽兽进入中原，扰我黎庶，占我疆土，杀我族人。永嘉之乱，旧京惨遭五胡贼寇洗劫屠城，不然，你又怎会逃亡至此？"

钟雅被骂得一声不吭。

庾亮却听不下去了，大声斥道："司马宗你已是篡逆之贼，何来这么多废话。你若束手就擒，放弃顽抗，我保你全尸遗世。若是负隅顽抗，死不悔改，我身后这些弓箭手，顷刻之间可让你灰飞烟灭，魂飞魄散。"

司马宗大笑道："庾元规，你这杂种听好也，我南顿王之藩国乃武皇帝恩赐，皇天在上，护佑我大晋王朝万万年。若你那黄须鲜卑奴之甥果真诏令杀我，定会招致天怒，大晋王朝迟早毁于你这外戚之手。想当年，本王只有六岁，也是被贾南风一干外戚追杀，与我那哥哥在重臣保护下东躲西藏，才得以保全性命。我生乃大晋之人，死为大晋之鬼。当年，外戚一族翻手为云，覆手为雨，毁我大晋根基，坏我大晋事业，多亏朝野忠臣，挺身而出，才得有今日之兴盛。呜呼哉，不曾想中宗皇帝不听劝说，册封黄须鲜卑奴为太子，致使外戚重新恃权，谬种当道，无所不用其极。你以为本公还会如当年东躲西藏，差矣。本公视恢复大晋汉家之帝国为己任，誓将一干黄须鲜卑奴赶出宫，否则无颜去见我家宣皇帝先祖也。本公豢养五百壮士，皆为淮南之子，皆为光复汉家天下不惜死而后已之大晋汉家英豪。凭你这几百军士怎能奈何于我？"

庾亮恼羞成怒，大声喝道："左卫将军刘超大人，你速速传令队伍撤后。弓箭手引弓备箭！"

司马宗仰天大笑，骂道："刘超，本公看错你也。司马睿当年以为你乃忠贞之臣，确实瞎了眼目。你与庾元规结伴围杀本公，岂非助纣为虐乎？罢了罢了！大晋王朝毁在你等趋炎附势宵小之人手中。罢了罢了！"司马宗长啸一声，转而骂道："庾元规，你这杂种。你那妹子嫁给杂种实属无奈，你却心甘情愿为杂种坐稳大汉天下当马前卒，丢尽你先人颜面！你迟早会有一日要去面见先祖，那里怎会有你一席之地？！"

庾亮声嘶力竭喊道："放箭！"

射出的箭矢像蝗虫一样扑向司马宗和护卫他的一干壮士。箭矢画出弧线呼啸而起，又呼啸而落，箭矢过后，护卫司马宗的几十名死士伏尸在地，只有司马宗还站立着，双手紧攥着两柄长剑，支撑着没有倒下。只是身中数十箭，也已经一命呜呼了。

庾亮喝令卫士上前割下司马宗首级，被御史中丞钟雅制止，道："中书监大人，不可妄动，皇室藩王即使篡逆受死，死后不得凌辱其尸首。此乃当朝律法所定，不得逾矩。"

二十一

司马羕拒绝参加朝会已经有些日子了，弟弟司马宗的死令他悲痛万分。尽管庾亮将杀死司马宗的过程遮掩得严严实实，但是，前往收尸的掾属回来向司马羕讲起司马宗的死状时，无不嗟叹唏嘘，掩面摇头，甚至还有人落下泪来。仔细问下去，听到弟弟司马宗是被乱箭射死，浑身上下中了三十几箭，其状惨不忍睹。那样的惨状，司马羕即使没有亲眼看见，也是可以想象出来的。很长一段日子里，只要想到司马宗，眼前就浮现出弟弟浑身上下中满箭矢的惨景，这让他难以安宁。

司马羕情知不能打上庾亮的府邸，他也没这个能耐。司马羕在不断地叹息中得到的结论是，换帝必须进行下去，不然对不起死去的弟弟，更对不起先祖宣皇帝司马懿。弟弟死后，他只要想起龙床上坐了一个黄须鲜卑奴，就恨不得拔出长剑，冲上去砍掉那颗高鼻梁黄头发的脑袋。当朝皇帝司马衍虽然已经过两代人的繁衍，奇怪的是，在他身上根本看不到汉家血统的一点儿痕迹。

这天晚上，太宰司马羕正在自家第五进院子里散漫地踱着步子，走上湖上的长廊，观赏着挤满水面的荷花。荷花正处于快速成长期，每一株荷花都在急不可耐地向四周扩张着丰满的叶菁。有的已经在冒出花蕾来。司马羕停住脚步看着眼前这些水生植物。司马羕喜欢荷花，就像他喜欢嫩得出水的姑娘一样。这不，已经四十六岁的司马羕，刚过春节，就在功曹的鼓励下纳了一房小妾。小妾其实是他养在后院的通房丫头，养这个丫头却不是功曹的主意，而是司马家族从祖上传下来的规矩。这个规矩通常都会被严格遵守，即使是正房妃子也无法对这个规矩说三道四。

司马羕喜欢这丫头，经常会用色眯眯的眼神打量这位年仅十四岁的卿妾。小丫头也很是会来事，每当主子用这样的眼光上下打量她的时候，便会嫣然一笑，顺势贴上去。不管在哪里，只要是在司马羕的官邸里，这丫头总是会让司马羕喜不自禁，情难把控。随后，就会不顾一切地把这个娇嫩的身体拽进设在任何一进院子里的卧房中，极尽颠鸾倒凤之能事，大大地戏耍一番，从而忘却一切烦恼，洗尽一身烦困乏。小妾尽管只有十四岁，但每日睡在离妃子三步之远的床上，将主子与妃子或者夫人之间那些事情和床笫之言，甚至连娇喘唏嘘声都早已学得一丝不差。仗着年轻，还会弄出不少新花样来呢。而那几位徐娘半老之龄的二主人们只好退避三舍，自动让出宝贵的床榻。只是，司马羕毕竟已经年近五十，终日沉浸在几近疯狂的男女之事上，总会有力不能逮的时候。于是漫步在水上长廊，又成为他用来调节情欲、恢复体能的一种很享受的方式。

司马羕在长廊的一个拐弯处停了下来，探出身子向最近的荷花伸出手去，他想把这朵荷花采摘下来，送给跟在身后的小妾。荷花远了一点儿，司马羕几次都没有摸着。这时，身后的小妾咯咯笑起来，从修长的脖子里哼出一个声音来："大人不可再向前，不然，妾身怎能拉住你。"

司马羕坚持着将荷花摘了下来，回转身交到小妾手中，然后顺势将小妾软软的身子揽进怀里。一股子近来常常燃烧不息的欲火从丹田窜了上来，那双有力的大手揽得更紧了，小妾胸膛里发出被挤压出来的咻咻的喘息声，这令司马羕更是欲火中烧。他顺手用力把小妾扳倒在怀里，双腿一使劲儿就将小妾抱了起来。回转过身去，紧跟在身后的几名男仆已经让不开路子，只好纷纷跳进池塘里。仆人们都知道，这个时候若是让司马羕有任何一点不顺畅的话，轻则五十大板，重则是要掉脑袋的。眼看着司马羕抱着小妾就要闪进院落里最近的屋舍，身后花池另一面传来管家的声音："历阳郡太守、威武将军苏峻大人前来觐见太宰大人！"司马羕连想都未想，双手一松，小妾掉在地上。司马羕回身疾步向第一进院子走去，他一定要亲自迎接这位让庾亮畏惧的征镇将军。

司马羕一直以来对苏峻颇有好感。这个流民将军在青州不甘寄人篱下，又担心被五胡大军剿灭，于是浮海辗转从东海国附近登陆，又到达广陵（扬州）一带继续结垒自保。当时，苏峻所率流民少说有四五千家，上万男女正丁，其实力足以割据一方。

二人第一次相见时，司马羕奉命前往广陵，带着晋王司马睿的敕令安抚这位自命不凡的流民大帅。苏峻的营堡果然气势不凡：近五千户人家，三万多人被分作六个营垒居住。每个居住点都建有高大的城垒，足以抵挡外来入侵者的进攻。营垒之间由运渎水相连，这在河网密布的地区实在是最便捷的漕运和兵员运输的渠道。营垒之间的相互来往和增员十分便捷迅速。每个营垒内居住着近千家流民，有自给自足的供应体系，这些人家耕种的田亩都在城外，城内除了居家过日子的屋舍，还有几乎相同规模的街市。这些街市可以向城内居住的百姓提供衣食所用的各类物资，还可以实现物物交换，实在是一座小型的城市。最令司马羕感到惊讶的是，这些家庭足以向营垒提供上千人的兵员，甚至可以向外派出上百水军，同其他营垒的水军对来犯之敌形成夹击。所以，自从苏峻盘踞在这一带之后，从未有盗匪或者官兵敢袭扰这一地带。

司马羕那次见过苏峻后，二人便开始来往，友情也就在这些来往中越发深厚了。

可苏峻毕竟是从青州郡渡海而来，之前一直驻扎在广陵一带，当距离京城越来越近的时候,他并没有感受到王朝中兴所呈现出来的繁荣昌盛,而是警觉地意识到,他周围布满陷阱,稍不留神就有灭顶之灾。所以,他的部将韩晃劝他还是先跟祖约将军见上一面,苏峻立刻就同意了。韩晃是苏峻最得力的部将,武艺高强膂力惊人,战场上从不畏惧任何对手,倒是令对手胆战心惊。

祖约是前朝征北大将军祖逖的亲弟弟,哥哥北伐立下不朽功勋,死后将身后的荣誉让这位弟弟统统继承了。所以,祖约对朝廷并无二心,对朝中可能发生的事情也知之甚多。苏峻应太宰司马羕之约要前往京城,祖约刺史听说他正是来讨教此行吉凶的,便力劝苏峻即刻前往,不得犹豫,更不可延宕。祖约对京都廊庙唯一不满的是,作为名门之后,哥哥对大晋王朝贡献斐然,忠心耿耿,而曾经与哥哥一道在北伐征战中浴血搏杀的他竟然未能进入辅政大臣行列,这让他很是郁闷。祖约知道,苏峻对此也颇有微词。尤其明帝曾极为赏识苏峻,竟然没有在遗诏中让他名列辅政大臣。苏峻以为,这里面一定有鬼。而这个鬼就是庾文君皇后的哥哥辅政大臣庾亮。祖约知道这些,当然也就知道怎样撺掇苏峻接近太宰司马羕。祖约让苏峻不用担心。

所以,苏峻在寿春住了一天,与祖约彻夜促膝长谈,第二天天还没亮就策马扬鞭朝着建康城奔驰而去。

司马羕将远道而来的苏峻迎进后花园。早先就让仆人将长廊尽头的花亭收拾出来,石桌、木椅,四周花团锦簇。两人在花亭里坐定,刚刚寒暄了几句,丫鬟们已经排着队手捧着昂贵的托盘,将一道一道美食端了上来。

二人觥筹交错,桌几上美酒佳肴,木椅旁美女环伺。两人很快就在畅叙中喝光了两坛老酒,话也就多起来。苏峻虽然放下了戒备之心,却不敢有逾矩之举,便又起身向司马羕施了君臣之礼,说道:"太宰大人如此抬举下臣,下臣不知如何是好。若是能请太宰殿下前往历阳郡一游,领受一番下臣急欲攀附皇室之心境,那才是下臣求之不得。"

司马羕心中有数,点头说道:"子高(苏峻字)将军,你我虽是君臣,却修来前世缘分,今世相遇实乃天意。卿不用着急,本公自会择日前往。"

苏峻感激不尽,说道:"历阳治所虽不能与京都相比,但那里美女之多,之美,京都难望项背欤。"

司马羕呼哈哈大笑一阵,招呼着苏峻坐下说话,然后说道:"本公知道你对皇室一片忠心,亦知晓你对乌衣巷琅琊王氏更是崇仰有加。今日既然来了,不如明日随本公前往乌衣巷去见一见王导如何？"

苏峻一听这话，不由感激万分，连连稽首，说道："太宰大人竟然知晓下臣内心企望，下臣受宠若惊。只是，下臣视太宰大人为再生父母，唯大人马首是瞻也。想当年若非大人垂青，下臣恐只能在广陵沉沦。所以，此次入京是遵照大人旨意而来，想大人定有密要之事托付，怎敢三心二意也。"

司马羕听了这话心里既轻松又得意，便说道："爱卿，那就再陪着本公喝下这一坛老酒，今日本公着实喜悦万分。想我与卿一别数年，难得有此机遇。来来，"说着端起酒樽先喝下一樽，看着苏峻诚惶诚恐连喝三樽，这才说："本公唤你入京，自然是因不断想起当年你率流民大军随本公四处巡视，本公所到之处，无人敢因不满安置而造次。从那时起，本公便将你和祖约爱卿视为股肱之臣，一日不敢忘怀。"

二人很快就将新开的一坛老酒喝个精光，司马羕情知接下来说的话分量太重，心中亦无太大把握，便又开了一坛。二人喝到兴处，司马羕见苏峻越喝话越少，以他对苏峻的了解，知道火候到了，正好下人又端上来一条炙烤牛舌，便抓起锋利的小刀，从舌面上割下最为鲜嫩的一片，递了过去。

苏峻受宠若惊，却是说不出话来，蘸着香料，将牛舌放进嘴里，细细地咀嚼起来。

司马羕继续说道："本公一连去了三封书函，你可还记得书函内容？"

苏峻咽下美味牛舌，用力点头，说道："太宰大人对历阳郡百姓生活甚为关切，亦对方镇军武力量之壮大寄予厚望。下臣读后甚为感动。"

司马羕将第二块牛舌放进自己嘴里，嚼烂，咽下，频频点头，说道："本公近来从广陵得一名厨，唯此牛舌最令人称道，的确让人食之难忘。历阳郡乃京都门户，其重要性可与当涂、于湖比肩。所以，本公历来关注历阳。尤其当年是本公举荐爱卿在那里方镇上下，自然挂念就要更多。当然，淮南祖约将军那里也是如此。"

苏峻说道："太宰大人如此抬举下臣，下臣自当竭诚报答大人恩情。"

司马羕晃了晃手，说道："子高将军，你我君臣不必言出必报答耳。王朝利益关乎天地之存，生死攸关，才是最应关注的。"

苏峻连连说是："下官与王敦大将军素无芥蒂，其实还算是十分仰慕于他。但是，我却不能选择追随他与朝廷对抗。明公再次言及王朝利益关乎天地生死，下官甚是敬仰，亦将其作为下官从政之本，誓不更改。"

司马羕对苏峻的一番话非常欣赏，又让仆人把二人的酒樽续满，整了整脸上的神情，换了一种语气，说道："子高将军，你心中也很清楚，此番请你进京不仅仅为了叙旧。本公对你未能入列辅政大臣甚有不满，想你也是心有疑惑。本公请你进京正是为将这件事跟你说清楚。事已至此，越是尽早让你知晓详情，对朝廷越是大有裨益。你说可对？"

苏峻惊叹司马羕居然知道自己心中所想，点头说道："下臣一心勠力大晋基业，先皇驾崩，下臣本以为会因功勋而入列辅政。然，下臣听京城传出之消息，那庾亮从中作梗，阻挠下臣成为太宰大人之臂膀。可是如此？"

司马羕迟疑了一下，还是点了点头说："将军果真料事如神。本公与几位重臣为此磋商多日，当年册立皇太子时王敦大将军态度坚决，其中最为令人唏嘘之辩词便是大晋王朝乃汉人王朝，不得让胡人后裔登基践祚。现在想来，令我等汗颜。那时候，本公在廊庙上亦是一言九鼎，却未能坚持己见，受到刁协、刘隗之流胁迫也是事实。司马绍登基坐位不过三年就撒手而去，让五岁大小之儿登基做了皇上。那日司马绍已是精神恍惚，我等又失去一次扶正正宗司马子嗣的机会。实在令人痛惜。"

"难道是有人再次胁迫大人？"

司马羕点点头说道："司马绍弥留之际，我等重臣便已经在宫外等候，却不得进入。只有庾亮通过庾文君得以靠近司马绍病榻之侧，据御医透露，依稀听到庾元规在跪求皇上将辅政大臣缩减至五人。御医说这还不是关键，关键是庾元规不准司马绍从几位弟弟里面挑选嗣位之君，说了许多话语恐吓司马绍。最后结果已经世人皆知，却无力回天也。"

苏峻听出司马羕话中的弦外之音，而且，他在心里已经计算出缩减辅政大臣，正好将方镇大将军排除在外了。尽管，司马羕并没有说出哪位方镇大将军被排除辅政大臣之外。可是，言外之意他这位历阳郡方镇的冠军将军原本应该是其中之一的。但是，苏峻还是被司马羕话中的选帝之说搞得有点儿不知所措了。这些皇室内部的情况，对他这种平日很难接近皇室的将军来说实在遥不可及。

但是，司马羕已经把话说到这个程度，而且，此刻正盯着苏峻呢，苏峻只好说道："下臣早已料到即使我对朝廷肝脑涂地，依然难入庾元规法眼。只是，如太宰大人所说，怎一个庾元规就能左右皇室册立嗣位之人？"

"爱卿所说令本公汗颜。这种事在历史上绝非仅有，按规矩，我们这些被中宗皇帝指定辅佐朝政的老臣有资格圈定嗣位之人。然，那日却被阻于殿外，不能接近皇上。待庾元规从里面出来，手里面已经扯着皇帝遗诏，不容分说，当下就让刘超大人宣读遗诏，令所有辅政大臣措手不及，就连开国元勋王茂弘亦是措手不及。"

"唔欤，司徒王导大人彼时亦无法接近先皇？"

"正是如此。"

"难道……"

司马羕没让苏峻继续问下去，而是说道："尽管遗诏里将司马衍确认为皇上，似乎无法挽回。但是，依照皇室规矩，若是四方征镇和一干大臣发现皇上继位之事藏有阴谋，可以敦请辅政换帝。"

司马羕将"换帝"两个字一说出口，就见坐在对面的苏峻浑身一机灵，酒都给吓醒了。苏峻瞪大眼睛，张大嘴巴，把放在嘴里的一大块牛肉吐了出来，问道："太宰大人刚才可是说换帝？！"

"正是。将军听得真切。"

"如此重大之事，殿下便坐在这里与下臣商议？"

司马羕摇摇头，说道："子高，本公并未同你商议此事，而是将一个酝酿多日之决定披露与你。"

苏峻连着打了好几个嗝，惊道："太宰大人，下臣斗胆索问，殿下是想要下臣参与其中？"

"正是。"

"太宰殿下换帝之举不违朝纲乎？"

"丝毫不违，却是拨乱反正、恢复大晋王朝道统之举。"

苏峻似乎还没回过神来，胆怯地说道："下臣仅是一郡之守，何德何能被太宰殿下寄予如此之厚望？"

"子高将军，当年你从青州渡海，千里迢迢归顺朝廷，足见将军对朝廷深厚信赖之情。中宗皇帝（司马睿）那年令我去为你授官衔，正是看重你对朝廷之忠心，并断言将军一定可以委以重任。本公正是依据中宗皇帝之言请你来府上商讨如此重要之国事。"

苏峻当晚就在司马羕盛情邀请下留宿于太宰官邸。司马羕让事先准备好的两名宫女进入苏峻卧房体己服侍，甚是用心。

二十二

第二天已经到了晌午，司马羕将午饭设在最深的院子里，这是要向苏峻表明，二人的关系经过昨日那场深入恳谈后，已经达到了相当的深度了。司马羕已经将苏峻视为自己阵营里的一员大将了。

饭局刚刚拉开序幕，司马羕的掾属从事中郎闯了进来，向司马羕报告说，中书监庾亮正在门外呢。

苏峻一听庾亮现身，不觉感到事态也许并不像司马羕刚才说的那样一切尽在掌握之中，急忙说道："太宰大人，庾元规突然现身恐来者不善，可需要下臣回避一下？"

司马羕飞快地想了想，对从事中郎说道："你即刻将苏将军带到第四进院子的贵宾屋舍中歇息。"又转而对苏峻说："苏将军不必因此感到窘迫。待本公会了庾元规后，今晚还要盛宴款待将军。"

庾亮没能看到长廊尽头的亭子里尚未吃完的酒菜，自然也就没能见到远道而来的苏峻。只是，他突然出现在太宰司马羕的官邸，并非毫无缘由。庾亮在京城布下的眼线早已经将苏峻突然光临京城的事情呈报给了庾亮，按照规矩，方镇将军或者郡守到访京城，必须先行向中书监禀报。未曾禀报就擅自进京，这是犯了大忌的。

庾亮并不说破，而是如往常在殿堂上见到司马羕那样，与其互致问候，然后被请到第一进院子的正堂里坐定。

二人寒暄了几句，庾亮就来了个单刀直入，问道："有人看见历阳郡太守苏峻大人昨日进入太宰大人官邸，并没有离开。难道有重要军情进京通报？"

司马羕没料到庾亮会如此开门见山，不给一点儿余地，也不想进行周旋，只好说道："苏峻大人身体有恙，进京求医。事先与本公有过书信往来，本公念其乃本朝功勋之臣，为他在京城招来名医诊治，如此而已。"

庾亮当然不会相信，此次突然前来，他是做好了充分准备的。昨晚上与钟雅和刘超深入讨论，对司马羕约请苏峻来京密晤的目的分析得非常透彻。既然有备而来，也就没打算遮掩什么，也跟着呵呵一笑，说道："太宰大人德高望重，又是最早追随元皇帝江左兴国皇族之一。王朝中兴乃先帝殚精竭虑而为，如今可谓众志成城，若是有人暗中拆墙，元规以为，大人绝对不会任由其胡作非为耳。"

"正是，正是！"

庾亮脸上掠过一丝冷笑，稍纵即逝，语气立时变得咄咄逼人，说道："既然我与太宰大人看法一致，那我也无须对太宰大人有何隐瞒。难道太宰大人还会对我这当朝皇上亲舅舅心存疑窦，或者对先帝中宗之意志阳奉阴违？"

"怎会如此焉，何以如此欤？"司马羕只剩下应付的力气了。

"大人，识时务者为俊杰，元规以为，此话用在大人目下之处境着实贴切。"

司马羕知道一味抗拒无济于事，便硬着头皮说道："庾元规，明皇帝遗世诏令所托辅政大臣并非你一人，你不可以一手遮天。王朝走向乃国之要务，本就应该由本殿下与其他几位辅政大臣共同谋划而定。然，你何时与我等商议过治国理政之大事？不仅如此，你却满城放出眼线，监视我朝元勋之臣。你眼里哪里还有王法？你方才所言，本公断难相信耳。"

庾亮连连晃头，那模样分明表示"你这老朽，已然不可雕琢也"，嘴上却说道："我几日前拜见过司徒王茂弘大人，与茂弘大人论及王朝未来大有相见恨晚之感觉。大人不用对此心有怀疑。当朝既定之政局，茂弘大人完全站在我一边。"

司马羕当然不相信庾亮的话，既没有摇头，也没有点头，而是直视着庾亮说道："本公知道元规大人心中所想已足够，大人不用抬出别人来制造声势。"

庾亮直接问道："太宰大人，你究竟有何图谋，不如此刻索性说个透彻。"

司马羕知道回避已经无济于事，一味退让只会适得其反。庾亮已经将他逼到了墙角，再不反击，结果可想而知。于是，便将大晋乃司马氏先祖一手创建，从大汉至今，上下已有五百年之久，这大汉江山岂容胡人坐定的原委言简意赅说了个透彻。

"我乃宣皇帝正宗之后，第三代是也，自然不能眼睁睁看着自家江山让鲜卑人端坐其上诏令天下。且这个鲜卑人竟然还是孩童。大晋立国至今，八荒六合之疆域，何其宏大辽阔，怎能由一个鲜卑幼儿挥斥天下？每每想起，着令本王以及一众老臣愧对先祖之大业。我司马皇室代出精英，京城城垣内已然比比皆是，岂容鲜卑孩童指手画脚，恣意妄为？"说出这番话，司马羕甚感扬眉吐气。

庾亮被司马羕的一番话语怼得张口结舌，沉吟良久，只能硬着头皮辩解道："皇上乃元皇帝正宗孙子，两代之后，已然正本溯源，何来鲜卑人执掌皇权之说欤？"

司马羕冷笑不断，说道："血统之说何来两代即可正本，一派胡言。既然话已至此，本公倒要将此说个明白。当年册立皇太子，满朝文武并无人以为司马绍为最佳人选，尤其说及鲜卑人血统，更是令众臣嗤之以鼻。然而，那刁协和刘隗依仗元帝宠幸，无视道统，仗势欺人，强行将司马绍册立为太子。彼时便有高人预言，司马绍坐不过三年。卜算之言何其准确。"

庾亮怒不可遏，实在听不下去，大声斥道："司马羕，你为一己之利，不惜诋毁先皇，罪该万死！"

司马羕并无惧色，冷笑一声说道："庾元规小子，彼时你在何处？不过太子侍讲。我那兄弟被你万箭穿身，惨死于他曾经一手建立的右卫军队之手，惨死于你这等窃取王朝中兴伟业卑鄙小人之手，何等冤屈，何等不甘。想我那阿弟承继先祖宣皇帝之血脉，誓言捍卫宣皇帝开创之至高荣誉，死不瞑目。你犯下滔天之罪，居然无星点罪孽之感！可恶至极。庾元规小子，你不过宵小之徒，能蒙骗元皇帝，却怎能蒙骗本王之慧眼？"

庾亮也冷笑一声，说道："司马宗犯下篡逆罪孽，死有余辜，我又何来罪孽之感乎？"

司马羕情知二人已是水火难相容，冰炭不同器，也清楚太宰在廊庙之上不过虚衔而已。所以，他沉吟了片刻才又说道："庾元规，你今日前来登门难道是要与本公争个你死我活？"

庾亮嗤了一声说道："若是大人视司马宗覆辙而不见，执意负隅顽抗的话，元规自当以为大人已然执迷不悟，坠入歧途。元规不惜动用一切手段阻止大人企图颠覆朝政之篡逆阴谋。"说完拂袖而去。

庾亮一走，午宴照常举行，酒过三巡，司马羕突然老泪纵横，竟然当着苏峻的面痛哭起来。

司马羕这一哭，可把苏峻吓得不轻，急忙起身，给司马羕行了君臣大礼，问道："明公因何如此悲伤？"

司马羕并没有立刻止住哭泣，而是任由压抑了许久的悲伤之情尽情宣泄，然后起身扶起跪在面前的苏峻，说道："将军不必自责，本公因亲人遭遇戕害悲痛不已，这些日子以来一想起就会悲从中来，难以自已。"

苏峻小心翼翼地问道："明公，微臣在历阳得知中书监庾元规竟敢冒天下之大不韪，以莫须有罪名将南顿王司马宗大人打入大牢，可是为此事悲伤？"

司马羕一听这话，强压心中怒火，问道："将军从何处得知此讯息？"

苏峻也就没有隐瞒，说是来京城前去拜访淮南太守祖约大人，从祖约大人那里听说的。

司马羕一屁股坐下来，身子向后一仰，长啸一声，骂道："庾元规，你这鲜卑黄须奴走狗，本公若不将你打入十八层地狱，怎对得起阿弟，怎对得起宣皇帝，怎对得起惨死于外戚刀下之父王。"接着，司马羕将司马宗惨死的过程说给了苏峻，当说到司马宗宁为玉碎，不为瓦全，誓死恢复大晋道统绝不屈服，被庾元规下令射杀，而身中三十几箭而亡时，司马羕忍不住又掩面痛哭起来。

听到这里，苏峻不禁拍案而起，大怒道："南顿王大人对我有知遇之恩，当年若非南顿王大人坚持让我定居于广陵，我怎会有今日荣耀。庾元规，你个奸佞小人，我苏峻从今往后追随太宰大人与你势不两立，不杀你这祸国殃民之贼臣决不罢休。"苏峻说到这里，也不管什么礼节了，抄起地上的酒坛，一口气喝下半坛子老酒。

二十三

京城乌衣巷琅琊王氏的宗正已经三次拜访京口郗鉴的大将军府了。三次到来，表明王羲之的母亲对这门婚事无任何不满之处。一如前两次一样，乌衣巷的宗正和保媒之人带来了一只鲜活的大雁。这让郗鉴心情大好。尤其他们每一次都会带来一只活大雁，令他感觉到亲家虽然出自名门望族，又是曾经惠帝最为信任的次直侍中王世宏的未亡人，对郗鉴却也是分外敬重的。在斯时的名门望族人家心目中，带着一只鲜活的大雁前往"纳采"，是表示对对方的极大敬重，以及对双方子女婚姻成功寄了最殷切的希望。乌衣巷的琅琊王氏很显然正是这样做的。每一次收下大雁，郗鉴都会怀着喜悦心情告诉来人，一切按照通行的正式礼仪进行，直至两位新人结为伉俪，而且毫不隐瞒女方家期待婚礼大典的急切心情。

不曾想一晃眼，竟然过去了一个来月，对方未进一步推进。郗鉴尽管也着急，却不便派人前往打探。如每日一样，离开官邸前，郗鉴都会去池塘边看望大笼里饲养着的那三只大雁。郗鉴让人将这三只被视作定情之物的大雁养在笼子里，一日三餐，餐餐鱼虾，不得有误。

三天前，将军府终于接到京城乌衣巷琅琊王氏送信人送来的婚书。送信人声称，只要男主收到女方写的答婚书，男主王羲之即日便可起程前来京口女方家"纳徵"，最多一日便能抵达京口。郗鉴接下婚书竟然没有勇气先睹为快，而是交给女儿子房（郗璇字），自己在女儿的闺房外等着。不一会儿，听见女儿在闺房里情不自禁地发出一声声惊叹。郗鉴急忙朗声询问："何以惊叹连连？"女儿在闺房里细声细气说夫家书信不仅礼仪周全，而且这满纸字迹，惊为天人所书焉。一边说着，一边满面春光跑了出来。郗鉴将婚书拿到手里，看过正文不禁赞道："这小子书体着实令人耳目一新。"

郗璇在一旁接着说女儿正是为此叹声连连也。郗鉴挥挥手提醒女儿不可因此失态："咱家女儿已经是名副其实的大家闺秀，举手投足还是要持重一些为好。"郗璇被父亲这么一说，脸庞顿时涌上红晕，噘着嘴想说什么，却见父亲泪水盈眶，不觉一惊问道："父亲大人何以如此？女儿难道有何不妥？"

郗鉴连忙摇头，将手中的书纸晃了晃说道："为父被这小子在这封别纸（附在婚书后面，做自我介绍的文字称作别纸）上的话语感动。这小子走到今日该有多么不易。为父又浮想联翩。"

郗璇娇嗔地提醒道："父亲大人，今日一过，不可再将女儿夫君唤作这小子，可好？"

郗鉴自知失口，忙说道："女儿有所不知，为父只是在镇东府时见过王逸少，这十几年来每次要去看望他，都失之交臂。"接着又哟了一声说："子房吾儿，你不可愣在这里，快快进屋去写下答婚书，乌衣巷送信人还等着返回京城。"

郗璇一扭身，飞回闺房写答婚书去了。

今天正是送信人说的第二天了，晌午一过，郗鉴就派出一哨人马，前往码头等待。依照郗鉴从水路往返京城的经验，不出意外的话，至迟黄昏之前，乌衣巷前来"纳徵"（聘礼）的大船就可以驶入京口码头。

郗鉴看过大雁，便出了官邸，心中快活，脚下就变得轻松不少，不觉就来到京口的集市。郗鉴怀着这样的好心情在集市上转悠了一圈，顺手买了一大一小两双木屐。出了集市，再接着转悠，却不知不觉来到将军府门口。于是，郗鉴让随行的扈从都在外面等候，只身进了官府大院，缓缓走上正殿。正殿是这位身兼辅政大臣的督军大将军的议事场所，也是郗鉴调兵遣将的"营帐"。这些年来，他把京口（现镇江）一带打造成了王朝北部最为牢固的防线，还时不时在接到羯人石勒禽兽军队又有骚动迹象的军情后，持节亲自前往徐州督军府，然后率镇守徐州一线的数万大军向北面示威性地移动上百十里，既演练了各路军队协同作战的阵势，比如鸣金、摇旗这类远距离指挥部队前进后退的阵法，同时又营造我朝大军势不可当的强大声势，令在四方环伺的五胡贼寇望而却步。

进了正殿，一股潮湿的味道扑面而来。郗鉴已经对这股气息十分熟悉了。长江下游这个季节就是这样的，万景万物都被这股浓重的潮湿气息包裹着。所能看到的一切都是湿漉漉的。

正殿里，石板铺就的地面在这个季节简直就像是一片湿地。郗鉴忍不住看了一眼脚上的木屐，这玩意儿实在穿不惯，可若是换上在洛阳京都时穿着的布面短靴的话，用不了一日，连鞋帮带鞋底都会让地板上溢出的水汽浸透了呢。

不知什么时候开始，京口将军府从上到下的大小官员都换了这种木屐。最让郗鉴不开心的是，他这个统帅大军的大将军也不得不听了随扈的话，穿上跟他们式样相同的木屐。他真的不喜欢穿木屐，硬邦邦的，冰凉凉的，行走起来啯呱作响不说，还无法走得很快。这让走起路来大步流星的郗鉴很不习惯。

郗鉴每每想起这些来，就不得不连连摇头。可是又有什么法子呢？走过大殿的石板地，郗鉴跨上几个石阶，便坐在了大将军办公的桌案后面的木床上。一坐下来，郗鉴又无奈地嘟哝了几句。任何时候，他都会这样子表示对生活在长江岸边这座城市里的无奈和不满。

正殿外面，留守在大门口的长史和主簿们正在说着什么，声音不大，听不清楚说些啥，但是可以听得出这些随扈们的家乡口音。有时候，郗鉴甚至能从这些口音里听出是哪位随扈在说话呢。跟随在郗鉴身边的官员都是郗鉴亲自挑选的，绝大部分都是他当年离开京都洛阳逃亡时的伙伴。这些人都在京城做过官吏，平日做起事来驾轻就熟。这让并不擅长文案的郗鉴在处理公干的时候十分得心应手。这时,一个带着浓重河洛口音的人说了一段对京口当地人生活表示不屑的话。此人是官府的主簿,一个地道的河洛京畿人。他那带着浓重鼻音的发声一下子唤起了郗鉴对往事的许多回忆。

坐在官床上,郗鉴被这既遥远又熟悉的声音带回到几十年前的一天,那是一个令他终生难以忘却的日子。郗鉴发现自己竟然没有力气将思绪拽回来,只好由着昏昏欲睡的身体里不断升起来的一股力量,让思绪飘然而起。那是怎样的一天呢……

得知惠皇帝的次直侍中王世宏入狱的消息,已经是三天后了。那日,郗鉴正陪着太孙在京都城中巡游,路过相国府的时候,从一位在相国府做属官的高平乡党那里听说了这个消息。属官告诉郗鉴,王世宏在淮南王司马允企图弑杀相国司马伦的叛乱中,为营救淮南王险些砍了司马伦的脑袋。郗鉴被这个消息吓坏了,急慌慌跑回后官,将所闻几日前在相国府发生的事情说给了太孙太妃王惠风。

太孙太妃听说王旷已经被打入监牢,分外焦急,自然不会坐视不管。太孙太妃立刻就让郗鉴带着象征太妃身份的玉佩前往金墉城去探望这位从叔父王世宏。

郗鉴不敢怠慢,拿了玉佩,又接过太妃匆忙中翻找出来的几块胡饼就进了金墉城。郗鉴并不知道设在金墉城内的皇家监狱在那里,等找到监狱的时候,竟然看到黄门侍郎王敦正在监牢的高墙外焦急地踱着步子,一只手还提着一个装饭食的陶罐。王敦见到郗鉴也是分外惊讶,郗鉴说明是奉了太孙太妃的懿旨前来探监的,还向王敦出示了太妃的玉佩。王敦眼睛一亮,回身就抡起拳头猛砸监狱大门。

狱卒看来已经领教了王敦的凶悍,不敢露出头来,只是在里面高声叫喊说:"王旷是钦犯,相国司马孙秀大人放下话来,任何人不得以任何理由到监狱来探监。"王敦也大声吼道:"我黄门侍郎和太孙中舍人奉了太孙太妃旨意前来探监,不信你就露个脸看看本侍郎手中这玉佩。"那狱卒果真露出脸来,被王敦一伸手抓了个正着。王敦手上一使劲儿,将那狱卒的脸撞到了窗户的栅栏上,疼得狱卒嗷嗷乱叫。狱卒看到玉佩,确信二人是奉了弘训官太妃的旨意来的,只好打开牢门,让二人进入院内。

金墉城内的皇家牢房是专门关押犯事儿的皇亲国戚、后宫嫔妃的。惠帝的废后贾南风就是被关押在这里,也是在这里被处死的。据郗鉴所知,当时监斩人里就有王世宏大人呢。

二人跟着狱卒走过一段石板路,来到一处半地下建筑物前,狱卒对二人叮咛说进到里面不得大声喧哗。王敦哪管这些,照着狱卒的屁股就是一脚,骂了一声:"你小子再啰唆,当心惹恼了我。你还不知道吧,本官既是黄门侍郎,也是武皇帝女婿驸马爷。"

狱卒一听这话,顿时没了声息。这时,另外一名狱卒点着了牢房里的烛火,漆黑的牢房顿时亮堂起来。监牢很深,顺着一条走廊走了一段路,再下一段不长的台阶,这才看到眼前关押犯人的牢房。

二人同时看到了躺在牢房草铺上的王旷。王旷听到动静,并没有起身,反而翻了个身,将脸朝向里侧了。

王敦突然哈哈大笑起来,说道:"世宏阿弟,还不快快起身,看为兄给你带来何物。"这大笑把跟在后面的郗鉴和狱卒吓得不轻。

王旷一滚身跳了起来,叫道:"阿黑哥,怎会是你?"

王敦说道:"怎么不能是我,我乃武皇帝驸马,谁能奈何我?"说着,揪着狱卒的脖领子拖到牢笼的栅栏外,让狱卒乖乖地打开牢房大门上的长锁。狱卒刚要说话,王敦举起陶罐就要朝狱卒脸上砸,吓得狱卒急忙开了长锁。

郗鉴跟着王敦进了牢房,王敦将陶罐递给王旷,催促着说:"快快将这罐热饭吃个精光。晓得是哪个为你做的?"

王旷看了王敦一眼,那意思很明确了,但他啥话没说,拿下陶罐上盖着的瓷碗,倒出罐子里的饭食,也顾不上烫嘴,狼吞虎咽地吃起来。

王敦见状,气呼呼地问道:"狱卒秃驴几日没给你饭吃?"

王旷嘴里塞满了粟米饭,伸出三根指头示意三天没吃过饭了。

王敦骂了一声,回身就去抓狱卒,才发现狱卒不知什么时候溜走了。

等王旷风卷残云般吃光了满满一陶罐饭食,这才说道:"阿黑哥,为弟可是死罪,别把你也牵连进来。"

王敦说道:"你在这里关了这么多天,怎知道是死罪还是活罪?胡说八道。"

王旷好不容易咽下嘴里的食物,这才看见王敦身后的郗鉴。一脸惊讶说道:"道徽(郗鉴字)兄,太孙太妃也知晓世宏犯下死罪欤?"

169

郗鉴连连点头，不无担忧地说道："太妃万分担忧，赵王欲要称帝早已不是秘密。若果然如此，以太妃一己之力，恐难阻拦赵王对大人痛下杀手。"

王旷叹了一声，接过郗鉴递上的胡饼，连着吃下两个后才说道："赵王篡逆，我怎会袖手旁观，死生早已置之度外。道徽你回去禀报太妃，皇上若三天见不到王世宏，定降旨找寻，无人敢藏匿我。赵王敢将我下入大牢，却无胆量置我于死地。"

王敦插话道："昨日朝会，赵王斩杀吴王之奏折被一众老臣当殿否决。我还听闻，那孙秀贼儿原想呈报斩杀你之奏折，见状没敢拿出来。道徽尽可放心，世宏不会有杀身之祸。"

王敦嘿嘿一笑，继续说道："东海王司马越与琅琊王司马睿都在为你四下活动。据说，成都王司马颖和齐王司马冏也都给皇上传来飞信，请求免你死罪。"

王旷一乐，向空中一拜，幽默地说道："感谢各位藩王，臣有礼也。"

王敦突然站起身来，用力一顿双脚，将蹲在地上的郗鉴拽了起来，说道："道徽老弟，你已不是外人，凭着我三人之武功，以一当十自不待说。咱索性趁此机会将世宏大人劫出大牢，然后再做打算，如何？"

王旷急忙说道："阿黑哥不得胡来。"

郗鉴说道："世宏大人，道徽与处仲大人所想如出一辙。与其坐以待毙，不如鱼死网破耳。道徽以为，劫出大牢后，可直接去中宫觐见皇后。这些日子，皇上在中宫闭门不出。"

王敦说道："世宏，我在前面将那两个狱卒放倒。一旦得手，道徽你护着世宏直接向中宫而去。途中无论遇见何人，若要阻拦，格杀勿论。"

郗鉴争道："处仲大人，还是让我去斩杀狱卒，你护着世宏大人逃往中宫。"

王旷急忙制止，却无法让二人停止争执。

三人正争着呢，听见大牢的门被打开了，梁王司马肜的声音传了进来。还没看见人呢，就听见梁王司马肜高声宣道："次直侍中王世宏接旨。"

三人不敢再说话，跪在王旷的牢房里一动不动等着接旨。

有火光映照着司马肜的身影走了进来，只见他双手捧着圣旨，边走边宣道："皇上诏令，让本王速速带次直侍中王旷前往中宫跪见皇上、皇后。"

郗鉴只觉得肩膀上重重地挨了一拳，是王敦大人打的。

170

将军府大殿外传来一声唱喏，把郗鉴从遥远的回忆中拉回。郗鉴听出是参军的声音，参军高喊京城乌衣巷琅琊王氏求婚男主王羲之的大船靠岸了。郗鉴急忙抹去不知什么时候流出来的泪水，起身出了官府，大步流星地往宅邸赶去。

尽管有心理准备，可是见到王羲之本人，郗鉴还是吃了一惊。心想这小子长得跟王世宏如此相像，除了脸上的胡须不如王世宏浓密，那身形体魄，面容神采，一颦一笑，活脱是王世宏转世。

这么一愣神，就听见王羲之高声唱喏道："琅琊王氏第四支第一门王世宏第二子王逸少携纳徵之物，以及家慈大人诚挚问候，拜见大将军。"

二十四

第二天，按照仪礼，王羲之要在媒人的陪伴下，将带来的五色彩缨亲手交给郗璇的母亲，再由母亲给郗璇佩戴上。所以，今日只是需要在郗鉴官邸的前院里，远远看着这个交接和佩戴的过程。等郗璇戴了五彩缨后，向着王羲之站立的方向行夫妻之礼，婚约便由此定下来。依照法规，从此王羲之便与这名叫郗璇的女子结为夫妻，即使还没有行最后的夫妻之事，任何一方毁约，将受到谴责，并接受当朝法律制裁。王羲之在来的大船上就被媒婆告知，只要五彩缨戴到了郗璇颈项上，就表明她将此生此身交付于王羲之了。这期间，无论哪一方有父母大人过世，对方都要尽子女之孝。王羲之问了一句："若是我离世又将如何？"被媒婆好一通训斥。训斥之后，媒婆言归正传告诉王羲之："若你当真不幸过世，女方则责无旁贷作为服丧的第一人，为你斩缞守丧。只是……"媒婆说到这里诡异地一笑问王羲之："还想听下去吗？"王羲之摆出一副满不在乎的样子说："有何不可？难道她还会为我陪葬不成？"媒婆急忙摇头说不可胡言乱语，然后说女方只要挨过男方下葬，婚约就自动解除，第二日就可以再行出嫁。王羲之听罢喟然长叹，再无兴趣继续这个话题了。

郗鉴大将军这时也来到前院，与王羲之坐在一起等待午时三刻到来。来到前院之前，郗鉴还专门拐到侧院的伙房转了一圈。佩戴五彩缨的仪式完结后，郗鉴希望作为女方主婚人摆下筵席，以表示主家的一片真诚之心。他当然不能把这个心思说出来，乍一见到王羲之，他这句话几乎脱口而出。郗鉴真的满意极了，正如媒婆和琅琊王氏的宗正所说，王羲之器宇不凡。多么理想之女婿，这也是他能为王旷大人做的最好的事情了。昨晚，女儿问过他这位未来的夫君是个怎样的人，他故意板起面孔说："父母之命，媒妁之言，这两道关都已经过了，就算是一个瞎目糊眼的丑家伙，女儿你也得认命了。"女儿就娇嗔地说："见父亲大人一脸喜不自禁的模样，女儿即便是嫁给一个瞎目糊眼的家伙，这心里也跟吃了蜜糖一样甜呢。"

郗鉴笑出声来，却忘了身旁坐着王羲之。王羲之起身问道："大人因何而生笑，难道小子刚才有何不当举止？"

郗鉴做了个少安毋躁的手势，让王羲之坐下来说话，然后说道："阿菟，以后便如此称呼于你，何如？"

王羲之再一次起身，行礼道："将军大人直呼小子三月之名（两晋名门望族在婴儿三个月后取的乳名），令小子受宠若惊。"

郗鉴这次没有让王羲之坐下说话，而是说道："阿菟，从今日起，不可再自称小子。你要尊我为外父大人，我就称呼你阿菟孩儿。婚约既定，我就是你外父大人。难道你还想反悔不成？"

王羲之惊得急忙跪下，说道："外父大人息怒，阿菟此生有此良缘，死而无憾。若敢反悔，天诛地灭。"

郗鉴见王羲之当真了，心有不忍，说道："外父恐是言重了。如你一样，外父亦认为此乃良缘。阿菟儿，你家母亲大人难道从未说及外父与你父亲大人多年之友谊？"

王羲之说道："阿菟时常听家慈说及大人与家严之间友谊，母亲多次说到外父大人当年护送家严，长途疾驰，前往邺城营救陆机大人。孩儿只是听说最后父亲大人没能救下陆机大人，却并不清楚营救过程。"

郗鉴听王羲之提到这件往事，眼睛就有些湿润。那都是二十多年前的往事了，于是说道："王世宏大人对我非常信任，我与他虽然从未歃血为盟，可在我心中，他始终乃盟主耳。那次王世宏大人日夜兼程，只用了两天时间就从邺城赶回洛阳。太孙太妃得知此事，让我随世宏大人一道前往邺城颁布赦免诏书。路上我才听说，是成都王司马颖答应世宏大人，只要拿到皇上的赦免诏书，就可免去陆机大人一家人性命。但是，只给了五天时间。世宏大人途中打败了企图拦截他从而瓦解营救陆机大人计划的那一干贼人，夺下两匹快马，这才能两天时间赶到京城。我二人马不停蹄赶到邺城时，三匹快马累死一匹。我那匹骏马是王敦大人所赠,在京城也是罕见之骏马。然,距邺城尚有二十几里路时,便累得口吐白沫,举步维艰。无奈之下,世宏大人只能单人匹马冲进邺城。等我拉着马匹好不容易到了邺城,已是黄昏,就见世宏大人独自一人站在城外土丘之上。"郗鉴没再往下说,而是顿了一下,长长地出了一口气。

"我父亲没能救下陆机大人。"

郗鉴点点头,说道:"世宏大人神情肃穆,但我还是看出他内心充满愤怒。外父我知晓营救失败,本欲宽慰几句,却有口难开也。直到眼看着世宏大人消失在密林之中。"

"你们分手了?"

"没有立刻分手。世宏大人说他该回家了。其实那时,太孙已经薨殂,外父我也不想回京城。世宏大人却不允许我跟随于他,他让我返回京城去保护太孙太妃,以及皇上和羊皇后之女。告别之时,他送给我一件东西。"说到这里,郗鉴喊了一声,随着喊声,将军府的参军应声进了屋子,手中捧着一把带鞘的长刀。

王羲之一看这把长刀,立刻认出刀鞘上的纹饰是琅琊王氏的族印。他不敢犹豫,面对长刀跪在地上。

郗鉴说道:"阿菟孩儿,你认出这把长刀来了?那年分手时,你父亲把这长刀赠予我。虽然他没说什么,但我明白,这就是与我义结金兰之信物。那日,我追赶上世宏大人,一直将他送到黄河边,看着他渡过黄河,然后,才转身返回京城。"

"我父亲大人没再说什么?"

"我们一路无话。陆机大人之死对他打击甚重,他应该是心如冷灰。"

郗鉴上前扶起王羲之,又从参军手里取过长刀,交到王羲之手里。

王羲之接过长刀,用手轻轻抚摸刀鞘上家族的纹饰,抬起头时,已是泪眼婆娑。他双手高擎长刀,说道:"外父大人,这把长刀可是要交予小子?"

郗鉴既没有摇头,也没有点头,而是从王羲之手中取过长刀,戴在自己腰间,然后说道:"阿菟孩儿,我早就知晓你继承了父亲刀术,无人能匹敌,这在建康城已不是秘密。且耳闻你熟读兵书,博古通今。外父着实为世宏大人感到骄傲。外父早有心意,希望你能到我镇北将军府来做参军,如何?"

王羲之不敢抬头,说道:"孩儿感恩外父大人厚爱。只是,孩儿能有今日盖因得到母亲大人悉心栽培，如今母亲年事已高，孩儿不忍离去。"

"如此，我若是强求，就太不近情理。不过，这把刀我现在还不能传给你，外父征战四方都要把它带在身上。但终有一天，我会将它亲手交给你，就如我亲手将爱女交给你一样。"

王羲之稽颡不起，潸然泪下。

郗鉴扶起王羲之，让他坐在对面，接着说其实他这一生最为敬仰和钦佩的人只有两个，一个就是王羲之的父亲王世宏，另外一个就是王敦。这位武皇帝的女婿在王朝中兴的一干功臣中可拔头筹，无人能出其右。但有一件事情王羲之要谨记，大可不必听信关于王敦企图篡逆的流言蜚语。琅琊王氏之所以能成为王朝第一望族，就是因为琅琊王氏的族人是皇室的死忠，无人敢有二心。郗鉴叮嘱王羲之，谣言止于智者。当年，王敦已经率大军进入京城，赶走了刘隗和刁协等人后就离开京城。若要篡位，岂不是信手拈来之事？

王羲之哪里还能插嘴，这些事情都还是头一回听说呢。

两人正说着，郗鉴官邸的大管家进来说佩戴五色缨的时辰已到。男女双方交接五色缨的仪式立即开始。

王羲之告别了郗鉴，独自来到大院中。站定后，双手将五色缨高高举起，口中朗声道："琅琊王氏王世宏第二子王逸少是也，仪礼过三，承蒙不嫌。此番诚携文定，愿结高援。手擎彩缨，敢表倾慕之意欤。"

话音刚落，一女子从深院里娉婷而至，乃郗璇姑母是也。姑母接过五色缨，将王羲之上下打量良久，点了点头，不曾说半句话，转身离开了。

王羲之不知下面该如何动作，大管家从后面走来让王羲之重新回到屋子里，隔着窗户向后院张望就是了。

回到屋子里，正朝着后院张望的郗鉴向一脸茫然的王羲之招招手，示意他到身边来，指着后面第二进院子的偏房说道："外父允许你隔着窗户看小女郗子房佩戴你家五色缨的仪礼过程。"

紧跟着进来的媒婆和宗正见主家发了话，也就不好横加干涉，两人悄悄地离开了屋子。

后院当中正好有一花坛，时逢秋季，花坛里的花开得正艳。正好就挡住了看向后院闺房的视线。郗鉴见王羲之不断地挪动身子，便将他拉到自己身边。郗鉴站着的地方正好可以看到闺房的窗户，王羲之扭捏了一下，好奇心占了上风,也就不再推辞了。闺房的窗棂设计巧妙,用木条编制的图案使人从外面光亮处往里面看的时候,里面的物件一片昏暗。一定是郗鉴事先做过安排,此时,郗璇在窗户下坐着,将身体的一侧对着窗户。这样,即使被人窥测,也只能看到半张面孔,影影绰绰,犹如雾里看花。

王羲之看得认真,心中甚是喜悦。女方的家人能不在两个新人之间挂上两张竹帘,已令他大喜过望了。

眼前不远处,那位让王羲之朝思暮想的女子一出现在窗户前,就强烈地吸引住了王羲之的目光。在他的学识里,这样身份的女子正如《诗经》所言,美目盼兮。女子当真朝着这边转过脸来,一整张面孔被窗外投进的光线照得斑驳陆离。看不清肤色,但依稀可见那是张精致的脸庞,面颊上有红晕弥漫。看不清五官,却依稀可以感觉到那张面孔明快而又轻盈,面孔上的神情祥和而又端庄。

王羲之已经不只是在看了,简直是紧盯不舍,目不转睛。之后许多年,当王羲之反复回忆那一刻的情景时,竟然说不出来当时的感觉。没错,王羲之坦承,那个时刻他的身心已经超然世外,不知去了哪里。

郗鉴不知什么时候站在了王羲之身后,悄声说道:"阿菟孩儿,外父敢向你保证,小女与你结为夫妻,正可谓天作之合,珠联璧合耳。"

二十五

亲迎的日子被定在了秋分后的第三日。这天,宗正在乌衣巷祠堂外的场坪设了祭坛。祭坛不大,也很简约。祭坛上摆放了代表天地神祇的象征物,象征物前置放了一排酒坛,酒坛里都是储存经年的老酒。这些专门用来醮神的老酒在祠堂后的土窖里不知存放了多少年,但凡族群里有小子娶亲,就会抬出来祭拜天地神祇。这是亲迎仪式中的第一道仪礼。

身着正装的王羲之在支系一群兄弟的簇拥下来到祠堂前的场坪上,王羲之的母亲和专程从安成郡赶回来的兄长王籍之早先一步就到了祭坛前,两人并没有迎过来,而是按照仪礼的规矩,将一排酒坛中间的那一个封盖打开来。王羲之在场坪上一露脸,围观的男女老少齐声欢呼起来。这时,王羲之在人群中看到陈留谢氏谢奕和谢安两兄弟,这两个小子都长高了半个头呢。见王羲之看着他二人,兄弟二人远远地向王羲之行了个大礼。

在宗正高亢的诵经声中，王羲之走向母亲，母亲将早就准备好的新郎帽冠给儿子戴上。人群又是一阵欢呼。

这场婚礼整整持续了三天。第一天，王羲之和一干堂兄弟们乘大船顺流而下到京口。临上船的时候，随行的宗正大人叮嘱王羲之说漫长的相亲就剩下这最后一道仪礼了，只要将新娘接到船上，这女子就是你的人了。只是，在京口女方家举行的仪礼中，千万不敢掉以轻心。否则，不仅会得罪大将军的家人，连媳妇儿恐也接不回来了。王羲之不信："宗正大人早就正告过小子，女方家只要在'纳徵'的仪礼时接了'文礼'，这女子便是咱家阿菟的人了，从此改名为王郗氏也。只要小子不下休书，任他是谁也不可阻拦小子将那女子接进家门。"宗正听罢哈哈大笑，在王羲之头上重重撸了一掌说："本大人就是喜欢你小子这种遇事顶真、做事扎实、凡事不人云亦云的秉性。"

到了京口，宗正还是担忧地警告王羲之说："以你的性子，任凭女主家的亲友如何接待你这位远道而来的女婿，你必须牢记镇定自若，处变不惊。"见王羲之一脸迷惑，宗正一脸坏笑着又说婚礼乃人世间之大事，也是唯一一次不分长幼的时刻。

大船在江上行走了几个时辰，王羲之心里一直忐忑不安。结果，还是宗正说得太过吓人，新娘家的一众亲友并无过火的举动。王羲之当着外父郗鉴大人和一众女方家的亲朋好友的面，通过了"亲迎"的第一道仪礼。

第二天，由司仪宣布二位新人的婚姻合法合规。亲迎的司仪是从京城专门请来的，这也是郗鉴大将军的意思。男女双方都是北方人，这位名满京城的司仪最受名门望族高看，因为此人也是从洛阳逃亡而来，在洛阳时曾为几位皇亲的婚礼大典当过司仪，而最为人称道的还是此人在执行婚礼大典的时候，使用的是旧都洛阳口音。这种口音被落难于建康城的名门望族视作当朝正音而受到追捧。

果然，在大司仪用洛阳语调朗声宣布了大婚合乎《礼记·昏义》所规定的全部规矩和男女双方家族的宗族法理的时候，在场的人几乎都没听懂。只见女方的主婚人郗鉴大将军频频点头，甚是赞赏。琅琊王氏的宗正附在王羲之耳旁用建康城中流行的方言为他破译了这段话的意思：这个受到万人瞩目的大婚，乃大晋王朝两个最有声望的大族联姻之美，实为天作之合。而合二姓之好，是以继先圣之后，以天地宗庙社稷之主是也。

早在行船上，宗正就告诉过王羲之，自打在建康城复兴以来，贵族结婚娶妻已经不再沿用当年洛阳城的繁复仪礼。如今的仪式已经十分简约，男主只要将女主接入家中，走一遍拜时仪礼，然后喝完交杯酒就可以与那女子进入洞房，行夫妻之事了。说到这里，宗正那张老不正经的脸上泛起一阵老不正经的神色来。王羲之却没有注意到。一听说仪式很是简约，心里头也就轻松下来。

王羲之的心情刚刚轻松下来，婚礼司仪便又是一阵朗朗絮语。就连宗正这样见过大世面的老者在翻译完接下来的婚礼仪式程序后，都惊得直拍王羲之的肩膀。王羲之被拍打得肩膀生疼，却不敢叫出声来。

这时只听见大司仪朗声诵道："《礼记·昏义》曰，'父母醮子而命之迎，男先于女也。子承命以迎，主人（女方家）筵几于庙，而拜迎于门外'，琅琊王氏男方可愿意前往女方宗庙接受女方筵席乎？"

王羲之没听懂司仪说些什么，再看随行而来的宗正大人却是一脸茫然，急忙怯声问道："宗正叔父，那司仪说些什么？"

宗正说道："问你是否愿意前往郗鉴大人的宗庙赶赴筵席。"

"不去能怎样？"

"呔，不去的话，这桩婚事就此告吹，咱家就灰溜溜打道回府也。"

王羲之正要回话，被宗正拦住说道："这是一套古老的婚礼仪式，现在都是只拜男方宗庙。你可要想好了。"

王羲之便又问道："拜了女方宗祠又如何？"

宗正连连摇头，说道："似乎，似乎乱了现下之规矩也。"

王羲之推开宗正，整了整头上的新郎冠帽，高声回答道："羲之愿入乡随俗，前往女方宗祠拜访。"话音未落，便响起一片山呼海啸般的欢呼声。

第三天，这支在京口被欢乐熏陶得醉了的亲迎队伍终于返回京都。婚礼也随之进入了最后阶段。

三天里，王羲之和新娘郗璇只是在京口娘家的宗祠外远远打了个照面。依照规矩，他们是根本不应看到对方面孔的。进入夫家领地之前新郎始终不知道新娘究竟长什么样，王羲之算是非常幸运了，承蒙岳丈大人厚爱，得以在佩戴五色缨那日就看到了新娘的身形和面庞。所以，在王羲之的印象中，那女子也是从那日开始，刻在了脑海里，永远无法磨灭了。

只是，这三日令王羲之甚是痛苦。痛的是那种对郗璇的记忆无时无刻不在撞击着他深藏在身体里的欲望，这欲望强烈到让他躲藏不得，痛不欲生。苦的是这种疼痛却使他心底滋生成长着一种从未体味过的幸福感，这感觉强烈到使他辗转反侧，夜不能寐。总之，这是一种令他对今后人生充满了追求欲望的快感。所以，尽管三天不曾合过眼睛，他却并不觉着困倦，疲乏。不仅如此，他快乐，他兴奋，他张狂，即使在身边有人陪伴的时候，他也会情不自禁地嘿嘿笑出声来。

回到乌衣巷已经是晚上了。翌日，依然是大晴天。这样的天气在长江边上的这个季节里十分少见。比起在京口那两天人头攒动、熙熙攘攘的盛况，京城乌衣巷的广场上却是秩序井然。人们从四面八方涌入乌衣巷琅琊王氏族祠前的广场上，直到那位在京口大出风头的婚礼司仪再次出现在广场上，一切都还是这个样子。有议论声，有压抑着的笑声，再没有更大的响动了。按照规矩，婚礼在进入第二道大门的重要时刻，必须合天地阴阳之法理。大婚之时，无论夫家还是妇家都不得奏乐或者鸣放爆竹。乐声爆竹声皆为盛阳之声，而男女结成夫妇则是至阴之为。阴阳在这样的场合下同时出现，会触犯天地法条，被视同诋毁夫妇契约。

然而，婚礼现场的人声鼎沸和喧闹非凡却是受到大大鼓励的。

王羲之便在此起彼伏的欢闹声中，从自家院子里走出来，众目睽睽之下走向广场。在广场上，王羲之双手接过阿哥王籍之递上的活大雁，转身来到族祠外设立的礼仪台前，将活大雁摆放在各色果实和物品中央。跪下后，王羲之盯着那只不知发生了什么事情的大雁拜了三拜，嘴里絮絮叨叨说完敬辞，大意是虽然父亲和母亲大人不在现场，但是小子此拜正是秉承父母大人之命，前来迎娶媳妇，为咱家接续后嗣是也云云。王羲之还说了很多本不该在这种场合说的话，都是冲着父亲大人说的。这些话语即使站得最近的阿哥籍之也听不清楚。说完这番私言密语之后，王羲之起身走向停放在不远处的那辆婚车。王羲之登上婚车后，随着司仪诵念的祝福之声，承载着新娘的肩辇进入场地。肩辇一出现，人群中响起欢呼声，王羲之的众兄弟姐妹发自内心的欢呼声让王羲之第一次感受到这些平日里看上去并不表露亲情的从兄弟们真诚的祝福。

新娘头上蒙着纱縠，从肩辇下来，走向高高坐在车上的王羲之。王羲之将缚在腰间的丝绳递了过去，新娘牵住丝绳，脚踏车板，二人一同用力，新娘嘤了一声站在王羲之面前。两人近在咫尺，王羲之听见了郗璇急促的喘息声，心中激情荡漾，表面上却坦然自若。这个时候，王羲之多么想牵着郗璇的小手，可是，众目睽睽之下又不敢如此恣情。王羲之与新娘一起，拉着这根丝绳的两端，将新娘送进了车厢里。然后，王羲之又送进车厢一根连接着车辕壮牛的一根缰绳。缰绳很细，这是一个象征，象征着夫妇二人从此将一同驾驭着家庭这辆承载着家族梦想的车子，顺着生活这条路前行，无论风吹雨淋还是路途坎坷，再无停歇之可能了。

婚车后面是怎样的情景，王羲之已顾不上了，他盯着被纱縠盖住了头的媳妇，突然问了声："卿可安好乎？"那颗盖着纱縠的脑袋点了点，并不说话。紧跟在后面的阿兄籍之喝了一声："阿菟，不得逾矩。"吓得王羲之不敢再说话了。

王羲之就这样和新娘共同驾驭着婚车在欢闹声中绕场三周，然后驾车来到王羲之家院子前。接下来的一切礼仪都是按照习俗规定完整进行下去的，王羲之父辈只有兄弟三人，并无姐妹，所以便没有姑姑。而母亲一族倒是姨舅齐全，只是姨母随了外放做官的姨夫，而舅舅则在洛阳沦陷后不知去向。所以，新婚夫妇在亲迎仪礼上只好拜了堂姑，算是尽了礼数。那时候新婚夫妇拜堂，并无有拜见父母这样的礼节，亦无夫妻对拜之规。所以，拜过姑舅亲属后，两人再一次来到后院的正堂里拜见母亲大人。母亲这个时候才流露出分外欣喜的神情。屋里的光线有些暗，她让老仆人将烛台举到两位新人脸前。看着看着，泪水就流下来。

郗璇小声说道："母亲大人，子房可否摘去纱縠？"

母亲哽咽着说道："不可不可，那是你家夫君所为之事。"顿了一下后，母亲又说："阿菟吾儿，子房吾儿，为娘活到今日，便只有两个心愿了，一个是阿菟完婚，今日算是得以偿愿。子房吾儿，为娘任何事都不会对你隐瞒，为娘第一眼看到你就感念上天如此厚爱我家小儿。第二个心愿就是祈盼你二人为我这一门生下后人，传续血脉。"

两人回到屋里，王羲之痴痴地端详着烛光里的郗璇，而郗璇在这样的目光下不知如何是好，只能羞怯地摆弄着挂在脖子上的五彩缨。

王羲之这才猛然想起宗正叮嘱的话，宗正说这个当初送到女方家的五彩缨必须在亲迎之后，由他亲手摘下来。只有到了这个时候，娶进门的女子才算是他最为亲近的人，并且将伴随他终身。想到这里，王羲之不觉哟了一声。

郗璇其实也在等待王羲之将佩戴在颈项上的五色缨摘掉。她坐在床沿上，透过蒙在头上的沙縠深情地看着不知所措的王羲之。听见他哟了一声，郗璇坐直了身子。

王羲之说道："妻也者，亲之主也，敢不敬与？"

郗璇羞红了脸点点头，说道："夫君大人，卿此生必将随夫君大人左右，须臾不离。"这是母亲大人在他离家时千叮咛万嘱咐的话。母亲告诉郗璇，说过这话，你可就断了回家之路了。郗璇那时就想过，若是真心喜欢夫君大人，回家的路断了有何不可？

王羲之伸出双手，这双手此刻是滚烫的，还在发抖。他心里也十分清楚，这双手将把这个女子奉献出来的一切接过来，然后义无反顾地担当起来。这双手就这样小心翼翼、郑重其事地摘下女子脖颈上的五色缨，然后，小心翼翼地掀掉了郗璇头上的纱縠，说道："子房，从今往后我不能再呼你名字，而是以卿代替，你可愿意？"

郗璇说道："夫君何言可否？自小女及笄那日到戴上大人亲自送来之五彩缨，几乎无一日不听到我家父亲大人说及你，还有我那无法谋面之父亲大人。一心就想着若能嫁于你为妻，小女此生足矣。至于你与卿身如何相称，自然要遂了夫君大人之意愿才为最好。"

接下来，两个人就这么面对面地坐着，王羲之的眼睛一刻也没从对方的面孔上移开过。郗璇会时不时地用目光触摸一下丈夫的脸庞，之后立刻慌慌张张地躲开去。她不敢直视夫君的眼睛，曾经尝试过一下，却立刻被夫君眼睛里怒放着的情欲吓了回去。当婚事确定下来后，母亲就给她传授了许多做妻子应该具有的知识。郗璇小时候就没少听过这样的传说，出嫁之前，母亲会将毕生所得毫无保留地传授给女儿。大户人家嫁女时，母亲都会这样做的。因此，郗璇一点儿没觉着害羞。母亲认真地讲，她就仔细地听，牢牢地记。离开京口前往京都父亲大人官邸的前一天晚上，母亲从一只樟木箱子最下面掏出一本图册，将烛火挑得明晃晃，让郗璇将图册上的画作认认真真看过一遍。那晚上，郗璇同样没有一丝的羞怯。母亲的话陪着郗璇来到京城官邸住下，始终在耳畔回响着：行夫妻之房事，你要教授于他，这是妻子应尽之责任。

凝视良久，王羲之长长地出了一口气，让郗璇坐在原地不要动弹，自己起身将烛台拿起，在郗璇左面高高举起，又端详良久，然后让郗璇将脸慢慢转过来。郗璇照着做了，却忍不住笑着问王羲之这是在做甚。

王羲之并没有回答，而是再一次凝视着烛光下的郗璇。片刻后，将手中的烛台放回到案几上，这才重新坐回在郗璇对面，像是完成了一件非常重要的事情，整个人放松下来。这时才说道："卿，那日你在闺房里佩戴我送去之五色缨，可知道我就站在前院的屋舍里凝神眺望乎？"

郗璇咯咯笑着说道："那日家里老仆悄悄告诉卿身，说父亲大人与你可以在前院屋子里看着我佩戴五色缨。老仆还说，你面前垂着一张竹帘，此规矩也。大人走后，卿身跑去那个屋子里也站在大人站过的地方，隔着那张竹帘，却是什么也看不清楚。"

王羲之牵过郗璇软糯的小手，心里不禁又起痉挛，说道："规矩确实如此。可是，外父大人却允许我掀起竹帘看着你佩戴五色缨。刚才我高擎烛火，也是想将那日情景重现一番。"

郗璇脸上一红，问道："大人，卿身可是那日卿身欤？"

王羲之点头说道："正是，却比那日越发妩媚娇柔也。"

说着，王羲之轻轻放下郗璇的手，起身从屋子一角抱过来一个酒坛，打开蒙在酒坛上的盖子，给两人面前的酒樽里各倒了一樽，说道："这坛酒是咱家世儒叔父亲手酿造，酿造之时便嘱我今日方能饮用。我没舍得拿到大典现场，今日只剩下你我二人，我想咱家世儒叔父是希望我与你结为夫妻之后，一同享用它。"

郗璇好奇地看着夫君。夫君依然穿着亲迎仪礼上那身庄重的礼服，看上去憨厚而又豪气，问道："大人难道没有尽兴？"

王羲之嘿嘿一乐说道："兴是尽欤，可是我依然还想喝上几樽。"说着，便倒了两樽酒，自己先端起一樽。"世儒叔父所酿制之酒在京都廊庙上颇有名声，即使皇上欲要求之，亦是不得也。"

郗璇也拿起酒樽，问道："大人打算将这坛酒喝光？"

王羲之窃喜道："非也非也。卿，我只是欲要再像仪式上那般，你我能喝上一次交杯酒。"大概是看出郗璇眼里的疑惑，又说："我喜欢与卿两臂环绕之感觉，那感觉让我喜不自禁也。"

郗璇抿着嘴笑道："夫君大人，卿身亦有同感耳。"

说着，两人将右臂绕在一起。两臂缠绕，两个身子便完全贴在一起。王羲之心里有如揣着一只欢蹦乱跳的小兔子一般,这只小兔子令他心慌气短,两腿发软。

　　三樽老酒下肚,王羲之周身滚烫,遂脱去套在外面的长衫,白色的亵衣衬着被酒烧红的脸庞,使得他整个人一改平日的古板。郗璇注意到了这个变化,嘻嘻笑着说道:"夫君大人,那日你到京口送文定,卿身还是忍不住偷偷看了你之模样。"

　　王羲之朝嘴里倒进一尊酒,好奇问道:"卿是想将今日之我与那日相比较?"

　　郗璇娇嗔道:"大人怎就一下子猜到卿身心里所想。你若总是如此,卿身哪里还有藏身之所。"

　　王羲之重新坐下来说道:"卿,你与我从今往后如影相随,何需藏身。我就不会有什么需要在你面前藏起来的东西。"说着,他解开长衫,露出里面健壮结实的胸脯。"你想知道什么,尽管从这里面掏取便是。"

　　郗璇眼睛亮了,抿着小嘴,说道:"那日你离开后,父亲大人对我说你曾经对父亲立下过誓言,要为他生下八个孙儿。真有此事?"

　　"一点不假。我正是对外父大人如此说的。六岁时,父亲希望我长大成人后娶了媳妇,定要让琅琊王氏我们这一门支人丁兴旺。我当即拍着胸脯答应下来,可是可是,那时我并不知如何能诞下如此之多子嗣欤。"

　　郗璇脸上又涌上了红晕,问道:"大人,你既然不知如何添丁增口,怎敢夸下海口欤?"

　　王羲之一愣,想了想说道:"卿,你如此索问,我着实不知如何回答。可是,可是,这难道不是卿身体力行之事乎?"

　　郗璇咯咯笑起来,一面笑着,一面站起身来走到她随身带来的四口樟木箱子中,朝着坐在那里愣神儿的王羲之招了招手,让他过来把一口叠摞在最上面的箱子搬下来。郗璇打开这口箱子,从整箱衣服最下面抽出一本书册来。然后,回到床旁侧身坐下来,一条腿搭在了床沿上,伸出拿书的手,把脸扭向床的里面,并不看着王羲之,声音有些颤抖地说道:"夫君大人,这本书你要仔细看过。"

　　王羲之拿到书坐回到烛台前,借着烛火打开书册,只看了一眼,整个身体都变得僵硬了。再继续往后看,王羲之的身体不安地扭动起来,喘气的声音清晰而又粗重。

待王羲之脚步沉重地回到帐子里，摇晃着手里的书册，目光如火炬，喘气如奔牛，声音朗朗，问道："卿，你何来如此淫秽不堪之书册？"

郗璿轻声喊起冤枉来，然而却是一边娇嗔地嘤嘤着，一边任由王羲之剥去身上的衣衫。看着郗璿渴望殷切的目光，王羲之晓得这接下来的一步对自己和这个家族有多么重要。然而，脱去郗璿身上的衣物比想象的要难得多。王羲之不得不强忍住极大的好奇心，以及这种好奇心造成的深彻的恐慌。当用颤抖着的双手解开郗璿衣裙上的每一根束带，终于什么都不剩的时候，王羲之停住了。

郗璿这时又说道："刚才大人所看书册是自大汉朝以来，历朝历代贵族人家必备之物，难道琅琊王氏竟然没有？"

王羲之剧烈地摇摇头，喘气的声音越发粗重了："逸少在家中未曾见过此书册。"

郗璿扳着王羲之的脸庞说道："父亲大人在洛阳宫中为太子（惠皇帝唯一的儿子司马遹）做舍人时，深得太子器重。太子被贬为庶人迁往旧都洛阳前夜，将此书册赠予父亲大人。"

"难道你没有看过？"王羲之开始脱自己的衣服。

昏暗的烛火光影里，帐子里的两个人像是一对举止僵硬的木偶。郗璿又发出嘤嘤声，说道："从未看过。但是，离家那个晚上，母亲大人将书册取出交给卿身，嘱我先要让你仔细读过。母亲大人说，这是大人在夺取卿身贞操前必读之物，而且，这书册可以让你得以偿愿。"

"八个儿子吗？"

"正是。"

"那还等什么？"

王羲之一把将赤裸的郗璿揽进怀里，两具滚烫的躯体在接触到的刹那间融合在一起了。一阵眩晕袭了上来。王羲之身体器官的急速膨胀令他脑袋里发出巨大的轰鸣，四肢、器官，甚至长发，都在郗璿的迎合中无法掌控地飞扬起来。

王羲之在郗璿不断发出的嘤嘤声中闯进一处神秘的领域，立刻就有了被拔离地面，腾空而起的飞翔感。不知什么时候，桌几上那盏闪着昏黄烛火的烛台上，火焰不再跃动，而渐渐变小变小。最终，豆样的火焰轰然熄灭。帐子里的

183

一对新人像一对比翼的鸟儿，在湛蓝的天空中疾速飞翔。郗璇总是飞在前面，带领着懵懂的王羲之一边体味因冲动而起的慌乱，一边在百味翻腾中呼啦啦扇动着翅膀，跌跌撞撞地飞上了一座被五彩光晕笼罩着的山巅。巅峰上一片灿烂。耀眼的光明炫目而多彩，光明传导出来的暖意和温热令人心神荡漾。这样的飞翔，快活得让人有死而后生之感，美好得令人有不忍罢休之情。不知过了多久，在氤氲中，郗璇背负着忘情的王羲之冲了出去，钻进无边无际的蓝紫色天空。突然，王羲之感到有热流从身体里喷射而出，如果那个时候他真的还有清醒的感觉的话。这热流荡起的冲刺一定是灼着了身下的卿，于是又听见郗璇光滑的身子里被灼热撩起的喘息。王羲之完全丧失了意志力。此刻，他只好随着从骨子里绽裂出来的暴力，驱赶着健壮的躯体不知疲倦地奔跑着，跃进着。不知怎的，两人重新变成了鸟儿，忽儿从苍穹中如飞矢般坠下，投身崇山峻岭之中，在漫山的丛林里恣情追逐，王羲之会不时地追上郗璇并扑上去将这个心爱的人儿衔在嘴里。两人会在疯狂的啸叫声中，在空中翻滚、追逐、撕咬、拉扯，直到精疲力竭。忽而二人又变作了鱼儿，从万仞山上跃入深潭，入水的刹那间，透彻肌肤的冰爽逼得王羲之嗷嗷地欢叫起来，然后，他抱着郗璇沉了下去。撞到深潭底部的时候，他甚至感到了疼痛，但那是多么令人不舍的疼痛。他不打算重新浮出水面，永远不想这么做呢。

不知过了多长时间，王羲之醒来，举目望去，一片漆黑。有一阵子，他完全不知道是在什么地方。他下意识地动了动胳膊，一只手触到了光滑的身子。光滑的身子随着触动，翻了过去，随之听到了郗璇发出的低微的喘息。王羲之就这么一动不动地躺了半个时辰。多少年后，他依然清楚地记得那一刻他所产生的全部感动和慨然。

郗璇又翻了一次身，王羲之还是没有睡意。他悄然而起，摸着黑穿上衣衫，又摸着黑持刀到了当院。王羲之让整个人停留在起式中，笔直地站立在院子当中，直到丹田深处自由地升腾起一股热涌，热涌推动着丹田之气开始沿着经络弥漫游走，遍及全身。直到这个时候，王羲之才将双手缓缓平举而起，拨开纷乱的情丝，理顺芜杂的感觉，出刀了。当一趟刀术走完之后，王羲之顿觉气血通透，周身舒畅。

回到屋子，王羲之点着桌几上的油灯，然后染翰操纸，写下了一段对新婚第一夜的感怀。这是一段赋体抒怀，文字在不断涌现出来的兮乎之间，抒发了对当夜床笫之私的惊讶、喜爱和欢呼。书写这段感怀，王羲之没有使用章草，更没有使用正书，而是第一次使用了这些年来潜心磨炼的自创书体。

二十六

族长王导昨晚上出席了琅琊王氏后辈又一门婚事后，早早就离开了。离开时心里还是百般遗憾，跟宗正分手的时候，他甚至抱怨说若非宗正横加阻挠，郗鉴家的闺女本应做了他这个司徒大人的儿媳妇。

王导回到家中就接到治书侍御史的通告，声称皇上诏令他于明日入宫，商讨要务。至于商讨什么要务，治书侍御史声称自己并不知晓。但是，很显然，这个要务很紧急，不然，也不会在定昏时分已经过了，还要让他出宫将这个召见的旨意传达给乌衣巷。

因此，王导今日便起个大早，匆匆吃了早饭便坐上配给司徒的专用牛车去往宫城了。

到了皇宫的司马门，两名服侍幼帝的黄门已经在等候了。王导跟在两人身后，径直就往弘训宫走去。

王导一看是去往弘训宫，心中就有些纳闷，弘训宫是皇后庾文君居住的处所，即使幼帝尚未成人，践祚后就只能居住在中宫了。中宫里有皇上的寝宫，寝宫里有专为皇上配备的陪床宫女。这是王朝建立以来的标准配置，这套礼仪标配还是王敦从洛阳后宫带来的，成文之后，便被当作宫中的规矩了。王导心想，一年前肃宗司马绍突然去世，天之大任一下子就降临到了一个还只有不到五周岁的孩童身上，如此繁重的治国理政的事务别说是一个不谙世事的孩童，即使如他这样久处廊庙、深谙官场之要诀的老臣都难以把持轻重缓急。

一边想着，抬头就看见了在弘训宫外守候的中书监庾亮，在庾亮身后站着尚书令卞壸、吏部尚书陆晔和江州刺史温峤。除了大将军郗鉴没有在场，这一干人等都是司马绍遗诏中钦定的辅政大臣了。

弘训宫里并没有修建用来议事的殿堂，黄门将王导引到寝宫一侧的偏房里。庾亮一干人倒是很顾念王导的身份，让王导先进了偏房，其他四人这才跟了进去。

偏房很小，长不过十五丈，宽不过七八丈。就在这空间逼仄的厅堂里，还摆着一张供幼帝接受朝见的御床。幼帝此刻就坐在御床上，幼帝的母亲庾皇后陪伴着坐在幼帝左侧的一张相对矮小的木床上。龙床前面不大的一块儿空地上分两行摆放着一些草编的蒲团，这大概就是平日庾亮兄弟几人，或者最为庾皇后赏识的内臣坐的了。

王导一进到屋子里，幼帝急忙起身走下御床。王导见状慌得连忙行君臣大礼。皇后在一旁说道："皇上还是要坐回到御床上去。"

王导跟着说道："臣惶恐，皇上不必对臣如此恭敬。臣辅佐皇上乃天经地义。"

幼帝说道："朕惶恐，第一次召见爱卿，朕还是不想顾及官中礼仪。皇后刚才多次提醒朕，只是朕一见到卿，就如同见到祖父元皇帝，心里不觉暖乎乎耳。"关于幼帝见到王导使用"朕惶恐"这种君臣颠倒的谦辞，朝廷有司早有微词，但是每次奏请皇上不可乱了朝纲，幼皇却置若罔闻，理都不理。

王导说道："臣惶恐，老臣亦是时常想念辅佐元皇帝那些岁月，只是物换星移，谁又能拦阻？皇上召见臣，臣受宠若惊，皇上但何事，尽管下旨便是。臣当勤力为之。"

幼帝听了这话后，转脸看着母亲庾文君，问道："是母亲大人让朕传唤于茂弘大人，朕无话可说耳。"

王导身后，庾亮开口说道："司徒大人不必误会，皇后这几日与皇上说起一些朝廷大事，元规以为，如此宏大之事，必须由司徒大人在场方可定夺欤。"

幼帝对庾亮的这些说辞皱起眉头，很不耐烦地说道："茂弘大人，朕惶恐，刚才舅舅所言并非实话，母亲大人那晚说起我那叔叔道万的事。郑太妃薨殂已然多日，我那小叔依然吵着要见母亲，还哭着找到朕这里来，说什么也不愿到琅琊国去做藩王。可那是祖父大人所定之事，怎好由朕推翻乎？母亲大人说茂弘大人一定知道祖父大人何以非要让我那小叔去做琅琊国藩王。茂弘大人，朕无主意便向母亲大人请教。母亲大人说，那就依了我那小叔叔，他愿意去哪里就去哪里，也免得每日哭闹不止，让人无可奈何。"

王导强忍住没笑出来。幼帝口口声声说的那小叔叔其实是元帝司马睿最小的儿子司马昱。幼帝虽然贵为皇上，却拿那位小叔叔的哭闹无有法子，就连庾皇太后这位皇嫂也无可奈何。王导见幼帝面对小叔叔的纠缠一脸苦相，便说道："臣惶恐，琅琊国乃元皇帝祖居所在国。从皇上远祖始就被封作了琅琊国的藩王。武皇帝发动统一中国之战争，又是皇上曾祖父在这里接受东吴皇帝孙皓交出之皇玺,而皇上祖父先皇元帝能中兴大晋,亦发轫于琅琊王国。也因此,元皇帝始终视琅琊王国为大晋朝永保江山之风水宝地。可是,皇上其他几位皇叔先后都做了其他藩王。皇上五叔司马焕原本是琅琊王国藩王,可是又过早薨殂,无法实现元皇帝对故国眷恋之情怀。所以,元皇帝就将皇上六叔封为琅琊国藩王。"看着幼帝一脸懵懂的模样,王导知道幼帝无论如何难以弄清楚这些关系,而且他就这件事情早就与庾亮有过交流。于是又说:"皇上不必为此烦恼,只是不知皇上六叔提出要到何处去做藩王?"

这时,皇后说道:"说了不怕茂弘大人见笑,我那道万阿弟哭着喊着非要到会稽郡去做郡王。本后向六弟说琅琊国乃当朝最大封国,也是他父皇元帝最为看重之封国。可是,可是,我那六弟却是听不进去。本后虽贵为皇太后,却拿六弟无有好法子,只能求助于茂弘大人也。"

王导一听这话,与当初庾亮说的并无二致,便顺水推舟,说道:"承蒙皇后厚爱,依臣之见,若是能遂了道万心愿,也许他就不会再继续哭闹不止。会稽郡无论地位还是影响力虽然都难与琅琊国匹敌,然,王朝中兴以来,先皇却始终将那里视为朝廷最牢固之大后方。一直以来,无论元皇帝还是明皇帝都会将最为信赖之臣派往那里做内史,可见会稽在先皇心中地位何其之高。会稽没有成为封国,源于元皇帝对王朝创建先祖的爱戴与缅怀,不愿一改先祖所开创的原有格局。"王导这时面对幼帝说:"皇上,若是皇上信得过老臣,老臣愿意前往琅琊王司马道万那里游说一番,也许会有个好结果。"

幼帝一听这话,笑逐颜开,说道:"朕惶恐,既然爱卿自愿为之,就请劳烦卿往那里走一趟耳。不然,朕为此下一道诏书,你看可行?"

王导说道:"臣惶恐,若是皇上能为此诏令司马道万为会稽郡王,老臣以为,那可就事半功倍了。"然后,转身看着身后一直没有说话的尚书令陆晔和中书令卞壸说道:"望之、士光(陆晔字)二位大人,你们与茂弘同为辅政,又都是元皇帝信任之老臣,对此封藩大事也该有个态度才是。"

陆晔只是点点头,并没有说话。论年龄,陆晔比王导大了十五岁,还是前朝陆机的叔伯弟弟,同属名门望族之后,可是论对大晋王朝的贡献和享有之声望却是难以望其项背的。

卞壸尴尬地咳了两声,知道若是自己也跟着陆晔晃晃脑袋,是绝对要受到王导苛责的,于是说道:"司徒大人,我与士光大人只是比你早到一步,刚刚

187

才知皇上旨意。此乃皇室自家事情，既然皇上有了旨意，又下了诏书，我等听候差遣便是。"

王导又看了庾亮和温峤一眼，见二人脸上都挂着窘迫的神情，也就没再往下说，而是转身朝着龙床上的幼帝说道："老臣惶恐，皇上不必为此事忧心忡忡。老臣拿到诏书，即刻前往东宫去见琅琊王司马道万。这件事情，不会再出任何差错。"

离开弘训官，王导先行去了东宫。在东宫外等了不多时，庾亮就拿着诏书赶了过来。王导带着诏书进了东宫，当着中书监庾亮的面向司马昱宣读了诏书。这一次，司马昱竟然没有啼哭，而是跪接了圣旨后问王导说："大人派谁陪伴本王前往会稽封国呢？"王导一时语塞，一旁的庾亮连忙说将由新任会稽内史诸葛恢大人护送，庾亮又详细解释了护送司马昱的卤簿仪仗的规模，最后说皇后特别派出一支皇家禁军队伍负责途中保护。司马昱听了后除了感到好奇，甚至还有些高兴呢。

出了东宫，庾亮将王导送到司马门外，二人一路无话。王导情知庾亮早已经将此谋划停当，将王导请入后宫商议此事，不过是想堵住其他辅政大臣的嘴巴。王导也很清楚，这一路走出来，庾亮肯定会有话说，只是不知怎样开口罢了，所以，他不先开口说话，也就是不想给庾亮说话的机会。

等王导上了牛车，庾亮这才隔着车厢的竹格窗说道："司徒大人，元规还有话要说。"

王导装作一脸懵的样子问道："中书监大人若是有话，何不在皇上和皇后面前讲？你难道不想让皇上和皇后知晓此事因你而生乎？"

庾亮被王导觑破，尴尬地咳了一声，说道："元规今晚欲要前往乌衣巷拜访司徒大人，可否？"

王导想了想，说道："既然中书监大人觉着一些话必须在乌衣巷说，那我就恭候大驾光临。"

晚饭刚刚用过，天也刚黑下来，王导径自来到祠堂前面的礼宾堂让随从们点着了大蜡烛，自己坐在正堂里中央的扶椅里等着庾亮到来。不一会儿，宗正就引领着中书监庾亮进了礼宾堂。

庾亮带来了皇上的另外一封诏书，并将诏书交给王导。

王导看过诏书，哼了一声，说道："中书监大人，老臣以为，关于司马道万去处，你早已向老臣表明过心思，可不必复述也哉。你今日在宫门外欲言又止，恐是又生出变故来。中书监大人此次来乌衣巷，必定深思熟虑。所以，不如开诚布公为好。"

庾亮也认为两人用不着说客套话，就直奔主题而去。

庾亮开宗明义，说道："皇上和皇后对司徒大人一番建议十分赞赏，大人走后就下了诏书，诏书你也看过。皇上旨意是，一旦诏书宣示，司马道万不可在皇城久留。虽然皇太后对道万很是留恋，然，依照元皇帝时期惯例，东海王司马冲与武陵王司马晞，以及道万同母阿哥司马焕均是在宣示诏书后就前往藩国。皇后以为，既然是皇室惯例，就只能视为皇室规矩，不可逾矩耳。司徒大人以为如何？"

王导说道："既然诏书已下，道万去处亦无可更改。老臣只是困惑，中书监大人光顾陋舍所为何事？"

庾亮被问得顿了一下，说道："司马宗阴谋篡逆已经伏法，可是，元规知道他在京城势力尚未肃清，必定会寻找机会以求一逞。"

王导面无表情地嘿了一声，说道："中书监大人难道怀疑老臣也是司马宗之势力？"

庾亮慌忙说道："臣不敢。司徒大人乃王朝中流砥柱，满朝文武皆服膺大人之功勋。即使皇室族亲太宰司马羕大人，何不如此乎？故而，臣此次前来拜访便是希望仰仗司徒大人之威望，让道万此行不再横生波折。"

王导这下真的不明白了，问道："一个藩王改封之事，何来横生波折乎？"

庾亮说道："臣不敢对大人有所隐瞒，臣已得到报告说司马羕已经知晓改封之事，晌午前来要求觐见皇上，被臣阻在司马门外。司马羕坚决反对将司马道万改封为郡王，扬言发动住在京城皇族和老臣上书奏请皇上撤销改封诏令。"

王导嘿嘿一声，不无讥讽地说道："中书监大人，如今廊庙上你已一手遮天，谁又能奈何于你？"

庾亮并不理会王导的讥讽，说道："臣当时就对司马羕表明，这事与司徒大人商议过并得到首肯。他便无话可说。可见，太宰大人对司徒大人十分敬畏耳。"

王导摆摆手说道："中书监大人，你不会是为这件事情而来。还是说出你的真实来意也。"

庾亮说道："臣以为，廊庙上下内外，司徒大人德高望重，一言九鼎。臣之意是尽快将道万郡王送往会稽郡。"

王导大概听出庾亮话里的意思，不觉一惊，问道："难道中书监大人是想让老臣将道万郡王送往会稽？"

庾亮急忙说道："臣不敢生此念头。但是，臣曾经说过，护送一事，由乌衣巷承担最为合适，也曾经提出过人选，难道司徒大人将此事遗忘欤？"

听了这话，王导连连摇头，尽管没有说话，态度确实非常明确。

庾亮见状，说道："司徒大人，这件事情皇宫自然责无旁贷，皇上在诏书里赐予道万郡王鼓吹二十名，加羽葆、斧钺，班剑六十人。阵仗可谓不小，完全是皇室封王卤簿。这些人却只是仪仗队而已。宫中还会派一支禁军小队护送，但若是途中不幸遇见成群盗匪，怕是不堪一击。京城里谁不知晓，满城名门望族中，乌衣巷琅琊王氏不仅书艺出众不乏其人，武艺高强者更是比比皆是。"

这话让王导很是受用，于是说道："中书监大人心思老臣明白些许，你意思是坚持让咱家王逸少衔王友职随郡王前往会稽。"

庾亮一阵轻松，脸上也有了笑容，点头说道："大人所言极是，满城望族中，王羲之刀术出类拔萃，无人能及。况，王逸少又是道万郡王表兄。"

王导这次可比上次说起护送人选来为难多了，想了想还是说道："你也知晓，咱家逸少刚刚婚娶。从建康城到会稽路途遥远，若是如你所说，那一路还有盗匪出没，啧啧，即使我能同意，逸少未必肯干。"

庾亮决心不给王导一点儿退路，说道："此乃皇上心意，皇太后亦有同感。若是王逸少不肯，恐怕皇太后会让皇上下诏书命他随从。臣以为，那王逸少断不会抗拒皇命。"

王导还是摇头，嘴上却说道："也只好如此欤。但此乃皇上之心意，与老臣无关。"言外之意是让庾亮拿到诏书，将这件事情做个了结。

二十七

王羲之每日往返秘书省馆舍和乌衣巷。随着在馆舍里待的日子越来越多，翻看的历史文献越来越丰富，涉及的人物也越来越多，他越来越相信，父亲的行迹被人刻意销毁了。然而，这些渐次强烈的疑窦却被好日子冲淡了。在一派好心情中，转眼一年过去了，王羲之的长子玄之也于三个月前出生了。

好日子不仅冲淡了积蓄多年的委屈，还使得王羲之对临习前辈书法愈发着迷和专注。这几年，王羲之临习过所有能见到的前辈长官的书体，自己的书体也在这些大量的习练中不知不觉地成长起来。由于并没有太多的纸张可供学习书法，王羲之开始在汗青上书写。这很难，至少对王羲之来说，他从来不曾在汗青上书写过。在汗青上书写所用墨汁、书写用笔、书写的姿势、书写时所用的力度都跟在纸张上完全不一样。但是汗青有一个好处是，在集市上随时可以买到，而且非常便宜。比起纸张来，价格简直太便宜了。一天，他在整理文本时看到有人在石板上可以练习书写技能，于是，在堂兄修龄和堂弟虎犊离开京城前，王羲之央求他们帮着在集市上弄回来三张青石板。石板有桌面大小，打磨得十分平整。当着两个兄弟的面，王羲之尝试着在上面书写了陆机大人的《豪士赋》片段和潘岳大人的《藉田赋》，惊得两个兄弟赞叹连连。在青石板上书写比在汗青上书写更加不易，虽然在石板上书写不会像在汗青上书写时那样常常打滑，可是对墨汁的浓稀程度要求极高。好的一点是，在石板上书写起来能够信马由缰，不受拘束，字体大小恣意而为。最大的优点是，清理起来非常便利。用水冲洗，不留任何痕迹。也就是说，可以无限制地重复使用。这一发现令王羲之格外高兴。

近来，王羲之每次习练完刀术后，当即就会在院子里捉笔挥洒，觉着格外过瘾，那种快意实在是难以名状。

这天，天刚黑下来，晚饭也吃过了，王羲之和郗璇夫妇二人陪着老母亲在堂屋说了一会儿话，见母亲有了倦意，郗璇就提醒王羲之该让母亲去睡了。

两人刚进到自己的卧室，女仆就进来说儿子玄之又闹着不睡觉，像是哪里不舒服，时不时还会哭上几声。两人急忙来到儿子睡觉的屋子。王玄之已经快百日，出生后母亲的奶水不足，还找了乳娘喂奶。即使如此，孩子还是开始加米糊了。大概总是吃不饱，儿子爱哭。一遇到儿子啼哭不止，王羲之的母亲就说跟他小时候不差分毫。女仆是个很有耐心的人，四十出头的年纪，王羲之就是她一手带大的，带孩子的经验非常丰富。所以羲之夫妇二人把孩子交给她来照顾，心里也非常踏实。二人都很年轻，虽然没什么经验，但是儿子的出生为这个小家庭增添了不少的欢乐，夫妇二人似乎并没有为此烦恼。

二人进到屋子里的时候，儿子还在啼哭，声音很大。二人围着儿子睡觉的小床蹲下身来，女仆举着蜡烛将小床照得很亮。儿子一下就认出爸妈，立刻就破涕而笑了。

郗璇把儿子抱起来，用额头试了试儿子的体温，觉着并不发热，就朝着王羲之咧嘴笑了笑，示意丈夫这孩子没啥大问题，然后轻声地问儿子哪里难受呀，三个月大小的婴儿怎能听得明白，住了啼哭张开小嘴打了个哈欠。郗璇看到儿子舌头上厚厚的舌苔，哟了一声对女仆说这孩子怕是又积食了。

王羲之伸出手来也要抱一下儿子，郗璇就把儿子交给他。王羲之目不转睛地看着儿子那张小脸说道："卿，这小子真的像我？我觉着小子眉眼还是像你。"

郗璇就笑着说："大人，娘说，孩子谁抱得多就会长得像谁。"

王羲之撇撇嘴说道："乳娘比你抱的时间还多，难道这小子还会变成乳娘模样？"

郗璇就说："夫君大人，今晚让儿子跟我们睡，你意如何？"

王羲之看了仆人一眼，有些犹豫。仆人急忙说："不可不可，咱家规矩男娃儿三足月后必须单独睡了。规矩是老夫人定的，当年我给你做乳母时便是如此。那时候，我实在不忍心把你一个人丢在屋子里，总在半夜溜进你的卧房。"

王羲之点点头，表示女仆没说瞎话。

郗璇还是不想撒手，就撞了撞王羲之的肩膀说若是不告诉母亲大人，老人家又怎会知晓？

王羲之一想也对，就点头答应了。

两人抱着儿子刚走到门口，迎面撞见从叔父王茂弘进了院子。

王羲之见王导一脸笑嘻嘻的模样，知道不会有什么急事，也不像是找母亲说话，便将孩儿交给紧跟在身后的女仆，向王导行了大礼，问道："茂弘叔父大人，家慈刚上了床榻，大人若是事出紧急，小子去唤母亲起来迎接。"

王导连连摆手，说道："无须惊动令堂。事情与你有关，可暂不让她知晓。"想了想又说："让令堂大人过来听听也罢。不然，她又该怪责我眼里没有她这个嫂子。"

这话一出口，王羲之也就没多问，转身出了正堂。这时，郗璿已经将正堂的两只大蜡烛点着，屋子里亮堂堂的。

王羲之去了母亲的卧房，把郗璿留在了堂屋，王导便问道："子房，你可去看过你父亲大人？"

郗璿说道："大人，小女一直忙着哺育小儿，不曾得空看望父亲大人。若是大人有事需要知会我家大人，小女明日就回家一趟。"

王导笑着说道："郗鉴大人近日并不在京城，他去了京口巡察。好在再过几日就是朝会日，我与郗鉴大人就会照面，那时再说不迟。要与你家大人所说之事，其实正是我今日来拜访你家阿嬷之缘由。"

王羲之很快就和母亲来到正堂，郗璿便说要去哺育小儿，出去了。见儿媳离开了，羲之母亲先开口说道："茂弘，此时光临寒舍一定事出紧急，不如就直接说出来。"

王导一笑，说道："阿嫂依旧一副急性子，我还想询问阿嫂近况如何。既然阿嫂有这一说，茂弘也就无有甚顾虑耳。"

王导接着就说起一年前被皇上召见，皇上急切地希望给琅琊王司马昱改封会稽王，并让司马昱尽快前往封国居住，而不是像现在这样住在后宫中每日又哭又闹，搅得后宫无一日安宁。说到这里时，王导着重讲述了皇上为此烦恼不堪，甚至到了愤怒的地步。王导以为，皇上若非迫不得已是不会走出这一步的。毕竟，元皇帝在世的时候，对司马昱宠爱有加。

王羲之的母亲听罢这些话依然有些不解，问道："茂弘大人如是说，与咱家有何关系？难道皇上让你来转达，将咱家阿菟召进宫去陪伴道万不成？"

王羲之一听这话就忍不住插话道："母亲大人，孩儿断不能入宫去陪那小子。"

王导便问道："何以断不能乎？"

王羲之也不隐瞒，说道："小子就是不愿意。"

王导摇摇头说道："若是皇上硬要降旨诏你入宫呢？"

王羲之说道："小子并非对叔父此问有何不满，小子会直接向皇上奏报，说明不能入宫陪伴之缘由。"

王导继续问道："又是何缘由？"

王羲之没有听出王导其实已经非常不满了，说道："阿菟在秘书郎任上做得已是分外满意，不想另谋高就。"

王导抬手示意羲之的母亲不要阻止羲之说话，自己却问道："阿菟，仅凭此缘由怎可拂了皇上焦虑之情绪？何况，论辈分你还是司马昱表兄。"

王羲之想了想说道："阿菟跟道万表弟素未谋面，无有任何感情。阿菟即便入宫，道万阿弟又怎能被我降服，从此不哭不闹？叔父大人，阿菟欢喜在秘书省馆舍做事，只有这个缘由。小子并不以在深宫后院侍奉道万为荣耀。那年，明皇帝传唤阿菟入宫，只那一次就让我从此不想再进宫。难道茂弘叔父忘记了当年叔父大人带领着小子们在宫中石板地上叩首求饶之境况？小子却是耿耿于怀欤。每每想起，甚感厌恶。"

王导当着王羲之母亲面不好发火，王羲之说及几年前的糗事令他原本就不那么好的心情平添了一份恼怒。他用力挥了一下手，让王羲之不用再说下去。然后对羲之母亲说道："阿嫂，茂弘今日是奉了皇上旨意前来拜访的。"说完，拂袖而去。

王羲之追了出去，在院子外面拦住王导，说道："族长大人，逸少虽然已不是新婚宴尔，可是却刚刚安居乐业，对如今之境况感到颇为满意。犬子初度人世，尚在襁褓之中，实在不宜远行。逸少每日在秘书监梳理堆积如山文案，虽很是劳累，亦是乐在其中。刚才大人说，此乃皇上诏令，又是去做王友，官升一级，官秩八百石。可是，容小子觐见皇上诉说下臣之不易不舍，可否？"

王导摇摇头说道："将琅琊王改封会稽王实非皇上之意，那是司马昱执意而往，若是皇上拒绝，那小子整日哭闹不止，后宫难有消停之时。于是，皇上召集六位辅政大臣一同商讨对策，最后辅政大臣一致献策，满足了司马昱不做琅琊王而作会稽王之要求。所以，逸少你也不用再多说了，更不要到后宫去见皇上。你该知道规矩，秘书郎连议政大殿都不能出入，何况后宫？"

王羲之并不想就此罢休，坚持说道："若果真如此，请求大人宽限几日，等我那外父大人返回京城后，由外父大人出面斡旋，兴许能有转圜余地。"

王导没想到王羲之如此固执，甚是恼怒，叱问道："阿菟，你以为你是何人，可以在这座城里为所欲为？"

王羲之反诘道："叔父大人若是如此斥责小子，小子可就要冒犯大人欤。若非大人质问小子，小子原本打算忍下去呢，就像以往那样。茂弘叔父，小子从来就是王世宏之子，也从未因与皇族血脉相通而得意忘形。我父亲大人为皇室出生入死，舍命一战。小子在秘书省已有多年，知晓有太多征镇大员或者朝廷大臣拒不执行皇上诏令调遣，却照样做官享受上千石官秩。我父亲身为淮南内史自然会有颇多正当理由拒绝东海王司马越无理之调兵令。然，父亲大人明知不可往而往之。千里驰援壶关守军，与匈奴禽兽决战于冰天雪地之中，最终生死不明。江左立国已历经三朝皇帝，小子却至今未见到一张寻找父亲下落之皇上诏令，也从未在茂弘大人这里听说过关于父亲高尚情操评价。父亲大人从此杳无音讯，难道乌衣巷竟然无动于衷？小子从六岁起，就领教了被族群打入另册之滋味。若非处仲伯父一直对我母子三人呵护有加，也许，我们母子就只能住在茅屋中忍饥挨饿。"

　　王导对王羲之这番话始料不及，愣了好一阵子，才说道："阿菟，乌衣巷因何不为你父亲树碑立传，实在事出有因。非乌衣巷不为乃是不得为矣。因何如此？即使你刨根问底亦是枉然。"

　　王羲之被激怒了，嗓门大起来："叔父大人，十多年转瞬而逝，父亲大人生死存亡依然是乌衣巷族群里讳莫如深之谜。这个谜令我母子三人饱受煎熬。小子斗胆揣测，这也是我兄弟二人遭受排挤、忍受冷落之缘由。母亲从来不说，我却不能不问。尤其今日，茂弘大人突然以皇令将我外放会稽，小子当然想知道个中缘由。"

　　王导犹豫再三，说道："阿菟，你此番话令人愕然。叔父我自认为从来不曾歧视你兄弟二人，更不会以你父亲生死不明为由排挤你们。小子，你是多心了。至于你父亲下落，并非我不与你说透，而是我也满心狐疑。你父亲之下落，唯你处仲伯父最为清楚。可是，他却突然故去，并未对此留下只言片语。于是乎，你父亲下落也只能成为乌衣巷无人知晓之秘密耳。"

　　"小子断难相信。小子敢问大人，若果真如你所说，何以至今不让我们家在祠堂父亲大人牌位前摆放祭品？"

　　王导张了张嘴，叹了口气，语气无奈而透着怒气，说道："小子，既然你父亲下落不明，按照族规，就不得在牌位前摆放祭品。生死不明，怎知是不是还活着呢？"

　　王羲之用力甩了一下头，说道："母亲大人说过，倘若父亲大人依然在世，断不会弃乌衣巷家人而不顾。"

　　王导嗓子眼里发出一种怪异的声音，说道："小子，世事难料矣。你小子在秘书省待得久耶，依然不谙世事也。叔父我再说一次，让你去做会稽王友，并非我之主意，而是中书省庾元规大人刻意为之。太后担心你心有疑惑，才亲下诏令。"

说完，王导推开拦在前面的王羲之，急匆匆走掉了。

回到正堂，王羲之扑通在母亲面前跪下来说道："母亲大人，小子无论如何要进皇宫去面见皇上。你孙儿尚未百日，需要在京城过一段平稳安逸的日子，等孩子长大一点儿，再求外放不迟。而且，母亲大人岁数越来越大，长途迁徙多有不便。秘书郎官秩尽管很低，但小子并无低人一等之感。况且，在小子心里，做王友那是奴才一般日子。若当真如此，小子又怎能忍受？"

母亲这时反问了一句："吾儿，虎犊为何能满心欢喜地跑那么远去做武陵王王友乎？"

王羲之没想到母亲会这样问，一下子不知怎样回答才好。想了想才说："武陵王毕竟十一岁不算是幼儿了，司马昱却只有六岁。小子已是七尺男儿，竟要去陪伴黄毛乳儿度日，可想而知无聊至极。孩儿在秘书监做了三年多，已然喜欢在馆舍中日日盘桓。每天在馆舍里整理典籍，梳理历史事件，看多了名人生平，亦发现颇多有趣记载，更发现太多不实之词。"见母亲愣了一下，王羲之觉着有必要特别说说这个不实之词，便说道："一直以来，京城上下都认为安东府南迁建康城是在王茂弘叔父倡导下推而往之也。可是，我听处仲伯父说起过，当年父亲大人从南方游走返回琅琊故居，提出安东府南迁对未来局势起到巨大之作用，并亲自持有元皇帝奏本前往洛阳禀报皇上和太尉司马越，并获得怀皇帝圣命恩准，才有了永嘉之乱后在江左中兴之今日。而且，典籍文献中看到史官记载这段事情前后经过，白纸黑字亦分明写着此迁徙安东府之大事由父亲大人提出，并由父亲大人亲自将安东府奏折送往京城，文册中还有当年辅政大臣东海王司马越亲书评价。处仲伯所说与典籍十分吻合，可证父亲大人实为王朝中兴第一功臣耳。然而，如此事关王朝存亡的巨大贡献却安放在茂弘叔父身上，此乃旷世之不实之词哉。"

母亲连连叹气，说道："吾儿，此事已时过境迁，从今往后切不可在他人面前说起。"

羲之还是想说服母亲大人让他进宫面见皇上，继续说，若是他自己不争取，断不会有人在这件事情上为他争出个天阔地远来。而且他也习惯了为自己和自己这个家争取应该有的利益。他说十几天前曾经找到尚书令卞壶大人，诉说自己在秘书监干了快四年，官秩却分文不见涨。他现在家有老小，每年六百石官秩已经让这个四口之家感到日子过得很是困顿。卞壶大人应允下一次朝会上，会向有司提及此事，还对他们家生活困顿表示了同情。他这才得知，依照惯例像他这样出身贵族的秘书郎，都会在第三年受到擢升。

其实，对母亲说出这番话也并非王羲之心所情愿。可是，如果连本族族长，当朝司徒大人都不愿给予同情帮助，他只有向母亲倾诉这一条路了。

这时，母亲看着儿子不再说话了，问了声："吾儿，咱家难道还有其他办法欤？"

王羲之气恼地说道："小子想不出来还有何法改变皇上诏令。"

母亲便像是提示地说道："何不去找你外父大人？"

王羲之狠狠地甩了甩头，说道："母亲大人，小子虽然不才，却断不会给外父大人徒增烦恼。"

母亲又说道："这种事情，对你外父大人来说，不过是举手之劳。"

王羲之连连摇头，说道："母亲大人，无须再说此话。即使母亲大人责令小子去找，小子也不会去。"也许觉察到自己说话的口气冒犯了母亲，顿了一下又说："母亲大人，在子房眼里，小子乃顶天立地之汉子耳。"

听了这话，母亲点了点头，才说道："阿菟吾儿，为娘知晓你心里有许多委屈，这些委屈伴随你从小到大，让你受了不少冷落。在为娘看来，此乃咱家命也。既然是命，便无须与之对抗，顺其自然，并非不可。吾儿，你可能听懂为娘所言？"

王羲之点点头，说道："刚才小子追上茂弘叔父，问得就很直接。孩儿非常想知道是不是因为我父亲大人生死不明造成了我家竟有如此多之不幸欤。"

母亲变得警觉起来，问道："他如何回答？"

"茂弘叔父说只有处仲伯父知晓父亲下落不明之内情，其他无可奉告。"

听了这话，母亲坐直了身子，说话的声音一下子严厉起来："阿菟吾儿，为娘经常听到你在屋里诵读庄周《南华经》章句，以为吾儿对天命有了深切之顿悟。"

王羲之垂下头，恭敬地说道："母亲大人，小子口是心非也。"

母亲问道："可记得子舆带着饭食去见子桑，子桑如何解惑？"

"小子熟读于心，不敢忘却。"

"诵读出来，让娘听听。"

王羲之深吸一口气，背诵道："'天无私覆，地无私载，天地岂私贫我哉？求其为之者而不得也。然而至此极者，命也夫！'"

母亲等了一会儿才说道："阿菟吾儿，从今往后，你不可四处打听父亲下落。你父亲二十年杳无音讯，此乃我与你母子二人之命也。"

"小子谨记母亲大人训诫。"

"娘还要说，乌衣巷并非我们能留之地，将来为娘会告诉你为何出此言，也包括你父亲可能之下落。吾儿，既然皇上已为此下了诏令，我们便无须在乌衣巷久留，听娘的话。"

王羲之浑身一抖，听出母亲说这句话是不容拒绝的，于是拜了母亲，说了句"孩儿遵命"，起身出去了。

母子二人在屋里说话，郗璇抱着小儿子原打算进屋，听二人说到父亲的名字就站住了。接着听下去，便受了极大震动，没等王羲之出来就先回了屋。

整个晚上，王羲之坐在桌几旁，低着脑袋，一言不发。只是呆呆地看着摊开在桌几上父亲手书的那份奏折和家书。直到郗璇哄孩子睡着从卧房出来，他才抬眼看着郗璇说道："卿，看你神色，似也知道了茂弘叔父到家来所为何事。"

郗璇在王羲之身旁坐下来，脱去丈夫脚上穿着的木屐，换上一双软底布面鞋子，起身将放在墙角的一坛酒搬了过来，又取了两只瓷碗。坛里的老酒剩下的已经不多了，她为愁容满面的王羲之倒了一碗，也给自己倒了一碗，接着就喝了。

王羲之不知郗璇为何这样做，也跟着一饮而尽。

郗璇这时说道："大人，卿身有话要讲。"

王羲之点点头："卿，多日前我曾见过尚书令大人，表示出对迟滞秘书郎一职上多年而不得擢升之不满。晋升王友便是回应焉。"

郗璇摇摇头说："离开京口前一日晚，父亲大人与卿说起京城廊庙之事，嘱我牢记无论你这里发生何事，尽在他掌握之中。现在想起，父亲大人所指大概便是此次变故也。"

王羲之点点头，没说话，只是长叹一声。

郗璇又说道:"大人,卿身从不曾想过大人身价几何,洞房那日已说得十分清楚。所以,大人不必顾虑卿身有何想法。卿身记得,大人曾说过咱家在会稽那里有房有地,若果然如此,何须担心生活陷入困顿?卿身反而觉着,到了会稽日子恐要比在京城好上许多,大人以为如何?"

王羲之唔了一声,感激地看着郗璇,说道:"若是这几日必须动身,如何能让外父大人知晓?"

郗璇说道:"明日就让贴身丫头赶去京口告知父亲大人即可。我在你身边,我家父亲大人无须再有牵挂,此我家父亲大人亲口所言。"

王羲之沉吟片刻,松了口气:"爱卿,方镇生活比之京城多有不易,恐要随夫君受苦欤。若是爱卿无有心思,我便应下王友一职。若是应下,恐不日即要出行。"

二十八

司马羕在等待苏峻派来的特使。几天前,苏峻就派密使给司马羕送来密函。密函中,苏峻声称,攻下皇宫后,他要做的第一件事情就是给死去的南顿王司马宗恢复名誉。并承诺履行废掉当朝有鲜卑血统皇帝的大义之举,拥立会稽王司马昱为皇帝,让大晋王朝重新回到汉家皇室的统治之下。这无疑是一封进军令,在司马羕看来,大晋王朝终于可以回到正道上了。

苏峻离开京城后的这一年间,司马羕过得犹如惊弓之鸟。那个该死的庾元规时不时地会派人敲开宅院的大门,在院子里搜寻一遍后便扬长而去。人一走,司马羕会对着这些家伙的背影吐口水,或者大声咒骂庾元规是鲜卑狗的奴才。所以,司马羕每天唯一能做的,就是在自家大院内的那条临水的长廊上,慢慢踱着步子。司马羕一走就是几个时辰,一直走到两腿麻木。他不愿意停下来,一旦驻足,便会心烦意乱,狂躁不已。

小妾照样跟在身后,随时准备回应眼前这个男人的召唤。凭她的直觉,她意识到司马羕一定是触了霉头。过去相当长一段日子,她的身体就是法宝,这个法宝能够取悦这个男人,令这个男人柔软得像只水蛭。进入这座大宅前,她便被要求使出浑身解数,将这男子困在床上的帐子里。让他陶醉其中,不能自拔。女子自认为做到了。可是,这段日子司马羕对她失去了兴趣,不再耽于床榻之乐,小妾的柔情蜜意和缠绕熨帖都无法让这个男人变得激昂起来。

小妾见司马羕站住了，而且已经站立了很长时间，便从后面贴了上去，哼唧了几声后说："主公大人，何不回到卧房让小女子细细地服侍于你呢。"这是司马羕平日最喜欢的腔调，也是最能打动司马羕的身体语言。果真，司马羕紧绷的身体变得松弛下来。

司马羕没有回身，而是伸出长臂，将小妾揽进怀里，一只手扳住小妾的下巴，用力掀起来，恶狠狠地看着小妾那双被主子粗鲁的举动惊吓到的眼睛。就这么僵持了一会儿，司马羕问道："本王若是有个三长两短，你会否从了他人？"

小妾吓得流了眼泪，战战兢兢说道："大王收下妾身，已是上天恩德。大王便是妾身上天。即使做鬼，妾身也只会做大王家鬼。"

司马羕又猛然用力，将小妾揽回怀里，开始剥小妾的衣裳。小妾扭捏着，软软地抗拒着。司马羕丹田里积蓄了多日的欲火兀然被点燃了。很快，司马羕就在水上长廊上将小妾剥个精光。就在这时，大管家跑了过来，远远地朗声说道："禀报殿下，大宗正虞胤大人求见。"

司马羕将赤条条的小妾扔在长廊的地上，快步走回大堂。未等虞胤开口，司马羕急切地问道："可是冠军将军苏子高大人率大军赶来京城向庾元规施压？"

虞胤摇头说："刚刚得到消息，庾元规已经将司马昱送往会稽。"

司马羕一听，噌地站起来，怒道："何时离开京城？"

虞胤不大确定地说："三天前，还有人说已经走了五天。"

司马羕怒气冲冲地问道："大宗正大人，你到我这里来不会是要告知本王，此事无可挽回吧？"

虞胤有些心虚地说道："并非如此，此次随行人员除了会稽内史诸葛恢大人，还有王友王羲之。"见司马羕直皱眉头，虞胤又说："我与王羲之不但沾亲，而且在他迎娶郗鉴大人女儿时鼎力相助过。因此，应该能说服王羲之让我将司马昱带回京城。"

司马羕说道："诸葛恢若是阻挠，你可有法子应对？"

虞胤说道："诸葛恢是去做内史，藩王随行前所未有。想他对此心存疑惑，而且，诸葛恢曾担任武陵王师，那次行前，他曾到宗正寺索取与武陵国相关之文册。我与他十分交好。"

司马羕也是无奈，说道："虞胤大人，此次定要追回司马昱，不然，换帝之略只能是一枕黄粱。为防不测，本公再派三十名私兵与你同行。大宗正大人，王朝之兴全依仗你此行能否成功。"说着，叫住转身就要离开的虞胤，恶狠狠地说，"若王逸少坚决不从，格杀勿论！"

虞胤一走，司马羕在大堂里静静地坐了许久，小妾不知什么时候跪在他面前，轻轻地为他捶打双腿。屋外，西边的太阳已经坠向天际，被一道隆起的浓重云墙接住了，很快就被这堵浓重的云墙吞没了。屋里一下子昏暗下来。

司马羕的身体又恢复了活力，像是吸食了五石散一样，变得亢奋，有力，强硬而猛烈。小妾在他的手掌里像是一团烂泥，任由他揉搓挤压，连声音都不敢发出来。

事毕，司马羕很快昏睡过去，他已经许多日子没有睡过这么深沉的觉了。

小妾费了一些气力，才将司马羕臃肿的身体掀到一边去，然后，像狸猫一般，悄没声地滑下床榻，出了卧房。来到院墙下后，小妾犹豫再三，终于还是将手里攥着的木牌从墙里扔了出去。

司马羕小妾丢到墙外的木牌当天就被火速送往了京口。镇北府从事中郎见到木牌，不敢耽搁，直接去了大将军郗鉴的官宅。

二十九

离开京城已经第五天了，这支庞大的队伍缓慢向会稽郡行进着。昨天，队伍安全通过了义兴郡阳羡的地界。晌午前在前面探路的军士报告说已经进入吴兴郡的地界，至迟今日晚些时候，队伍就到达震泽（太湖）旁一座名为南浔镇的集镇。

看看天色已过晌午，王羲之让队伍行进的速度快了一些。到达震泽旁南浔镇后，王羲之打算好好歇上两天。老母亲和妻儿一路颠簸很是不易，尤其儿子玄之，虽说一路并不哭闹，但这样颠簸的路程，对这么小的家伙当真是一种煎熬。

这时，负责服侍会稽王司马昱的官人急匆匆从队伍的前面跑了过来，说藩王司马昱又开始哭闹了。

王羲之一听这话，心里就升起无名之火，便训斥官人道："既然会稽郡内史诸葛恢大人一路陪伴，何不告知内史大人，大人自会有法子应对。"

宫人说道:"正是内史大人让奴婢请大人前去劝阻,内史大人已经好言相劝了一个时辰,会稽王硬是啼哭不止。内史大人也是无有法子。"

王羲之做了个你先回去我随后就来的手势。见宫人走得远了,王羲之便回身对坐在牛车上的母亲说道:"母亲大人,小子真是烦得要死。道万那小子一路哭到这里,恐是要哭到会稽才肯罢休。"

母亲笑了笑:"阿菟吾儿,你不可抱怨道万。道万虽说是你表弟,却是出身皇室,是元皇帝最为宠爱之幼子。"

王羲之嘟哝道:"我那皇帝表叔从未宠爱过小子,小子却要宠爱表叔幼子,让小子心中甚是烦躁。"

"吾儿,你出生时,元皇帝闻讯赶来家中贺喜。"

"那时,元皇帝不过是琅琊国藩王而已。"

"吾儿不许再抱怨。道万尚是小儿,长途跋涉,颠簸不堪,自然会啼哭不已。你身为王友,理当体恤才是。无须多言,快快赶去。"母亲板起脸来说道。

自从离开京城后,这支队伍不敢在路上逗留,除了夜晚不得已而在客栈下榻,白天几乎都在赶路。可是,六岁的会稽王每天要为此哭闹一次,不然就要跳车,若不是王羲之威胁着要将会稽王扔到荒郊野外喂狼,吓得这位郡王大气不敢出,如今能走到哪里还真的说不来呢。王羲之不能不服从母亲大人,只好翻身上马。可是他坐在马背上犹豫了一下,又从马背上跳了下来,决定还是步行赶去。

来到司马昱乘坐的牛车旁,王羲之并没有听见司马昱啼哭,便跟在一侧走了一段路程。刚才,陪着司马昱行走的内史大人诸葛恢见王羲之往这边来了,只是朝着王羲之挥了挥手,便急忙驱马向前赶去。诸葛恢妻儿的车队走在队伍最前面,这个时候大概已经走得远了。

走了一段路程,王羲之就听见司马昱开始在车内抽泣,声音并不大,可是听起来伤心而又悲哀。这让王羲之蓦然对这位之前几乎从未见过面的表弟产生了怜悯之情。于是,王羲之敲了敲车厢板。里面传来司马昱没好气的声音:"本王只是小声啜泣,并无惊动你等之意,何以又来打扰本王?"

王羲之不禁一乐,说道:"道万阿弟,是我,王友王羲之也。"

司马昱撩起车厢一侧的窗帷,看了一眼王羲之,仍然没好气地说道:"内史大人太过衰老,本王小声哭泣一番,不过是想起母亲大人的音容笑貌,心里十分难过。那老头就忍受不了，非要唤你来。不如让你来做会稽内史，好歹本王与你还有表兄弟之情意。如此冥顽不化之老者，怎可担纲藩国内史欤。"

听了这一番孩子气十足的抱怨，王羲之忍住笑，故作威严地说道："我若是做了内史，你若还是哭啼不止，非要打你屁股不可，不然就将你遣送回京城，让后宫你那几个表侄尽管羞辱于你。"

司马昱瘪了瘪嘴，又要哭泣。可是看见王羲之将腰间的长刀抽出一半，不禁问道："逸少阿哥，你此举为何？难道是要砍杀本王？"

王羲之故作愤懑地说道："我不过是王友，不会因你啼哭不止而枉杀无辜。然，我却很是想将为你拉车辇这头壮牛砍杀，从京城出来走了足有十日，尚未吃上一口肉也。"

"为何砍杀本王坐骑？"

"让你徒步行走，每日累得半死，哪里还有啼哭之力气，再者，表兄已十几年没吃过炙烤牛舌，一想起来，涎水直流。"

司马昱被逗乐了，说道："那就杀吧，本王从未吃过牛舌，只是见到过皇上与庾元规大啖美味牛舌。那时就想，这牛舌一定十分好吃。今晚本王就要吃炙烤牛舌。"

王羲之终于忍不住笑起来，笑罢，说道："道万表弟，郑太妃不久前薨殂，你不满七岁之孩童思母心切，痛哭一场亦在情理之中。但是，你已经身为藩王，位高权重。将去的会稽郡是你的属地，那里的黎民百姓还翘首以盼大王能为会稽带来风调雨顺的好年景呢。你若老是哭泣不止，内史大人心里会怎样焦虑还未可知呢。身为藩王，不可轻易吐露情感。想当年你四哥道叔（武陵王司马晞字）大人奔赴藩国时不过两岁，也是母亲大人薨殂之后出行，那次前往封国，正是内史大人诸葛恢做王师。我也前去送行。道叔一声未哭，却是令人动容不已。"

司马昱低下头，少顷说道："本王也听到过你家孩儿啼哭之声，饶是不输于我这个表叔郡王，你怎就不烦？怎就不见你砍了为他拉车之壮牛乎？"

王羲之说道："你怎知道我不曾为此烦恼？犬子不过三月大小，饿了就哭，饱了也哭，痛了要哭，高兴了仍然啼哭，此乃婴儿之情绪宣泄也。可是你与我那犬子大有不同，你已是孩提之龄，很快就到总角。你那皇上侄子世根与你同龄，我却从未听说过他在宫中啼哭不止。"

203

司马昱嘿嘿一乐，说道："说得倒是颇有道理。逸少表兄，你刚才说会因为本王啼哭不止殴打本王，可是真情实意？"

王羲之点点头说道："道万阿弟，你是有所不知，离开京城已经走了六天，因你哭闹着要回京城至少误了三天路程。前面不远就要过吴兴郡，这一代盗匪成群，出没无常，而且都是些铤而走险亡命之徒。在这林密路深的丛林之中，你那嘶号般啼哭声传得最远，若是不幸引来盗匪，那才是你我之大不幸。"

司马昱这才知道事情的严重性，连连点头，过了一会儿，司马昱说道："逸少兄，本王看出来你厌恶我，从出了京城就看出来耳。"

王羲之也不否认，点点头说道："非厌恶也，实无奈也。"

"因何无奈？"

王羲之被问住了，想了想说道："道万阿弟，你不过六岁孩童，而我已二十好几之汉子，正是为国效力之大好年华。做你之王友，岂不是大材小用乎！"

司马昱表示理解，诚恳地说道："本王也甚是纳闷，皇上怎不派个与我同庚孩童陪伴与我，也好让我平日有个玩伴，却非要派你跟着我。起初，我还以为你是来做王师耳。"

这话大概说到了王羲之内心的痛处，只见他突然拔出长刀来，在空中一划而过，头顶上一根手腕粗细的树枝应声被削断在地。

司马昱缩了缩脖子，嘴上却赞道："此宝刀，削铁如泥也。"

王羲之叹道："无用武之地，犹如破铜烂铁也。"

又走了半个时辰，丛林中有雾气渐渐升腾而起，丈八远近就看不见树木了。王羲之大声吆喝护卫在司马昱车前马后的鼓吹手、旗手一干人等打起精神来，不得有半点儿懈怠。此地地处震泽西岸，土肥水美，草深林密。正是仲秋季节，官道两旁绿树掩映，高大的落叶乔木和遍地丛生的灌木不时拦住行走者的视线。

南浔镇距离吴国治所大约还有四十多里路，但距离义兴郡的治所却不算很远。镇子挨近震泽，水上交通十分方便，所以这座名为南浔镇的集镇便自然而然成为方圆数百里的经济中心，镇中商铺云集，客栈比肩，人来人往，热闹非凡，甚至比治所义兴郡和吴兴郡还要繁华多了。

王羲之派出去的先头小分队派人回来报告说，大镇已经很近，大约五里多路，不出一个时辰就可以抵达。遵照走在前面的内史大人诸葛恢吩咐，已经先行在镇子里包下了两家最大的客栈。两间客栈位于街道两侧，门脸儿对着门脸，相互照应起来应该十分便当。路南的客栈安排会稽王司马昱和随行宫女和仆人，内史大人和王友大人以及家眷、随行人员住在路北的客栈。听了来人的报告，王羲之很是满意。

王羲之并没有什么随行人员。离开京城后，会稽内史诸葛恢便从自己的随行人员中抽调了八名军士与王羲之一路同行，也好保护王羲之一家人。这几位军士都是兵役世袭人家的子弟，所以虽然看上去并不强壮，但是应对几个盗匪也是够了。司马昱的仪仗队有二十人，虽说都不是武士出身，但是身板都硬朗得很。即使当真打起来，也够抵挡一阵子的。既然内史大人诸葛恢已经先行到达南浔镇，王羲之也就开始催促走在前面的仪仗队，让加快前行的速度，也免得天黑之后，风险骤增。

一行人走进一片木高草深的林子，官道变得越发狭窄逼仄。原先可以四五成排地横着行走，走到这一段，就只能并作一列鱼贯而过了。人们都听见了不远处林中密处有轻微响动，但都以为那不过又是小兽或者大鸟被众人前行时急促的脚步声惊起。这一路听得多了，都见怪不怪了。王羲之一面叮咛众人多加小心，一面留下四人跟在自家那辆牛车后面，而他自己则赶到前面去在司马昱乘坐的官车前开路。

官道越走越窄，来到一拐弯处，走在队伍前面的王羲之突然勒住马，向走在身后的众人做了停住的手势，然后猛地一抖缰绳，双腿用力一磕马肚，身下的战马打了个激灵，马身向后一坐旋即奋蹄向前蹿去。战马向前跃进了一箭之地后，王羲之飞身下马，在空中拔出佩刀，落地时挺刀迎住从两侧灌木丛中蹿出来的不明身份的持械壮士。壮士一共四人，手持长刀。四人既没有高喊剪径的要求，也不见大肆声张，感觉低调得很。见王羲之人已在马下，横刀拦路，也是一惊。四人相互对视了一下，确认了眼神之后，突然间一起向王羲之展开进攻。王羲之完全凭借本能，将平日习练得已然炉火纯青之刀术瞬间使了出来。他躲过第一个人的凶猛进攻，就势一个鹰隼掠地，长刀贴着草皮闪电般卷了过去，后面紧随而来的两名壮士甚至没来得及看到王羲之使出来的刀法，就已经应声倒地，抱着被砍伤的右腿号叫起来。最后一名壮士手中的长刀趁着王羲之攻击他人时应声砍了下来，眼看就要砍到王羲之的左臂，却不曾想王羲之鬼魅般纵身一跃，整个人落在壮士身侧，只见他随手一抹，伴随着一声惨叫，此人也轰然倒地，疼得就地打起滚来。被晃在前面的壮士还没来得及转身，王羲之的长刀直刺后胸。电光火石间，就听见林中有人高喊："阿菟刀下留人！"王羲之急忙收刀，随着身体向前的惯性，就地一个翻滚。起身再看，大宗正虞胤竟然从密林深处冲了出来，紧接着虞胤身后一下子涌出来数十名手持利刃和长兵器的私兵打扮的壮士。这声大叫，正是虞胤发出的。

王羲之完全被弄糊涂了，慌忙向虞胤施大礼，问道："大宗正大人因何出现在此？"

虞胤愣了一下，说道："阿菟，这四人都是本宗正随从，不可要了他们性命。"

王羲之还是追问道："大宗正大人难道是要到吴国去走访庾冰内史？"

虞胤只好拿出随身带来的由太宰司马羕和司徒王导联合签发的敕令。敕令要求将会稽王司马昱速速送回京城，不得有误云云。

王羲之看过敕令，连连摇头表示不敢相信，说道："大宗正大人，小子离开京城前，司徒大人将司马昱的官车送出城外，一路上只说了一句话，好生护卫司马昱，即使他哭闹不止，也不得回转车头。司徒大人此话说了不过六七天，怎会突然生变？"王羲之并没有相信虞胤的说法，也没有相信那张看上去一点儿不像出自王导之手的敕令。

虞胤顿了一下，回身示意围着王羲之的士兵后退几步，这才低声说道："逸少，本大宗正此行务必要将司马昱带回京都。其中缘由，我会在返回路上详细告知。"

王羲之怎会轻易让步，说道："大宗正大人，小子恐难从命。你身为大宗正，自然对皇家规矩了如指掌。自武皇帝分封六十国藩王以降，除非皇帝下诏，藩王离开京都后随意返回京城轻则割除藩国爵位，重则以篡逆罪打入大牢。"

虞胤连连点头，嘴上却说："逸少，此话虽言之无误，只是，辅政大臣可代皇上行诏书，这亦是规矩。逸少，本大宗正敦请会稽王返回京城自是天意，你不可执意阻拦。"

王羲之说话间已经退守在司马昱的车辇前，这时说道："天意？大宗正大人可否明示天意何在？"

"逸少，你决意阻拦乎？"

王羲之用力甩了一下头，说道："不见皇上诏书，恕小子不能从命。"

虞胤长叹一口气，向身后的士兵招了招手："逸少，一场恶斗难免伤及无辜，不如你带着家眷速速离开。"

王羲之只好也抽出长刀，硬着头皮说道："姑表叔，小子若要出手，刀剑无情，若不慎伤了大人，实属被逼无奈也。"

虞胤犹豫了一下，毕竟他和王羲之只有一把长刀的距离。刚才王羲之在刹那间就伤了四人的情景还在眼前。可是一想到朝廷未来，想到临离开京城时太宰司马羕那句恶狠狠的话语，他知道已经没有别的路子可以选择了。虞胤只好也抽出长刀，正要下令，就听见有马队从集镇方向奔驰而来，两匹快马从林子里冲了出来，是会稽内史诸葛恢的贼曹和主簿。两人被看到的对峙吓得勒住马头，大声喊道："内史大人派队伍前来接应会稽王进镇歇息也哉欤！"

虞胤和王羲之同时将长刀插入刀鞘。虞胤抬头看了看天，说道："天色已经不早，还是先住下再说吧。至于太宰大人因何签发这张敕令，今晚再行告知欤。"

一行人很快就进入南浔镇。会稽内史诸葛恢见到虞胤甚是惊讶，但虞胤并不理睬诸葛恢的惊讶和询问，他也就知趣地不再打听了。

住进客栈，王羲之推开窗子向外观察，街道很窄，并行两辆牛车显得非常勉强。王羲之目测了一下距离，这条城中最繁华最宽阔的街道至多不会超过一丈五尺。若算上两边建筑物的屋檐，大概就丈二不到了。像他这样的武术高手只需轻展长腿就能够轻松越过。想到这里，王羲之心中不由得一揪，料想今夜一定不会好过。他叮嘱站在身后的几位随从今晚上务必多加小心。王羲之派了四人守护在司马昱下榻的客房外，至于内史诸葛恢大人，他的责任就是代藩王处理藩郡内的一切事务。而陪伴藩王作息周游，吃喝玩乐，教授藩王四书五经，习练书写技艺，那都是王师和王友的职责。所以诸葛恢除了坚持和司马昱住在一座客栈内外，并没有主动要求承担额外的任务。虞胤一行人被王羲之安排在街对面的客栈住下来，因王羲之答应跟虞胤住在一间屋舍里，虞胤也就没有坚持将司马昱扣押下来。

等到各队人马住进客栈，安顿下来后，王羲之进了大宗正虞胤下榻的房间。

二人关于将司马昱送回京城的交涉一直进行到子时，虞胤还是没能说服王羲之。虞胤对王羲之晓之以理，动之以情，但王羲之却坚持说王友一职乃皇上诏令委任，有负责藩王安全之责任，并将王导那日在他家里对他和他母亲说过的话，一句不落地说给了虞胤。王羲之声称事关琅琊王氏一族的声誉，他不能仅凭着这样一纸并非皇上御签的诏书就任由虞胤将司马昱带走，况且他早就看出这封敕令并非出自司徒大人之手，也就有矫诏之嫌。王羲之甚至搬出在秘书省看过的关于矫诏引发动乱的历史，试图证明自己的做法仅仅是尽责而已。虞胤只好将此次拦截司马昱背后的图谋道出，正是为了让司马昱换下幼帝，以澄清这些年来让鲜卑宫女之后统治朝野，并且严重毁坏皇家规矩、违背汉家道统的乱象。

王羲之被虞胤的一番说辞惊住了，无论如何也不敢相信虞胤说的这些话与王朝未来有何关系。故而，坚持按照他亲眼所见皇上诏书里的旨意将司马昱送到会稽，并一丝不苟地履行王友的职责。

虞胤见一时间无法说服王羲之，情知倘若霸王硬上弓的话，弄不好只会两败俱伤，只好说："既然你需要时间想一想，那我就先回屋睡觉了。你我二人之间说的话，不必让内史诸葛恢大人知晓。他不过是个郡县官员，无论谁做了皇上，对他来说都不会有任何利益伤损。"说完就回房睡觉去了。王羲之则没敢睡在虞胤的屋子里，而是回到对面的客栈，坐在司马昱卧房外一夜没敢合眼。司马昱睡一个最大的房间，房间里有六张床，其中两张睡着服侍司马昱的宫人。司马昱几乎头一挨枕头就浑然大睡过去。

丑时时分，王羲之悄悄进了母亲和妻儿下榻的房间。他一推门，郗璿就醒过来。屋里没有熄灯，王羲之将烛台举到儿子的脸前，烛火调得很小，就着豆样的火苗，他看到儿子的小脸似乎还挂着笑容呢。两口子相互看了一眼，也都忍不住想笑。母亲没有起身，而是隔着帐子问了句："司马道万睡得可好？"王羲之唔了一声算是回答了。然后，王羲之示意郗璿回到床上去，自己又悄悄出了屋子。

大概是刚过寅时，王羲之听见有人进了客栈，这让他分外紧张。原来是虞胤过来了，两人在楼下照面，虞胤做了个手势，示意出去说话。

王羲之跟着虞胤出了客栈。在客栈外共同值守的是王羲之随行的军士和虞胤带来拦截的军士，见是二人同行也就没拦着。

二人从马厩里取出各自的马匹，翻身上马，出了镇子，便向东朝着震泽奔去。来到湖边，二人下马，虞胤示意跟紧着走就是了，不得言语，不得发出声响。

　　两人一路上并没有说话。来到湖边，虞胤找了块平坦的地方站立着，王羲之自然也不能坐下。这时，东边天际尚未显出鱼肚白色，但满天繁星却渐次消失了。这时，虞胤向湖边走去，也让王羲之随他走向湖边。

　　少顷，天际突然开始发亮。虞胤急忙跪下，面朝东方就拜。此刻，王羲之眼前出现十分奇异的天象：一束银白色天光从地平线射出，直达宇空。银白色光辉呈三角形，像是一架通向天堂的长梯。

　　虞胤喊道："阿菟小子，愣着做甚，还不速速跪拜！"

　　王羲之着实被惊到了，这样的天象从未见过，而且气势如此恢宏、雄威。听见喊声，慌得他扑通跪在滩地上，连连朝拜。等他回过神来，再看天际，那道银色光芒兀然消失得无影无踪。

　　两人都没有说话，王羲之看了虞胤一眼，却见虞胤双目依然盯着东方天际，神情肃穆，嘴巴紧闭。

　　很快，东方天际显出鱼肚白色，晨曦微露，天正在放亮，湖面上也开始起风。虞胤这才喃喃自语道："祈求苍天保佑大晋万万年。我等愿为此肝脑涂地也。"那神情早已将王羲之忘掉了。

　　许久，虞胤站起来走回到刚才坐着的地方，见王羲之也跟过来，便说道："阿菟小子，天象奇观你已经看到，知晓那是何种天象乎？"

　　王羲之说道："姑表叔大人，小子愚钝，虽然深感惊愕，也知晓必有昭示，却不解其意也。"

　　虞胤看着王羲之说道："本宗正正是为此而来。"

　　接着，虞胤说昨晚上二人几乎彻夜交谈，却未能说服王羲之，这令他不仅焦急，而且颇感失望。王朝面临大难已有多年，承蒙中宗皇帝司马睿和琅琊王氏前辈苦心孤诣，王朝才有了十几年的中兴繁荣，民生渐次兴旺，国家渐次富强。环伺周围的胡人禽兽至今未敢动侵犯之野心，正是最好的证明。可是，自司马绍这个鲜卑宫女之后坐上皇位，政策朝令夕改，法度混乱不堪。权重被外戚褫夺，名门望族惨遭疏远冷落，以致朝野纷乱，人心不稳。因而，到了非换帝不可之境地。然换帝非废帝也，司马衍仍然享受皇子待遇。由此，将避免历朝历代外戚干政的惨痛教训。

虞胤说："阿菟你为我整理前朝史料，应该对文册上所记录王朝之历史记忆犹新。当年惠皇帝皇后贾南风和贾谧外戚干政，滥杀无辜，翻云覆雨，朝令夕改，实为导致八王之乱的根本原因，我辈怎能容许前朝覆辙再现？阿菟，你必定听说了南顿王司马宗大人遭中书监庾亮残杀。而司马宗大人正是恢复汉家旧制，罢黜鲜卑乱象之先驱。"虞胤长叹一声："方才所见奇异天象，正是上天为我朝遥指未来大势。天象使然，司马昱乃天象昭示之君主，若是能将他扶上皇位，从此大晋将走上复兴之路。"

王羲之这时听明白了虞胤拦截司马昱队伍的意图，而刚才的天象令他翻腾的心绪迟迟难以平静下来，思忖良久，才说道："姑表叔大人，小子并非冥顽之人。只是，司马道万亦是孩童之身，与当朝幼帝并无二致。天象虽然昭示于斯，怎就认为他能使大晋重新走上兴旺之路？一路走来，小子对司马道万并不看好。"

"你懂个甚。"虞胤斥道，"汉家血统乃国之根本，就如琅琊王氏乃国之砥柱一般。王不可无有，王亦不可无名。名不正则言不顺，言不顺则事不成。司马道万乃先皇遗世之珠，乃汉家正统血脉是也。此正名也，有此名便能获得众臣服膺，众臣服膺便得百姓拥戴。然，你却对此执迷不悟。刚才看到奇异天象，又有何评说乎？"

王羲之不敢再坚持己见了，行礼道："小子服膺是也。可是，司马道万已经被诏令离开京城，若要返回，依照皇室旧制却是不能。"

虞胤脸上流露出释然的神情，似乎并没有因王羲之的话犯难，而是说道："阿菟，你能如此通达，本宗正深感欣慰。可以预见，琅琊王氏并非只有王茂弘大人识时务也。你这一代人中，俊杰云生，不一而足，令人宽慰。"说着，他在王羲之臂膀上用力拍了一掌。"阿菟，你昨日那套摄魂刀法果然了得，转瞬间就能将四名军士置于死地，实在是令我大开眼界。都说你父亲王世宏大人乃京城洛阳第一刀手，没想到你之刀术亦是如此出神入化。"虞胤并不掩饰对王羲之的赞赏之情。"阿菟，本宗正从你整理之文册看到你书写技艺更是超凡脱俗，令人惊叹不已。京城内外，能与你比肩者恐不过几人而已，后生可畏欤。"

王羲之没想到虞胤说出这样一番赞赏话语，心中惊讶，说道："大宗正大人，小子谨记母亲大人教诲，一生以父亲大人为楷模，只求不辱没先人声望。"

虞胤被这话感动了，说道："阿菟，你一定不知，你父亲世宏大人被前朝一干人杰誉为皇族制度护佑之神。司马道万只要返回京城，其他诸事自会水到渠成。本宗正主持皇室旧制管理，时下正在修订旧制也。前次朝会，我已将此修订文本奏请矫正，一众大臣为此欢呼雀跃。"

"皇上难道赞同？皇太后和中书监庾亮大人也在其中？"

虞胤摇摇头，不屑地说道："只要司马昱坐上龙床，就由不得庾元规和太后专权耳。阿菟，我与你无须多言，即刻回转客栈，先给会稽内史诸葛恢大人一个交代，然后你带着全家与我一道返回京都。王友无须再做，我已经备好奏折，提请有司迁你为镇北府郗鉴大将军从事中郎。京口是你外父郗鉴大人辖地，你在那里再不会遇到冷落和排挤。"

王羲之问道："茂弘大人知晓否？"

虞胤说道："茂弘大人知晓与否已经不重要了，只要我们将刚才亲眼所见之天象公诸于世，茂弘大人自知如何应对焉。而一旦司马道万回到京都，换帝之事便水到渠成耳。阿菟，王朝兴衰在此一举，你可做王朝罪人，亦可做王朝再兴之功勋之臣，何去何从，你切不可一叶障目！"

王羲之自知凭一己之力难以扭转乾坤，再说，虞胤所言并非毫无道理。而刚才亲眼看见天象所昭示，并非虞胤兴妖作怪。想到这里他便走到马前，翻身上马。二人说话时十分投入，并没有留意湖面上渐次显露出来的两只大船。大船乘着风势朝着岸边疾驶而来，转眼就抵达湖岸。

二人刚走出不远，身后响起一众呐喊声。回头看去，但见从两条大船上跃下上百名身着军服的士兵，再看大船上，分明是镇北府大纛迎风猎猎飘扬。

还没等二人反应过来，一众士兵已经将二人团团围住。领头的军士声称他们是镇北府卫队，奉大将军之命擒获大宗正虞胤。

王羲之见状不得不拔出刀来将虞胤护在身后。士兵中有三个胆大的挥刀扑向王羲之，没出十个回合，三人皆伤在王羲之鬼魅一般的刀下，其他人见状便不敢再轻举妄动。王羲之和虞胤再次上马，欲要冲出包围，却被士兵死死拦住。

正在对峙不下的时候，郗鉴带着蔡谟等人从后面赶上来，阻止了一场恶斗。

见是郗鉴，王羲之翻身下马，丢下长刀跪地就拜。虞胤也急忙下马施大礼。

郗鉴喝道："将图谋篡逆之反贼虞胤拿下。"

众军士一拥而上将虞胤五花大绑起来，王羲之几次上前试图阻拦都被郗鉴喝住。

郗鉴这时也翻身下马，面对虞胤问道："虞胤，你可知罪？"

虞胤被捆绑得咻咻直抽凉气，听到喝问，说道："大将军，我虞胤生为朝廷之人，死为朝廷之鬼，何罪之有？我姐弟二人始终将性命与王朝紧紧缚在一起，姐姐元敬皇后未能完成为传宗接代从而永续司马血脉之愿望，却留下遗愿，愿上天赐福于大晋王朝。虞胤今日所为正是虞元敬皇后当年所愿，又何罪之有？"

没等郗鉴回话，王羲之跪下对郗鉴说道："外父大人，小子与大宗正大人彻夜恳谈，可以佐证大宗正大人所言绝非为己开脱。外父大人若是在震泽上一夜行船，必定见识到黎明时分罕见之天象。"

见郗鉴点点头，王羲之胆子也大起来，继续说道："以小子之身份，断不敢在国事要务上置喙。可是，小子却认为宗正大人对小子所言确为肺腑之言，与王朝大业有百益而无一害也。小子在秘书省浸淫群书，对天象亦有心得。那天象绝非上天随意而为，定有深刻寓意。司马道万乃元皇帝与郑太妃之血脉，亦是当之无愧天之骄子，天象既然追随而来，绝非偶然也。望外父大人以大晋千年伟业为重，三思而定夺也。"

郗鉴这时下得马来，让士兵将虞胤松绑，然后对二人说道："我郗鉴少壮出仕，侍奉皇族左右，自然比你等更加珍惜王朝千年之伟业。可是，你二人只知眼前，哪知事外。几日前，你一行离开不久，反贼苏峻率大军攻进京城，皇上性命有旦夕之危。虞元敬皇后遗愿本大将军早已知晓，虞胤所为也许无可指摘。即使南顿王司马宗豢养精兵，威胁京畿，本大将军认为他之行为举止当真是为恢复洛阳旧制，也许犯有轻妄皇帝之罪，却罪不该死。但是，西阳王司马羕表面上是要为皇室正名，可内心却是项庄舞剑。此次正是他勾结流民帅苏峻与淮南太守祖约围攻京都，企图重演当年赵王司马伦篡逆上位之举。对此，本大将军当然不能坐视不管。镇北府在本大将军离开之前就已经以辅政车骑大将军之名义向诸征镇广发檄文，敦促征镇将军勤王京都，以拯救王朝出水火之难也。"

王羲之一听这话，大惊失色道："外父大人，京都将毁于战火欤！"

郗鉴没有理会王羲之，而是对虞胤说道："虞胤大人，你以外戚之地位，不可不谨慎行事耳，此次换帝之闹事必须休矣。"他看着王羲之说："至于天象，阿菟小子，朝廷已然大乱，天象不可再提。京城那里，苏峻虽然歹毒，却对琅琊王氏心怀敬畏，不敢太过造次。有司徒茂弘大人在京都，皇上性命应当无虞。"

虞胤这时问道："大将军，难道中书监庾亮大人竟然没有调兵遣将，固守京都？"

郗鉴犹豫了一下，说道："庾亮带着几个弟弟在京城沦陷前，丢下皇帝与太后，逃之夭夭耳。"

虞胤听后长叹一声，说道："若是司马道万做了皇帝，王朝怎会有此大难耳。"

郗鉴并不理会虞胤的抚襟长叹，而是叮嘱王羲之道："阿菟，今日发生之事不可让司马道万知晓，也不可告诉诸葛恢大人。你当继续护卫司马道万前往会稽藩郡，无论京城发生怎样之变故，但有一点可以料定，苏峻与祖约之流叛乱终将被平定。虞胤，你随本大将军从水路返回京口。在京口反省期间，不得随意走动。叛乱平定之后，再以罪定刑是也。"

郗鉴上船之前，以车骑大将军钤印发布命令，将随行的士兵拨给王羲之五十人，这些士兵只有到京都之乱平定后，方可归队。

三十

光阴荏苒，岁月如梭。王羲之在会稽郡为司马昱做王友已经六年。

一个月前，王羲之收到京城快马送来的文书，是司徒王导亲笔所写，举荐他进京做朝官，信中并没说及做个怎样的官。送信人说司徒大人希望王羲之能回京做右军将军或者禁军将军。信中说，皇上对舅家那几位长辈越加不满，尤其在皇太后薨殂之后，这种不满日见加重。皇上希望身旁能有几位值得信赖的人。王导认为，王羲之应该算是能让皇上信赖的人之一了。

王羲之回了一封信，表示他无意进京在廊庙上做官。这件事情，他是在信使走后，才对母亲大人和郗璇说的。母亲明确表示坚决不回京城，还说会稽这地方真的非常好，山清水秀，物产丰饶，气候宜人，比京城好了很多。母亲的

213

这番话，让王羲之原有的一点儿内疚荡然无存。

最令王羲之没有想到的是，回绝王导的书信送走了没多长时间，已经累迁做了太尉的郗鉴竟然光临会稽。郗鉴的到来令王羲之一家人喜出望外，郗鉴自然也是高兴得合不拢嘴。郗鉴此次前来不仅是来看望亲家母和两位多年未见面的子辈和孙辈，还带来了朝廷任命王羲之迁升为临川（今江西抚州）太守的一纸任命书，以及临川太守的官印。

王羲之到临川上任，最高兴的还是王羲之的母亲。王籍之到安成郡（现江西萍乡一带）已经有些年头了，至今没见着被升迁进入京城廊庙。王羲之结婚那年，籍之曾经回过京城，这一别又是七八年了。不仅母亲想念大儿子，就连王羲之说起大哥也是唏嘘不已。在王羲之心里，母亲和阿哥鞠育之恩是绝对不能忘记的。

临川是偏僻之地，王羲之希望母亲大人能留在会稽多享几年清福。可是，母亲却执意要跟儿子前往临川。母亲说哪里的黄土不埋人，反正再无回到琅琊故土机会，埋在哪里都不重要了，重要的是做母亲的就是一心一意想跟着儿子。

王羲之被母亲的一席话说得眼泪汪汪，向母亲保证说："孩儿不孝，不能让母亲大人安享晚年。但是，孩儿保证，如果母亲大人认为这里就是咱家可以扎根的地方的话，儿子迟早是要回来的。绝不会让母亲大人孤零零一个人在外面。"

母亲突然问道："若是你父亲大人埋在更远的地方，你又怎么办呢？"王羲之不知母亲大人因何有此一问，只以为母亲是因为思念父亲而说，便保证说："一定要找到父亲。若是父亲不幸薨殂，孩儿向天发誓，定将二老葬在一起。"

母亲听了这话，起身一手牵着儿子，一手牵着郗璇说道："为娘听儿这番话心也就定了，那你就别再劝阻为娘随你前往临川。再说，为娘每日能被儿孙绕膝，岂不是天伦之乐也。"

还有一个人对郗鉴的到来分外高兴，这就是会稽王司马昱。司马昱已经快十三岁了，在会稽的六年时间里，由于王羲之的恪尽职守，盯着不放，这位玩性十足的皇子每天除了学习各种课程，就是习练刀术和书法，日子过得实在乏味无聊。郗鉴太尉此次前来会稽，随行的还有他的小儿子郗昙。郗昙和司马昱同年同月出生，都是生在蜜窝窝里的小子。郗昙六岁时就继承了父亲郗鉴的侯爵爵位，身份一下子就高得不得了。加之父亲又贵为太尉，因此，见到皇子司马昱并不觉着低人一等。两个小子一打照面就没分开过，好得跟一个人似的。

在会稽住了几天后，郗鉴一定是从女儿那里听说了王羲之在别亭那里还修有一院草庐，便提出到别亭的草庐里住上几日。正好也是初夏，会稽的气候十分怡人。王羲之也就答应下来。

这天，晴空万里，空气里弥漫着热乎乎的暑日气息。王羲之带着家人轻车简从，一大清早趁着凉爽就离开山阴，到了草庐已是后响。安顿好妻儿老小，郗鉴兴致奇高，非要到不远处那座会稽山里浅浅地转悠一圈，王羲之也只好陪着去了。从草庐到别亭不过三里路远近，翁婿二人没有乘车，也没有骑马，信步走去也不过一个时辰。临走时，王羲之嘱咐仆从在别亭备下酒菜。好在郗鉴年事已高，走到山脚已是腰酸脚乏，于是，翁婿二人返回别亭。仆人随即将备好的酒菜端了上来。翁婿二人面对面坐在别亭里，这还是头一回。王羲之本来话就不多，面对着位高权重却满眼慈祥的老岳父，更不知说些什么话才好。第一坛酒告罄，翁婿二人依然话不多。王羲之几次问起岳母大人的身体状况，都被郗鉴含混其词地遮掩过去了。王羲之试着换过其他的话题，郗鉴也是语焉不详地应对过去。这让王羲之觉着岳父大人一定有什么话难以开口，于是，直接问道："外父大人难道认为小子无能力担当太守职务？"

"逸少不可妄加揣度，你刚才所问都不是外父此次专程来会稽郡之缘由，故而，故而，"说到这里，郗鉴结巴了几下，似乎欲言又止，但是想了想又说"逸少，外父此次前来会稽，有一件极为重要之事要告诉于你，说起来，这件事情当初你与子房结婚之后就该告诉你。也罢也罢，现在告诉你尽管迟了，总比不说为好。"郗鉴说这件事情本该由王羲之的母亲说出来的，可是，这次见到亲家，才知晓老人家并没有将事情告诉王羲之。王羲之便问："何事让母亲大人这样难以开口？"郗鉴便将二十多年前惠皇帝将刚刚送进后宫的美人赐予王羲之的父亲王世宏大人做了垫房夫人的事情告诉了王羲之，然后问："你可曾听说过此事？"王羲之老老实实回答说从未听人说过此事。郗鉴又问："若是有朝一日能见到父亲，你会怎样对待他身旁陪伴的夫人？"王羲之想了很长时间才说："那是皇帝的恩赐，谁敢拒绝呢？再说，陈留谢氏的几位长辈每人都是娶了好几房夫人，他们的子嗣也都接受了。而且，咱家琅琊王氏的前辈中

215

这么做的也不乏其人呢。"郗鉴一听,知道王羲之说的是族长王导,便呵呵笑了几声说:"见你怀有如此开明之心态,外父心里头便不会再犯嘀咕。"王羲之便问:"这件事情本是小子家事,外父大人何以心有不安呢?"郗鉴又是呵呵一笑说:"外父说出这件事情就是想要告诉你,皇上赐予你父亲做夫人的那位女子是外父的堂妹,而且是嫡亲的堂妹,亲得很呢。"这话倒是把王羲之吓了一大跳。

话说到这儿时,翁婿二人已经不知不觉喝下三坛酒了。王羲之开始有些发蒙,尤其是在听说了这些年父亲大人身旁另有佳人的事情后,心里好生混乱。

郗鉴看出了王羲之的情绪波动,便岔开话题说起了京都廊庙上的事情来,最先说到的便是王导对征镇和郡县的失势。说到王导对方镇和郡县失去控制,自然就无法回避在处理江州刺史任命这件事情上的失策。

"茂弘大人也许用心良苦,可是,重用像郭默这样言而无信、朝秦暮楚之人坐镇江州,却是犯了大忌。江州地位何其重要,茂弘大人不会不知,可是轻率重用佞臣,结果可想而知。"说到这里,郗鉴连连摇头叹气,"我曾经多次提醒茂弘大人,任命江州刺史不可意气用事,他听不进去。后来结局自然就已经注定。"

王羲之便问道:"外父大人,小子对这件事情虽有耳闻,却以为不过是捕风捉影,难道庾亮大人与陶侃大人当真联手攻陷江州,杀了刺史郭默?"

郗鉴点头说道:"外父坚决反对庾元规大人与陶士行(陶侃字)大人违逆朝廷意图之所为。茂弘大人任命郭默乃皇上给予之权力,并非擅权。虽然在选人用人上值得商榷,可是地方征镇居然敢于联手斩杀朝廷命官,朝廷律法又被置于何地乎?"

王羲之说道:"外父大人,茂弘大人何不以律法制裁庾元规大人与陶士行大人?如此下去,岂不无有王法可言?"

郗鉴无奈地干咳了几声,说道:"阿菟所言极是,却又很是迂腐。庾元规和陶士行敢于用如此过激之手段无视当朝律法,说明茂弘大人在京都廊庙已经完全失势。外父担心会由此引发一系列动摇朝廷根基之大事件,若果真如此,六年前在震泽收捕虞胤,外父就铸下大错耳。"说着,郗鉴喟然长叹一声。

"去年,琅琊国内史虞胤大人到京口拜访我,说及江州乱象,虞胤大人便不断说起那年震泽天象,我却无以言对。罢了罢了,还是不说这些。阿菟,你依然对茂弘大人心怀抱怨乎？"

王羲之既没有点头，也没有摇头，而是说道："外父大人，小子这几年在会稽看起来优哉游哉，其实也在潜心读书，悉心领悟人生之哲理，熟悉兵法与战法，对一些往事已然不再心存纠结。"

"如此就好，无胸襟者难成大事也。"郗鉴表示，不可以全盘否定王导在朝中起到的定海神针作用，他本人也并不认为王导在处理内政外交包括任命地方长官上有太大的过错。茂弘大人当初坚决推行"土断"国策，全面扭转了江左之难后大晋王朝的颓势，从而得以中兴。仅此一点就足以彪炳史册了。而琅琊王氏中茂弘大人和处仲大人，也包括王羲之的父亲世宏大人对大晋王朝所做的巨大贡献，令所有后来人难以望其项背。包括陶士行大人在内的征镇将军，尽管战功卓著，却难以比肩于斯呢。说到陶侃，郗鉴以为他初期的确是员大将，战功显赫，只是此人性格过于鲁莽，尤其对膝下养育的十八个儿子缺乏言传身教和强力管束，致使大多数子嗣流于平淡或者成为地方一害。以他对陶侃的认识，觉着此人垂垂老矣，不可太过相信。而且，陶侃在征镇发起罢黜王导的动议实在做得太过分了。郗鉴又说到庾亮其人，表示对庾亮并不想多说。但是此人在苏峻之乱后自贬官职，离开京城，仅就这一点说明其应当是有自知之明之人，品格上不能算是坏人，而且，相比朝廷上其他人，应该还算是顾大局识大体之人。

也许是意识到不该说及这些，尤其是说到王世宏时看到王羲之眼睛一亮，郗鉴及时止住话题，不无疼爱地看着已经醉眼惺忪的王羲之，问道："阿菟孩儿，你算是外戚欤？"

王羲之不假思索地说："回外父大人，小子乃皇亲也，非外戚也。"

郗鉴对这样的回答颇为欣赏，点点头说道："阿菟，你出身高贵，令所有同龄人羡慕不已。也因此，在朝廷事务上，你比其他人更要敢于担当，勇于尽责。"

王羲之点头称是道："小子谨记外父大人教诲，在临川任上必定殚精竭虑，不敢怠惰。只是，方才外父大人说到家严大人，小子敢问大人能否告知家严大人究竟归于何处？"

郗鉴连连摇头说道："阿菟，关于令尊世宏大人归处，我与你母亲大人在结为亲家时就有默契，不可说及，不得提及。外父我只能告诉你，世宏大人

217

归处至今都是一个无人敢论及且颇为忌讳之话题。你若是依然有心寻找答案，可在荆州一带寻找他，也许会有斩获。另有传说世宏大人曾经在宣城一带出现过。但这些都是传言，不可不信亦不可全信也。但有一点你要牢记，太守一职责任重大，与国事息息相关，切不可因私事而误了国事。你还要牢记，太守任上，最为重要之事便是确保征收足够赋税，并保证及时向京城运送官粮，唯此为大也。"见王羲之点头认可，郗鉴又告诉他，关于他朝官委任一事，最先是王导提议到京城廊庙上担任廷尉。廷尉自大汉朝以来就是九卿之一的高位，只是这些年地位低了一些，却比做太守要高出一个品级。满朝文武一致同意，可是却始终不见有司发布委任诏令。他曾经亲自到有司追问此事，却无人知晓此事在哪里被阻拦住了。于是，他只好退而求其次，举荐王羲之到临川任太守，加上王羲之的三叔父王彬大人保举，才争取到这个职务。京城周围的郡所都已经有了太守，而北部和西部征镇辖区里一直就没有空缺。而且，即使有也都被庾亮势力控制着。据他知道，王导的势力范围就只有吴兴地区、新安郡和王籍之做太守的安成郡了。但这些地方都是偏远地区，山高林密，人烟稀少，不是朝廷所仰仗的地区。临川是郗鉴除了京口一带外，唯一能插手的郡治。而且，这也是庾亮为了拉拢他而妥协的结果。郗鉴还告诉王羲之，通过这件事情，他发现朝廷有一股力量在极力阻止王羲之进京做官，却找不到这股力量从何而来，只是感觉到这股势力非常之大。郗鉴对琅琊王氏的势力在朝廷一年不如一年的状况表示忧虑，认为如此一来，就剩下庾亮一家独大，这对稳定朝政非常不利。

　　郗鉴最后说将这些事情告诉王羲之是为了让女婿多一份担当，少一份意气用事。尤其，在王导力邀他进京做官这件事上，王羲之处理得过于随性，欠格局，目光太过短浅。

　　翁婿二人别亭畅谈，直到夜幕降临方才离去。这一夜，王羲之一直在做十分怪异的梦，睡得很不踏实。醒来之后，王羲之感到精神萎靡，浑身乏力。能记着的最后一个梦居然是王导将要死去，他不知怎么就到了王导床榻前。王导拉着王羲之的手说这几十年来做了许多对不起王羲之家人的事情，尤其在王羲之出仕这件事情上设立障碍。王导央求王羲之尽快前往京城廊庙做官，不然，琅琊王氏从此将在廊庙上彻底失势。王朝自建立以来，这样的事情都不曾发生过。甚至说起他父亲的事情来，王导语焉不详，含混不清，似乎是元皇帝司马睿对王世宏后来的一系列行为十分恼怒。究竟是什么事情，王导说了，但王羲之没有听清楚。再问，王导居然撒手而去了。

王羲之醒来一直在追索王导说到父亲时那句令元皇帝恼怒万分的话，后面又讲了什么，却怎么都想不起来。

郗鉴很快就离开了会稽，离开前他告诉王羲之夫妇，郗璇的大弟郗愔已经做了尚书郎，若是将来外放做官，他会让郗愔到这边来。他非常喜欢会稽一带的风土人情和自然气候呢。一同前来的小儿子郗昙被会稽王司马昱缠得无法脱身，郗鉴只好将郗昙独自留在了会稽。好在郗昙的姐夫王羲之在会稽既有房产又有大片地产，郗昙并不会为吃住担忧，郗鉴也就放心离开了。

郗鉴一走，王羲之也没有任何理由继续留在会稽。会稽内史诸葛恢为王羲之前往临川赴任提供了车辆、壮牛和途中需用的食物，于是，一家人在郗鉴离开一个月后也就离开会稽前往临川。

三十一

从会稽郡到临川郡，王羲之一行人足足走了一个月。母亲身体不好，路途颠簸，不敢走得快了。一路走来，官道并不多，基本上出了郡县几十里，官道就没有了。不仅如此，车队一离开官道，便只能走在狭窄崎岖的山间小路上。车队无法盘山而过，只能选择绕道而行，这就使得行走的速度大打折扣。

为了不让母亲受累，王羲之就将每日行走的距离控制在百里之内。多亏了会稽内史诸葛恢大人派给王羲之的向导，一行人虽然走得辛苦，却也没走什么冤枉路。

到达临川府的当天，王羲之便将家安置在了官府大院里。临川府前任太守离任时带走了一干掾属，仅留下了两个看守官府大院的壮丁，并无一名可以使用的小吏。好在这位前任将乡举孝廉的名册留了下来，于是，从第二天开始，王羲之便带着看守官府大院的两名壮丁按图索骥，亲自上门求贤去了。

三十天后，临川官府就击鼓升堂，开始接受诉状。这期间，郗璇在临川境内的抚河畔的一处高地上选中了一块好地，也忙着起房盖舍，不亦乐乎。

夏天刚过，王羲之一家人就搬进了新的宅院里。按照太守这一级别的规格，起了两进院子。前院是用来吃饭、会友和读书的，后院除了起居，还辟出一块不小的场坪用来习练刀术。

临川这个地方虽然地处偏僻，但从豫章郡一路走来并无崇山峻岭。抚河是豫章郡最大的河流赣江最大的支流，发源于武夷山脉，一路流淌而来，汇集了众多细小的溪流，水势便越来越大，河床也越来越宽，流经临川治所时，便成为一条水势汹涌的大河。每次沿着河畔巡走，令王羲之便想起琅琊国的故乡从庄园后面流淌而过的沂水河，只是临川的这条抚河无论河的宽度还是水流之湍急都是沂水河无法相比的。王羲之也会时不时想起会稽山前那条据说被大禹制服的河流，他不大相信《山海经》中的那些关于治水的传说，可也很是奇怪，会稽国靠近海边，时常也会下很大的暴雨，倒是很少有大的灾害。

前日，王羲之带着家人在河边漫步，兴之所至，让船夫将一家人摆渡到河道中央一块很大的渚地上。渚地上长满各色青草，三个已经半大的孩子在草丛中钻进钻出玩得很是尽兴。当夜落了一场倾盆大雨，待第二天天放亮再来到抚河河畔时，王羲之着实被惊到了。渚地完全消失了，湍急的河水暴涨，浑浊的激浪翻滚着向前跳跃，跃起的巨浪不断把漂浮在水面上的粗壮大树压进水里，那些树木重新露出水面时已经出去很远。

盛夏过去了，这让王羲之时常感叹岁月流逝之快。尤其夜晚来临，孩子们都睡了，王羲之也在习练了刀术后冲洗了一番，换上干燥的长衫，坐在案几前长长地抄录一段屈子的九歌，或者潘安仁的一首辞赋，然后读一段陆机的《辨亡论》，这才和郗璇摇着蒲扇，说起读书、刀术和书写感受来。郗璇不好让夫君受到冷落，便陪着说几句，一边忍不住打着小盹。

王羲之用手中的蒲扇拍了拍打盹的郗璇，笑着说道："卿，这些日子你说话时多有倦意，困盹不断，可是又有了身孕？"

郗璇被惊醒后，敷衍着逗趣道："大人已经有一月未曾与卿身亲近，若是有身孕，那一定是上天赐予之神仙孕也。"末了，还没忘看一眼桌几上写完的纸张。"哟，夫君大人书艺大有长进。"

不料，王羲之长叹一声，道："心不在焉，书艺怎会长进。"

郗璇知道王羲之近来为何事犯愁，便打岔道："大人不可悲戚戚也，卿身刚过二十，离徐娘半老之龄还远。你不得疏远卿身欤。"

王羲之又长叹一声，道："咱家来到临川已两月有余。夏季将尽，可是至今未见官仓收进一粒官粮。想起离开会稽时外父大人所嘱之言，甚是犯愁也。"

郗璇蹭到王羲之身边，抬起手将王羲之束在脑后的长发解开，挑亮油灯，抄起篦子，顺着发根一路梳下来……

可是，王羲之的心事真的很重。临川府的官府大院的后院里有五座官仓，面积着实不小。若是满仓的话，储存的粮食至少有万担之巨。眼下这五座官仓中，只有两座囤积有粟米，从账本上看，这些稻米不少于二千石。来到临川，王羲之依照官制将官府的大小官吏配置齐全，立刻就去官仓视察。一进到官仓，王羲之险些被呛人的霉腐气味熏倒，再看堆成小山的稻米，大多数都已经发霉。

经询问才知，看守官仓的军士不敢将这些粮食搬出去晾晒，担心会被盗匪抢走。而且，五座官仓一共就只有八名军士看管，这些军士都已经年老体弱。依照王朝制度，看守官仓的军士皆为世袭。若是儿子服了劳役，老子即使再老也还要坚守岗位呢。这些年老的军士倒也尽心尽力，不敢怠惰。

王羲之又问何以眼睁睁看着这些粮食霉变，而不赈灾？

军士长说临川已经大半年没有太守了，即使遭了灾，军士也没有权利将官仓里的稻米发放出去，那可是砍头之罪呢。加之至今尚未有新的稻米入库，所以，既要担心晾晒时遭到抢劫，又担心没有新的稻米入库而受到新任太守的责罚。"故而故而……"军士长结结巴巴地说，"就这么守着，即使霉烂了，至少稻米还在。"

王羲之知道发火不解决问题，当下就让这些军士趁着几天晴好的天气，将官仓里所有的粮食晾晒一遍，晚上也不得将粮食收进仓里。

接连三天，王羲之都没有回家住，而是住在官府里。白天要督促这些晾晒官粮的手下人不得懈怠，或者带着主簿和贼曹将郡府所在的城市勘查一遍。临川城不算小，光三个自然形成的市场里就有上百户商家，市场看起来还算繁荣。一条主街道和主街道后面的几条小巷子里起码居住了近千户人家。

到了晚上，王羲之担心晾晒在场坪上的官粮发生意外，甚至跟着军士们睡在官仓里。

第四天晚上，王羲之回到家里，情绪有些沮丧，心情更是不用说了。临川地处偏僻，物产富饶，可是民风凶蛮，官府又长期疏于治理，以至每年夏末征收税赋便成了令历任太守头疼的事情。仅仅十多天时间，王羲之就已经感到头昏脑涨了，似乎有一种百废待兴而自己又心有余而力不足的感觉。这感觉令他

221

心中像是压着一块石头，喘不过气来。

到家后，王羲之先去看了母亲，老仆说母亲已经睡了，他就在门口探头看了一眼，然后转身回到自己的屋子里。

妻子郗璇把热了几次的饭食又热过一遍，还开了一坛好酒，端上来后，对丈夫说："大人，临川治理之难，我家尊大人在会稽时就已经提醒你，做太守比起做内史要难得多。见你每日长吁短叹，卿身分外心疼。不如容我给父亲大人写封家书，将咱家迁回京城，哪怕再回到秘书省做郎官也行，会轻松许多。"

王羲之摇摇头，低头将饭食往嘴里扒拉，却不想说话。

见王羲之三五下就吃完了饭，郗璇就从衣橱里取出篦子，在王羲之身边坐下来，又说："这些日子，我见你早出晚归十分辛苦，话也越来越少，知道你心里有很多愁苦。然而，在这偏僻之地做太守，又有朝廷征税重责，日子恐越发艰辛欤。卿身以为，若是能迅速打开局面，不负朝廷愿望，大人心绪便可顿然好转欤。"

王羲之拨掉郗璇伸到头顶的手，说："卿，今日你无须再为我梳头，还是去将笔墨纸张取来。"

郗璇取笔墨的功夫，王羲之从书室里端出一大捧汗青来。今晚，他要在这些竹片上抄写一遍屈子的《山鬼》。

一旦开始书写，王羲之整个人的感觉便慢慢调整过来，呼吸均匀了，头脑清楚了，身体也有了劲儿。抄写了十几片竹片，王羲之起身来到当院。

跟在身后的郗璇把长刀递给王羲之。王羲之这趟刀法走得很慢，刀势虽然已经隐去了杀气，却依然不减力道。长刀很像是一只大笔随着舞刀人的意念，在身前脑后缠绕着，飘忽着，一招一式绵中含钢，一笔一画柔中有坚。这个时候，若想试图接近舞刀人则根本不可能。

一趟刀术走完，王羲之已经收式，却意犹未尽。他闭上双眼，让急促的呼吸平缓下来，然后如梦初醒，说了声"妙哉妙哉"，径直回了屋子。

刚进屋坐定，服侍母亲的老仆慌慌张张进来说，老妇人开始说胡话了，惊得王羲之和郗璇急忙就进了母亲的卧房。

母亲睡得深沉，王羲之伸出手来摸了摸母亲的额头，似有些发热。老仆在一旁说，老夫人发热已经有十几天了，但她坚决不让告诉孩子们。王羲之一听这话就对老仆表示出了极大不满，禁不住责怪了老仆几句，说明天会找城里的郎中来给母亲摸摸脉。

三十二

近半个月，王羲之没去官府，亲自监工在抚河畔盖起了一座草庐。这是他准备为母亲大人治病用的静室。按照五斗米道的教义，为病患之身医治疾病需置有静室。通常情况下，五斗米道为病人医治都会单独盖这样的一间草庐充当静室。几天前，要不是妻子郗璇提醒，王羲之早就将教义中最为人称道的医治病患之方法忘得一干二净了。

自来到临川后，母亲的身体每况愈下，日渐衰弱。王羲之即使外出公干也不敢离开太久，自然也就到达不了临川郡管辖的所有地区。可是，临近的两个属县的赋税都已经征收得差不多了，官仓才不过装满了三座。若是将这三座官仓的粮食悉数交予京都，临川府将无粮可用以救急。

这天，阳光明媚，暖意拂人，王羲之让仆人将身体孱弱的母亲抬上肩辇，来到抚河畔这间草庐外，先是让母亲在温煦的阳光下接受了一个时辰的阳光浴疗，然后，才将母亲置于草庐内。母亲一直在昏睡，时不时会醒过来，对王羲之所做的这些事情很是欣慰。

依照教义，医治疾病的过程需要有奸令（教中有资历者）、祭酒和鬼吏三人在场。王羲之在行完弱冠礼后就成为教徒，在会稽时就自动成为奸令。随行的老仆都是五斗米道中人，所以，做祭酒和鬼吏都是有资格的。

作法治病的过程并不复杂，母亲躺在铺有厚厚干草的床上，王羲之作为奸令诵老子《道德经》全文，一名老仆作为鬼吏开始为母亲实施符水疗病的法术，先是为病人请祷，将病人名字写在一张纸上，不停地将病情说出来展示给在天的神灵。家中的老仆都粗通文字，所以做这些事情并不困难。

在王羲之念诵《道德经》的过程中，另一位担任祭酒的老仆便将鬼吏写出来的三张纸，一张挂在屋顶，一张埋在床下，然后到草庐外面，将第三张纸用石头沉入抚河水中。

疗病的法事做完后，郎中又来了，为母亲摸脉后又查看了病人的双脚，然后告诉王羲之，老人的病起于心脏，已经弥漫到了下肢，使得下肢一直处于水肿状态，若是能将下肢潴留的病毒排遣出去，病情就会减轻很多。

晚上，王羲之坚持亲手给母亲喂药。母亲昏睡不醒，王羲之只好一声一声唤醒母亲，刚喂下几口药汁，母亲又昏睡过去。王羲之只好等一会儿继续呼唤母亲，母亲醒过来后，接着喂药。一罐药汁喂完差不多需要一个时辰。

没想到母亲在服下药汁后大约两个时辰，又开始发起高烧来，还不住地说胡话。一直陪在母亲床头的王羲之已经无计可施，只好按照家里传统的做法，将湿布巾用冷水浸透，敷在母亲的额头上。这一夜，王羲之没敢离开母亲，一次次给母亲更换额头上的湿布巾。有时候困得不行，打个小盹，再摸湿巾就感到连湿巾都是热的了。这个时候，王羲之便觉着很是对不起母亲。王羲之也没让老仆离开床头，那是因为自母亲服下中药后，为了给身体补充水分，还要不时地给母亲喝水，母亲的夜尿就很多。好在母亲身子下面铺了很厚的干稻草，尿湿了就随时更换，而更换新的干草是由老仆来做的。王羲之尽管非常孝顺，却不敢亲自给母亲更换尿湿的稻草。就这么一边喝水一边排尿，等母亲醒过来的时候，水肿的双腿明显消下去不少。

后半夜，母亲的体温退下来，呼吸也变得均匀了。郗璿几次要换下王羲之都被他拒绝了。王羲之让郗璿回去照顾三个孩子，母亲这边的事情由他亲力亲为。天快亮的时候，王羲之将脸庞贴在母亲额头上试了试，感觉母亲的额头总算凉下来。

一定是感受到了儿子的亲情，母亲竟然醒过来，醒来后就要坐起来。王羲之扶起母亲，看着老人日渐消瘦憔悴的面孔，心里别提有多难过了。不过，看到母亲高烧退下去，双腿的水肿也消下去，人也变得精神起来，王羲之如释重负，喜出望外。

吃过早饭，母亲睡了一个时辰，又喝下一罐药汁。歇了片刻，母亲提出要到外面去晒太阳。

王羲之让仆人抬着母亲来到河边，自己也陪着去了河边。母亲拉过王羲之的手握在手心里说，那天作法治病的时候，她能真切地听见儿子念诵《道德经》，大概正是有了这样的慰藉，身体竟能在一夜之间好起来。她知道儿子这些日子都在她身边陪着，心里却也为官府的事情发愁呢，儿子要忠孝两全让她好生欣慰。

王羲之只好实话实说，来到临川已经好几个月了，正好又到了一年一度征收赋税的时候，可是，尽管他费了不少心思，却没能如愿以偿。

母亲就劝儿子既不可操之过急，也不可畏葸不前："当年你父亲在济阳国做内史与盘踞在济阳国的安乡公刘真斗法就是这样做的。京城那里有你外父大人做后盾，有何可畏惧？当年安乡公刘真何其嚣张，自武皇帝践祚定五等爵位，王、公、侯、子、男，那刘真贵为安乡公，位次仅次于藩王。可是你父亲硬是斗败了他。"看了王羲之一眼，母亲又慢慢说道："你在秘书省看过很多征镇将军和太守的奏折，应该知晓做个称职太守有多不易。你父亲先是打掉了祸害百姓之盗匪，同时想尽一切办法救济百姓，动员当地缙绅先拿出私人仓库里存粮赈济灾民，然后官府给予补偿，收效甚是良好。"

王羲之心里一下子被点亮了，尤其说到动员缙绅三老，其实就是给这些富人们施加压力，让他们出力缓解官府的压力。"母亲大人，父亲大人做法令小子茅塞顿开。"王羲之说道。

母亲把王羲之递过来的热水喝干净，接着说道："儿呀，任何时候，只要为官，心中就要有官事，家事不能大过官事。这是你父亲最崇尚之官品。"

"故而，父亲大人经年不回家省亲。所以，我和阿哥才不蒙过庭之训。"王羲之语气里满是抱怨。

母亲叹了口气："他怎会不思妻小。可是惠皇帝不能离开他，羊皇后也——"或许是触到了内心的伤感之处，母亲没有说下去。

"母亲大人——"

母亲没让王羲之说下去："我儿，为娘身患痼疾，却分明是家事，你万万不能因家事误了官事。"

"母亲大人——"

"你不用牵挂为娘身体。既然法事已做过，接下来为娘身体会怎样便是天意欤。离开京城时为娘就对你说过天意不可违，你要牢记在心。无须多言，快去征收赋税，这是你太守任上当务之急。若是遇见恶霸，坚决镇压下去，像你父亲一样。如果京城迟迟收不到你运去的官粮，你外父大人定会左右为难。"

王羲之不再说话，连连点头称是。

母亲精神非常好，话也就开始多起来。起初，王羲之还能有板有眼地回应母亲说话时发出来的询问，渐渐地，王羲之走神了。几天前从江州刺史部发来的急调军粮的刺史令就令他茶饭无心呢。王羲之已经派了几拨人马下到临川府管辖的县府去，只有靠近州府治所的几个县多少有些斩获，但是征收的粮草仍

225

然不能达到刺史令的数额。母亲的身体当真是王羲之最大的心事,他不可能在这个时候离开母亲,尽管老人看起来正在好转,说话也有了底气,思绪也变得活络不少。母亲又在问孙子的事情了,王羲之慌忙回答说她的孙子孙女都好得不得了,除了尚在幼童期的孙女王孟姜,玄之和凝之都在学习书写技能了。玄之身体太弱,除了读书就没让他习练刀术,但是凝之已开始耍弄那把木刀了。木刀还是当年他在淮南时父亲大人叫人给他做的。

王羲之听见母亲呵呵地笑了几声,很显然,母亲对孙儿们的教育很是上心也颇为满意。他听见母亲好像是说该让玄之和凝之读《礼记·四十二篇》了,母亲随口吟诵了几句"大学之道,在明明德,在亲民,在止于至善"。王羲之呵呵了两声,嘟哝着说:"母亲大人你说的这些书本都是在束发之龄才开始学呢。"母亲似乎理解了儿子的意思,说:"反正你也闲着无事可做,索性让儿子们就开始学吧。"王羲之继续嘟哝着说:"母亲大人所言极是,小子遵命就是了。"王羲之想说现下上峰催得紧,哪有时间教授儿子们读书呢。他结巴了两声,没往下说。母亲却开始抱怨起来:"难道你自己还没有读懂吗?可是你都已经将庄子的书籍诵读烂熟,怎能没读过《礼记》?"

王羲之看到妻子郗璇从远处走来,为了不让母亲大人说下去,于是便站起身朝着郗璇大声打起招呼来。母亲果然不再说下去,而是朝着走过来的郗璇说:"媳妇儿,你是来送饭的吗?"

郗璇快走了几步将装饭的竹篮交给了老仆,俯下身子把老妇人掉落在地上的毛毡捡拾起来,重新给老妇人盖在腿上。

老仆将带来的饭菜在老妇人面前的小木桌上铺开来,都是老妇人喜欢吃的小菜,还有一小钵用河蟹汤炖的莲藕块。王羲之坐下来,往热腾腾的米饭碗里舀了几勺河蟹莲藕汤,看到母亲脸上浮现出饥饿的神情,就笑呵呵地说:"母亲大人,让小子喂给你吃。"

老仆附在王羲之耳旁说:"阿菟,你还是趁这个时间到官府转上一转吧,整个上午你都心不在焉。官府事多,这里放心交给老奴。"

母亲也跟着挥挥手,说道:"为娘这里有子房,你快去尽太守之责。"老人突然又想起什么来:"阿菟吾儿,今晚上为娘要听孙子们诵读《礼记》。'古之欲明明德于天下者,先治其国;欲治其国者,先齐其家;欲齐其家者,先修其身;欲修其身者,先正其心。'"母亲一口气将《礼记》中的这段文字诵读出来，很显然已经上不来气了，便问道："阿菟，接下来几句你还记得吗？"

王羲之正要走呢，这时站住脚，对母亲说道："小子自从十五岁诵读过这篇文字后，便始终不敢忘记。母亲大人既然要听，小子遵命就是了。"说完，就接着母亲诵读的段落吟诵开来，直到母亲终于开口说："小子，你一定要让咱家的孙子们将这些文字悉数烂熟于心。"王羲之连声应承后，母亲这才说："好啦，你去吧，官府的事情乃是国之要务，不得延误耽搁。去吧，去呀。"

王羲之急匆匆地走了。

母亲身体好转，这让接下来的日子好过多了。母亲让他快快下到偏远地区去收取土地赋税的鼓励也让他振作起来。离开会稽的时候，内史诸葛恢大人送了王羲之一套税赋律法条文，现在可派上用场了。接连几天，王羲之足不出户，将这些律条熟记于心。

这天，王羲之终于可以不再看土地赋税律条了，心里头对如何收取税赋也有了一些想法，接下来就是去干了。有了可资依据的律条，还有了独创的做法，王羲之自认为万无一失，心情就变得很是轻松。这天入夜后，孩子们都睡了，王羲之先将屈子的《九歌》抄写一遍，又到院子里走了一趟刀术，回到家中，冲洗了身子，趁着郗璇为他梳头捉虱的当儿，王羲之说道："卿，小女已经一岁多了……"

没等王羲之说完，郗璇咯咯笑起来，说道："卿身以为大人已经无意再有八个儿子。"

王羲之抿嘴一笑，朝着天上一拜，说道："苍天在上，小子当年立下誓言，为父亲大人生下八个孙子，岂能言而无信。只是母亲大人身体有恙，让小子忧心忡忡。如今，母亲大人转危为安，日见康复，小子身心大快。"

夫妻二人当晚云飞雨落，嬉笑于床笫之上，翻转于暖衾之下，饶是一番又一番人间情事，再演一轮又一轮造物之技，乐此不疲。

三十三

这些日子，王羲之没有急着征收税赋，而是扮作商贾模样，出入阡陌集市，心中渐渐有了数。朝廷至今仍沿用大晋王朝开国时制定的占田赋税制度。

依照王朝开国律法，每一个庄户家庭为一个纳税计数单元，每一户以四口人计算，户内正丁男女可以占田一百亩，男子到了弱冠年龄就是正丁男了。女子比男子要早，到了及笄年龄也就是说十五岁以后就算是正丁女了。而次丁男是从束发（十五岁后）期间的开始计算。次丁女的年龄大约从金钗之年（十二岁）开始计算。次丁男女可以占田五十亩，如果一家正好有四口人的话，这家人就可以占田三百亩。为鼓励开垦荒地，建康城在此基础上又规定，在人烟稀少、地广土薄的偏远地区，可以多占田各五十亩。耕种田亩的税赋是按人头计算的。成年男丁和成年女丁差别不大，总角和及笄的男女少年算半丁。

已是初秋，地里的菽粟早已经收获完毕，官仓里收上来的粮食却未见大幅增多，于是，王羲之颁布了上任以来第一张太守文告，公告开宗明义：临川太守将一改往任征收税赋之规矩，各家田亩和作坊数由各家填写数额。文告又曰：本太守在京城秘书省浸淫多年，各种法规无所不通，故而，此次出任临川郡黎庶百姓父母官，便决心严格按照缴纳地租的律法条文。然，本太守以文告明示乡里黎庶，律条规定十二岁以下、六十六岁以上男女为"老小"，"老小"可以免征地租。本太守将严格根据律法扩大减免范围，如此，人丁兴旺之庄户家庭，今年这一季所收粟米，只需交纳六斛即算完租。另依据朝廷最新公布租赋之律条，凡在山上开垦荒地，可以不计算在占田数内。所获谷物皆为个人所有。

文告继续阐明：若是遇到灾年，官府除了有粮可赈灾，受灾的村县可以少交应征赋税的三分之一，但是布匹绸缎，尤其平川地带不得减少赋税，等等。

文告还对出现灾荒之年时州府之所作所为做了规定和承诺：一旦需要赈灾放粮济民，州府将分阶段进行，第一阶段救济的范围是公府周围方圆三十里的村落，这些村落因为距离公府很近，大都做过详细登记，人口数字基本真实，只要按照公府已有的户籍名册发放即可。第二阶段救济的是距公府方圆百十里路之庄户，同时进行人口登记。最后，州府会派人前往偏远地区实施救济。不管远近，每人每三日定额一斤粟米。州府还保证向庄户发放种子。

告示一出，派出去摸查民情的小吏纷纷返回禀报称，集市无论大小，村镇无论远近，每日围观告示者众多，民情兴奋。王羲之听罢心中大喜，却不露声色。

接下来的日子，每天天还没亮，就有缴纳官粮的大车和百姓在官府门外等候了。十天刚过，入仓的粮食已经超过历史纪录。五座官仓满了四座，第五座很快就装不下了。

从这天开始，王羲之便征用大船开始把入仓的官粮和布匹绸缎运往江州刺史部。

王羲之并没有看到这样壮观的缴纳赋税的景象，第三天，他就带着贼曹和随从到偏远的辖县巡视去了。这一转就是近一个月。还没回到治所，就被派往治下南丰县监督缴纳赋税的主簿和功曹迎头拦住。

原来，南丰县的一个大族群拒绝缴纳官粮，理由是这个族群大多数人家的庄稼都被大水淹了，无粮可缴。主簿一行人承认说那里的确遭了灾，但受灾的区域并不大，也绝没到无粮可缴的地步。军士曾试图强行进入村落，都被打了出来。官府主簿进言可派贼曹率领一队军士前往震慑，若真是武力抗拒缴官粮，那就将当地乡绅抓起来，看哪个还敢拒缴官粮。王羲之没有同意，而是带着主簿和贼曹二人前往。来到南丰县，王羲之没有急着进村，而是用半天时间在这个族群所耕种的田地转了一大圈，甚至带着随从转到大山深处。这一转，又发现在山岭之间有大片大片的谷地都被开垦并进行了耕种，有的谷地耕地多达上百亩。

南丰县果真有灾情，大水致使靠近抚河的稻田几乎绝收。但王羲之心里非常清楚，这些种在抚河岸边的稻田都是没有登记入册的田亩，也就是说，这些田地是在官府规定的占田定额之外的，并没有影响到农户缴纳官粮的数额。这个族群大约分做十个村落，两三千口人。而这些村落的良田大都远离河岸，靠近山麓，而且非常肥沃。族群中缙绅的田亩更是远远超过律条规定的数额。一路走来，主簿给王羲之交了个数字，仅从这一地征收的赋税官粮就可以装满五座官仓。

王羲之便问："何以几年都没有收到官粮呢？"主簿说这个族群的头领，也就是当地最大的地主提出了一个非常苛刻的缴纳官粮的条件：临川太守必须要跟此人的小儿子比武，若是取胜，他才甘愿缴纳官粮。这个条件已经延续了四年，从今年开始，这个头领修改了比武条件，只要是临川官府的官吏，无论官阶大小，只要打败他儿子都作数。结果，官府里竟没有一个人敢于应战。

王羲之二话没说，带着人就径直去了这个族群的祠堂，在祠堂前的广场上摆开架势，让头领出来见他。大约等了一个时辰，乡绅才姗姗来迟。

两人见面，互相施礼。头领看上去约莫五十开外，鹤发童颜，精神矍铄，颜面并无凶相。于是，王羲之便称对方为缙绅先生，还说听口音对方像是中原人士。老乡绅一听王羲之竟然能听出自己的出处，便有了敬重之心。自报家门是南阳人士，承父业做了商人，经常往京城洛阳带去南阳一带的货品，在京城最大的金市马市上兑换商品，然后带回当地。父亲留下大片土地，然而自己甚是喜欢做买卖，便将土地租赁给他人耕种，只要确保能上缴地租便可。

乡绅说起在京城的经历，眉飞色舞。大概认为王羲之肯定不会有机会去旧都洛阳，所以，根本不让王羲之插嘴。

王羲之也乐得让对方大大地吹嘘一番。王羲之此行的目的只有一个，从这一带征收能装满五座官仓的稻米。

乡绅说得起劲竟然说起永嘉年间的事情来。他说曾经在京城亲眼看到过惠帝迎娶新皇后羊献容呢。说到这里，老人兴奋异常，也不管王羲之喜欢不喜欢听，也不管站在他身旁的那位十六岁出头的小儿子多次试图阻止他说下去。乡绅告诉王羲之，那年皇上迎娶新皇后，场面热闹非凡，阵仗从未见到过，鼓吹手在前面开道，已然是气势惊人，擎旗手跟着鼓吹手摇鼓声的节奏摇旗呐喊更是震撼人心。走在皇后凤辇前面的正是在京城名声斐然的次直侍中，这些侍中都是皇上最信任的武士。他甚至看到了当时被誉为天下第一刀的王世宏大人呢。

王羲之听到这里，心中不禁一惊，这个王世宏应该就是父亲大人了。王羲之打住乡绅的话说："可有好酒？"乡绅正说到兴奋之处呢，一挥手让家奴抬出来几坛珍藏多年的老酒，说这些酒都是当年京城最受朝官欢迎的好酒，他正是凭着这些家族自酿的好酒，在京城结交了许多有名望的大臣呢。他说到石崇，还说到潘岳。这让王羲之不禁对这位乡绅刮目相看。几碗酒落肚，王羲之便装作漫不经心地问起前面说起的王世宏大人，大号是否叫王旷？乡绅颇为惊奇，说大人何以知晓王世宏名讳？王羲之并不答话，让乡绅接着往下说。说实在话，能在这里听到关于父亲的传说实在令王羲之感到心情难以平静。不过，王羲之也看出来眼前的这位乡绅族长并不知道他的出处，恐怕甚至不知道他出自琅琊王氏呢。

乡绅说到这里手舞足蹈起来，坐在椅子里的身体不断扭动。原来他开始描述人群突然一阵骚动，几个汉人打扮的胡人突然闯进仪仗队，向皇后的凤辇冲过去，说时迟那时快，只见王世宏大人双腿用力一夹马肚，坐下的骏马扬起前蹄，向前飞了出去，越过人头奔向凤辇。还没等那个高大的胡人靠近凤辇，王大人已经出刀了。吁唔欶，乡绅激动得已经语无伦次。乡绅承认当时他被吓得呆住了，甚至来不及看清楚究竟发生了什么，王世宏大人已经跃马冲出人群去追赶那几个只顾着逃命的胡人去了。

王羲之强忍住极大的好奇心，询问乡绅后来怎么又到了这里。

乡绅面带怒容说，永嘉年末，一个叫石勒的羯人竟然在中原大地所向披靡了。这家伙杀人如麻，如禽兽一般。他率大军杀到南阳，竟将南阳上万百姓赶入汉江淹死，可谓残忍至极。为避凶险，也为了不至于被石勒灭族，他只好忍痛丢弃了家里几代人办下的产业，带着族人背井离乡，向北方逃命去了。他听说那个畜生的军队里，所有的将军居然都是大晋朝的叛将。乡绅说到这里唏嘘不已，老泪纵横而落。老乡绅擦干眼泪，恶狠狠地瞪了王羲之一眼："太守大人，你该明白我们这个大家族所有族人何以憎恨厌恶朝廷官吏耶。"

王羲之既没有点头也没有摇头，而是做了个手势让乡绅继续往下说。这段历史，在秘书省堆积如山的典籍文册中可是永远看不到的。

乡绅继续说，再往前逃命时又遇见像蚂蚁一样黑压压的逃亡难民，一打听，原来京城已经沦陷，被一个叫刘曜的屠各（匈奴的贱称）仔烧得精光。于是乡绅只好带着族人往回逃，在回逃的路上又撞见杀回中原的石勒军队。说到这里乡绅已经喝光了自己酒坛里的老酒，让儿子又去取来几坛，倒满大碗举着朝王羲之晃了晃，然后一饮而尽。丢下酒碗，乡绅直愣愣地看着远处说，石勒那时候的阵仗相当了得，骑马开道的旌旗就看不到头呢。前面的大纛上挑着四十多颗人头哇，都是司马皇室的封王或者族亲呢。他和族人都吓傻了，不知道该往哪里逃命，又折回头往黄河一个叫仓垣的地方逃跑，因为听说那里有一位苟晞大将军重新建起了大晋王朝的都城。

结果，没跑多久，又被石勒的军队赶上。正在绝望的时候，一支大晋王朝的军队杀了过来，为首的将军大人你却猜不出是谁。王羲之点点头心想，猜他作甚，若非故事涉及本太守家君大人，怎容你在此信马由缰，海阔天空也。

乡绅突然提高嗓门，朗朗说道："那将军居然是皇上的次直侍中王世宏大人。王世宏大人拦住胡人士兵，让我们要么继续向北，可以追上汉人逃亡的大队人马，要么折头往南，渡过长江向江州方向逃命。我还跟王世宏大人说了几句话，说：'大人何不与我们一起逃？'王世宏大人仰天大笑说：'咱家大晋王朝的军队见了胡人的军队那就是要拼个你死我活，怎会抱头鼠窜耳。'"

王羲之急忙问："难道大将军当真救下你们自己闯进贼寇大军厮杀去也？"

乡绅显得颇为遗憾，说若不是身后跟着家族上百亲戚，还有数百乡亲，他是定要跟着王世宏大人与胡人拼个你死我活的。最后还是听了王世宏大人的话，折头向南继续逃命了。乡绅紧接着又说："过江后便一路往南逃命，一直逃到这里。那时这里并无官府，亦无人烟，更无村落。可是这里的土地却很是肥沃。老夫我苦心经营了几十年，现在这里人丁兴旺，方圆百十里有了十个村落，好几千人了。"

乡绅说完这段经历，整个人泄了下去，沉默良久说道："太守大人，老夫绝非刻意抗交赋税。自从临川征收税赋，老夫从未拖欠一厘一毫，半斤八两。可是，这二年抚河大水，每到夏季灾情着实严重。老夫多次向临川求救，请求开仓赈灾，帮着黎民百姓度过饥荒。只要有人在，来年遇到好收成，岂会亏了临川乎？可是，临川府不仅对老夫之恳求无动于衷，反而变本加厉，横征暴敛，实令人忍无可忍。故而，老夫从去年设下擂台，提出比武纳税。若是胜了我家小子，老夫照章纳税。若是输了，那就明年再来，恕不奉陪。"

王羲之点点头，看着乡绅说道："本官正是应约前来比武。如你所说，胜负决定纳税与否，本太守决不食言。然，本官此有一问，本官履行职责，为国征税，亦是为让大晋王朝不再重走覆灭之路。若是各地皆如老者一般拒不缴纳税赋，覆灭之日岂不日渐迫近乎？"

乡绅并不打算让步，面色顿时冷峻起来，说道："老夫亦有一问，若是当朝各郡县皆无视黎民百姓死活，谈何振兴？大人若是试图说服老夫，就请打道回府耳。"

王羲之站起身来，问道："也罢，本官再有一问，胜负如何界定？是点到为止还是决出生死？"

只见乡绅浑身一紧，但是并没有起身，而是扭头对站在身后的儿子问道："小子，你意如何？"

那小子趾高气扬，似乎胜利已经到手，振振有词说道："大人乃本府父母官，小子不敢以生死定胜负，只要大人承认无有还手之力，小子自会点到为止，给大人一个体面离开之台阶。"

王羲之无奈地晃了晃头，说道："也罢，若是你弃械告饶呢？"

乡绅先是仰天大笑起来，说道："犬子不才，却是在临川府尚未遇到对手。小子，对大人不可下杀手，不可伤及大人。"

乡绅的儿子呼啸一声，持刀跃入场坪中央，先是高高跃起，在空中来了个旋子小翻，稳稳站住，接着朝着王羲之又是一声呼啸。

王羲之缓缓走进场坪……

三个回合后，王羲之跳出圈子，朝着乡绅问道："本太守看着令郎刀法十分眼熟，可否报出你家刀法之出处也？"

乡绅得意地说道："老夫当年亲眼看见过王世宏大人拒敌之刀法，便熟记在心，又将其融入咱家祖传刀术之中。如何，太守大人想必已到了穷于应付之地步，那就早早认输，明年再来比试，也免得伤了大人筋骨也。老夫也是诧异，太守大人手中所握长刀怎跟咱家的一模一样。老夫家传长刀乃比照王世宏大人长刀打造而成。"

乡绅的儿子当然不想就此中断比武，大吼一声："父亲大人，不必与他多言，让孩儿好好教训教训这官。"一边说着，一边朝着王羲之冲过来。

王羲之只好重又跳进圈子。前次跳出圈子，不仅仅是看出那小子使的是琅琊王氏刀法，而是心中明白，不出三个回合，那小子必定倒在刀下，心中多有不忍，便跳出圈子，想以此提醒对方不可继续蛮横下去。却不料小子初生牛犊不畏虎，硬是要比出个高低胜负来。王羲之重新跳进圈子也是被那小子的话所激怒。

结果两个回合后，乡绅的儿子开始落于下风，第三个回合，那小子再无还手之力。王羲之踩出来的步点儿就是一个之字形，而那小子哪里还顾得上步点儿路数，只剩下满场子蹦跳，生怕被王羲之的长刀砍中。王羲之的长刀从第四回合开始每一招都能够置他于死地。

乡绅终于看出来小儿子根本不是王羲之的对手。王羲之的刀路太过鬼魅，既看不清长刀从何而出，也料不到刀势往何而落，只看到长刀锋利的刀刃和刀尖纠缠着小儿子的颈项、前胸和后背，稍有闪失，必定血溅比武场，于是，乡绅一边大呼小叫让停止比武，一边冲进比武场护着小儿子。

王羲之也是见好就收，长刀在空中舞了个之子，稳稳地插回刀鞘里。此刻的王羲之周身血脉升腾，厮杀的情绪已经被撩起，却不得不停止，很是感到不爽，于是转身走到案台前，抄起酒坛连饮了三碗。

那边，乡绅将惊魂未定的小儿子周身上下看了一遍，见并没有丝毫受伤，急忙拉着小儿子来到王羲之面前，按着小子的肩膀扑通一声跪了下去，然后拱手行了大礼，说道："老夫与犬子输得心服口服。敢问太守大人，老夫有意与大人结为金兰，大人意下如何？"

王羲之抬起右手，向下做了个劈杀的动作，用力甩了甩头，这套动作明白地告诉乡绅，这不在比武交税的套路当中。然后看着满是惭色的乡绅说道："本官到临川已逾三个月，从没有想过为自己谋一丝利益。你许是无鱼肉乡里、欺压百姓之劣迹，不过是想在众人面前与官府对峙，好弄个豪杰好汉之英名，让族群老小尊你为一等，从而一呼百应。这算不上卑劣行径。然，你却忘了，我若是酷吏，不由分说将你打入大牢，大刑伺候，弄你个身体残缺，也不是无有可能。"说到这里，王羲之收敛一下情绪："本官绝不恃强凌弱，也绝不会轻易饶过故意抗交税赋的任何人。本太守为一郡之最高长官，最高职责便是征收赋税。而治民、进贤、决讼、检奸不过是分内之事而已。你可以比武招亲，本太守或许还会给你捧个场。然，你却弄出个比武交税，岂不是目无王法？"

"本官自打到任并未横征暴敛，你带头抗交官粮则是恣意妄为，论理足以入刑。本官听一干众人声称你此举乃是为族群百姓之生计，论情算得上是体恤民生。所以，本官以为你此举优劣可以冲抵，不再追究你之刑责。然，你想与本官结为金兰，却不能遂了你愿。因何？正如本官所说，不如此，其他地方纷纷效法，岂不乱了律法，坏了规矩？"

乡绅自知理亏，而王羲之的一番话虽然非常严厉，却听不出欲加之罪的意思，便急忙行了大礼，说道："大人对小子手下留情，已是彰显宽宥之心。在下并无乞求大人宽恕小子无理之举之意，只是只是……老夫有一疑惑，刚才大人拔刀英姿令老夫想起一个人来，难道……"

王羲之倒是对乡绅的见识和记忆很是感到吃惊呢，便说道："你心中所想并无差错。本官正是惠皇帝次直侍中王世宏嗣子王羲之是也。"

那乡绅失声叫了起来，急忙跪下就拜，嘴里连声说着："小人有眼无珠，万望大人宽恕。"

王羲之这时已无苛责之意，上前扶起乡绅。二人重新坐下后，王羲之这才说："刚才从乡绅这里知道了父亲大人在永嘉胡人暴乱的战争中有如此英勇的行为，甚是感到欣慰和自豪。"

　　乡绅说当年沙场上目睹了王世宏大人舍生忘死的大义，一生难忘。直到今天，只要闭上眼睛，就能看见被石勒羯人匪徒挑在旗杆上那四十多颗人头。大晋王朝一日不收复旧土，他终究无法安睡。乡绅颇动感情地说，只要王朝需要，他甚至愿意带领族群前往征战。

　　二人就这样在无限的感怀中喝掉了五坛酒。看着天色渐晚，王羲之就要告辞，说既然老先生并非刻意与朝廷作对，他改日定会前来收取税赋，也算是了了这桩心事。

　　见王羲之要走，乡绅的儿子抢上一步，扑通一声跪在王羲之面前，双手触地，重重地磕了三个响头，说道："小子不知大人乃王世宏大人之后，父亲大人刚才对大人所言绝无半点浮夸之意。小子之所以习练刀术，正是家严大人念念不忘王世宏大人恩德，念念不忘王世宏大人当年截杀胡匪之英姿，希望小子能继承王世宏大人之衣钵。殊不知竟然班门弄斧，若不是大人多次手下留情，小的哪里还能活在人世。刚才大人一番训导，小的定将奉为圭臬。只是小的依然有一请求，不知可否讲与大人？"衣钵一说击中了王羲之深藏于心的软处，使他不由一颤。

　　没等王羲之开口，乡绅抢先说道："太守大人，容老夫先说几句。小子鲁莽，老夫不才，让大人受了劳累。大人亲自出马前来探视我偏居一隅之族群，应是我等之荣幸。犬子心性傲骄，不知天高地厚，执意要与大人过招，老夫也无意阻拦。坦诚而言，自大人出任临川太守，呕心沥血为民，与民同甘共苦，并在不久前斩杀横行之强盗，临川境内从此再无横征暴敛，再无巧取豪夺。民生安然，人心安稳，多年已经不再，老夫早已有所耳闻，却不料今日亲眼得见大人刀法之高深，叹为观止。大人高风亮节令老夫心悦诚服。小儿虽然出生乡绅之家，自小并未娇生惯养。在下每每忆起十几年前在中原逃命途中遇见世宏大人那一幕，竟不能自已耳，于是教授犬子人生必以世宏大人为楷模，待有一日能为朝廷效犬马之劳。犬子心地善良，心思缜密，他是欲要拜大人为师，实在莽撞，在下万望大人海涵，不予计较。"

　　乡绅的儿子旋即跪在地上，重重地磕了三个响头，央求道："求大人体恤小子妄求，但请收下小子为徒。小子可对天发誓，一日为师，终身为父。小子愿终生鞍前马后追随大人，绝不反悔。"

王羲之将乡绅的儿子扶起来，看着乡绅问道："不知老乡绅有几个儿子？"

乡绅说道："不敢隐瞒大人，在下一妻四妾，膝下育有九个儿子，三个女儿。"

王羲之一听这话，点了点头，便说道："本官身为朝廷之官，何处安身盖由朝廷定夺。因此，怕是会四海漂泊，行无定处。你可愿意？"

乡绅问道："小儿已经许下誓愿，以大人之意难道是要让犬子随行左右？"

王羲之说道："老乡绅恐也知晓，若是做官，需要由南丰县令举荐孝廉，然后博取功名才是正道。若非如此，仅是随了本官，恐此生再无进入官场机会。"

儿子急忙说道："小子只求追随大人，精炼刀术，将来行走江湖，震慑邪恶，并无其他奢望。"

王羲之看着乡绅问道："果真如此？"

乡绅点头说道："小子若能一生追随大人，亦是家族荣耀，何来遗憾？若是依老夫之意，企望大人收犬子为义子，如此一来，追随大人名正言顺也。"

王羲之于是说道："既然如此，本官见小子情真意切，也就只好收下他来。本官今日可在此地逗留一夜，明日完结收义子仪式后再返回官府。但有一点老乡绅务须言出必行，明日本官返回官府，不得让本官空手而归。"

老乡绅呼哈哈大笑起来，拍着胸脯说道："太守大人，你与我如今已是一家人。你之为官政绩便是老夫牵挂之事，怎敢怠慢。"说着，放眼向四下望去。"老夫这里养有五条大船，几日之后，必定让这五条大船满载官粮送往治所大人官府，可行？"

接下来，在一派祥和的气氛中举行了收纳义子的仪式。却不料仪式刚刚举行完毕，从临川赶过来的官府主簿向王羲之报说老夫人病情突然恶化。王羲之便急匆匆返回临川，同时派人到安成郡通知在那里担任太守多年的兄长王籍之。

三十四

　　王羲之离开南丰的时候，老乡绅请了一位在当地很有名气的老郎中，让随王羲之一同去了临川治所。老郎中在给老夫人把过脉后将王羲之叫到屋外，这才告诉王羲之，老夫人脉象已经很弱，但这却不是造成老人心力衰竭的最主要原因。老郎中对这一点很是困惑不解，便问王羲之老夫人是否遭受过精神上的打击。王羲之点点头，只是说已经差不多有三十年了，并没有说因何而遭受了这么多年的精神创伤。老郎中不由得说道："郁结于心，乃百病之源。此疾患看上去是心病，却能够经年摧残肌体，致使经络混乱，血脉逆行。"说到这里，老郎中无奈地摇头。"老夫虽然已经把出病根，却无力回天。老夫行走江湖，医治过无数病患，可是从未遇到过似老夫人这种被心病纠缠几十年之人。大人，既然老夫人久患心病，何以不尽早医治？若是能早点儿下手，排遣心结，疏导郁闷，或许不会罹患这种几乎无药可治之疾病。"

　　王羲之无言以对，只好说道："可有何灵丹妙药？只要能让母亲大人恢复如初，本官即使走遍天涯，也要将这灵丹妙药采摘回来。"

　　老郎中摇摇头，说道："老夫一生采药，走遍武夷山脉，甚至遍访南岭山中之神医，从未听说过有何种草药能医治郁结于心痼疾。罢了罢了，老夫不会对大人有任何隐瞒，即使有妙手回春之医术，此刻只能延缓，而断难祛除病根。老夫这里尚有一剂草药良方，或许能缓解老妇人疾病，只是若要祛除病根，恐难奏效。好在老妇人还能喂下药去，你要设法唤醒老妇人，不然就难以苏醒。"

　　送走老郎中后的几天里，王羲之每天都会把昏睡不醒的母亲抱起来，搂着母亲呼唤。老郎中临走时告诉王羲之，这样做尽管病人像是在睡着，可是意识已经醒了。也只有这样，才能在给病人喂饭时不至于把病人呛着或者噎着。

　　王羲之接连三天一到饭时就把母亲抱在怀里，让母亲的上半身呈斜靠状态，妻子郗璇就会给母亲喂下用粟米煮的稀饭。母亲会吃得很累，喘息也会越来越粗，可是，每当吃完饭后，母亲的精神就会好一些，呼吸变得平缓，甚至会有红晕浮现在面颊上。这天，正喂着饭呢，从母亲身体里发出一股恶臭来。王羲之没有松开母亲，郗璇却尖声叫起来。原来，母亲突然腹泻，拉在床上。两名女仆听见喊声急忙进屋来。王羲之坚持亲自为母亲清理粪便，郗璇硬是将王羲之推出屋去，说："这不是你该做的事情，让我来为母亲大人清理吧。"

王羲之在外面听见郗璇在里面一边呕吐，一边提醒女仆抬起老人时动作要小心。母亲已经非常消瘦，王羲之每一次将母亲从床上抱起来，似乎都会感觉到母亲又轻了不少。他能想象得来屋里面是怎样的一番情景，他在外面跪下来，他想起老郎中离开时说的那句话，当病人大小便失禁，那就是快要走到尽头了。

第二天，王羲之进到母亲的卧房。卧房的臭气早已经散去，只嗅得到浓重的草药味。母亲依然没有苏醒过来，王羲之小心翼翼地将母亲抱起，揽在怀里，继续一声声呼唤着母亲，直到不知什么时候他开始哭起来。

母亲的身体突然抖动了一下，睁开眼睛看着满脸泪水的儿子，说道："吾儿，你因何而哭？"

王羲之惊喜异常，止住啼哭，说道："母亲大人醒过来，小子不再哭软。"

母亲让王羲之放下自己，又问："吾儿此去征收官粮时日不短，可有收获？"

王羲之没告诉母亲收义子的事情，说道："小子此行收获颇丰，今年官粮无虞也哉。等母亲大人身体转安，小子还要带母亲大人在属辖之地巡游一番欤。"

这时天刚亮，太阳正在冉冉升起。天气晴朗，碧蓝的天空像是被水冲洗过一样。母亲突然开口说话了，王羲之的情绪却并没有因此好起来，他知道，这大概就是老郎中所说的回光返照了。

母亲说完话又像是睡着了，不一会儿醒过来就要喝平日最喜欢的粟米粥。

这一次是由郗璇抱起母亲，王羲之亲手给母亲喂饭。喝下半碗粟米粥，母亲累了，说不想喝了，让郗璇将她放回到床上，然后示意王羲之和郗璇跪在床前，神情淡定地说道："吾儿，为娘知道时日已剩下不多，有些事情必须要告诉你们。你还记得为娘说过施融将军突然造访咱家一事？"

王羲之说："当然记得，小子当时还央求母亲大人允许小子浪迹四海，寻找父亲大人去也。"

听了这话，母亲伸出手来让王羲之握着，才又说道："我儿，不要怪娘。那时你尚未婚娶，既无媳妇又无后嗣，为娘自然不会让你只身闯荡江湖。"接下来，母亲告诉王羲之："那晚上施融是来告诉为娘，他和曹超大人这些年一直在寻找你父亲，但尚未有确切结果。施融告诉为娘，有人说你父亲在丹水流域的新野附近出现过，还有人在荆州附近见过你父亲的身影。"

238

王羲之听到这里非常惊讶，问道："世将叔父在荆州做太守难道一直跟父亲大人在一起？"

母亲没有回答，算是默认了。

母亲又说："你父亲已经在那里成家，夫人便是惠皇帝赏赐的那位女子。正是有那位女子陪伴着，你父亲才能坚持活下来。"母亲说这些话时没有丝毫痛苦，只是有些哀伤。母亲歇了很长时间才又说："那年施融传话说你父亲曾经前往豫章去见你处仲伯父，或者会在豫章等候母亲前来见上一面。可是，十年前那次处仲伯父回京城的时候又说，你父亲已经离开豫章，是处仲阿伯让你六祖父的长子王棱阿叔送走的。"

王羲之惊愕地说："在秘书省分明看到史官记下了处仲阿伯遣人杀害了从叔父王棱，这又是怎么一回事情？"

母亲便问道："我儿，你是否还看到史官记录，说你处仲伯父威胁着要杀你世儒叔父？"

王羲之说道："小子当真见到过此等文字记载。当时就分外纳闷，若果然如此，世儒叔父何以还要前往豫章追随处仲伯父，就连二叔世将也跟了过去。"

母亲像是已经快用完了气力，说话时的声音越来越弱。"阿菟吾儿，你还记得咱家琅琊王氏留下来的祖训吗？"母亲突然问道。

王羲之说："母亲大人，小子怎敢忘记祖训。"说完，就将先祖王祥太保的遗训从头背了下来。背到第四条"兄弟怡怡，宗族欣欣，悌之至也"，王羲之感觉到母亲的手用力握了一下，就听见母亲问道："我儿，你还是相信你深猷阿弟和你处明阿叔杀了你处弘（王含字）伯父和阿应哥吗？"

王羲之不知该怎样回答，尤其听到母亲说的前面那番话更是糊涂了。可是想了想还是说道："母亲大人，小子怎能不信？当年明皇帝司马绍在召见小子时亲口说的，且，史官也将此事记录在册，成为历史一部分。"

王羲之能感觉到母亲弱弱地摇摇头，也感觉到母亲的身体在一点点地沉下去。

后半夜，母亲又醒过来，这次只是把王羲之唤到床边，问道："吾儿还记得六岁那年离开寿春时父亲大人说的话吗？"

王羲之摇头说："母亲大人，那以后小子经常看到父亲大人的眼睛，也记得小子立下誓言要为父亲大人生八个孙子，其他记忆皆已十分模糊。"

母亲咳了几声，声音微弱地说道："吾儿，其实那些话有些是对母亲讲的。你父亲大人当时言称，一旦籍之与羲之长大成人，定要尽快离开乌衣巷。你父亲大人叮嘱搬出乌衣巷后，即前往会稽他给家人留下的那份祖产，说将来他卸任后，也会去往那里跟家人团聚。"

王羲之问道："父亲大人因何要让我们坚决离开乌衣巷？"

母亲摇头说道："为娘并没有问询缘由。十年前那个晚上，你处仲伯父来家中探视，为娘也问过他。当时，你处仲伯父面露难色，似乎不想告诉为娘其中原因，为娘也就没再追问下去。这也是那年茂弘叔父让你到会稽郡给司马昱做王友，为娘坚决要走之缘由。因为，离开乌衣巷族群是你父亲大人之坚定意志与迫切愿望。"

说到这里，母亲无力地笑了一声，脸上浮现出释然的表情。歇了很长时间，母亲说想喝水，王羲之坐在床头，将母亲抱在怀里，他感觉到母亲紧紧依偎着他，这令他又是热泪盈眶。郗璇这时也进到屋里，王羲之让郗璇在一旁端着水碗，自己用木勺给母亲一口一口喂水，他看见有泪水从母亲眼角流淌下来。直到母亲在怀里睡着，王羲之这才将母亲放回到床上。

第二天，母亲又开始发烧，一直说着胡话。起初，王羲之大声呼喊母亲，母亲还能回应。后来母亲终于不说胡话了，也再没有回应王羲之的呼唤，而且气息越来越弱。

第七天，王羲之的阿哥王籍之在收到母亲生命垂危的讯息后，终于从安成郡赶到临川。兄弟二人跪在母亲床前一声接着一声呼唤母亲，有一阵子，母亲像是能听见儿子们的呼唤，随着呼唤声，母亲的身体会有轻微颤动。可惜两个儿子终究没能唤醒母亲，后半夜，母亲咽下了最后一口气。

三十五

皇宫几年前在苏峻叛乱中惨遭焚毁，之后，幼皇甚至不愿意回到宫中。在王导的建议下，由王彬为大匠，主持了皇宫的重修工程，建成后改名为建康宫。现在的建康宫和早年的已经大不一样。中宫和东宫不仅扩大了规模，而且样式也进行了重新设计。就连弘训宫也修得富丽堂皇，跟皇太后的身份很是匹配了。只有太极殿是完全仿照原先的大小规模重建的，只是在打造龙床的时候，皇上提出要使用楠木——皇上喜欢楠木的味道。不然，幼皇说什么也不愿摆驾建康宫呢。

这天，皇上司马衍早早就来到建康宫议事大殿里，坐在台基上铺着毛毡的龙床上。台基下还空无一人呢，然而，从身下龙床上飘扬而起的清香的楠木气味，令皇上没有一点儿孤寂的感觉。

昨日皇上拜访了王导，一路上坐在肩辇里心里就纳闷，早在先皇祖父在位时就已经下旨赐予王导可在京城内开府的最高待遇，何以这老汉至今依然固执地居住在乌衣巷？个中原因无人知晓，皇上也不敢向王导询问。但是，说心里话，在还有一年就可行元服之礼（皇上以及藩王均在十五岁行元服之礼）的少年皇帝心中，几位舅舅的地位也变得没那么重要了。若不是母亲临薨殂时垂泪留下遗言，让他此生不可遗弃舅舅，他会将至今不离左右的三舅舅庾冰外放到远远的地方呢。

皇上没跟任何人打招呼，是为了不让任何人干涉他去拜访王导。他心里很清楚，这样的屈尊会招来一片反对声。尤其三舅舅庾冰会如丧考妣似的在大殿上痛哭流涕，抱怨说皇上乃天子之身，无论有多少理由，都不可自降身价，前去乌衣巷探望一个垂垂老矣的大臣。每每这个时候，皇上就问三舅舅一句话："那年苏峻叛乱的时候，三舅舅你在何处？"这话简直就是照着三舅舅面门上打了一拳。可是，即使这一拳打得不轻，三舅舅还是会拼了命阻拦的。那年苏峻谋反攻进京城，是王导抱着皇上从王宫徒步逃进石头城，一路上，其他人见王导早就累得上气不接下气了，提出要接过皇上，统统被王导拒绝。逃进石头城后，已经五十多岁的老臣一屁股坐在地上许久都没能站起身来。几天之后，叛将苏峻闯进石头城强行要见皇上，还是王导挺身而出，拦在皇上前面，怒斥苏峻。苏峻被王导训斥得脸上红一阵白一阵，竟然就老老实实退了出去。皇上那年只有七岁，却看得出来即便是谋反的朝臣，在王导面前也都跟孙子一样不敢造次。皇上至今还记得王导大人盯着苏峻的眼神，而苏峻竟然不敢直视他。与王导挺身而出相比，皇上的几个亲舅舅撇下皇上早早就逃出京城避难去了。亲疏之别，立见高下。然后，他开始仇恨那四位舅舅。

皇上从来不曾想过王导会老。这几年，不少老臣多次上书有司请求骸骨（古代大臣请辞告老还乡的书面说辞），有司不敢贸然批准，上书到皇上这里他一概不准。可是，经不住这些老年大臣的再三请求，眼见着这些老臣日薄西山，心中也是多有不忍。而且皇上不是个心如磐石之君，便只好恩准。龙床下，熟悉的面孔越来越少，这让年少的皇上经常黯然神伤。皇上是个念旧之人，常常让人抬着去往乌衣巷看望王导也正是出于这样的感情。

昨天从乌衣巷回来，皇上十分高兴，一来见到王导身体正见恢复，心中顿觉宽慰，二来王导答应不再上书请求骸骨，这让皇上甚至觉着大晋王朝从此不会再生是非。这不，皇上睡到半夜突然醒来，蓦然就想起几天前治书侍御史曾经对他提过，九卿各院需继续补充官员，不然朝廷正常的运作难以为继。一想到这些，皇上立时心血来潮，当下便召来治书侍御史询问详情，听罢呈报后，皇上决定破例在下一次朝会前紧急召见司徒、司空、太尉等一干重臣。召见的目的就是让老臣们当着皇上的面举荐贤能之人。

几位老臣虽然都姗姗来迟，可是毕竟还是来了。这不，老臣们都在台基下正襟危坐。皇上看出来了，老臣们面露倦色，连坐着的姿势都不像前些年那么挺拔端庄了。

皇上明年就要行初元礼（幼帝年满十五岁就要行初元大典，并改元），这算是有司安排的第一个话题。这些老臣都是几朝元老，学富五车，才高八斗，上知天文，下知地理，朝廷的各项规矩大都出自这些老臣之手。老臣们对此当然不会有什么异议。只有太常卿王彬提出初元大典应该遵照元皇帝当年的旨意，皇室任何典礼不得铺张，不得劳民伤财，程序从简。没等几位老臣发表言论，皇上当下表示赞同。其他人还能说什么呢？

这时，皇上起身下了台基走到左侧的王导案几前，低声说道："朕惶恐，司徒大人面色倦怠，可是劳累欤？"

王导急忙就要起身，结果几次都没能站起来，索性转而俯身在地，叩对皇上说道："老臣朽也，不值让皇上亲下龙床。皇上快快坐回龙床上，老臣虽有疲倦之身，却不敢慢待皇上诘问也。"

其他几位老臣也都纷纷起身，随和着王导的请求让皇上回到龙床坐下。

皇上执意不回到龙床，而是在王导对面坐下来，说道："朕并无诘问司徒大人之意，但是，却有一感叹之求。"

王导不由得看着皇上身后的郗鉴、王彬等人，说道："臣惶恐，皇上召集诸位老臣来此定有国事要务吩咐，何来感叹之求。下旨也欤。"

皇上回身扫了身后站着的几位老臣一眼，示意他们回到自己的座位去，突然啜泣起来，慌得众老臣全都伏在地上不知如何是好。

止住抽泣后，皇上起身回到台基上的龙床坐下，悲戚地说道："朕每思念太后便会如此，爱卿们不必介意。想那些年满目忠臣，现如今只剩下各位爱卿。思想起来，朕岂能快活？"

王导说道："臣惶恐，今日并非朝会，皇上召我等老臣入宫难道是令我等为三公九卿举荐官吏乎？"

皇上点头说道："司徒大人最能体恤朕之心思，朕不舍诸位爱卿离开，却也不忍诸爱卿于垂老之年依然为朝廷殚精竭虑。朕企望仰仗诸爱卿鉴人识物之慧眼，为朝廷留下宝贵之人才，江山方可万年万万年也。"

王导领头叩谢了皇上的信赖，然后说道："臣惶恐，臣以为皇上所言之人才须从诸封王之师之友中选取，不知皇上意下如何？"

皇上连连点头，说道："朕最为信赖便是琅琊王氏之才俊，不如乌衣巷司徒大人先举荐几位。"

王导并不推让，说道："皇上几日前屈尊下就探视老臣，老臣便看出皇上为江山社稷心有忧虑。承蒙皇上恩泽，琅琊王氏历代忠于皇室，无有他顾是也。"说罢，看了太尉郗鉴一眼，见他面无表情，于是提出让武陵王友兼从事中郎的王彪之入京任司徒左长史。"老臣必将手手传授忠君之事，让效忠皇上之品德世代相传也。"

尚书右仆射王彬提出恢复汉制，由太常、光禄勋、廷尉三卿并太尉所部；太仆、廷尉、大鸿胪三卿并司徒所部；宗正、大司农、少府三卿并司空所部。太尉郗鉴提出让吴兴内史蔡谟入阁主理吏部，还提议由征西府管辖江州刺史部，以确保京都上游万无一失，从而京都无虞。每位老臣都提出了各自的人选，尚书令陆玩（陆机的叔伯弟弟）提议让南中郎将王允之改任宣城太守，以王允之多年征战的资历，坐镇宣城则京都更加安全。皇上大喜，当下口谕有司立刻下达圣旨，传往各征镇，让这些人尽快就任。正要宣布散朝，太常王彬轻轻拍了拍桌几说道："臣惶恐，安成郡太守王籍之已然九年未曾迁职，臣提请王籍之入职大宗正寺。籍之曾是明皇帝做太子时之太子文学，又与皇室有血脉之亲，让他进入宗正寺实在最为合适。"

正在闭目聆听的王导这时也睁开眼睛，说道："老臣惶恐，老臣几年前曾提出让会稽王友王逸少入京担任廷尉，不知何故，有司那里始终不见下文。今日老夫再次提请皇上，让临川太守王逸少入京司职廷尉。"

243

当两位重臣提出让王籍之和王羲之兄弟二人进入廊庙做大臣的动议后，议政殿里突然安静下来。所有人都看着台基上的皇上，而皇上则像是呆住了，一声不吭，一动不动，良久才说道："各位爱卿，朕累了，散了吧。"

三十六

母亲去世百日后，王羲之才派义子王随之前往武昌送去因丁艰辞职的文书，并敦促武昌征西府即刻派人前来接替自己。

这天晚上，王羲之睡不着，便悄然起身，来到外房，摆开纸砚，慢慢磨了一台好墨，这时父亲那双眼睛又出现在眼前。每每此时，王羲之便放下毛笔，凝神与父亲对视，仿佛能听到父亲大人说起关于书写技艺的话来：自汉以降，书写之法以端庄凝重为圭臬，无人可以越雷池一步，更无人试图求得突破。汉章一出，便有石破天惊之貌。于是后人以此为章法，又开始循规蹈矩耳。父亲的脸庞时隐时现，隐去时，王羲之就会闷着头提笔疾书，一切感悟都会在这样的书写中发散出来；出现时，王羲之便撂下毛笔，洗耳恭听。这时只听到父亲连连感叹，说汉章虽令人耳目一新，长此以往再仔细看来，却过显生硬与凌乱。至今，只见过陆士衡大人有从汉章突围之势。父亲又说："吾儿可先仿造陆士衡大人之笔法，娴熟之后，再设法突破。只是，有谁能知晓从陆士衡大人那里突破之后的书体会是怎样的一番情景呢。"说到这里，父亲又是一番连声感叹。

就这样，王羲之每日黎明即起，若是不在书房染翰操纸，就会来到院子里的池塘前，池塘边上放置有几张打磨平整的石板，王羲之便在石板前盘腿而坐，饱蘸墨汁，一边与父亲"对话"，一边在石板上书写。日子久了，王羲之对父亲关于书写技艺不可因循守旧、务必力图另辟蹊径，并从此中寻找突破之路的话语便渐渐有了一些感受。

这天，许是写得太过投入，直到阿哥在身后惊讶地说"阿菟，你每日在这里书写竟然把池水都染黑了"，王羲之才好像如梦初醒一般放下手中的笔，嘿嘿一笑，说道："早就嘱仆人换上一池清水，仆人却说抚河泛滥，河水浑浊，担心毁了咱家这些贵重毛笔耶。"

王籍之当然不信，说道："我看到你书房中尚有不少纸张，还有很多汗青，难道还不够你写？"

王羲之说道:"阿哥,临川地处偏僻,纸张匮乏,小弟不舍在习练时使用纸张。阿哥,难道你忘了,在石板上书写还是你在京城时教我的。"

这时,郗璇唤二人进屋吃早饭,王羲之便让郗璇将早饭端出放在石板上,兄弟二人一边吃饭,一边继续谈论刚才的话题。王羲之便说当年在淮南时父亲大人说了很多关于刀法和书艺的话,他那时太小,记下来的非常少。父亲还说了什么,他简直是绞尽脑汁也想不起来了,问阿哥可否帮着回忆一下。

王籍之说道:"在琅琊国故乡时,我便对刀术没有兴趣,这令父亲大人十分不满。父亲大人见你对长刀情有独钟,又喜欢琢磨其中门路,所以,反而对我这个长子冷落不少,而改在你身上下功夫耶。"

王羲之一笑说道:"阿哥,小弟至今无论刀术还是书艺都无有甚长进。"

王籍之已经吃完,抹了一把嘴,说道:"阿菟不必心急,父亲大人所说岂是一朝一夕可以达到。但是,父亲大人对书法与刀术融会贯通孜孜以求之精神,却是让我一生受益。"

王羲之问道:"父亲大人如何与阿哥说及书法、刀术欤?"

王籍之说道:"父亲大人认为,书法若是能从刀术中汲取精粹,一定可以求得突破。记得在淮南那些日子,父亲大人每晚都在院子里探索这条路子,试图从刀术在遇到不同对手时显露出来之变幻莫测、鬼使神差之招式里寻找能够融入书写技艺之法门来。这些年,阿哥苦于晋升无路,返京无望,便有了时间与心思潜心领悟父亲大人当年关于书艺与刀术关系之教诲耳。"

王羲之听得入迷,便喊郗璇让拿酒来。不一会儿,郗璇从内室里端了一坛酒出来,还做了几样小菜。有了酒菜,兄弟二人的话题很快就深入下去。有几次,王羲之都想问阿哥是否知晓父亲大人的往事,想了想却打消了念头。

王籍之颇为感慨地说道:"父亲大人说过,刀术看上去轻盈飘逸,神出鬼没,然而刀锋所过之处却逢人伤人,遇险破险。若是遇到决意顽抗之人,那此人绝无生还之路。父亲大人不止一次告诉我们,刀术有规矩,出手却不该拘泥于这些规矩。刀术只有严谨到滴水不漏,才能在有效躲避长兵器杀招之后,将对手一击毙命。于是我在想,父亲大人所说也可以如此理解,刀术在使用中不能退却,只有进攻,一招一式皆是为了进攻。"

王羲之轻声叫起来,用力拍着前额说道:"阿哥,小弟这些年就是在苦苦地追忆这些话语,可是却怎么也将这些话连接不起来。现在想起,父亲还说过书写亦然如此。若是追求四平八稳,就无从变化,没有变化就无从突破,那就只能去做秘书郎焉。秘书郎书写要求四平八稳,横平竖直,字迹端庄而失却大方,平整而难现生机。结果,小弟当真去做了秘书郎耳。"

王籍之也跟着笑起来,笑罢说道:"父亲说过一旦决定染翰操纸,便意味着开始战斗。战斗一开始,进攻即是最好之防守。只有这样理解,才能成就与众不同之书写技艺。"

王羲之连连点头,跟着说道:"这些年,小弟正是在父亲指引的路子上潜心摸索。阿哥,正如你所说,小弟从来没有松懈刀术演练,若是父亲大人寄望于我,我算是没有辜负父亲之期望。阿哥,我在会稽做王友那几年,日子闲得很,于是就有了更多感悟。一次,我给会稽王司马道万教授刀术时说,于刀法而言,必须做到无所不能,才会立于不败之地。实战中,刀法并无固定套路,只求变化,这种变化皆因对手使用兵器不同而采取不同之应变,要旨便是取胜。而取胜只能在变化中求得。书法亦然。书写技艺也可随心而变,所谓随心,必然是追随心绪变化而变化,一成不变实乃大忌。"

王籍之问道:"你所说如此深奥,司马道万如何听懂?"

王羲之摇摇头,说道:"道万玩心过重,年纪又小,自然听不懂。可是阿菟却在这日复一日的传授中渐渐悟出道理来。阿哥,你不如看小弟走一趟刀法,定当理解小弟所说并非妄言。"

王羲之未等阿哥回答,起身进屋拿出长刀来。在院子里陪着三个弟妹玩耍的义子王随之也拉着弟妹过来观看⋯⋯

三十七

大约过了多半年,又是一年初夏时,兄弟二人没有等到新的临川太守上任,却等来了征西府遣人送来的第三封任命书。这封任命书还附有大将军庾亮亲笔写下的书信,言辞恳切,让王羲之务必前往征西府就任将军府参军一职。庾亮告诉王羲之,朝廷已经批准让安成郡太守王籍之为亡母丁艰。王羲之知道再不赴任已经没有任何理由,只好执笔写了封回信,对庾亮大将军亲允委任自己为将军府参军的承诺感激不尽,但却没有明确表示会前往那里赴任。

兄长王籍之见王羲之在此事上犹豫不决,便劝说道:"征西府北可至益州和梁州(现成都和重庆一带),南可及江州刺史部,辖区之大之广在大晋征镇中已无能出其右者，未来升迁的前景一片光明。"王籍之还给王羲之规划了一条通达武昌（现鄂州）征西府的路子，先随他走一趟安成郡，看看他这九年是在怎样的穷乡僻壤挺过来的，然后取道武陵国看望堂弟王彪之，还可以顺便拜访武陵王司马晞。自从司马晞被过继给了武陵王司马喆做继子，便再没有回过京城。这期间也没有任何皇室成员前往武陵国去看望他。"皇室薄情，咱家却不能无义，毕竟司马晞是咱家的表弟，血脉中也流淌着与你我一样的夏侯氏和琅琊王氏的血。再者，堂弟彪之一别也是经年，你都已经有了三个孩子，堂弟那里却远离京城，恐连个合适的媳妇都找不到。"

兄长说出的最后一个理由，让王羲之完全没有了推辞的可能。王籍之说："既然母亲已经告诉咱们父亲当年既没有失踪，也没有死于战场，而是在荆州一带活动，不如你先答应了庾元规，然后伺机寻找父亲的下落。即使父亲大人已经不在人世，咱们也有责任找到大人的坟茔。这也是母亲大人的遗愿。"王羲之觉着阿哥的话十分入情入理，便没再坚持。

大概又过了一个月，南方的雨季总算过去了，兄弟二人便启程去往安成郡。离开临川没走几天，一行人就没入了崇山峻岭中。一路走了快半个月，都是在大山里穿行，只见到很少的谷地，人迹罕至。

一行人在安成郡小住了一段日子，从京城发来的官文也到达了。确认允许王籍之丁艰的文书是二人的从叔父王导亲笔签发的，还附了一封信札。王导对王羲之的母亲过世表示哀悼。最后一句是写给王羲之的："阿菟，叔父老之已至，念你心切。嘱你牢记，你乃琅琊王氏之族人，而非颍川庾氏之家人欤。"

兄弟二人看到这句话面面相觑。王羲之这才告诉王籍之，几年前王导曾经差人送书信与他，让他回京城做官，却被他拒绝了。阿哥听罢并没有责怪王羲之，而是连声叹气。几天后，王羲之让义子王随之将阿哥护送到临川，约好半个月后在武昌征西府汇合。

接下来的路程要好走得多。王羲之和妻儿从安成郡出发，在湘水坐船直抵云梦泽，再往西走水路到达武陵国治所。

王羲之带着一家人出现在武陵国王府可把藩王司马晞和司马长史王彪之乐坏了。司马晞自从两岁多被送出京都后，就被困在这山重水复的武陵国治所，再没有机会走出去。也因此，司马晞从来没有时运不济或者命运多舛的悲凉感，反而活得十分快活。武陵国治所地势平坦，终年草木葱茏。西部尽是奇峰异岭，东面则是水天一色的云梦大湖。北面是长江冲积平原，而南面更是江河纵横，比之京城建康简直是人间仙境呢。

王羲之见到司马晞有一种久别重逢的亲切感，他没说出来，这话却让司马晞说出来了。司马晞已经十六岁，年初刚完婚，妃子应氏只有十四岁。应妃乖巧可人，并无王妃的傲娇之气，非常招人喜欢。应妃尚无孩子，因此一见到王羲之的三个孩子便喜欢得不得了。

到达武陵国王府的当天晚上，司马晞责令一干掾属近期除非被土匪围了王府，否则，任何人不得打扰。敕令下达后，司马晞就领着王羲之和王彪之进到王府最后一进院子的正堂里。

正堂已经点着了蜡炬，四个粗大的蜡炬把屋里照得通明。屋中央有一口用青石板堆砌而成的火塘，火塘有一尺高矮，面积大约两尺见方，火塘中央，十几根木炭已经燃着，蓝色的火苗在炭火里窜动着。火塘中不时发出清脆细微的噼啪声。

三人围着火塘坐下来。坐定后，仆人将一只黑黢黢的熟铁架子放在炭火上。这时，司马晞挥了挥手将站在身后的男仆赶出了正堂。等仆人下了楼，司马晞起身在墙边的木柜里取出三把短刀，又重新坐回火塘旁，给王羲之和王彪之每人一把短刀，说道："自从诸葛恢大人离开后，本王就再没有在这个火塘前吃过饭食。这是第一次在这里坐下来招待贵客。"说话的同时，将手中的短刀在青石板上来回磨蹭着。

王羲之看了一眼王彪之，王彪之点点头表示此话当真。两人也学着司马晞的样子，在青石板上磨砺短刀。

司马晞继续说道："诸葛恢大人让本王受益匪浅，他走后本王有很多年情绪陷入懊丧。直到虎犊阿哥从京都来到这里后才缓过劲来，本王却是没有想到，虎犊阿哥对典章律法如此精通，令人惊叹不已。那以后，本王日子便又拨云见晴。"

王彪之说道："明公对古代典籍研读与精修早已在虎犊之上，至于典章律法，臣既然做了明公掾属，自当悉心相伴，恪尽职守也。"王彪之不敢随便，依然像往日那样恭称司马晞为"明公"而自称"微臣"。

司马晞重新站起身来，从火塘上方挂着的一大吊长条形物上割下一条来，将这条黑乎乎的家伙置放在火塘边的一块枫树墩上，短刀从前端扎进去，用力划下，然后将这条被割下的黑家伙交到王羲之手中。王羲之这才看清楚手中拿着的竟然是一条猪肉。

司马晞看着王羲之一脸蒙的模样，忍不住大声笑起来，然后将自己手中的熏猪肉割下薄薄一条挂在一根铁条上，将肉条放到炭火上的铁架上，很快熏猪肉就被火燎出滋滋的响声。只见司马晞熟练地将铁条上的猪肉不断翻转，又从陶碗里抓了一把调味料洒上去。一股子烤猪肉的香味顿时便在空中弥漫开来。王彪之也跟司马晞一样，烤熟了一条猪肉。

"阿菟阿哥，你若不吃，此生憾矣。"司马晞一边大嚼烤肉，一边说道。

烧烤猪肉洋溢起来的香味，馋坏了王羲之。可是，他对这样的吃法却一时难以接受。他用短刀将猪肉条切成数段，然后再行烧烤。

一条吃完，王羲之大呼过瘾，正要起身自己动手割肉，却被司马晞拦住说："这种吃法每日最多一条，不然你哪里还有口福吃上。"说着，揭开一只陶罐的盖子，便有黍米的香气窜了出来。王羲之这才感觉到饥肠辘辘了。

司马晞用一根竹板从铸铁锅子里挖出黍米干饭，并不用碗盛着，径自就吃起来。一边吃着，一边对王羲之说："本王知晓，那蜀国名臣诸葛孔明最喜与幕僚围坐在火塘旁一边大啖畜肉，一边谈论国事要务。"

对面的王彪之不禁一乐，也跟着挖出黍米干饭对王羲之说："道叔郡王平日最喜模仿诸葛孔明举止，不仅吃饭如此，连行事举止亦是如此。阿菟哥，这里吃饭从不用碗。如此吃来，爽快得很。"

司马晞来了情绪，说道："阿菟哥有所不知，本王……今日我等不再有君臣之分，都是血脉兄弟，阿菟哥更不是外人。我平日最喜诸葛孔明书籍，爱不释手矣。"

三人吃了三条熏肉，喝下五坛醴酰清酒，将铁锅焖烧出来的黍米干饭吃得精光。这时，司马晞抓起身旁的铁棍朝着悬挂着的一节胳膊长短的干竹节敲了几下，仆人应声从外面跑了进来，一只手里拎着一只铜制的长嘴壶，另一只手提着一个不大的木匣子。仆人将水壶放进火塘里，然后打开木匣子，从里面取出一块黑色的东西，掰碎后给每人面前的陶碗里丢进一小把。铜壶里的水很快就烧开了，仆人把滚烫的开水倒进陶碗里，一股子奇特的味道随着蒸腾的水汽钻进王羲之的鼻子里。王羲之用力嗅着这股子从未曾嗅到过的味道，连声问："此乃何物此乃何物？"司马晞也不言语，端起陶碗滋滋地啜了一口，长长地吁出一口气后才说道:"阿菟哥,你从未饮过此物,饮过再说,饮过再说。"

王羲之端起陶碗先是仔细看了一眼,水质呈赭石红色,凑到鼻子前嗅了一下,味道当真奇特,清晰可辨的清香里裹挟着些许陈腐味道。他小心翼翼地啜了一口,然后跟着司马晞和王彪之慢慢将碗里的水喝干。

王羲之又往碗里注了滚水,这才说道:"其色未曾见过,其味虽苦涩,却无异于在京城常饮之茶荈(东晋时集市上可见的茶饮料)也。我在临川也喝过这种黑家伙,只是味道并不一样。"

司马晞笑着说道:"不想阿菟哥见识竟如此广博。虎犊阿哥初来乍到时,本王以此招待,虎犊阿哥竟然不知为何物。"

喝下这种饮品,刚才的满嘴油腻味道即刻荡然无存。继续喝下去,就连大啖熏肉引起的不适也消失了。三人接连饮下三大铜壶山泉冲泡的茶荈,司马晞一时兴起,带着王羲之和王彪之出了王府。外面,天已经黑严,耳畔尽是虫鸣。夏季将尽,山里已经很凉了。一行人来到王府一侧的观景台上。观景台并无楼阁,举目便是山川,却因是夜晚而无法远眺;仰头便是漆黑苍穹,却因是漆黑而只见繁星点点。司马晞问道:"阿菟哥可看出苍穹里呈现何种天相乎?"

王羲之不觉一惊,问道:"道叔大王难道也喜观天象?"

"正是。最喜孔明大人'兵法秘诀之镇星所在之宿,其国不可伐'一说。阿菟哥,你之所见,天象如何?"

王羲之还在看着漆黑的天空,像是在自言自语道:"星空中之三垣(天象术语指紫薇垣、太微垣和天市垣)虽均不明耀,却也并不晦暗,更不见秩序紊乱。天下太平也。"

司马晞一听这话,知道王羲之的道行比自己要深得多,甚是敬仰,说道:"阿菟哥此次途径武陵国,不妨多住些时日,本王对天象尚有甚多困惑之处,还望指教。"

王羲之似是而非地哦了一声。

三人回到正堂,司马晞说了声"定昏已过,你二人继续叙谈,本王必须睡了",便进了正堂东侧的偏房。

一觉醒来,司马晞在床榻上翻了个身,却听见王羲之和王彪之还在正堂说话,似乎说到了荆州刺史部和武昌征西府的事情,便披上衣服走了出去。二人以为是说话声吵醒了司马晞，起身要离开，被司马晞叫住。司马晞说道："阿菟哥，本王一觉醒来突然就想起一件事情来。想着明日晨起后再告诉你，却还是没能忍住。"

王羲之一乐，说道："你将应妃丢在床榻之上，明日应妃该抱怨，我二人便是罪人欤。"

司马晞没笑，甩了甩手说："应妃今晚不是跟嫂夫人一起睡欤？"

王羲之和王彪之说得太过投入竟然忘了，于是又是一乐，问道："道叔大王有何事忍不住要告诉在下？"

司马晞眨眨眼，说道："事情过去已有多年，那时本王刚到这里不久，整个武陵王府就我和诸葛恢二人。有一日已经子时，我正睡得香甜，诸葛恢大人把我从梦里拽起来说有大人物来拜见咱家。来的不是一个人，而是十几个人，这些人全部身着朝服。但是只有一人对我说话，这个人阿菟哥一定会感兴趣。"

王羲之一下子警惕起来，便转身重新坐回到火塘前。

司马晞一脸严肃的神情，说道："此人自称司徒大人，奉旨前来拜见我这个藩国君主。本王当时颇为纳闷，司徒王茂弘大人曾经到后宫看望过我，可是，那人说话的声音却一点不像是王茂弘大人。"

王羲之听罢不禁问道："既然你见过王茂弘大人，难道你认不出来那人是谁？"

司马晞摇摇头说道："当时堂屋里并未掌灯，火塘里只有残火。除了能够看见人形，所有人脸都是黑的。至今想起，我还颇觉心中凛然。"有一阵子，司马晞在尽力回忆当时的情景，王彪之将火塘里的炭火用蒲扇扇得重新燃起来，浓重的炭火味顿时充斥了正堂。"那时我才八岁，心里害怕，也还没醒透，只是听见王师诸葛恢大人在跟这些人说话。说了什么完全不记得了，但是，诸葛恢称呼那位司徒大人为世宏大人，我却记得牢实。"

王羲之听到这里低声叫起来："是叫王世宏欤？"

司马晞点点头："那人说是我表叔，非常亲近之表叔。记得那些人告辞后，诸葛恢大人告诉我这位世宏大人亦是我父皇姨亲表哥。"

王彪之一拍大腿说道："明公，此事如此重要，微臣何以从未听你说起过？"

司马晞把两人看过一遍，说道："诸葛恢大人事后告诉我说此人是惠皇帝最为信任大臣，位列近臣次直侍中之首，并深得皇族诸藩王敬重。好像，好像……阿菟哥，你还在听软？"

王羲之突然走神了。司马晞所说的这个诸葛恢八年前曾跟他一路同行前往会稽上任内史，并且二人在会稽郡相处五年之久，可从未曾听诸葛恢对他说起过这件事情。难道当真如他这些年所推测的那样，所有知情人甚至包括母亲大人和外父大人都对他隐瞒了实情。可这又是为何？司马晞突然叫他，把王羲之猛然拽了回来。

"道叔阿弟，"王羲之没有称呼司马晞的尊爵，"诸葛恢大人可说起过那些人因何而来？"

司马晞想了想，摇摇头说道："诸葛恢只是说那些人都是位列廊庙九卿之重臣，再无他言。哦，对了，诸葛恢还说了这些人的官职和名讳，可是我却没有记住，就记住了王世宏大人说是代表皇上来请我前往京城，也许会封我做南阳国藩王呢。对，是南阳国。我问过诸葛恢南阳国在何方，诸葛恢说南阳国在国都洛阳南面，与武陵国相比有天壤之别耳。然而我们已被封在武陵为王，断无指望再有藩国之迁。我还问过：'咱家皇宫不是在建康城，何时迁往洛阳？'"

王羲之问道："诸葛恢大人如何回答？"

司马晞摇摇头，说道："诸葛恢言称此乃天机，不可再问。"

王羲之把脑袋埋在两腿中间，不再吭声了。

第二天，司马晞似乎将昨晚上说的事情忘得一干二净了，也不管王羲之在听到了父亲下落后是怎样的情绪，带着王羲之在自家王国的治所转了一圈。返回的途中司马晞非要让王羲之到自家的军营走一遭，王羲之只好跟着去了。军营里，大约有二百多士兵正在训练。二百多人分作五队，全部手持铁头木杆长枪。队列前面有八名士兵手持旌旗，旌旗分红黑黄白四种颜色。见司马晞出现在军营，五支方队轮番操演进攻和防御队形，煞是齐整。士兵们出枪有力，杀声震天。士兵们的衣着与当朝士兵不一样，一色黑衣，皮带束腰，小腿打绑带，足蹬草鞋，头上用蓝色长巾缠绕，远看像是顶着一个蒲团。司马晞颇为自豪地炫耀道："此乃王府禁军也。"说着，便跃上操场的观阅台，抄起令旗，嘶吼一声。分置于校阅台两侧的两面战鼓一齐擂响，震耳欲聋。司马晞手中令旗向空中一指，两面黄旗从旗队中快速移出来，用力摇曳着。战鼓声中，刚才还是五个方阵的士兵随着战鼓声很快变成了三个方阵，三个方阵的士兵面朝三个方向，背对校阅台，迅速向校阅台靠拢。又是一声长啸，三个方阵又在很短的时间里恢复成原先的五个方阵。

司马晞跳下校阅台，换了口吻问王羲之道："爱卿，如何？"

王羲之急忙行礼道："臣以为，明公正在按照诸葛孔明大人兵法训导军队，可有山地作战阵型或者水战行船阵型？"

司马晞哈哈大笑，啧啧了几声，说道："阿菟哥，你当真了得，不如留下来在武陵国做参军长史。呵呵，山地作战队形每日均有训练，至于行船队形，但有一日，本王可以指挥千军万马作战，再练不迟。哈哈……"

一行人出了军营，司马晞不停嘴地说着他对指挥军队作战的体会，好像他已经是身经百战的将军。回到王府后，意犹未尽的司马晞又拉着王羲之径直进了他的书房。书房里的桌几上、木柜里和沿墙的木架上堆满了各种材质的书籍。王羲之随手在木架上拿下一卷竹简，展开来看，竟然是手抄的兵书，接连拿起几本竟然都是兵法军令类的书籍。

司马晞见王羲之一脸惊诧，于是说道："本王并不喜欢读诗，对楚辞汉赋实在提不起兴致。当年，还因此饱受诸葛恢大人呵斥。"

王羲之一哂，说道："我倒是能够体恤大王喜好，人各有志，何必强求。你那六弟道万与你正好相反，最喜诗赋，不管见到何人皆缠住侃侃而谈。而诸葛恢大人颇望明公既通兵法，亦是诗赋大家。"

王彪之在一旁为司马晞开脱道："阿菟哥有所不知，你再看看这些书卷，但凡诗赋皆放置于木架书柜顶上，所谓束之高阁也。而信手拈来之物必定是先秦诸子涉及战例之书册典籍。"王彪之说着信手拿起一本书册来，即是诸葛孔明论述兵法的文字。

王羲之接过书册，翻了几页，更是惊讶。诸葛孔明的兵法书册，王羲之在秘书监时均已通读，喜好的篇章都仔细抄录过许多遍，却不曾想在这里也能看到这样的书籍，便好奇地问道："难道这崇山峻岭之中竟藏匿有高人？"

司马晞笑道："此地实在是穷乡僻壤，即使富豪乡绅，也是土头土脑。这些书籍都是虎犊阿哥来到这里后从荆州刺史部借来，抄录下来后再还于荆州。这些年来，虎犊阿哥日日言称苦不堪言欤。"说完大笑起来。

王彪之说道："抄书何来辛苦。只是将这些书籍原作从荆州刺史部借来，抄录完后再行返还，一来一回几百里路，山高路险才是辛苦。"

王羲之这时突然问道："道叔大王，诸葛恢大人可曾对你说起十年前那晚前来拜访你那些大臣究竟来自何处？"

司马晞一愣，想了想说道："诸葛恢自那以后对此事再未提起，缄口不言。阿菟哥，那王世宏大人究竟是何许人也？听你口气，似乎颇为急迫。似与此人渊源颇深耳。"

王羲之这时眼睛看着其他地方说道："王世宏乃家君大人也。"

司马晞哇了一声跳了一下，显然被惊到了，见王彪之点头认可，嘴里只能啧啧几下，之后便不再吭声。

在武陵国好歹住了十天，除了因司马晞不断挽留外，王羲之见郗璇和司马晞的应妃相处十分融洽，孩儿们也玩得尽兴，也就不忍心坏了众人的情绪。若不是彪之归心似箭催得紧，若不是心里有种难以言状的急切情绪始终挥之不去，王羲之真想住过晚夏后再离开。

司马晞倒也很是体贴，见留不住也就不再多说，和应妃一道将王羲之一行送上停泊在云梦大湖上的皇家大船，还坚持要将一行人送过大湖，看着一行人上了在长江水道的商船这才分了手。

在长江水道上，王羲之和王彪之一行上了一条前往京城做贸易的商船。船行一夜，第二天快到正午时分，王羲之自觉一点儿也不饥饿，便出了船舱来到前甲板上。江水依然汹涌，但是江面越来越宽，使得水流看上去并不湍急。

不一会儿，王彪之也上到甲板上，和王羲之在船头并肩站了许久，把手里的炊饼递给王羲之，这才说道："阿菟哥，武陵王府厨子所做炊饼为天下一绝，他处难觅踪影。上船之时，船老大说后晌便能抵达武昌码头。阿菟哥，我不能在征西府久留。好在修龄阿哥也在那里，你也不会孤单。"

王羲之点点头，嗯了一声。

王彪之继续说道："世宏伯父莫名失踪一事已过去二十多年，即使司马道叔说得无误，那也是快十年前的事情。不可多虑，也不可乱了方寸。你此去是做征西府参军，责任重大。我多次去往荆州府，都听说征西府大将军庾亮大人一直以来誓言北伐，挺进中原，收复旧都，祭奠先皇陵寝也。"

王羲之面色严肃，说道："多谢阿弟提醒，寻找父亲大人是我一生夙愿，终日不得安枕，因此不可不做。"说到这里，王羲之把几年前离开会稽时岳父大人郗鉴所说和母亲大人离世前所说关于父亲大人的事情告诉了王彪之。"这些日子，我把道叔逼得很紧，迫使他不断回忆那年之事，尽管十分含混，却多次说到荆州府和夷陵（现宜昌一带）。我必须去那里寻找，矢志不渝也。不过我对结果并不抱太大希望，毕竟过去了几十年。你也多次去过荆州府，竟无人对你说及此事。至少表明，要么确实无人知晓，要么便是那一代人早被人们遗忘。"

王彪之说道："都怪阿弟疏忽，在司马道叔身边待了这么多年，竟然对此一无所知。即使捕风捉影，也该刨根问底。世宏伯父也是我至亲之人。"

王羲之拍了拍王彪之的肩膀，说道："阿弟你无须自责。那晚你也听见司马道叔与我说起天象，我当时只是含混作答。但他所说天象对应之朝廷事务却是惊人相似，这令人不得不佩服。我在征西府做庾亮大人幕僚自然知晓孰重孰轻，司马道叔那些日子多次说及对天象之担忧，也正是我打算向庾亮大人禀报要务之一。镇星已经移开后赵国都方向，这与后赵君主石勒的死亡完全对应。这些日子，我随着道叔翻山越岭甚是疲倦，可内心却是被这两件事情死死纠缠着，不得解脱。"

王彪之又说起他的困惑来："阿菟哥，我不过做到王友就被召入京为官，你已经官至太守，何以却甘愿到征西府去做庾亮大人掾属？"

王羲之呵呵了两声，在王彪之的后背拍了一掌，没有作答。

两兄弟不再说话，就这么站在船首，任由江风扑面而来，直到船老大大声叫喊道："客人，武昌府就要到了！"

三十八

王羲之和王彪之一行上岸之后，先将家眷安置在集镇上的一家客栈，这才来到征西府，这时天已经完全黑了。而从临川方向到武昌等候的王羲之义子王随之五天前就已经来到这里，见到王羲之和家人平安到达，自然喜不自禁。在征西府值守的官府主簿算是中层官吏，而参军则是位次级别最高的一等幕僚。王羲之向主簿出示了盖有征西府将军印鉴的征召令，主簿当下就要去禀报大将军庾亮，被王羲之拦住说："不可在这个时辰打扰大将军，明日再行通报就是了。"

第二天，食时（古时上午九点）刚过，庾亮就传见王羲之。来到将军府，管家带着王羲之直接来到将军府后院。

庾亮已经在屋外亲自迎接了，见王羲之欲要脱去鞋履，急忙制止说："今日只有你我二人在这里叙谈，不必拘泥于规矩，入屋不必脱履，说话不必遮掩。"

说着，庾亮拉着王羲之的手就进了屋子。庾亮已经让人摆上酒菜，菜只有三样，鱼脍一碟，卤制的牛羊肉各一碟，一只竹子编成的筐箩里堆放着择洗干净的芫荽。王羲之桌几旁放着三只酒坛，而庾亮旁边并无酒坛。王羲之觉着纳闷，却不好开口询问。这是二人平生第一次面对面坐着，十年前，二人只在京城的一家酒肆里见过一面，那时候，庾亮是位列廊庙朝会上皇帝左面第二张坐床的中书监，而王羲之仅仅是个出入秘书省的六品秘书郎。那次短暂的邂逅因何而起，都说了些什么，王羲之一点儿不记得了。他甚至不记得都有什么人参加过那次聚餐。今天这样单独约见，王羲之也不知道是不是大将军对每一位初来乍到的高级幕僚都会这样款待。毕竟参军在将军府里位列长史和从事中郎之后，不算是小吏了。

庾亮在上位，王羲之则坐在他右边的一张桌几前。而在这间屋子里，共摆放有十张桌几。庾亮右侧有五张，左侧摆有五张，一看就知这里是庾亮跟心腹幕僚聚餐说事的地方。据王羲之所知，在征西府，参军以上要员不会少于五十人。

庾亮呵呵一笑，问道："你诧异何以只有十张桌几？"

被大将军觑破心思，王羲之不好意思地点点头。

庾亮说道："征西府里虽群英荟萃，然，能与本将军谈论时政之幕僚不会超过十人。所以，本将军每十天会在这里召集他们。在这间屋舍后面，本将军专门盖了一院灶房，每次召集议事，必定会大快朵颐。"

说着，庾亮摆了摆手，站在门口等候差遣的主簿立刻转身出去了，转眼的工夫，就见主簿捧着一个很大的铜质酒壶进来。他趋步来到庾亮桌几前，小心翼翼地给桌几上那个银质的酒樽倒了一尊酒。王羲之看出来这铜酒壶里装着的是热酒。

庾亮倒是个爽快的人，饮下第一尊酒后说的第一句话便直奔主题，放下酒樽，他甚至没有看王羲之一眼，便说道："逸少，后赵那个养马羯族贼首死也。"

王羲之心里一热，立刻就想起在武陵国他和武陵王司马晞议论过的天象。果然，正如天象所示，镇星从后赵国都邯郸移去他方，后赵死期已然不远了。王羲之点点头，并没有说什么。庾亮说的养马的羯族贼首指的是自创后赵又自立皇帝的羯人石勒。石勒在王朝鼎盛时期只是个在河北一带为王朝军队养马的贱民，靠着一群背叛了大晋朝的官员和将军，用了不到十年时间就霸占了大晋王朝半壁河山。

"本将军想听听你有何看法。"庾亮直接道，然后将银樽里的酒一饮而尽。

王羲之看了看依然站在门口的主簿，发现主簿不知什么时候将手里捧着的酒壶用厚厚的毡子包裹起来。

庾亮看出王羲之的疑惑，也没想隐瞒什么，说道："本将军不喝冷酒，唯喜饮热酒食冷餐也。"

此话令王羲之心里一凛，朝中贵族无人不知此乃服食五石散之人的餐食。脸上却不动声色，说道："大将军在征西府一待经年，早已将这里周边情形了如指掌。且，逸少看得出来，大将军胸中已有雄兵百万。不仅如此，对后赵继任者石弘，还有那个杀人无数后赵大将军石虎也早已定下乾坤之策。臣才疏学浅，不敢在大将军面前置喙。"

庾亮呵呵一笑，说道："本将军这十年虽然不曾与你照面，却始终关注你迁升之足迹也。最重要的是，本将军还知道出自乌衣巷琅琊王氏的众子弟里，你是为数不多的熟读兵法子弟之一。"

王羲之说道："大将军如此抬举臣，逸少自当知无不言。"

于是，王羲之把离开临川前往安成郡和武陵郡一路上所想如竹筒倒豆子一般说出来。说到天象，王羲之说道："诸葛孔明曾以兵法要诀告诫幕僚麾下，'镇星所在之宿，其国不可伐。又彗星见大明，臣下纵横，民流亡无所食，父子坐离，夫妇不相得'。依臣之见，时下镇星已经远离，恰逢羯人屠夫石勒死亡，后赵必定因此大乱，内讧丛生，生灵涂炭，因而自顾不暇也。至于后赵国相，天意使然，该让那些杀人如麻羯人之贼寇偿还血债欤。"

王羲之说话的时候，庾亮用力点着头，脸上神采飞扬："逸少爱卿有何高见？"

王羲之说道："臣简而言之，征西府现下须满官仓，备粮草，储军力，训将士。养兵千日，终有用时。"

庾亮兴奋地拍着桌子，连声叫好，指着桌几上的酒菜说道："逸少爱卿，桌几上几碟菜肴是专门为你备下的，快快吃起来。刚才本将军已经定下规矩，你可以不必拘泥于礼节，大口吃肉，大碗饮酒也。"

庾亮说罢，挥了挥手，侍从随即端上一只木匣子放在庾亮面前。庾亮打开木匣子，取出五个精致的小盒子，当着王羲之的面服食了五石散。服下后，庾亮闭着眼睛似乎是让兴奋的情绪安定下来。

见此情景，王羲之不禁小声问道："大将军何以服食此物？难道不知晓前朝多少俊杰因此而损伤了身体？"

庾亮叹气说道："怎会不知此物可怕之处，但已无奈耳。那年苏峻扬言要剪灭庾氏家族，本将军无法与其他几位辅政大臣留守宫中，深感愧疚。彼时四处逃亡，想到皇上幼小之躯被叛军裹挟，心中焦虑令本将军终日不安，难以成寐。"说到这里，庾亮做了个服食的手势，没有继续说下去。

王羲之知晓不能再问，便庾亮一尊，他陪下三尊，遂性大饮起来。喝到酣时，庾亮旧事重提："还记得那年在京城酒馆，你与小弟庾翼、殷浩、彪之等人喝酒辩论的话题吗？你那时候说了一些话让我对你刮目相看，尤其你用庄子的'若胜我，我不若胜，若果是也，我果非也邪？'的话让我那不争气的小弟张口结舌，对应不上。至今跟稚恭（庾翼字）说起来，他还会臊得面红耳赤欤。"

王羲之不好意思地说已经不记得那次都辩了些什么，因何而辩。

庾亮连着饮下两樽热酒后，说道："逸少爱卿，本将军因当年苏峻谋反受尽屈辱，落下话柄，终日不得安生。眼下，征西府最为迫切，也是为正名而做之事，便是要让京城廊庙上一众诋毁本将军声誉之徒从此闭嘴。亦警醒自己，本将军仅为离开，即使战败，难道就是我败了？结果如道法所示，苏峻伏法，王朝大业依旧。"

王羲之说道："大将军，当年之事属下置身于外，并不知情。还望大将军不必囿于其中，自寻烦恼焉。时过境迁，正如大将军所言，离开京城不过权宜之计，最终取得胜利才为正果。"

庾亮知道有些失态，摆摆手说道："也罢也罢，逸少爱卿，本将军还想听听你那个满官仓、储军力、训将士之举措何以实施。"

王羲之问道："大将军可要去发散药性？"

庾亮摇头说："听听再说，听听再说，本将军有极强之定力。"

王羲之先是对后赵的禽兽军队这些年在中原的杀戮做了回顾，然后说后赵石勒仇恨大晋朝，并没有深刻的族群缘由。羯人即使在五胡中也不被其他胡人族群待见，一直以来受到极度轻视。这正是羯人大肆杀伐汉人，甚至连在中原的刘氏匈奴也不放过的原因所在。羯人在中原建立后赵，大量接收大晋王朝叛将和叛官，也使得后赵在制定政策时从来不会有人提出和晋王朝和平相处。王羲之说以他所见，虽然这么多年过去了，就连匈奴刘曜都曾联手王朝攻击羯人，羯人对王朝的仇恨反而越来越深。王羲之分析说，石勒的侄子石虎不会坐视被褫夺军事指挥权。毕竟，后赵现在的皇帝是石勒的次子石弘，此人有一半汉人血统。王羲之甚至预测石勒的侄子石虎终将篡逆。

听了王羲之的话，庾亮沉思良久，才又问道："逸少爱卿，你对中原现状之思考颇为周全，与本将军不谋而合。然，你之思考毕竟多是来自秘书省文案，虽然细致入微，却难免纸上谈兵。刚才你说到石虎攻击征西将军府可以震慑前王朝之叛将和叛官，倒是让本将军想到，如前所说，石虎以为此次攻击可以一石二鸟。征西府岂会坐以待毙，甘做其中一鸟？"

王羲之说道："大将军所言极是也。石虎鲁莽与残忍举世侧目，此畜生所为反过来定会伤及自身，导致内部混乱。尤其那些前朝将军与官员，此举将迫使他们重新选择主子。这对我朝绝对是不可多得之机会。故而，臣以为若是将石虎军中大多叛将一律视为败类，欲杀之而后快，这些人无法得到王朝宽恕，便只能拼死抵抗，阻挠我朝大军收复失地。祖逖将军穷其后半生试图夺回失地，最终失败，其中有许多教训值得吸取。

"臣以为，大将军一旦决定北伐，就应派人潜入石虎军队中煽动不满情绪，阐明王朝立场，晓之以理，动之以情，许以高官厚禄。让这些叛将明白，石虎其人从来就不可能信任汉人，不过利用。征西府需要穷尽全力动摇后赵军心，使石虎内外交困，首尾难顾。一旦开战，就如曹刿论战所说，避其锐气，然后一击而中，乘胜追击，斩尽杀绝，片甲不留。"

庾亮听到这里，禁不住击掌叫好。

王羲之将第二个酒坛喝干净后，继续说道："满官仓、储军力实为扩大耕地面积，养精蓄锐，征西府所管辖区域是我朝最为富有地区之一，储备大量军粮与物资应无困难。征战一旦开始，便无后顾之忧，即使长驱直入也无须担心辎重缺乏。"

庾亮听到这里禁不住仰天大笑，笑罢问道："逸少爱卿，何以见得咱家就能取胜？"

王羲之说道："皇上意志，庶尹鼎力，黎元心往，此乃王朝必胜之氛围。大将军高瞻远瞩，将军府运筹得当，将士们训练有素，辎重补给充足，而后赵石虎将士人心背离，岂有不胜之理？倘若前述无一疏漏，收复旧都洛阳指日可待矣。"最后，王羲之着重说到训练军士的要点，特别提及诸葛孔明多次在《军令》中阐释的兵之出塞作战必须具备的素养。"在下曾熟读这些法则。诸如'始出营，竖矛戟，舒幡旗，鸣鼓角。行三里，辟矛戟，结幡旗，鸣鼓角。未至营三里，复竖矛戟，舒幡旗，鸣鼓角。至营，复结幡旗，止鼓角。违令者髡'等等，不一而足。只要开始作战，遵纪守法乃战胜之法宝也。"

庾亮听罢，沉思良久，然后站起身来，走到桌案前，俯身看着上面那张草绘的地图，手指顺着王羲之刚才说过的几个地方慢慢滑动。显然，王羲之的一番话，令庾亮有了进一步的想法，只是，他还没有想清楚。的确，自从把将军府从荆州迁移到武昌，他就有放手一搏的想法，尤其在石勒死后，这个想法已经在胸中萦绕了许久。王朝建立以来，除了祖逖曾经在中原一带试图收复被占领的山河，再无人敢于尝试这个战略指向极为震撼人心的战争。如王羲之刚才所说，时不我待。想到这里，庾亮离开桌案，走到王羲之面前问道："逸少爱卿，你以为让谁带人前往丹江一带刺探军情最为合适？"

王羲之不假思索地说道："若是大将军认为臣可担此任，臣义无反顾。"

庾亮点点头，又问："若是本将军果真让你前往，你带多少兵马？"

王羲之说："武士十人，快马十五匹。"

庾亮满意地拍了拍王羲之的肩膀，又问："你不认为我家庾翼可担此任？"

王羲之说道："大将军恕臣直言。刺探敌方军情，伺机寻找机会突袭，臣当是不二人选。若是大举征西，挺进中原，臣以为庾翼担任前将军定会横扫敌寇，振我军威。"

"若是本将军委任你担任前将军率军直驱中原，爱卿可能胜任？"

"臣义不容辞，必将身先士卒，不达旧京誓不罢休。"

庾亮突然闭上眼睛，身体开始颤抖。好一会儿，身体的颤抖才停下来。庾亮睁开眼睛，问道："逸少爱卿，今日与你一席长谈，令本将军心潮澎湃。北伐中原、收复旧都是本将军始终不渝之志向，若得以实现，此生足矣。"他做了个轻松的手势："逸少爱卿，你认为本将军大弟叔豫可否担此重任？"

王羲之对庾怿不吝赞美之词，却回避了庾亮的询问，说道："逸少视叔豫大人为手足兄长，只是一晃十年未曾谋面，颇为想念。"

庾亮点点头，没有任何表示，而是又问："你认为是否可将你家叔武留在征西府，本将军征西府急需人才。"

王羲之不假思索地说道："将军若是已有定论，在下以为还是不妥。叔武入京做官是皇上圣旨所遣，恐有不敬皇上之虞。况征西府已有咱家修龄参军事，如今我又应召前来参军，这让外人看来会心生疑惑，对将军不利。而京城必定也会对此议论纷纭。"

庾亮哦了一声，转而问道："逸少爱卿，本将军便由此而有一问，若是本将军提请深猷来司职征西府长史，你以为如何？"

王羲之没有作答，但脸上顿时有了怒容。这表情惹得庾亮嘿嘿一乐，说："本将军听大弟叔豫说起过你二人早对王允之心怀仇恨。我知道庾怿仇恨从何而来，可是，你与王允之同出琅琊王氏，十几年前形影相随，因何又反目为仇？"

王羲之没有回答，而是问道："大将军，难道深猷真的在征西府？"

庾亮没有理会王羲之的疑问，而是说道："逸少爱卿，本将军需要去外面发散药性，不能再留你攀谈。我已派人在城里为你寻觅下一院屋舍，虽说简陋却也不算破颓。住下之后，本将军会为你重新起一院屋舍。至于接下来北伐与西征如何而起，本将军还需思量，再做定夺。明天，本将军要在议事大殿召集众幕僚议事，你安家之事我会多派几个仆人过去帮忙。"

话音一落，庾亮便急匆匆出了议事殿发散五石散的药性去了。

第二天，王羲之赶到将军府的时候，议事大殿里已经坐满了人，高级官员如长史从事中郎，低级官员如主簿、录事、功曹、中兵等五十几位大小官员，沿着大殿里大将军坐床两侧左右排开，参军事的坐在左面，管民事的坐在右边。王羲之飞快地扫了一眼，虽然大殿里没点烛火有些阴暗，王羲之还是看到了几张熟悉的面孔。

王羲之没有想到，庾亮昨日说及王允之并非无心之谈。这位前吴兴太守，与自己从小一同喝着沂水出生，又一同辗转南下建康城的从弟王允之就端坐在对面不远之处。王允之此次是领了皇上亲发的任命诏书前往宣城任太守，并都督江西军事大权的。而何以绕了这么一个大圈子转到武昌，庾亮并没有多说。只是说自从平定了江州郭默之乱后，皇上将江州改为刺史部并让征西府都督江州事务，而且将宣城郡划归庾亮的征西府管辖。眼前的情景，让王羲之明白了，这个当年亲如兄弟的从弟王允之就是即将到宣城郡上任的内史大人了。而当初离开会稽时，外父大人叮嘱他尽可能求得宣城郡的话语犹如昨日之言在耳畔回响呢。另外一个重要人物居然是庾亮的大弟，梁州刺史庾怿。庾怿此番顺江而下被征西府大将军庾亮按制任命为临川太守。

再看大殿上其他人物，除了自家兄弟王胡之，还有早就建立友谊的殷浩、庾翼和孙绰等。跟着王羲之借道欲要返回京城省亲的王彪之也一并被邀请出席这次将军府的军事会议。

庾亮向征西府幕僚着重介绍了王允之和庾怿后，指着最后一个进入大殿的王羲之介绍说："这位大家都不陌生了，有些人跟他还是多年的朋友。"接着，他回忆了当年在京城巡查时遇见的那次聚会，特别说那次聚会上的青年俊杰悉数到齐，都坐在征西府的议事大殿里，很显然，庾亮对这样的总结很是得意。说完，他哈哈大笑道："各位幕僚，征西府乃当下王朝最具军事实力的征镇，也是英才荟萃之征镇。倘若说当年是琅琊王氏诸前辈造成了王朝中兴，那么，从今往后，王朝之未来必定靠着征西府与征西府会聚之各位爱卿发扬光大。"

庾亮说完，看了看面前正襟危坐的众幕僚，又是一阵得意非常的大笑，然后，突然提出让幕僚们畅所欲言，各抒己见，而话题就是北伐和西征。

王羲之坐在王允之对面，两人只在庾亮刚才介绍的时候相互对视了一下。王允之似有话说，那目光是热切的、欣喜的。而王羲之并没有给予相应的回应，而是将目光转向坐在斜对面的庾怿。庾怿见王羲之朝这边看过来，于是朝着王羲之点点头，算是做了回应。庾怿也没有看王允之，不过王羲之从庾怿的神情中仍然看见了他对王允之的仇恨。

庾亮一直在说着他酝酿已久的北伐计划，还捎带着提到西征，都是昨天与王羲之说过的那些话题。王羲之有些心不在焉，恍惚间又回到十多年前在乌衣巷和王允之一起习练刀术的无数个早晨和夜晚，他似乎还能听得见王允之赌气时发出的抱怨和哭声。这时，殷浩开始说话了，还是十年前的那副腔调，自信而又洪亮，由不得别人辩解。他好像是在说西征，说梁州（现重庆一带）还牢牢掌握在朝廷控制中，而益州（现成都一带）尽管有时会遇到一些大小不等的攻击，但是大将军一旦率领大军杀向那里，那些乌合之众纠集的叛民必定作鸟兽散。所以西征对朝廷说来意义最大，而且，西征取得胜利后，完全可以从武关进入，进而逼近长安，甚至攻取长安城也不是不能做到。殷浩的话引起一片议论声，议事堂里顿时乱哄哄。

王羲之用力甩了甩头，母亲临去世前关于王舒和王允之父子二人的那番话也冒出来，母亲的态度十分明确，要相信琅琊王氏的祖训是所有子嗣必须遵守之人生信条，不可对王舒父子心动杀机。可是，处仲伯父高悬在朱雀桁的头颅，王含父子二人被沉江处死的消息却不断浮现，让王羲之心乱如麻。

也因此，他就更不知道坐在一侧的庾怿在见到王允之时，会是怎样的心境。总之，王羲之还是决定，在王允之离开武昌征西府之前要与他面对面地做一次了断。只有这样才能听到真话，他至少要听到真话，然后再做决定。

有一阵子，王羲之会认真听一听庾亮和幕僚们商谈，只是这种你一言他一语的谈论似乎找不到良策妙计，似乎感觉一切都不过是务虚。就如他那日所说，若是仅靠征西府一己之力，西征比北伐的胜算要大得多。这时，他听到庾翼说西征意义不大，即使荡平益州，转身离开后总有怅然若失的感觉。只有北伐才彰显征西府大将军战略胸怀和军事才干。王羲之倒是赞同庾翼的说法，但是庾翼并没有说出二者区别的深层意义。这时王羲之和庾翼的目光撞在了一起，他相信庾翼一点儿没有读懂他此刻对庾翼肤浅认识的不屑。庾翼的眼神是茫然的，如果二人再一次聚在一起痛饮老酒，他依然会像当年那样痛批他此番西征意义不大的肤浅说法。王羲之对北伐有着多年情结，这一定是那些年在做秘书郎时受到了熏陶，以致他难以割舍收复中原进而重新恢复大晋王朝的深厚之情。殷浩说了些什么呢？王羲之没有仔细聆听。这个当年的好友如今似乎心神恍惚，这在那日晚上大将军率众幕僚返回征西府，二人见面时曾给了王羲之很深的刺激。王羲之热情洋溢地走向站在远处似乎在观望的殷浩，而殷浩似乎不为所动。两人互致礼节，殷浩在听罢王羲之的问候后竟然没有任何热情的反应。这令王羲之大感不解。之后，在和庾亮对话时，他曾经问过庾亮大将军，大将军的回答是含混的，好像不大愿意评价这位当年在京城清谈界颇有影响的青年人物。殷浩也在说北伐了。殷浩竟然认为若是果真北伐，不妨采取怀柔策略，如当年羊祜大将军与东吴陆抗大将军那样，与后赵国占据丹水北面的军队礼尚往来，互不侵犯，从而确保西征无后顾之忧。其北伐的观点与庾翼的大相径庭，二人对峙得很厉害，各持己见，出言狠毒。最后竟到了谁也不让谁对方话还未说完就打断的地步。最终还是大将军庾亮发了声，二人才终于不再争吵了。

王羲之始终认为，北伐可行的关键是，后赵的基础是否会发生根本动摇，譬如，眼下石勒死后，由石勒册立的太子石弘能否顺利继位。而石勒的侄子石虎能否容忍寄人篱下，被人调遣，是否会发动篡逆。若是一切遂了心愿，北伐的影响力当然比之西征要大得多。即使夺回中原的一部分国土，亦大有鼓舞士气、振兴国运的作用。而只要能将这些夺回的国土牢牢抓在手里，不像之前频繁发生易主的事情，大晋王朝终有一日会重回洛阳，重夺天下。

可是，王羲之此刻的心思完全没有在这里，也就没怎么介意二人的争执，因为二人在阐述观点时并没有站得住脚的立论和敌我双方力量的严谨对比，没有对局势透彻的分析，所以，王羲之并不觉着这二人的观点有何新意。王羲之的目光始终在低着头像是在思考的王允之和对王允之怒目而视的庾怿身上。

现在是庾亮在说。王羲之依然神不守舍，时而听进去几句，时而又不知庾亮在说什么。有一阵子，王羲之甚至觉着十多年前的仇恨几乎欲要冲出胸膛，甚至有了拔刀的冲动。直到听见庾亮点了自己名字，这才如梦初醒。王胡之大概也发现了堂弟心不在焉，便提示说："大将军对北伐信心满满，问你有何见解呢。"王羲之便顺口将那日与庾亮说过的话又重复了一遍。他没有关注其他人的态度，倒是看见王允之对他的一番说法频频点头认可。这也令他心里十分不快。这个不快便引出了下面一段话。王羲之其实并没有听清楚庾亮刚才讲的中心意思，加上出口太快，连他自己都没想到说出来的话会造成怎样的混乱。

王羲之甚至没有像其他掾属那样，说话前朝着大将军庾亮行礼，而是径直说道："大将军，臣认为以现在之境况立刻开始北伐或者西征皆为时尚早。"突然，在秘书省时熟读的陆士衡大人写的《辨亡论》中的几段精辟文字情不自禁地脱口而出："'豪彦寻声而响臻，志士晞光而景骛。异人辐辏，猛士如林'若征西府能如此，定'将北伐诸华，诛鉏干纪'，剪灭后赵禽兽之军必定大获全胜也。只是，时机尚不成熟。"王羲之并没有重复昨天向庾亮献策时所说的那些话，而是一再引用陆士衡在遗世之作《辨亡论》中对局势的分析和判断，最后说道："言之北伐过早，不过是建言大将军运筹帷幄，充分权衡征西府优劣之势，尤其辎重给养对于长途征战取胜之攸关。一旦宣战，'威稜则夷羿震荡，兵交则丑虏授馘'是也。"

众人一时无声，这时就听见庾翼大声喝道："王逸少，不得胡言。东吴尽管曾鼎足于江东，却曾为王朝之敌国，最终臣服于咱家大晋王朝。你用陆士衡炫耀东吴过往历史之字句于今日这般群情激昂场合，用意何在？"

王羲之没有理会庾翼，继续说道："当年，蜀国大军万舰齐发，能通过狭窄水道不过百船。即使有千军万马，狭隘山路却不能通行战车，不过长蛇阵也。当年陆抗（陆机的父亲）只是在那里修筑城垒便足以抗拒万马千军。反言之，西征大军若取益都，敌方难道不会如法炮制，阻我军于城垒之外？"

庾翼正要反驳，被庾亮喝住，庾亮问王羲之道："逸少卿，西征不宜、北伐仓促这类说法早已不绝于耳，本大将军赞同你昨日所说，却不能容许在决策大战时畏葸不前。我等与后赵禽兽终有一战，此大势也。本大将军以为，值此石勒丧命之机，无论西征还是北伐，皆为天赐良机。即使当真西征不宜，北伐又显仓促，难道我堂堂征西府十万大军就只能坐失良机欤？"

王羲之说道："大将军，臣初来乍到，不敢在决策征战大政方针上贸然置喙。只是，如果有十万大军跃跃欲试，何不审时度势，另辟蹊径？"

庾亮一愣，问道："何为另辟蹊径？"

王羲之说道："后赵丧主，内讧频仍，自顾不暇，但是若遇到外来攻伐，必定一致对外，反而会同仇敌忾。不如，伺机从丹水上游进入武关，攻取长安，抄了后赵的后院，亦可实现对益州和梁州的绝对控制权。"

王羲之话音未落，议事堂响起一片嘈杂的议论声。

三十九

接下来的几天，王羲之没有见到王允之，以为他在征西府领了官印后离开了，心中多少因此而惆怅。令王羲之沮丧的是，心里头似乎也少了一点儿找上门去大打出手的冲动。昨日晚上，他才把王允之也在征西府出现的事情告诉妻子，还告诉郗璿，虽说都过去了十几年，可是一想到大伯父王含和从兄王应被

265

沉入江中的情景，就怒火中烧难以平静。所以，他必须要跟王允之在这件事情上做个了断。

郗璿听罢一直没有对此发表看法，直到后半夜醒过来，见丈夫依然坐在桌几前发愣，便披衣起身也来到桌几前坐下。摊在桌几的纸张上没有写一个字，而那柄长刀也还挂在墙上，郗璿就知道夫君内心有多么矛盾。夫君平日若是高兴抑或愤怒，要么长刀劲舞，直到大汗淋漓；要么大书特书，弄得满地竹简和纸张。

于是，郗璿叹了口气说道："夫君大人，你内心对允之从弟的仇恨必定没有你说出来那般深重。"

王羲之这时才看了妻子一眼，那目光是含混的，更有些求助的意思。他没说什么，只是诚实地点点头。

郗璿接着说："卿身知晓你这些年不敢说及此事，所顾忌的便是从来不曾消失的兄弟之情。卿身以为，母亲大人仙逝前遗世之言定有隐情，你须慎思软。卿随你已快十年，从来没见过母亲大人如此焦急而又殷切地说出那些话。老人家不愿意在她百年之后，你依然受到仇恨困扰，才是真情。"

王羲之沉默许久，坐直了身子说道："我彻夜难眠便是在仔细回忆母亲大人遗世之言。我相信母亲大人此遗言绝非信口说来。然，母亲大人直到离世，也没有说出真相，倒是令我颇觉不解。"

郗璿说道："大人，母亲大人也许是希望你用心思想，允之从弟在荆州时不过跟你一般年龄，面对如此重大之抉择，断不会拥有任何决断权力。"

王羲之说道："可是，明皇帝司马绍却是当着我的面提及此事。我至今还记得司马绍告诉我时脸上的神情，那种得意与炫耀是对琅琊王氏的蔑视与嘲讽。"

"大人，你十分清楚明皇帝最憎恨之人便是处仲伯父，并非针对你而为之。卿身从家君那里也得知，若非茂弘大人坚持己见，肃宗皇帝毫无机会坐上龙床。"

王羲之点点头，但嘴上却说："深猷也许已经离开武昌了，那就只能以后再说。但是，既然是心结，便迟早要在我二人之间做个了结。别无他法。"

郗璿知晓丈夫在这桩家族大事上陷得太深，还是希望他能冷静下来，未来也不必耿耿于怀，便说道："大人，这些年卿颇觉纳闷，何以修龄（王胡之）

阿哥和虎犊阿弟二人不如你这般较真？难道世将阿叔（王廙）和世儒阿叔对处明从叔父所为无有任何心结？"

王羲之其实对此也甚是困惑，便随口问道："子房，卿想说我被蒙蔽其中？"

郗璇摇摇头说："卿身想说，世将阿叔与世儒阿叔所想跟母亲大人所想恐是一致。他们都不认为处明阿叔和允之从弟会伤害处弘伯父父子二人。或者，前辈们早就知道他们从未违背过琅琊王氏族训也未可知欤。"

王羲之浑身颤抖了一下，问道："子房，难道母亲大人跟你说了什么？"

郗璇连忙摇头，说道："大人，母亲大人从未对卿身说及家族事情。卿身以为，琅琊王氏任何子嗣若是违背族训从而兄弟相残，定将被族群所不容，甚至会惨遭驱逐。大人，修龄和虎犊两位堂兄堂弟何以在面对允之从弟时并无冲动？卿以为，世将阿叔和世儒阿叔一定也是如此告诫两位堂兄弟的。"

王羲之若有所思地点着头，自言自语地说道："然，我母子三人幸得处仲阿伯荫庇，不然日子会过得颇为凄凉。"

郗璇看出王羲之一时半会儿不可能从陷得如此之深的情感泥淖中抽身而出，便坐到夫君身后，解开他的发髻，将长长的黑发散开来，然后用篦子慢慢梳理着。这种缓解夫君情绪的方法屡试不爽。

夫妻二人没再睡觉，就这么你一句我一句说着。

天已经亮了，王羲之让郗璇烧了一锅热水，先到院子里走了一趟刀术。这一次他用了很大的气力，发泄着沉闷了一整夜的混乱和郁闷。回到屋里，水已经烧好，郗璇在两个木桶里调制好了两桶温暖舒适的洗澡水，已经将温水提到了冲澡用的板房。王羲之冲了热水澡，趁着还没到吃早饭的时间，便出了院子往长江边去了。

江水正在消退，上游有些日子没下雨了。按照当地人的说法，汛期正在过去，不会再有大水袭扰下游。眼前的水势比刚来到武昌的时候真的小了很多，但是依然浑浊，江面依然十分宽阔。

江水来到这里，就被一处凸起来的地势逼迫得拐了弯，水势也就更趋平缓。久而久之，这里就形成了一处湿地，跟在建康城的那处十分相似。苇子长得不过一人多高，但是绿得让人忍不住想揪下几片叶子。

王羲之今天自然不会有这样的好心境。自从来到武昌后，王羲之就发现了这里,也喜欢上了这里。那以后,他每天都会在这里习练刀术。但是,自见到王允之后,他就没再来过。昨日夫妻二人一夜长谈,他似乎醒悟了一些,可是若要说从仇恨中挣脱出来,似乎并没有那么容易。

江水在身前脚下流淌而过,竟让王羲之生发出岁月荏苒之感。

身后传来脚步声,从脚步声可以判断出来人只有一个。王羲之以为又是王彪之,并没有转身,而是说道:"虎犊阿弟,你何必如此急于求成。趁着离开武昌还有些时日,你不如将所学刀术勤学苦练,我这里已无可教招数也。刀术乃勤于习练之功夫,你这家伙笨得要死。"

王羲之说罢哈哈大笑,却不见来人回应,这才意识到来人不是王彪之。

身后来人这时说道:"阿菟哥,我是允之。"

王羲之猛地转过身,右手下意识地按住刀柄。

王允之朝着王羲之深深地行了大礼,一脸歉意,嘴上却说道:"我知道阿菟哥一直在寻找机会与我做个了断,我见你到了这里,于是跟了过来。"

王羲之说道:"你从哪里知晓我要找你了断旧事?"

"甫一来到征西府,修龄阿哥便提醒于我。"

"他只知其二,哪知其一。"

"其二我已知晓,其一为何?"王允之问道。

王羲之犹豫了一下,说道:"你离开京城已有十多年,这十多年,你与我再没能见面。我想知道,你是故意回避,还是战事缠身?"

王允之想了想说道:"盖因其二未解,故而才有了其一。"

王羲之摇摇头说道:"你可知将处弘伯父与阿应哥私刑沉江处死,虽得朝廷赞赏奖掖,却毁了咱家琅琊王氏祖训族规?"

王允之面对王羲之再次施以家族大礼,然后说道:"阿菟哥打算如何了断此事?"

王羲之没有立刻回答,而是问道:"深猷,你还记得我二人九岁那年,在乌衣巷被族群同门围攻是谁为我们解围欤?"

王允之没料到王羲之会问这件事情,不觉一笑,说道:"小弟怎会忘记,那日被一群小子纠缠,不得脱身,是王应阿哥赶跑了那些家伙。不过,那些小子也没能逃过茂弘族长处罚。"

"茂弘族长因何处罚那些小子?"

王允之坦然答道:"因坏了'兄弟怡怡,宗族欣欣,悌之至也'之祖训。"

王羲之也不再多说,而是说道:"既然如此,你便也清楚我因何要与你做个了断,那就拔刀吧。"

王允之吃惊地问道:"阿菟哥,为何不听我解释?"

王羲之说道:"那年明皇帝司马绍将处仲阿伯的头颅砍下悬挂在朱雀桁上,只有我独自一人去跪拜伯父。那一日我就立下誓言,即使追到天上,我也要找到你。这不算是国仇,但却是家恨。"

王允之从王羲之的话里听出来这个误解太过深重,便无意继续说下去,他面对王羲之,和对方一样用右手握住刀柄,说道:"十四岁之前,我与阿菟哥从来都是一起对练刀术。阿菟哥出手一向毫不留情,经常逼得我痛哭流涕。自那日后,我去了豫章跟从处仲阿伯,不仅收获兵法颇丰,而且刀术大有精进。十几年来,阿弟我牢记那年你所说之言,在长刀前哭泣就只配倒在长刀之下。修龄阿哥与虎犊阿弟告知我,说你要为处弘阿伯与阿应兄长报仇。我只能告诉你,你我之间并无恩怨,更无血仇。只是,你一定听不进去。今日之我已非昔日可比,在沙场上指挥千军,平叛无数,早已视死如归,也因此你并不能确保就能赢过我。"

王羲之颔首道:"昨夜我不能入眠,想的就是这件事情该如何了断。既然你决心已定,视死如归,那我只能应了你之愿望。我本无意生死决斗,可是,听你之意却要斗个你死我活,既然你也知道我为寻仇而来,那我理当让你三个回合。"王羲之长啸一声:"罢了罢了,拔刀吧。"

王羲之话音一落,王允之立刻出手,虚晃,劈杀,突刺,挥砍,招招用力,刀刀搏命。王羲之则应对自如,三个回合后,王羲之看出王允之刀术虽有长进,却无法对自己造成致命的威胁。一边躲闪应对,一边心想,许是当了将军,打起仗来多为指挥作战,与对手刀戟相向的机会其实并不多。叛将苏峻手下强将也就只有韩晃一人,其他将领不过充数而已。

这想法倏忽而过,王羲之也让过了三个回合,于是出手就选择了王允之最怕的方位。两人自小在一起习练刀术,王羲之最知王允之的短板在那里。因此,长刀一避过王允之砍杀的锋芒,便对准对方力道消失的死角刺了过去。王允之压根没想到王羲之依然记着自家的短处,劈杀出去的右手已经无法收回来，眼看着王羲之的长刀直冲着他的右肩捅过来，自知完全不可能躲避了，只好就势向后一躲企图避过锋芒，却不知王羲之压根没想伤他。只见王羲之将长刀的刀锋一转，长刀锋利的刀刃顺着王允之的右臂就抹下来。这看起来漫不经心的一招，却隐含着极大的功力和力道，若是沾到皮肉，必定皮开肉绽也。王允之惊得叫出声来，自知完全没有机会躲过这一刀。可是就在长刀划破衣衫的刹那，长刀力道骤然减弱，拿捏得恰到好处。刀刃划破了衣衫，却没有伤及皮肉。

这场决斗从一开始就注定是一场真刀真枪的比武。王羲之已经没有多少仇恨，至少十多年前那种切齿之恨变得不那么刻骨铭心了。只是这样的比武在外人看来，却和厮杀毫无二致。

十几个回合后，王允之长刀的路数重新回到之前的套路里，这让他感到十分纳闷。可是，他却没有一点儿思考的机会，只觉着似乎一切都只能跟着王羲之的套路转悠了。但是这一次，王允之决定不再被王羲之干扰和左右。长刀劈向左侧后，见王羲之并没有如前那样企图伤其右肩，便在身体当转未转的瞬间，就势一个反手刺向王羲之。这一招用身体做掩护，出手很是隐蔽，一旦出手，对方防不胜防。王允之相信王羲之会被惊呆了的，这一走神不要紧，却在电光火石之间丧失了一次必胜的机会，肩膀被重重地打了一下，打得他向前趔趄了几步，但还是挺住没有倒下。王允之心想不好，知道被王羲之看破，也知道王羲之绝对不会给他再次转身的机会了。

正在这时，只听见王彪之声嘶力竭大叫："阿菟，刀下留情！"

王羲之却像是没有听见，趁着王允之脚下不稳，长刀在空中挽了个花子，顺势而下，刀锋扑向王允之。就在王羲之手中的长刀砍向王允之后背的刹那间，王彪之不顾一切地冲进了二人中间，逼得王羲之生生地将长刀僵在空中。

王羲之只能收住长刀，冲着王允之喝道："王深猷，以你十几年征战之经历，刀术毫无长进，若不是念你与我有血脉之情，你怎能躲过我这一刀。"

王允之并不答话，而是对拦在中间的王彪之吼道："虎犊阿弟，若是被王逸少刚才那一刀砍中，你命已休矣。"

王羲之喝道："王深猷，我与虎犊阿弟同出一脉，怎会对他痛下杀手。你可知处弘阿伯与处仲阿伯皆为你至亲大伯，阿应哥是你血亲阿哥。你却下得了手，你你……似你这般无情无义之徒，怎还有脸活在世上。"

王允之也不辩解，推开王彪之，说道："王逸少，那就接着决斗，我有一千个理由活在世上。"

王羲之怒斥道："王深猷，以你刚才刀术，不出十个回合我会让你命丧刀下。"

王允之冷笑一声，说道："别说大话，那就试试。"

两人对峙之际，王彪之不停地嘶吼着，可是喊哑了嗓子，二人却仿佛没有听见。王彪之只得死死抱住王允之，大声吼道："深猷阿哥，不可再逞强，若不是我舍命阻拦，阿菟那一刀真会要了你命。"

不料王允之却梗着脖子说道："死在他刀下？那他这一生算是完也，我是无甚遗憾留世，可是他则夜夜难以入眠。"说罢，竟然还冷笑几声。

王羲之用力甩了一下头，他似乎听出来王允之话中有话，问道："深猷，以你在沙场十几年之磨砺，刀术若果真如此，怎能活得下来？"

王允之并不回答，而是试图继续激怒王羲之。"逸少，你居然还记得我为王朝大业在沙场征战了十几年之功绩。不瞒你说，八年前我就已因战功封了爵位。那时你还在会稽做司马昱王友。"王允之说这话的语气里充满讥讽和轻蔑。

王羲之并不气恼，而是后退了几步，向王允之行了兄弟之礼，声音冷峻说道："王深猷，处弘大伯父子二人虽是朝廷钦犯，却并无颠覆篡逆之心。这是琅琊王氏得以延续百年之族规，你应该非常清楚。而处弘大伯与你家父亲大人是手足至亲，这你父亲也该心知肚明。处弘大伯父子二人投奔你家父亲是实在不得已而为之选择，看中的也是这些。你父子二人却将穷途末路处弘父子二人残忍杀害，你那爵位不过是靠着诛杀手无寸铁之亲人所得，琅琊王氏族人中并无一人会羡慕。也罢也罢，多说无益，我二人还是让各自手中长刀辩个是非曲直也。我王逸少还是让你三个回合，一旦出手，死生便自有天意。"

这一次，王允之没能来得及出手又被王彪之拼死抱住，任王允之用了全身力气也摆脱不了。王羲之见状只有不断冷笑，身体继续向后退了几步。他实在不想再动杀机，刚才交手他对王允之的刀术就已经心中有底。此刻，他不断后退也是想做给王允之一个表示，表明自己并不想继续打斗下去。但是，王允之嘴里不断冒出来的轻蔑之语还是让他心生愤怒。

这时，堂兄王胡之也跑了过来，抱住怒气难消的王羲之大声喝道："阿菟不得莽撞，容阿哥说完，你可再做定夺。"一边喊着，一边用尽全身力气将挣扎的王羲之抱起在空中，一个侧翻将他摔在地上，死死地压在身下。王羲之怎会甘心被制服，硬是要翻身坐起来，连翻了几次却没能将王胡之掀翻，便用手中长刀使劲拍打地面，一边怒道："修龄阿哥，你早知晓我心中所想，何苦如此为难我？"

王胡之这时已经筋疲力尽，也怒道："阿菟，深猷是咱家琅琊王氏亲兄弟，你居然敢对自家兄弟痛下杀手。"

王羲之停止挣扎，怒道："修龄阿哥，你和虎犊当然知晓我是因何要与深猷对决。如此拼死阻拦，又是为何？"

没想到王胡之听了这话，竟然放了王羲之，累得倒在沙滩上直喘粗气。然后看着对面被王彪之夺下长刀的王允之大声叫道："深猷阿弟，你难道没告诉阿菟？"

王彪之听到这话也松开王允之，跟着叫道："哇，深猷阿哥你快快将实话说出欤。"

王允之站起身来，拍掉身上的沙粒，一边嘟哝道："阿菟不给我说话机会，而且，我以为他早已不是我的对手。"

王彪之拖拽着王允之走到坐在沙滩上的王羲之的身边，撩起王允之的上衣，露出满身伤痕。王彪之一边指着这些伤痕，一边悲戚地说道："阿菟哥，你睁开眼睛看看，深猷阿哥身上这些刀伤，都是在吴兴郡与苏峻叛军厮杀时所留。看看，这些都是刀伤，这几处是枪伤。这一枪扎得再深一点儿，深猷阿哥就见不到我们欤。"

王允之推开王彪之，瞪着王羲之说道："阿菟，若非如此，你必定不是我的对手。"

王羲之晃了晃头，并没有理睬王允之的挑衅，而是起身问王胡之道："修龄阿哥，你刚才让深猷告诉我何事？难道，你们几个有事情瞒着我？"

王胡之冲着王允之吼道："深猷，此时不说更待何时？"

王允之用力咽了口吐沫，似乎很不情愿地说："当年，父亲大人没有处死处弘大伯和阿应哥。他们全都安好。"

这话对王羲之来说，不啻当头一棒："深猷，你再说一遍！"

王允之撇了撇嘴说道："当年父亲大人和我犯下欺君之罪。阿菟，你若是感到还不解恨,可将我绑至京都送给廷尉处置。"

王羲之没有接王允之的话,惊愕地继续问道:"处弘大伯和阿应哥还活着?"

王允之点点头说:"我将处弘大伯和阿应哥亲手交给了世宏伯父,也就是你家父亲大人。"

王羲之丢了长刀,冲上前抱住王允之,吼道:"我家父亲大人?!你是说我家父亲大人?"

"正是!"

王胡之和王彪之也冲上来双双拽住王允之的手,齐声问道:"我家世宏阿伯真的还在人世?"

王羲之松开王允之,扑通跪下来,一句"好兄弟……"一出口就说不出话来了。王胡之和王彪之紧跟着也跪下来。王允之愣了一下,旋即也跪下来。四兄弟抱头大哭起来。

远处,芦苇荡里尾随王羲之来到江畔的那个人已经藏匿了许久。当看到王羲之和王允之长刀相向,杀得不可开交时,惊叹于王羲之的刀法竟然练到了一出手便如鬼魅一般。几个回合后,他就看出王羲之并不想杀对方。他在心里盘算了一下,若是面对王允之他兴许不落下风,但是,以他现在的刀术功夫,十个回合之内必定倒在王羲之那把长刀下。因为,他完全看不明白王羲之手中的长刀怎样出手,何时出手,又是如何将对手置于毫无还手之力之境地的。王彪之和王胡之突然出现是他始料不及的。厮杀也随着二人的出现停止。四个人都说些什么,他一点儿听不见。当看到四个兄弟突然跪在河滩地上痛哭不已时,他完全蒙住了。

等他回过神来想再靠近一些的时候,滩地上的四兄弟突然奔跑起来,一会儿工夫便消失在另一片芦苇荡里。此人恼怒地拔出随身佩戴的长刀,将身旁的芦苇齐刷刷拦腰砍断,这才悻悻地向武昌城内走去。回到城里居住的客栈,他命令随从紧盯参军王羲之居住的屋舍,但有风吹草动即刻禀报,不得有误。

四十

当晚子时,一支四人组成的马队出了武昌城,向荆州方向进发。一轮上

273

弦月挂在夜空中，满天繁星，马队在月光下跑得飞快。两个时辰后，马队进入长江冲积平原，官道平坦，马队的速度快起来。在到达通往荆州的第一个驿站时，马队停下来稍事休息，给奔马吃了草料，喝足了水。四个人也趁机吃了随身带着的干粮。半个时辰后，马队继续前行。马队没有进入荆州刺史部治所，而是从治所北面擦过。黎明的时候，马队已经进入山岭地带，并向着夷陵（今宜昌一带）北面的群山叠峦而去。

马队离开驿站一个多时辰后，又见三匹快马从武昌方向而来。为首的骑士身着太守官服，骑一匹红棕色的战马，紧跟在他身后的一看就知是两名卫士。三人进入驿站后，为首的骑士向驻守驿站的小吏出示了一张身份令牌。令牌表明此人是梁州府太守庾怿。在驿站休息了一个时辰，让驿站的军士喂饱了坐下枣红马，庾怿也趁机打了个盹，然后，出了驿站，尾随着前行的马队疾驰而去。

当天后晌的时候，四人马队进入深丘地带。这一带的山虽然并不高，但是，却离开了官道，连绵不断的山丘使得马队行走的速度慢下来。可是，一行人都没有停下来歇上一天的意思。这一路，王羲之没有说一句话。其他三位兄弟也只是相互之间关切地询问一下各自的状况，却没有谁会主动跟王羲之搭讪。

入夜后，那轮重新悬挂在头顶的明月给色泽深沉的山川莽林镀上了一层银色，山势也开始变得陡峭起来。马队行走更加缓慢。自从进到大山里，山风掀起的松涛声使得在马背上颠簸了十几个时辰的人们格外紧张。这个时候，强劲的山风在马队顺着一条溪流绕过一座大山后戛然而止。山林顿时变得静谧下来，听得见夜行动物窜动时发出的响动，不时会有奇特的叫声在黑暗中猛然响起，连马儿都吓得一哆嗦。

好在一行人在山岭中只走了一个多时辰，王允之就提醒大家目的地很快就要到了。马队翻过一道浅梁后，前面豁然现出一处山坳。山坳并不很大，稠密高大的树木下，有一条溪流逶迤而过，发出淙淙的声音。

这时，王允之不再往前走了，而是让大家都下了马。王允之点亮带来的火把，借着火把的光在山坳中摸索着走了一圈，回来后举着另外一只手里拿着的石板，说道："这里正是当年我送处弘伯父和阿应哥来时与他们最后分手的地方。这行文字还是当年分手时阿应哥刻下来的。"

王羲之看过石板,并没看明白石板上刻下的文字,但是声音有些颤抖,问道:"我家父亲大人何以没有送你?"

王允之犹豫了一下,说道:"处弘大伯不让,而且,那时候,世宏伯父已经不能独自行走软。"

王胡之焦急地说道:"我们离开武昌府已经两天,一路上几乎无人说话。你就把该讲的都说出来,不然,当真急煞人也。"

王允之在溪流边蹲下来,捧着溪水洗了把脸,这才说道:"除了处弘大伯和阿应哥二人,其他伯父、叔父事情我并不清楚。那次,是王棱叔父将我们带到这里来的。离开前,父亲大人千叮咛万嘱咐此行事关身家性命与族群安危,回来后不可对任何人说起,包括自家妻小。而王棱叔父也是一路且行且嘱咐,到了地方见到任何人都不可多问,只需牢牢记住到过之地。况且,见到世宏阿伯我,我,我不敢直视。"

在一旁坐着的王羲之听了这话,从胸膛深处发出一个低沉浑浊声音来,把其他三个人吓了一跳。"深猷,我家父亲大人究竟发生了何事,令你不忍直视?"是王羲之在问。

王允之说:"我不敢问,也不能问。"

"从此,你再没有来过这里?"还是王羲之在问。

王允之犹豫了一下,说道:"两年前,我家父亲大人薨殂后,我找到了这里。"

"因何找来这里?"王羲之恶狠狠地问道。

"此地已物是人非耳。我来这里,是为了却父亲大人之遗愿。阿菟,你不可再问,问了我也不会回答。到了那里,一切自然就明白了。走吧,前面就要钻山洞。"

山坳里林木又高又密,地面上没有路径,只有堆积着的经年坠落的枯枝落叶,足有两尺厚,一脚踏上去便有一股子恶臭冒出来。

王允之高举着火把在前面带路,其他几人紧跟在后,一步不敢落下。走了不多时间,一行人就钻进山洞。说是山洞其实是一条贯通山岭的天然隧道,山洞不长,不一会儿就钻出去了。面前现出一处平坦的山谷,穿过山谷,又转过一座不高的山岭,王允之站住了,指着远处黑暗的地方说道:"从这里一直走过去一里多路，应该就是那座村落。但是，我必须先行过去知会一声，不能惊着他们。你们在这里等着。"说完，把火把交到王羲之手里，一抬腿就消失在黑暗的山林中，只在身后留下一阵渐行渐远的踩踏声。

大约过了一个时辰，王允之回转来，什么话也没说，从王羲之手里拿回火把，转身往前走了。甫一穿过林子，一行人就看见不远处的黑暗中有星点的灯火，能够感觉出这是一座不过三五户人家的村落。村落前是一片庄稼地，而村落后面是一座高大的山梁。

尾随而至的三人马队这时也穿过了山洞。但是庾怿却并没有继续跟进，而是隔着面前这片树林，远远地盯着有灯光闪烁的村落。

走到跟前才看出来，这座所谓的村子其实只有三户人家分住在三座不大的院落里。王允之带着一行人走进外面人家的院子里，刚叫了声璠之阿弟，屋里就应声跑出来两男两女，从装束上看，大的尚未到弱冠年龄，最小的还是总角少年。四人见王允之拉着王羲之走上前来，还没开口便一齐跪了下来，齐声叫道："逸少阿哥，弟妹们终于将你盼来欤。"话音一落，四个弟妹便哭了起来。王羲之还在惊诧中，也不知究竟怎么一回事儿，但看到面前的四个弟妹都是热泪满面，也不由得跪下来抱住他们潸然泪下。

王允之这时告诉王羲之，这四人都是郗美人所生，而他们的父亲正是王羲之的生身父亲王世宏。也就是说，这四人都是王羲之同父异母的弟妹。大弟名王璠之，字逸叔，取义在逸少之后，排行为三，幼弟王己之，尚未束发，也就还没有字号。两个妹妹分别叫王献妹和王容女。

等五个人哭够了，王胡之和王彪之这才上来将五人扶起。刚坐下，又从屋外涌进来七八个青少年。王允之介绍说这些人都是琅琊王氏的后人，说着先将身旁的两个年纪大约十五六岁的一男一女拉过来说这都是阿应哥的孩子，还有一个过了弱冠之龄的儿子跟着父亲住在外面。而他们身后那几个少年，竟然都是传说中被处仲伯父杀害了的王棱的亲生子嗣。琅琊王氏一族四支的子嗣在这里终于团聚在一起，虽未曾谋面，却亲得不得了。尤其这些弟妹说话的口音竟然都还保留着琅琊国故乡的韵味，这让王羲之一行人分外惊喜。

十几个同辈人因初次见面而生出的陌生和拘谨，刹那间被共同的乡音抹去。这些在大山里出生长大的族人与从京城乌衣巷历经十几年阻断寻找而来的族人之间的交流，使他们的感情在哭声和笑声中迅速流淌着，化作了水乳交融的血脉亲情。

待人们都安静下来后，大弟王璠之告诉王羲之，太宁二年（324年），父亲得知处仲伯父大人在于湖病故，即刻和母亲连夜出山坐船下到于湖。到于湖后被告知处仲大伯的遗体刚刚被明皇帝司马绍命人从坟茔中挖出，并且将处仲大伯的头颅从尸体上砍下，悬挂在京城朱雀桁示众。二人便又于当晚赶到建康城。那次父亲也让我一同前往。赶到建康城正遇见大哥王羲之跪拜伯父大人。那年王璠之已经六岁。

王羲之听到这里依稀记起确实看到有三人在桥上伫立良久，现在才知竟然是父亲大人，不禁唏嘘不已。大弟随之说："那日母亲大人告诉父亲有一人正跪在朱雀桁前祭拜，父亲大人颇感震惊。为了不被巡逻的士兵发现而遭驱赶，父亲大人带着我们躲在不远处的草屋后面。没多久，父亲大人听到你和修龄阿哥说话，立刻就确认是阿哥你了。但是却没让我们兄弟二人相认，说是担心你因此受到株连。自那次返回大山后，父亲便开始教授璠之刀术，一日不辍，至此再没有去过建康城。父亲大人五年前仙逝，母亲悲伤万分也于第二年去世。父亲大人去世前留下遗嘱，让阿哥你继承他留下的一只木匣子，还让我转告阿哥，父亲大人的双眼是被石勒的汉人叛将张宾亲自剜去的，让子嗣后代定要牢记此仇。"王璠之说完从里屋捧出一只精致的木匣子，交到王羲之手里。

王羲之打开木匣子，里面是陆士衡《文赋》《辨亡论》等手稿和诸多诗章，左思大人馈赠的《三都赋》中《吴都赋》手稿，蔡邕大人关于书法的手稿，以及父亲大人手绘的刀术套路图解、手书的关于刀法与书写技艺融会贯通的心得。除了这些，还有一张手绘的地图。王羲之仔细看过这张地图，却不像是在武昌将军府看到的那张地形图和在秘书省的馆舍中见到过的那张中国最早的地图，地图上有标注。王羲之让大弟看过，询问这是何处。大弟看了一会儿说这是他第一次看到木匣子里面的物品，但是他还是可以认出这是这片大山的地图，说着指着一处标注说，这里正是陵墓所在地。

王羲之感到纳闷，却不得其解。王羲之一开口就问自己最为关切的疑惑："父亲大人既然失去双目，又怎会做了当朝的司徒？难道不是建康城的？"随之连连点头说："父亲大人当真是司徒，但是他并不知道建康城还是王朝国

277

都。父亲大人并不经常回到村里来，而母亲大人和其他叔母也绝口不提家中的大人们在何地做官。"

见王羲之深陷在困惑中，又不停发问，王璠之一时难以回答。王允之便打断这兄弟二人的对话说："我们不能在这里逗留过久，祭拜过长辈们的陵墓后还要尽快赶回武昌府。"

王羲之也知不能久留，虽有不忍，却不得不问道："逸叔阿弟，为兄能见到你们已了却了多年心愿。既然我们的父亲大人已经故去，不知大人走前对身后事情有否遗愿。"见几位弟妹都不说话，又说："不知你们母亲故去之前是否有三人合葬之愿望乎？若是有，大哥我必定鼎力而为。"

王璠之摇摇头说道："母亲大人要求我们将她葬在父亲旁边，直到父亲迁走。母亲说若是有一日我朝收复北方家园，她还是希望孩子们将她迁回高平祖籍，与自己父母葬在一起。"

王羲之一听这话也就没再继续往下问，便提出临走之前要去父亲坟茔前祭拜。

王璠之带着一行人出了村子，向村后的山岭走去。走了大约两里路，来到山脚下，面前现出一条石板铺就的小径。踩着顺山而上的小径又走了两里路，面前豁然开阔起来。王璠之说了声："还是要先见过守墓的阿哥后，才能前往陵墓祭拜。"

守墓人就住在家族陵墓不远的一座孤零零的草庐中，王璠之与守墓人低声交谈几句后，守墓人便带着王羲之一行人来到山脚下的一座宅院。院子里有几间草庐，守墓人进到其中一间屋舍里，取出香火点着，然后领着一行人来到草棚后的一间木房子。一进到里面，看到整齐摆放着的一排刻有铭文的灵牌，王羲之不由得悲从中来。

最前面一排只摆放了琅琊王氏先祖十九世和十八世先祖王翦和王贲的牌位，拱卫在四周的分别是父亲王世宏、从伯父处仲大人、从伯父处弘大人、从叔父王棱大人和从叔父处明大人的牌位。在这间屋子里，特别为郗美人和王羲之的几位从叔母设立了牌位。一行人肃穆伫立良久，然后跪在牌位前晋香叩拜过，起身将碑文仔细看过。王羲之站在父亲牌位前，牌位上刻有父亲大人在晋王朝东渡前的官职，并写有自驰援壶关后的经历，可谓字字恳切悲戚，充满对先皇的愧疚，对妻子的不舍和对子嗣的怀念和愧疚。从伯父处仲的牌位文字也记载了在东渡之前的官职，还特别标注有大晋武皇帝之婿、大晋王朝中兴奠基人，因奸佞构陷深受冤屈，云云。

从牌位屋舍出来，众人又跟着守墓人前往坟茔。坟茔建在院落后面的山坡上，一条石阶路的甬道从院落后门一直通到坟茔。这是一排中规中矩的坟茔，被青石覆盖着，极为庄重肃穆。

跪在父亲大人墓前，王羲之心情沉重而又悲痛，三十年间发生的往事闪电般在脑海里划过。三岁随父亲到徐州，六岁随父亲到淮南，之后便是长达二十多年的失联，长达二十多年的怀念，长达二十多年的孤独和苦痛。

坟茔没有石碑，只是按照习俗，在每座坟茔前竖着一块青杠木制作的墓碑。祭拜的人心里都清楚，那块刻着名讳和官职的石碑是要随葬在棺椁之中的。

几人重新回到守墓人居住的草庐里，守墓人这才告诉一行人，自己是琅琊王氏王棱一支的长子，出生在豫章，官名是当年处仲大伯起的，叫王遂之。家父在身体日渐衰弱那些年，特别将名下这一支与其他五支，以及其他五支子嗣的关系交代得非常清楚，而且，还留下了文字。因此，他知晓面前的几位都是自家从阿哥。守墓人说完前面的话又告诉一行人，依照前辈的遗嘱，只有在见到王羲之后才能让众人去一个隐藏着最大秘密的地方。王遂之又说去过那里的人都不允许将看到的事情传出去，这既是家规，也是皇家规矩。这个皇家规矩的说法让一行人虽如丈二和尚摸不着头脑，却也不敢多问。

王遂之在得到郑重承诺后，便连夜带着一干人等继续向北面的群山进发。

王羲之一行人被守墓人带领着继续朝着群山的更深处潜行而去后，那个尾随了他们三天的人小心翼翼地走近这些刚刚被祭拜过的坟茔。

当此人点着了携带的松明火把，看到第一座坟茔木制墓碑上的文字后，惊得一屁股坐在了地上，很久没站起来。等到情绪终于稳定下来，他这才再一次凑近木牌仔细看过碑文，确信没看错，他又坐回到地上，熄灭了火把。他看到的是他平生最为崇仰的早在十几年前就被确认沉江处死的王含大人的坟茔。碑文上的官职是庐江太守、徐州刺史、镇西府卫将军、光禄勋，累迁征东将军，都督扬州江西诸军事。逝于咸和二年（公元327年）。这可是当朝皇帝的年号，而此人应该在太宁二年（公元324年），也就是说在前朝肃宗司马绍在位时就已经被处死了。他完全被弄糊涂了。

过了许久,他重新点燃火把将其他坟茔的木制墓碑一一看过,当王敦、王旷、王棱等人的名字出现在眼前时,他几乎完全不相信自己的眼睛了。看过一遍坟茔墓碑,他踩灭火把,在坟茔前呆呆地坐了很长时间。再一次翻身上马后,他试图继续跟进深山里去,大约走了不到三里路,绕过一座山岭后,此人猛然勒转马头,向武昌方向狂奔而去。

王羲之一行人又在大山里走了两天,翻过了不知多少山岭,来到一处群山环绕的谷地。谷底平坦而又宽广,总有方圆二十多里。四周很远处可见重山环绕,三条不小的河流分别从东北西三个方向流进山谷,汇合后,流入南面一眼望不到边的丛林中。一行人沿着这条流入丛林深处的大河又走了一天路程,黄昏的时候,终于来到河流隐没的地方。大河并没有消失,而是隐没在一座大山前。这时,就听见守墓人王遂之打了声呼哨,几条木船像是从地底下冒出来的,出现在一行人面前。王遂之和一身戎装打扮的船夫小声说了一会儿话。天已经彻底黑下来,虽然没到伸手不见五指的程度,但是若要行走却是万万不能了。王遂之提醒大家不能使用火把照明,也不得将马匹带入洞穴。于是一行人将马匹交给王遂之看管,借着星光上了船。木船在顺水行走了一段时间后,几人明显感觉到钻进了一个很大的洞穴里。木船一进入洞穴,划船人便点亮了火把。洞穴非常大,有成群的飞禽不断飞进飞出,弄出呼啦啦的响动,搞得一行人好生紧张。船在洞穴里行走得很慢,大约两个时辰后,大家可以感觉到出了洞穴。一出洞穴,火把随即也就熄灭了。木船依然在丛林中穿行着,又行走了一个时辰,木船再次进入一个洞穴,穿过这个洞穴没有多长时间,众人就下了木船,在船夫的带领下开始爬山。等人们爬到山顶,天已经亮了。眼前的情景把众人惊呆了。一条青石铺就的石板路,从山顶一直延伸到山底。山底下又是一处更大的谷地,谷地中央并排着大小不等四十多座陵墓,就听见王羲之压低声音叫起来:"此处陵墓皆为皇陵也!"

几人再寻找船夫时,船夫不知什么时候消失得无影无踪。众人正不知如何是好,就见从陵墓前面的一座很大的屋宇里走出来一个人。一定是接到了通报,这人径直朝着王羲之一行快步走过来。此人走山路如履平地,健步如飞。走得近了,可以看出此人身体健硕高大,长髯过胸,更令人惊讶的是此人竟然身着廊庙上四品大臣的官服。

　　来人一到众人面前，竟然将每人的名字叫过一遍，毫无差错。叫到王允之时，只听王允之大叫一声，扑通跪倒在地，连声叫道："阿应哥，是咱家阿应哥耶！"原来此人竟然是比王羲之大十来岁的王含之子，王敦的义子王应。其他三人急忙跪下来，齐声叫道："当真是阿应哥？"

四十一

　　一行人从夷陵那片大山回到武昌征西府已经五天了。征西府大将军庾亮自那次议事堂会议后第二天就去了征西府北面的几个重要城镇巡视，至今仍然没有回来。已近后响，武昌城内即将闭市的第一通鼓声响起来。在城内几处集市购物的市民听到鼓声后开始散去，武昌城渐渐冷清下来。

　　庾亮离开征西府前就交给王羲之一个任务，起草一份呈报给朝廷的奏折。由于这期间走了趟夷陵大山，这些日子，王羲之只能夜以继日地撰写这份奏折。按照大将军庾亮的要求，奏折需要详细论证后赵石勒之死，起兵北伐从而一举夺下中原失地的可行性。并且明确表示在一举击溃后赵军队后，征西府的大军将乘胜追击，一举收复河洛地区。一回到武昌，王羲之就让义子将多年积攒下来的银两送往大山里的弟妹们那里，让他们盖几院像样的屋舍，买上几头耕地用的壮牛。他还告诉他们，自己要在征西府多待几年，会时不时地去看望弟妹们。

　　王彪之几天前就已经离开武昌前往京城太常府去上任了。这个关于琅琊王氏族群的好消息，三叔父王世儒大人应该已经知晓了。三叔父他老人家已经担任了尚书左仆射，可谓权倾朝野。这大概也是从司徒转任大丞相的从叔父王导最为得意的一次举荐。如今远在荆州府还有这么多琅琊王氏后人，这该多让人兴奋和感叹。那么，身为族长的从叔父王导知道这些后又会是怎样的心情呢？王羲之想到这里就不愿意再接着想下去，就会咬着牙关默念一声，若是自己有那么一天，将隐居在夷陵北面大山深处的家人带回会稽，他这一生就算圆满了。

　　有时候，王羲之也会油然而生一些温情，这温情时常让他感到颇为沉重。因为，随着这点儿温情的泛滥，他就会想起父亲留在大山里的弟妹们，心中不免伤感叹息。大弟璠之跟自己长得非常相像，这从彪之的惊叹中可以感受到。

而二弟佐之则可能更像郗夫人。王羲之没有见过郗夫人，可是自从由外父大人那里知道郗美人是外父堂妹后，他不但没有忌恨，反而心怀崇仰。毕竟，郗美人是皇上所赐，又是当朝太尉郗鉴大将军的堂妹，无论身份地位还是出身门第，都不输琅琊王氏。所以，他觉着应该给予四位弟妹更多的关爱和呵护。他计划写完奏折后再去一趟山里，趁着这些家人还没有来得及建起新的宅院，动员他们迁徙到会稽郡去。那些银两即使是在会稽，起上几院屋舍也是不成问题的。一旦征西府收复中原的奏折被皇上批准，襄阳和夷陵一带最有可能成为战场。而会稽郡则要安全得多。会稽郡被几代皇帝视为坚实的大后方，特别适合居住和繁衍后代。动员弟妹们迁徙会稽郡还有一个最为重要的原因，他是立誓要将父亲大人和母亲大人的遗骨一并迁徙到会稽郡的，这不仅是母亲大人临终前的嘱托，也是他自己的心愿。最后，王羲之甚至已经想象着将来告老还乡，回到会稽后和这些血亲们居住在一起，晨起暮归，朝夕相处，那该是多大的人生快事。

这些日子，每到夜深人静时，王羲之都会在习练了刀术和书艺之后，跟郗璇唠叨这些细细碎碎的心事。而这些心事中，最多的还是对从叔父处明和深猷阿弟的愧疚。十多年来，他一直在记恨着他们。

从弟王允之三天前就离开武昌，前往宣城郡上任去了。临分手的那几天他只要得空，就和王允之在一起，不知疲倦地絮叨少年时那些忘不了的友谊，回忆在族祠外的场坪上习练刀法的往事。王羲之还会让王允之说说随父征战、荡平叛匪，立下无数战功的经历。这个时候，王羲之就会感到无限愧疚，甚至无地自容。

当然，对王允之的愧疚并没有影响到王羲之写这份关于北伐的奏折，一想到自己很快就要奔赴战场，而这个战场和这次战争比之王允之经历过的那些平叛战斗，更加宏大和重要。这就让王羲之内心得到了些许宽慰。他相信会在征战中杀敌立功，会像父亲当年只身一人冲入羯人大军时一样。若是遇到这样的情况，王羲之相信自己也会义无反顾毫不犹豫地冲进敌群，杀他个七进七出，直杀得羯人禽兽贼寇胆战心惊，望风披靡。他对自己的刀术相当自信，他确信石虎的那支大军里不会有谁的武功超过自己，他甚至希望能遇见那个杀汉人无数的羯人屠夫石虎，跟这个食人生番面对面地厮杀一场。他会杀掉石虎，他一定要亲手杀掉石虎。父亲大人的双眼正是被这家伙的叔父剜掉的，他也会亲手剜掉石虎的双眼，然后砍下他的头颅。

写奏折的这些日子里，王羲之还会经常想起第一次进到大山中看到的那震撼人心的情景，会想起分手的时候，阿应哥说的那番话语。那天天黑下来后，阿应哥才将一行人送回到船上。当时王羲之不禁问道："阿应哥，此处应距离丹水流域不远，丹水以北被后赵石勒禽兽霸占多年，一旦闻讯而来，岂不难以抵抗？"

王应非常自信地说道："各位阿弟不必为此担忧，后赵军队并无胆量渡过丹水，即使知道这个地方存在，也绝不敢逼近。这片大山中有咱家五万大军可以拱卫这里不受侵扰。任何人进到这里都会被彻底剪灭。"

这番话令聆听的弟兄几个不由得连声赞叹。王应又说道："即使你们几个，一旦从这里出去，便再也无法找到返回之路径。而我只要感觉受到威胁，自然会毫不犹豫杀死自己，让这里成为旷世秘密。"

想到这里，王羲之总会感到内心升起一阵滚烫的躁动。这不，王羲之又被这种近似于燃烧的回忆弄得坐立不宁，便索性决定不再写了，而决定等外出巡查的庾亮大将军返回武昌，看过草文，提出修改意见后，再行仔细修改。

王羲之猛然想起，明日庾怿大人就要离开武昌前往临川郡上任去了，他要去看望一下这位征西府大将军庾亮的同胞兄弟。一来话别，二来告诉他自己已经放弃仇杀王允之的念头，劝庾怿也不必继续将这个仇恨延续下去。至于为何放弃仇恨，王羲之自知还是不说出来为好。毕竟，庾怿是当朝皇帝的亲舅舅，毕竟这多少算是一件隐瞒前朝皇上的大罪。三来，要将临川郡那里的基本情况告诉庾怿，提出一些中肯的建议，顺便把那位当地声望很高的大乡绅介绍给庾怿，也就省去了庾怿行使太守职责时的许多麻烦。

心里寻思着，人就出了将军府。庾怿并没有住在征西府里，而是在城中一家客栈居住，因为庾怿从梁州刺史调离时，还带了二十几位随员。这么多人住在征西官府不仅显得拥挤，还很不合时宜。

王羲之来到客栈，却没有见到庾怿，跟客栈老板打听，说可能又去哪里操练去了。老板说这位太守大人每天一大早就会带着随员外出，晚上才会回来下榻于此。

王羲之心里虽然感到纳闷，却不得要领。返回的时候，王羲之索性就在集市上转了一圈，给几个孩子都买了零食，还给妻子郗璇买了个蓝田玉手镯。来到武昌城已经有些日子了，他从来没有涉足过这片集市呢。

王羲之回到家中，玄之和凝之都在母亲的监督下练习书写技能，一岁多的女儿王孟姜也已经美美地睡了一个时辰了。

郗璇见丈夫回来，便要张罗着给他做饭。王羲之说并不觉着肚子饿，只是去见庾怿大人，却没见着。说着，就让妻子坐下说话。郗璇看出丈夫神不守舍，就猜出大概又想念从弟王允之了，就说："我也不坐下了，还是给你做饭去，正好灶房还有孩子们晌午剩下的一点儿菜，我去给你热热，再搬一坛酒来，你也好好喝上一通。兄弟离别将来肯定是司空见惯之事，不用那么依依不舍。"说着就去灶房热饭去了。王羲之也没再坚持，而是走到两个儿子身旁坐下来，看着两个小家伙一笔一画地认真书写。两个小家伙正在临写姨祖母卫夫人的帖子，老大玄之已经临得有模有样了，老二凝之手上的力气还不够，笔画就歪歪扭扭。

王羲之刚捉起笔来欲要指导一下两个儿子，小院子的大门被呼啦一下撞开了，把在屋里教授儿子习练书写技艺的王羲之吓了一大跳。他的第一个反应是盗匪撞进家来，第二反应是从地上跃起，一个箭步蹿到墙边，摘下长刀。一眨眼工夫，王羲之已经长刀在手，冲出屋子。

却见是堂兄王修龄。王修龄脸色大变，大声叫道："阿菟，大事不好。"

王羲之见堂哥身后并无其他人，喝了一声道："阿哥不用慌张，何为大事不好？"

王胡之喘匀了气后，将王羲之拉出院子，见四周无人，这才说道："庾怿大人上路了。"

王羲之被这话弄得丈二和尚摸不着头脑，甩掉王修龄的手说道："这事何至于大惊小怪？"

王胡之一把抓住王羲之，说道："听主簿说大将军走前安排，庾怿大人要等他回来后才能离开武昌，大概是知道你去武陵国见过司马晞，大将军也让庾怿先溯江而上，经过云梦大湖到武陵国拜见过司马晞后再前往临川上任。"

"正是如此。难道出了差错？"

"阿菟，庾怿大人今日突然不辞而别，并没有溯江前往云梦大湖。"

王羲之心里一紧，忙问道："将军府有谁知晓庾怿大人今日离开武昌？"

"无人知晓，我刚好去码头为庾怿大人靠实那条大船。结果，码头的伙计说那条大船昨日就拉了一行客人向江州方向去了。"

"确定是庾怿大人一行吗？"

"千真万确。阿菟，你曾说过庾怿大人一心要杀掉深猷阿弟。这次你和深猷冰释前嫌，不是说好了要将沉江一事之原委告知庾怿大人吗？"

王羲之不觉惊出汗来，一拍脑袋，说道："上天，我这几日忙于写奏折。想好今日就去找庾怿大人说这件事情。可是，到客栈后却扑了个空。"

王胡之提醒道："庾怿大人突然不辞而别，不会是尾随深猷阿哥而去，伺机杀害于他？"

王羲之心里懊恼不已，嘴上却说道："他怎敢如此莽撞？"

王胡之急了，说道："他怎又不敢？仅凭庾怿大人一个人自然伤不了深猷阿哥，可是，他离开时还带着二十几名随从。"

王羲之强迫自己冷静下来，然后问道："你可知道庾怿大人昨日几时离开？"

王胡之摇摇头说："码头上的人说，大概是昨天隅中（上午九时）时分出发。"

"那些马匹可是随行？"王羲之意识到问了句废话。

王胡之说道："码头上的人说，他们另外租了条大船专门运送那些马匹。还说那些人催得很急，不像是急着上任，倒像是追赶什么人。"

王羲之预感到真的出了大事，甚至来不及给家人打招呼，拉着王胡之一路小跑来到将军府后面的马厩。王羲之选了一匹三岁的枣红牝马从后门出了将军府，上马前，王羲之叮嘱王胡之这件事情暂时不要告诉包括大将军在内的任何人，等他平息了此事后，再选择合适的机会向大将军说明原委。

王羲之翻身上马后，被王胡之拉住腿脚，说道："阿菟，庾怿大人绝对不是你的对手，千万不可鲁莽。你我都在大将军手下做掾属，而且颇受器重。"

"先拦住庾怿大人再说。"话音未落，王羲之坐下枣红马就蹿了出去。

快马沿着江岸奔跑了大约半天，眼看着日头压住西面的山峦，这才来到一座不大的镇子。王羲之找到镇上唯一的一家客栈打听，果真有一拨人骑着马在昨天已经人定时分来到客栈，所以老板记得很清楚。这些人在客栈闷着头吃下两桌酒菜，这期间什么话都没说。结清了饭钱后又匆匆上路了，像是在赶路。若是要歇息的话，起码还要往前走到后半夜才会有一座更大的镇子。王羲之一听这话，飞快地计算了一下，知道自己单人单骑已经赶回来多半天的路程，于是便在这家客栈草草吃过出了镇子。

等赶到店家说的那座更大的镇子,天已经大亮。王羲之还是找了家客栈,先是填饱了肚子,让店家给马匹喂了上好的草料。趁着马匹休息的当儿,王羲之打了个盹儿。

王允之从武昌征西将军府前往宣城郡的最佳路线应该是坐船顺长江而下,从下游芜湖上岸,然后改走陆路。顺利的话,上岸后一日便可抵达宣城郡。可是王允之最怕坐船,宁可忍受路途颠簸、鞍马劳顿也坚决不坐大船。走陆路要比顺水而下慢得多。一想到庾怿会赶在前面拦截王允之,王羲之哪里还敢懈怠,一路鞭打快马,狂奔了一天一夜。可是枣红马的脚力明显慢得多了,离开客栈刚刚跑出了一个多时辰,王羲之不得不下马徒步行走,也好让马儿多歇息一会儿时间。就这么骑一程走一段,还要不断查看王允之那一行人可能留下的行踪,直到又一个傍晚来临,王羲之大概算出来王允之应该就在前面不到二百里的路上前行着。让王羲之最为担心的是,庾怿一行人这个时候走到了哪里?

庾怿一行人坐船要比王允之陆地上行走快了许多,若是昼夜兼程,最多一天时间就能抵达江州。当然,这个季节里,长江水势比平时要猛了许多,又是顺流而下,稍有不慎就会船毁人亡。所以,船家即使在白天也都会尽量靠着江岸行船,不会冒险在深更半夜里让大船在长江上漂泊。这样一算,庾怿一行人最晚到达江州的时间大概是第二天的后晌。

这日后晌,王羲之总算赶到江州刺史部,他向官府的人出示了征西府的参军官符,谎称有要紧公务必须禀报上任路上的宣城内史王允之大人。官府的人告知,宣城内史王允之大人两天前曾路过江州府,住了一晚第二天就上路了。这位官员说当时自己还好心要为内史大人找条大船,却被拒绝了。而临川太守庾怿大人是昨晚上来到江州的,就在官府下榻。庾怿大人到达当日就转交了庾亮大将军的文书,也是只住了一晚,今日早上刚刚离开江州。只是,官府的人说到这里似乎很是犹豫,支吾了几声说:"庾怿大人遣其他随员先去临川,自己则带了六个随从又乘船顺流而下,说是先去宜城(今安徽安庆)会个友人,然后便从宜城直接去往临川就任。"

离开江州府,王羲之没有急着赶路,而是找到一家客栈,要了几样酒菜,边吃边向店家打听水路和陆路前往宜城大约各需要多长时间。店家告诉说坐船大约需要两天时间,走陆路的话至少需要五天以上。王羲之还了解到,若是两天前从江州出发,这个时候最多能走到江州下游的一个叫上甲县(彭泽县境内）的地方。

还没出客栈，王羲之就算出来他若是昼夜兼程追赶的话，两日后就可以追上王允之，而庾怿的目的非常明确，他绝对不会到了宜城才下船上岸，而是会选择在上甲县前面的某处上岸，然后回头拦截一路上并未设防的王允之。

结果，王羲之还是算错了。庾怿既然蓄谋已久，当然不会在离开武昌的时候才去算计两支队伍的行程。庾怿带着六名军士离开江州只在长江上行船两个时辰，就离船上岸了。庾怿不想做傻事，江州府既然知道他会在宜城会友，他若真的从宜城上岸，再回身拦截王允之，岂不给日后落下口实？他需要做的是追杀王允之，然后再重新登船，直下宜城。所以，他在江州只是虚晃一枪，即使将来王允之被杀的事情传了出去，也与他没有丝毫关系。

王羲之不可能算出这一点，他一路马不停蹄向前狂奔，却在无意之间赶在了王允之一行人的前面。

马匹出了江州城，向前跑了大约两个时辰就到了一个濒临湖泊的镇子，也同时将一座大山甩在身后了。又继续跑了两个时辰，马匹的速度慢下来，王羲之只好在一个不大的镇子歇了下来，让马匹吃了草料，饮足了水，又急匆匆上路。

在给马儿喂草料的小镇客栈里，王羲之打听到此处已经过了上甲县，而距离宜城少说还有三百里路呢。中途要翻越一片大山，光是绕过这一大片山峦就需要两天时间。也有近路可循，那就只能穿山而过，路程会短上百十里路呢。但是山峦被森林覆盖，没有大路，只有药农采药踩出的小路。通常没人敢在夜间行走。山里的小路其实并不难走，但是多有剪径的盗寇出没，因此过往客商往往宁可绕道两天，也不愿图方便而丢了货物和身家性命。客栈小二告诉王羲之，顺大道走的话，途中还会有三座镇子，那里的集镇不仅要大得多，街市繁华热闹，客栈也要舒适得多。离开的时候，王羲之买了两根松明以备不时之需。

王羲之连想都没想就驱马进了山。果然如小二所说，山中的小路并不难行，马儿走得累了还可以随时停下来享用青草和山涧溪流的清水。小路大都避过险峻山峦，沿山脚蜿蜒出没。夕阳的余晖时而还会穿过浓密的树冠射下。遇到难走的山路时，王羲之便牵着马小心通过。

就在王羲之没入山林的时候，山外的官道上，庾怿的马队也风驰电掣般冲进集镇,在镇子里的酒肆大啖酒肉。从人数上看,马队有七人之多。庾怿无意在路上耽搁时间,他大概已经打听到了距离追赶的对象不远了。而且,庾怿也选择了抄近路前往宜城,他必须确保在上甲县和宜城之间截住王允之,毕竟,宜城隶属于宣城郡,而王允之正是前往那里上任的宣城内史,宜城可是王允之的地盘。

四十二

　　进到山里,王羲之便不再催马快行了。又走了大约两个时辰,夜幕便降临了,山林里已经漆黑难行。估摸着快走出这片山了,王羲之下马歇了下来,一来他还是要算计一下时间,二来也好让马儿在山路旁趁机吃些青草。

　　再次上路之前,他点燃了松明。山势也明显平缓了许多,山上的林木也稀疏起来,月光从树冠透过来,甚至能看见脚下的山路。根据经验,王羲之知道很快就可以走出森林了。继续走了一根香的功夫,眼前豁然开朗,月光铺满寂静的山林,迷人而又冷艳,月光下,已经可以清楚地看见远处平坦的原野了。王羲之心中一喜,手中高举着的松明火把可以照出几丈远,坐下的枣红马突然站住不走了。前面大约十丈之地发出轻微响动,似乎是有人落地不稳,晃动中踩响了脚下的杂草。

　　这时,有风吹得火把的火苗摇摆不定,眼前的景物也跟着飘忽起来。嗅得出这阵风来自远处平坦的原野,但是吹过来时却裹挟着只有人嘴里才会呼出的酒气。马儿正是被这酒气惊动了,王羲之也嗅到了酒气。从来人小心翼翼的行事方式判断,不会是剪径的强盗,强盗抢劫惯常的做法是虚张声势,绝不会似这般偷偷摸摸接近猎物。王羲之断定来人是冲着自己的,从落地的响动判断,来人不止一个,但其中并无武功高强之人。来人若是武功高强,十丈之地倏忽间就可跃倒身前。十丈之地就给了王羲之极大的生存机会。王羲之翻身下马,将火把插进马鞍上置放鞭子的鞭鞘里,轻轻一纵身跃入小路旁的一棵大树后面,人还在空中,刀已经出鞘。王羲之的坐骑颇通人性,继续向前缓缓走去,像是一张移动着的烛台。火光中,王羲之将周围看得真切,刚才发出响声的草丛仍在十丈之远,这表明这些人不敢轻举妄动,同时也表明这些人知道王羲之的底细,畏惧那柄可震慑鬼神的长刀。王羲之只想尽早到达许昌,并不想跟任何人纠缠。想到这里,王羲之打了个呼哨,那匹马猛然折转身奔了回来。等马跑到跟前，王羲之从树后跃出，飞身上马，打算冲过去。果然如王羲之所料，从远处草丛中跃出五个人来，呈半月形散开，拦在路中间，手中短兵器各不相同。王羲之勒住马，厉声喝道："快快闪开，我知晓你等并非剪径强盗，我急着赶路，若误了行程，你等担待不起。"

五人中走出一人向王羲之行礼说道："敢问你可是前往宣城郡上任的内史大人。"

王羲之心里一凛，嘴上答道："正是宣城内史王允之，你等居然知晓我从这里经过，意欲何为？"

那人双手抱拳，说道："内史大人，我等在这里已等候多时，请下马说话。"

王羲之斥道："既知我是宣城内史，怎敢深夜在此埋伏阻拦？"

那人说道："大人误会了，我等只是在此等候，并无阻拦之意。"

王羲之问道："等候？你等怎知我会走这条山路？"

那人说道："并不知道，所以只是等候。"

王羲之冷笑一声，说道："深更半夜等在这里所为何事？"

那人说道："实不相瞒，我等也是奉命，只要大人跟我等去见一个人。"

王羲之料定这些人一定就是庾怿的随员了，也就不打算跟这些人周旋，于是问道："我若不从，你等打算如何？"

那人施礼后说道："在下奉命先礼后兵，大人若是不从，我等难以复命。"说完，一挥手，其他四人挺着兵器向王羲之围过来。

打杀旋即开始。王羲之事先已经退到大树前，这样就确保了不会有杀手从后面发起攻击。对方五人在狭小的空间里短时间不可能发起致命的攻击。

一开始，王羲之只将注意力集中在五人的首领身上。首领持剑，正面发起攻击，其他几人只是尽量分散王羲之的注意力从而削弱反击的杀伤力。几个回合下来，王羲之心中已经有底。对方不想置自己于死地，但更不想让王羲之从围攻中脱身。王羲之一边不断化解掉对方发起的一波波攻击，一边向林子深处移动。离开火光，只能凭借月光进行打斗，对方攻击力明显减弱，也很难再保持有序的攻击队形。王羲之这时才开始反击。他抓住一个难得的空隙，以一连串飘忽的刀法攻向左侧的杀手。这也是一个用刀的杀手，打斗中王羲之只跟他交手过两个回合就发现此人刀法虽硬朗，却无甚变化，生硬而又迟缓。此人没想到王羲之攻击的重点突然转向自己，顿时慌了神。王羲之迅疾拆解了对方的大力砍杀，佩刀像条扭动的飘带直奔对手面门，对手本能地举刀去护面门，王羲之的佩刀却突然向下一沉，在对手胸前划出一道弧线，力道随着佩刀下沉的方向切向对手的右腿。只听对手"妈呀"惨叫一声倒在地上，滚出圈子。其他四人见状立刻发起更加猛烈的攻击，然而，却因为天黑无法准确捕捉到攻击目标，而事倍功半。

王羲之并不想下狠手，加之还要赶路，无心恋战，于是便在黑暗中借着地形躲闪腾挪寻找再次重创对手的机会，一旦能迫使两人退出攻击，王羲之就能伺机摆脱纠缠。想到这里，王羲之开始向不远处的马匹移动。

对方见几个回合后就被杀伤一人，也就不敢轻举妄动。四个人在黑暗中游动着，都想找到取胜的机会。这时，领头的杀手说道："内史大人，你伤我兄弟是要逼我们出狠手。"

王羲之说道："我只是伤他，并无杀他之意。你们让我过去，各自相安无事。"

头领说道："我等领命而来，若不能复命，也是死路一条，倒不如死在你这内史大人手下痛快。"

王羲之说道："听口音你们是颍川人士。本大人从不曾与颍川人士结下冤仇，你等何必苦苦相逼。"

头领说道："大人既然听出我等口音，一定知道了我等来路。恕在下不敬软，我等不可以让你生还。"

说话间王羲之已经离马匹很近，火光照耀下可以将周围看得很清楚。对方要拼死一搏，王羲之必须越加小心。对方大概发现了王羲之逃离林子的企图，头领喊了声"不得让他溜走"，挺剑刺了过来。其他三人趁机占据了有利地形。有二人也随着头领冲向王羲之，其中一人手持铁锏从王羲之的右边横扫过来，另一人双手持短戟一个纵身守住了王羲之的左侧。第四个人没有参与攻击，而是手持佩刀守住王羲之的后路。

王羲之选择了攻击堵后路的刀手。在应对了前面三人的一波攻击之后，王羲之向后一纵身跃向后面的刀手。跟刀手打斗不敢被纠缠住，所以王羲之使出自创刀法中的矫若游龙套路攻向挥刀迎上前来的刀手。只见王羲之手中的佩刀顷刻间化作一支毛笔，刀锋所到之处已全无刀式，看似扑向面门，突见左划下拉，再看砍向下盘，倏忽右扯上挑。但见"侧勒"扑朔迷离，又似"弩趯"朦胧不测,忽见"策掠"鬼魅掠影,却是"啄磔"鬼使神差,刀手甚至没有弄清楚攻击来势,持刀的手已经挨了一刀,钻心剧痛令手中的佩刀飞出一丈多远。刀手惨叫一声,捂着受伤的手跳出圈子。王羲之没有回头就已经听见身后剑风嚯嚯,顺势向左一歪身子,利剑从腋下穿过,好在只是将衣服划了一道长口子。持剑人见一刺未中,急忙撤剑,却已经来不及了。王羲之的刀尖抵住了持剑攻击的杀手的喉咙。另外两人见首领有性命之危,不但没有退却,反而以搏杀招数攻向王羲之。刀光电闪的刹那间,一匹快马突然从林子里冲了过来,骑马人大吼一声,将手中的火把猛力掷向围攻王羲之的杀手。趁着杀手一分神,王羲之用刀背砸中头领的手腕打掉他手中长剑,斥道:"若让我这兄弟捉住,你等断无活命机会。还不快逃?"

头领说道:"大人琅琊刀术果然名不虚传。在下败在你手下,死而无憾。拿命去也。"

那边,赶来增援的王允之和王羲之的义子王随之已经砍倒一名杀手,其他的杀手几无还手之力,只剩下招架之功。

王羲之说道:"本大人并非宣城内史,而是征西府大将军参军王羲之是也。本大人早就觑破你家主子企图弑杀内史大人之阴谋。然,念你家主子此恶念盖源于十几年前一场误会,本大人饶你不死,还不快逃命去也。"

头领行大礼说道:"在下铭记参军大人不杀之恩,终有一日报答。"说完一声呼哨,钻进林子不见了,其他人拖着受伤的士兵也跟着消失在密林中。

王允之跳下马奔过来大声叫道:"阿菟哥,多亏随之老远就听出你的声音。你怎可放这些强盗?"

王羲之将长刀插进刀鞘里,似乎不想将事情的原委说出来,而是说道:"深猷阿弟,既然你我都没有受伤,就无须管那些家伙。我倒是有些纳闷,走了这么些日子,你怎么才走到这里?"

王允之也像是如梦初醒道:"阿哥,你这一问倒是把我问糊涂了,你又为何出现在此处?那日离开武昌是你为我送行耶。"

王羲之嘿嘿了两声,只好说道:"送走了你后,我始终放心不下。一想起你身上那些战伤,心里头愧疚难挨,于是,就追了上来。还好,不然便是你遇见这些家伙欤。"

义子说道:"义父有所不知,深猷大人早有防范,我们一路上十分小心。"

王羲之没好气地说："你这小子，我再三告诫你不得让大人走夜路山林。今日若不是那些家伙把我当作了内史大人，凭你那两下子，怎能全身而退？"

义子正要辩解，就听见密林中响起很大的动静，仔细听来，似有许多人朝着这边追过来了。王羲之说了声："不好，一定是那些家伙叫来增援了，随之，你先带着内史大人离开，我拦住这些人。"

王允之却是不走，说道："阿菟哥，若是此刻我逃之夭夭，来年说起，哪里还有脸面见人。"又对王羲之的义子说，"侄儿，一路上见你每日习练我琅琊刀法，甚是卖力，今日正好有个机会，你也好初试咱家琅琊刀法。"

王羲之让王允之的随员将战马拉出圈子在密林中隐蔽起来，又对王允之交代了几句，然后跃马向前冲进黑暗中。

不一会儿，就见王羲之重新返回来，身后竟然跟着临川太守庾怿一干人马。

王允之这时也从隐蔽处现身，没容其他人开口，抢先问道："前面就是我宣城郡地界，临川太守庾怿大人怎会出现在此处？"

庾怿倒也爽快，直言说道："既然允之大人有此一问，我也就没必要周旋。"

于是，庾怿将十多年前听闻王允之和其父王舒在荆州府将王含、王应父子沉江处死后，极度愤怒，发誓要为王含父子报仇的心事和盘托出。

王允之先行下马，对庾怿所说并不解释，而是行礼道："叔豫大人，你真以为仅凭你就能了断这段恩怨？"

庾怿坦言道："若是十年前我二人狭路相逢，你当不是对手。十年后，我庾叔豫也许技不如人，却并不怵于你手中之长刀。然，我今日阻拦于此，并非要与你了解恩怨，而是……"

庾怿话没说完就被王羲之打断："叔豫大人，你刚才问我怎会在此现身，实言相告，逸少正是为了阻止你二人此次搏杀。我本以为这些年都过去了，十几年前的事情早已烟消云散，不曾想叔豫大人依然耿耿于怀。本来在武昌时我尽可以为二人调停，说明原委，却因为大将军欲要西征之事忙昏了头。叔豫大人，不然我往临川送你一程，咱们路上慢慢说来。"

庾怿听出王羲之没明白他的心思，摇摇头说道："逸少大人何不在这里说个清楚。"

没等王羲之开口，王允之便对庾怿说道："太守大人，我家逸少未曾对我说起过你与我何来恩怨，自然就不会提及你会伺机痛下杀手。可是，我曾听我家彪之阿弟说起过你与我深仇大恨从何而来，反而令我肃然起敬。琅琊王氏族规森严，无人敢于逾越，祖训亦是如此。世间那些关于琅琊王氏自相残杀之流言蜚语甚嚣尘上，我等早有耳闻，却能等闲视之，何来如此定力乎？太守大人一定不知。"

庾怿说道："深猷大人，你无须在我面前炫耀琅琊王氏族规，琅琊王氏乃当今最为显赫之望族，而琅琊王氏先祖族训亦是尽人皆知。如前所言，我今日阻拦于此，并非执意要与你了却恩怨。只是，琅琊王氏族人却将兄弟阋于墙之事，演变成兄弟相残，却令世人愕然。"庾怿接着说出了王敦在豫章对从兄王澄痛下杀手，并诛杀了堂弟王棱的旧事。至于王含父子之死，他已经猜出了个大概。自然也想弄个水落石出。"若是，允之大人给予明示，叔豫此番别过后，心中便不再有疑窦。"

王允之沉默片刻，说道："叔豫大人，大人高风亮节令允之钦佩。然，琅琊王氏兄弟之间事情实乃自家事情，恕不能直言相告。"

庾怿听出王允之话中的轻蔑，自是愤懑不已，厉声说道："深猷大人，十多年过去了，如逸少大人所言，确已物是人非。如今我颍川庾氏之地位也早已高过琅琊王氏。你不得轻慢于我。既然如此，你我不如抛却恩怨，在此比试刀术，也让你心服口服。大人拔刀欤。"

王羲之一个箭步跳到二人之间，面对庾怿劝说道："叔豫大人，容我将此事说个清楚，何如？"

王允之打断王羲之的话，说道："逸少不必多言。叔豫大人，我本与你无冤无仇，这些年甚至很少有过照面之机会，你让我解释沉江一事前后原委，恕难从命。也罢，叔豫大人既然要以刀术论及家世高低，不如随了大人心愿。只是，刀剑无眼。要么我死在大人刀下，从此闭嘴，要么大人亦然。"

王羲之见两人摆开架势，死活要有一决，只好拦住王允之。以兄长的身份逼着王允之跳出圈子。然后，面对庾怿说道："既然叔豫大人不允我来解释。而刚才我家深猷之意也是无可奉告。那么，只好由我来与你比试一番。从而，让你我之间当年约定至此落定尘埃。如何？"

庾怿冷笑着对王羲之说道："王逸少大人，你我当年之约，本人全然可以不当一回事儿。今日到这里追上王深猷只为一件事情，却被你多次打断。"接着庾怿言明数日前，看到王羲之和王允之在长江滩地上决斗的场面，也惊讶王羲之在绝对占据优势的时候何以不出手绝杀。所以就密切监视他们的行踪，还尾随他们兄弟几人进了大山，然后就发现了一个惊天秘密。庾怿怒气冲冲对着王羲之斥道："逸少大人，叔豫一向视你亲若手足。那日返回征西府后，与你有三次照面。以为你笃定将山中所见原委告诉于我，你却始终三缄其口。故而，只好出此下策，拦住深猷大人问个究竟。由是，却是你逸少大人曲解于我欤。"

王羲之知道怠慢了庾怿，很是过意不去，行过拜手礼后说："既然叔豫大人已经知晓此事，不如就将此看作琅琊王氏自家故事，无须刨根问底欤。我家处弘伯父和阿应阿兄自那以后再不曾于世间露面，自当是从那年开始二人就在世间消失。如何？"

庾怿正要说话，又被王允之抢了先："庾叔豫大人，允之却有一说。当年苏峻叛乱，攻陷都城，是我家茂弘伯父在石头城将皇上护在怀抱，那苏峻平日敬重我家琅琊王氏，更对茂弘叔父崇仰有加，这才使皇帝幸免于难。那时大人身在何处？"

庾怿嗤了一声，并无退缩之意。"你此言无非是想说琅琊王氏功高盖主，当朝律法不可惩戒琅琊王氏焉？"

王允之嗤了一声，又说："我家父亲大人和郗鉴大将军将占据建康城的苏军叛军团团围住，后来我才听说，你庾氏家族扔下皇帝，倾巢逃出京城。将皇帝置于死亡之前，你与你家族一干重臣又该当何罪？"

庾怿被王允之这通抢白呛得鼓了鼓嘴，说不出话来。

王羲之知道这样争辩下去，最终还是要打杀一场，而且，从庾怿的话里也听出他尾随到琅琊王氏家族坟茔后并没有继续尾随，看来也就不知道在大山深处藏有更大的秘密，便说道："叔豫大人，不如这样，你看如何？"接着，王羲之说出自己的想法，由他将这件事情呈报琅琊王氏族长，即当朝最有威望的三朝元老王茂弘大人，让茂弘大人以家法处置此事。"明皇帝已然驾崩十几年，以当朝皇帝之度量，一定会既往不咎。"

庾怿想了想说道："逸少大人言之有理，此事毕竟过去十年有余，是非曲直早已无人关注。然，王深猷必须随我返回武昌征西府，将此事原委如实禀报征西府元规大将军知晓，以正视听，再由大将军判定该当何罪！"

庾怿坚持带着王允之返回武昌向征西府大将军庾亮交代过往，虽无甚恶意，却颇有得理不饶人的傲慢。明皇帝司马绍崩殂之后，先是皇太后庾文君垂帘听政，太后的几位兄弟便相继在台阁中掌管了各府院的最高权杖。随着家族势力在当朝已无人能及，颍川庾氏家族已经成为足以操控朝野的第一家族。而庾怿自然也已非十多年前那个一心想着对王含感恩的青年俊杰了。王羲之知道王允之绝不会返回征西府当着庾亮的面重提往事，而庾怿若固执己见，两人打斗断难避免。尽管王允之的武功不在庾怿之下，以王允之现在的体力，或许能支撑几个回合，最终还是会落败。他清楚王允之性情坚毅，绝不会向外人透露任何大山之中隐藏的秘密。出于本意，王羲之何尝不是如此？自元皇帝以降，皇室与琅琊王氏之间发生过太多不为人知的秘密，即使贵如颍川庾氏这样的第一外戚家族，也难以触探这些秘密。而任何一个秘密，只要公之于世，都会对政权的稳定安宁产生巨大冲击力甚至破坏力。

　　想到这里，王羲之跳到二人中间，对着庾怿行了个大礼，说："大人不可强人所难。若是说到罪行，我也可以罗列出颍川庾氏一二。征西府庾亮大人当年一意孤行，背着皇上杀害南顿王司马宗，皇上最为敬仰的正是南顿王司马宗，皇上直到今日还在询问司马宗究竟去了哪里。这桩欺君之罪是否也要以正视听？西阳王司马羕勾结苏峻有罪，处以死刑虽无可非议，却实在不妥。南顿王司马宗不过是想让王朝归于汉家正统，并非必死之罪，却被元规大人下令乱箭射杀。"王羲之注意到庾怿的表情随着他说的话语发生着变化，也就不打算继续说下去，而是问道："庾怿大人，司马宗与司马羕均为宣皇帝正宗血脉后裔，元皇帝和明皇帝三令五申不得以任何理由贬谪与伤害这二人，你可知因何乎？"

　　庾怿被问愣住了，不知该如何作答。

　　王羲之告诉庾怿，当年镇东府迁入建康城后，元皇帝颁布的诏书敕令多遭南方贵族冷落。后来，见宣皇帝（司马懿）二位直系嫡亲对元皇帝敬仰有加，言听计从，从此便心悦诚服归顺于镇东府。"我在秘书省做郎时，看到过元皇帝与明皇帝颁发于这二位宣皇帝嫡亲孙子免死金牌的诏书。而庾元规大将军欺瞒皇上，违抗前朝二位圣上旨意，将二位宣帝嫡亲后嗣残忍杀害。我若是将此事禀报皇上，庾氏家族能否幸免责罚，大人心里自有结论。另者，就算你在山中看到咱家琅琊王氏一众前辈之坟茔又怎能加罪于我们？不如这样，我与你真枪真刀干上一场。叔豫大人，念你年长我十岁，今日你我之间决斗我让你五个回合。五个回合内你若杀不死我,要么,你不再向任何人说及此事,要么就不要怪我刀下无情。"

王允之推开王羲之,跳进圈子,喝道:"逸少,多说无益,无须你来为我了结此事。庾叔豫,如此说来你与我皆为戴罪之身,此番决斗,生死难卜。生者免罪,死者罪该万死也。出手吧。"

却不料王允之话音一落,庾怿反而将手中长刀插入刀鞘,一句话没说,回身上马,在随从的簇拥下消失在黑暗中。

王羲之和王允之一行人也继续赶路,走出山林时天色已经大亮。王羲之知道不能继续往前走了,便停住脚步,说道:"深猷阿弟,你我只能就此别过。阿哥不日可能即要奔赴战场。收复失去山河兴许只是美好之愿望,但是,阿哥我定将像父亲大人一样,纵横疆场,以杀尽后赵石虎禽兽为己任,建立功勋,永垂史册。"

王允之朝王羲之深深一拜,说道:"阿菟哥若是不嫌弃允之,允之愿放弃宣城内史之职,随阿哥一道征战疆场,杀尽胡人,就如当年世宏伯父与处仲伯父一样。"

王羲之让义子王随之在江边设了祭台,然后和王允之一齐面向琅琊国方向叩拜故土,又转向夷陵方向拜了父亲。仪式完毕之后,二人相约三年后一定结伴重返夷陵大山。最后,兄弟二人面对面跪拜叩首,长跪不起。此刻,两位因误会离散了十几年的好兄弟泪流满面,却无有一声啼哭。

尽　头

一

升平五年（公元361年），距王羲之与王允之兄弟二人江边别离已经过去了快三十年。大晋王朝中兴功臣已然悉数薨殂，皇帝也轮换了四朝。

正月的一天，正在剡县（现嵊州）崇山峻岭中的一处风水宝地医治痼疾的王羲之，接到了小舅子郗昙派家仆送来的书信。信是郗昙亲笔写的，从书写的流利程度看，这个时候的郗昙连握笔的力气都几近丧失。信札很短，除却开头接连用了三个顿首和信尾的鄙称，就只有一句话：姐夫，小弟终日思念，夜不成寐。于是，王羲之不顾已经很难经得起长途跋涉的身体，让老仆收拾了行装，在小儿子王献之和未来儿媳郗道茂的陪护下一路颠簸，跟着送信的仆人朝郗昙的落脚之地昼夜兼程赶去。王羲之乘坐的牛车经过近十天的奔波，总算到达了这片被丘陵环绕的小镇，经过莫干山的时候，王羲之就知道了郗昙何以选择在这座集镇停了下来。除了可以远眺莫干山，距离这座小镇不到十里地就是震泽了。三十几年前，正是在这里，王羲之被大宗正虞胤带领着的军士截住，希望能说服王羲之让他们把会稽王司马昱带回京城。若不是岳父大人郗鉴亲率军队前来阻止，深陷情义与理性之中的王羲之当时就只有一条路可以选择，将会稽王司马昱拱手交给大宗正虞胤。那样一来，大晋王朝的今日也许会大不一样。

正值冬季将尽，寒气依然逼人，南方的冬季湿冷彻骨。出行前，家人在王羲之乘坐的车厢内铺上了厚厚的干草。六儿子王操之和义子王随之依然不放心，还让一辆装满木炭的牛车跟着。所到之处，一旦住下，即刻生起炭火，一路上倒也没有被冻着。只是对一位罹患重病的老人来说，道路颠簸，路程遥远，倒还忍得过去，灰暗的心境则使他无比煎熬。

王羲之见到郗昙时，几乎认不出他来了。郗昙当时正睡着，疾病将这位年仅四十岁的汉子折磨成这个样子,这令王羲之甚感难以接受。王羲之在郗昙的病榻前站立了许久,除了惊愕,还有心疼。郗昙的儿子郗恢几次上前来要叫醒父亲,都被王羲之阻拦住了。

不知过了多长时间,随着外面的天光变得黯淡下去,屋子里也暗下来。

油灯一点燃,沉睡着的郗昙一下子就醒了。

王羲之和郗昙在油灯的光亮中对视了许久,王羲之始终没有开口,直到郗昙认出站在床边的他。郗昙哽咽了一下,说道:"姐夫大人,阿弟得了重病。"

王羲之这时才伏下身子,拉起郗昙的手。这已经是一只枯槁冰冷的手了。

郗昙抽泣起来:"阿弟以为再也见不到姐夫大人。"

几年前郗昙一意孤行,走马上任西中郎将,王羲之当时就坚决反对。后来郗昙竟然追随谢万(谢安的弟弟)北伐前燕,弄得身败名裂。这时王羲之也只好装作生气,抱怨道:"重熙(郗昙字)阿弟,若是当年你不去随谢万石(谢万字)北伐,如今怎会病成如此模样。我曾多次去信劝你不可莽撞行事,虽没说仓促北伐,以我之力量,无疑以卵击石这类话,但是遭遇失败是已成定局的。"

郗昙无力地摇摇头,说道:"我与谢奕将军有儿女亲家之约(谢奕乃谢万的哥哥,谢奕的三女儿做了郗昙儿子郗恢的媳妇),他薨殂前嘱我一定要让中原河内广袤地区重新回到大晋朝怀抱。如此宏大鸿鹄之志,小弟怎能拒绝。"郗昙大概看出姐夫王羲之脸上的惋惜之色,长长出了口气,又说:"姐夫,小弟有一疑问,此刻不问怕是再无机会耳。"

王羲之知道郗昙欲问何事,放下郗昙的手,为他仔细盖严被子,然后说道:"姐夫知道你心中疑问是甚,还是不问为好。"

郗昙固执地说道:"小弟那年与谢万石将军曾在出征前汇合,便问过谢万石,何以朝廷未曾启用姐夫率大军北伐西征。谢万石那时说是桓温不允。这话小弟怎能相信。如今小弟自知时日不多,若是姐夫能为小弟解惑,死而瞑目也。"

王羲之连连摇头,说道:"姐夫自从在武昌征西府做过庾元规参军后,再没有参与过东征西讨之谋划,怎能为你解惑?再说,既然你知道是桓温所阻,不就有了答案乎?桓温乃肃宗皇帝女婿耶。"王羲之不想说出他早在几年前就已经知晓的秘密,这个秘密就是几十年来王羲之一直被阻进入朝廷九卿的原因。

郗昙当然不信，说道："朝廷内外都知晓当年殷浩大人西征你出面游说，最终不得已给辅政大将军司马昱亲笔书函，试图阻止。结果殷浩大败而归，声名扫地。而朝廷内外，就连桓温将军都知姐夫你熟读兵书，精于兵法，却置之不用，实在令人困惑。"

王羲之一时间没有说话，像是陷入沉思。郗昙这番话问得很是时候，这一定是这位与自己格外亲近又对自己分外崇仰的小舅子最为困惑的事情，他最后狠了狠心说道："阿弟，若是姐夫不告诉你缘由，你会有太多遗憾，可是，若告诉你何以朝廷从来不重用姐夫，则有违我曾做出之承诺。"

"那就不要让小弟离开人世前留下遗憾。"

王羲之想了想，长叹一声说道："噫！世人皆知，王朝中兴与琅邪王氏不无关系。"

"父亲大人就经常说没有琅邪王氏，王朝中兴几无可能。"

"此乃元皇帝对琅邪王氏感恩之言。但是，元皇帝驾崩之后，皇室从此再无人怀有此种心情，历代皇帝皆如此耳。"

"从明帝开始乎？"

"正是。阿弟，司马绍在位不过短短三年，驾崩时，司马衍（晋成帝）不过五岁孩童，谁又能指望皇室中有人会将王朝未来说与他听欤？"

郗昙听罢非常吃惊，说道："姐夫，你家二叔父世将大人可是你与肃宗共同老师。还有，小弟还知肃宗刀法也出自琅邪王氏。"

王羲之苦笑一声，说道："阿弟，司马绍痛恨的正是琅邪王氏茂弘那一辈族人。而最为痛恨之人则是我家从伯父处仲大人。"

"小弟多有耳闻。"

"既然如此，关于司马绍之后历经三朝皇帝都拒绝厚爱琅邪王氏族人的原因就无须再说。"

"姐夫言之有理，你还没回答我心中疑惑。"

王羲之无奈地晃了晃头，这一摇晃，让他感到一阵眩晕。等眩晕过去后，他才说道："阿弟，这是姐夫家族务须严守之秘密，姐夫当年知晓这秘密后就发誓此生绝不将这个秘密示于外人。琅邪王氏族群从不会主动与皇室为敌，即使皇室后人有负于我族亦是如此。但是，司马皇室与家严大人之间有无法解开之过节，亦是姐夫一生不会受到皇室亲近或者重用的症结所在。"

尽管郗昙已经生命垂危，听到王羲之这句话，也着实被惊到了："姐夫，你所说皇室难道是先皇中宗（司马睿庙号）？"

"正是。"

"你父亲大人是中宗皇帝最为亲近的人，姨表兄弟欤。"

王羲之点点头，但已经没有兴趣接着说下去了，便说道："阿弟，此事姐夫只能说到此，你无须刨根问底。你知晓姐夫秉性。"

郗昙点点头，闭上了眼睛，像是在自言自语。从口型上看，他对王羲之的话并不感到满意，却又不得不就此打住了。

王羲之担心郗昙继续追问下去，便将二人的话题岔开来，问道："重熙，还记得八年前修禊日在兰亭饮酒作乐赋诗那些趣事欤？"

"怎能忘却，难以忘却耳。"

"你还记得我随口吟诵之诗句乎？"

郗昙居然笑了笑，伸出手来有气无力地说道："让姐夫见笑了，小弟竟然将姐夫所作辞赋完全忘了。"大概是觉着这样说对不住王羲之，长出了一口气后，郗昙继续说："其实我还是能记得姐夫你写的那几首诗，只是记得不全，怕姐夫责骂才没敢吟诵出来。那日天朗气清，惠风和畅。不会有错欤？"说到这里，郗昙又接连喘了好几口气。

王羲之轻轻拍了拍郗昙的手背，赞赏地说道："一点不错。这两句正是姐夫为兰亭诗集作序之诗句。"

"这个不算。'悠悠大象运，轮转无停际。陶化非吾因，去来非吾制。宗统竟安在，即顺理自泰。'就能记着这几句。姐夫，小弟惭愧！"

王羲之见郗昙果真记得几句诗句，十分感慨，不由说道："阿弟，姐夫那日在集序中不该写下'固知一死生为虚诞，齐彭殇为妄作'如此决绝词句。"

"姐夫此言差矣。记得入太学那日，你嘱小弟深读之第一部典籍便是庄子《南华经》耳。"

"你竟然还记得！"王羲之吃惊不小。

"小弟若非身体有恙，定要端坐在姐夫面前将《南华经》中《大宗师》里那几位贤哲坐论生死无所畏惧之章句与你辩上个几日。"

"姐夫相信你有此等能耐。"王羲之叹息道。

"姐夫大人，庄子不也感叹人生……"郗昙顿了一下，没有往下说。

王羲之又轻轻拍了拍手掌里握着的这只瘦若枯柴的手，说道："重熙阿弟，你我此时无须再盘桓于老庄之说也。"

郗昙朝姐夫讨要一口水，王羲之慢慢扶起郗昙，将水缓缓喂下，然后，又将郗昙放回到枕头上。

郗昙闭上眼睛歇息了片刻，睁开眼说道："姐夫，你在集序中叹道：'古人云：死生亦大矣，岂不痛哉？'小弟再加上一句：痛又何患乎？姐夫，小弟依然要将庄子那句话说出，所谓一吐为快矣。"

王羲之连连摇头，想要制止郗昙继续说下去。

郗昙并不在乎王羲之的动作，而是说道："'上古有大椿者，以八千岁为春，八千岁为秋，此大年也。而彭祖乃今以久特闻，众人匹之，不亦悲乎！'"

王羲之的眼泪已经在眼眶里打转。少顷，王羲之才说道："那几日是我在会稽内史任上最为愉悦一段时光。"说到这里，王羲之叹了口气，甩了一下脑袋，似乎要将兰亭聚首后接踵而来的不愉快甩掉似的。

"姐夫，记得那日众人一再向你敬酒，你却坚决推辞。真是坏了众人兴致耶。"郗昙提醒道。

"兰亭聚首已然过去八年，你还记得如此多之细节，令人肃然起敬。"

郗昙说道："姐夫，那几日亦是小弟十几年里最为愉悦之时光。"

两个人一下子都深陷回忆，屋舍里顿时寂静。

时间就在二人的沉默中回到了八年前的永和九年暮春之初的三月初三。这之前接连几日，从四方八面汇拢来会稽郡的好友陆续到齐了。四十几位青年才俊先是在会稽城中的酒肆过足了酒瘾，辩够了话题。王羲之是郡内史长官，自然不好每日陪伴着高谈阔论，这也是他最不擅长的；也不便在公府开门受理百姓申诉的日子里大喝二吃，这也是他最忌讳的。好在上一年会稽郡大部分地区承蒙上天眷顾，没发生洪涝灾害，官府便可以不用在修禊日前这段青黄不接的季节里开仓赈粮。但是，公府大门却不能关闭。王羲之能做的就是尽地主之谊，让家中仆人们提前一个月就在会稽山下的亭旁河畔盖起了十几间草庐，以供来人到时候居住歇息。

三日前，好友僧人支道林（支遁字）先去了会稽山下的兰亭，说是去打前

301

站，其实是被十几位求佛心切的官吏友人簇拥着讲经听佛去了。王羲之乐得这些个痴迷于佛理的好友先行一步，他自己是不怎么信奉支道林宣讲的关于佛法的一些教礼的，但是这也并不妨碍他与支道林成为非常好的朋友。他曾经听过支道林宣讲"即色本空"那套般若理论，饶是听不太明白，第一次听竟然昏昏欲睡。正要睡去，却又听见支道林话锋一转，带入了庄子《南华经》中《大宗师》的段子，颇为别出心裁，于是被惊醒，耐心听下去竟受了很大的启发。所以，支道林提出要留在会稽郡宣讲佛法，他也没有刁难阻拦，任由他去做了。有时候来了兴致，他也会前往凑个热闹，平心静气坐在讲坛一侧聆听一晌。隐约着，王羲之似乎从支道林的宣讲中感悟出一些能令心身舒展开来的神秘之气，但是，他却无法将自己的精气神儿驻留在那些关于度人度己出世入世的奥妙学理之上，然后奋力下潜而去。无法随着支道林的教义砥砺前行的另一个原因，王羲之在想了很久后算是寻找到了。他大概是不能接受佛教中关于轮回的法理，他曾经试着顺这条法理攀缘而上，结果，发现高处不胜寒欤。但是这并没有妨碍他真心喜欢这位比自己小了近十岁的佛家宗师。

　　修禊日到来的前一日，一行人一大早便从治所山阴县城出发，留在山阴与大队人马同行的二十几位才俊和随行而来的仆人掾属，再加上王羲之一家老小和郡府的大小官吏、仆人丫头，总也有百十号人了。百十人的队伍浩浩荡荡气势恢宏，只是行走的速度确实慢得多了。几十里的行程，来到修禊日选中的兰亭已是黄昏时分。

　　第二天，所有人都不敢贪睡，继续前往山麓。伴随在一行人身前马后的是一派盎然的春意，万物葳蕤，青山葱绿，溪水潺潺。天空如水洗般碧蓝，有风从山峦吹拂而下，掠过河流，裹挟着盛春的活力，一次次地鼓舞着欣悦的人们，一遍遍冲刷着人们心灵上的愁闷、身体上的倦怠、精神上的慵懒和意志上的懈怠。于是，喧哗声和嬉笑声就始终推动着人们向境界前行，向归宿移动。每一个人，甚至包括那些卑微的仆人都能从这不断涌来的春潮里体验到各自所需要的温暖和气息。人们的脸上泛溢着喜气洋洋，举止挥洒着活泼激昂。之后这些年，王羲之每每想起这一天，心里都会阵阵感动。

　　看着身前脑后这些被春意熏蒸得兴致高昂的友人，王羲之始终没有下马。他吆喝了几声，众人似都没有听见。只有距离王羲之坐骑不远的谢安大概听到了不知从哪里传来的呼唤声，回过身来，看见王羲之正朝着自己挥手，便折身走到王羲之马前,仰着脸问道:"内史大人有何吩咐?"

谢安这一仰脸一抬头,却把王羲之惹笑了,不由说道:"安石(谢安字),你可能猜到我因何而生笑?"

谢安故意瞪了瞪大眼睛,问道:"内史大人难道不是因为安石这一脸长髯而笑?"

此时的谢安已经年逾三十岁,原本眉清目秀的脸庞自从被长髯装饰后,便显得器宇轩昂。谢安二十岁时,因出身名门,依照官职律制,必须出仕做官了,甫一任职,便出任朝廷秘书监的著作郎。这著作郎虽说隶属于秘书监,却与当年王羲之在秘书监担任的秘书郎职责不同。按照惯例,进入秘书监的著作郎,官秩不会低于秘书郎,但是一经到任,首要的职责是为当朝或者前朝的一位名臣撰写传记一册。谢安当然也不会例外。如王羲之当年在文山书海中发现父亲王旷的手书一样,谢安也在较之王羲之那个年代更多的文本中看到了其伯父谢鲲为征西府王敦大将军代写的奏折。但是,谢安始终不告诉任何人他要为哪位名臣撰写传记。最令朝廷的尚书令感到大惑不解的是,谢安为这位名臣撰写完传记之后,托词身体染疾辞官而去。他出了京城就直奔会稽而去,一到会稽,立刻筑巢起院,似有此生不再离去之意。

一日,大概是王羲之刚到会稽内史任上的第三天,在会稽私宅里欢宴宾客友人,谢安自然要上前敬酒问安,这时,王羲之低声问起他为名臣撰写传记一事来,谢安在这位崇仰多年的前辈面前扭捏了好一阵子才说:"小子不敢隐瞒内史大人,只是,此事关系小子此生之声誉,若是大人不再追问,小子感激万分也。"

王羲之便没再追问下去。

王羲之低头看着这位当年四岁的时候跟着兄长坐在乌衣巷的石阶上等着自己从朱雀桁祭拜伯父处仲大人头颅回来的少儿,已然成长为朝廷栋梁之材,笑着说道:"安石,你这一脸长髯真是羡煞人也。"

谢安没想到王羲之会如此幽默,哈哈大笑说道:"内史大人,看大人神色像是要言及当年你离开京城护送会稽王司马昱临走前那晚上我和阿哥前去为你送行的事。"

王羲之也被这话惊到了,不由得也跟着大笑起来。笑罢,摇着头说:"然

303

也然也，只是你猜得还是晚了几年。"

谢安一愣，问道："大人，难道小子竟然在孩提时冒犯过大人？"

王羲之看出谢安一定是忘了那年的事情，摆了摆手，说道："你猜得出我今日带了多少好酒吗？"

谢安抬手一指后面的五架牛车，说道："若是大人让这些人放开畅饮，再有五车焉能足哉？"

说话间，一行人不知不觉也来到送别亭前。送别亭在那个时代十分常见，尤其在郡守所在的治所，这种送别途中歇脚用的木制亭子俨然就是标准配置。文人们往来相送，官员们迎来送往，友人们依依惜别，大都在这种木亭前终止。一干人马来到的这座亭子算是会稽郡最远也是最大，而且最具风格的亭子。亭子就建在山麓下，一条河流从亭前流淌而过。沿着这条河流，绕过这座山峦，便有一条官道直通远方。兰亭得名于东汉末年，因木亭周围盛开着兰花而得名。亭子如今很大，这是王羲之到任之后亲自监督扩建的。亭子的屋顶沿用了旧时的造型，不奢华，虽有飞檐斗角，却不见描龙雕凤，也彰显作为内史的地方长官的文化品位，怀旧中凸显其与当地建筑风格的融合。只是因为距离治所太远，王羲之到任这些年很少选在这座亭子周围度过一年一度的修禊日。

人们很快就散开来，女人们簇拥着王羲之的夫人郗璇，由先期到达的老仆引领着，转到河流的上游，那里有一个很大的水潭。看着夫人和那群女人消失在一座山岬的转弯处，王羲之这才跟着几个儿子向另一个方向走去。昨天，陪着支道林和提前到来的名士和友人而来的男仆早已经寻找到了几处可以用来沐浴的浅水地段，而支道林他们也在昨日就已经将通身上下清洗干净了。支道林是僧人，自然就没有头发，也就省却了三月三最难打发的那头长发。今天来到这里的男人们便一窝蜂似的涌向了那里。

仆人先将王羲之的几个儿子安排在一河水转弯处水势变得平缓了的浅滩旁。看着那弟兄几人脱去衣裳，散开头发，跑进水里后，王羲之这才跟着仆人向下游的一处水潭走去。

春天，或者说王羲之的春天似乎从今天才正式开始。他让仆人站到远处望风，他不希望自己在赤身裸体的时候被其他人撞见。

入冬后，王羲之会在家里生起炭火，烧一大木桶热水，然后整个人泡在里面，美美地待上一个时辰。每月一次，从不间断。可是，他一直没有沐洗头发。担任会稽内史已过两年，事务杂多，官事繁重。做内史不比做护军将军，护军将军事务单纯，将属下军营和军士调教顺当，朝廷一旦用兵便可招之即来，来之能战。而地方长官要管辖的则太多，既要安民心以应对人祸，还要满仓廪以抵御天灾。既要应对藩国封王心血来潮时如雪片状下达的公文，还要平息会稽郡黎民百姓心有不满时如轰鸣般的申诉。总之，内史这个官职比太守可要难做得多了。如此一来，王羲之就完全没有情趣打理越来越长的头发，甚至连沐洗的情绪都没有。

一日又在洗浴，妻子郗璇唤王羲之进了卧房，将一把铰刀交给王羲之，要将他已经长过膝盖的头发铰得短些。头发的确太长，大概已经有十多年没有整理过了，盘在头上像是顶着一个大菜瓜。郗璇说着就要动手，被王羲之喝住，说是他要等到今年三月三那日，自行将长发铰短。

河水还是很凉，王羲之双脚踩进水里，不禁打了个寒战。这逼迫他原地站了一会儿。

头发散开来之前，王羲之就着平静的水面看着自己，真的就像妻卿所说，盘在头顶的发髻像是一个大大的菜瓜呢。他情不自禁地笑起来，然后将这个"菜瓜"散开来。远处的仆人见状，高声叫唤着要过来帮他铰头发，王羲之做了一个向下劈手的动作阻止了。王羲之将长发铰掉了一尺多长，使之正好盖住屁股，嘴里一边嘟囔着"正好正好，露出腚来实在不雅"。铰短了长发，又用河水将头发湿透，王羲之折返回到岸边，打开一只木盒，木盒里置放着皂角泥。沐洗第一遍的时候，皂角泥竟然没有发起泡沫来，可见有多脏。待到第三次将木盒里所剩不多的皂角泥抹在长发上，皂角泥才发挥作用。白色的泡沫在双手的摩擦下不断泛起，盖住了长发，盖住了王羲之硕大的脑袋。这让沐洗的王羲之非常兴奋，不时发出嗷嗷的欢叫声。

仆人跑过来帮着梳理长发的时候，王羲之已经穿上了干净的衣服。待头发干透了，仆人将长发仔细盘在王羲之的头上，戴上笼帽。王羲之这才起身往那座名曰兰亭的别亭快步走过去。

前日到来的家仆早已经在兰亭旁一条溪流边的平地上摆了石台酒桌，还依着水流的曲折，在岸上摆放了几十个草编的蒲团。四十几人依次坐下来，按照规矩，四十几人里职务最高又是会稽内史的王羲之坐在溪水的最下面，这里的地势最平坦，置放的草编蒲团也最大最厚。

溪流弯弯曲曲，起伏蜿蜒，其间并不平坦，时不时就扑身而下，溅起些许水花，但整体趋势还是平缓的。水面大约三四尺宽，水流在上游就被迟滞，因此流淌到这里便已很缓慢了。为修禊日这次特殊活动准备的木盘会被人从上游放下来，木盘不大，但足以放置三只酒樽。酒樽却不小，因为是木质的，而且专门为在这一天作乐而用，所以，酒樽的手工并没有多少讲究。酒樽里盛着当地最负盛名的屠苏酒。

　　载有酒樽的木盘顺流而下，由于溪水蜿蜒在怪石嶙峋的河槽里，便会被伸出来的石块阻拦住，或者在浅水处搁浅。距离木盘最近的那个人就必须吟诗一首，吟诵完后，吟诗人再让木盘继续前行，直到下一个停留处。若是木盘所到之处，接盘人吟不出诗句来，便将三个酒樽里的酒饮下，然后重新注满酒樽，让木盘继续向下漂流。一轮结束后，吟出诗句的人要将所吟诵诗句书写下来。大家大啖美食后，这个游戏重新开始。通常情况下，这样的饮酒赋诗最多能进行两个回合。

　　等人们坐定之后，郗昙突然站起身来，惊道："内史大人，无有丝弦，何以欢宴？"

　　王羲之这才发现许是昨晚太过兴奋，早晨又走得急了，他竟然忘了叮嘱长史携带丝弦了。此刻，长史起身伫立，不敢抬头，嘴里念念有词，不知说些什么。

　　一旁，支道林呼哈哈大笑不止，戏言道："内史大人昨日一定是多饮了几杯，神情甚是恍惚。"

　　王羲之并不回避，自嘲道："各位见笑了，逸少近年不幸染上癖好，一日无酒，甚是难以度日。饮酒之后，便需发散，一趟走下来已是大汗淋漓，神魂倒错，难以自已。许是忘也，许是忘也。"

　　众人没有人想在这件事上纠缠，也都知晓王羲之话里说的癖好是指什么。王羲之从接手会稽内史一职后，面对会稽郡政务的混乱，日理万机，昼夜难眠，操劳过度。为了提振精神，恪尽职守，终于打开几十年前肃宗司马绍送给他的那几只五彩盒子，盒子里装着最为名士垂涎的五石散。自开始服食五石散之后，会稽郡治所山阴县城里就经常能看见傍晚之后，内史大人在或友人或一干长史功曹的尾随下，在城里疾速健走。百姓们只当是内史大人为能保持充沛精力处理政务，以此强身健体呢，知道内情的友人们则清楚这是王羲之逼不得已而为之也，每日里餐餐只能以冷食下肚，若是要饮酒，必须将酒烫热饮下，然后立刻就要起身走出官邸，在大街上疾步行走，以此发散掉五石散对身体造成的刺激和伤害。友人和幕僚无人敢于劝阻，只有朝夕相处的夫人郗璇每每此时都劝王羲之戒掉服食五石散的癖好，可是已经晚了。

王羲之的目光在众人身上游移着，便在溪水中间的几个儿子身上停下来。儿子们正交头接耳说个不停，王羲之有些走神儿了。父亲大人和母亲大人的面容又出现在眼前。父亲大人的面容十分清晰，那是六岁的记忆，反而是母亲大人的面容显得模糊不清，时隐时现。这些年，这样的情景总是会在类似的场合出现。这表明，父亲大人和母亲大人对他一生的影响何其巨大，不可磨灭。他想念二老，心中也有些许得意，六岁时他在父亲大人面前许下诺言，为他生八个孙子，他应该算是做到了。女儿王孟姜生性就像个男孩子，又是在兄弟七人之中成长起来的，不像男儿才怪呢，但孟姜毕竟还是女儿身。多亏他在早年收下随之做了义子，正好凑够八个男儿。

第一轮漂流什么时候开始的，王羲之并不知道，直到响起一阵欢快的喧闹声，他才如梦初醒。再看时，原来木盘漂流到了七儿子官奴（王献之乳名）面前，而官奴却无诗句应对。十岁的小儿子一脸窘态，憋得通红。官奴身边的几个哥哥都看着王羲之。义子王随之从对面跳过溪流，要替官奴喝酒，被王羲之喊住说："照规矩来，一切照规矩来。"

众目睽睽之下，王献之将酒碗端了起来，走到王羲之面前扑通跪下了，说道："父亲大人，小子，小子……"后面的话没说出来，眼泪便开始在眼眶里打转，紧跟在王献之身后的十二岁的王操之也跪下来。

王羲之伸手抚弄了一把小儿子的头，安慰道："阿奴，你只有十岁，父亲不该让你加入进来。子重（王操之字）难道你也没吟出诗来？"

王操之摇着头说道："父亲大人，那木盘没在小子面前停住，不然这盘酒该是小子饮下。"

王羲之呵呵一笑："如此说来，你并不比阿弟强。"

"正是如此，小子惭愧不已。"

王羲之疼爱地看着跪在面前的两个小儿子，爱怜地说："阿奴，不如让父亲替你喝下这酒。"

王献之用力甩了甩头，说道："小子不会让父亲大人喝冷酒。小子学无

307

所成，不会再有第二次。"然后回到蒲团旁在周围大人的一片起哄声中，连喝三樽。

王羲之心中不由升起一阵自豪，心中念道这小子将来定有作为，比起那几位哥哥来，他还是最喜欢这个老八。义子随之跟在身边也已经二十多年，那年王羲之收他做义子时他不过十六岁，如今已经快四十岁了。三年前随之的生父过世，他让随之回乡奔丧，嘱随之丁艰三年，若是返回不便，索性就留在故乡吧。随之当时并没有说什么，带着一家大小回了家乡。一年后，随之只身返回王羲之做护军将军时的营地。就说了一句话，要为义父尽孝道。这些年来，这小子忠心耿耿不离左右，为王羲之分担了不少公务之累，而王羲之早已经把他当作亲生儿子了。

蓦地，王羲之被一阵高过一阵的笑闹声唤醒，才知道装酒的木盘终于到了他身前。他坐直了身子冲着众人摆了摆手，喧闹声戛然而止。

王羲之先是说了一番感激之言，坦承这二年内史做得十分辛苦，多亏这些好友不时前来陪伴，才让他过得不那么悲壮。每日里除了压得喘不过气来的公务，还能有与友人辩长论短的闲暇。这通肺腑之言讲完之后，他取出溪水上浮着的木盘，嗅了嗅里面的屠苏酒，又将酒樽放在木盘里，慢慢站起身来，环视着一众名士。奇怪的是，这个时候，这些人却都将脑袋低了下来，不去看情绪激昂的王羲之。王羲之知晓这些名士友人都知道他又将酒樽放回到木盘里的缘由，更知道王羲之平日也最不愿意听人说起他在服食五石散的事情来。这时，王羲之看到守在亭子里的义子正欲生起火来为他烫酒，便高声阻止道："随之，你那里且慢烫酒，怎知道我就吟不出诗句来？来来，各位仔细听欤。代谢鳞次，忽焉以周。欣此暮春，和气载柔。咏彼舞雩，异世同流。乃携齐契，散怀一丘。"

吟诵到此，众人无不叫好，这时家仆捧着一碟日前卤制好的冷肉走了过来。王羲之信手抓过一大块肥瘦相宜的熟肉，大啖起来。咽下后，他才朝着亭子里的义子招招手，立刻就见柴火燃烧起来。等了一会儿，估摸着酒已经烫好，王羲之便继续吟诵道，"悠悠大象运，轮转无停际。陶化非吾因，去来非吾制。宗统竟安在，即顺理自泰。有心未能悟，适足缠利害。未若任所遇，逍遥良辰会。"

话音刚落，坐在一旁的谢安站起身来说道："内史大人，小子被大人诗句气势所感染，想随着大人诗意再吟诵一首，可行？"

坐在不远处的许询不干了，起身大声说道："安石兄，不可坏了规矩。你那诗句何不等到下一轮酒次再吟。"

王羲之赞同许询的说法，拍了拍这位小兄弟的肩膀，说道："即使你想吟诵，本官怎能奉陪。不如你和重熙陪着本官发散酒气去也。"

服食五石散成癖之人，不得下热食，不得睡热炕，不得热水沐发，只可热水泡澡，必须饮热酒。热酒落肚，须臾之后，便需健走发散，散去体内沉疴和五石散蓄积的毒素是也。

王羲之在前面走得飞快，用大步流星亦是词不达意也。沿着官道走出不到一里地，便已经有细汗冒出来。

谢安和郗昙紧追着王羲之，两人多次被甩出很远，都不得不小跑才能跟上。

"姐夫大人，你平日让长史和参军跟着发散酒气，今日为何拉上我们？"郗昙再次追上后，气喘吁吁地问道。

"内史大人，小子双腿迈动迟缓，何不慢些发散？"谢安也在后面央求道。

王羲之自顾自地继续大步流星地走在前面，头也不回说道："走得慢了五石散药性难以发出，不走得大汗淋漓，本官就只能被车拉着返回官府，狼狈不堪欤。"

三个人又走出一段路，谢安说道："大人，小子身上衣裳已被汗湿透，大人体内药性早该逼出欤。"

直到王羲之的速度慢下来，谢安才又说道："内史大人，回到溪水旁，你要为这次吟诗作篇序文。"

王羲点点头没有说话。

郗昙说道："姐夫大人，离开山阴治所时，你应承过小弟。姐姐也说过此事。"

"何事？你姐姐说过何事？"

郗昙在身后嗤了一声："写序文欤。"

回到那座被命名为兰亭的别亭，溪流旁的赋诗饮酒的活动已经结束。刚才坐在溪流边上的一众人等已经聚拢在亭子里等王羲之归来。别亭里，石板桌上也已摆好了笔墨纸砚。王羲之坐定之后，众人依照规矩依次将各自写出来的诗句再行吟诵一遍，主簿便将这些诗句记录下来。王羲之听得非常认真，不时对精彩的诗句报以喝彩。待众人吟诵完毕后，王羲之便示意可以研墨了。大儿子伯远（王玄之字）走上前来，在石板前蹲下，打开王羲之最心爱的砚台，二儿子叔平（王凝之字）小心翼翼地往砚台里注了清水。两个儿子配合得很默契。平日里，王羲之书写的墨汁都是夫人郗璿为之研碾，儿子们通常不会走近，都是远远看着。

待墨研好后，两个儿子便退回到其他几个儿子那里。王羲之从三儿子涣之捧过来的珍奇木匣子里选了一支经常使用的鼠须笔，调匀呼吸，这才将笔囊在砚台的墨汁里轻轻蘸过，又慢慢刮抹。墨汁研磨得稠稀适中，色泽黢黑。

书写用的蚕丝纸由四儿子幼恭（王肃之）和五儿子子猷（王徽之字）在石板上铺开来。王羲之最喜欢这种含有蚕丝成分的纸张，它的最大特点是使书写的字迹非常清晰，完全不会产生洇晕，而洇晕会破坏字迹的最佳形态。也因此，王羲之只在写短札或者与友人书信往来时，再或者行公文时才会使用其他纸张。此刻，蚕丝纸已经在湿润的空气中舒展开来，熨帖地铺在石板上。纸张只有不到一尺宽，长不过一尺多一点，这已经是在会稽郡中能买到的最好最规矩的蚕丝纸了。两枚兽形镇纸分别压在条幅两头。王羲之写之前就在心里头估算了一下，打好腹稿的序文大概需要两张这样的纸，于是坐下来第一件事情就是让义子随之从随身行李中再取出一张纸来。

落笔之前，王羲之几乎是下意识地问了声："今为何年？"谢安抢着回答说："是永和九年。"郗昙紧跟了一句"夏历癸丑是也"。两人话音刚落，王羲之笔下已经写了出来"永和九年岁在癸丑，暮春之初，会于会稽山阴之兰亭"。这时候，四周阒无声息，四十几个人竟然一齐屏住呼吸看着王羲之用心爱的鼠须毛笔将心中的感慨和顿悟宣泄在这张蚕丝纸上。

春风穿过崇山峻岭，顺着山势愉快地飘忽而下，穿过茂密的森林，将密林深处藏匿了一个冬天的气息掀了起来：小兽睡醒之后兴奋的攀爬和跳跃，雀儿惊飞起撞在枝丫上发出的呻吟和啾鸣，溪水潺潺流淌中拍打突起于水面岩石后叮咚作响，无有丝弦，胜似丝弦也。

此刻，王羲之大脑中的词汇体系在将序文中章句组合倾吐出来的同时，大脑中的精神体系悬浮于空中，一边遣词造句，一边嗟叹不已。而他的书写技艺和纯熟的刀法套路从大脑深处以习惯性的方式交织在一起，审视，交流，融合，倾吐，诉说。这个复杂的过程支撑着坐在石凳上的身体，操纵着强劲的手指，驱使着那杆世所罕见的鼠须笔在蚕丝纸上疾书。这支笔是他从父亲留下的木匣子里取出来的，而那只木匣子自从交到他手里后，便一刻不曾与他分开，即使睡觉也是如此。

父亲一直在他脑海里闪现，伴着父亲的并无毛笔，只有长刀：三岁时第一次挥舞木刀让他东倒西歪，六岁时习练钢刀，他做得有板有眼，十四岁时操演处仲伯父为他定制的长刀，虽说力有不逮，却能舞得长刀生风，有模有样了。长刀，刀术，都是他此生的最爱。那只木匣子里最让他爱不释手的正是父亲撰写的刀法套路，父亲父亲……此刻，王羲之手中的鼠须笔便在这意念的驱使下，笔走龙蛇，好不爽快。

恍惚间，他意识到四周不再安静，友人们掀起一片惊叹声。他们平生第一次看到用这样的笔触书写出如此罕见的书体，所有人都惊住了。

已经在第二张蚕丝纸上书写了，王羲之也没料到序文令他产生了如此之多的情绪，在写到"情随事迁，感慨系之矣"时王羲之已经有心打住了，可是又觉着还有些心思需要倾吐出来，于是写下了"于今"二字，却又觉着这二字与下文难以为继，便信手用"向之"两个带有起始意味又颇具继往开来之意的字压在"于今"上面，"之"字刚落下一点，身后飘起一个声音，声音很小，稚嫩且惶恐，怯生生的："大人，此处宜改体也。"他听出是老八官奴的声音，心中不觉一热。王羲之停住书写，飞快地朝写出来的序文看了一眼，文中已经出现了十五六个"之"字了，竟没有一个重样的。小儿子的提醒让王羲之亦是一惊，这个只有十岁的小子居然注意到了前文中十几个"之"字的变化，小子未来可期。他心里赞道。

再往下写，文意便涉及古人论死生的伤情动感，阐明对庄周那句"莫寿于殇子，而彭祖为夭"的信服和膜拜，手下便写出"固知一死生为虚诞，齐彭祖为妄作"的章句来。突然，王羲之感到有泪水盈满了眼眶，他强忍住没让泪水流下来，身后有儿子们，面前是众友人，他不能表现出一点儿脆弱来，尽管他的身体已经很脆弱了。可是，刚刚还很盎然的情绪，却被这股盈满眼眶的泪水弄得黯然下来。

一个声音从很遥远的地方飘过来，猛然把深深地陷入沉思的王羲之惊醒了。是郗昙在唤他：

"姐夫，你刚才走神耶。"

王羲之点点头。

"去了何处？"

"随心而行，却走得太远，险些没能回到这里。"王羲之说道。

郗昙知道王羲之若不想说出来，任谁也撬不开他的嘴，便说道："姐夫大人，你刚才问小弟此生有否遗憾。怎会没有？怎会没有？只是其他遗憾都已不重要。一路颠簸，苦不堪言。思来想去，只有此二了，一则未见吾家小女与子敬（王献之字）结为夫妻，并诞下一儿半女，再者就是未能将姐夫书体之技学到手。"

王羲之说道："重熙阿弟，平日颇多言说，你刀术不精，书艺怎会提高。"

"小弟如今悔之晚矣。"

王羲之说道："你再将歇几日，身体好些，姐夫会一路陪你去往剡县，我早已离开山阴在那里建了家舍，安定下来。然后，就让你看着官奴与姜儿（郗道茂乳名）结为伉俪。"

郗昙脸上的肌肉抽动了一下，点点头，嘴上却说："姐夫大人，小弟恐难以走到剡县欤，我恐挺不了许久矣。"说着，脸上松弛的面皮又抽搐起来，呼吸变得急促了。王羲之急忙召郗恢和郗道茂进到屋子里。

郗昙知道王羲之误会了自己，摇摇头示意孩子们先出去，留出一些时间来让长辈说话。

等孩子们一出去，郗昙喘了几口气，慢慢说道："姐夫大人，小弟确该听你劝说，吁吁，却只有来世欤。"

王羲之将手放在郗昙额头上，轻轻抚摸着说道："事已至此，姐夫已无半点责怪你之意。那时你已是身负朝廷厚望之人，不随谢万前往北伐又能如何？"

"你是指小弟少小继承老父爵位？"

王羲之点点头，说道："阿弟，你少小背负盛名，许多事情早已身不由己。在会稽那些年里，你与我朝夕相处，日日思辨，姐夫我以为你已经心如止水，却

312

不想，一旦受到司马道万赏识，你便意气风发，难以自已。"

这时，仆人端了一个大托盘进来，将托盘放在郗昙床头。托盘里置放着五个瓷碗，瓷碗里盛满了水。王羲之示意仆人将郗昙扶着坐起来。

王羲之端起一只瓷碗，说道："我让子敬在外面的一间屋舍里开了道场，这是在道场求的符水，喝下去会有奇效的。"

郗昙犹豫了一下，接过瓷碗，一口一口将碗里的水喝光。"不用躺下了。"他对仆人说，"就这么坐一会儿吧。"

说来也是奇怪，郗昙喝下符水，很快就精神起来。闭目歇了片刻，郗昙说道："姐夫大人，小弟看过你辞官后写给谢万石大人信函。小弟那时就想，姐夫大人为何不将这般轻松之心境写给小弟看？也许，小弟要是能接到姐夫一封满足而又轻狂之家书，恐会与姐夫大人一般辞官而去，与你共游山川欤。"

王羲之知道多说无益，也只好连连摇头。

郗昙突然睡了过去，王羲之这才有机会出了屋子，再一次钻进开道场的静室。在静室里，王羲之以五斗米道奸令的身份，又为郗昙求了天地人神，并将符令交给了天地人神。刚刚做过法事，仆人进来说郗昙大人又醒过来了，一睁开眼睛就寻找王羲之呢。王羲之急忙又返回郗昙居住的屋舍。

郗昙见王羲之出现在眼前，便努了努嘴，示意王羲之靠得再近一点儿。

王羲之低下身子，将脸挨得很近："说吧，重熙阿弟，你欲要做甚？"

"姐夫大人，"郗昙的声音低到几乎听不到了，"那年你答应将兰亭诗集序赠予小弟，今日还有效乎？"

王羲之忍住悲伤，说道："重熙阿弟，姐夫我何时食言过。此刻便让孩子们把它拿进来，让你过目。"

仆人出去叫人了，王羲之伏在郗昙脸前仔细看着郗昙那张正在瘪下去的面孔，问道："重熙，你感觉如何？"

郗昙很费力气地点了一下头，往外出气的同时跟出来一句话："好得很。"

王献之和郗道茂这时相继而入。献之手里捧着王羲之几年前为友人在兰亭聚会时所诵诗句写下的序言。

王羲之离开床头，说道："官奴，展开来让你外父大人看过。"

两个十六七岁的少年小心翼翼地展开这个条幅，将它对着床上的郗昙。这是一张大约三尺长短、一尺宽窄的条幅，展开之后可以清楚地看到是由两张纸粘接而成的。

在场的所有人都不曾也不可能想到,这个即将成为陪葬品的诗序在几百年之后,会成为举世瞩目的书法神帖,而书圣王羲之直到今天依然被后人顶礼膜拜。

郗道茂这是来到这里后第二次看到父亲正在变形的面孔,她非常想哭,可是当抬头看到未来的公公大人王羲之脸上正在升起来的神容,却不得不忍住了。

郗昙显然做了一个扭脸观看的动作,可是,脑袋动了一下就停住了。他已经没有力气扭转脸了。

"重熙,你看到了吗？"王羲之问道。

郗昙又动了一下脑袋,算是做了回答。

王羲之拿过条幅,仔细将它重新卷起来,轻轻放在郗昙脸旁,朝着孩子们挥了挥手,示意让他们出去。

屋子里一片静默。不知过了多长时间,郗昙终于又可以说话了。

"姐夫大人,"这句话说出口郗昙已经上气不接下气了,"你还记得诗集序里所写之全文乎？"

"当然记得。"

郗昙脸上像是浮现出灿烂的笑容。又过了好一阵子,郗昙才又说道:"姐夫大人,能给重熙诵来一听乎？"

在兰亭下为众好友写的诗集序并不长,二十八行,324个字。然而,若是回到那时候的情景,用那时候的心情背诵下来,王羲之自知已经做不到了。于是便先问道:"重熙,你先听此乃谁人写下诗句:'温风起东谷,和气振柔条。端坐兴远想,薄言游近郊。'"

王羲之看见郗昙的脑袋微微地动了动,有两行眼泪从郗昙紧闭着的眼睛里流淌下来。王羲之知道他听见了,也知道这个生命垂危的前西中郎将军听出了这是他自己在兰亭聚会时写的诗句。

王羲之继续背诵道:"永和九年,岁在癸丑,暮春之初,会于会稽山阴之兰亭,修禊事也。群贤毕至,少长咸集。此地有崇山峻岭,茂林修竹,又有清流激湍,映带左右。引以为流觞曲水,列坐其次。虽无丝竹管弦之盛,一觞一咏,亦足以畅叙幽情。

是日也，天朗气清，惠风和畅，仰观宇宙之大，俯察品类之盛，所以游目骋怀，足以极视听之娱，信可乐也。"

这时，老郎中从外面进来为郗昙号脉。只见老郎中一只手往郗昙手腕上一搭，身体不由一颤，回过脸看着王羲之摇了摇头。

王羲之忍住悲痛继续吟诵兰亭诗集序的余下章句："夫人之相与，俯仰一世，或取诸怀抱，晤言一室之内；或因寄所托，放浪形骸之外。虽趣舍万殊，静躁不同，当其欣于所遇，暂得于己，快然自足，不知老之将至。"

郎中缓缓站起身来，走到王羲之面前，抓住王羲之的手轻轻晃了晃（两晋时，慰藉伤心之人的传统礼仪），松开手后独自出了屋子。

王羲之长叹一声，继续吟诵道："及其所之既倦，情随事迁，感慨系之矣。向之所欣，俯仰之间，已为陈迹，犹不能不以之兴怀。况修短随化，终期于尽。古人云：'死生亦大矣！'岂不痛哉！

每览昔人兴感之由，若合一契，未尝不临文嗟悼，不能喻之于怀。固知一死生为虚诞，齐彭殇为妄作。后之视今，亦犹今之视昔。悲夫！故列叙时人，录其所述，虽世殊事异，所以兴怀，其致一也。后之览者，亦将有感于斯文。"

吟诵完兰亭诗集序后，王羲之这才来到郗昙身旁，握着那只尚有余温的手说道："重熙，姐夫此刻所说你可以听到。你我既非彭祖，亦非老聃，离开尘世亦是迟早之事。只是，只是，姐夫未曾料到，离世之日竟来得如此之早，离别之时又来得如此仓促。罢了罢了，一俟回到会稽，姐夫即让官奴与姜儿结为夫妻，我会召回所有家人见证。你可离去矣。去欤，放心去欤！"

说完，王羲之将事先准备的符帖围着郗昙离世的床挂了一圈，又将三只沾过符帖的水碗依次摆在郗昙的面前，然后坐在床头的蒲团上，闭起了眼睛，这时，才有泪水止不住地流淌下来。

二

数月之后的一天，王羲之像往常一样，坐在肩辇中，被仆人们抬着上到山上。一路走来，整个人完全打不起精神。想起将要去的地方，心情似是好了一些。此行，还是亲往视察为自己确认的墓地。墓地工程自两年前就已经开工，工程时断时续，进度很慢。两年前，王羲之身体虽难言康健，却可故我地早出

315

晚归，跋山涉水，在这片大山深处寻访高人，采撷仙草奇石。几个陪在身边的儿子都认为不妥，王羲之并没有把儿子们的话听进去。

年初，小舅子郗昙撒手人寰。王羲之将郗昙下葬后没有立刻离开，而是在当地住了近一个月。当时若是立刻上路，王羲之多病的身体实在难以承受在失去亲人后的长途跋涉，孩子们也坚决不允许他硬挺着返回剡县。在那座名为南浔镇的小镇居住的日子里，只要天气晴朗，王羲之就会让孩子们陪着他去震泽转悠。每一次来到震泽畔，王羲之都会絮叨着说起三十几年前，他曾经在这里手持长刀，粉碎了一次换帝阴谋。不过，王羲之还会接着说："当时若当真换了皇帝，晋王朝现在会是怎样的一番情景呢？"每每说到这些，孩子们都会随声附和，却直到离开也没弄清楚王羲之究竟是赞成换帝还是反对换帝。震泽汇上游的几百条河流溪水，湖汊密布，泽面辽阔，一眼望不到边际。比之他曾经多次去过的临安钱塘湖（现名西湖）不知大了多少。正是震泽的这片辽阔无垠的水面和潮湿的空气，引得王羲之流连忘返，便遂性多住了几日，身体像是也渐渐好起来。到后来，反而是孩子们着急了，催促着他上路回家。起初他还拒绝过，那是因为他甚至有过在这里终老的念头。只是因为这座将要修好的坟茔，他才没有继续固执己见，而是乖乖地启程回家了。

六儿子子重和老七子敬尾随在父亲肩辇后面，时不时会搭把手帮着仆人将摇晃不定的肩辇稳定住。

肩辇走得很稳，两个儿子的声音时不时地会响起来，提醒抬肩辇的仆人该上坡或者下坡了。声音时远时近，时大时小，令王羲之听上去十分惬意。这是他最欣赏的两个儿子，也是这些年守在他身旁寸步不离的孝子。他会从这些声音里辨别出哪个是子重的声音，哪个是子敬的声音。这简直就成了每次上山巡看坟茔路上最为开心的事情。老七子敬的声音又响起来，这次是呵斥走在前面的仆人，让仆人将双腿弯曲着走，要上坡了。

王羲之心里不禁一热。从震泽回到剡县后，王羲之便让刚满十七岁的王献之和郗道茂行了洞房仪式，做起了夫妻。婚礼仪式是比照着那年他和子房的洞房仪式做的，一点儿不差。又想起不久前亡故的妻弟郗昙来，这令他的心不觉一沉。

六年前的一天，如往常一样，扬州刺史部又派快马送来公文，催促王羲之尽快前往扬州刺史部，向新晋刺史王怀祖（王述字）大人述职。公文中并没有提及因何事需要会稽内史亲往千里之外的扬州刺史部治所向刺史大人述职，王羲之就十分恼火。按说，会稽本是会稽王之藩郡，就如琅琊国是琅琊王之藩国一样，也如同王朝内所有藩国藩郡一样，这些藩国藩郡有独自运行的方式。也就是说，在大一统的形势下，所有藩国藩郡除了接受当朝皇上的统辖，藩王也可以在当朝律制规定范围里行使自己的权力。比如，藩国都有少量的藩兵，最多不会超过五百人的规模，这支藩兵武装唯一的作用就是应付藩国内突然发生的流民聚众闹事，或者上了规模的盗匪对藩国秩序的威胁。而指挥这支队伍的最高统帅并不是藩王，而是内史。内史是协助或者代表藩王处理藩国内大小事务的法定官员，是由朝廷直接任命的，而不是由刺史部任命的属官，更不是某位高官的掾属。所以，内史和藩国并不需要接受所在地官府管辖。可是，不知怎的，扬州刺史部却将这个独立的藩郡揽进自己的管辖范围，并实施了长臂管辖，这种越权行径居然没有受到朝廷责难。尤其近年来，每逢自然灾害，扬州刺史部不仅不向会稽郡发放赈灾的粮草，用以宽慰灾民惶惶难以终日的纷乱情绪，反而强行要求会稽郡向扬州刺史部缴纳更多的赋税。每每想起这些，王羲之就会一肚子的火。

王羲之当然不会亲自前往扬州刺史部去接受扬州刺史王述的盘问，但是出于礼貌，王羲之还是派了贼曹和功曹二人去了扬州刺史部。而王羲之本人则带了主簿和参军两位级别最高的官吏快马前往京城去了。一路随行的还有在会稽赋闲的谢安和郗昙。

三天后，王羲之一行人抵达京城南面的丹阳郡治所。丹阳郡治所在京都城外东南方向，距离琅琊王氏族群当年的老宅乌衣巷仅有几十里路。

到达丹阳郡的当天，王羲之当即派主簿和参军携奏折去见了辅政大臣司马晞和司马昱。奏折是写给皇上的，但他要求主簿先将奏折交予两位辅政大臣过目，然后再由辅政大臣呈上。这两位辅政大臣是中宗皇帝、王羲之的表叔司马睿的亲生儿子，又都是王羲之的表弟，因此，王羲之在公文中，并不隐瞒观点。他提请皇上注意，会稽藩郡从来都如同其他藩国藩郡一样，被当朝法规赋予了崇高地位，这种地位不容人为贬低和视而不见。他甚至奏请皇上特别注意，当朝辅政宰辅中就有抚军将军、会稽王司马昱殿下和太宰、武陵王司马晞殿下二人为藩郡藩王。他同时吁请皇上让廊庙负责皇族事务的大宗正上朝向皇

317

上厘清藩国和刺史部之关系。最后，他吁请皇上和诸位辅政重臣将会稽从扬州刺史部的统辖区域内剥离出去，还会稽郡藩郡之崇高地位。甚至提到可通盘考虑，将会稽郡的藩郡性质提升一级，改作藩国，统辖范围相应扩展，将现扬州刺史部所辖划拨出至少五个县归会稽藩国管辖。王羲之甚至为这个新晋藩国取名越州国。

直到第三日，仍不见主簿二人返回，王羲之心烦意乱，便邀了谢安和郗昙登上城墙远眺，以排遣心中郁闷。登上城墙，走了一圈，停下来远眺依稀可辨之京都宏伟城垣，王羲之自是感慨多多，却不好抒发出来。三个人就这么且走且行，一边说些无关痛痒的闲话。王羲之心里颇多话语，毕竟他曾经在远处那片被雾霭笼罩的城垣里面生活了十几年，从一个孩提稚童，成长为朝廷命官。历经了那么多亲人的故去，也历经了王朝的风风雨雨，实在是唏嘘不已。小舅子郗昙一直在身后发着漫天的牢骚："我们三家皆为大晋名门，怎就无法在廊庙里安身立命欤！凭借着姐夫和安石大人的才华，再加上两位皇族辅政殿下的辅佐，大晋朝无论如何早就该收复失却的大好山河。"谢安一直在应和着，这个时候便接着说："重熙你是将门之后，六岁就继承了郗鉴大将军的爵位，怎就只做到尚书郎便出世隐没在会稽呢？"三个人都知道谢安是在打趣，便跟着笑起来。

又往前走了一段，王羲之突然笑了一声，立刻就打住了。郗昙感到疑惑，便询问何以生笑。王羲之并不作答，反而紧接着长叹一声。

谢安这时说道："内史大人，不必多虑。会稽郡升为越州国一事即使不被皇上欣赏，大人仍然深得会稽百姓拥戴。况且，另辟新藩国实乃大事，恐就连录尚书事之道万殿下亦甚感为难。毕竟道万殿下身为会稽藩王，此事牵扯必定太多。所以，小弟以为一切皆有可能，正是一切皆无可能矣。哎哟……"

谢安被郗昙重重地在背上击了一掌，疼得叫起来。

王羲之回过身，面带吃惊的神色盯着谢安，像是不认识了似的。

谢安以为王羲之恼了，急忙说道："内史大人，小弟见大人这几日茶饭无心，坐卧不宁，甚是心里不安。搜索枯肠想出这句话来，是想宽慰大人。"

王羲之呵呵一乐，并没有对谢安说什么，而是对郗昙说道："重熙，你对姐夫可有话说？"

郗昙犹豫了一下，还是说道："小弟虽不能追随姐夫大人走南闯北，却经常能从家公大人那里听到你出入之讯。殷渊源大人曾对小弟说过,以姐夫大人之才华、阅历与朝中贵族之首身世,早应擢升九卿之一,即使做到辅政大臣也并非没有可能。可是……"大概是碍于身旁的谢安,郗昙没往下说。

王羲之转过身去,继续眺望极远处的京都城垣。许久,才扭过脸来看了一眼身旁的谢安,说道:"自古,夏禹勤王,手足胼胝,文王旰食,日不暇给,国事如日中天。迄今,国力已非昔日,虚谈废务,浮文妨要,恐非当今所宜。我应允做了护军将军和内史意在如此。"

王羲之说完,转脸又眺望京都。

少顷,身后的谢安说道:"内史大人所言极是。只是,小弟以为,自古秦任商鞅,国力强盛,二世继之,倏忽而亡,岂清言致患邪?"

王羲之站住脚回身看着谢安,一直把谢安看得有些毛了,问道:"内史大人,何以如此专注于小弟?"

"安石,如你所言,何以致患邪?"

"奸回肆虐也。"

王羲之露出欣赏的神情,说道:"安石,你如此反诘之言令我倍感清新,廊庙之上会是如何氛围,我是不知,然,若有一日,你做了足以左右国事要务之重臣,依然会如在会稽一般终日清谈、海阔天空乎?"

谢安摇摇头说道:"不若也。小弟将追随大人之足迹,砥砺前行。若真有大人所说之日,小弟必除奸回小人,使天朗日丽也。正如陆士衡大人在《辨亡论》中所论……"

王羲之听到这里,面露惊喜之色,在谢安肩膀上重重拍了一掌,打断了谢安的话,说道:"安石,你竟然与我一样十分欣赏陆士衡大人的《辨亡论》,真是了得。"

谢安说道:"大人当年回京城为王世儒大人薨殂奔丧,小弟看望大人时,大人嘱小弟得空通读陆士衡大人遗世之作,至今爱不释卷也。"

王羲之频频点头,但并没有继续说下去,而是离开城垣回到客栈。

王羲之没有料到的是,直到第四天傍晚,派出去的两个幕僚才返回住所。

让王羲之大失所望的是,幕僚们并没有带来好消息。主簿报告说,朝廷的治书侍御史今天上午才从宫城出来接见了二人。治书侍御史言称皇上看罢王羲之的奏折后只说了一句话:"不得再以如此荒诞之事扰乱朕之视听。"这句话出自皇上之口，自然就成为圣旨。王羲之没想到会是这样的结果，昨天还高涨的情绪一落千丈。当晚，王羲之气得一夜没有合眼。第二天天刚放亮，王羲之正要启程返回会稽，却被当朝辅政大臣、抚军大将军司马昱派来的官吏拦住了，说是司马昱大将军今日要亲自看望王羲之。

等了一个时辰，抚军将军、会稽王司马昱这才踏进客栈的大堂里。

两人见面，王羲之并没有行大礼。二十几年未曾谋面，司马昱的变化着实令王羲之吃惊不小。王羲之在司马昱身边做了五六年王友，那时候，司马昱才只有七岁。说实话，经年陪伴在一个只有七八岁，又与他血缘很近的表弟左右，很难让年长司马昱十七岁的王羲之有什么好心情。尤其当年司马昱被迫离开京城前不久，他的生母郑夫人刚刚去世。司马昱除了每日以泪洗面，几乎不跟任何人说话，伴随身旁的王师还经常遭司马昱辱骂。有几次王羲之实在看不下去了，将司马昱拉出屋外狠狠训斥，并罚站一个时辰。碰到夏天，就会让司马昱站在太阳下面暴晒。若是在冬天遇到司马昱发飙，王羲之照样会让司马昱在寒冷的户外冻上一个时辰。司马昱从来没有求饶过，王羲之也知道见好就收。只是，二人的关系越来越冷淡。王羲之奉调去往临川担任太守，离开会稽的时候，两人甚至没有相互告别。

司马昱倒也不介意王羲之的冷淡，而是说道："逸少表兄，我们还是以亲戚关系相称。我此番前来拜访并非兴师问罪，而实在是思念你这位二十几年前舍生忘死护卫我抵达会稽藩郡的至亲表兄。你这几十年可安好？我自然很想知道，你何以有意识地远离京城，远离族群。"

王羲之当着谢安和郗昙的面也不能太过失礼，何况在谢安和郗昙眼里，司马昱贵为先皇亲子，又是当朝的辅政重臣，地位高不可攀，实在冷淡不得。于是，王羲之便极其简要地将离开会稽后的几十年仕途说了一遍。但他没有回答司马昱那个关于疏远族群的问题，因为说不清楚，也因为说出来并不是所有人都能相信和理解。

两人很快就说到王羲之此次京都之行被皇上一句敕令断了设立越州国念想一事。见王羲之依然对此事锲而不舍，司马昱苦笑一声解释说："我朝疆域是武皇帝划定的，即使后来大多数藩国被五胡侵占，这些藩国的称号却从来没有取消过。只有一些藩王既无后裔，又没有近亲可以继嗣，便只能撤销藩国称号了。即便如此，也并不多。来之前，我让秘书省核实过，大晋王朝立国之初的六十几个藩国，到如今能有藩王在位的已经所剩无几。父皇生前执意不更改先皇律制，也就不可能重新分封藩国。而江左本只有吴国一个藩国，加上荆州附近的南阳国、武陵国，大晋王朝就只剩三个封国了。父皇除了循规蹈矩，并未重新分封藩国，用心可谓良苦。至于会稽那是特例，却也不能称为藩国，我也不过是郡王而已。早在父皇践祚之时，祖籍琅琊国依制废除，降格为郡。父皇只有六子，明帝并未享有封国，即使我那二哥，也未来得及分封藩国。三哥继承了东海国，四哥成了父皇的叔父武陵王的后嗣，辈分已经高于我们。五哥命短，福却很大，承制做了祖父的嗣子，才可以重新将琅琊立国。五哥刚被封了琅琊国藩王，就升天去了，五哥薨殂那年，我还没出生。"

王羲之对司马昱的说辞不以为然，说道："道万表弟，若如你所说，藩国制度并未更改过，即使县王，也是有先例的。西阳王司马羕当年被贬谪为弋阳县王，难道就要接受弋阳县令管辖乎？"

司马昱此行并不是想就此争个高低，论个清楚。他有事要说，还有事要问，无意过多纠缠，于是说道："武皇帝为大晋朝册立了六十几个封国，查找下来，并无越国。依照皇室规矩，自然就不能另立越国。皇上问过我，我只好如实说来。"见王羲之还要申辩，司马昱索性做手势制止住了："逸少阿哥，我今日轻车简从前来见你，并无他人知晓，我有比之更为重要之事需要告诉你。你能生出另辟越州之念，理由自然不会少，而且必定以为我与道叔会在廊庙上鼎力相助。事实正是如此。越州一事，皇上既然有旨，任何人便不能再行辩议此事。"

王羲之听出司马昱不想将这个话题继续说下去，便站起身来，用公事公办的口吻说道："道万大人，你乃会稽王，卿不过是为你料理国事之内史。你若也不热衷于此事，我遵从郡王旨意就是。也罢，郡内事务繁多，卿即刻启程返回会稽。"说着起身就要离去。

司马昱皱了皱眉头，伸手拦住王羲之说道："逸少阿兄，我还有疑惑须从你这里得到答案，也好了却我之一桩心事。你也不用急着返回会稽，今晚，我还要在这里与你把酒痛饮。"

王羲之只好将心中的不快和愤懑强压下去，重新坐下来。

司马昱说道："逸少阿哥，你于永和九年修禊日那天，在山阴县聚众大张旗鼓地搞了一次诗会，可料到竟惊动京都廊庙欤？扬州刺史部第二天就紧急呈报奏折。你想知道奏折如何称那次聚会乎？"

王羲之用力摇摇头，说道："既然为呈报皇上或有司奏折，若与本郡无关，逸少不知也罢。"

司马昱哼了一声，说道："扬州刺史部奏折恰恰是因会稽郡而起。"

"你认为我有必要知道？"

"这个时候，让你知道并无不可，也许大有裨益也未可知。"

王羲之点点头，表示可以说出来听听。

司马昱于是说道："奏折是一封密报，由扬州刺史部刺史、督扬州军事之王怀祖大人亲笔书写。奏折称你企图聚众起事，与朝廷分庭抗礼。我当然不信，却无法令所有大臣释然。"

"危言耸听之词也。道叔对此诬陷有何判断？"王羲之问道。

"道叔极力为你开脱，我却不好多说。你是我藩国内史，其他人以为，你之所为我不会不知，也不会不赞成。"

此时的王羲之感到浑身在战栗。王怀祖看上去敦厚木讷，不善言辞，然这份奏折恶劣至极，有着意陷害之图谋。

他听见郗昙对司马昱说："殿下，王怀祖定是蓄意陷害逸少大人，如果不是逸少大人和其他琅琊王氏族人拒绝前往京城廊庙任职，王茂弘大人怎会着力提携太原王氏一干人等？诬陷逸少大人兰亭聚会有篡逆嫌疑，这无疑是天大之笑话，也是最恶毒之污蔑。殿下，逸少大人对朝廷忠心耿耿，日月可鉴，受到几代辅政大臣之信赖。而琅琊王氏族人辅佐历朝历代皇上已有百年，从未有人觊觎皇位。殿下应该比任何人都清楚。"

王羲之抬手阻止郗昙继续说下去，然后说道："道万，逸少只问你一句话，王怀祖所言，你当真不曾相信乎？"

司马昱坚决地摇摇头，说道："道万自小跟你在一起，足有六年之久。承蒙教诲，没齿难忘。逸少阿兄之家国情怀，道万最为清楚，怎会相信这种闲言碎语。"

郗昙抢白了一句道："此种恶意诽谤之词怎可视为闲言碎语乎？"

司马昱看了郗昙一眼，说道："当作闲言碎语有何不可？"

郗昙嘟囔着说道："此闲言碎语用心险恶也。"

司马昱知晓这么短的时间内不可能说服这位才气过人骨鲠性格的表兄，便再次坦诚地说道："逸少表兄,你心里一定还有些疑问。譬如江州何以能从扬州刺史部划分出去?江州从扬州刺史部划分出去,并成为新刺史部,这是已故王茂弘大人多年坚持的结果。茂弘大人历经三朝,自从明帝继位后始终是辅政大臣。尤其成帝在蒙受苏峻之乱的屈辱时,茂弘大人一步不离左右,确保了皇室得以幸存,立下不朽功勋。故而那时茂弘大人一言既出,先皇当即降旨。即使有人反对,也无有任何作用。"

王羲之说道："道万,我也确信,若非苏峻敬仰茂弘叔父和琅琊王氏的威望,成帝无论如何也难保全性命。那时,京城里正酝酿着换帝风波。你可知道,三十年前,大宗正虞胤大人在你去往会稽路上拦截我们,为何欤?"

司马昱困惑地看着王羲之,说道："道万并无此记忆耳。"

王羲之没想到司马昱竟然会忘记三十年前的事情,又一想,那时司马昱不过六岁上下,忘记了也属正常。便说道："那晚上虞胤大人与我有一次长谈,我们谁都没合眼。他试图说服我,让你随他返回京都,而我不敢合眼则是因为别的。"

"担心我性命有虞?"

王羲之没有回答,只是深深地叹了口气。

司马昱像是突然明白过来,惊得结巴了几声,才说道："难道那年西阳王司马羕和苏峻造反是要将我扶上皇帝龙床?上邪!我与皇侄司马世根同岁,他有母后和诸多舅舅环伺左右,朝夕相伴,出谋划策,若还不能治国理政,我怎会有此能耐?我乃孤家寡人也。"

王羲之这才知道,几十年过去了,这件关乎王朝命运的事情居然没有人告诉司马昱。既然如此,他也不想多说,于是说道："道万阿弟,既然话已至此,我知你今日与我见面不过是要告诉我不可再提及重新划分区域之事,我应允便是。不过,你也应知道我何以坚决不入城亲自将奏折递上去。"见司马昱点头称是,便接着说:"我从六岁开始就居住在京都乌衣巷里,屋舍从茅草屋换作灰瓦青砖大院用了近十年时间,若不是承蒙从伯父处仲大人厚爱,得以悉心关照,琅琊王氏便只有我这一支境遇十分不堪。你知道为何如此欤?"

司马昱晃了晃头:"也曾想过,却不得其解。但是我却知晓,以你之出身何以几十年未入廊庙之缘由。"

"愿听详细。"

司马昱显得十分为难，只好对郗昙和谢安说道："重熙与安石，你二位还是回避为上。我与逸少大人接下来欲要言及之事乃国之秘密，他人不可得知也。"看着郗昙和谢安出了屋舍，司马昱才走上前拉起王羲之的手摇了摇，放下后说道，"阿菟表兄，至此别过之前还是需要将一事与你说清楚。我在京城，多次遇见虎犊阿兄，只要有机会，虎犊阿兄就会问我何以不举荐你入朝。"

王羲之摆摆手说："那是阿兄不屑于入朝做官，与那些糊涂之人混迹于廊庙之上。当年茂弘大人和殷渊源大人多次邀我入朝，都被我断然拒绝。"

很显然，司马昱还是头一回听说这件事情，下意识地摇了摇头："你说那是凡念，呵呵，呵呵。"司马昱没想到王羲之会说出这样的话来，一时间不知说什么好了，"也罢也罢，阿弟正要对你说及此事。逸少阿兄，道万曾被皇室告知不得让我表伯父（指王羲之的父亲王世宏）直系子嗣进入廊庙任职。"

王羲之听罢此话，惊得深吸一口气，问道："皇室？道万所言皇室难道没有确切所指？"

司马昱摇摇头，说道："此乃家训，不可示人。"

王羲之依然不相信，说道："我任秘书郎有五年，阅尽馆藏所有文本，包括皇室全部记录，甚至有幸将家严大人当年任济阳国内史期间上报奏折翻查出来，怎就没见到过皇室有此文本？"

司马昱说道："我仅知道这道诏令是父皇亲口下达，而且只能口口相传，不得留有任何文字。"

离开的时候，司马昱当着谢安和郗昙的面说道："大晋天下从未有一日安好，说危难重重也不为过。你二人每日耽于海阔天地，当真能安心乎？谢安石，郗重熙，你二人与我同庚，知道本辅政此话何意乎？然也。既然你二人点了头，即表明对本殿下话中之意明白无误。朝廷眼下虽无危难，但是，却有万机之国事需要有人帮扶。皇上虽说是天之骄子，继位时却只有两岁之大，现如今也不过十二岁。我与道叔殿下经年辅佐并不轻松。若是二人果真有当仁不让之情怀，万万不可贪恋于山水之乐。早早出山，效力于廊庙才是正道。"

从丹阳回到会稽郡，王羲之将自己关在官府里闭门三日，足不出户。三天后的一个大早，王羲之破例让仆人为他沐洗了长发，却让郗璇把长发在头顶盘好。郗璇见状，知道王羲之有重大事情要做决定，尤其昨晚上，夫君把自己关在书房里不让任何人走进，也就没有多问。梳洗完后，王羲之让郗璇把在一起居住的儿子、媳妇和孙子叫起床，跟着他出了宅院，来到父母的坟茔前。

随着王羲之一声喝令，一家近十口人齐齐地跪了下来。突然，父亲大人真切的声音在耳畔响起来，王羲之惊讶地看看左右，其他家人并无觉察。他知道父亲大人此刻正在天上看着这群子嗣，于是，朗声说道："维永和十一年三月癸卯朔，九日辛亥，小子羲之敢告二尊之灵。羲之不天，夙遭闵凶，不蒙过庭之训。母兄鞠育，得渐庶几，遂因人乏，蒙国宠荣。进无忠孝之节，退违推贤之义，每仰咏老氏、周任之诫，常恐死亡无日，忧及宗祀，岂在微身而已！是用寤寐永叹，若坠深谷。止足之分，定之于今。谨以今月吉辰肆筵设席，稽颡归诚，告誓先灵。自今之后，敢渝此心，贪冒苟进，是有无尊之心而不子也。子而不子，天地所不覆载，名教所不得容。信誓之诚，有如皦日。"

王羲之蓦然感到胸口一阵压迫，气也上不来了。然而，眼前的一切却变得异乎寻常的清晰。他没有惊动正在前面指挥修建墓园的孩子们，而是尽全力呼吸。还好，呼吸终于顺畅了。这时，他觉得有人从后面走过来，站在身旁。回头看去，竟然是谢安。这令王羲之感到分外蹊跷。谢安前天来过，是从山阴县过来的，在这里住了一日，昨天就已经走了。

两人都说了什么？尽管只间隔了一日，王羲之却完全记不清楚了，或者即使能记下来，也不过是一些片段。谢安说他要离开会稽郡治所前往桓温征西大将军府去做掾属。陈留谢氏朝中已经无人，他若再不出山，恐难以向谢氏祖先交代。

王羲之频频点头，好像还说了些体己的话，他记得说到了自家这一辈仅有堂弟王彪之留在京都朝廷里做官，希望二人若是有一日能联袂辅佐朝政，一定光大事业云云。

王羲之伸出手来想要抓住谢安，却什么也没抓住，倒是惊动了站立在身后的儿媳妇郗道茂。郗道茂转到肩辇前面附下身关切地询问父亲有何事吩咐，是否哪里不好？王羲之呢喃着说："谢安大人刚才不是站在这里吗，如今去了哪里？"郗道茂知道王羲之又开始犯迷糊了，便说安石大人昨日已经离去，此刻应该正在赶往京城的路上。

王羲之又问："难道不是去看望谢万石大人吗？"郗道茂说："万石大人

在接到父亲郗重熙故去的消息后不久，也离世了。这就是谢安大人辞别前专程前来剡县见你的原因，是你催着谢安石大人快快上路的。"

是哟，他终于想起来了。八年前，他曾经在兰亭修禊日问过谢安石在做著作郎时给哪位名臣写了传记。那日，谢安石找个茬就遮掩过去了。可是前日，谢安石主动告诉他是应朝廷的要求，给他的伯父谢鲲写了传记。因为传记需要涉及陈留谢氏祖上名讳，所以他才知道当年伯父谢鲲大人竟然曾经是王处仲大人的掾属。而且，那篇讨伐刁协和刘隗的檄文正是出自伯父谢鲲之手。他查阅了关于刁协和刘隗的资料，真的发现这二人早有通敌之嫌疑，这令他惊讶万分。所以如今看来，王处仲大人当年清君侧并非出于私心，而是为了大晋王朝能延续万千之年。

在谢安说话的时候，王羲之也许睡了一小觉，谢安说的话他并没有听全。但是，谢安说的最后一段话他倒是听清楚了，说王处仲大人处心积虑清君侧，一来是为了维护大晋王朝正统的司马一族血脉，二来是要清理潜伏在先皇司马睿身边的乱臣贼子。听到这话，王羲之甚至感觉到有暖流在心田里流淌。

墓地那边，石椁安放了下去，儿子操之过来说："父亲大人，小子们为大人打造的石椁已安放妥当，大人可否前往查看？"

王羲之点点头，没说什么。当肩辇被抬起来后，王羲之突然改变了主意，说道："我今日与谢安大人说了很长时间话，此时甚是疲惫，还是回去歇息吧。"他听见身旁的二儿子凝之说了句"大人开始恍惚了"，便斜了二儿子一眼斥道："小子，大人我清楚得很。"

回到家里，王羲之将几个儿子唤到床前，伸出手来让最小的儿子献之握住，然后说道："为父有几句话你们一定要牢记。琅琊王氏自我辈起便与廊庙疏远，这并非我这一门之责。父亲当年责怨你等不如王怀祖之子王坦之，实乃气话，不可当真。琅琊王氏我这一门子嗣入朝做官并非朝廷那些丞相或者大将军可以定夺的，只有皇上才能决定我这一门后人之升迁或者贬谪。只是不可忘记琅琊王氏我这一门自你们祖父王世宏大人起，对司马皇室忠心耿耿，从无二心。皇室何以看待我族已经不重要了，但是……"刚说到这里，谢安不知什么时候进到屋子里来，这让王羲之大惑不解，转而喜出望外。他伸出手来要去抓谢安，却听见小儿子献之说："父亲大人，你一直在摇撼小子的手，定有话要说，小子正洗耳恭听也。"

王羲之急忙说道:"你等不要挽留谢安大人,他此行京城,未来可期。即使皇室试图阻拦我族子嗣入朝做官,谢安定会有解欤。"

献之用另一只手握住王羲之的手,又说:"父亲大人,谢安大人已应允父亲大人之托付,大人还有何嘱托留于小子们乎?"

王羲之觉着有玫瑰色的红色从远处飘来,内心顿然变得豁亮起来,听了小儿子的话便说道:"官奴吾儿,为父怎就又见郗县大人在眼前出现邪?"

献之身后的王徽之伏在七弟耳边悄声说道:"官奴,父亲大人已入弥留,不可再耽误也。"

献之虽然只有十七岁,立刻领会了五哥话里的意思,大声对王羲之说道:"父亲大人,小子外父大人大驾光临实乃不放心姜儿。姜儿与我行完夫妻之礼已有年余,按照婚俗,老人家是来看望女儿欤。父亲大人,既然见到郗县大人,大人有话便说给外父大人矣。"

王羲之一听这话,就硬撑着要起身下床,被儿子们接住。

王羲之下了床说道:"我那道茂儿媳现在何处?你二人何时完婚欤?既然重熙大人莅临,何不速速办了!"

郗道茂拉着夫君王献之的手,再一次跪在王羲之面前,二人要在父亲大人面前重新进行一次婚礼仪式。在场的所有人都明白,他们敬仰一生的父亲大人即将离他们而去,便纷纷跪下。然而,王羲之已经看不见了,嘴上却说道:"重熙阿弟,你既然在场,何不证此婚姻合乎规矩欤?吾儿谨记,自今日起,你与重熙大人之女郗道茂结为夫妇,为父再无遗憾。七日之后,你二人可举行大礼。"王羲之叫了一声:"呜哟?为父何以又看见辅政大臣司马道万殿下也现身此处欤?"这个意外的发现,让王羲之颇为冲动,朗声说道,"小子们听好耶,为父即将随重熙阿弟遍访仙山去也。我走之后,朝廷所赠任何爵位谥号一概不得接受。若有违者,逐出家门。"

远处那团飘忽而至的玫瑰色云彩顷刻间遮盖住了眼前的一切,王羲之长长地呼出一口气,躯壳里那个饱受压抑的魂魄随之飞了出去。

(第二卷完)